国家哲学社会科学成果文库

NATIONAL ACHIEVEMENTS LIBRARY
OF PHILOSOPHY AND SOCIAL SCIENCES

俄罗斯民族文化语境下的巴赫金对话理论

王志耕 著

王志耕 1959年生于河北任丘，文学博士，南开大学文学院教授，北京师范大学文艺学研究中心专职研究员（2016—2020），厦门大学讲座教授（2020—2023），中国俄罗斯文学研究会副会长。2004年入选教育部首批“新世纪优秀人才支持计划”。曾分别就读于河北师范大学中文系、华东师范大学世界文学专业（师从王智量教授）、北京师范大学文艺学专业（师从程正民教授）。个人研究领域为俄罗斯文学及相关领域的比较文学。出版专著《宗教文化语境下的陀思妥耶夫斯基诗学》《圣愚之维：俄罗斯文学经典的一种文化阐释》（入选2012年度《国家哲学社会科学成果文库》）、《俄罗斯社会学诗学》等，在《文学评论》《外国文学评论》等刊物发表学术论文二百余篇；出版《普希金诗选》、托尔斯泰《生活之路》等译著。主持国家社科基金重点项目、一般项目、教育部研究基地重大项目等。曾获教育部第七届社科优秀成果三等奖及河北省、天津市社科优秀成果奖。

《国家哲学社会科学成果文库》

出版说明

为充分发挥哲学社会科学研究优秀成果和优秀人才的示范带动作用，促进我国哲学社会科学繁荣发展，全国哲学社会科学工作领导小组决定自2010年始，设立《国家哲学社会科学成果文库》，每年评审一次。入选成果经过了同行专家严格评审，代表当前相关领域学术研究的前沿水平，体现我国哲学社会科学界的学术创造力，按照“统一标识、统一封面、统一版式、统一标准”的总体要求组织出版。

全国哲学社会科学工作办公室

2021年3月

谨以此书献给我的老师王智量先生和程正民先生。

序

程正民

志耕20多年来孜孜不倦地从事俄罗斯文学和俄罗斯宗教文化关系的研究，2003年出版了专著《宗教文化语境下的陀思妥耶夫斯基诗学》，2013年出版了入选《国家哲学社会科学成果文库》的《圣愚之维：俄罗斯文学经典的一种文化阐释》，当时王智量教授和我为此书写了序言。2020年他的国家社科基金重点项目成果《俄罗斯民族文化语境下的巴赫金对话理论》再次被选入《国家哲学社会科学成果文库》。一个学者在不到十年的时间有两部专著入选“反映当前我国哲学社会科学研究相关领域的前沿水平，代表着最高学术荣誉”的出版项目，这在学界是少见的。我为他所取得的学术成就感到高兴，也愿意为他的新书说几句话。

巴赫金（1895—1975）是俄罗斯20世纪享有世界声誉的伟大思想家，他的思想体大精深，他的研究涉及哲学、伦理学、语言学、人类学、民俗学、社会学、文化学、文艺学诸多领域，他的理论对20世纪以来世界范围内的思想文化界产生了巨大的震撼和持久的影响力。几十年来，从俄罗斯本土、西方世界到我国，有关巴赫金的研究成果可称得上汗牛充栋，但巴赫金学仍然是一个需要继续拓展和不断深入的领域，它的研究是一个持续开放的过程。人们对巴赫金思想的关注最早集中于有关复调及狂欢化的理论，随后才逐步扩展到整体的对话理论，认识到对话理论是巴赫金思想的基础和核心，是巴赫金思想最具魅力和震撼力的精华所在。巴赫金认为，对话是人类最重要的生活方式和生存状态。在他看来，生活的本质是对话，语言的本质是对话，文学艺术的本质是对话，文化的本质也是对话。显然，巴赫金是把对话看成一种世界观和思维方式。他认为对话的核心是对人的本质和人的生存方式的理论思考，他充分肯定人的主体性、人的价值，认为在生活中人与人的关系应当是平等关系，是对话关系，提出要反对专制制度和科技至上、物质至上对人的压抑。与此相适应，他在人的思维方式上反对一元化的思想独白，倡导多元化的思想对话。在巴赫金的对话思想里，我们可以强烈感受到一种浓厚的人文情怀，一种对人的价值的尊重和对人与人平等关系的追求。当今世界正经历着新的变局，人类所面临的一切重大问题只能通过对话来解决，巴赫金的对话思想将会越来越显示出其理论价值和现实意义。纵观国内外，对巴赫金对话理论的研究虽然已经取得了很大成绩，但有关这一理论的思想来源、有关对话作为世界观和思维方式的意义、有关对话的原则和方式等方面的研究，还不够系统和深入。志耕这部专著在这方面是一个重要的补充，它的研究对象是巴赫金对话理论和俄罗斯民族文化的关系，而这是该领域研究的一个十分重要的课题，一根难啃的骨头。

学界很久以来一直关注巴赫金对话思想的后现代品格，探讨它与西方思想的关系，而志耕的专著把目光转向了巴赫金对话理论与俄罗斯民族文化文本的渊源关系，因而在前人的研究基础上开辟了一个新的路径。专著并不否认巴赫金思想同欧洲文化思想的联系，并不反对把巴赫金思想看成欧洲文化思想发展链条中的一个环节，并且花了很多工夫来论证巴赫金思想与欧洲文化思想的衔接与超越，但专著重点是要阐释巴赫金对话理论的“俄罗斯性”，强调它与俄罗斯民族文化的血肉联系。这个研究思路是对巴赫金思想渊源研究的一个关键的补充，缺少了这一部分的研究，很难说准确而全面地理解巴赫金的对话理论。从世界诗学的发展历史来看，现代社会任何一个国家和任何一个民族诗学的发展，总会受到外来因素的影响，但从根本上说，它是植根于本民族的文化传统之中的。就拿俄罗斯诗学来说，19 世纪以别林斯基为代表的革命民主主义美学和文艺批评，就是既受到欧洲哲学和诗学的影响，又是深深扎根于俄罗斯民族文化精神的土壤，它所体现的为人类伟大事业献身的精神和深厚的历史主义精神是俄罗斯诗学所特有的，它已经不仅仅是欧洲诗学的回声。20 世纪俄罗斯又出现了巴赫金、普罗普、洛特曼这样一些有世界影响的文艺学家，他们深受西方哲学、语言学、美学的影响，又与俄罗斯民族文化传统和诗学传统一脉相承。在他们的诗学中，西方的结构主义和俄罗斯诗学的历史主义达到有机融合，形成了内容研究和形式研究相结合、历史研究和结构研究相融合、外部研究和内部研究相贯通的具有俄罗斯特色的诗学体系。志耕的专著对俄罗斯民族文化语境和巴赫金对话理论关系进行关联性研究，这不仅对巴赫金和巴赫金思想的研究，而且对跨文化研究和跨文化诗学的研究，都有重要的理论价值和有益的启示。

这本专著给自己设定的基本起点是，“把巴赫金思想的核心内容——对话理论作为考察对象，从俄罗斯本土的民族文化资源中寻找与这一理论的生成相关的所有重要内容，加以原始性审辨”。这个想法有很强的针对性，针对的是以往阻碍该领域研究深入进行所存在的问题。在作者看来，以往国内外在巴赫金对话理论和俄罗斯民族文化关系研究上存在的主要问题是，外围性的论述多于实质性的论述，理论的设想大于实证的考订，缺乏实证材料的支持。同时，对两者结构关系缺乏认识，因而不能形成有说服力的结论。针对这些问题，作者的研究采用了“历史考据和文化诗学的结构关联方法相结合”的研究方法，并分为三个步骤进行：1. 发掘历史文本；2. 对历史文本进行模式考辨和归纳；3. 论证这种模式与巴赫金对话理论相关模式之间的结构性对应。作者所采用的这种研究方法，按照我的理解，就是一种史论相结合的方法，历时研究和共时研究相结合的方法。首先，他的研究不是以论代史，而是论从史出，不是空谈理论，而是用史料说话。他下了很大功夫发掘出大量历史文本，并对其进行考辨和归纳。其中包括俄罗斯世俗文本、东正教对话文本，也包括民间节庆和民间文化文本。这种发掘和考辨工作，之前是很少有人这样系统做过的。其次，在掌握大量历史材料的基础上，在对大量历史文本进行考辨的基础上，他试图从理论上寻找巴赫金对话理论和历史文本之间的结构性关系。就巴赫金对话理论和宗教文本关系而言，他认为它们之间存在的不是外在的关系，而是内在的关系，不是一种道德层面的关系，不是一种价值观层面的关系，而是一种叙事范式层面上的关系，是一种对话理论和东正教传统精神之间的结构性关系。巴赫金在教会文本中接受的不是其中由教会独白观念决定的独白性，而是这些教会文本阐述这种独白性过程中呈现的对话形态。简单说，巴赫金接受的不是世界观，不是价值观，不是道德观，而是体裁，是叙事结构的启示。我认为，作者关于巴赫金对话理论和历史文本之间结构性关系的这一论述，具有深刻的理论内涵，是专著最精彩之处，也是专著取得成功的关键所在。

志耕这些年的学术研究给我一个突出的印象，就是执着、踏实，他紧紧抓住俄罗斯文学与俄罗斯民族文化，尤其是俄罗斯宗教文化的关系这个重要课题深入钻研，“咬定青山不放松”，十年、二十年地坚持下来，终于取得了一系列可喜的成果。当然，一个学者的学术视野不能过于狭窄，文学研究就是一个多学科的研究，各个领域都要涉猎，而要取得突破性成就，就非集中目标和下大功夫不可。在这方面，志耕的研究是一个很好的例证。

目　录

上　编　作为俄罗斯思想家的巴赫金

下　编　巴赫金对话理论与俄罗斯对话文本

CONTENTS

Part I Bakhtin as a Russian Thinker

Part II Bakhtin's Dialogue Theory and Russian Dialogue Texts

导 论

一

国际上的巴赫金研究称为“巴赫金学”（бахтинология，бахтиноведение），相关研究著述，无论国内还是国外，都称得上是汗牛充栋。但在巴赫金热中需要注意一个问题，即：尽管最早“发现”巴赫金的是俄国人，但真正对巴赫金有“知遇之恩”的却是西方人。为什么？因为当巴赫金出现在他们面前时，他们发现，整个20世纪的西方思想，无论是早期的语言论哲学精神，还是后期的解构主义价值观，都在巴赫金的思想中得到了预言和回应。他甚至被认为是解构主义的理论先驱，如法国批评家弗朗索瓦·多斯就提出：“巴赫金拓宽了文学—批评的研究，把历史织物融入其中，而历史织物就是由文学文本织成的。很显然，他的研究方法一开始就与结构主义形成了鲜明对比，因为结构主义声称，文学文本是与世隔绝的，正是这种封闭性才使人理解了作品的结构。”[①] 所以，巴赫金从此便成为西方反本质主义思想的同盟与注脚。而在俄国本土，当巴赫金在西方“成名”而“返回”俄国时，本土学界已形成否定独白的强烈诉求，这导致俄国人对西方的后现代理论趋之若鹜。与此同时，他们在巴赫金身上发现的超前于西方人的思维特性，给了他们极大的自尊心满足，这些都使他们热衷于借着西方人的惊叹，而专注于巴赫金契合于西方思想且带有“先知”色彩的关系。

① ［法］弗朗索瓦·多斯：《从结构到解构：法国20世纪思想主潮》（下卷），季广茂译，中央编译出版社2004年版，第76页。

从另一方面看，巴赫金作为一个俄罗斯的思想家，虽然他的批评实践更多地是针对俄罗斯的文学文本，但一旦涉及他的理论的缘起，要么是从古代希腊罗马的文献开始，要么是从欧洲的古典哲学开始，而其中极少涉及俄国本土的思想资源。这甚至使得他的某些学说在今天看来，似乎就是建立在并不稳固的论述基础之上。比如他对陀思妥耶夫斯基小说的“复调”命名，今天已经成为批评领域极为流行的概念之一。但他在说明这种创作形态的形成渊源时，却主要把其归结为欧洲狂欢文化基础上“世界感受”的心理结构的影响，和欧洲古代的“苏格拉底对话”及“梅尼普讽刺”体裁的现代延伸，而对陀思妥耶夫斯基本人所接受的独特的俄罗斯文化始基却避而不谈。

正是在这样的背景下，大多数研究者忽略了一个十分重要的问题，即巴赫金毕竟是一个俄国人，他首先是一个百科全书式的俄国思想家，虽然他对西方古典哲学十分熟悉。在美国人克拉克和霍奎斯特为巴赫金所作的第一部传记中说：“巴赫金为各种派别所接纳的沉重代价是牺牲其思想的多面性。许多人借重于巴赫金，但窥其全豹者却寥寥无几。”[①] 巴赫金是复杂的、多样的，这没有问题；但我们在西方语境下的“杂语”声中，却必须回答一个被“众声喧哗”所淹没的问题：巴赫金的思想与俄罗斯思想的联系何在？巴赫金的思想仅仅是西欧思想发展链条中的一个环节吗？它是否同样也是俄罗斯思想发展史上的一个现象呢？它与俄罗斯民族文化是否存在着一种血脉联系呢？

实际上，这个问题并非没有人注意，甚至早在20世纪70年代即有人提出过。巴赫金最早的发现者之一瓦·柯日诺夫于1993年发表了他著名的长文《巴赫金与其读者们》[②]，对此做出了说明，是他最早向克拉克和霍奎斯特夫妇谈到巴赫金与俄罗斯正教思想存在密切联系这一看法。柯日诺夫之所以要说明这一点，是因为此前另一位俄罗斯巴赫金研究专家维·马赫林在《哲学问题》杂志发表长文《巴赫金与西方》，其中谈到，霍奎斯特在他的书中“以罕见的嗅觉提出了巴赫金全部思想的核心乃是俄罗斯正教”的

① ［美］克拉克、霍奎斯特：《米哈伊尔·巴赫金》，语冰译，中国人民大学出版社2000年版，第9—10页。

② *Кожинов, В. В.* Бахтин и его читатели. // Москва. 1993. № 7.

观点。[①]而柯日诺夫在他的文章中披露，他自20世纪70年代以来与霍奎斯特夫妇有过多次交往，那还是他们在写作有关巴赫金的书之前，他，可能还有其他俄罗斯学者，就对这两位美国的巴赫金研究者谈到过类似观点。而后来克拉克与霍奎斯特在书中也证实了柯日诺夫的说法，他们提到，在苏联对于巴赫金的思想定位问题存在许多分歧，“许多人认为巴赫金是东正教传统下的宗教哲学家”[②]。但是，也许马赫林说得并不错，在20世纪后期的这段时期内，也只有霍奎斯特夫妇在他们的书中对巴赫金与东正教思想的关系做过一些阐述，尽管只是外围性的。而在俄罗斯本土，却没有学者对此做出有价值的研究。

在那个时期，也许只有柯日诺夫的《巴赫金与其读者们》算是在这方面做出了“提示性”的研究成果。之所以这样说，是因为柯日诺夫在文中提到巴赫金与俄罗斯传统文化的关系的几个方面，但并没有深入辨析。这几个方面包括：巴赫金与15世纪静修主义代表尼尔·索尔斯基的联系，并且摘出一段后者的“交谈”（беседа）文本，来说明二者之间的相似性。但又称：“直接地”、逐字逐句地比较尼尔·索尔斯基的神学遗产和巴赫金的思想是不可能的，因为，首先他们相隔几乎五百年，此外，圣者整体的行为具有另外的性质和另外的意义。但是，终究有一条清晰的线索从尼尔同上帝的“交谈”通往陀思妥耶夫斯基，也通往巴赫金的对话理念。并且，当在俄罗斯文化中建立（而这是非常必要的）作为存在基础的对话思想的历史时，下面这一点就会变得很清晰：完全没有任何的理由确证西方似乎比俄罗斯对理解这一理念更有准备。[③]另外，柯日诺夫还提到了俄罗斯的圣愚文化的“笑”，但也仅仅是提出一个线索而已，说明圣愚文化中“净化的笑”应在东正教范畴内加以理解。[④]应当说，柯日诺夫虽然只是提出了线索而没有做进一步研究，但他的学术敏感是值得肯定的。遗憾的是，柯日诺夫于2001年去世，我们无法寄望于他来做基于他本人提出的这些线索的深

---

① *Махлин В. Л.* Бахтин и Запад (Опыт обзорной ориентации). // Вопросы философии. 1993. № 1, с. 108.

② ［美］克拉克、霍奎斯特：《米哈伊尔·巴赫金》，语冰译，中国人民大学出版社2000年版，第3页。

③ *Кожинов, В. В.* Бахтин и его читатели. // Москва. 1993. № 7, с. 146.

④ Там же, с. 148.

入解读。

在柯日诺夫提出这一观点的时期，俄罗斯尚没有学者对这一问题予以足够的重视。如俄国最早研究巴赫金的专家弗·比布列尔的两部专著[①]。但是，这位专门研究文化比较的专家，其中涉及巴赫金与俄罗斯文化传统的内容只有陀思妥耶夫斯基。当时谢·阿维林采夫也提出了一些对巴赫金与俄罗斯传统文化关系的思考，如他的《巴赫金·笑·基督教文化》（1988）一文，提出可以将巴赫金关于“笑文化”的理论置于基督教文化的框架内加以研究。但实际上，这篇文章没有涉及任何有关基督教文化的实质性问题，而且文章开篇即称：这并不是一篇专门性文章，只是写在巴赫金论拉伯雷的书上的边注。[②]阿维林采夫在另一篇文章《巴赫金与俄罗斯对笑的态度》（1993）[③]中，提出巴赫金的笑文化理论是通过果戈理这一中介与乌克兰民间笑文化传统产生关联的观点，但仍然没有进行具体的文本研究。纳·塔马尔琴科的文章《神学论争语境下的作者与主人公（米·巴赫金，叶·特鲁别茨科依，弗·索洛维约夫）》（1998）把巴赫金与俄罗斯世纪之交的神学思想进行了比较研究，但不涉及19世纪之前的神学传统。[④]这篇文章后来又被收入塔马尔琴科的专著《巴赫金的〈话语创作美学〉与俄罗斯宗教哲学》（2001）[⑤]，然而即使这部专门谈巴赫金与俄罗斯宗教哲学关系的专著，仍然没有涉及任何一位19世纪之前的宗教哲学家、神学家以及相关历史文献。

自20世纪90年代之后，俄罗斯的巴赫金研究者们做了大量的巴赫金

① *Библер В. С.* Идея культуры в работах Бахтина. // Одиссей. Человек в истории. Исследования по социальной истории и истории культуры. М., 1989; *Библер В. С.* Михаил Михайлович Бахтин, или поэтика культуры, М.: Гнозис, 1991.

② *Аверинцев С. С.* Бахтин, смех, христианская культура. // Россия — Russia, Венеция, № 6, 1988, с. 119.

③ *Аверинцев С. С.* Бахтин и русское отношение к смеху. // От мифа к литературе: Сборник в честь 75-летия Е. М. Мелетинского. М.: Российский государственный гуманитарный университет, 1993.

④ *Тамарченко Н. Д.* Автор и герой в контексте спора о Богочеловечестве (М. М. Бахтин, Е. Н. Трубецкой и Вл. С. Соловьев). // Дискурс, № 5/6, 1998.

⑤ *Тамарченко Н. Д.* «Эстетика словесного творчества» М. М. Бахтина и русская религиозная философия. М.: Российский государственный гуманитарный университет, 2001.

研究工作。自1992年开始，在白俄罗斯的维捷布斯克开始出版由批评家尼·潘科夫主编的连续丛刊《对话·狂欢·时空体》(«Диалог. Карнавал. Хронотоп»)，截至2010年出版了44辑。关于巴赫金的传记性著作，除了已译为中文的孔金夫妇撰写的《巴赫金传》(1993)[①]之外，还有收入“名人生平”(«Жизнь замечательных людей»)系列中的、由阿·科罗瓦什科撰写的《米哈伊尔·巴赫金》(2017)[②]。迄今为止，还有多种研究巴赫金的论文集出版，如由巴赫金研究专家维·马赫林主编的《巴赫金研究集》(«Бахтинский сборник»)出版过五辑，最后一辑截止到2004年[③]，以及同样由马赫林主编的、收在《20世纪后半期的俄罗斯哲学》丛书中的研究文集《米哈伊尔·米哈伊洛维奇·巴赫金》(2010)[④]。早期的文集如塔·尤尔琴科主编的《批评镜像中的巴赫金》(1995)[⑤]、康·伊苏波夫主编的《巴赫金学：研究、译文、作品》(1995)[⑥]、《巴赫金：赞成与反对》两卷本(2001，2002)[⑦]等。

在《巴赫金学》文集中值得一提的是伊苏波夫本人的文章《他者之死》，他肯定了巴赫金对话理论与俄罗斯正教观念的相契关系，提出正教有关殉道和虚己观念相对巴赫金建构的对话依存关系而言是一个重要的理论前提。而且伊苏波夫认为，只有承认巴赫金对话理论中神学范畴的结构性意义，才能充分揭示其意识形态层面的意义，并且较为详细地阐述了巴赫金的“为己之我”的神学内涵。[⑧]这篇文章在大量的巴赫金研究成果中，称

① *Конкин С. С., Конкина Л. С.* Михаил Бахтин: Страницы жизни и творчества. Саранск: Мордовское книжное издательство, 1993.

② *Коровашко А.* Михаил Бахтин. М.: Молодая гвардия, 2017.

③ *Махлин В. Л.* (Отв. ред.) Бахтинский сборник. V. М.: Языки славянской культуры, 2004.

④ *Махлин В. Л.* (Отв. ред.) Михаил Михайлович Бахтин. М.: Российская политическая энциклопедия, 2010.

⑤ М. М. Бахтин в зеркале критики: Сборник. Отв. ред. и сост. *Т. Г. Юрченко.* М.: ИНИОН РАН, 1995.

⑥ Бахтинология. Исследования, переводы, публикации. Сост. ред. *К. Г. Исупов,* СПб.: Алетейя, 1995.

⑦ Михаил Бахтин: Pro et Contra. В 2 томах. СПб.: Издательство Христианского гуманитарного института, 2001–2002.

⑧ *Исупов К. Г.* Смерть другого. // Бахтинология. Исследования, переводы, публикации. Сост. ред. *К. Г. Исупов,* СПб.: Алетейя, 1995, с. 107–111.

得上是对巴赫金与东正教思想关系研究的重要文章。可惜的是，文章还是没有从俄罗斯本土的神学家以及相关历史文献的角度出发来阐述这一问题。

在研究专著方面，近来的成果有弗·阿尔帕托夫的《沃罗希诺夫，巴赫金与语言学》(2005)[①]、亚·卡雷金的《早期巴赫金：作为伦理学超越的美学》(2007)[②]、伊·波波娃的《巴赫金论弗朗索瓦·拉伯雷一书及其对文学理论的意义》(2009)[③]等。虽然这些著作都不同程度地涉及巴赫金与俄罗斯前代学者的思想及学术观点的联系，但没有人从俄罗斯民族文化的角度来进行系统的研究。巴赫金研究者娜·鲍涅茨卡娅在2016年出版的专著《形而上学视域中的巴赫金》[④]中收入了她发表于1993年的文章《巴赫金与俄罗斯哲学传统》[⑤]，但其中主要是谈巴赫金与19世纪末—20世纪初的若干宗教哲学家之间的思想联系，涉及的人有谢·弗兰克、巴·弗洛连斯基、伊·拉普申等，甚至连19世纪早期的霍米亚科夫等人的哲学思想都没有涉及，更不用说俄罗斯古代的哲学思想。也有一些学者试图去做这方面的工作，但迄今还没有出现系统性的研究成果。

而且在俄罗斯学者的研究中还有一个倾向，即热衷于西方的理论框架，这使他们把更多的精力放在了“挖掘”巴赫金身上的现代理论元素上面，而难以回过头去看一看这种理论的精髓是否与俄罗斯本土的古老的文化结构之间存在什么样的联系。比如关于对巴赫金的“大时间”概念的解说，一般学者都是在理性主义的时间框架内对其加以论述。自从巴赫金提出这一概念后，有许多人以此为切入角度来对不同时期的作品加以对照比较，自以为找到了一种比较文学或者世界文学的理论支撑。但这种做法本身就说明，这是违背巴赫金意义上的“大时间”观的。比如著名的陀思妥

---

① *Алпатов В. М.* Волошинов, Бахтин и лингвистика. М.: Языки славянских культур, 2005.

② *Калыгин А. И.* Ранний Бахтин. Эстетика как преодоление этики. Эго-персонализм, лирический герой и единство эстетических теорий. М.: Российское Гуманистическое общество, 2007.

③ *Попова И. Л.* Книга М. М. Бахтина о Франсуа Рабле и ее значение для теории литературы. М.: Институт мировой литературы им. А. М. Горького РАН, 2009.

④ *Бонецкая Н. К.* Бахтин глазами метафизика. М.-СПб.: Центр гуманитарных инициатив, 2016.

⑤ *Бонецкая Н. К.* М. М. Бахтин и традиция русской философии. // Вопросы философии, 1993, № 3.

耶夫斯基研究专家斯捷潘尼扬就专门写过一部著作《陀思妥耶夫斯基与塞万提斯：大时间观中的对话》，声称尝试在“大时间”之中倾听两位世界文学巨擘的对话，领教他们对存在的永恒问题给出的答案。[①]但实际上，仍然是把两个文本理解为两个时间段中的代表性文本，并从历时的角度加以区分。也就是说，这种分析是落入了西方的理性主义时间观的窠臼。即把时间视为线性时间，一切都在单一性地向前发展，过去的被抛弃，未来的引导现在的；发展即意义。在这样的视域中，巴赫金理论的“俄罗斯性”显然就被遮蔽了。

二

巴赫金自20世纪60年代被克里斯蒂娃、托多罗夫等人介绍到欧洲之后，引发了西方世界的巴赫金热，特别是克拉克与霍奎斯特的《巴赫金传记》[②]的出版，更是极大地吸引了西方学界的兴趣。尽管有学者指出这部传记中有许多地方缺少实证材料，伦敦大学斯拉夫和东欧研究学院的研究者露丝·科茨甚至认为，它“在某些地方接近于小说”，“导致读者对它产生误解”[③]。但目前看来，这本书仍然是关于巴赫金的传记中“最重要的研究资源”[④]。巴赫金迅速在西方普及，有人认为近乎奇迹，称他“作为文学家、语言学家和研究交往行为的理论家，竟从一个几乎默默无闻的人一跃成为大家”[⑤]。这其中的原因不难判断，因为巴赫金出现的时机正是西方解构主义理论盛行的时期，而巴赫金对话理论中的一系列观念都为解构主义提供了俄罗斯式的新奇的语式和解读方式。

总的来看，20世纪后期西方的研究成果远多于俄罗斯本土。据俄国学

---

① *Степанян К. А.* Достоевский и Сервантес: диалог в большом времени. М.: Языки славянской культуры, 2013, с. 11.

② Clark K., Holquist M. *Mikhail Bakhtin*. Cambridge, Mass.: Belknap Press of Harvard University Press, 1984.

③ Coates, Ruth *Christianity in Bakhtin: God and the Exiled Author,* Cambridge University Press, 1998, p. 3.

④ Bagshaw, Hilary B. P. *Religion in the Thought of Mikhail Bakhtin: Reason and Faith*. NY: Routledge, 2013, p. 4.

⑤ Danow, David *The Thought of Mikhail Bakhtin: From Word to Culture*. London: Macmillan, 1991, p. 3.

者统计，仅20世纪80—90年代，包括英语、法语、德语等语种的巴赫金研究成果就有近500种之多[①]。

当然，在这众多的成果中，也有人注意到了巴赫金理论中的宗教元素，这也是西方学者在凡是涉及俄罗斯问题时习惯采用的一个角度。因此，最早论述巴赫金与宗教关系的并不是俄罗斯人，而是西方学者。霍奎斯特并不否认他受到了当时苏联学者说法的影响，但苏联学者起码当时还没有就巴赫金与东正教的关系做出研究成果，而是霍奎斯特把这些想法反映在了他早期的一篇文章《表现的政治》中。在这篇文章中，他提前披露了后来在巴赫金传记一书中所表达的观点，即巴赫金应当是“一个虔诚的东正教徒”，他们在列宁格勒的小组活动中包括了宗教活动，甚至每周都会进行祈祷仪式，因此，巴赫金的思想可称为一种“从俄罗斯宗教传统的角度对西欧理论进行彻底反思”的形态。[②]当然，霍奎斯特像他在后来的传记中表现的那样，并没有对巴赫金的思想与东正教思想之间的联系做出有实据的分析。美国学者卡瑞尔·爱默生于1990年发表了题为《俄罗斯正教与早期的巴赫金》[③]的文章，延续了霍奎斯特的设想，在文章中提出了一系列可能与巴赫金存在关联的东正教概念，如“道成肉身”“启示”“弥赛亚”，甚至连“圣愚”“聚合性”都提到了，并分析了巴赫金与索洛维约夫神学思想的相通之处。但也正因为文章所涉及概念过多，因此并未对其中的任何一个做出具体深入的阐释，可谓是一篇想法大于论证的文章。而且她还认为，尽管巴赫金的思想与东正教有着千丝万缕的联系，但是巴赫金总体而言却不能被视为“俄罗斯思想”的一部分。这种观念也是许多西方学者在研究巴赫金与基督教关系时的共同想法，即：哪怕是东正教，在他们的心目中，也未必是俄罗斯民族文化的特点。

同样的论题出现在英国学者查尔斯·洛克于1991年发表的《狂欢与道

---

① См. М. М. Бахтин в зеркале критики: Сборник. Отв. ред. и сост. *Т. Г. Юрченко*. М.: ИНИОН РАН, 1995, с. 157–183.

② Holquist, Michael. “The Politics of Representation” . *Allegory and Representation: Selected Papers from the English Institute*, 1979–80 (New Series, no. 5). Ed. Stephen J. Greenblatt. Baltimore: Johns Hopkins UP, 1981, p. 171.

③ Emerson, Caryl *Russian orthodoxy and the early Bakhtin*. Religion & Literature, Vol. 22, No. 2/3, Religious Thought and Contemporary Critical Theory (Summer – Autumn), 1990.

成肉身：巴赫金与东正教神学》[1]一文中，这篇文章对东正教所倾向的道成肉身学说的价值理念进行了考察，并由此推导出巴赫金对话理论中对对话参与者的“神性”的重视。尽管这篇文章论题较为集中，但并没有说明俄罗斯正教的这种教义倾向是如何形成的，因此，仍然属于非历史考订的推论型文章。在这一方向的研究中较为重要的一个成果是上述露丝·科茨的著作《巴赫金的基督教属性：上帝与被放逐的作者》[2]。但这本书应是由单篇论文组合而成，其中并不是所有章节都涉及基督教问题，而其涉及的还是以“道成肉身”为主，从上帝与人的关系来评述巴赫金的作者与主人公的关系，此外对巴赫金的狂欢化理论中的基督教主题也进行了阐述。但是，科茨的著作理论推论多，而历史材料少，阐释远大于考订，这种研究虽然有助于人们对巴赫金理论的理解，但并不能真正说明巴赫金思想的形成机制，当然更不必说将其置于俄罗斯民族文化语境下来考察了。1993年，美国人加德纳·克林顿的著作《东西方之间：俄罗斯灵魂天赋的复活》被译为俄文出版[3]，这部著作也部分地涉及有关巴赫金与俄罗斯传统哲学关系的研究，当然主要是与世纪之交的宗教哲学思潮的关系，虽然作者承认巴赫金是俄罗斯思想发展史上的一环，但却没有对此做出前因后果的阐述。

在西方学者的研究中，值得一提的是美国学者亚历山大·米哈伊洛维奇的文章《巴赫金与俄罗斯正教》(1997)，尽管这篇文章大半都是对以往相关论述的梳理，对俄罗斯正教也没有做深入的考察，但是文章提出了一个很重要的说法：“神学隐喻在他的作品中后来被更多地作为一种结构范式，而非哲学思考或道德训诫。”[4]实际上，这个说法指出了以往有关巴赫金与东正教关系研究中存在的一个重要问题，即学者们关注的焦点基本上都是在巴赫金思想上的基督教或东正教元素，因此，往往都是用某一个宗

---

① Lock, Charles *Carnival and incarnation: Bakhtin and orthodox theology*. Literature and Theology, Vol. 5, No. 1 (March 1991), Oxford University Press, pp. 68–82.

② Coates, Ruth *Christianity in Bakhtin: God and the Exiled Author,* Cambridge University Press, 1998.

③ *Клинтон, Гарднер* Между Востоком и Западом: возрождение даров русской души. М.: Наука, Издательская фирма «Восточная литература», 1993.

④ Mihailovic, Alexandar *Corporeal Words: Mikhail Bakhtin's Theology of Discourse*. Evanston, Ill.: Northwestern University Press, 1997, p. 5.

教概念为线索，在巴赫金的著作中寻找其表现的痕迹，却忽略了一个关键性的问题，这就是米哈伊洛维奇所指出的：巴赫金对于整体的基督教也好，俄罗斯的东正教也好，他所接受的，或者说在他的理论建构中所体现的，并不是神学的价值观，甚至也不是一般的伦理观念，而是方法论。这也就是米哈伊洛维奇说的“结构范式”（structural paradigms），忽略了这一点，就无法发现巴赫金对话哲学中的最重要内容。

进入21世纪之后，俄罗斯本土的巴赫金研究热度稍减，而西方的研究仍然十分活跃。如2003年由加拿大学者编纂的《米哈伊尔·巴赫金》文集[①]便有四卷之巨，收录了80余种研究成果。其中仍然有若干文章涉及巴赫金与宗教的关系，包括与天主教、新教和东正教的关系的研究。但是，这些研究仍然延续了上一世纪的研究方法，并没有逃出米哈伊洛维奇所说的寻找巴赫金宗教思想的模式，更没有人在研究巴赫金之前，先对俄罗斯本土的民族文化传统中的关键性资源进行认真考察。因此，巴赫金仍然主要存在于西方思想的结构之中。

三

中国国内的巴赫金研究与俄国和西方相比要滞后一段时期，主要原因是巴赫金著作中译本较少。直到1998年，由钱中文等学者主编的中文《巴赫金全集》六卷本出版，中国才开始出现巴赫金研究的热潮。迄今为止，我们在国家图书馆中检索出的正题名与巴赫金相关的著作超过了一百种，在知网上检索出的则超过一千种，而这些成果绝大多数都产生于上述《巴赫金全集》出版之后。

国内的巴赫金研究总体来看体现为两大方面：一个方面是对巴赫金基本理论的阐释，另一个方面是运用巴赫金的理论进行文学批评实践。但是对于巴赫金思想渊源问题的研究，则大多与西方理论相参照，而很少从俄罗斯民族文化的角度加以研究。

国内的专著类成果主要集中于对巴赫金基本理论的阐释。如张杰的《复调小说理论研究》（漓江出版社1992年版）、董小英的《再登巴比伦塔：

① *Mikhail Bakhtin*. Edited by Michael E. Gardiner. London; Thousand Oaks, Calif.: SAGE, 2003.

巴赫金与对话理论》（三联书店 1994 年版）、夏忠宪的《巴赫金狂欢化诗学研究》（北京师范大学出版社 2000 年版）、程正民的《巴赫金的文化诗学》（北京师范大学出版社 2001 年版）。这些是国内最早对巴赫金理论中的诗学部分，包括对话理论、复调理论、狂欢化理论等进行系统诠释的著作。几位作者均为国内的巴赫金研究专家，精通俄文及俄罗斯文学，因此，这是国内巴赫金学领域最早的严肃研究成果。但这几部著作均没有涉及巴赫金思想的成因研究，也没有涉及巴赫金的"俄罗斯性"问题的考察。此后，还出现了若干有关巴赫金哲学、美学、语言学等思想的研究著作，如晓河的《巴赫金哲学思想研究》（河北人民出版社 2006 年版）、凌建侯的《巴赫金哲学思想与文本分析法》（北京大学出版社 2007 年版）、萧净宇的《超越语言学——巴赫金语言哲学研究》（上海人民出版社 2007 年版）、张冰的《巴赫金学派马克思主义语言哲学研究》（北京师范大学出版社 2017 年版）等。这些著作的作者也是国内相关领域专家，所做的都是基于基础性俄文文献的研究，并且对国外相关理论有较好的把握，较之早期的研究，努力展示了研究者的一些独到见解。值得注意的是，这些著作已经涉及对巴赫金思想成因的考察，相关内容包括基督教思想、东正教观念以及俄罗斯本土的宗教哲学研究等。如晓河的《巴赫金哲学思想研究》，除了考证巴赫金思想与西欧人学的渊源与差异之外，还涉及基督教的人学思想，可惜的是这一问题并没有获得展开。值得一提的是，该作者于 2016 年出版了另一部巴赫金研究著作《艺术时间诗学与巴赫金的赫罗诺托普理论》[①]，其中也谈到了巴赫金时空体理论的渊源问题，但是提到的与俄罗斯相关的只有形式主义，而对俄罗斯民族文化的内容并未涉及。在上述著作中，凌建侯提到了"狂欢与民间渊源"的话题，但是也仅是在西欧的背景上加以简要阐述，而没有涉及俄罗斯本土的民间渊源。萧净宇在书中专门有一节谈到"东正教思想与俄国宗教哲学"，其中提到柯日诺夫的《巴赫金与其读者们》一文，并介绍了该文提到的有关尼尔·索尔斯基的线索以及霍米亚科夫的聚合性说、别尔嘉耶夫的"爱的认识论"等，但对这些因素与巴赫金思想中相关因素的联系，并未做出学理分析。此外，值得一提的是周卫忠的《双重性、

① 卢小合：《艺术时间诗学与巴赫金的赫罗诺托普理论》，北京大学出版社 2016 年版。

对话、存在——巴赫金狂欢化诗学的存在论解读》(陕西人民出版社 2007 年版)一书在巴赫金与基督教思想关联方面的阐述,书中有一节谈到"双重人格与基督教传统",这是所有中文著述中唯一一部对基督教教义进行了较为细致考察的研究著作;但是书中在转入对巴赫金的关联研究时却采用了较为简单的手法,如把基督教义中的"人神二性"说与巴赫金及陀思妥耶夫斯基的"双重人格"说相联系,是一种表面化的处理,而忽略了"人神二性"说中的"虚己"实质。此外,书中同样谈到了柯日诺夫的文章,提到了尼尔·索尔斯基和圣愚,尤其是圣愚文化,其实这些因素与"双重人格"说具有更为密切的文化关联,然而作者却放弃了对这些重要因素的考察。[①]

在国内的巴赫金研究著作中,还有一些是非俄罗斯学专业(不是以俄文文献为基础材料)的,包括文艺学、哲学、美学领域的作者的成果,如王建刚的《狂欢诗学——巴赫金文学思想研究》(学林出版社 2001 年版)、《后理论时代与文学批评转型:巴赫金对话批评理论研究》(北京大学出版社 2012 年版)、梅兰的《巴赫金哲学美学和文学思想研究》(华中科技大学出版社 2005 年版)、沈华柱的《对话的妙悟:巴赫金语言哲学思想研究》(上海三联书店 2005 年版)、段建军和陈然兴的《人,生存在边缘上——巴赫金边缘思想研究》(人民出版社 2008 年版)、秦勇的《巴赫金躯体理论研究》(中国社会科学出版社 2009 年版)、吴承笃的《巴赫金诗学理论概观:从社会学诗学到文化诗学》(齐鲁书社 2009 年版)、宋春香的《他者文化语境中的狂欢理论》(中国社会科学出版社 2009 年版)、简圣宇的《交互空间中的哲理与诗意沉思:巴赫金主体间性美学思想研究》(广西师范大学出版社 2014 年版)等。其中王建刚的《后理论时代与文学批评转型:巴赫金对话批评理论研究》一书中有一节"巴赫金思想的本土资源",只是罗列了一下与巴赫金相关的知识领域,说明巴赫金曾与这些知识产生过不同形式的联系,但巴赫金的思想与这些资源到底在哪些方面发生了联系,其结构性关系是什么,却没有涉及。宋春香的《他者文化语境中的狂欢理论》也试图探讨巴赫金与宗教文化之间的关系,而且涉及多方面内容,如宗教节日、宗教仪式以及圣愚文化等,但这些内容均非自第一手基础文献开始研

① 周卫忠的这一节论述后来演绎成单篇文章发表。参见周卫忠:《狂欢人格的双重性与基督位格的双重性——从狂欢论与位格论的内在一致看巴赫金思想的基督教背景》,《东北师大学报》2008 年第 3 期。

究，而是借助于他人的转述，包括用巴赫金本人的引述来自证，因此，这些研究仍然谈不上俄罗斯学框架内的专业性研究。

在论文类成果中，除了大量用巴赫金的理论方法进行文本解读的成果外，也有相当一部分属于理论阐释，其中也有若干文章涉及巴赫金与俄罗斯文化、基督教文化之间的关系的内容。如钱中文的《巴赫金：交往、对话的哲学》(《哲学研究》1998 年第 1 期)，这是国内首次提出“巴赫金也受到俄国哲学家以及东正教思想的影响”这一说法的文章，但作为国内早期巴赫金研究成果，这篇文章对巴赫金的理论也多为描述，而非考证。应当提到的是晓都的《巴赫金学说“寻根”》(《外国文学评论》1994 年第 4 期）是国内最早提到柯日诺夫的《巴赫金与其读者们》的文章，后者在《莫斯科》杂志 1993 年 7 月号中发表，晓都的文章翌年即予以介绍并发表出来，堪称及时。柯日诺夫的文章后来在国内涉及巴赫金与宗教关系问题的著述中多次被提及，与晓都文章的推介有密切关系。当然，始终没有人根据柯日诺夫提供的线索进行有价值的研究。关注巴赫金与本土文化关系的成果还有季明举的《巴赫金及其理论的斯拉夫主义性质》(《俄罗斯文艺》2008 年第 1 期)，该文涉及了 19 世纪关于“人民性”的讨论以及斯拉夫主义的“团契”(即“聚合性”）原则等，并对巴赫金的一些概念，如“ответственность”[①]、“событие”(事件）等做了重新解说。同时，这篇文章也提到了柯日诺夫的文章，以及阿维林采夫的《巴赫金与俄罗斯对待笑的态度》[②]一文。当然，一篇短文涉及的内容如此之多，必定影响了论述的深入展开。该作者的另一篇文章《巴赫金超语言学的斯拉夫主义哲学实质》(《外语学刊》2011 年第 4 期）延续了前一篇文章的思路，将巴赫金的话语理论与“团契”学说加以参照。但关于霍米亚科夫提出的这个关键概念，文章作者却是从他人的转述中借用来的，这就降低了论述的可信度。此外，还有一些借助二手或三手材料涉及此论题的文章，如张欣的《巴赫金与俄

① 文中将“ответственность”这一概念解说为“应答能力”，但这个词指的不是“能力”，而是“关系”。

② *Аверинцев С. С.* Бахтин и русское отношение к смеху. // От мифа к литературе: Сборник в честь 75-летия Е. М. Мелетинского. М.: Российский государственный гуманитарный университет, 1993.

罗斯宗教哲学》(《文化与诗学》第七辑，北京大学出版社2009年1月)等，意识到了这一问题的重要性，但是却没有做出专业性论证。

总之，无论是俄罗斯本土学界、西方学界，还是国内学界，在巴赫金与俄罗斯民族文化关系的研究上都处于一种若即若离的研究状态。这里面最主要的原因其实只有一个——跨学科，而且不只是跨一个学科。本来巴赫金本人的理论就是跨多种学科的产物，它包括了哲学、诗学、伦理学、历史学、语言学、宗教学等诸多学科的知识，这也是在国际巴赫金学领域存在“盲人摸象”现象的重要原因。任何一个人都可以看到巴赫金的某一个侧面，但要对其进行整合性研究的时候，却会发现自己知识域的致命缺陷。而如果再对巴赫金的这种综合性理论进行资源渊源的考察，那么等于是再重建一个巴赫金理论的“元理论”视域，这不仅涉及大量起始知识的考察，如欧洲哲学、基督教以及东正教神学、俄罗斯历史文献、俄罗斯民间文化等，还需要相应的哲学及文学思维。正因为如此，与此相关的研究多选择从一个小的角度来进行有限的研究，而且基本上我们所看到的都是设想大于考订的研究。

四

基于以上原因，本课题选择将这一问题置于最基本的起点上，即把巴赫金思想的核心内容——对话理论作为考察对象，从俄罗斯本土的民族文化资源中寻找与这一理论的生成相关的所有重要内容，加以原始性审辨。

首先我们需要对巴赫金与欧洲思想的关系做一个大致的定位。毫无疑问，巴赫金的思想受到了自希腊以来的欧洲思想的深刻影响，从这个意义上说，把他定位于欧洲思想链条上的一环是没有问题的。但关键的问题是，我们需要看到巴赫金的独特性在哪里。比如，巴赫金对话哲学的基础是他的“行为哲学”，实际上属于道德哲学范畴，他自己承认这些思想受到了康德及其新康德学派的影响，但我们应当看到巴赫金与这些思想资源之间的差异是什么。因此，我们具体考察了康德、柯亨与巴赫金道德哲学的关系。尽管柯亨生活的时代离巴赫金并不遥远，但是总体上，他的哲学仍存在于康德哲学的框架内，就道德主体而言，无论是理性主体还是意志主体，都是二元论哲学的模式，即“主—客”模式。而巴赫金道德哲学的内核是“行为”(поступок)和“事件”(событие)，即消解了主体的优势地位，让它下降到与其他主体的平等交互关系之中，或曰具体“事件”之中，由此，他们彼此之间存在的不是互相承认对方为“目的”的关系，而是相互之间的“回应”关系，即“ответственность”。这也是我们为什么反复强调这个概念不能译为“责任”的原因，因为责任是主体对客体的关系，而“回应”是一种存在的本质关系，严格说来，任何一个对话者的发声都不是一个起始点，而是一个回应过程中的一个“行为”。此外，这个词也不能译为“应答”，因为“行为”不是一个主体发起的行动，而是一个“行为”整体中的一个环节。由此，巴赫金的道德哲学模式便形成了有别于康德学派的一个新的模式，即“主—主”的模式。但接下来我们需要解决的一个问题是，巴赫金的这种模式是从哪里来的。这便涉及了东正教及俄罗斯正教文化的某些结构性内容。

“道成肉身”（Воплощение）是基督教的基础教义，但它在东方教父的思想中占据了极为重要的地位，因而对这一教义的强调也成为东正教的明显倾向。大量研究著述涉及了这一概念对巴赫金的影响的研究。但这些研究中存在的一个关键问题是把“道成肉身”观念视为巴赫金人学思想的来源，而不是从这一概念本身所具有的叙事范式来切入与巴赫金的比照研究。也就是说，从这个东正教概念入手，这些研究者得出的结论是：巴赫金通过基督的“虚己”认识到每一个对话者的“唯一性”，从而消解了独白话语中的绝对权威。这实际上是一种简单化的解读模式，这也是为什么大家都在谈它的原因，因为不需要去考证“道成肉身”的教义形成机制，不需要去考察这些概念及相关思想的来龙去脉，而只是先验地把它认定为某种价值观，然后套到巴赫金头上就可以了。实际上，这一概念涉及复杂的教义内容，如人的原罪的发生、人的自由的获取、人的选择问题、人的神性的评定，以及有关这些问题的历史论争。如巴赫金所说的：“正是这个发生了基督生灭事件的世界，它的事实和它的涵义，从根本上说既不能用理论的范畴，也不能用历史认识的范畴，同样不能用审美直觉来加以说明。在第一种情况下，我们认识到的是抽象的涵义，但却失掉了实际历史进程的唯一事实；在第二种情况下，我们认识到了历史的事实，却失掉了涵义；在第三种情况下，我们既把握了事实的存在，也把握了其中的涵义（作为世界个性化的因素），然而却失掉了对世界所持的立场、自己的应分的参与；总之，在任何情况下我们都没有把握世界进程的全部，即唯一性的事实、进程、内涵、意义与我们的参与性的统一和相互渗透（因为处于这一进程中的世界是统一的又是唯一的）。”[①] 实际上，当我们完成了上述所有事实和涵义的考察，最后需要进入方法论的层面上来解决这一问题，即离开人学范畴，进入巴赫金所说的“行为哲学”的层面上来看待这一问题。也就是说，基督的肉身化本质上不是提高了人的品性，而是恢复了人的本性，即由上帝所分有的属性。这也是为什么巴赫金总是强调“应分”（долженствование）的原因，因为这个概念既强调了人的本性的唯一性，也强调了行为的“回应性”。如巴赫金所说：“应分恰恰是一个针对个体行为的范畴，甚至乃是个体性本身的范畴，即指行为的唯一性、不可代替性、唯一的不可不为性、行为的历史性。”[②]

那么，既然行为具有唯一性，为什么进入“行为”或“事件”的个体还有一种“唯一的不可不为性”（единственная нудительность[③]）呢？这就涉及俄罗斯正教的“聚合性”概念。尽管霍米亚科夫对这一概念做了解说，但像“道成肉身”的概念一样，同样容易把人们引入一个简单化的解读模式，即“多样性中的统一体”（единство во множестве）。这个模式可以简单地套在许多复调式的小说形态上，即个体的自由显现在平等对话的过程中，而对话的价值却指向作家的隐含意图。而实际上，巴赫金一直用“涵义整体”（смысловое целое）或“空间整体”（пространственное целое[④]）来表示话语的空间形式。那么，这个涵义整体或者空间整体指的是什么呢？当然不是作者的意图。解释这一问题，同样应当从“聚合性”概念的叙事范式说起，这个聚合性空间之所以是一个“统一体”，原因是存在一个超验的上帝，这个超验的上帝不是别的，正是从人类的交往本能中抽绎出来的人类共性，而从叙事范式上来说，这就是对话的前提。简单来说，如果不承认这个“涵义整体”，任何个性的唯一性不但不能显现，而且

---

① ［俄］巴赫金：《论行为哲学》，贾泽林译，《巴赫金全集》第一卷，河北教育出版社 2009 年版，第 19 页。

② 同上书，第 27 页。

③ *Бахтин М. М.* К философии поступка. // Собрание сочинений в 7 томах. Т. 1, М.: Русские словари; Языки славянской культуры, 2003, с. 26–27.

④ *Бахтин М. М.* Автор и герой в эстетической деятельности. // Собрание сочинений в 7 томах. Т. 1. М.: Русские словари; Языки славянской культуры, 2003, с. 167–168.

其存在也变得没有意义，因为没有涵义整体的事件是不存在的。

从上述意义上看，如果说巴赫金的对话理论是一种道德哲学，它却不是在“道德”的层面上与东正教理念发生联系的，而是在叙事范式的层面上发生联系。也正因为如此，巴赫金创造了在本质上不同于康德道德哲学的“行为哲学”。

五

我们对巴赫金对话理论的探源受到了巴赫金所提出的“大时间”（большое время）观念的影响。尽管巴赫金理解的大时间是把整个人类的存在史放在一个大的“空间整体”中来看视，但我们还是认为，不能让这个所谓“空间整体”漫无边际。因为在这个空间整体中，相对的差异性才是它存在的根本理由。这种差异性与其整体性同样重要，都是行为发生或者事件存在的前提。这也是我们为什么强调要把巴赫金置于俄罗斯民族文化语境下来阐释的原因。

我们首先把整个俄罗斯文化或俄罗斯历史视为一个大型对话文本，从人类文化的整体发展来看，俄罗斯就是发生在时间“门槛”上的一个事件。它的历史形态既不像西方，也不像东方，因此无法将其纳入一个我们熟悉的认知逻辑。坦率地说，它的历史就像是一个新历史主义的注脚，其中充满了偶然性、碎片和杂语。它从来不是按照理性主义可理解的进程发展的，在这个大型对话文本中，到处都是小型对话。也正是在这种整体上成为一个“多声部”文本的语境中，才会产生巴赫金这样的对话理论。当然，这个大的历史对话文本是通过各种形态的小型对话文本与巴赫金发生“大时间”之内的结构性关系的。

在这些作为巴赫金对话理论“原型”的小型历史对话文本中，我们选择了世俗性对话文本、东正教对话文本以及民间文化文本三个主要方面，从中探寻巴赫金对话理论形态与这些文本之间的遥远的对话。我们采用的主要研究方法为历史考据与文化诗学的结构关联方法相结合，大致上分为三个步骤：一、发掘历史文本；二、对历史文本进行模式考辨与归纳；三、论证这种模式与巴赫金对话理论的相应模式之间的结构性对应。

首先是进行历史考据。这是迄今为止谈论巴赫金与其民族文化内容关联的研究中最为欠缺的一个方面。这些研究者想当然地把这些历史文本视为一个不需论证的前提，而直接进入对巴赫金模式的描述。有相当多的对巴赫金理论的诠释性著述都属于此种类型，这在某种意义上来说不是研究，而是“复述”，尽管把巴赫金复杂的理论以更简明的方式重新讲述出来也是一项重要的工作。但这不是本课题的任务。我们的任务是必须要对巴赫金理论在俄罗斯民族文化结构中的历史关系进行有具体文本针对性的考察。比如我们在世俗对话文本中选择了伊凡四世与库尔勃斯基的通信，之所以选择它是因为有大量的学者在论及俄罗斯的历史对话时都提到了这个问题，但是我们还没有看到对这个通信的原始文本进行考辨的研究，大多都是片断性考察，或者借助于历史教材中的描述来进行概括式推论。这样的做法显然无法完成巴赫金对话形态与“原型”文本关系的研究。因此，我们要做的就是把这个对话的原始文本呈现出来，让读者看到这个文本的整体性内容，这样才可以进行进一步的推导性论述。而发掘东正教对话文本是我们工作的重点，原因是，古代俄罗斯的书面文化基本上是由东正教文献建立起来的，我们甚至可以把俄罗斯 18 世纪之前的历史文献都放在东正教的框架之内来考察，包括上述伊凡四世与库尔勃斯基的通信。因此，处于俄罗斯文献文化“大时间”框架内的巴赫金，其主要对话原型文本便是这一类文本。这也是为什么柯日诺夫的文章重点提及的是尼尔·索尔斯基的“交谈”文本。但是恰恰是在这方面的文本发掘上存在两个主要的问题：一是苏联时期对宗教话题的禁忌，导致长时期没有学者对这方面的文献进行研究，因此，今天把这些文本发掘出来，我们所面对的在某种意义上是一种“还原”化的文本，需要进行开垦式解读。二是有些文献还没有翻译成现代俄语，而教会斯拉夫语和古俄语目前在俄国的普及程度远不及中国的古代汉语在当代的普及程度，这也妨碍了我们对这些文献做全面的考察筛选。不过好在 19 世纪的学者们在这方面已经做了很多工作，应当说，最重要的部分都已有通行俄语译文，而苏联解体之后也有学者在做这方面的工作。比如尼尔·索尔斯基的修道院规章和伪经中的《圣母巡视苦难记》（《圣母游地狱》），我们既参照了 19 世纪的译本，也参照了解体后的新译本。像这些代表性对话或狂欢式文本，在以往的巴赫金研究中都曾被提到过，但是仍然没有人对这些文本做基础性考辨。以伪经《圣母游地狱》为例，几乎所有学者，包括西方与俄国学者，在论及其与巴赫金的狂欢理论时所借用的都是陀思妥耶夫斯基在《卡拉马佐夫兄弟》中关于伊凡·卡拉马佐夫的情节介绍，从未有人对该文本进行原始文本解读，因此，这样的研究往往都是"适可而止"。再如尼尔·索尔斯基所谓的"交谈"性文字，柯日诺夫在提到它与巴赫金的关系时还摘出了两个片断来加以说明，但是他却放弃了对这个所谓的"交谈"性文字的全面考察，并且声称："当然，'直接地'、逐字逐句地比较尼尔·索尔斯基的神学遗产和巴赫金的思想是不可能的，因为，首先他们相隔了几乎五百年，此外，圣者整体的行为具有另外的性质和另外的意义。"① 这个"另外的性质和另外的意义"究竟是什么，柯日诺夫却放弃了进一步的阐述。而要做到对这个所谓"另外的性质和另外的意义"有全面准确的理解，就需要看看这个"交谈"文本的原始形态是怎样的，哪怕它已从教会斯拉夫语或古俄语译成了现代俄语。除此之外，还需要考察尼尔·索尔斯基这种静修观念的由来，才能形成一个完整的证据链条。因此，我们还进一步向前推进到对静修主义创始者帕拉马的对话思想的考察。而在民间文化文本方面，发掘文本的工作相对简单，因为这方面的研究整理工作在俄国都做得很充分。但也需要对其加以选择，比如在俄罗斯存在大量的民间节庆活动，而哪些活动具有巴赫金意义上的狂欢品格，就需要根据这些节庆活动的具体内容来进行甄别。在考辨民间故事文本的过程中也存在同样的情形，比如巴赫金在他的著述中反复提及"傻瓜""疯癫"的概念，但是几乎没有涉及俄罗斯本土的具体现象，他所使用的理论依据要么是西欧历史上的，要么是西欧文学中的艺术描写，这也是造成有些学者质疑其理论的这种推导方式可信性的原因。② 正因为如此，我们要做的工作便是在历史的具体文本的基础上来为巴赫金的理论史实依据提供可靠的文本原型。这也算是我们对巴赫金"大时间"观的一个遥远的致敬吧。

第二个方面的工作是对这些原始文本进行模式考辨与归纳。发掘历史对话文本原型并不是目的，尽管这项工作在此前研究有所缺失的情况下显

---

① *Кожинов В. В.* Бахтин и его читатели. // Москва, 1993, № 7, с. 146.

② 如国内学者阎真曾发表过三篇文章对巴赫金的狂欢理论进行质疑，主要的理由就是其借以建立其理论的史实缺少可信性。参见阎真：《想象催生的神话——巴赫金狂欢理论质疑》（《文学评论》2004年第3期）、《文化史的虚构——巴赫金"狂欢"理论的七大缺失》（《文艺研究》2006年第12期）、《历史和逻辑的双重缺失——巴赫金狂欢理论批判》（《湖南大学学报》2011年第2期）。

得尤为重要。也许最重要的环节是确定这些历史文本的对话模型到底如何。其实我们明白柯日诺夫所说的尼尔·索尔斯基“交谈”文本的“另外的性质和另外的意义”是指什么，因为这些文本均属于教会文献，在柯日诺夫看来，怎么可能形成一种非独白式的话语狂欢呢。巴赫金在谈到圣徒传类文本时也说：“圣徒言行是直接在教会世界中完成的。所记录的每一言行都应对这一教会世界具有意义；圣徒的一生是皈依上帝的一生。皈依上帝的生活，应该纳入到传统的形式里，作者的虔敬态度不允许个人的首创精神，不允许个人选择表现方法；因为这里的作者要摆脱自己、摆脱自己由个人承担责任的积极性；形式因此也就成为传统性的和假定性的东西（这里得到肯定的假定形式，从原则上就与对象不相符合，而且意识到了这一点却又不求符合。不过，事先就不求符合还远远不是迷狂的表现，因为迷狂是个性的行为，它内含一种愤世嫉俗的因素。圣徒传形式传统上就是假定性的，为无可争议的权威所肯定，乐于接受现成的表现方法，哪怕它并不贴切，因而也乐于接受现在的感知者）。于是，圣徒外位因素的统一性，不是积极利用自己外位性的作者所具有的个人统一性；圣徒的外位性是放弃首创精神的驯顺的外位性（因为并不存在本质上外在的因素以便完成人物），屈从的外在性是求助于传统上推崇形式的外位性。”[①] 或者说，在这种情况下，巴赫金等于拒绝承认他的对话理论与教会文献之间的关系，甚至在谈到他所不能否认的陀思妥耶夫斯基与这类文本之间的关系时，他也只是认为后者仅在塑造带有正面色彩的人物时才显露出与圣徒传的叙事手段类似的表达形式。如巴赫金在说了上面一段话后在括弧中标注：“陀思妥耶夫斯基的圣容理念（идея благообразия）。”[②] 然而，我们必须重申我

① ［俄］巴赫金：《审美活动中的作者与主人公》，晓河译，《巴赫金全集》第一卷，河北教育出版社2009年版，第291—292页。译文中的“迷狂”（юродство）应译为“圣愚”，因为它是指作为圣徒的圣愚（Юродивый Христа ради）的行为。原文参见 *Бахтин М. М.* Автор и герой в эстетической деятельности. // Собрание сочинений в 7 томах. Т. 1. М.: Русские словари; Языки славянской культуры, 2003, с. 244.

② *Бахтин М. М.* Автор и герой в эстетической деятельности. // Собрание сочинений в 7 томах. Т. 1. М.: Русские словари; Языки славянской культуры, 2003, с. 244. 中文译文将“идея благообразия”译为“关于仪表风度的思想”不妥，因为这其中的基督教含义显然没有被译者所领会。参见［俄］巴赫金：《审美活动中的作者与主人公》，晓河译，《巴赫金全集》第一卷，河北教育出版社2009年版，第293页。

们的研究原则，巴赫金也好，陀思妥耶夫斯基也好，他们在建构其理论体系或艺术表达体系的时候，就这些古代的教会文本而言，他们接受的不是其中由教会独白观念决定的独白性，而是这些教会文本在阐述这种独白性形成的过程中呈现的对话形态。如美国学者鲍里斯·格罗伊斯所说的："注重实际、反对神秘主义的巴赫金，曾被所能触摸和看到的事物所吸引，他并不要求改变世界，他只需要一种体裁的转变，即从哲学的独白散文转向小说。"[①] 换句话说，巴赫金接受的不是世界观，而是体裁，或曰叙事结构的启示。就此而言，无论是圣经文本中的《约伯记》还是尼尔·索尔斯基的修道规章，如果从作者与主人公之间的外位性关系来理解，那么它显然不符合巴赫金的外位性理念。但是如果我们忽略掉《约伯记》的最终皈依，而只是看它的对话过程，就可以发现，即使把它称为"复调"也未尝不可。而在尼尔·索尔斯基的"交谈"文本中，尽管它的所有交谈都指向终极的上帝，但是在他主张的"默祷"过程中，却存在着一系列充满矛盾的暗辩；在这个暗辩的过程中，上帝实际上已经由独白话语的发出者隐退为这个对话话语的"涵义整体"因素，即成为对话发生的语境化因素。这种情形与伊凡四世和库尔勃斯基的对话具有同样的结构，对话中双方都在强调自己是站在基督的立场上来与对方质对，这实际上就是承认他们有一个共同的"涵义"前提。而在巴赫金看来，不存在没有这种涵义前提的对话，因为没有涵义整体这个前提条件，就无法真正形成对话双方的回应性关系。

本课题研究的第三个方面，就是在上述对原型文本的考察与归纳的基础上，重新建立其与巴赫金理论的内在联系，或者说重新认识巴赫金的对话理论的基本形态。当然，这个工作前人已有大量的成果，几乎每一个问题都曾被反复地描述与阐释，因此，我们不会用更多的篇幅来做这方面的工作。但是，我们必须要做的是，当我们把巴赫金置于俄罗斯民族文化语境中进行考察之后，我们必须强调他的"俄罗斯性"，而不是他的西方性。或者说，我们必须要明确，在巴赫金的理论范畴中，哪些是只有在俄罗斯

① Groys, B. "Problema avtorstva u Bakhtina i russkaia filosofskaia traditsiia". *Russian Literature* 26 (1989). 119.

的语境中才会产生的特质。严格说来，由于巴赫金对于“复调”和狂欢化的解说更易为大众所接受，并且更易被作为一种批评方法应用于具体的批评实践，而这些内容恰恰是与西方的解构主义思潮相适应的内容，因此大家往往忽略了他在建构“行为哲学”体系的过程中所提出的“涵义整体”说。而在我们看来，这个问题是巴赫金对话思想中的“俄罗斯性”的关键。

那么，什么是涵义整体呢？他在论述人的审美活动时说：“艺术观照世界的建构，不仅要安排空时因素，而且要安排纯粹的涵义因素。形式不仅有空间和时间的形式，而且还有涵义的形式。迄今我们研究了人及其生活的空间和时间之所以获得审美意义的条件。不过，能获得审美意义的，还有主人公在存在中的涵义立场，他在统一而唯一的存在事件中所占据的内在位置，他在事件中的价值立场。这一价值立场是从事件中孤立出来并在艺术上给以完成的；在事件中选择哪些特定的涵义因素，决定着选择哪些与之相应的外在的完成因素，这些就都表现为主人公涵义整体所采用的不同形式。”[①] 我们看到，“涵义”在这里成为“行为”发生的条件、前提，也就是说，首先，个体需要承认一种先于他的涵义存在，他才能获得证明自我存在的相应的他者因素。然而这并不是说“涵义”是孤立的“自在涵义”，可以不依赖于个体而自我存在，并能够决定个体的存在，而是所有涵义因素，即巴赫金理解的价值因素（对话实际上就是价值之争），如“真、善、美”等，都是作为一种潜在的可能性先于个体的参与而存在，它们只有在个体发生参与行为的情形下才能获得实现。所以巴赫金说：“回应性之所以可能，不是因为自在涵义（смысл в себе），而是因为对这个自在涵义的唯一的确认—否认。要知道，既可以绕开涵义，也可以不予回应地绕开存在而引出涵义。”[②] 前面我们谈到，巴赫金称，“在这个发生了基督生灭事件的世界”，才有了“事实和它的涵义”。显然，巴赫金在这里移用了东正教的“虚己”（кенозис）论理念，这个逻辑模式是：首先是因为有了基

---

① ［俄］巴赫金：《审美活动中的作者与主人公》，晓河译，《巴赫金全集》第一卷，河北教育出版社 2009 年版，第 245—246 页。

② *Бахтин М. М.* К философии поступка. // Собрание сочинений в 7 томах . Т. 1, М.: Русские словари; Языки славянской культуры, 2003, с. 42. 中文译本将“смысл в себе”译为“涵义本身”不妥，因为这里是指涵义先于对话个体存在的属性。参见［俄］巴赫金：《论行为哲学》，贾泽林译，《巴赫金全集》第一卷，河北教育出版社 2009 年版，第 44 页。

督才有了世界的涵义，但这并不意味着它是超于人的存在，因为它实现的前提是人的参与。所以巴赫金说，不能用理论的范畴来理解这个问题，因为那就把这个涵义抽象化了，而它不是抽象的，是当人出现的时候它才实现了涵义的“自在性”；同样也不能用历史认识的范畴来理解，因为这就抽掉了涵义的价值属性，只剩下了孤立的事实，而这种没有发生“回应性”的事实对于人而言是没有意义的。总之，“世界进程的全部，即唯一性的事实、进程、涵义、意义与我们的参与性的统一和相互渗透”，在任何情况下都是不可能被把握的。也就是说，任何“把握”只是在行为的进行中实现的，包括作为“涵义”的基督和参与拯救进程的个人。这就是所谓的“涵义整体”。

巴赫金本人实际上是借助于东正教神学来譬喻他的行为哲学，并在这个神学阐释的基础上建构了他的涵义理论；甚至他所使用的概念也来自神学。如他谈到叙事伦理的时候这样说：“我们在本章中将就‘内在之人’（внутренний человек）、主人公心灵的内在整体（внутреннее целое души）（作为审美现象），作出同样的论证。心灵（душа）也是一样，作为给定的现实，作为从艺术上体验的主人公内心生活的整体，外位于主人公的人生价值取向，外位于他的自我意识。我们将会看到，心灵作为在时间中成长的内在整体，作为给定的实有的整体，是通过审美的范畴构建起来的。这就是从外部在他人身上呈现出来的精神（дух）。”[①] 中文译本在这段话后加了一个注释：“‘心灵’，原文为душа一词，作者用来表示呈现在他人眼中的‘内在之人’，‘精神’原文为дух，作者用来指自己眼中的‘内在之人’”。注释中的这个表述被译者在他的专著《巴赫金哲学思想研究》中做了展开论述，甚至借助弗兰克和别尔嘉耶夫的阐释来加以佐证，[②] 但他却没有意识到，这两个概念其实是从神学术语来的。“дух”是上帝的属性，后来成为圣灵的同一概念；“душа”是人的属性，在东正教思想中它是上帝属性的“分有”。在圣经文本中这两个概念最早出现于《创世记》

① 巴赫金：《审美活动中的作者与主人公》，晓河译，《巴赫金全集》第一卷，河北教育出版社2009年版，第245—246页。原文参见 *Бахтин М. М.* Автор и герой в эстетической деятельности. // Собрание сочинений в 7 томах. Т. 1. М.: Русские словари; Языки славянской культуры, 2003, с. 175-176.

② 晓河：《巴赫金哲学思想研究》，河北人民出版社2006年版，第196—200页。

中：“上帝的灵（дух）运行在水面上。”“耶和华神用地上的尘土造人，将生气吹在他鼻孔里，他就成了有灵（душа）的活人，名叫亚当。”[①]明白了这两个概念的原始差异，我们就可以理解，为什么巴赫金会说心灵是在时间中成长的，而另外还有一个心灵成长的“内在整体”。当然，巴赫金还强调了“内在之人”的概念，而这个思想是从东方教父的人学思想中来的，但巴赫金对其做了叙事伦理上的改动，即将其从“造物”（тварь）的位置上解放出来，使它具有了“内在性”，但是，这个内在性如果不与整体性构成一种外位关系，同样也是无法实现的。由此，我们可以看清巴赫金的对话话语的结构模式了，简单地说就是：一个话语事件就是一个涵义整体中的诸“我”的对话。

所以，“复调”也好，“狂欢”也好，如果不把这个来自东正教神学的“涵义整体”概念加进去，便是忽略了巴赫金的俄罗斯特性。而这种特性在我们所涉及的下述所有俄罗斯历史对话文本中都得到了具体的呈现。

以赛亚·伯林在论及俄国精神遗产时这样认为：“不止一位十九世纪俄国批评家说过：在自然科学和其他专门学科之外，每一种对俄国思想有点儿影响的观念——每一种较普遍的观念——都来自国外，没有哪怕是一种有生命力的哲学、历史、社会或艺术的学说或观点是俄国土生土长。这种说法我认为大略不谬，但在我看来更有趣的是所有那些思想观念，不管源自何方，进入俄国后都落到了一片极其热情、极其肥沃的精神泥土中，并且很快就在上面长得枝繁叶茂、蔚为大观，在这个过程中它们得到了改造。”[②]我们说，这个话如果用在巴赫金身上也许只对了一半，巴赫金的对话理论作为一种俄罗斯思想，不能用“来自国外”这样的字眼加以限定；而说这种理论受到了西欧思想的影响是没有问题的，当然，还要加上伯林的后半句话，这种思想在巴赫金这里变得“枝繁叶茂、蔚为大观”。

---

① 和合本圣经《旧约·创世记》1：2；2：7。俄文译本参见：«Книга Бытие» 1: 1–2; 2: 7. // «Библия. Книги Священного Писания Ветхого и Нового Завета». Синодальный перевод. М.: Российское библейское общество, 2012, с. 5, 6.

② ［英］伯林：《艺术的责任：一份俄国遗产》，见《现实感：观念及其历史研究》，潘荣荣、林茂译，译林出版社2011年版，第221页。

上　编

作为俄罗斯思想家的巴赫金

第一章
巴赫金对德国哲学传统的扬弃

在巴赫金学中一个大家关注的领域是，巴赫金的“横空出世”绝非毫无渊源，一定是与他所接受的各种思想资源密切相关。迄今已有许多关于巴赫金与西方、与俄国本土，甚至与东方等思想关系的研究，这些研究对于准确理解巴赫金的思想做出了重要的贡献。

以往的这些研究呈现出两个倾向。一是单项的研究，如对巴赫金与康德及康德学派的关系的研究，可称是这类研究中成果最多的一个方向。2014年由摩尔曼斯克国立人文大学出版社出版的《康德与巴赫金：永恒的世界与对话》一书中就收录了多篇针对这一话题的研究文章。这类文章对巴赫金与某一特定对象的关系进行了深入的研究，甚至可称巨细无遗；但从我们的角度来看，这种研究同时也会导致一种偏颇，即过于看重评论者所研究的内容，而有意无意地忽略了巴赫金对康德哲学传统的扬弃的一面。如上述著作中的《感性模板：康德与巴赫金》（«Трафареты чувственности: Кант и Бахтин»）一文，便把巴赫金关于审美形式的观点都归结为康德的“判断力”学说的影响[①]，而忽略了这两者之间的差别（下面将对此详述）。另外一种倾向就是不分巨细，把巴赫金思想的可能性关系都加以联系性考察。在这种研究中，巴赫金本身的独特性便被稀释了。如

① *Сауткин А. А., Копылов А. В.* (науч. ред.) И. Кант и М. Бахтин: вечный мир и диалог: Сборник материалов международного научно-практического семинара (Мурманск, 12–13 марта 2014 г.). Мурманск: МГГУ, 2014, с. 10–11.

俄国巴赫金研究专家塔马尔琴科在他的专著《巴赫金的〈语言创作美学〉与俄罗斯哲学-语文学传统》中，几乎把俄罗斯白银时代的所有思想家，如索洛维约夫、罗扎诺夫、梅列日科夫斯基、维·伊万诺夫、特鲁别茨科依、别雷、弗洛连斯基等，都与巴赫金相关联进行考察，另外就是把一系列西方思想家——康德、黑格尔、尼采、卢卡奇、弗洛伊德、施宾格勒等——与巴赫金的关系也做了同样的考察。作者称："巴赫金的主要著作，都是对一个统一的思想和观念体系的诠释，而〈语言创作美学〉并不是别的，而是一种系统的科学诗学。它的思想基础在白银时代的宗教哲学语境中可以得到解释。"① 而它同样也受到了近一个半世纪的西方思想的渗透。或者换句话说，在塔马尔琴科看来，巴赫金的思想就是在融汇了白银时代的那些思想家和西方从康德至施宾格勒等人的学说的基础上形成的。

如前所述，本书的基本命题是：巴赫金的俄罗斯性是什么？当然，在上述研究中这一命题被搁置了。然而，我们的命题仍然要从上述研究的基础上做起，以避免出现我们所谈到过的以偏概全或者顾及全面而淹没对象特性的问题。我们必须承认，巴赫金的思想当然不是在他的头脑中完全独创出来的，从理论上说，自古代希腊之后，这样的思想家已经消失了。从实践上，没有任何一个时代的思想是在一个人的头脑中产生的，这其实也是巴赫金思想的一个方面。从巴赫金本人所接受的思想资源来看，显然，他堪称俄国最博学的人之一，他不仅精通俄国本土的历史典籍，同时也精通拉丁语、古希腊语、德语、法语等，对西方的思想史十分熟悉，因此，说他的思想是在这些人类共同资源的基础上成长起来的也并不为过。但是，我们要追问的是巴赫金的特性问题，因此，在这些繁复的资源中需要找到是哪些最重要的因素影响了巴赫金思想的形成。当然，我们的另一项主要工作，就是要找到巴赫金与这些思想之间的差异，或者说，他的俄罗斯性是什么。这一工作我们在本书的最后一编将做进一步阐述。而这里，我们先就对巴赫金影响最为直接的德国哲学传统与其关系做一个考察。

---

① *Тамарченко Н. Д.* «Эстетика словесного творчества» М. М. Бахтина и русская философско-филологическая традиция. М.: Издательство Кулагиной, 2011, с. 8.

第一节 巴赫金:“铁杆的康德主义信徒”

巴赫金自称为哲学家，这不是偶然的，这与他系统地接受西方哲学，尤其是德国哲学有密切关系。简言之，一个人如果没有接受德国古典哲学的系统的浸润，是不可能称为现代意义上的哲学家的。巴赫金常常提到的德国哲学家是马堡学派的柯亨（一译柯恩），也就是19世纪后期出现的所谓新康德主义的代表人物。但既然叫新康德主义，那么它就是从“旧”康德主义来的，所以，没有理由说巴赫金只受到了新康德主义的影响，而对旧康德主义——康德本人的哲学——没有研读。实际上，巴赫金思想中几乎所有的概念都带有某种意义上的康德痕迹。当然，这些思想都经过了巴赫金本人的改造。

按照巴赫金本人的说法，他“掌握的第一门语言几乎就是德语”，因为在他还没有熟练掌握俄语的时候就开始接受德国的家庭教师的教育。[①] 因此，他很早就开始阅读德文原版的哲学著作，甚至他在十二三岁的时候就开始读康德，并且是其最为深奥的著作《纯粹理性批判》，并且他还强调:“需要指出的是，我是读懂了的。”[②] 因此可以说，巴赫金从年轻时代就成为了康德专家。他自称，20世纪20年代他在列宁格勒的“巴赫金小组”讲授康德时“曾是个铁杆的康德主义信徒”，甚至是个“康德主义者”[③]。

但不管怎样，巴赫金的哲学思想是从康德开始的。因此，与哲学相关的关键问题，巴赫金是从康德那里开始理解的。那么康德对巴赫金的哲学思想建构到底在哪些方面发生了决定性的影响呢？二者之间的差别又在哪里呢？

这需要从巴赫金哲学思想的基本构成说起。我们把巴赫金的哲学称为“对话哲学”，所谓对话哲学涉及哲学的基本二元结构：主体与他者。可以这样说，巴赫金的主体哲学源于康德，而“他者”哲学则是他区别于康德的最重要的内容。

---

① ［俄］巴赫金、杜瓦金:《访谈录》，董晓、王加兴译，见《对话中的巴赫金：访谈与笔谈》，南京大学出版社2014年版，第34页。

② 同上书，第37页。

③ 同上书，第151—152页。

我们先来看康德主体哲学的基本框架。康德是认识论哲学的代表，他对主体的辨析开创了哲学的新时代。康德对主体的阐述大致可分为两个主要部分：一是纯粹主体，一是道德主体。

所谓纯粹主体，即作为理性认识出发点的主体。在康德之前，尽管欧洲的哲学已经在不同层面、不同程度及多种体系中有了大量的关于主体问题的论述，但对于主体与客体之间的结构性关系，却没有体系化的著述。笛卡尔也许是涉及这一领域的奠基性哲学家，但显然，笛卡尔并不是一个具备缜密思维的体系化哲学家，他的一系列著作都带有明显的中世纪写作的痕迹：感悟式的，武断的。比如他对其著名命题“我思故我在”的表述：“现在我觉得思维是属于我的一个属性，只有它不能跟我分开。有我，我存在这是靠得住的；可是，多长时间？我思维多长时间，就存在多长时间；因为假如我停止思维，也许很可能我就同时停止了存在。我现在对不是必然真实的东西一概不承认；因此，严格来说我只是一个在思维的东西，也就是说，一个精神，一个理智，或者一个理性，这些名称的意义是我以前不知道的。那么我是一个真的东西，真正存在的东西了；可是，是一个什么东西呢？我说过：是一个在思维的东西。”① 笛卡尔肯定了我相对于知识产生的起始功能，是对认识主体的绝对性的肯定。但是，认识主体的确立机制却没有在他这里得到明确、清晰而系统的阐述。而只有到了康德这里，主体的问题才得到了完整的呈现。原因就在于，康德是从主体与客体之间的关系来论述人的知识产生机制的。

从朴素的认知出发，从古希腊时代起，人们对于知识的感性始源确信不疑，但对于知识产生的理性机制却缺少探究。我们来看柏拉图所记述的对于知识产生的一种形态：

> **苏格拉底：**泰阿泰德，重新开始吧，试着解释知识是什么。绝对不要再说这件事超越了你的能力。如果上苍要你这样做，而你又鼓足勇气，你会有能力这样做的。

① 笛卡尔：《第一哲学沉思集》，庞景仁译，商务印书馆 1986 年版，第 25—26 页。

泰阿泰德：好吧，苏格拉底，有你这样的人对我进行鼓励，如果我再不尽力而为，把心中的话都说出来，那真是一种耻辱。我想，说某人知道某事就是觉察到他知道的事情，因此，就我现在的理解来说，知识无非就是感觉。

苏格拉底：好得很。这才是表达意见的正确精神。但是现在假定我们一起考察你的产物，看它究竟是一枚未受精的卵，还是已经有生命在其中。你说，知识就是感觉？

泰阿泰德：是的。

苏格拉底：你提出的关于知识性质的解释无论如何都不会被轻视。你的解释与普罗泰戈拉的解释是一样的，只不过叙述方式有些不同。他说，你要记住，“人是万物的尺度，是存在的事物存在的尺度，也是不存在的事物不存在的尺度。”无疑，你读过这段话。

泰阿泰德：是的，读过好几遍。

苏格拉底：他的意思岂不是在说，你我都是人，因此事物“对于我就是它向我呈现的样子，对于你就是它向你呈现的样子”，对吗？

泰阿泰德：对，他就是这个意思。

苏格拉底：一个聪明人说的话不会是胡说八道。所以，让我们来了解一下他的意思吧。有时候一阵风吹来，我们中间的一个人感到冷，另一个人感到不冷，或者一个人感到有点冷，而另一个感到非常冷。

泰阿泰德：当然是这样。

苏格拉底：那么，在这个例子中我们可以说风本身是冷的或不冷的吗？或者我们得赞成普罗泰戈拉的看法，风对于感到冷的人来说是冷的，风对另一个人来说是不冷的？

泰阿泰德：后一种说法似乎是合理的。

苏格拉底：那么，风就是这样对我们每个人“呈现”的吗？

泰阿泰德：是的。

苏格拉底：“对他呈现”的意思就是他“感觉到”它是这个样子的吗？

泰阿泰德：对。

苏格拉底：那么，“呈现”与“感觉”在热和冷这个事例中，以及一些类似的例子中，是一回事。对每个感觉到它们的人来说，它们就是存在的。[①]

从这里我们可以看出，柏拉图，或者他所记载的苏格拉底，对于知识的主观性已有明确的理解，但是，“感觉产生知识”却说明他们对于这个问题的理解仍然停留在经验的层面上。而康德在这方面进行了开创性的工作，他在《纯粹理性批判》的导言中即说：“尽管我们的一切知识都是以经验开始的，它们却并不因此就都是从经验中发源的。因为很可能，甚至我们的经验知识，也是由我们通过印象所接受的东西和我们固有的知识能力（感官印象只是诱因）从自己本身中拿来的东西的一个复合物，对于我们的这个增添，直到长期的训练使我们注意到它并熟练地将它分离出来以前，我们是不会把它与那些基本材料区分开来的。”[②] 从这段话里我们可以大致看到康德对知识产生的基本论述思路，注意，康德仍然强调“主体”的本体意义，这也就是为什么我们把这些学说称为唯心主义的原因。但康德与柏拉图不同的是，他认为知识并非从主体的经验中而来，而是从感官起始，调动“知识能力”而产生的；此外，知识的产生有赖于对“基本材料”——客观事物——的认知。

因此，在康德这里，认知主体就是纯粹主体，它的核心内容是“理性”，并且理性决定着知识的产生，而不是作为“基本材料”的客体决定知识的产生。我们说，尽管巴赫金的认识论哲学内核是从康德这里来的，但是，巴赫金却扬弃了康德的纯粹主体说，更多地接受了他的道德主体说。

第二节　巴赫金对康德道德哲学的扬弃

康德在建构他的纯粹理性批判学说的时候，思考的是知识生产问题，在某种意义上，这个时候，作为认知主体的人成为孤立于世界的主体。但当康德把目光转向人与人之间的互相认知的时候，他发现，这与人相对于

① ［古希腊］柏拉图：《泰阿泰德篇》，《柏拉图全集》第2卷，王晓朝译，人民出版社2003年版，第664—665页。

② ［德］康德：《纯粹理性批判》，邓晓芒译，人民出版社2004年版，第1页。

世界的关系完全不同。也就是说，当两个具有同样认知理性的主体互相面对的时候，这是一种什么样的关系呢？康德也就是在这样的思路中建构起了他的完整的道德哲学。康德的道德哲学如果简单来说包括两个律则：一是体认自我作为目的，二是体认他者作为目的。

第一律则的一般表述是这样的："人，一般说来，每个有理性的东西，都自在地作为目的而实存着，他不单纯是这个或那个意志所随意使用的工具。在他的一切行为中，不论对于自己还是对其他有理性的东西，任何时候都必须被当作目的。……他们的本性表明自身自在地就是目的，是种不可被当作手段使用的东西，从而限制了一切任性，并且是一个受尊重的对象。所以，他们不仅仅是主观目的，作为我们行为的结果而实存，只有为我们的价值；而是客观目的，是些其实存自身就是目的，是种任何其他目的都不可代替的目的，一切其他东西都作为手段为它服务，除此之外，在任何地方，都不会找到有绝对价值的东西了，假如一切价值都是有条件的，偶然的，那么，理性就在任何地方都找不到最高的实践原则了。"[①] 确立主体的绝对性，是认识论哲学的起点，或者毋宁说是哲学的起点，因为没有作为理解的主体的观察点，则无所谓世界观，也无所谓哲学；严格说来，唯物论哲学不是哲学，而是"元"哲学，是排除了人的意义和价值的哲学，或者说相当于中世纪之前广义的哲学，或者宇宙论。康德在哲学史上第一次赋予了人作为目的的绝对价值，实际上是给出了人类存在的意义的起点。这一点对于哲学而言至关重要，原因是，如果哲学只是一种对于客观世界的物理事实的理解的方法论，那么它对于人类的文化建设而言是没有实质意义的。当康德确立了人作为目的的主体地位之后，哲学便进入了人类的文化建构层面，于是，当这个所谓的纯粹主体确立之时，也就是道德主体的确立之时。因为，没有确定的在自身作为目的的主体，便没有对他者作为目的的体认。

因此，康德接下来便引出了他的道德哲学的第二律则："如若有这样一条最高实践原则，如若对人的意志应该有一种定言命令，那么这样的原则必定出于对任何人都是某种目的的表象，由于它是自在的目的，所以构成

① ［德］康德:《道德形而上学原理》，苗力田译，上海人民出版社 1986 年版，第 80—81 页。

了人们意志的客观原则，成为普遍的实践规律。这种原则的根据就是：有理性的本性（die vernunftige natur）作为自在目的而实存着。人们必然这样表象自己实存，所以它也是人们行为的主观原则。每一个其他有理性的东西，也和我一样，按照同一规律表象自己的实存；所以，它同时也是一条客观原则，作为实践的最高根据，从这里必定可以推导出意志的全部规律来。于是得出了如下的实践命令：你的行动，要把你自己人身中的人性，和其他人身中的人性，在任何时候都同样看作是目的，永远不能只看作是手段。”① 康德虽然对基督教有着虔诚的信仰②，但他却不承认人的自我意识和道德意识是从外在于人的神那里产生的，而是由人的理性所产生的。或者说，理性本身包含了道德的内容。因此，一般说来，康德的道德世界是由一个作为目的的主体和另一个同样作为目的的主体相互联系所构成的，尽管他也反复强调“天上的星空”的道德意义③。

显然，巴赫金的主体哲学内容受到了康德的直接影响，尤其是他早期的行为哲学理论。比如他对于主体的绝对性的理解：“我的每个思想连同其内容，都是由我个人自觉负责的一种行为，而我的全部而唯一的生活，作为一连串的行为过程，正是由这些行为构成的，因为我的整个生活可看成是一个复杂的行为：我以自己的全部生活实现着行为，而每个单独的行为和体验都是我生活即一连串的行为过程的一个方面。这个思想作为一个行为，是完整的东西：一方面是思想的涵义内容，另一方面是思想存在于我的真正意识之中的事实，这是独一无二的完全特定的我，在特定的时间和特定的条件下的我，亦即思想实现的全部具体历史过程。”④ 巴赫金这里所说的“思想”（мысль），与康德所说的理性是相通的，它指的是主体面对

---

① ［德］康德：《道德形而上学原理》，苗力田译，上海人民出版社 1986 年版，第 81 页。

② 康德的父母是路德派教徒，因此，康德也并不严格遵从天主教会所制定的清规戒律，而是具有相对独立的宗教哲学立场。

③ 康德在他的《实践理性批判》提到人除了对内心的道德律令的恪守之外，还遵循着“天上的星空”的律令，也就是符合道德律令的上帝的法则：“有两样东西，我们愈经常愈持久地加以思索，它们就愈使心灵充满日新月异、有加无已的景仰和敬畏：在我之上的星空和居我心中的道德法则。”参见［德］康德：《实践理性批判》，韩水法译，商务印书馆 2000 年版，第 177 页。

④ ［俄］巴赫金：《论行为哲学》，贾泽林译，《巴赫金全集》第一卷，河北教育出版社 2009 年版，第 5 页。

世界的一种绝对性功能，所谓“自觉”（индивидуально[①]）负责，就是说，即使这种行为再复杂，也是以自身的全部行为而得以实现。所以，早期巴赫金思想中的康德痕迹看上去还相当明晰，而这一点对于巴赫金全部思想的建构是一个不可忽视的前提，因为，如果没有一个绝对自我的起点，任何以二元论为基石的唯心主义哲学也好，以一元论为基石的对话哲学也好，都无法建立起来。当然，没有这康德式的第一律则，道德哲学层面的第二律则也就无从谈起。

康德的对他者作为目的加以体认的第二律则在巴赫金这里成为了他的“责任”（ответственность[②]）哲学的前提。如同康德一样，对绝对主体的建构是引发对他者主体体认的充分条件，或者说，要想从理性哲学进入道德哲学，其唯一的途径就是从自我负责到对他者负责。这里我们需要明白巴赫金所说的“индивидуально”一词对“负责”一词的限定，虽然“индивидуальный ответственный поступок”是指“在个体内部负责的行为”，但当巴赫金使用了“ответственный”这一概念的时候，个体的内部负责已经具有了对外的指向性，即指向了他者的存在。因此，他说：“一种行为在技术方面无可挑剔的正确性还不足以决定它就具有道德价值。”[③]也就是说，在认识论哲学框架内对绝对主体及其行为的论述即使完全成立，它仍然不是哲学的最终目的，广义上哲学的最终目标还是人类的具有价值意义的行为——道德，因此，巴赫金在论及个体行为的时候频繁使用的概念要么是“责任”，要么是“应分”（долженствование），总之是把康德的第二律则融汇于他对责任的理解之中。

由此可见，巴赫金的道德哲学中关于主体及其主体与他者的关系的基

---

① “индивидуально”一词是指相对于整体的“个别”，因此，翻译成“自觉”会引起歧义，“индивидуальный ответственный поступок”可理解为“在个体内部负责的行为”。原文参见 *Бахтин М. М.* К философии поступка. // Собрание сочинений в 7 томах. Т. 1, М.: Русские словари; Языки славянской культуры, 2003, с. 8.

② 中文译本均把“ответственность”（回应性）一词译为“责任”，为了便于读者理解，我们有时也使用“责任”这一译法。

③ *Бахтин М. М.* К философии поступка. // Собрание сочинений в 7 томах. Т. 1, М.: Русские словари; Языки славянской культуры, 2003, с. 9. 中文译文参见［俄］巴赫金：《论行为哲学》，贾泽林译，《巴赫金全集》第一卷，河北教育出版社 2009 年版，第 6 页。但其中将“нравственная”（道德）一词译为“道义”。

本元素，都受到了康德哲学的影响。然而，如果我们仅仅揭示了巴赫金与康德之间的这种关系，那还远不能说明巴赫金本人在整个欧洲哲学史上的特殊意义。尽管巴赫金的主体哲学思想元素带有康德明显的痕迹，但从其哲学类型而言，巴赫金却是一种与认识论哲学迥然不同的新型主体哲学，也就是我们说的“对话哲学”。为巴赫金写评传的美国学者克拉克和霍奎斯特认为，巴赫金的早期思想受到康德的绝对影响，而随着巴赫金思想个性的成熟则逐渐摆脱康德的阴影。[①] 这种说法固然有一定道理，但却忽略了一点，即：巴赫金即使在他的思想刚刚确立的时候，仍然显示出了与康德学说的内在差异。

第三节 从“主一客”关系到“主一主”关系

康德道德哲学的建构对于整个哲学史的发展具有哥白尼式的意义，这一点是毋庸置疑的。康德系统化地把作为主体的人的理性与作为客体的世界联系在了一起。在他之前，笛卡尔虽然被视为理性主义哲学的先驱，但他的思想框架仍然在柏拉图的阴影笼罩之下，包括斯宾诺莎，他们都认为世界的第一本源还是神，尽管后者所指的是“泛神”。到了莱布尼茨那里，理性与世界浑然为一，而洛克则过于夸大了感觉的本体意义。可见，只有康德才把理性与世界之间的关系讲述得如此明晰，并且在某种意义上，为巴赫金提供了一种“对话”的启迪。但是，我们必须看到，康德的道德哲学与后世的语言论范畴内的哲学话语存在着质的差异。我们可以看到，当他在论及人作为目的的绝对价值的时候，他提出“一切其他东西都作为手段为它服务”。那么，当一个作为目的的主体在面对另外一个同样作为目的的主体的时候，两者之间的关系是否可以适用康德这句话的含义呢？显然，康德对这种关系并没有给予足够的关注。而恰恰是这一点，留给了巴赫金对话哲学的空间。

巴赫金在谈到他所提出的“责任”这一概念的时候说：“我要负起责任

---

① Holguist M., Clark K. The influence of kant in the early work of M. M. Bakhtin. In *Literary Theory and Criticism Festschrift Presented to René Wellek in Honor of His Eightieth Birthday*. Edited by Joseph P. Strelka, New York: Peter Lang, 1984, p. 299.

的这一能动性，不会进入判断的内容涵义方面，这一点看起来是与下述情况相矛盾的：判断的形式方面，判断构成中的超验因素，恰是我们理性的能动因素；一些综合性范畴正是我们引申出来的。我们已把康德实现的哥白尼式的转折忘记了。然而，超验的能动性，真的就是我的行为中我个人要对之负责的那个历史的又是个人的能动性吗？当然任何人都不会肯定类似的说法。发现我们认识中的超验成分，还并没有能够开辟出从认识内部（即从其内容涵义方面）进入历史的又是个人的实际认识活动的通道，也未能克服它们之间的脱节和相互间的不可渗透性；于是不得不为这种超验能动性虚构出纯理论上的、历史上并不实际存在的主体，一般意识、科学意识、认识论上的主体。当然，这种理论上的主体每次都必须体现为某个现实的、真正思考着的人，以便他连同他的内在生活的整个世界（这是他认识的对象），能够与实际的历史和事件的存在（他只是这个存在中的一个因素）联系到一起。"[①] 实际上，这段话表达了巴赫金在关于主体的理解上区别于康德的根本性差异点，即：一个论述的是抽象主体，一个却是历史或事件中的主体。康德的道德主体尽管是对他者主体的体认，但康德并没有说明在何种具体情境之下会发生这种他者体认，而只是停留在"纯理论"上的论述层面。而巴赫金强调的是，其实在人的具体行为中，在人类的现实生活中，并不存在所谓主体的"超验的能动性"，即脱离开具体事件的认知行为。这是其一。其二，当康德在论及道德主体的时候，作为对他者目的性的体认的主体，在体认的过程中仍然是一个绝对主体，而被体认者便成为客体，反之亦然。——这就是认识论哲学的基本结构，即：无论参与到认知过程中的主客体双方如何调整位置，总是有一方成为主体，而另一方成为客体。这也就是所谓的二元论的基本架构。但是到了巴赫金这里，"从理论的认识内部出发来克服认识与生活的二元论，思想与唯一具体现实的二元论，就此所做的一切尝试都是徒劳无功的"[②]。原因是，在认识活动中存在着一种超越超验个体的规律，或者说，当认知活动开始的时候，他者出现，

① ［俄］巴赫金：《论行为哲学》，贾泽林译，《巴赫金全集》第一卷，河北教育出版社2009年版，第8—9页。

② 同上书，第9页。

于是形成了具体的历史事件，这时绝对主体实际上已经被控制、消解了，而此时唯一性的存在只是事件，是通过“我”与“他者”共同实现的事件，而且这个过程是没有终结的。这也就是说，康德意义上的“体认”始终是一种互动的匀质行为，而不是一种交替的行为。由此，每一个主体的集合，就构成了对话的各方。

综上所述，我们可以大致看出巴赫金在欧洲哲学史链条上的地位：

柏拉图——主体发现，强调主体的绝对性

康德——确立纯粹主体以及“主体—客体”的结构性关系

巴赫金——消解纯粹主体，确立“主体—主体”的对话关系①

如果从主体存在的角度来看巴赫金的意义及其与前代思想的关联，他处于我们所说的第三个阶段。柏拉图是第一个阶段，即主体发现的阶段，就像古希腊人当对肉体的自觉性萌发时的狂欢一样，柏拉图也对主体的绝对意味充满热情。但是，希腊人却没有建立起对“主体—客体”关系的系统学说，因此，这个阶段可称为“主体独大”的阶段。而康德是第二阶段，即从主体的绝对视角出发，揭示主体与客体之间的复杂的结构性关系，尤其是他的道德哲学建构起作为每一个体的主体之间的“我—他”关系。但是，在康德的结构中，任何一对“我—他”关系，实质上都是一个“主体—客体”的关系，简单说，就是当一个主体在体认他者主体的时候，他者仍然是被体认的客体，而该主体在被他者体认为主体的时候，该主体也就变为被“他者主体”所体认的客体。因此，这个阶段可称为“主客体对立”的阶段。而巴赫金作为主体哲学第三阶段的代表哲学家，他保留了康德有关主体和客体的基本结构，但是却以另一次哥白尼式的革命改变了

① 索洛维约夫在论及理性主义（唯理论，рационализм）的发展时，把它分成三个阶段：1. 教条主义的大前提：真正的存在是在先验认知中而被认知；2. 康德的小前提：但在先验认知中被认知的只有我们的思维形式；3. 黑格尔的结论：因此，我们的思维形式就是真正的存在。См. *Соловьев Вл.* Кризис западной философии (Против позитивистов). // Сочинения в 2 томах. Т. 2, М.: Мысль, 1988, с. 106.《西方哲学的危机》是索洛维约夫的硕士学位论文，作于1874年，因此他也只能看到黑格尔的理性主义哲学的进度，但可以为我们就巴赫金在哲学史上的定位做一个参考。

这个结构的性质，由主客体对立关系转换为“主体—主体”的回应性对话关系。①

第四节 巴赫金与柯亨：从“意志”主体到“责任”主体

就巴赫金的自述而言，他所受西方哲学家影响最大的是柯亨。上文提到20世纪20年代他在彼得堡的“巴赫金小组”讲授德国哲学，他称：“我在授课时主要讲康德和康德主义。我认为这是哲学的中心问题。还有新康德主义。不错，新康德主义，这里首先自然是赫尔曼·柯亨……李凯尔特……那托尔卜，卡西尔。”② 他称柯亨是一位杰出的哲学家，“对我产生过巨大的影响，巨大的影响，巨大的”③。他一连用了三个“огромное”（巨大的）来形容这种影响，可见柯亨在巴赫金思想形成时期所起的作用。当巴赫金还是一个26岁的青年人的时候，他开始对道德哲学产生浓厚的兴趣，并计划写一部该方面的著作。他在给自己的好友卡甘的信中说：“现在打算继续我早在乡下时就开始的写作——《道德主体与权利主体》。我想在近期使这一作品具有最终的形式，它将成为我的道德哲学研究的基础。但是完成此项工作我非常需要柯亨的伦理学方面的书籍。亲爱的马特维·伊萨耶维奇，如果您能办到的话，就通过某种方式帮我在莫斯科搞到并尽快给我寄来，我将不胜感谢。”④ 巴赫金这里所说的《道德主体与权利主体》并没有最终完成，但他的早期哲学著作《论行为哲学》以及后来的一系列著作都与这个命题相关。尤其是《论行为哲学》，它是巴赫金整个哲学思想的奠基之作，也是在基本概念构成上最明显地体现出康德派哲学影响的著作。从主体哲学部

---

① 当然，我们还可以认为，后哲学时期的这种关系已经变为“客体—客体”关系，即康德意义上的主体消失了，世界上只存在由绝对惯性构成的生命群体，人的主动性减弱，存在的动能变为他者的惯性推动。

② ［俄］巴赫金、杜瓦金：《访谈录》，董晓、王加兴译，见《对话中的巴赫金：访谈与笔谈》，南京大学出版社2014年版，第247页。译文中的人名做了改动。

③ *Бахтин М. М.* Беседы с В. Д. Дувакиным. М.: Согласие, 2002, с. 40.

④ ［俄］孔金、孔金娜：《巴赫金传》，张杰、万海松译，东方出版社2000年版，第77页。

分看，巴赫金受到了康德思想的基础性影响，而柯亨则在方法论意义上促成了巴赫金思想的特性。

坦率地说，尽管柯亨自己也在谈他与康德主义的不同，但从核心体系和哲学关注点上看，他在整体上还是与康德一脉相承的，这也是为什么人们把他称为“新康德主义”者的原因。但无论如何“新”，仍然是康德主义的基础。

就与巴赫金相关的内容而言，柯亨的哲学对伦理问题的关注可称为巴赫金与康德之间的一个中介。哲学只有进入伦理学的层面，才能更充分地展现人的存在。巴赫金哲学的核心要旨可一言以蔽之——具体的人，而康德的“人”则是抽象的人。康德在他的《道德形而上学原理》等著作中建构了他的道德哲学体系，但他的体系仍然是在其理性主义哲学的框架内展开的，因此其道德主体仍然带有其纯粹主体的特征。而柯亨通过建构他的“纯粹意志”的伦理学，促成了巴赫金在这两者之间的过渡。柯亨在他的《纯粹意志的伦理学》一书的开篇即说：“作为关于人的学说，伦理学是哲学的核心。……正是在伦理学中，哲学才达至完成，并以此获得其全部原理的统一。”[①] 巴赫金对柯亨推崇备至，其原因也盖出于此。如果说康德把哲学从自然科学的层面推进到人文科学的层面，即把哲学引入一般道德哲学领域，那么柯亨则把哲学从抽象人学领域推进到具体的关于人的伦理学领域。所以巴赫金说：“赫尔曼·柯亨追随着他，同时又认为自己的哲学体系是以康德学说严谨理论为基础，从康德那里似乎又向前发展了一步。说实在的，他没有放弃康德学说的本质，而是把它发扬光大了。”[②] 从巴赫金的角度看，柯亨在哲学史上与康德具有同样的品格，即对人的关注。不同的是，康德建构的是抽象的人，或如索洛维约夫所说的先验的人，而柯亨致力于将其放在更为具体的伦理层面上来理解。因此，他引入了“意志”的概念。在他看来，世界上只有人才有意志，因此人不是“自然”，“自然”是没有

① Cohen, H. *Ethik des reinen Willen. System der Philosophie.* // Werke (H. Cohen; hrsg. H. Holzhay und H. Wiedebach). — Hildesheim: Georg Olms, 1981, 3:1. См.: *Азарова, Ю. О.* Трактат «Этика чистой воли» Г. Когена как новый тип философии морали в системе немецкого идеализма. // Философия и социальные науки, Минск, 2015, № 4, с. 15.

② ［俄］巴赫金、杜瓦金：《访谈录》，董晓、王加兴译，见《对话中的巴赫金：访谈与笔谈》，南京大学出版社 2014 年版，第 34 页。

意志的，因而也没有道德属性，人则相反，他因为是有意志的，所以其本质与道德性是一致的。别尔嘉耶夫对此指出，柯亨的这种伦理学实质上具有了“法律和社会学的性质”[①]：因为“意志”指向他者，所以这就构成了一种交往关系，即所谓社会学意义上的关系；而当意志指向他者的时候，既可能是善的，也可能是恶的，也就构成了一种法律关系，即需要通过法律来限制的关系。这样一来，伦理学就成了“纯粹意志的伦理学”。人存在于由“意志”建构的伦理关系中，从而摆脱了康德意义上的抽象主体状态。霍奎斯特和克拉克认为：“或许，柯亨与其说是位新康德主义者，倒不如说是一位反康德主义者，因为康德描画了内在思想与外部经验的关联，而柯亨对这种二元论却深恶痛绝。柯亨细致精审，他的哲学是一个体系的奇观。他力求统一全部意识活动，其方法则是抛弃康德的物自体，宣称存在着的惟有心灵，惟有依循逻辑的概念王国。他论述说，无论怎样表述，思维的主体也就是思维的对象。因此，主体便是由逻辑思维诸范畴构成的理性主体。”[②]这个理解虽然强调了柯亨与康德的不同，但是却没有看到他们之间由绝对主体向具体主体转变的问题。他们同时还表明，列宁也因为柯亨的极端唯心主义倾向而对其进行抨击。但我们认为，列宁是从社会学意义上来看柯亨的，因此他对柯亨的命名并不能说明柯亨在道德哲学史上的地位问题。

在我们看来，尽管巴赫金对柯亨的这一贡献有高度的肯定，他的道德哲学也受到了柯亨这种意志论的影响，然而巴赫金始终不满意的是柯亨对意志的“物化”。有论者在区分巴赫金与柯亨的差异时提出，巴赫金反对柯亨的“致命的理论化”（роковой теоретизм）[③]问题。我们认为，这种理解是有偏差的[④]，后面还会谈到这一点。实际上，巴赫金从来也没有把柯

① ［俄］别尔嘉耶夫：《论人的使命》，张百春译，学林出版社 2000 年版，第 68 页。但与此同时，别尔嘉耶夫也认为，“柯亨的伦理学没有提供关于人的任何肯定的学说，在这个伦理学中，只有自然因素和人的因素的明显对立才是有意义的”。原文参见 *Бердяев Н.* О назначении человека. Опыт парадоксальной этики. Париж: Современные записки, 1931, с. 56. 这个说法同样也是偏激的，如果从道德哲学史的角度来看，显然柯亨在对人的肯定方面的贡献同样是巨大的。

② ［美］克拉克、霍奎斯特：《米哈伊尔·巴赫金》，语冰译，中国人民大学出版社 2000 年版，第 77 页。

③ *Бахтин М. М.* К философии поступка. // Собрание сочинений в 7 томах. Т. 1, М.: Русские словари; Языки славянской культуры, 2003, с. 28.

④ 晓河：《巴赫金哲学思想研究》，河北人民出版社 2006 年版，第 317 页。

亨的伦理学归入“形式伦理学”的范畴之中，巴赫金这里所说的形式伦理学，更多地是指康德主义的伦理学，而柯亨的伦理学在巴赫金的论述中可以归入“物质伦理学”（материальная этика）范畴之中。[①]而物质伦理学的问题在于：“法规是意志自己加给自身的，意志自己独立地把完全合乎规定立为自己的法规，这是意志的内在法规。我们这里看到的情形，完全如同创立独立的文化世界一样。意志作为行为，创立出法规，然后服从于这一法规；即它作为个体的意志，消失在自己的行为成果之中。意志划定一个圈子，把自己关在其中，从而排除了个体的和历史实际的行为主动性。”[②]巴赫金在这里还是明确把柯亨归入传统的理性主义哲学框架之内，尽管柯亨的思想同样也受到以叔本华为代表的非理性主义哲学的影响。在巴赫金看来，柯亨是用“意志”的概念替代了康德的“理性”。在康德那里，理性赋予了世界以意义，并对理性自身形成自我确证的机制，即理性在自身立法；而在柯亨这里，是“意志”在自身立法，意志既是起点，也是终点，这样，就滑入了与康德一脉相承的思路上去了。这也是别尔嘉耶夫称他没有确立对于人的“肯定性学说”（положительное учение）的原因。而巴赫金强调的是“历史的、个体回应的能动性”（индивидуально-ответственная активность）。他说：“我们在这里遇到的是一种幻象，与理论哲学中的一样：那里是与我的历史的、个体回应的能动性毫无共同之处的理性的能动性，对于我的这种能动性而言，理性的范畴性能动性只是被动的必然。”[③]所谓“历史的”，即处于具体事件中的、“行为”中的，在这个过程中，每一个理性个体或者意志个体，均在与他者的交互行动中产生意义，也就是在“个体回应的能动性”支配下，进入与同样作为

① 列宁在他的《唯物主义与经验批判主义》中将柯亨归入“物理学唯心主义”，并称：“有教养的资产阶级的代表们像快淹死的人想抓住一根稻草来救命一样，企图用多么巧妙的手段来人为地为那种由于无知、闭塞和资本主义矛盾所造成的荒诞不经现象而在下层人民群众中产生的信仰主义保持或寻找地盘。”当然，列宁对柯亨的否定已是在社会学层面上了。参见［俄］列宁：《唯物主义与经验批判主义》，《列宁全集》第18卷，人民出版社1988年版，第322页。

② ［俄］巴赫金：《论行为哲学》，贾泽林译，《巴赫金全集》第一卷，河北教育出版社2009年版，第28页。

③ *Бахтин М. М.* К философии поступка. // Собрание сочинений в 7 томах. Т. 1, М.: Русские словари; Языки славянской культуры, 2003, с. 27.

处于“个体回应的能动性”驱使的他者的互动之中，从而形成一种“回应性”（ответственность[①]）关系。如巴赫金所说：“只有在实际的行为，在就自身回应性而言是唯一的、完整而统一的行为内部，才有着通向就其具体现实性而言统一且唯一的存在的途径。”[②]或者说，与柯亨的意志主体的差别是，巴赫金的处于回应性关系中的主体是开放的，而非封闭的，是行动的，而非抽象的。巴赫金在建构他的道德哲学的时候，始终在强调人与“生活”（жизнь）的关系，人的一切意义的实现都是在统一的生活中，或者说具体的实践中完成的，人在这种动态的存在中实现自我。更重要的是，它不是通过“意志”来俯视他者，而是在行为的内部加以“自省”（созерцать[③]），与此同时，通过对回应性的体察来实现“涵义”（смысл）的激活。只有如此，理论价值、历史事实、情感意志才能达成统一的合奏，而这个统一体中的所有因素都因为彼此照应而变得具体、丰富。

因此，综上所述，我们可以进一步推断出巴赫金在欧洲道德哲学史链条上的地位：

康德——确立道德的纯粹主体以及“自我目的—他者目的”的结构性关系

柯亨——确立带有神学色彩的“意志”主体以及相对具体的伦理关系

巴赫金——破除道德纯粹主体及意志主体的封闭性，确立道德主体基于“责任”的开放体系

---

① “ответственность”这一概念在中译本里都译为“责任”，实际上这是不准确的。在中文语境中，“责任”是二元论的，是主体对客体的行为；而巴赫金的“ответственность”指的是一种互动关系，因此，可根据该词的词根元素译为“回应性”。

② *Бахтин М. М.* К философии поступка. // Собрание сочинений в 7 томах. Т. 1, М.: Русские словари; Языки славянской культуры, 2003, с. 28-29.

③ “созерцать”这个词在中文译本中译为“观察”，但在中文语境中，“观察”是主体在外部对客体的“看”；而这个词的本义是人处于非理性状态下的“直观”或“自省”。原文参见 *Бахтин М. М.* К философии поступка. // Собрание сочинений в 7 томах. Т. 1, М.: Русские словари; Языки славянской культуры, 2003, с. 29.

第五节 从纯粹理论的道德哲学到具体“事件”

除此之外，柯亨在晚年的时候，把他的伦理学与犹太教神学结合了起来，从而使他的意志伦理学具有了更为具体的内容与指向性。应当说，巴赫金从柯亨这里获得的，更多的是在方法论意义上的启迪，即将纯粹理论的道德哲学引向具体的“事件”。

安德烈·别雷曾写过一首带有嘲讽意味的诗谈到柯亨：“马堡的教授柯亨，枯燥方法论的造主！”[①] 而巴赫金对此不以为然，称其是“绝对错误的评价”[②]。显然，巴赫金认为柯亨的哲学著述绝非枯燥的方法论，而是具有实证意味的哲学。如果说早期的柯亨著作还带有明显的康德的影子，那么，在其晚年的著作中，柯亨越来越倾向于将他的伦理学与犹太教的具体现象加以结合。这一转向的标志是他 1915 年出版的《哲学体系中的宗教概念》，他在这部著作中开始将其伦理学框架带入犹太教思想的世界，其最终的目的还是要“为个体性提供基础”，因为他此前所建构的“纯粹意志的伦理学”仍然只是在“义务的普遍法则”中呈现，而当它面对鲜活的个体存在的时候，却显得无能为力。因此，他将伦理学转向对犹太教义的解读，从而以一个较之“意志”更为具体的概念——上帝——来使其伦理学具有更为强大的实践精神。如他所说：“对上帝的爱定然会连接起世上所有的事物和问题。”[③] 柯亨的这种转向不是偶然的，是那个时代德国学界从古典哲学向现代历史哲学转向的表征之一。在面临 19—20 世纪之交欧洲所发生的一系列变革的事实情况下，一百年前德国古典哲学的那种躲避在象牙塔里怡然自得地沉浸在抽象理性之中的状态结束了，哲学需要与更切实际的行为发生关联。如美国学者伊格尔斯所说：“那一时代德国历史思想中更为重要的是这样一种态度：把事实置于理论之上，并认定只有个别地记录在档案

① *Белый А.* Мудрость. // Собрание сочинений. Стихотворения и поэмы. М.: Республика, 1994, с. 244.

② ［俄］巴赫金、杜瓦金：《访谈录》，董晓、王加兴译，见《对话中的巴赫金：访谈与笔谈》，南京大学出版社 2014 年版，第 42 页。

③ 参见［美］西蒙·开普兰：《理性宗教·英译本简介》，见柯恩：《理性宗教》，孙增霖译，山东大学出版社 2013 年版，序言第 8—9 页。

之中的事件才是确凿可靠的。”[①]

显然，巴赫金对“事件”哲学或曰“行为”哲学的创造，在方法论上受到了柯亨的影响，这也是他为什么称别雷的评价是绝对错误的原因。但是我们也必须看到，柯亨是作为一个虔诚的犹太教徒来建构他的“理性宗教”学说的，因此在他基于具体的犹太教事实所建构起来的宗教伦理学中，上帝既是一个具体的事实，且在哲学实质中，它还是高居于自然和人之上的“真正的存在”。

我们说，柯亨的宗教思想已经与传统的犹太教对上帝的理解有了很大的不同，这体现在他利用哲学的思辨努力为人争取更合理的地位。比如，在《出埃及记》中记述了上帝的“十三种属性”：“耶和华是有怜悯、有恩典的神，不轻易发怒，并有丰盛的慈爱和诚实。为千万人存留慈爱，赦免罪孽、过犯和罪恶。万不以有罪的为无罪，必追讨他的罪，自父及子，直到三四代。”[②] 柯亨将其总括为“爱”和“正义”两个概念，但他认为，其实这并不是上帝的属性，而是上帝的“行动的属性”。他指出：“犹太典籍中甚至强调上帝的谦卑。在安息日晚祷的结尾处有一段源自《塔木德》的文字：‘无论在哪里，只要你能发现涉及上帝的伟大的地方，你同时就会发现他的谦卑。’这一说法得到了《摩西五经》、《先知书》和《圣著》的确认。我们可以确定地说，上帝的属性仅仅具有行动属性的含义。这样的属性充分揭示出德性的原型形象。实际上，在上述三部典籍中提到的篇章虽然写法有所不同，但无一例外地将谦卑描述为上帝对穷人的关心。上帝的谦卑是他的自觉的意愿，愿意俯身下来帮助那些受苦受难的人。上帝对痛苦的强烈感受早已经得到确认。因此，只有将这一点转换到弥赛亚身上，在他的代人受过的过程中表现出他的谦卑，这才是人性的巅峰。”[③] 所谓行动的属性，柯亨在前面已经做出了论述，它不是上帝的本质，而是上帝的行为所形成的一种范型，它的功能并不是上帝自证，而是面向人的存在的可能性，即：毋宁说它是人本应具备的属性。用柯亨的话说就是：“行动的属性并没有在多大程度上标志着上帝的特征，相反，它以概念的方式确定了人类行

① ［美］伊格尔斯：《德国的历史观》，彭刚、顾杭译，译林出版社2006年版，第173页。

② 和合本圣经《旧约·出埃及记》34：6—7。

③ ［德］柯恩：《理性宗教》，孙增霖译，山东大学出版社2013年版，第242页。

动的原型。爱与正义这两个概念被结合进了行动的概念，从而最终进入了目的的概念，从而将特性提升到了原型的高度。”[①]尽管柯亨把传统阐释中的上帝属性都赋予了人，但归根结底他还是在犹太教的框架内来论述上帝与人的关系，无论人怎样实现原型的高度，他的这个“属性”还是来自于上帝。或者说，在柯亨这里，上帝永远是作为某种绝对意义的实体而存在的。

但在巴赫金的思想中，从来就没有绝对的上帝。如前所述，他的对话思想所建构的是“主体—主体”结构，而不是“主体—客体”结构，所以，犹太教的上帝在巴赫金这里转换成了俄罗斯思想中的“聚合性”中的上帝，这个问题我们在后面还会详谈。总之，我们需要明确的是，巴赫金对柯亨的接受不是在道德哲学的内在实质上，而是在方法论的层面上。或许，在这一点上，霍奎斯特和克拉克是对的，他们称:“在巴赫金学术生涯起步之初，显而易见，康德及其马堡学派的门徒都未曾妥善解决理念的上帝与体验的上帝之间的对峙。他们在理性化的路径上往而不返。巴赫金继承了这一未竟的尝试，设法使哲学融会于神学。如果把他放在康德和帕斯卡这两端之间，那么巴赫金将更接近帕斯卡。但是他早期的思想，尤其是那些讲座所涉及的却不是神学本身，而是宗教哲学，他试图理解并描述信徒生活的世界。巴赫金怀疑没有血肉的理念，偏好丰满具体的事物，这并没有表现为对亚伯拉罕的上帝的神秘、内在、独特的体知。巴赫金不是从十字架的约翰所谓的‘从孤独遁向孤独’来寻找上帝。而是从人与人的彼此相对，从人与人之间来寻找上帝，语言在这其中担负着沟通连接的作用。巴赫金没有在静滞和沉寂之中，而是在活动和交往之中追寻上帝。在找寻上帝与人的联结之时，巴赫金专注于社会和语言，以探究使人与人得以联结的力量。”[②]

① ［德］柯恩:《理性宗教》，孙增霖译，山东大学出版社 2013 年版，第 90 页。

② ［美］克拉克、霍奎斯特:《米哈伊尔·巴赫金》，语冰译，中国人民大学出版社 2000 年版，第 80—81 页。

第二章
巴赫金与东正教

俄罗斯流亡思想家索罗金曾说过这样的话："从9世纪俄罗斯民族形成的那一刻起，直到18世纪，它的主导意识和首要系统（意识、行为和物质形态的科学、宗教、哲学、伦理、法律、艺术、政治和经济）都是唯心的或宗教的，是基于这样一种基本的原则，即：真实的现实与最高的价值乃是在圣经（特别是《新约》）中所'启示'的、由基督教信条所确定并在那些伟大的（特别是东方的）教父学说中得到阐释的上帝和天国。俄罗斯意识的基本特征和俄罗斯文化、社会组织以及整个基本价值体系的全部要素，都是这一主要前提（即基督的宗教）在意识、行为和物质上的体现。"[①] 按照索罗金的理解，18世纪之前的俄国，其所有文化体系之内的东西都受到基督教文化的整体制约。那么在18世纪之后呢？对此，别尔嘉耶夫曾有过这样的表述：近二百年以来，"西方并未对俄国人民形成支配性影响。我们看到，俄国的知识分子就其类型而言完全不是西方式的，无论他怎样借着西方的理论来赌咒发誓"[②]。我们并不是要借助于这些明显带有宗教哲学色彩的话来证明巴赫金本人与基督教或东正教的关系，事实上，巴赫金的思想，无论是他的对话哲学，还是在此基础上存在的文艺思想，都受到了俄罗斯民族文化中固有的东正教精神的影响。要想准确地理解巴赫金，对这一关系不能不认真对待。

---

① *Сорокин П. А.* Основные черты русской нации в двадцатом столетии.// О России и русской философской культуре. М.: Наука, 1990, с.483.

② *Бердяев Н. А.* Истоки и смысл русского коммунизма. М.: Наука, 1990, с. 13.

第一节 对巴赫金与东正教关系的“推测”

有学者认为，巴赫金最早进入西方，其实并不仅是被视为西方当代思想框架内的思想家，而是注意到了他的俄罗斯性，甚至把他视为一个基督教的思想家来看。如著名的巴赫金研究专家马赫林提出：“在美国和西方，当巴赫金被提到时，整体来看，不仅是作为二十世纪具有世界范围影响力的最大的思想家，而且还是作为基督教的、‘基督教学’的思想家和理论家。在八十年代初期的西方，这种现象与人文学科中形式主义—解构主义范式的内部消亡有关：在我们国家也是如此。符号学—结构主义者曾经主张，并且现在主要还是主张后者的范式，就像我们已经注意到的那样，只有在西方，‘左派’或多或少作为抗议（有意针砭‘资产阶级文化’）而以‘马克思主义’和‘后马克思主义’为目标，可有时候也只是指向以二十年代苏维埃官方文化为精神依据的庸俗社会主义，我们当时也一样，那些实质上具有同样根源的、类似的、已被认可的动机和潜能，显然已经带有了另外一种色调和内涵。巴赫金在西方语境中出场，最早是作为一个‘在其宗教思维的框架内对西欧形而上学已有根本性再认识’的思想家来看待的。”[①] 马赫林这篇长文的基本观点其实并不认为巴赫金与基督教或东正教有多么密切的联系，他总体上还是把巴赫金放在西方理论的框架内来理解，所以他才认为西方学者之所以把巴赫金看作是一个基督教学的理论家，主要原因是由西方的特定社会语境所决定的。

针对马赫林的长文，柯日诺夫写了他的著名文章《巴赫金与其读者们》，重点阐述了巴赫金与俄罗斯本土文化，尤其是与东正教文化之间的关系。他写道，关于巴赫金与东正教的关系的看法实际上是他最先提出来的，而不是什么西方人。[②] 柯日诺夫之所以这么说，是因为马赫林在自己的文章中说了这样的话：“无可争议，迈·霍奎斯特在他的书中是第一个以其少有的嗅觉提出这一观点的，即：实际上巴赫金所有思想都以俄罗斯正教为

---

① *Махлин В. Л.* Бахтин и Запад (Опыт обзорной ориентации). // Вопросы философии. 1993. № 1, с. 107.

② *Кожинов В. В.* Бахтин и его читатели. // Москва. 1993. № 7, с. 147.

核心。”[①] 马赫林这里说的霍奎斯特的书，就是他与夫人克拉克共同撰写的第一部巴赫金评传[②]。当然，马赫林这样说也有道理，因为在公开的出版物中还没有其他学者提出有关巴赫金与东正教的关系的观点。但柯日诺夫认为，巴赫金在晚年的时候已经在各种谈话录中明确表示了他与东正教的思想联系，因此，虽然是霍奎斯特夫妇首次在公开出版物中提出这个说法，但并不能算是他们的发现。在柯日诺夫与霍奎斯特夫妇的交往中，他在20世纪70年代就对他们说起过巴赫金的这些谈话。而俄国学者之所以没有在刊物上对此加以论述，是因为当时的苏联仍然对东正教话题持排斥态度，甚至在那些被认为较为独立的文学刊物也是如此。比如由特瓦尔多夫斯基主持的《新世界》杂志，曾以开放的姿态吸引了许多作家和读者，但是它在20世纪60年代仍然定期刊登反宗教立场的宣传性文章。对于东正教，那个时期的人们由于多年的苏联意识形态规训，使得大量知识分子都站到了坚定的无神论立场，而反对与此相关的学术论述。柯日诺夫举了著名的持不同政见者安·萨哈罗夫的例子，说他既反对共产主义，同时也反对东正教，而这个例子说明了当时苏联时期有关宗教话题的禁忌境况。如前所述，这一说法在柯日诺夫的同仁鲍恰罗夫那里也得到过印证[③]。所以柯日诺夫说：“完全可以理解，在类似的‘条件’下，巴赫金的宗教观点无论如何无法在出版物上发出声音。”[④]

为了证明这一点，柯日诺夫举了一个巴赫金的著作在出版时被删节的例子，这就是《论人文科学的哲学基础》一文。柯日诺夫作为事件的亲身经历者，把被删掉的句子标示了出来：

> 对物的认知和对人的认知。必须从不同界域的角度来说明它们的特征：纯粹的死亡之物……这样的物……或许只是实际利益的对象。第

---

① *Махлин В. Л.* Бахтин и Запад (Опыт обзорной ориентации). // Вопросы философии. 1993. № 1, с. 108.

② Clark K., Holquist M. *Mikhail Bakhtin*. Cambridge, Mass.: Belknap Press of Harvard University Press, 1984.

③ *Бочаров С. Г.* Об одном разговоре и вокруг него. // Новое литературное обозрение. 1993. № 2, с. 71–72.

④ *Кожинов В. В.* Бахтин и его читатели. // Москва. 1993. № 7, с. 146.

二个界域是**当上帝在场时对上帝的思考**，对话，询问，祈祷……（参较上述出自圣尼尔·索尔斯基作品中的片段。——柯日诺夫注）自己敞露的存在，不可能是被迫的和受束缚的。它是自由的，因此不提供任何保障。为此，这里的认知不能馈赠和保障我们什么，例如永生，这是被确定的事实，它对我们的生命有着实际的意义。“请你相信心声，没有来自天堂的保证。……”[①] **心灵自由地对我们说着自己的永生，但却不能证实它**……（删除了这些重点词句的文本收录在巴赫金的《话语创作美学》这本书里，1979 年，第 409—410 页，而且没有对这些话语做标示[②]）。[③]

上面这段话固然是一个说明巴赫金与东正教联系的线索。实际上，除了柯日诺夫所举的这个例子之外，我们在巴赫金早期发表的著作中同样可以看到类似的带有明显宗教色彩的表述。比如 1929 年出版的《陀思妥耶夫斯基创作问题》，里面就提到了《约伯记》、圣约翰启示录、福音书、新神学家圣西梅翁，并指出这些都是陀思妥耶夫斯基创作的影响源文本。[④] 在谈到陀思妥耶夫斯基的对话文体时，还对《约伯记》做了简单的分析。[⑤]

所以说，柯日诺夫无需为此辩白，只要是对俄罗斯传统文化有所了解的人，都会在巴赫金的论述中发现这一点。当然，我说的前提是要对俄罗斯传统文化有所了解，而这一点恰恰是一个相当高的条件。因为大量研读巴赫金的人，甚至包括很多学者，都对俄罗斯传统文化，尤其是东正教文

---

① 这大概是俄罗斯诗人中的宗教诗人茹科夫斯基的两句诗。——原注

② ［俄］巴赫金的《论人文科学的哲学基础》这篇文章最早是在《论人文科学方法论》的注释部分中发表的，其中删除了上述由柯日诺夫重点标出的带有宗教色彩的语句。参见 *Бахтин М. М*, К методологии гуманитарных наук (примечание). // Эстетика словесного творчества. М.: Искусство, 1979, с. 429-431. 未删节本后收入由世界文学研究所主持编纂的《巴赫金全集》七卷本的第五卷，见 *Бахтин М. М.* К философским основам гуманитарных наук. // Собрание сочинений в 7 томах. Т. 5. М.: Русские словари; Языки славянской культуры, 1997, с. 7-10.

③ *Кожинов В. В.* Бахтин и его читатели. // Москва. 1993. № 7, с. 147.

④ *Бахтин М. М.* Проблемы творчества Достоевского. // Собрание сочинений в 7 томах. Т. 2. М.: Русские словари; Языки славянской культуры, 2000, с. 21.

⑤ *Бахтин М. М.* Проблемы творчества Достоевского. // Собрание сочинений в 7 томах. Т. 2. М.: Русские словари; Языки славянской культуры, 2000, с. 173. 巴赫金在这里指出：“约伯的对话和若干福音书中的对话对陀思妥耶夫斯基的影响是毋庸置疑的，……《约伯记》就其结构而言具有内在的未完成性，因为心灵与上帝的对峙——斗争或者和解——在其中是必然的、永恒的。”

化并不熟悉，所以他们只能把巴赫金置于西方当代理论的语境来加以看视。

实际上，霍奎斯特与克拉克夫妇并没有把上述观点据为己有，他们在书的序言中即做了声明："像杰克·伦敦一样，在不同的国度里，对巴赫金的评价也有所不同。国外对他的发现各有其背景，这一点说明了那些分歧的由来。例如，专论陀思妥耶夫斯基和拉伯雷的著作的译本在20世纪60年代晚期的法国出版，此时正值结构主义的高潮，因而在结构主义或符号学的语境下，这些著作似乎得到了真诠。巴赫金在英语世界里的声誉日隆是步他在巴黎风行的后尘，这使人们容易仅仅把他视为形式主义传统中的文学批评家，或者是研究狂欢节以及研究仪式对等级制之颠覆作用的理论家。在苏联则有很大分歧，许多人认为巴赫金是东正教传统下的宗教哲学家。"① 但不管怎样，在苏联时期确实没有人去涉及这个问题，而霍奎斯特夫妇在这部评传中对这个问题却做了一些推测性分析。

之所以说他们做的是"推测性"分析，主要体现在两个方面。一是虽然巴赫金本人表示过他和东正教思想有过密切的接触，但他从未表明自己是一个东正教信徒。在霍奎斯特夫妇看来，巴赫金的哲学思想是一种多元论形态，拒绝任何专断话语，这种多彩而动人的魅力在苏联时期显得特立独出。但也正因为如此，巴赫金的真实面貌却往往不为人轻易地捕捉到。用霍奎斯特夫妇的说法，巴赫金处在"一"与"多"的神秘关系之中。② 他的文字涉猎之广，"从形而上学到集体农庄的簿记问题"，无所不包；而就表述语言来说，有些是属于新康德主义的体系，有的是属于马克思主义的词汇，当然还有苏联时期的官方意识形态语汇，而不同的研究者从这些"杂语"（разноречие）中可以看到各自的内容，从地下东正教教会直到倾向于革命的先锋派。实际上，无法准确地给巴赫金的思想加以决断性的定位，无法清晰地找到巴赫金与上述各种思想派别之间的关系，当然也包括他与东正教以及东正教会的关系。在克拉克和霍奎斯特看来，这种现象实际上与巴赫金的哲学观念密切相关。"这是一位对'变易'和'未完成'推崇备至的人，对他的描述不可能盖棺论定。巴赫金强调，自我永远无法同

① ［美］克拉克、霍奎斯特：《米哈伊尔·巴赫金》，语冰译，中国人民大学出版社2000年版，第3页。

② 这个说法在无意之中说出了俄罗斯正教的"聚合性"意义，后面会详述这一问题。

自身相合，而他也从未曾与任何团体或意识形态主张‘相合’过。他与当时主要的运动及思想家进行对话，往往是诉诸纸笔而不是当面辩争。然而，他拒不加入或领导，甚至谈不上追随任何运动。那些思想家及思想运动构成了他在其间运行的引力场，而没有对他施加一种固定的影响，或作为他信奉依从的一种主张。”①

在西方，还有一些学者也做过这方面的“推测”，如亚历山大·米哈伊洛维奇从巴赫金所使用的大量宗教语词中加以推断：“从巴赫金写的几乎每一篇文章中，都能找到带有基督教色彩的遣词造句。乍一看，很难就其意义做出评价。肉体性（enfleshment）、互渗互存（perichoresis）、相互渗透（interpenetration）的神学主题，卡尔西顿（Chalcedonian）大公会议中‘神人二性存在于一个实质’的观点，以及秘密约翰派（crypto-Johannine）的教义常常在他论证的关键处汇合，它们不是作为隐喻或缺少哲学实质的修辞手段，而是通过强调其神学来源的方式被引入相互关系的不同主题。这种基督教典故的语境化（例如，拉伯雷书中因卡尔西顿教语言层面的联系而出现的‘肉体’概念）将它们变成不仅是只起到说明作用的比喻句，但同时又并非是真正的信仰表达。巴赫金究竟在多大程度是正教信徒，从这些引用本身，甚至在它们相互作用的文本位置中，我们无从得知。”②

但有一个明显的证据说明巴赫金当时对宗教的热情，即他参加过1907年成立的彼得堡宗教–哲学协会（Петербургское религиозно-философское общество）③。这个协会在当时产生过广泛影响，参加这个协会的有大名鼎鼎的罗扎诺夫、梅列日科夫斯基、别尔嘉耶夫、弗兰克、彼得·司徒卢威等，而这些人正是19世纪末至20世纪初宗教复兴运动的中坚力量。当然，这个协会也属于开放式的团体，甚至有列宁所在的社会民主党人参加，因此，协会的集会活动充满了激烈的论争气息。当时讨论的话题五花八门，主要围绕着当年斯拉夫派与西欧派论争的话题的余绪，但

① ［美］克拉克、霍奎斯特：《米哈伊尔·巴赫金》，语冰译，中国人民大学出版社2000年版，第8页。

② Mihailovic, Alexandar *Corporeal Words: Mikhail Bakhtin's Theology of Discourse*. Evanston, Ill.: Northwestern University Press, 1997, pp. 7–8.

③ 巴赫金经安·卡塔谢夫介绍于1916年加入该协会。

整体上是肯定宗教对俄国社会出路的正面意义。[①] 当然，在苏维埃政权建立之后，巴赫金仍然参加了各种带有宗教色彩的小组（如“圣索菲亚兄弟会”“萨罗夫的圣谢拉菲姆兄弟会”“基督与自由”小组、“复活”小组等）活动，而最终因此被捕、被流放。[②]

关于巴赫金与东正教的关系，霍奎斯特夫妇的另一重推测是就巴赫金的文艺思想与东正教神学关系的阐述。在这本传记中，作者不止一次地表明，巴赫金的思想一定受到了东正教文化传统的影响，但是，这个影响不是在宗教立场上的影响，他的有关基督的思想是在基督教的教义教条之外的。[③] 实际上，克拉克和霍奎斯特并没有意识到一个问题：巴赫金对于古典文本的接受主要体现在方法论的层面上，而非价值立场上。在这个问题上，另一位美国学者亚历山大·米哈伊洛维奇的说法更为准确：“神学隐喻在他的作品中后来被更多地作为一种结构范式，而非哲学思考或道德训诫。”[④] 但是，意识到这一点，并不意味着问题的解决，关键在于如何看待和解析这种方法论层面上存在的联系。鉴于霍奎斯特夫妇的书整体上还是传记体裁，所以没有对他们所做出的这种推测进行系统的辨析，而这也就是我们要对这一问题进行重新考察的原因。

第二节 否定神学的上帝与巴赫金的外位性

首先我们有一点是明确的，即巴赫金对东正教的神学思想无疑是非常熟悉的，尽管在上述克拉克与霍奎斯特的书中指出：“巴赫金的东正教神学不是一般神学校里的神学，而是有高度教养的知识分子的神学。事实上，

---

① *Коростелев О. А., Ермишин О. Т.* Религиозно философское общество в Санкт Петербурге (Петрограде): Вехи истории, тематика заседаний, дискуссии. // Религиозно-философское общество в Санкт-Петербурге (Петрограде): История в материалах и документах: 1907-1917: В 3 томах. (Сост., подгот. текста, вступ. ст. и примеч. *О. Т. Ермишина, О. А. Коростелева, Л. В. Хачатурян* и др.) Т. 1. М.: Русский путь, 2009, с. 5-8.

② ［俄］孔金、孔金娜：《巴赫金传》，张杰、万海松译，东方出版中心2000年版，第192页。

③ ［美］克拉克、霍奎斯特：《米哈伊尔·巴赫金》，语冰译，中国人民大学出版社2000年版，第180页。

④ Mihailovic, Alexandar *Corporeal Words: Mikhail Bakhtin's Theology of Discourse*. Evanston, Ill.: Northwestern University Press, 1997, p. 5.

他更感兴趣的不是宗教，而是宗教哲学。”[①] 但这个说法已经接近了我们的研究的方法论立场，即：我们要做的是发现巴赫金与东正教传统文化精神之间的结构性关系，而非价值观上的承继性。

自东西教派分裂以来，两派的神学思想就基本上形成了肯定神学与否定神学的分野。实际上，基督教的早期教父基本上都是神秘主义者，但随着希腊思想的复活，尤其是在意大利发生的文艺复兴运动极大地影响了西部教会的神学观念，以大阿尔伯特和托马斯·阿奎那为代表的理性神学在西部教会占据了主导地位，而东部教会仍坚持由伪狄奥尼修斯、埃里金纳创立的神秘主义神学立场。理性神学，或曰肯定神学，所建立的是一个理性的人与上帝的交互框架，即“主体—客体”的认知关系框架，并主张人通过理性可以理解上帝的本质；而否定神学所建立的是一种超验的人与上帝的交互框架，即参悟式的认知关系框架，强调通过冥想、默祷等方式来接受上帝的“他泊之光”。后者主张上帝的本质无法认知、无法言说，而只能通过否定的排除法来解说上帝。这一观念消解了主体与客体的对立关系，实际上成为了巴赫金平等对话哲学的一个神学前提。他早在其《文艺学中的形式方法》中就提及过否定神学：“神学中的否定方法，我们是理解的，因为上帝是无法认识的，只能通过他不是的那个东西来说明他。”[②] 当然，巴赫金在这里提到否定神学的方法是指形式主义者所采用的证明诗歌语言的方法，他甚至认为不应该用这样的方法来进行论证性的研究。但我们要说的是，巴赫金在否定神学中获得的启发是：上帝作为一种特定对象，不是由人以主体观照的方式来认知的，而是以对话的方式，或者以“回应”（ответ）的方式，去走近或进入上帝。

关于人与上帝的关系，否定神学的代表人物伪狄奥尼修斯有过这样的表述：“神学传统有双重方面，一方面是不可言说的和神秘的，另一方面是公开的与明显的。前者诉诸象征法，并以入教为前提；后者是哲学式的，并援用证明方法。不过，不可表述者与能被说出者是结合在一起的。一方

① ［美］克拉克、霍奎斯特：《米哈伊尔·巴赫金》，语冰译，中国人民大学出版社 2000 年版，第 163 页。

② ［俄］巴赫金：《文艺学中的形式方法》，李辉凡、张捷译，《巴赫金全集》第二卷，河北教育出版社 2009 年版，第 219 页。

使用说服并使人接受所断言者的真实性；另一方行动，并且借助无法教授的神秘而使灵魂稳定地面对上帝的临在。这就是为什么我们传统的圣洁引导人和律法，传统的圣洁引导人无所禁忌地运用与上帝相宜的象征法描述最神圣奥秘之圣事。而且我们也看到有福的天使用谜语介绍神圣奥秘。耶稣自己用寓言言说上帝，而且用了一系列象征法将祂的神圣作为的奥秘传告于我们。不仅至圣者完全应当免于群氓的侵染，而且未分又分的人的生命应当以合宜的方式领受神圣知识的光照启明。这样，灵魂的无感觉成分便与那些有着神圣者形象的表象的单纯的与内在的景象协调一致了。另一方面，灵魂的感情成分则与自己的本性一致，通过表象的精心组合之成分而尊崇、追求最神圣的实在。这些象征帷幕（与灵魂的这部分）更亲近些，有个例子可说明这点：有些人在被以清晰、无遮掩方式教育了上帝的事物后，自己在心中设想一些表象来引导自己对所听之神学教导产生一个概念。”[1] 在伪狄奥尼修斯看来，理性神学的方式是通过“公开”的、“明显”的论断方式来讲述上帝，也就是把上帝置于被言说者的地位，从而在叙述上帝的方法论层面上形成一种专断式话语。而否定神学的方法是“象征”的、“神秘”的，通过“灵魂”而“稳定地面对上帝的存在”。也就是说，否定神学的方式是通过避免“专断式”（авторитарное）对话来形成人与上帝的依存关系，因此，它所采用的象征也好，设想表象也好，都是逃避或者否定以语言的方式来建构一种融合式的对话关系。

因此，对对方的言说，在某种意义上是一种专断行为，当一方拥有强制性话语权力，而另一方成为被言说对象的时候，便无法形成巴赫金意义上的平等对话。所以，巴赫金在谈到作家在进行创作时那种居高临下的态度时说：“人类迄今说出的话语，还异常天真；而说话者还是孩童，是好虚荣、极自信、多期盼的孩子。话语不知道它要服务于谁，它从混沌中来，不知自己的根在何处。话语的严肃同恐惧、强制联系在一起。真正善良、无私、富有爱心的人还没有说话，他只在日常生活领域中实现自己，他不接触被强制和虚假污染了的有序话语，他不当作家。既然作家富有善心和

---

① ［古罗马］（伪）狄奥尼修斯：《书信·致提多祭司》，见《神秘神学》，包利民译，商务印书馆2012年版，第242—243页。

爱心，善与爱便赋予话语以讥讽、缺乏自信、羞涩（羞于严肃）等特点。话语比人更有力，人处在话语的控制下难有责任感；他感到自己是他人真理的代言人，处于他人真理的高度控制之下。他也感觉不到自己同真理的这种控制力有什么亲情。真理中有着冷漠和疏远的成分。善和爱、柔情和喜悦的因素只能偷偷地潜入其中。温暖人心的真理还从未有过，有的只是温暖人心的谎言。创作过程向来就是真理强制心灵的过程。真理还从未跟人有过亲缘，从未自人的内心产生，而只能从外部产生；真理总是一种控制。真理是一种启示的，却不是直言不讳的，它总要隐瞒些什么，给自己戴上神秘的面纱，因之也带了强制性。真理战胜了人，它是一种强制力，与人之间没有血缘亲情。这是谁之过呢，是真理的过错还是人的过错。人与讲自己的真理相遇一起，这真理便如同终结人生命的一种力量。赐予总是来自外部。"[①] 人们说话是为了追求真理，但是，当一种知识成为所谓的"真理"时，它便具有了强制性，它超越了活生生的人，超越了人与人之间的"责任"（ответственность）关系，成为把人压抑在死寂状态的外部力量。

因此，在巴赫金这里，言说并不是指言说对方，而是向对方敞开的言说，这就是所谓的"外位性"（вненаходимость）。由于这种外位性的特点，决定了一个人对于对方的言说，一定会形成超出他人理解范围的内容，也就是说，他人对于言说者而言成为一个被决断的对象。反过来也是如此，言说者相对于对方的优势，当对方成为言说者时，同样也会形成对己方的优势。在这种关系之中，对话的整体就成为每个对话方所无法掌握的对象。他在《审美活动中的作者与主人公》中说："我所看到的、了解到的、掌握到的，总有一部分是超过任何他人的，这是由我在世界上唯一而不可替代的位置所决定的：因为此时此刻在这个特定的环境中唯有我一个人处于这一位置上，所有他人全在我的身外。这个唯一之我的具体外位性，我眼中的无一例外之他人的具体外位性，以及由这一外位性所决定的我多于任何他人之超视（与超视相关联的是某种欠缺，因为我在他人身上优先看到的东西，正是只有他人才能在我身上看到的东西。但对我们来说，这

---

① ［俄］巴赫金：《演讲体以其某种虚假性》，黄玫译，《巴赫金全集》第四卷，河北教育出版社 2009 年版，第 79—80 页。

一点并不重要，因为‘我—他人’这一相对关系在我的生活中是不能具体地逆向倒转的），通过认识可得到克服。认识能建立一个统一的具有普遍意义的世界，它在一切方面完全独立于这个或那个个人所处的具体而唯一的位置。对这个世界来说也不存在这种绝对不可倒转的‘我与所有他人’的关系；对‘我和他人’是可以加以思考的，从认识的角度看，他们的关系是相对的，是可以相互逆转的，因为认识的主体本身在存在中并不占有确定的具体的位置。不过，这个统一的认识世界，不可能作为唯一而具体的、充满丰富习俗特质的整体来感知，就像我们感知景色、戏剧场面、这座建筑物等等那样。因为要实际地感知具体的整体，前提是观察者应有一个完全确定的位置，应该有这一观察者所具有的唯一性和具体性。[认识的世界]及其每一个因素，只能成为思考的对象，同样的道理，这个或那个内心感受和心灵整体，要进行具体的体验（从内心感知），必须要么从‘自为之我’（я-для-себя）的范畴出发，要么从‘为我之他人’（другой-для-меня）的范畴出发，换言之，要么作为我的感受，要么作为这一确定而唯一之他人的感受。”[①] 这里要表达的一个关键内容是，对话的双方都是可以对彼此加以思考的，其看视的位置是可以互换的，尽管在这个过程中会形成“超视”（избыток видения）；但是，双方对话所形成的统一认识世界，是不可能像每个对话者的具体性那样被认知的，原因就是，这个整体性是作为一种“景色”“场面”，也就是说作为语境及涵义而存在的。由此可见，否定神学中的“上帝”，即那个不可言说的对象，从方法论层面上加以转换而成为巴赫金这里所说的“统一的具有普遍意义的世界”（единый и общезначимый мир）。

第三节　“我—他”结构与东正教人学

众所周知，巴赫金借助于对陀思妥耶夫斯基以及其他俄罗斯文学现象

① ［俄］巴赫金：《审美活动中的作者与主人公》，晓河译，《巴赫金全集》第一卷，河北教育出版社2009年版，第119—120页。原文参见 *Бахтин М. М.* Автор и герой в эстетической деятельности. // Собрание сочинений в 7 томах. Т. 1. М.: Русские словари; Языки славянской культуры, 2003, с. 105.

建构起了他的对话哲学的“我—他”关系，以及审美活动中的“作者—人物”之间的平等交互关系，从而颠覆了传统的、由西欧认识论哲学以及美学所确立的主体论模式，并在艺术的叙事伦理方面提出了全新的设想。

那么，这种文艺思想与其所身处的俄罗斯东正教文化之间的关系到底是怎样的？克拉克与霍奎斯特有一个模糊的说法：“在神学，这永远是一个本体论的整合化问题。谁应对行动负责，是上帝的律法，还是人的意志，这个问题在那些高扬个体自力意志的基督教派别那里尤其严峻。如俄国东正教。我正在做的行为是我自由意志的实行，还是仅仅在表现一个巨大运动的某个环节，这个运动的整体体现了一个更高的、超出个人的计划？……所有这些问题的核心是一种周而复始的二极对立，一极是个人性，另一极是无人称的力量。这二极在这些彼此相异的话语中，获得了不同的称谓。但在所有场合，实际上都指一种冲突，一方是对自己行动负责的纯粹的自我，一方是总被看作因果性根源的无人称的他者。这些自我/他者的关系或创作者/人物的关系是一切宗教体系的首要问题，这暗示了宗教在巴赫金思想中的位置。他受到基督教的强烈影响。但像通常一样，在巴赫金那里，这种影响是间接的，因而难以精确地测定。”[①] 但我们不能因为无法“精确地测定”便只是做一种猜测性评述，而应从具体的结构性元素入手来进行考察与辨析。

具体到巴赫金的“我—他”结构与东正教思想的关系，需要从后者的人学思想谈起。别尔嘉耶夫在谈到这一问题时曾提出：“历史上基督教的人类学在讲到人时几乎无一例外地将其说成有罪者，需要教他们学会如何救赎。只有在尼斯的格列高利（一译尼撒的格列高利）那里能够找到较为高深的关于人的学说，但在他那里，人的创造尝试仍旧没有得到领悟。”真正的基督教“宣传的是人的上帝形象和上帝类似，以及上帝的人化。关于人、关于人在宇宙中核心作用的真理即使在基督教之外被揭示出来时，它仍然有着基督教的根源，离开了基督教，这一真理便无法领悟。……把基督教与人道主义对立起来是错误的。人道主义有基督教的源头（Гуманизм

① ［美］克拉克、霍奎斯特：《米哈伊尔·巴赫金》，语冰译，中国人民大学出版社2000年版，第109—110页。

христианского происхождения)。”[①] 别尔嘉耶夫在这里提到的尼斯的格列高利是东方教会思想的奠基者之一，尤以其对于人的世界中心地位的论述而著称。在关于人的地位问题上，东西教派存在着巨大的差异。在西部教会思想家的神学阐述中，人更多地是以身负原罪的形象被理解，而在东方教父的思想中，人则更多地是以“神性”(божество)携带者形象被理解。东方思想一直坚持认为，在圣经的《创世记》中，人首先获得的不是罪，而是神的属性。也就是说，在东正教思想中，虽然它也承认人的原罪，但是在其思想倾向中却淡化了这方面的内容，而强化了人的神性的内容。如早期亚历山大里亚的教父亚他那修就说过：“因为神是善的，或者毋宁说本质上是善的源泉。他既是善的，就不会对什么东西斤斤计较，因而不会吝啬，不赐给万物，而是借着他自己的道，即耶稣基督我们的主，从无造出万物。而在万物之中，他又特别垂顾人类，知道他们局限于自身的出生，不能始终保持同一种状态，因而就赐给他们另一样恩赐。也就是说，他造人不是像造地上一切非理性的造物那样，只是造出它们，而是照着他自己的形象造人，甚至赐给人他自己的道的一部分权能。因而，可以说，人是道的一种投射，并且是有理性的，所以能够永久地住在恩福之中，过着真正的生活。那是属于乐园里圣徒的生活。”[②] 上面别尔嘉耶夫提到的尼斯的格列高利在他的代表性论著《人的造成》中也称，不能把人等同于一般世界，否则便消弭了人的“伟大性”(величие)，那么，“人的伟大性在哪里呢？不在于人与受造的世界相似，而在于人具有造物主本性(естество)的形象”[③]。这一思想对后来俄国东正教的人学思想产生了深远的影响，成为俄罗斯文化精神中的核心内容。尼斯的格列高利这部著作像早期教父的著述一样，所有论述都是以圣经文本为论据来展开的。如书中第三章的标题是：“人的本性比世间万物都更可贵。”其依据便是《创世记》中的表述：“神说，我们要照着我们的形象，按着我们的样式造人，使他们管理海

---

① *Бердяев Н. А.* Русская Идея. // О России и русской философской культуре, М.: Наука, 1990, с.127-128.

② ［古罗马］亚他那修：《论道成肉身》，石敏敏译，三联书店 2009 年版，第 88—89 页。

③ *Григорий Нисский* Об устроении человека. // Творения святого Григория Нисского. Ч. 1. М.: Тип. В. Готье, 1861, с. 137.

里的鱼，空中的鸟，地上的牲畜，和全地，并地上所爬的一切昆虫。神就照着自己的形象造人，乃是照着他的形象造男造女。”[①] 这就是说，在世间所有造物中，只有人是照着神的形象、按着神的样式造成的。尼斯的格列高利阐述道，上帝之所以最后造人，是要按照由低级到高级的步骤来，因此人是最完满的。此外，《创世记》中还有另一句关键的表述：“耶和华神用地上的尘土造人，将生气吹在他鼻孔里，他就成了有灵的活人，名叫亚当。”[②] 这里值得注意的是，上帝把他的“生气”吹入了人的体内，那么，这个“生气”（дыхание）到底是什么性质？而人成了有“灵”的活人，这个“灵”（душа）又是什么性质？[③] 这里的“灵”与圣灵的“灵”（Дух）是否具有同质的性质？它在东方思想这里被理解为人获得了上帝属性的“分有”（разделение），当然这个前提仍然是一种“恩典”（благодать）。但无论如何，人通过上帝的这两种行为而获得了“神性”（божество）。对此，谢·布尔加科夫的表述是有代表性的：“对人的上帝形象应当现实地去理解，就像某种重复，它无论在任何情况下也不是对原型的同一化，相反，它不可避免地将有别于原型，但与此同时，它在本质上与之相联系。这种形象与原型之间的关系的现实性由圣经叙述中的特点可以见出，上帝向人体吹入了灵，于是这时便发生了某种神性的导出（исхождение Божества），产生了创造性辐射的种类。因此，人类可径直称为神的种类（род Божий）。”[④] 由此可见，人在世界上便具有了某种绝对的意义，或者说，他既是绝对中的相对，同时也是相对中的绝对；相对于上帝（世界本质）而言，他是受造物，相对于世界而言，他是非受造物（не-тварь）。也就是说，人与世界作为共同的受造物，人却是世界的中心，世界上一切的根本目的就是人。

那么这种东正教人学对于审美活动中的“我—他”结构的影响机制是什么？实际上，就是通过人子的肉身化和人对神性的获得，使人与基督形成同在关系，即基督通过人而显现，人通过基督而实现；而不是由作者发

① 和合本圣经《旧约·创世记》1：26—27。

② 和合本圣经《旧约·创世记》2：7。

③ 俄文圣经参见 «Книга Бытие» 2: 7. // «Библия. Книги Священного Писания Ветхого и Нового Завета». Синодальный перевод. М.: Российское библейское общество, 2012, с. 6.

④ *Булгаков С.* Свет Невечерний. Созерцания и умозрения. М.: Республика, 1994, с.242.

起的专断性创造，也不是由于人物地位的上升而消解作者的对话资格。所以说，这里有一个“此消彼长”的原理，这也就是东正教神学中所看重的“道成肉身”的原理。总之，原来上帝与人的“主—客”型的“我—他”关系在这里成为“主—主”型的“我—他”关系。

早期东方教父伊里奈乌（一译爱任纽）曾说：“神的儿子成为人子，好叫人得以成为神的儿子。”[①] 其实西部教父奥古斯丁也说过类似的话：“我的慈父，你真是多么爱我们，甚至‘不惜以你的圣子为我们交付于恶人手中’。你真是多么爱我们，甚至使‘圣子与天主相等而不自居，甘心降为仆人，死于十字架上’，惟有他在‘死亡的人类中不为死亡所拘束’，‘有权舍弃生命，也有权再取回生命’；他为了我们，在你面前，是胜利者而又是牺牲，因为自作牺牲，所以成为胜利者；他为了我们，在你面前，是祭司而亦是祭品，因为自充祭品，所以也是祭司；他本是你所生，却成为我们的仆人，使我们由奴隶而成为你的子女。”[②] 不过，因为基督成为肉身是基督教的基本教义，所以任何人不得否认这一点，只是在论述中会有所侧重。因此，奥古斯丁在说这些话之前，先要强调耶稣“同时是唯一的天主”：“他站在死亡的罪人与永生至义的天主之间，他死亡同于众生，正义同于天主，正义的赏报既是生命与和平，他以正义与天主融合，而又甘心与罪人同受死亡，借以消除复皈正义的罪人的永死之罚；他被预示于古代圣贤，使他们信仰他将来所受的苦难而得救，一如我们信仰他已受苦难而得救。他以人的身份担任中间者，若以天主的‘道’而论，则不能是中间者，因为他与天主相等，是天主怀中的天主，同时是唯一的天主。”[③] 而东方教父在论述同一问题时，并不刻意强调耶稣作为“天主”的性质，只是强调他的造主的性质乃是为了成为“救主”，即降身为人。亚他那修专门著《论道成肉身》来论述这种机制，他说：“如不可见的神一样，道成肉身也是借他的作为叫我们知道的。由此我们认识到他教人成圣的使命。……人若是想要看见神，而神的本性是不可见的，人根本无法看见，那么他可以从神的作为

① ［古罗马］爱任纽：《反异端》，见《尼西亚前期教父选集》，章文新等译，中国基督教三自爱国运动委员会、中国基督教协会，2006 年版，第 99 页。

② ［古罗马］奥古斯丁：《忏悔录》，周士良译，商务印书馆 1996 年版，第 229 页。

③ 同上书，第 228—229 页。

中认识并领会神。同样，人若是凭自己的理解力看不见基督，至少可以借他身体所成就的作为领会他，检验一下这些作为是人之所为，还是神之所为。……他成为人，好叫我们成为神。”[①] 因此，人的神性提升是为了使人恢复人被造时的原初状态，即在理论上永生的状态，那么从叙事的结构上来说，这就形成了人与基督的平等模式，即互为实现的模式，或者说，借着对方的出现而自我实现的模式。这也就是巴赫金所说的“可以让‘我’和‘他人’相遇的新场合，建构人的形象的新场合”[②]。

对此，巴赫金说：“对象本身并不参与自己的形象塑造。在对象本身看来，形象或者是来自外部的损害，或者是来自外部的赐予；这种赠予是毫无来由的伪善谄媚的礼物。称颂的形象与对象讲自己的谎言相结合，形象一方面有所隐匿，一方面又有所夸张。形象原则上是背靠背的产物。形象将对象封闭起来，因此忽视对象有变成另一人的可能性。在形象里不会有对象声音和说话者讲对象的声音两者相遇，不会有两者的结合。对象想要超越自身，相信自己会奇迹般改变。形象迫使对象等同于他自身，进入完成和实有的境地而无望发展。形象要充分利用其外位的优势。对象的后脑、双耳和脊背在形象那里占据着首要地位。”[③] 巴赫金这里要说的是，在艺术创作中，作为描写对象的形象，按照传统的叙事伦理，它就是一个彻头彻尾的被造物。它的形象之所以成立，是因为来自外部的力量干预，因此，就它自身而言，它失去了对话的主动性，从而陷于一种停滞和死寂的状态。在这种情形下，如果要达到使形象成为开放的、活的艺术形象，则需要借助于外位的优势，即：通过将创造主体下降化的手段，通过激活自身的主动性的方式，参与到对话的活动之中。巴赫金这里有一句话是令人费解的，即：“对象的后脑、双耳和脊背在形象那里占据着首要地位。”这些人体部位表征着人面对另一个对象的姿态，那么为什么说那个对象的“后脑、双耳和脊背”占据着重要地位呢？实际上，在我看来，这是圣经中一句用语的翻版。在《出埃及记》中，上帝对摩西说：“看哪，在我这里有地方，你

① ［古罗马］亚他那修：《论道成肉身》，石敏敏译，三联书店 2009 年版，第 151 页。

② ［俄］巴赫金：《演讲体以其某种虚假性》，黄玫译，《巴赫金全集》第四卷，河北教育出版社 2009 年版，第 81 页。

③ 同上书，第 80 页。

要站在磐石上。我的荣耀经过的时候，我必将你放在磐石穴中，用我的手遮掩你，等我过去。然后我要将我的手收回，你就得见我的背，却不得见我的面。"[①] 因此，"背"（спина）在这里是一种特殊的意象，象征着人与上帝相遇的形态，是一种衔接、一种两个平等主体的遇合。所以，巴赫金接下来说："所有这些都是域界（пределы）。"[②] 即人与上帝相遇的地方。作者作为艺术文本的创造者，相当于作为造物主的上帝，但是，当他掩藏起他的面目——这面目不可得见，因为那面目象征着绝对的权力，凡见者"不能存活"——而以"背"示人的时候，则意味着人可以与之进入和谐的对话状态。这正如巴赫金所说的："相信能在至高无上的他人身上如实地反映出自己，上帝同时既在我心中又在我身外。我内在的无限性和未完成性，完全地反映在我的形象中，上帝的外位性同样完全实现于形象之中。……对自己的爱，对自己的怜悯，自我欣赏有着复杂的内容，而且很为特别。自我爱慕和自我评价所包含的所有精神因素（除去自我保护等）都是对他人位置、他人视点的窃据。这里不是'我'对自己的外形施以正面的评价，而是我要求他人给予这样的评价，我站到了他人的视点上。我总是脚踏两只船，我构筑自己的形象（即意识到我自己），同时既从自己内心出发，又从他人的视角出发。……他人关于自身原则上无法了解、无法观察到和看到的一切，可优先加以利用。所有这些成分大都具有完成的功能。可能有客观中态的自我意识和自我评价，它不受'我'或'他人'视点的影响。这正是结束生命的背靠背的形象。这种形象不具有对话性和未完成性。完成了的整体总是背靠背的形象。不可能从内部，而只可能从外部看到这个完成了的整体。外位性具有完成功能。……人物处于视野和环境的接合点上；他在自身之外，进入了表现的领域。这是个不同区域、观点、边界相互接合和相互作用的复杂的交汇点。"[③]

从这样一种"我—他"结构来看艺术作品中的"作者—人物（主人

① 和合本圣经《旧约·出埃及记》33：21—23。

② 原文参见 *Бахтин М. М.* Риторика, в меру своей лживости... // Собрание сочинений в 7 томах. Т. 5. М.: Русские словари; Языки славянской культуры, 1997, с. 67.

③［俄］巴赫金：《演讲体以其某种虚假性》，黄玫译，《巴赫金全集》第四卷，河北教育出版社 2009 年版，第 81—82 页。

公）”的结构，就可以发现其某些被艺术描写所掩藏起来的东西。在陀思妥耶夫斯基那里，作者失去了绝对的创造主体地位，人物则获得了充分表达个人立场的自由。“作者像普罗米修斯一样，创造着（确切说是‘再造’）独立于自身之外的有生命的东西，他与这些再造的东西处于平等的地位。作者无力完成它们，因为他揭示了是什么使个人区别于一切非个人的东西。对于这一个人，存在是无能为力的。”①也就是说，作品中的人物，像借由基督下降而使自身得以提升的人一样，具有了神的属性。此时的主人公“是具有充分价值的言论的载体，而不是默不作声的哑巴，不只是作者语言讲述的对象。作者构思主人公，就是构思主人公的议论。所以，作者关于主人公的议论，也便是关于议论的议论。作者的议论是针对主人公的，亦即是针对主人公的议论的，因此，对主人公便采取一种对话的态度。”②

关于陀思妥耶夫斯基的这些阐释已为学界所熟悉，而实际上，巴赫金还借助于这种东正教人学观念来断定托尔斯泰作品的人学内蕴。他在《列夫·托尔斯泰〈复活〉序言》中精辟地指出：“作为小说第一部题词的福音书引文，揭示出托尔斯泰的基本的思想主题：不能允许人对人的任何审判。”③那么，这部小说的这个题词是什么呢？我们来看：

> 《马太福音》第十八章第二十一行：那时彼得进前来，对耶稣说：主啊，我弟兄得罪我，我当饶恕他几次呢？到七次可以么？耶稣说：我对你说，不是到七次，乃是到七十个七次。
>
> 《马太福音》第七章第三行：为什么看见你弟兄眼中有刺，却不想自己眼中有梁木呢？
>
> 《约翰福音》第八章第七行：……你们中间谁是没有罪的，谁就可以先拿石头打她。

---

① ［俄］巴赫金：《1961年笔记》，晓河译，《巴赫金全集》第四卷，河北教育出版社2009年版，第335页。

② ［俄］巴赫金：《陀思妥耶夫斯基诗学问题》，白春仁、顾亚铃译，三联书店1988年版，第104页。

③ ［俄］巴赫金：《列夫·托尔斯泰〈复活〉序言》，晓河译，《巴赫金全集》第三卷，河北教育出版社2009年版，第21页。

《路加福音》第六章第四十行：学生不能高过先生，凡学成了的不过和先生一样。[①]

这个题词表达的是什么意思呢？巴赫金说，托尔斯泰“所创造的描绘法庭的惊人艺术画面，给我们昭示了某种别的东西”，而他自己对这个“别的东西”做了回答：“这其实是对审判的审判，是令人信服的、名副其实的审判。这是对聂赫留道夫贵族老爷的审判，对法院官僚们，对市民陪审员，对产生阶级等级制度并由这一制度所产生的‘司法’这一伪善形式的审判！”[②] 但是，巴赫金这个回答却从对话叙事的层面上突然转入了社会学的评价层面，从而导致读者不能迅速领悟他前面所说的“不能允许人对人的任何审判”所含蕴的对话意味。因此我们说，这个题词里面所包含的恰恰是落到现实伦理层面上的东正教神学思想：人不得评价他人，因为每个人自身都蕴含着从神赐而来的神的属性。这一点如果我们用托尔斯泰另一部小说《安娜·卡列尼娜》的题词来参照就可以看得更清楚。《安娜·卡列尼娜》的题词曾引起学界的多种猜测，这句题词仍然是从圣经来的：“伸冤在我，我必报应。”[③] 其基本精神与《复活》的题词是一样的，只有“主”有伸冤的资格，而在人与人之间是没有谁有这种权力的，也就是说，“学生”和“先生”的地位其实是同等的。一旦回到叙事艺术手段的层面上，巴赫金的思想便更鲜明地敞露了出来：“为了揭露法庭上所发生的一切的真正涵义，或者确切些说，揭露法庭上所发生的一切真正的荒谬行为，托尔斯泰运用了特定的艺术手段，尽管这些手段在《复活》中不是新的，而对他先前的整个创作来说却是典型的。托尔斯泰描写这个或那个行为，采取一个仿佛初次见到此事又不知其意的人的视角，所以此人是从外部来接受这一行为，感知它的全部物质细节的。”[④] 当然，巴赫金并不认为托尔斯泰在这里使用了

① 经文采用和合本圣经。托尔斯泰的原文参见 *Толстой Л. Н.* Воскресение. // Полное собрание сочинений в 90 томах. Т. 32. М.: Государственное издательство «Художественная литература», 1936, с. 3.

② ［俄］巴赫金：《列夫·托尔斯泰〈复活〉序言》，晓河译，《巴赫金全集》第三卷，河北教育出版社 2009 年版，第 22 页。

③ 和合本圣经《新约·罗马书》12：19；《新约·希伯来书》10：30。

④ ［俄］巴赫金：《列夫·托尔斯泰〈复活〉序言》，晓河译，《巴赫金全集》第三卷，河北教育出版社 2009 年版，第 23 页。

如陀思妥耶夫斯基那样的复调手法，但是通过东正教人学的“我—他”平衡观念，巴赫金却发现了托尔斯泰小说的社会含义，并使这种含义获得了基于其对话思想的合理阐释。

第四节 “道成肉身”与“事件”叙事

西方的评论家们习惯站在20世纪的解构主义立场上来看巴赫金，因此，当他们将巴赫金与东正教文化传统联系起来的时候，对“道成肉身”（Incarnation）这一概念产生了极大的兴趣。在西方学者涉及这一问题的论述中，几乎无一例外地把这一点视为巴赫金与东正教神学的联结点，并且集中关注巴赫金的拉伯雷评论中的“肉身”狂欢。实际上，如前所述，巴赫金与东正教的联系主要体现在他对东正教人学的精神结构的接受，这是他的对话哲学的最主要的宗教哲学基础，而其具体体现则是关于“存在即事件”的思想。

西方学者关注的是“道成肉身”这个概念中“肉身”化的具象性，即身体的叙事内容，如上述巴赫金传记的作者克拉克和霍奎斯特就始终强调巴赫金所坚持的“虚己”（kenotic[①]）论导致他对“物质性”的关注。一方面，这体现在巴赫金对符号介质的重视，因为巴赫金多次强调符号创造的意义，如他在《文艺学中的形式方法》一书中专门论述了艺术创作中的材料问题，他说：“文艺作品毫无例外地都具有意义。物体—符号的创造本身，在这里具有头等重要的意义。技术上辅助的、因而也是可替代的成分在这里被缩小到最小程度。在这里，获得艺术意义的，是具有独一无二特点的事物的唯一的现实性本身。”[②]他在《马克思主义与语言哲学》里则曾把焦点集中于意识形态的符号，他写道：“消费品也可以成为意识形态的符

① Clark K., Holquist M. *Mikhail Bakhtin*. Cambridge, Mass.: Belknap Press of Harvard University Press, 1984, p. 84. 中文译本参见［美］克拉克、霍奎斯特：《米哈伊尔·巴赫金》，语冰译，中国人民大学出版社2000年版，第112页。“西方人很难看出巴赫金的基督学与他主要的、显然是非宗教的思想探索有何关联。造成这困难的部分原因是巴赫金专注于俄罗斯的上帝形象抛弃论传统。该传统强调作为上帝的基督降身为人的重要意义，这不同于西方的大多数传统。”但这里把“kenotic”（虚己）译为了“上帝形象抛弃论”。

② ［俄］巴赫金：《文艺学中的形式方法》，李辉凡、张捷译，《巴赫金全集》第二卷，河北教育出版社2009年版，第118页。

号。比如，面包和酒是基督教圣餐仪式中的宗教象征符号。然而消费品无论如何绝不就是符号。消费品可以和工具一样，与意识形态的符号联系在一起，但这种联系并不能抹杀它们之间清楚的意义界线。例如，面包是以一定的形式烤制的，而这一形式绝不能只用面包的消费任务来证实，然而它却具有某种哪怕是粗糙的、符号的思想意义（例如，8 字形或蔷薇形小面包）。”[①] 在克拉克夫妇看来，巴赫金正是因为接受了“虚己”论的内在影响，才形成了他对语言以及意识形态的“物质性”——甚至包括“低层次”的性器官和排泄器官——的敏感。[②]

在西方学者那里，巴赫金对“物质性”关注的第二个方面则体现在对“躯体”的关注。巴赫金曾经提到，在基督教的发展过程中出现过两种倾向：一种是非肉体化倾向，这是新柏拉图主义的立场，把一切与躯体相关的内容都视为邪恶；另一种倾向是把躯体视为上帝显现的形体，它不仅不是邪恶的，而且是上帝最高的善的体现。[③] 克拉克夫妇以俄国历史上的一些宗教现象为例来说明后一种倾向的具体表现形式，如鞭身派的身体放纵、圣愚的去道德行为。而在巴赫金这里，他之所以用了大量的篇幅来阐述拉伯雷的创作，明显是出于对世界的“肉身化”的理解。美国学者查尔斯·洛克（Charles Lock）在他论述巴赫金与东正教神学关系的文章中，重点分析了其借助于“道成肉身”的思想来表达他的肉体狂欢的理念。他甚至认为，巴赫金所接受的主要是基督教早期思想家，包括后来被认为是异端的一些人对这一教义的表述，如与诺斯替派关系密切的马西昂、德尔图良等人的说法。他指出：“基督教的很多教义对于诺斯替派来说都是可以接受的，但对于‘天地之间、神与人之间的隔断墙已经被摧毁’这一说法，他们却不以为然。诺斯替派的反对也具有部分的合理性，他们担心承认道成肉身之后有可能随之产生概念的混乱。他们认为，基督不可能完全是人，因为身体的物质性也就是肉身，是可耻的而不配享有神圣。马西昂

① ［俄］巴赫金：《马克思主义与语言哲学》，张杰等译，《巴赫金全集》第二卷，河北教育出版社 2009 年版，第 342 页。

② ［美］克拉克、霍奎斯特：《米哈伊尔·巴赫金》，语冰译，中国人民大学出版社 2000 年版，第 115 页。

③ ［俄］巴赫金：《审美活动中的作者与主人公》，晓河译，《巴赫金全集》第一卷，河北教育出版社 2009 年版，第 156 页。

（Marcion）别无选择，只能视之为“上帝的耻辱”而拒绝道成肉身说；对于这一点，德尔图良（Tertullian）反驳道，道成肉身是一种‘对物质体的恩宠’，他对马西昂说：‘在你们看来，所谓的上帝的耻辱，其实是人得以救赎的圣礼。’而马西昂在对雅罗斯拉夫·佩利康（Jaroslav Pelikan）所做的研究综述中回应道：‘如果上帝变成了一个拥有肉体的人，这就意味着神性的终结。’马西昂断言，真正的基督不可能假定有一个物质的身体参与到物质世界中来，因为这样的身体会塞满排泄物。他的这段话引起了巴赫金的共鸣。而东正教的答复是，甚至排泄物都是值得拯救和救赎的——所有的物质都有潜在的神性。”[①]

西方学者的观点都有其道理，但是却忽略了在“道成肉身”这一关键性概念中所蕴含的东正教人学精神，否则就难以解释它作为基督教各教派的普遍教义为什么会成为东正教的特色。

要说明这个问题，需要从东西教派之间的教义差别谈起。在天主教与东正教的教义区分上，主要是“和子句”之争。众所周知，“三位一体”是基督教的基本信条，这个信条是在325年由君士坦丁一世召集召开的第一次主教公会议（尼西亚公会议）在信经中加以确立的。这个信经的条款为：

1. 信独一上帝，全能的父，创造有形无形万物的主。

2. 我信独一主耶稣基督，上帝的子，为父所生，出于光而为光，出于真神而为真神，受生而非被造，与父一体，万物都是借着祂造的；

3. 他为要拯救我们世人，降临，成为肉身，而为人；

4. 受难；

5. 第三天复活；

6. 升天；

7. 将来必降临，审判活人死人；

8. 我信圣灵。[②]

① Lock, Charles *Carnival and incarnation: Bakhtin and orthodox theology*. Literature and Theology, Vol. 5, No. 1 (March 1991), Published by: Oxford University Press, p. 71.

② 《尼西亚-君士坦丁堡信经》，见［美］尼科斯选编《历代基督教信条》，汤清译，宗教文化出版社2010年版，第8—9页。

我们认为，这个信经里的第二句很重要，它是专门说明“子”的地位的。此前在教会内部对于子的地位存在多种争议，其中阿里乌派认为，既然是“子”，那就低于“父”，而“灵”既然是神的属性，那它就低于父和子，只有父才是永恒的和没有源始的。[1]坚持这种说法的人也从圣经里找到了依据，那就是耶稣自己说的话：“你们若爱我，因我到父那里去，就必喜乐。因为父是比我大的。”[2]也就是说，在这里耶稣自己承认父是更大的一方。但阿里乌的主张后来被否定了，于是在尼西亚信经中针对阿里乌的观点做了这个关于子的地位的申明。信经中的第3—5条就是“道成肉身”这一教义的集中阐释。但后来引起争议的是最后一句话：“我信圣灵。”显然，如果信经只是这样的条款，那么实际上“三位一体”的说法还不完整，因为“灵”的地位没有说清。所以在381年君士坦丁堡皇帝狄奥多西一世召集第二次主教公会议，即君士坦丁堡公会议的时候，对尼西亚信经进行了补充，其中最重要的部分就是谈到了圣灵的属性，即对第8条做了修改：“我信圣灵，赐生命的主，从父出来，与父子同受敬拜，同受尊荣，祂曾借众先知说话。”[3]这样，圣灵的由来和地位的问题就解决了。也就是说，圣灵与圣子一样，也是从父出来的，但是它和父、子的地位是一样的，这样，三位一体的原则就完善了。

但是值得注意的是，父、子、灵三个位格虽说是一样的，但由于信经的表述，还是存在一个等级关系。如果用一个示意图来标示的话，应当是这样的：

---

① ［美］蒂利希：《基督教思想史——从其犹太和希腊发端到存在主义》，尹大贻译，东方出版社2008年版，第70页。

② 和合本圣经《新约·约翰福音》14：28。

③ 《尼西亚-君士坦丁堡信经》，见［美］尼科斯选编《历代基督教信条》，汤清译，宗教文化出版社2010年版，第9页。

也就是说，信经中明确说，子和灵都是从父而出，因此，虽然在文字表述上没有说明三个位格的高下，但在信众的理解中，子因为降到地上，便是比父小的，这也符合了《约翰福音》中的说法。但是，这两次主教公会议因为都是在东部教会召开的，罗马教会的参加者很少，因此西部教会的意见没有在这个信经里充分体现出来，所以，此后西部教会的神学家在其他场合开始发表不同意见。最著名的就是奥古斯丁，他专门写了《论三位一体》来加以新的解释。他的观点是：子因为与父“同质”，所以也应高于圣灵。圣经里有很多证据来说明这一点，如使徒保罗在《哥林多前书》中说：“除了神的灵，也没有人知道神的事。”[①] 这就说明，父和子是一体的，他们一起高于灵，否则就意味着子不知道父的事了。这里的这个“神”指的就是父、子两个位格。因此，他的结论是：“正如就圣灵是上帝的恩赐而言，乃是从父出来的。所以他的奉差，就是指被人知道他乃是从父出来的。我们也不能说圣灵不同时从子出来；因为圣灵被称为父和子的圣灵，并不是没有理由的。当他向门徒吹一口气，说：‘你们受圣灵’（约 20：22），我看不出他有什么别的意思。那具体的气，从他身体里发出，与门徒身体相接触，被他们感受到的，并不是圣灵的实体，而是用方便的记号，来宣布圣灵不仅是从父，也是从子出来的。”[②]

这样的说法给了西部教会改动尼西亚信经的由头。从 6 世纪开始，西部一些教会就把这个信经中“圣灵从父出来”这句话改为“圣灵从父和子出来”，中间加了一个词“filioque”（拉丁文“和子”[③]）。到 11 世纪初，罗马教皇本笃八世肯定了这个改动。如果按这个“和子”句，上面那个三位一体的示意图便发生了变动：

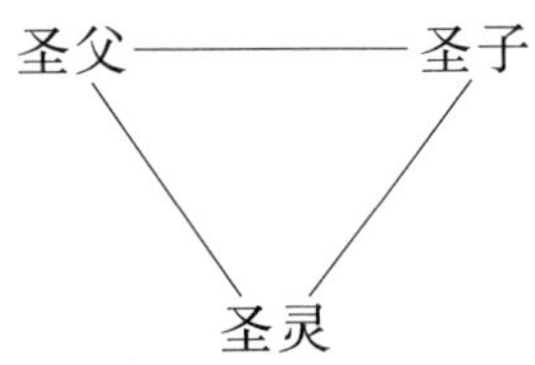

① 和合本圣经《新约·哥林多前书》2：11。

② ［古罗马］奥古斯丁：《论三位一体》，周伟驰译，上海人民出版社 2005 年版，第 153 页。

③ 俄文音译为“филиокве”，意译为“и от Сына”，即“和子”。

当然，罗马教会的改动并未经东方教会同意，因此在东正教会中还是坚持《尼西亚-君士坦丁堡信经》的表述，即圣灵只从父出来。我们认为，在这些细微的改动中，起关键作用的还是东西教会的权力之争。但这个“和子”句的教义差异是否对东西两派的文化精神有影响呢？这就需要结合“道成肉身”的内在精神来加以理解。

东方教会之所以不承认灵从父和子出来，关键在于不能把耶稣基督的位格与父的位格放到同一个等级上，那样的话，无疑就强化了耶稣神性的一面，而淡化了其肉身的一面。耶稣的肉身性一旦被淡化，其“虚己”的精神就难以体现出来了。尽管奥古斯丁也说基督有肉身，是为了让人相信他的复活，“使我们得救并称义”[①]，但他还是反复强调子与父的同质性，这对文化精神的影响就是：普通的人与耶稣不同；肉身的人，不仅肉体会死，灵魂也会死。如他所说：“灵魂因罪而死，身体因罚罪而死。”[②]就此而言，在奥古斯丁的论述中，人的神性的一面被遮蔽了，但罪的一面被突出了出来。这就是天主教人学区别于东正教人学的关键之处。

东正教一直坚持把《约翰福音》中说的“道成了肉身，住在我们中间”作为其人学的核心思想，因为基督在我们中间，也就意味着我们与神同在。正如上面提到的，伊里奈乌、亚他那修、伪狄奥尼修斯都讲过类似的话：神降到人间，是为了使人成为神。而东部教会为了强化这一点，在451年召开的卡尔西顿公会议拟定的信经中又强化了对基督人性的表述：“祂真是上帝，也真是人，具有理性的灵魂，也具有身体；按神性说，祂与父同体，按人性说，祂与我们同体，在凡事上与我们一样，只是没有罪。”[③]强调基督和我们一样，反过来就是说，我们和基督一样。或者说，这里的逻辑关系是：耶稣是肉身的，即神可以变为肉身；因此肉身的人也具有神性，因为我们和耶稣具有同样的肉身；基督下降到我们中间，我们便与基督同在，并变成与他同样的性质，成为神性的存在。在这个结构关系中，人被置于与基督平齐的位置上了，这个示意图就是：

---

① ［古罗马］奥古斯丁：《论三位一体》，周伟驰译，上海人民出版社2005年版，第90页。

② 同上书，第130页。

③ 《迦克墩信经》，见［美］尼科斯选编《历代基督教信条》，汤清译，宗教文化出版社2010年版，第11页。

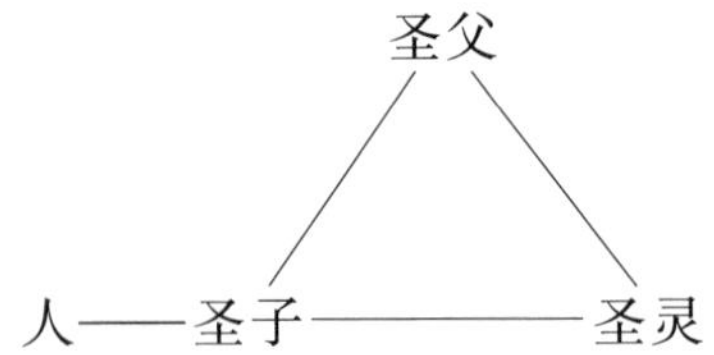

俄罗斯流亡神学家洛斯基对此有过一个总结性的解释:“子道成肉身是为了重建人与上帝融合的可能性，因为这种融合是由恶所割裂的，所以没有人的参与是无法重建的。上帝的道成肉身这个事件本身消除了对这种融合的第一个障碍——两种本性（人与神的本性）的分离。这时，与人的堕落状态相关的其他两个障碍——罪孽与死亡——依然存在。基督的事业是战胜它们，将其必然性从尘世宇宙之中驱除出去:但并非一下子就将其消除，因为这种方式会形成对其天赋自由的暴力，而是通过上帝本身对死亡和地狱的承受，使死亡变得无害，并创造救治罪孽的可能性。因此，基督之死便撤除了矗立在人与上帝之间的屏障，而他的复活也就拔除了死亡身上的‘毒钩’。上帝下降到造物中由亚当之罪打开的渊薮之中，以便让人上升到神性。‘神成为人，为的是让人能够成为神。’我们在圣伊里奈乌那里看到这句话出现过三次。而这句格言我们又在圣大亚他那修那里看到了，并最终成为世代神学家的共识。”[①]

综上所述，“道成肉身”作为东正教人学的核心理念，正如尼古拉·焦尔诺夫所论述的:“俄罗斯宗教思维的基础信念是，承认物质的、潜在的神性，整体创造行为的统一与神圣，以及人参与创造的最终变形的使命。”[②]这种思维在叙事伦理上的结构对应则是将创造者的绝对地位消解，从而使被造者的地位得以上升，最终使二者在一个地上存在的空间中以肉身化的形象相遇。而这种叙事结构，正对应于巴赫金的话语结构。因此，如果说巴赫金受到了这种文化精神的影响，那也主要是在他的话语理论的建构上，而不是如西方学者所重点关注的“躯体”狂欢上。

① *Лосский В. Н.* Очерк мистического богословия восточной церкви. Догматическое богословие, Свято-Троицкая Сергиева Лавра, 2010, с. 497.

② *Зернов Н.* Русское религиозное возрождение XX века. (перед. с английского). Paris: YMCA-Press, с. 290.

众所周知，巴赫金的话语理论是相对于索绪尔的语言学理论建构起来的，他要建构的是一种活的、存在于具体语境中的，或曰“事件”中的对话。什么是事件？在俄语中，“事件”（событие）一词也可以翻译为“共在”，因为它是由“存在”（бытие）一词加上前缀“共有”（co）而构成的，即“со-бытие”。索绪尔的语言学恰恰是抽离了语言的这种“共在”性，在抽象的层面上建构其语言学理论。而在巴赫金看来，任何语词都具有“物质的现存性”（материальная наличность[①]），或者说，语词的意义实现才是语词存在的正常状态。如果语词仅仅是“词汇中的词”（словарное слово），那它只是一个抽象的、没有意义发生甚至也不存在“含义”（смысл）的符号。只有当语词进入社会行为之中，也就是有他者参与的“事件”之中，语词才成为具有表述功能的物质现存。用巴赫金的话说，这个语词是进入了“历史”的现象，在这个时候，它已经不是单独的、个别的现存，而是与他者发生交互关系的现存，它具有了“历史现象的现实性”（действительность исторического явления）。而语词的历史性，是以其自身所含有的多义性来体现的，也就是说，在具体的历史语境中，语词获得了充分的活力，它随着语境中多种不确定因素的变化而成为具有丰富表现力的符号，或者说，这个时候，语词以及掌握了这个语词的讲话者，与参与到对话中的另一方一样，都具有了相应的神圣性。如查尔斯·洛克所言：“根据巴赫金的复调理论，所有的词都是潜在的圣言。物质不是符号的载体，不仅仅是交流的工具：物质和意义无法区分开来。圣礼神学反对将形象与原理分开：所有宗教改革纷争都在于设定了一种必要性，认为圣事的概念必须用新柏拉图主义术语来定义。东正教既不参与宗教改革，也不参与反宗教改革，对圣事的理解与道成肉身的基督论相吻合。一个人不能把物质与非物质区分开来，也不能把一些物质看作是好的，而把另一些看作是坏的。物质内部不能有特权等级之分，因为即使是排泄物也具有潜在的神性：想想基督的关于那些‘最卑微者’的所有自相矛盾的比喻。而多声部性将东正教的神学唯物主义延伸到了语言层面。话语并不

---

① *Бахтин М. М.* (Под маской) Формальный метод в литературоведении. // Фрейдизм. Формальный метод в литературоведении. Марксизм и философия языка. Статьи. М.: Лабиринт, 2000, с. 297.

享有特权，不可能有话语的特权，也不可能有话语之间的特权：圣言潜藏在话语中，不是在某些，也不是在其他话语中，而是在所有话语中，在所有非系统的随机分布的话语中，在不可控制的远离权力中心态势的话语中。”[①]也就是说，在这个充满活力的话语中，每一个参与对话的人就像基督降临之后的复活，语词的意义获得了空间的生机。

而具体到艺术作品的创作中，人物所处的语境便是对话哲学框架内的“事件”。在这个艺术的语境中，有着由各种充满生机的造型构成的组合，其中包括各种语汇的奇异性组合，也包括了色彩、线条的对称等等。更重要的是，这些因素并不是单纯的“景色”或者“背景”，而是同时具有“情感意志”的形象，或者说，这些因素成为由人所参与的“事件”的表征，它们的存在使得事件具有了“物质现存”的属性，但因为它们外位于人物的意识，因此这也使这些“环境”因素在审美的涵义上成为联结参与者“活生生的躯体”的“边缘”（крайние границы）。[②]巴赫金在论述这种审美环境的具体性时提到了普希金的长诗《铜骑士》中的“自然景色的描写，城市的描写”，但并没有做具体分析。那么，我们来看一看这种描写是如何成为人物躯体的“边缘”的：

百年过去了，年轻的城市，
它是北国的精华和奇迹，
从黑暗的森林、从沼泽地，
华丽地、傲然地高高耸起；
在这里，过去那大自然的
可怜的继子，芬兰的渔夫，
孤凄地在低湿的河岸上
向着不可知的水中投入
他那多年的破旧的渔网，

① Lock, Charles *Carnival and incarnation: Bakhtin and orthodox theology*. Literature and Theology, Vol. 5, No. 1 (March 1991), Published by: Oxford University Press, pp. 72–73.

② *Бахтин М. М.* Автор и герой в эстетической деятельности. // Собрание сочинений в 7 томах. Т. 1. М.: Русские словари; Языки славянской культуры, 2003, с. 174.

而今在这活跃的两岸上，
壮丽的宫殿、矗立的高楼
屹立着，从世界每个角落，
一批一批的大船都向着
这富丽豪华的码头停泊；
涅瓦河披上花岗石外衣。
长桥在河水波涛上高悬；
河上的大小岛屿掩盖着
一座座的浓绿色的花园。
而同这年轻的首都相比，
古老的莫斯科显得暗淡，
正像孀居的年老的太后
站在刚册立的皇后面前。[①]

别林斯基在评价普希金这首长诗时说："它的真正的主人公是彼得堡。因此，长诗是以彼得考虑建立新首都这个宏伟的图画开始的，他以明朗的色调描写了彼得堡的现在景色。"[②] 也就是说，诗人在诗语的表面含义上，对彼得堡这座新城的宏伟、华丽进行了赞美式的描写。我们说，如果诗歌只是做这样的描写，那么它就不会构成如巴赫金所说的"躯体的边缘"，即这种"视觉表象"就不会为相应的情感意志因素所代替，因为这种情感意志是单向的、封闭的，它离开了具体的社会性行为。用巴赫金的话说就是："具体的表述（而非语言学的抽象）是在话语参与者的社会相互作用过程中产生、存活和消亡的。它的意义及其形式基本上决定于这个相互作用的形式和性质。若把表述与滋养它的现实土壤割裂开来，我们就失去了理解其形式和涵义的钥匙，在我们手中剩下的或是抽象的语言学的外壳，或是同样抽象的涵义的图解（即旧文学理论家和文学史家的有名的'作品的思

① ［俄］普希金：《铜骑士》，《普希金长诗选》，余振译，外国文学出版社 1984 年版，第 350—351 页。

② ［俄］别林斯基：《亚历山大·普希金作品集》，《别林斯基选集》第四卷，满涛、辛未艾译，上海译文出版社 1990 年版，第 688 页。

想’)。两种抽象相互之间并不联结在一起，因为对它们而言没有生动综合的具体土壤。”[①] 而在这首长诗中，它的这种景色、城市的描写之所以具有了“躯体的边缘”性质，是因为小人物叶甫盖尼的出场形成了“社会的相互作用”，因此一座伟大的都城出现了。但是，这并没有给生活在其中的小人物们带来福音，相反，都城的伟大却更衬托出小人物命运的悲惨。如别林斯基所说：“在这首长诗中，我们看到了一个受到了仿佛是选择新首都所在地的后果之苦的人物的悲惨的命运。那么多的人在那里遭受毁灭，——于是我们由于同情而感到痛苦的心灵就和不幸者打成一片，也感到了惶恐不安，但是突然我们的眼光落在我们的光荣的始作俑者的雕像时，就马上低下头来，——于是在神圣的战栗中仿佛意识到一种沉重的罪恶，因为好像听到后面有人追，就飞速奔跑。”[②] 当我们理解到这一层面时，才会明白为什么别林斯基说长诗真正的主人公是彼得堡，因为本来作为“景色”“城市”的彼得堡，由于叶甫盖尼的对话姿态，使这座表面辉煌壮丽的都城具有了情感色彩，即壮美反衬出它的阴暗与邪恶的一面。由此，在这个成为了具体“事件”的艺术语境中，一个小人物却与占有主宰地位的都城形成了“共在”性对话。或者说，在这个事件中，主人公脱离开作者、脱离开具有独断权力的叙事者而获得对话的自由，因此，这个艺术的语境便不是作者所任意操控的场所，作者无法以统御性的眼光来看待主人公活动的环境。由于“虚己”机制的发生，这里已不存在停留于空中的主宰，而是全部成为下降到地面的“共在”者。

第五节 “有据的平静”与审美活动中的作者与主人公

我们要谈巴赫金与东正教的关系，就不能忽略他留存下来的著述中

---

① ［俄］巴赫金：《生活话语与艺术话语》，吴晓都译，《巴赫金全集》第二卷，河北教育出版社2009年版，第89—90页。

② ［俄］别林斯基：《亚历山大·普希金作品集》，《别林斯基选集》第四卷，满涛、辛未艾译，上海译文出版社1990年版，第696—697页。

还有一篇宗教哲学文章，也可以说是一篇带有神学色彩的文字，这就是他在1924年所做的一个报告的记录稿《有据的平静问题》(Проблема обоснованного покоя)[①]。“有据的平静”这一概念是从柯亨对道德哲学的论述中来的[②]，当然，在巴赫金这里他植入了自己的解释，尽管他并没有对这一概念做出明确的定义。

我们可以根据巴赫金的论述来大致做一个概括：所谓“有据的平静”[③]，从字面上来看就是当人获得了稳定的存在感之时面对他者的状态；而从其实质来看，它应当有三个条件：我与他者、彼此按照“应分”(долженствование)原则建立起来的伦理关系、作为“评判者”的总体价值。我们看来，巴赫金在这里建立起来的就是一个东正教的“聚合性”(соборность)[④]空间：所谓整体评价，或者巴赫金说的“评判者”(оценивающий)，便是上帝所代表的整体价值标准；所谓我与他者便是聚合性空间中的每一个自由的个体；但是作为自由个体加入到聚合性空间中来的人，必须按照由整体价值所决定的“负责”原则来建立彼此的关系。

我们就此先来解释巴赫金这个说法中的神学内蕴。巴赫金首先强调的是进入“事件”，这也是一种宗教赖以存在的必要形式，那么这个宗教性事件是什么呢？巴赫金提到了两种“事件”：一种是历史事件，一种是个人的隐秘事件。而实际上，只有当这两种事件发生碰撞的时候，才会形成所谓的宗教事件。也就是说，一个人的个人隐秘事件不能构成宗教事件，只有当一个人对这个隐秘事件感到不满，或者说这个隐秘事件造成了他的精神危机的时候，他需要寻求对这一隐秘事件进行重新评价，因而需要把这

---

① *Бахтин М. М.* Проблема обоснованного покоя. Доклад М. М. Бахтина. // Собрание сочинений в 7 томах. Т. 1. М.: Русские словари; Языки славянской культуры, 2003, с. 328-329. 中文译本见［俄］巴赫金：《有据的平静问题》，凌建侯译，《巴赫金全集》第七卷，河北教育出版社2009年版，第335—336页。

② 参见《巴赫金全集》俄文七卷本编者注：Cohen H. Ethik des reinen Willens. Berlin, 1904. S. 165; Ästhetik des reinen Gefühls. Berlin, 1912. Bd. 1. S. 208. 见 *Бахтин М. М.* Собрание сочинений в 7 томах. Т. 1. М.: Русские словари; Языки славянской культуры, 2003, с. 871.

③ “平静”这一概念在巴赫金的《审美活动中的作者与主人公》中译本中被译为“从容”，它实际上是指当人与他者建立依赖关系之后的稳定状态。参见［俄］巴赫金：《审美活动中的作者与主人公》，晓河译，《巴赫金全集》第一卷，河北教育出版社2009年版，第310—311页。

④ 关于“聚合性”与巴赫金对话理论的关系我们后面还会做专门论述。

个隐秘事件与所谓的“历史事件”——在他人的综合躯体上发生的整体事件——进行比较，这个时候便形成了所谓的“宗教事件”。而接下来便是第二步，即宗教意识的发生。人在危机状态下进入历史事件，目的是解除危机，而不是强化危机，因此，他要做的便是承认自己的“应分”，不是“道义上的应分”(нравственное долженствование)，而是“唯一的应分”(единственное долженствование)[①]，因为道义上的应分带有强制色彩，而唯一的应分是完整的体认，即我应当完成的事是别人所无法完成的，因此，我义不容辞地承担起这种应分。但注意，这个应分其实是一种对他者存在的负责态度，而不仅仅是对自身负责，而这种行为的宗教表现形式便是祈祷、忏悔，用巴赫金的话说就是：“只有开始忏悔的时候，精神才开始真正地存在，亦即当出现原则上不一致的时候；因为一切有价值的东西都外在于我，我只是一个否定的对象，只是恶的载体。……最后要找到自己真正的存在，即最终领悟到我的实实在在的个性，摆脱这一个性中的一切神话成分。我是坏透了，但却有人需要我成为一个好人。在我忏悔的时候，我是在确立一个人，正是在这个人身上我发现了自己的罪孽。”[②]而这种状态，就是“有据的平静”的到来。也就是说，通过忏悔构成了与他者的负责关系，从而获得了一种坚实的稳定。当然，这一切的达成有赖于一个条件，即作为“第三者”的“评判者”的存在，“在道德意识看来有两人存在的地方，对宗教意识来说则有第三者存在，即可能有的评判者”[③]。巴赫金在这里举了一个例子，即福音书中提到的税吏与法利赛人的比喻。这个比喻是这样的：

耶稣向那些仗着自己是义人，藐视别人的，设一个比喻，说，有两个人上殿里去祷告。一个是法利赛人，一个是税吏。法利赛人站着，自言自语的祷告说，神阿，我感谢你，我不像别人，勒索，不义，奸

① *Бахтин М. М.* Проблема обоснованного покоя. Доклад М. М. Бахтина. // Собрание сочинений в 7 томах. Т. 1. М.: Русские словари; Языки славянской культуры, 2003, с. 329.

② ［俄］巴赫金：《有据的平静问题》，凌建侯译，《巴赫金全集》第七卷，河北教育出版社 2009 年版，第 336—337 页。

③ 同上书，第 336 页。

淫，也不像这个税吏。我一个礼拜禁食两次，凡我所得的，都捐上十分之一。那税吏远远的站着，连举目望天也不敢，只捶着胸说，神阿，开恩可怜我这个罪人。我告诉你们，这人回家去，比那人倒算为义了。因为凡自高的，必降为卑。自卑的，必升为高。[①]

当税吏与法利赛人相遇的时候，出现了一个对于税吏而言的“隐秘事件”，他被法利赛人以僭越的方式所审判，即法利赛人率先抛开作为第三者存在的评判者，而自己操起评判的权力。这个时候，税吏则必须求助于那个真正的第三者来为他辩护，于是进行了祈祷与忏悔，而这时便发生了巴赫金所说的“有据的平静”。

巴赫金在做这个关于“有据的平静”的报告时，正是他在撰写《审美活动中的作者与主人公》的时期，而他在这篇集中谈审美机制的文章中恰恰便是以“有据的平静”中所含蕴的宗教理念来建构他的审美理论的。因此，我们可以借助对“有据的平静”的理解这把钥匙来解说巴赫金对审美活动的诠释。

我们来看“有据的平静”发生机制中的三个条件与巴赫金所说的审美活动中的功能项的对应。所谓我与他者，便是作者与主人公；依据宗教意识中的应分原则建立起的伦理关系，在审美活动中即作者与主人公之间的叙事伦理——“同情”关系；而作为第三者的评判者“上帝”，则是审美话语中的整体涵义。

在巴赫金看来，所谓的审美活动并非当作者进入创作活动时即形成，而是当作者与主人公同时进入巴赫金意义上的“事件”时才发生。那么，什么是巴赫金意义上的审美“事件”呢？巴赫金用了“外位性”（вненаходимость）概念来加以说明。“外位性”，简言之，即从他者意识出发来确认自我存在的原则。这也就是巴赫金在谈“有据的平静”时提到的个人的隐秘事件与历史事件的相遇，而在艺术创作过程中，它便是作者的审美视野与主人公的审美视野的相遇，或者说，是边缘性行为的发生。如巴赫金所说：“艺术家在这里的工作也是在内心生活的边缘上进行的；在

① 和合本圣经《新约·路加福音》18：9—14。

边缘上心灵是外向的。他人外位于我或与我相对，不仅是指外形，而且是指内心。我们用逆喻法可以说他人具有内心的外位性和相对性。他人的每一内心感受，如高兴、痛苦、意愿、追求，最后还有他的思想意图等等，即使完全不外露，不说出来，不流露在脸上，不显现在眼中，而只能由我来捕捉、猜测（根据生活的语境），那么所有这些感受我都是在我的内心世界之外发现的（即使它们也为我所体验，但在价值上不属于我，不能归属于我的范畴；可能这些感受中的'我'只是表演了一下——维塔谢克语，或是这个'我'在他人身上直接的感受——洛斯基语），我都是在自为之我以外发现的。它们是为我而存在，是他人的价值之存在的因素。"[①] 巴赫金对于"边缘"（граница）和"界域"（предел）的概念情有独钟，在他的论域中，"事件"便是发生于两个本来单独的"存在"（бытие）相遇于边缘的时候，即"со-бытие"。这种相遇，也就是外位性的发生，即我的感受通过他者的内心活动呈现出来，因此，严格说来，这种相遇不是通过眼睛的看视来实现，而是通过"灵魂"（душа）的交流、通过内心的"爱"的方式（любовно）来行"仁慈"（миловать）和"抚慰"（ласкать）[②]。在这种境况下，双方之间发生了审美活动的关键环节——"同情性理解"（сочувственное понимание）。"理解"在理性主义哲学框架内往往被表述为主体对客体的行为，但在巴赫金这里，"理解"在审美活动中必须成为"同情性"行为，即相互的心灵交流行为。当然，这并不是说理解的双方是在同一个问题上达成理解的统一，恰恰相反，所谓"同情性理解"是理解的双方发生"视域盈余"（избыток）的前提下的理解，即对方自我感受中的痛苦和欢乐与己方理解中的痛苦和欢乐不是同一性情感，因此，在这个过程中存在一个"评价"机制，即对他人感受的"外位性"再体验。最后应当强调的是，对对方的评价并非完全自由的评价，或曰无序的评价、依据个人的自设标准来任意评价，因为在这种境况下是无法形成巴赫金意义上的"有据的平静"状态的。于是，这里便涉及第三个条件——审美话语

---

① ［俄］巴赫金：《审美活动中的作者与主人公》，晓河译，《巴赫金全集》第一卷，河北教育出版社 2009 年版，第 209—210 页。

② *Бахтин М. М.* Автор и герой в эстетической деятельности. // Собрание сочинений в 7 томах. Т. 1. М.: Русские словари; Языки славянской культуры, 2003, с. 177.

的整体涵义，它是审美活动中的“上帝”，决定着对话双方在进行外位评价过程中的伦理原则。正是这个整体涵义因素的存在，才能避免对话变成各自的封闭性独白。巴赫金这里仍然用宗教的语汇来形容他的审美机制：“我们在这里不涉及宗教形而上学的问题（形而上学只能是宗教的），但无须置疑，永生问题所涉及的正是心灵（душа），而不是精神（дух）；后者正是我们在他人身上体验的流动于时间中的内心生活，它的个体性的价值整体；这一整体在艺术中是用话语、颜色、声音来描绘和表现为同他人外在躯体处于同一价值层面上的心灵，这个整体不论在死亡或永生（在肉身中的复活）的时刻与他人外在躯体都是不能分离的。而从我本人内部看，心灵作为给定的、实际存在于我身上的价值整体，是并不存在的。针对我自身来说，则我与心灵不须打交道。我的自我反思正因为是我的，它就不可能产生心灵，而只会产生恼人的又是零散的主观性，产生某种不应出现的东西，曲解了现实中预设的涵义。我的流动于时间中的内心生活，不可能为我本人凝聚成某种有价值的、宝贵的东西而应保护和永存（在我的内心，在我完全独处的情况下，从直感中可以理解的，只能是永远地谴责心灵，我在内心只可能同意这一点）。若心灵降于我身，犹如天惠降之于罪人，犹如一种不配领受而且未曾意料的赠与。而在精神中我能够而且也只应该失去自己的心灵，它要得以保存也不是靠我的力量。”①

因此，我们必须明确，巴赫金在这里用了“дух”（精神）这一宗教概念来替代他所指的整体涵义，而“душа”则指进入“同情”过程中的个体心灵，也就是说：“心灵”可以是复数的，而“精神”则是单数的；“心灵”是在交际中发生和显示的，而“精神”则是先在的、永恒的。如果不去参照圣经文本，我们就无法理解巴赫金在这里使用“душа”（心灵）和“дух”（精神）这两个概念的区别。我们看一下《创世记》的用语，就会

---

① *Бахтин М. М.* Автор и герой в эстетической деятельности. // Собрание сочинений в 7 томах. Т. 1. М.: Русские словари; Языки славянской культуры, 2003, с. 176. 中文译文参见［俄］巴赫金：《审美活动中的作者与主人公》，晓河译，《巴赫金全集》第一卷，河北教育出版社 2009 年版，第 208—209 页。但这里的中文译文存在错误，容易造成理解偏差。其中一句是这样的：“永生问题所涉及的正是心灵，而不是精神；这正是我们在他人身上体验的流动于时间中的内心生活，它的个体性的价值整体。”但在这句译文中，后半句意思出现了模糊，甚至误读，因为这里并没有明确后半句是针对“дух”的。实际上，巴赫金的这一段话都是在谈作为整体价值的“дух”，而不是作为个体的“душа”。

明白：

В начале сотворил Бог небо и землю. Земля же была безвидна и пуста, и тьма над бездною, и Дух Божий носился над водою.（“起初上帝创造天地。地是空虚混沌，渊面黑暗。上帝的灵运行在水面上。”《创世记》1：1—2）

И создал Господь Бог человека из праха земного, и вдунул в лице его дыхание жизни, и стал человек душею живою.（“主上帝用地上的尘土造人，将生气吹他鼻孔里，他就成了有灵的活人。”《创世记》2：7）①

我们认为，“дух”这个词是专指上帝的“灵”，因此严格说来，把这个概念翻译为“精神”并不能准确地表达这个词本身所蕴含的至圣之义，它作为上帝的本性，无始无终。“有灵的活人”中使用的是“душа”，它指的是上帝赐予的个体生命，而它作为被造物成为有始有终的。如尼斯的格列高利所说的：“前者是非受造的，而后者则是受造的。由这一种属性上的区别带来了一连串别的不同属性。如，我们都明确承认，那非受造者是永恒不变、始终如一的，而受造者只要存在就无一刻不变，因为它从非存在到存在这个过程就是根据神的旨意的一种变化和运动。”②

就此，我们可以清楚地看到，巴赫金对于审美活动中作者与主人公的关系，从其叙事结构上与他曾经描述的“有据的平静”这一宗教意识产生的机制达于契合。所以，巴赫金的对话性文艺思想在其基因上就含有了俄罗斯正教的人学精神。

① «Книга Бытие» 1: 1–2; 2: 7. // «Библия. Книги Священного Писания Ветхого и Нового Завета». Синодальный перевод. М.: Российское библейское общество, 2012, с. 5, 6.

②［古罗马］尼撒的格列高利：《论人的造成》，见《论灵魂和复活》，石敏敏译，中国社会科学出版社 2004 年版，第 41 页。

第三章
巴赫金与“聚合性”

巴赫金的对话思想在艺术批评中体现为他的复调理论，而复调理论一直被理解为开放的、未完结的对话。但当我们谈到复调的时候，往往就忽略了，在巴赫金的对话理论中“涵义”是一个极为重要的概念。我们知道，巴赫金认为人的存在依赖于事件，或者说，人在具体的交往话语中存在。但这个交往话语绝非一种彼此价值不相容的、无法发生意义交互作用的对话，而是一个具有“内在的涵义必要性”（имманентная необходимость смысла）的对话。如他所说：“我们能信心十足地实现行为，是在我们的行为不是由自我发出，而是受制于这一或那一文化领域内在的涵义必要性的时候。”[①] 人有了行为，即进入存在，但请注意，这种存在的确定性不是依赖于人的自身行为的开始，而是依赖于某一特定的文化领域的“涵义必要性”，即赋予行为的“意义”（значение[②]）。

也就是说，我们以往过多地看到了巴赫金对话思想中的“自由”的内容，而对其对“统一性”的阐述理解不够。我们来看作为巴赫金哲学基石的《论行为哲学》中的相关表述：

> 行为不是从自己的内容方面，而是在自己实现过程中了解到、接触到统一和唯一的生活存在，在这个存在中把握自己，而且是整个的

① *Бахтин М. М.* К философии поступка. // Собрание сочинений в 7 томах. Т. 1. М.: Русские словари; Языки славянской культуры, 2003, с. 23.

② 这里的“涵义”（смысл）也可以理解为“发生意义”（значение）。

自己，不只是内容方面，还有自己实际的唯一的事实方面；行为从内部观察，看到的已不仅是统一的而且是唯一的具体的背景；这是行为最终要囊括自己的涵义和自己的事实的背景，行动要在其中力求负责地（ответственно）实现唯一性的事实与涵义二者的具体统一。为此当然不能把行为看成是一个从外部观察或进行理论思考的现象，而是要从行为的内部，联系它的责任（ответственность）来观察。行为的这种责任概括着行为的所有因素：既有涵义的价值，又有事实的进程以及其全部的具体历史性和个体性；行为的责任只知有统一的层面和统一的背景；只有在这里，能够兼顾各种因素；只有在这里，理论价值、历史事实、情感意志的语调构成为统一的东西。而且，统一体的所有这些因素，抽象地考察时意义有大小的不同，在这里却不是变得贫乏了，而是得到全面而深刻的把握；这也就是说，行为具有统一的层面和统一的原则，把各因素总括在行为的责任之中。[①]

从这里我们可以看出，巴赫金的哲学思想既不同于欧洲传统的认识论哲学，也不同于后现代语境下的解构主义哲学，而是一种既强调对话，也强调整体的“行为哲学”。在这个行为哲学的叙事空间之中，人的行为构成有赖于两个关键性因素：一个是由“涵义必要性”所形成的统一性，一个是在行为主体彼此之间发生的回应性（ответственность[②]）。

因此，我们说，巴赫金基于其行为哲学而创造的复调理论，与俄罗斯正教思想中的“聚合性”（соборность）理论达成了功能上的同构。

第一节 村社与“聚合性”

大家知道，“聚合性”这个概念最先是霍米亚科夫在神学框架内提出来

① ［俄］巴赫金：《论行为哲学》，贾泽林译，《巴赫金全集》第一卷，河北教育出版社2009年版，第30页。原文参见*Бахтин М. М.* К философии поступка. // Собрание сочинений в 7 томах. Т. 1. М.: Русские словари; Языки славянской культуры, 2003, с. 29.

② “ответственность”一词在汉语中译为“责任”，但实际上这已是引申义，它的原意为“彼此回应”。在汉语语境中，“责任”是主体行为，而在巴赫金这里，“ответственность”是相互回应而形成一种彼此的依赖关系。

的，但实际上，这个概念是基于俄国特殊的历史文化所产生的，这种文化就是其“村社”（община）文化。由村社现象形成了村社文化，或曰文化中的“村社性”（общинность），然后才会产生具有俄国特色的神学概念“聚合性”。

村社是俄国社会的一种独特现象，俄国几乎是从原始的部落状态迅速进入封建社会的，因此，原始的共同观念也得以保存下来，它成为俄罗斯文化中集体主义传统的源头之一。另一方面，广袤无垠的原野使得俄国人的土地私有观念相对淡漠，这就为村社的形成提供了民众的意识前提。在俄罗斯的村社中，土地与生产资料等被共同占有，而且这种公有制不是强制性的，而是自发形成的，于是在观念上个人便与集体达成一致，个人因此成为其中的一员，个体的存在也与集体的存在互为依赖。19世纪的斯拉夫主义者和民粹派曾极力主张恢复村社制度，以创造一种不同于西方的新型乌托邦。早在1838年斯拉夫主义的奠基者基列耶夫斯基就说过：“回顾以往俄国的社会体制，我们可以发现与西方的许多不同之处，首先就是体现为诸多小型所谓米尔（мир）的社会构成。”米尔的观念就是大家共同拥有。“家庭隶属于米尔，人数更多的米尔隶属于村社大会（сходка），村社大会隶属于市民大会（вече），以此类推，直到所有部分的团体合到一个中心，一个统一的东正教会。”[①] 这里，基列耶夫斯基把村社结构与教会（церковь）结构联系了起来，而这种设想在霍米亚科夫那里转化成了“聚合性”的观念。

早期基督教以平等、博爱的理念致力于在大地上创立一个普世教会（Кафолическая церковь，Catholic church），最初的两次主教公会议制订的《尼西亚-君士坦丁堡信经》即确定：“信统一的、神圣的、普世的和使徒的教会。”（И во единую, Святую, Вселенскую и Апостольскую Церковь.）[②] 也就是说，早期基督教所有教会的理想是建立一个统一的、普

① *Киреевский И. В.* В ответ А. С. Хомякову. //Полное собрание сочинений в 2 томах. Т. 1. М.: Типография Императорского Московского Университета, 1911, с.115.

② *Протоиерей магистр Петр Лебедев* Руководство к пониманию православного богослужения. СПб.: Православная Гимназия во имя Преподобного Сергия Радонежского, 1898, с. 11.

世的教会。但是，一种宗教一旦形成教会机构，便无可避免地产生权力之争。先是9世纪君士坦丁堡牧首佛提乌与罗马教会发生对立，后于1054年发生“色路拉里乌斯分裂”，从此“统一的、普世的”教会便不复存在。但是罗马教会一直沿用这一称呼，称自己为“普世教会”（Catholic church），意译为俄文便是“Вселенская церковь”，或拼译为“Кафолическая церковь”。也就是说，罗马教会占用了《尼西亚–君士坦丁堡信经》中对教会的四个限定词中的“普世的”（或译“大公的”[①]）概念。但东方的教会只承认前七次主教公会议的信经，尤其是《尼西亚–君士坦丁堡信经》，所以，“普世的”这一概念不能不用，而如果使用的话，这一概念又被罗马教会所独据，因此霍米亚科夫独出心裁，在其《教会唯一论》中便使用了一个俄语词来替代“普世的”这一概念：

> Церковь называется единою, святою, соборною (кафолическою и вселенскою) апостольскою.（“教会名为统一的、神圣的、聚合的（全世界的和普世的）使徒教会。”）[②]

我们看到，这里霍米亚科夫用了“соборная”一词，并在括号中注明这个词是替代“кафолическая”或“вселенская”的。在这篇文章中，霍米亚科夫仍然坚持教会应当只有一个的基督教早期思想，或者说，这其实是基督教的“原教旨”，因为圣经里说：“基督是教会的头。”[③]“他也是教会全体之首。”[④]既然只有基督是教会的“头”，那么当然教会只有一个。实际上，圣经中所说的教会与后来作为基督教的管理机构的教会并不是一回事。使徒保罗所说的教会是指世间建立了基督权力的空间，因为基督是要成为人间的主。他说：“教会是他的身体，是那充满万有者所充满的。”[⑤]据权威的《布罗克豪斯百科全书》解释，俄文的“церковь”（教会）一词源

---

① 参见［美］尼科斯选编：《历代基督教信条》，汤清译，宗教文化出版社2010年版，第9页。

② *Хомяков А. С.* Церковь одна. // Сочинения богословские. СПб.: Наука, 1995, с.41.

③ 和合本圣经《新约·以弗所书》5：23。

④ 和合本圣经《新约·歌罗西书》1：18。

⑤ 和合本圣经《新约·以弗所书》1：23。

于希腊语，意为“主的家”。[①] 当然，霍米亚科夫这里所说的教会也不是现实的机构化教会，他很清楚，教会只能是精神上的教会。后来谢·布尔加科夫对此有过说明：“真理是聚合性的，因为聚合性只能是普世性的结果和表现，但绝不是它的外部标准。将普世性的聚合性与集体性或外部社会性区分开来很重要，因为将它们混为一谈的现象十分普遍。原因在于：根据东正教教义，只有主教公会议才有权力宣告真理，但它不是通过教会发挥作用，它不是被教会认可为一个集体、全教区代表大会或教会议会，而是‘真理之灵’、圣灵的一个器官。”[②] 所以说，俄罗斯这些神学家们致力于建构的还是一种精神空间，而这种空间正是由于俄罗斯本土存在着在结构上与之相近的“村社”文化，它才得以成立。正如津科夫斯基所说的：“霍米亚科夫的社会哲学同样是建基于‘有机性’（органичность）之上的——由此而产生‘村社’崇拜和与现代性中的种种个人主义潮流的斗争，由此产生的还有捍卫自由的热忱。教会已经被赋予社会生活的理想，即以爱为基础的自由中的统一，这就内在地决定了霍米亚科夫对自由的坚定不移的信仰。”[③]

霍米亚科夫平生著述不多，但他在其零散的著作中却致力于重建俄罗斯正教神学，其中《教会唯一论》是最重要的篇章之一。这篇文章具体写作年代大致是在19世纪40年代，但直到他去世之后的1864年才正式发表。[④] 当他在这篇文章中用“聚合的”替代了“普世的”概念后，对其做了解释：“教会名为统一的、神圣的、聚合的（全世界的和普世的）使徒教会；因为它是唯一的、神圣的，因为它属于整个世界，而不是某个地方；因为它为之祝圣的是整个人类和大地，而不是某一个民族或国度；因为它的实质在于，大地上承认它的所有成员的灵魂与生活的和谐与统一；最后，因为在使徒的经典和学说中包含着它的信仰、它的希望和它的爱的完

---

① 参见 Энциклопедический словарь Ф. А. Брокгауза и И. А. Ефрона. в 43 томах. Т. 38, СПб.: Брокгауз-Ефрон, 1903, с. 107.

② См.: *Булгаков С.* Свет невечерний. Созерцания и умозрения. М.: Республика, 1994, с.53.

③ *Зеньковский В. В.* История русской философии. М.: Академический Проект, Раритет, 2001, с. 202–203.

④ 这篇文章保存下来四份手稿，其中一份标有“1850年5月”，其他的则没有标明写作日期，而这些手稿的保存者称，应为19世纪40年代所撰。参见 *Кавацца А.* «Церковь одна» А. С. Хомякова в самаринской рукописи. // *Тарасов Б. Н.* (отв. ред.) А. С. Хомяков—мыслитель, поэт, публицист. Т. 1. М.: Языки славянских культур, 2007, с. 355.

满。”[1]“聚合性”（соборность）这个词是以俄文的“собор”为词根，这个词本义为大型聚会，引申义为大教堂。而教堂在含义上与“教会”具有同样的性质，即上帝之家，体现的便是普世之爱与自由的精神。霍米亚科夫在另一篇文章《论“普世性”与“聚合性”之语汇意义》中阐释道：

> собор 不仅在许多人于某个地点公开聚集这一意义上，而且在这种聚集的永久可能性这一更为普遍的意义上体现了聚合的思想，换言之，体现了多样统一（единство во множестве）的思想。……普世教会就是包容一切的教会，或者是所有人的统一体的教会，是自由的统一意志、完整的统一意志的教会，在这种教会中，民族性消失了，不分希腊人还是野蛮人，没有财富的差别，不分奴隶主还是奴隶，这就是那在旧约中预言过而在新约中实现的教会，总之，就是使徒保罗所断定的教会。[2]

也就是说，普世教会不应以机构化为前提，它首先应在“永久可能性”上体现出来。“聚合”不是具体地点的聚会，而是精神的凝聚与意志的统一；不是外部的统一，而是内部的统一。“外部的统一只是仪轨联系的统一，而内部的统一是灵魂的统一。”[3]

显然，聚合性并不仅仅是个统一体的问题，因为统一体应该说只是一种终极性目标，它之能成为一种普遍意识必须借助某种伦理观念，而每一个怀有现实感的宗教哲学家都会选择“爱”来阐释自己的学说。主张聚合性的思想家们也不例外。创造统一体的神学目的是获得上帝的真理，即实现创造的必然，而获得真理的途径就是爱，与其如使徒约翰所说的“上帝即爱”，不如说爱是上帝体现在人身上的最明显的属性。只有爱他人者方可进入真理的世界，所以在正教的弥撒大祭上，先要由助祭宣告“让我们彼此相爱，共同信仰”[4]。而“彼此相爱”便是聚合性的根本特性之一，爱就是

---

① *Хомяков А. С.* Церковь одна. // Сочинения богословские. СПб.: Наука, 1995, с.41.

② *Хомяков А. С.* О значении слов «кафолический» и «соборный». // Сочинения богословские. СПб.: Наука, 1995, с.279.

③ *Хомяков А. С.* Церковь одна. // Сочинения богословские. СПб: Наука, 1995, с.49.

④ См.: *Флоренский П. А.* Столп и утверждение истины (I). М.: Правда, 1990, с.85–86.

沟通与交流，因而爱也就是获得真理的必要条件。聚合性概念将具体情境的集合抽象化，通过爱将其转变为一种伦理观，使之具有更为广泛的适应性。津科夫斯基在评述霍米亚科夫的“聚合性”思想时便认为，“为了获得真知，需要‘许多人’的‘聚合’（соборование），需要总体的、令人感到温暖的、沐浴着爱的认知劳动”[①]。

但聚合不仅是统一，而如霍米亚科夫所说还是“多样统一”（единство во множестве）。因为别尔嘉耶夫说过，“东正教只能靠自由来维持，只有在自由基础上，才能保持东正教对天主教和其他宗教的相对优点”[②]。所以，有关“自由”的论题便成为所有正教思想家关注的焦点。或者说，正教显然意识到自己是边缘化的，所以他们在强调统一时必然会考虑到自己作为他者的权利，而必然提出“自由”的问题，强调“统一”的前提是“多样”。这也就是霍米亚科夫为什么在表述“完整的统一意志的”（единодушие полное）教会时，还要加上另一个定语“自由的”（свободное）。用当代正教思想家尼基塔·司徒卢威的话说，霍米亚科夫的公式就是：聚合性就等于“爱中的自由统一”。司徒卢威进一步解释道：“聚合性就是在最广泛的多样化同时的最大限度的统一。”[③]总之，聚合性的两个基本因素就是：爱与自由。

第二节　俄罗斯的“聚合性”对话传统

我们在分析俄罗斯古代的对话文本时曾多次强调，在这种对话或者“交谈”文本中，总是存在一个隐含的、由对话双方都承认的价值标准，它往往以上帝之名存在，但在功能上，即巴赫金所说的“统一性”或者涵义整体。

比如尼尔·索尔斯基的这段话：

---

① *Зеньковский В. В.* История русской философии. М.: Академический Проект, Раритет, 2001, с. 193.

② ［俄］别尔嘉耶夫：《自由的哲学》，董友译，学林出版社1999年版，第205页。

③ *Струве Н.* О соборной природе церкви. // Православие и культура. М.: Христианское издательство, 1992, с.182.

圣以撒在谈到主时，对我们说："上帝是爱我的，他肯接纳我，肯张开双臂拥抱护佑我。他在天上时，同时也在我的心中。无论天上，还是自己的心中，我都能够看到祂。"这位圣者接着又面对主的面容说："这一点说明我与天使是相等的，并使我胜过天使，因为天使看不到你本质的一面，天使不能接近你的天性的一面，而我却可以得见所有，而我的本质与你的天性交融在一起。"描写这种情况时，圣徒说出下面的话："眼睛是看不见的，耳朵是听不见的，心里没有半点肉欲。"（参见《哥林多前书》2：9）曾经处于这种状态的人不仅不愿意走出隐修室，相反，他连地下的坑穴都肯住。"在坑穴里，"他说，"当与俗世完全隔绝时，我便能看到主宰我的造主。"①

尼尔·索尔斯基这里创造的就是一个典型的聚合性空间，对话双方实际上是"我"与天使，因为他们不能得见上帝的本质，不能接近其天性，而我却"得见所有"。因此，我与天使在上帝这个统一的意志之中构成了差异性对话。一方面，天使在天堂，我在人间；另一方面，当我进入上帝的怀抱，我便高于天使。因此，这是一个在对话中寻找平衡的过程。那么，作为被造的人间的人，如何具有了与天使对话的权利呢？这涉及在聚合性空间中的能量分配原则：越是地位低下的，越是可能升为高；越是地位崇高的，越是可能降为卑。但升为高的一个前提是对话者自身的积极性。所以，尼尔·索尔斯基提出了他的静修原则，即通过"默祷"（умная молитва）与上帝沟通，从而为进入这个空间做出了主动姿态，也因而具有了对话的资格，成为与天使平等对话的一方。

巴赫金在谈到对话的主动性时曾说："相互理解的问题。这里不是指简单的理解（消极理解），即仅仅为了明白说者想讲什么，不对理解的东西做出评价，不从中引出结论，也不做出回应。其实，这样的理解从来不存在，它只是一种假象。任何理解或多或少都蕴含着回应，或是用语言，或是用

---

① *Преподобный Нил Сорский* Устав и послания. (Составление, перевод, комментарии, вступ. статья *Г. М. Прохорова.*) М.: Институт русской цивилизации, 2011, с. 107–109. 尼尔·索尔斯基的著作都是用教会斯拉夫语写成的，本译文使用的是普罗霍罗夫教授的当代俄语译本，与柯日诺夫用的19世纪的译本在表述上略有差异。

行动（如执行所理解的命令，或者完成请求）。说者言语的目标，恰恰在于这种积极的理解。理解不是复制所理解的东西，这样的消极复制于社会是毫无意义的。但是，从理解的积极程度和性质来看，独白和对话有很大的区别。相互间对话式理解的这种特殊的积极性，决定着对话语特殊的效力，决定着对话语的戏剧性。”[①] 巴赫金的话可以帮助我们理解，在一个以上帝为整体价值标准的空间之中，对话是如何形成的，即：每个个体的理解意向、对对方讲话做出回应的积极性，使得这种看似封闭的独白型话语成为了充满活力的对话空间。换句话说，在上帝与天使的等级空间中，人本来并不具备对话的资格，但是，如果你接受了这种被动地位的命名，这个话语空间便永远地关上了大门；而当你拒绝接受这种被剥夺了发言权的地位，并且表现出强烈的意愿对对方的讲话提出“评价”，即积极性理解的时候，这种低下的存在便消解了。进入到原本严密的等级制空间中的人，一方面把天使从等级序列中拉了下来，另一方面使自己本身获得了平等的、积极的对话资格。

同样，在伊凡四世与库尔勃斯基（一译库尔布斯基）的书信对话中，我们看到的也是一个聚合性模式。两个人的书信都是以对上帝的呼告开头和结束。如库尔勃斯基的第一封信，开篇即称对方为“上帝赐予荣耀的沙皇”，在结尾则采用了以祷告词结束的形式：“阿门”。而呼告了“阿门”之后仍觉得意犹未尽，再次引用圣经的话语来结束自己的陈情。[②] 在陈述的过程中，则言必称上帝：为自己辩护，则称以上帝之名；指责对方的罪孽，则以违背上帝之名为由。当然，如果这个上帝只是库尔勃斯基自己设定的，那么它就不能称为这个对话空间的整体价值。库尔勃斯基之所以这样做，是因为他在进入对话的时候，便提前设定了双方可以进行对话的一个“平台”，也就是我们说的存在一种共同涵义的空间，他知道对方一定会承认这个共同的涵义，会自觉地以这一涵义为标准来衡量两个人的对话价值。也只有这样，双方的对话才能够成为巴赫金意义上的对话，而不是两个毫不

---

① ［俄］巴赫金：《〈言语体裁问题〉相关笔记存稿》，凌建侯译，《巴赫金全集》第四卷，河北教育出版社 2009 年版，第 195 页。

② *Курбский А.* Первое послание Курбского Ивану Грозному. // Переписка Ивана Грозного с Андреем Курбским. (Текст подготовили *Я. С. Лурье* и *Ю. Д. Рыков*) Л.: Наука, 1979, с. 119, 121.

相干的个体在完全不发生回应性理解的情况下所进行的各自的独白式对话。显然，库尔勃斯基不会失望，伊凡四世的回应比他对上帝的呼告更为虔敬、更为热烈、更加不惜笔墨，如他的第一封信开头即称：

> 上帝我们的三位一体，在全部时代之前存在且至今仍然存在，父与子与圣灵，既无始也无终，我们借此而生而行，凭他的名，历代沙皇而得荣耀，历代统治者而得书写真理。是上帝我们的耶稣基督，是上帝的独子的道，赐我们以上帝的常胜的且世世代代所向无敌的旌帜——将荣耀的十字架赐予虔信者之中第一位的君士坦丁沙皇和所有正教的沙皇以及正教的捍卫者。①

因此，当双方都以对上帝称名来进入对话时，这就表明对话者进入了一个存在涵义整体的统一性空间，从结构上说，也就是“聚合性”空间。

克拉克和霍奎斯特把巴赫金的语言涵义理论与20世纪的“个体主义”语言观和解构主义语言观相对照，指出西方的语言观建基于传统的人本主义文化之上，因此，以认识论哲学为基石的语言观是假设意义天然在场的，而当尼采宣布上帝之死的时候，意义便远离人而去。但是在巴赫金这里，他所坚守的立场是“我们占有意义”。“意义的产生不是来自至高无上的自我的意向，也并非由于一种叫作‘差异’的神秘力量的任意游戏从而始终不能获得。在第一种情况下，意义自身成了一种直接的呈现，这受到了解构主义者的批判。在第二种情况下，由于在我们的话语秩序中遵从了这一批判，从而就可以免受其指责，至少可以避其锋芒了。但这种变通的代价将是意义永远难以捕捉，它在意指环节梦幻般的更迭过程中消逝了。”② 按照巴赫金的理解，意义在对话发生之前并不存在，这是他与西方的认识论哲学的根本性差异所在。但是，这并不意味着意义是不可捉摸的，相反，当个体进入一种“集体”之中，或者说进入一种对话的情境之中时，意义或

---

① *Иван Грозный* Первое послание Ивана Грозного Курбскому // Переписка Ивана Грозного с Андреем Курбским. (Текст подготовили *Я. С. Лурье* и *Ю. Д. Рыков*) Л.: Наука, 1979, с. 122.

② ［美］克拉克、霍奎斯特:《米哈伊尔·巴赫金》，语冰译，中国人民大学出版社2000年版，第19—20页。

曰涵义便同时发生了。因为从理论上说，这种意义或涵义是基于进入这个“集体”之中的所有个体的共同认可而产生的，而且每一个个体的声音都因为有了这个共同涵义而具有意义。所以说，在认识论哲学框架内的对话中，对话的空间及意义存在于每一个个体的“思”（理性）之中；而在解构主义语言学框架内的对话中，对话的空间从来不在对话者所在之处，当然，对话者无法进入对话空间也就意味着意义的逃逸。但在巴赫金这里，对话的空间存在于对话者彼此之间的回应过程之中。由此可见，这便是与“聚合性”结构相对应的一种对话空间，即由统一性与个体自由合成的空间。下面一段最明确地体现了巴赫金在这种对话结构中的理解：

> 体现为“统一语言”的语言生活里的向心力，是在实际上的杂语环境中起作用的。语言在其形成过程的每一时刻里，都不仅仅分解为严格意义上的语言学里的方言（根据语言学的形式标志，主要是语音标志）；对我们更重要的，是还分解为不同社会意识的语言，即社会集团的语言、“职业语言”、“体裁语言”、几代人的语言，如此等等。从这个角度看，规范语本身也只是杂语中的一种，而且它自身又可分解为不同的语言（不同体裁、不同思潮的语言等）。这种实际上的分解和杂语现象，不仅仅是语言生活的静态状况，又是它的动态状况，因为语言只要生存着发展着，分解和杂语现象就会扩大、加深。与向心力同时，还有一股离心力在不断起作用；与话语思想的结合和集中的同时，还有一个四散和分离的过程在进行。
>
> 说话主体的每一具体表述，都是向心力和离心力的施力点，集中和分散的进程，结合和分离的进程，相交在这表述中。表述足以配称语言，因为它是表述在个性言语中的体现，也足以配称杂语，因为它积极参与语言的混杂。每一表述积极参与现实的杂语现象，这一点便决定了表述的语言面目和风格，而且决定的程度不亚于它归属统一语言集中的规范体系这一事实。[①]

① ［俄］巴赫金：《长篇小说的话语》，白春仁译，《巴赫金全集》第三卷，河北教育出版社 2009 年版，第 49 页。

虽然巴赫金从来没有提到过“聚合性”这一概念，但是在上面这段表述中，我们发现了与“聚合性”结构惊人的相似，所谓“话语思想的结合与集中”（словесно-идеологическая централизация и объединение[①]）便是“聚合性”话语模式中的整体价值项，或曰统一体（единство）的功能项，而这个话语中的离心现象，即“分解和杂语”（расслоение и разноречивость）则是“聚合性”模式中的个体的自由，因而整体上构成了“多样性中的统一体”（единство во множестве）结构。

然而，克拉克与霍奎斯特夫妇却没有说明，巴赫金的“我们占有意义”这种独特的语言观到底是如何形成的，因为从他们现有的论述来看[②]，他们还没有对“聚合性”问题在俄罗斯历史文化的语境中进行考察，因而他们只能把这种话语模式视为一种“再现的政治学”（a politics of representation），而他们的结论也模棱两可：“把词语视为领地需要一种再现的政治学。领地如何统治？是什么使言谈中意义分配的方式合法化的？巴赫金的一生的思考都致力于回答这些疑问。”[③]

第三节 巴赫金的行为哲学与陀思妥耶夫斯基的“博爱性统一”理念

巴赫金的复调（полифония）理论是在对陀思妥耶夫斯基进行系统剖析的过程中建立起来的。同样，在以往的研究中，学界更多关注的是复调诗学形态中的狂欢性质，这当然也是因为巴赫金在这部著作中用了大量的篇幅来阐述复调叙事形态产生的狂欢节渊源。但是，实际上陀思妥耶夫斯基的“复调”与巴赫金的行为哲学中的对话形态仍然是一脉相承的，也就

① 原文参见 *Бахтин М. М.* Слово в романе. // Собрание сочинений в 7 томах. Т. 3. М.: Русские словари; Языки славянской культуры, 2012, с. 25.

② 霍奎斯特夫妇除了巴赫金的传记之外，还写过一些研究巴赫金的文章，如：Holguist M., Clark K.: *The influence of kant in the early work of M. M. Bakhtin*. In *Literary Theory and Criticism Festschrift Presented to René Wellek in Honor of His Eightieth Birthday*. Edited by Joseph P. Strelka, New York: Peter Lang, 1984.

③ ［美］克拉克、霍奎斯特：《米哈伊尔·巴赫金》，语冰译，中国人民大学出版社 2000 年版，第 23 页。

是说，在叙事结构上二者是同一的。

前面谈到，巴赫金的对话模式既不同于欧洲的认识论模式，也不同于后现代的解构模式，他的模式就是俄罗斯式的模式，是基于俄罗斯正教思想的“聚合性”模式。因此，我们需要关注的是巴赫金与陀思妥耶夫斯基相聚于某种“俄罗斯性”的问题。

所谓俄罗斯性，主要是在西欧性对照下提出的概念。霍米亚科夫最早强调了俄罗斯正教精神区别于天主教和新教的特点，那就是“多样性中的统一体”（единство во множестве）。他认为：“耶稣基督中的自由元素在他身上是统一的，凡没有统一的地方，就会被迷误所奴役；那里就会有臆想的自由，是人眼中而非上帝眼中的自由。凡否定基督教统一体的，就会断送基督教的自由，因为统一体乃是自由的果实和体现。拒绝自由并因而形成无效的外在统一体——这就是罗马教派（романизм）。不导向统一的外在自由，因而同样是无效的自由——这就是革新教派（Реформа）。”[①] 而只有东正教是将“信众有效的统一与有效的自由”有机结合起来的。“罗马教派是与天性敌对的暴政。新教是无视律法的反叛。此二者无论哪一方都不应予以认同。那么哪里有非独裁的统一？哪里有非反叛的自由？而此二者就存在于古老的、持续不断的、恒久不变的［东正］教会传统之中。这里有较之梵蒂冈的专制享有更大权力的统一体：因为它建立在彼此相爱的力量之上。这里有较之新教的群龙无首更为独立的自由：因为它受彼此相爱的谦恭所导引。——这就是中流砥柱和庇护之所！”[②] 陀思妥耶夫斯基在1877年的《作家日记》中有一篇文章，题目叫作《三种理念》。在他所论述的三种理念中，一种是法国的革命理念，它与天主教思想如出一辙；一种是德国的新教型理念，它“仅仅幻想和渴望自身的联合，以宣扬它高傲的理念”，它相信“世界上没有高于德国人的精神和语言”。显然，这两种理念是不可取的，于是陀思妥耶夫斯基提出了第三种理念：“在东方，那第

① *Хомяков А. С.* Ещё несколько слов православного христианина о западных вероисповеданиях. По поводу разных сочинений латинских и протестантских о предметах веры. // Сочинение в 2 томах. Т. 2. М.: Московский философский фонд. Издательство «Медиум», 1994, с. 183.

② *Хомяков А. С.* Письма к В. Пальмеру. // Сочинение в 2 томах. Т. 2. М.: Московский философский фонд. Издательство «Медиум», 1994, с. 284.

三种世界理念的确已闪耀出前所未有的光芒——这就是斯拉夫理念，一种正在壮大的理念。——或许它就是未来解决人类和欧洲命运的第三种可能性。……显然，我们俄罗斯人有两种较世界上其他民族更为巨大的力量——这就是我们民族千百万人的完整性和精神的不可分割性，以及人民与君主的密切统一。”①

就霍米亚科夫和陀思妥耶夫斯基等斯拉夫主义者的理念来看，在天主教理念和新教理念统治的西方世界里缺少了两种决定性因素——自由与爱，也就是构成“聚合性”空间的两个基本条件。在强制性统一的社会里，正像在天主教会的权力机构中一样，存在的只是整体性压制，而没有个体发声的自由；而在新教的个体主义文化结构中，有的只是离散的个体，而不是个性的自由。因此，陀思妥耶夫斯基主张的第三种理念，便是以俄国为代表的斯拉夫理念，或者“俄国的社会主义”。陀思妥耶夫斯基并没有使用过“聚合性”（соборность）这一概念②，但他对霍米亚科夫的思想无疑非常熟悉③。据赫尔岑记载，1863年他在国外旅行的时候，在从那不勒斯到里窝那的轮船上遇到了陀思妥耶夫斯基，而当时陀思妥耶夫斯基正在读霍米亚科夫的一本文集。赫尔岑趁对方休息的时候，也读了这本书，他记载道：“我清楚地看到，在理解西方的问题上，我们有许多共同之处，尽管阐释和推论的方式各有不同。霍米亚科夫的病理性描述是可信的，但不能因此说我赞同他的理论和他对恶的阐释。在他对俄国生活中的日常元素（我们的发展正有赖于这些元素）的评价问题上也是如此。比如，霍米亚科夫认为，西方的全部历史，即全部一千五百年左右的历史，由于日耳曼-罗曼民族接受了天主教而不是希腊正教信仰而导致失败，这让人觉得，他们获得救赎的可能性只能是这样，即由我们把德国人拉进我们的历史进程中来，从一

① *Достоевский Ф. М.* Дневник писателя 1877 г. (Три идеи) // Полное собрание сочинений в 30 томах. Т. 25. Л.: Наука, 1983, с.7–9.

② 如前所述，霍米亚科夫提出这一概念是在19世纪40年代，《教会唯一论》一文正式发表于1864年。陀思妥耶夫斯基此文写于1877年，但未提及这一概念。

③ 霍米亚科夫还是著名的诗人，陀思妥耶夫斯基在其著作中多次引用霍米亚科夫的诗歌。参见 *Достоевский Ф. М.* Заппсная тетрадь 1876–1877 гг. // Полное собрание сочинений в 30 томах. Т. 24. Л.: Наука, 1982, с.219; *Достоевский Ф. М.* Дневник писателя 1877 г. // Полное собрание сочинений в 30 томах. Т. 25. Л.: Наука, 1983, с. 198.

种基督教信仰向另一种信仰转变。我认为，那些长期的慢性疾病是远不能通过如此简单的、感性的（如前人早已说过的那样）方式来治愈的，哪怕用的是以其人之道还治其人之身的顺势疗法。总之，无论以前还是现在，我都不能理解，为什么在东方教会高墙之外的整个基督教便不称其为基督教了，为什么俄国提出的是自由的学说（当然，不是实践……），而西方提出的是一种基于逼迫性的学说。”[①] 赫尔岑作为西欧派立场的代表人物，当然不会认同霍米亚科夫的观点，而陀思妥耶夫斯基尽管曾经批评过包括霍米亚科夫、康·阿克萨科夫在内的斯拉夫派的文学作品表现力差[②]，但在对东正教精神以及由此建立起来的社会理想的理解上却是一致的。

以陀思妥耶夫斯基的斯拉夫派立场来看，俄罗斯理念包括了“我们民族千百万人的完整性和精神的不可分割性”，以及对“博爱的统一”（всебратское единение）的要求，而这种要求塑成了俄国人民独特的“社会主义”思想。他写道：“这种社会主义的目标与结局就是在大地上实现全民的和全球的教会。……我谈的是俄国人民心中那永存的不尽的渴望，渴望为基督的伟大的、共同的、全民的、博爱的统一。……俄国人民的社会主义不是共产主义，不是种种机械的形式：他们相信，拯救最终只能靠为基督的世界统一。这就是我们俄国的社会主义！”[③] 俄罗斯民族天性中的这种要求在某种意义上说是来自村社文化，陀思妥耶夫斯基认为在原始的氏族公社中，人们过着没有私有观念的群体生活，彼此依赖，而“文明”促进了个性意识的产生，并进而破坏了群体观念，破坏了大家共同遵守的质朴的生活规则，从而形成了个性与群体的对立，或者说，群体分解成为了个体。陀思妥耶夫斯基没有使用“异化”这一概念，但他称之为“非正常”状态。因此，人类必须跨越这一阶段进入更高阶段，这个更高阶段应该促使个人和群体恢复协调一致的相互关系，也就是使单个的人在保持“意识和智力的充

① *Герцен А. И.* Письма к противнику. // Собрание сочинений в 30 томах. Т. 18. М.: Издательство Академии наук СССР, 1959, с. 279.

② *Достоевский Ф. М.* Ряд статей о русской литературе (Газета «День»). // Полное собрание сочинений в 30 томах. Т. 19. Л.: Наука, 1979, с. 57-66.

③ *Достоевский Ф. М.* Дневник писателя 1881 г. // Полное собрание сочинений в 30 томах. Т. 27. Л.: Наука, 1984, с.19.

分威力”的情况下“复归群体”。[①] 这个所谓“复归群体”的“更高阶段”，实际上就是一个建立了“соборность”的形态。虽然陀思妥耶夫斯基在这里没有明确表示这种状态是一种什么样的社会体制，但从他对俄罗斯民族的赞美中可以看出，既然对人民来说教会就是一切，那么人民的最高理想就是建立一种统一教会的社会形态。由此我认为，《卡拉马佐夫兄弟》中佩西神父所说的话正是代表了陀思妥耶夫斯基的心声：“并不是教会变成国家，您要明白！那是罗马和它的幻想。那是第三种魔鬼的诱惑！相反地，是国家变为教会，升到教会的地位上去，成为整个地球上的教会，——这和教皇全权论，罗马以及您的解释全都相反，这只不过是正教在地上的伟大使命。灿烂的星星会从东方升起来。”[②] 正如谢·布尔加科夫所指出的：“陀思妥耶夫斯基把在历史中实现这一理想与俄罗斯民族的宗教使命及其全人类精神和综合结构联系起来。民族的使命取决于人民的理想，取决于它从中发现的最高真理与法则的东西。”[③]

对于从东正教的角度来理解社会性与人性的问题，巴赫金当然不会像陀思妥耶夫斯基或谢·布尔加科夫这样充满热情，他从来没有承认过自己的东正教信仰。但正如我们说过的，这并不意味着他没有受到基督教或东正教精神以及叙事手法的影响。比如他在谈到基督教框架内的审美机制时说：“基督教的组成要素就是这样。从我们这一问题的角度看，在基督教的发展中我们可以指出两种趋向。其中一个倾向是以新柏拉图主义为主导：他人首先是自为之我，血肉之躯本身无论在我身上还是在他人身上都是罪恶。在另一种倾向中，价值取向的两种原则以及它们的特殊性都有所表现，这就是对自己的态度和对他人的态度。当然两种趋向并非以纯粹的形态存在，这是两种抽象的倾向，在每一具体现象中只可能有一种倾向占优势。在第二种趋向的基础上，躯体在作为他者的上帝身上发生变形的思想，得到了发展。教会是基督的肉身（церковь—тело Христово），是基督的新

① 参见［俄］弗里德连杰尔：《陀思妥耶夫斯基的现实主义》，陆人豪译，安徽文艺出版社 1994 年版，第 31—32 页。

② ［俄］陀思妥耶夫斯基：《卡拉马佐夫兄弟》上册，耿济之译，人民文学出版社 1981 年版，第 88—89 页。

③ *Булгаков С. Н.* Очерк о Ф. М. Достоевском. // Тихие думы. М.: Республика, 1996, с.201.

娘。”[①] 在这里，巴赫金显然对新柏拉图主义的倾向持否定态度，因为如果在基督教的空间之中，人在自身或在他人那里均为邪恶的话，那么这不是一个可以成立的对话空间，因为没有发生价值交流，或者应该说，这里不存在一个整体的价值涵义。而巴赫金认同的是第二种倾向，因为在这里，所谓“作为他者的上帝”并不是与“我”发生对话的他者，而是作为整体涵义的他者，正是由于它的存在，个人才可以借助于它而发生“变形”。所以，这个教会空间就是基督肉身的显现形式。也正是在这一层面上，巴赫金与陀思妥耶夫斯基的观念达成统一。

在陀思妥耶夫斯基看来，人民理想的教会形态就是个性与群体的辩证统一。之所以说它是“理想的”形态，就是因为现阶段仍是一个过渡期，主宰这个过渡期的仍是个体主义的法则。尽管在俄国人民的天性中有着对博爱统一体的追求，但他们仍不免被“文明”所浸染。因此，陀思妥耶夫斯基虽然十分清楚他置身其中的社会现状，但他要挑战的也正是这种文明给人类带来的恶果。他在笔记中写道：

> 照基督的圣训那样去爱人如己是不可能的。在大地上维系的是个性法则。自我就是障碍。只有基督能够做到，但基督自古以来便是一种永恒的理想，人向往着这一理想，按照自然规律人也应当向往他。然而在作为肉身之人的理想的基督出现之后，问题便如白昼一样明朗了：个性的最高的极度发展正是，也必然会达到这样的地步（就发展的尽头、目的达到的那一点而言），即为了使人找到、意识到，并以天性的全部力量确信，人以其个性、以其自我的全部发展所能提出的最高需求，就如同是消解这个自我，将它整个都不加区别、无条件地献给所有人，献给每一个人。这也就是最高的幸福。这样一来，自我的法则便与人道主义的法则相融合，而在这种融合中，两者，即自我与

① ［俄］巴赫金：《审美活动中的作者与主人公》，晓河译，《巴赫金全集》第一卷，河北教育出版社2009年版，第156页。译文据原文做了修改，“церковь”由“教堂”改译为“教会”，因为这里“церковь”不是指具体的场所，而是指基督在地上建立的空间。原文参见 *Бахтин М. М.* Автор и герой в эстетической деятельности. // Собрание сочинений в 7 томах. Т. 1. М.: Русские словари; Языки славянской культуры, 2003, с. 134.

所有人（看起来是极端对立的双方），这彼此互不相容的事物，在那一时刻就会分别达到其个体发展的最高目的。这就是基督的天堂。不论全人类的，还是部分的、每一个体的全部历史，都不过是发展、斗争、追求与达到这一目的。①

这里需要明确的是，消解自我绝不是消灭自我，因为没有自我也就没有群体，如同没有群体也就没有自我一样。自我发展的最高目的是诸自我联合为整体，而整体发展的最高目的就是使每一个自我得到充分的发展。

对于“聚合性”概念，宗教哲学家弗兰克也有过精辟的阐述：“谈到俄国特有的精神集体主义真正的内在实质，首先，它与经济的、社会政治的共产主义没有任何相通之处，而其次，尽管这种集体主义与个人主义是相对立的，但它绝不敌视个性自由和个体性观念，相反，却把这些观念视为其坚实的基础。这里所说的是一个独特的概念，这一概念在俄国教会用语，后来在斯拉夫主义者们的著作中用一个源自‘собор’且不可转译的词来表述：‘соборность’。”即“聚合性”。在这种聚合性之下，“‘我们’不是被视为外在的、只是后来才形成的综合体，不是若干的‘我’或‘我’和‘你’的结合，而是原初即有而不可分离的它们的统一体，‘我’就成长于这个统一体的怀抱，并且只有依赖于此‘我’才成为可能。不仅有‘我’和‘非我’这些相互关联的概念，像人们常常认定的那样；同样相互依赖的关联性概念还有‘我’和‘你’、我的意识和与我相对并意向于我的他人意识，两者共同构成‘我们’这个原初性整体的彼此整合、不可分割的两个部分。每一个‘我’不仅包含在‘我们’之中，与之相联结并与之相对应，而且可以说，在每一个‘我’之中就其自身而言也都内在地包含着‘我们’，因为‘我们’恰恰就是‘我’的最终支柱、最深之根和活的载体。简而言之，‘我们’就是这样一个具体的整体，其中不仅存在着与之不可分割的诸部分，而且其自身也内在地贯穿于每个部分，并在每个部分中完整地存在。这里所说的是精神领域中的一种经过合理而缜密思考的有机世界

① *Достоевский Ф. М.* Записи публицистического и литературно-критического характера из записных книжек и тетрадей 1860–1865 гг. // Полное собрание сочинений в 30 томах. Т. 20. Л.: Наука, 1980, с.172.

观。然而就其独特性与自由而言的‘我’并未因此而被否定；相反，有一种见解认为，‘我’只有通过与整体的联系才能获得这种独特性和自由，可以说，它浸透着来自人类超个体共性的生命汁液。”① 借助于弗兰克的理解，我们可以更容易地把巴赫金的行为哲学和陀思妥耶夫斯基的“博爱性统一”理念融汇于“聚合性”的框架之内。

第四节 巴赫金的“外位性”与陀思妥耶夫斯基的复调

巴赫金在论述审美活动中的个体参与机制时，提出了他的“外位性”（вненаходимость）概念。以往的研究者大多关注这一概念中的对话性质，包括与此相关的一些术语，如“自为之我”“为他之我”“未完成性”“视界盈余”等。但很少有人去关注他对“统一体”、整体的价值取向等问题的论述。这个原因当然是学者们更多地是站在西方人的理解视野之内来看巴赫金，把他置于20世纪西方的解构理论视野中来看待。这也就使人们忽略了对巴赫金思想与本土传统的联系，或者干脆就没有意识到巴赫金还是一个在俄罗斯以宗教文化为主导的语境下出现的思想家。

因此，我们对于巴赫金的“外位性”观念的理解，除了其对话性的一面，还要看到它的统一性的一面，而只有将这两个方面的内容融汇起来，才能呈现一个完整的“行为哲学”的形象，而这一形象从构造上来说，则与“聚合性”构造相对应。或者说，只有理解到这一层面，才能更准确地理解和解释陀思妥耶夫斯基创作中的复调形态。

对巴赫金的审美机制的理解，我们可以从下面这段话得到启示：

> 要想把我们纳入到一个统一的层面上去，我应该在价值上外位于自己的生活，并视自己为他人中之一员。这一过程用抽象的思维不难做到，只需我把自己纳入与他人共同的准则（在道德上、法律上）之

① *Франк С. Л.* Русское мировоззрение. СПб.: Наука, 1996, с.178–179.

> 中，或者纳入普遍的认识规律（生理学的、心理学的、社会学的等等）之中。不过这种抽象的过程与把自己视为他人而从价值上直观具体地加以感受是大相径庭的，也绝不同于把自己具体的生活和自己本人（即这一生活的主人公）与他人和他人生活放在一起、放在一个层面上加以观照。这要求一个先决条件，即在我身外占据一个权威的价值立场。只有在如此体验的生活中，只有借助他人范畴，我的躯体才能获得审美的意义，但不是在我自己眼中的生活语境里，不是在我的自我意识的语境里。①

巴赫金这里要表达的意思是，要理解对话中的“外位性”并不难，关键是要能理解到，在达成对话性审美效应的时候，如何去理解在对话者之外的那个“权威的价值立场”（авторитетную ценностную позицию②）。而对于这一表述，如果借助于“聚合性”的“统一体”概念，就可以获得更明确的合理的解释。

在艺术的叙事中，群体与个性的结构对应呈现为作者与主人公。在传统的艺术中，作者与主人公处于一种对立状态。因为二者表现为支配与被支配的关系，是一种绝对等级性关系。而巴赫金发现，在陀思妥耶夫斯基的艺术世界中，出现了全面对话的形象体系与情节结构。尽管巴赫金在其《论行为哲学》以及《审美活动中的作者与主人公》等著作中明确论述过其整体与对话相结合的机制。但在《陀思妥耶夫斯基诗学问题》中，因为要涉及阐明陀思妥耶夫斯基这一诗学形态的历史渊源，于是他反而放弃了从本土文化角度来论证的方式，而只是将其与梅尼普讽刺、苏格拉底对话等欧洲古代叙事艺术归于同一类传统，并把这类传统的文化原因归于狂欢节现象。③于是，他把大量的笔墨都放在论述陀思妥耶夫斯基创作的“纯粹多

① ［俄］巴赫金：《审美活动中的作者与主人公》，晓河译，《巴赫金全集》第一卷，河北教育出版社2009年版，第159页。

② *Бахтин М. М.* Автор и герой в эстетической деятельности. // Собрание сочинений в 7 томах. Т. 1. М.: Русские словари; Языки славянской культуры, 2003, с. 135.

③ ［俄］巴赫金：《陀思妥耶夫斯基诗学问题》，白春仁、顾亚铃译，三联书店1988年版，第175页。“狂欢式（意指一切狂欢节的庆贺、仪礼、形式的总和）……转为文学的语言，这就是我们所谓的狂欢化。”

元的世界”上了。但如果我们只看到这一点，便是放弃了对巴赫金思想完整性的理解。当他在称宗教观念的基础是“一元论的唯心主义土壤”，而在这种土壤上要出现“复调”意识是“最为困难的”时候，他同时也承认，陀思妥耶夫斯基作品中存在一个整体性涵义。他写道：“如果一定要寻找一个为整个陀思妥耶夫斯基世界所向往又能体现陀思妥耶夫斯基本人世界观的形象，那就是教会，它象征着互不融合的心灵进行交往。聚集到这里的既有犯了罪过的人，又有严守教规的人。这或许可能是但丁世界的形象，在这里多元化变成了永恒的现象，既有不思改悔的人又有忏悔者，既有受到惩罚的人，又有得到拯救的人。这样一种形象符合陀思妥耶夫斯基本人的风格，确切些说是符合他的思想特点。”[①] 显然，“教会”（церковь）的形象就是“聚合性”空间的形象。

巴赫金在他的论陀思妥耶夫斯基的书中谈到了此前论及作家复调特征，但没有明确提出过这一概念的一些研究成果，其中包括了著名批评家维亚切斯拉夫·伊万诺夫的观点。巴赫金尽管是在为自己的复调理论出场做铺垫，对伊万诺夫的观点做了正反两个方面的评述，但在我们看来，二者之间在对于陀思妥耶夫斯基的诗学形态的论述上存在着明显的相似之处。[②] 学界在研究巴赫金的过程中也发现了二人之间的联系，但还没有人对此做出对比评价。如克拉克和霍奎斯特在其评传中即称，伊万诺夫在 1911 年发表的《论陀思妥耶夫斯基》中已经发现了作家的复调特征，只是没有命名而已。“伊万诺夫每每将知识论问题和宗教真理的本质转化为交往的问题，这也应和了巴赫金的思想，因为交往和对话是他的认识论的中心。与先前颓废派那代人不同，伊万诺夫这一代象征主义者感到有必要以某种集体主义来改造个人主义学说。伊万诺夫本人建立了一套交往理论，作为宗教经验和认识论经验的基础，这就是‘我’对另一个内在的存在对‘你’的意识。

---

① ［俄］巴赫金：《陀思妥耶夫斯基诗学问题》，白春仁、顾亚铃译，三联书店 1988 年版，第 57—58 页。译文据原文做了修改。这里中文译者还是把“церковь”译为“教堂”，而这里指的还是“教会”。原文参见 *Бахтин М. М.* Проблемы поэтики Достоевского. // Собрание сочинений в 7 томах. Т. 6. М.: Русские словари; Языки славянской культуры, 2002, с. 34.

② 伊万诺夫是巴赫金最欣赏的诗人之一，他称伊万诺夫是自己“喜欢的诗人”，而且其为人也令他“十分敬仰”。参见［俄］杜瓦金：《对 M. M. 巴赫金的六次访谈》，董晓、王加兴译，见《对话中的巴赫金：访谈与笔谈》，南京大学出版社 2014 年版，第 80 页。

这个我 / 你的对立是那个时代许多俄国及西方思想家的热门话题，但由于伊万诺夫同古希腊及东正教思想的关系，他尤其引起巴赫金的共鸣。”[①] 而俄国最早发现巴赫金的学者之一鲍恰罗夫认为：“应该去读一读维亚切斯拉夫·伊万诺夫，以便更好地理解巴赫金。在伊万诺夫那里我们会找到对巴赫金某些既事关重大又令人猜解的论点的解释。”[②] 但无论克拉克夫妇还是鲍恰罗夫，作为巴赫金的研究者，虽提出了这一条线索，却没有做出深入的考察。

我们认为，在伊万诺夫和陀思妥耶夫斯基及巴赫金之间，他们的共同之处与其说是“复调”，不如说是“聚合性”。在这个问题上，伊万诺夫在陀思妥耶夫斯基和巴赫金之间起到了中介的作用，这正如在关于东正教与天主教评价问题上的卡尔萨文。

伊万诺夫指出，小说体裁的规定性实际上是与陀思妥耶夫斯基的形而上学的艺术描写形成了同构关系，而这种关系则首先是基于陀思妥耶夫斯基对人与上帝、人与人之间关系的基督教神秘主义伦理观念。在陀思妥耶夫斯基带有形而上学色彩的描写中，“每一个人物都以其内在于上帝或与上帝相对立并由他而来的自由意志任意而行，看起来好像外在的、表面的行为与骚动完全取决于生活规律，但那原初的决定，无论有没有上帝，时时刻刻都体现在人对所受使命的有意识的赞同。这种使命是赋予无数灵魂的：他们遵照这使命做事，做这而不做那；遵照这使命说话，说这而不说那。因为在那一揽子完成的选择时，就每一个单独的情形而言不能有别的做法，抗拒是无法做到的，既然选择已一揽子完成，所以它是不变的，因为它不能在观念上，也不能在记忆中，而只能在人的自我的本质中才能使这个我从其本质中解放出来：这时人失去自己的灵魂，使自己的灵魂个体脱离自我并忘掉自我之名；他仍在呼吸，但已不存一丝自我之望，而沉没于世界或俗世的聚合性意志（соборная воля）之中，完全消解于其中，并从中仿佛重新一点一点聚拢起来，沉积为新的具形的我，成为住在自己老房子里的、等待旧主人到来的先前肉体里的宾客和外来人。古代狄俄尼索斯宗教

---

① ［美］克拉克、霍奎斯特：《米哈伊尔·巴赫金》，语冰译，中国人民大学出版社 2000 年版，第 35—36 页。

② См.: *Есаулов И. А.* Категория соборности в русской литературе. Петрозаводск: Издательство Петрозаводского университета, 1995, с.131.

的纯粹形式是建基于对这一再生性精神历程的确定和预感之中，而这一过程本身则构成了基督教神秘主义训诫的核心内容，就艺术所能受到的影响而言，陀思妥耶夫斯基善于把这一过程具像化为个人内在新生的诸形象”[①]。在这段话里，伊万诺夫描绘出了陀思妥耶夫斯基叙事形式的两种关键因素：一是个体的自由意志，一是“聚合性意志”。这两者相辅相成，才使得陀思妥耶夫斯基的小说具有了更为深厚的人学内蕴。

伊万诺夫在描述陀思妥耶夫斯基诗学形态的影响源时，没有求助于西方文本，而是重点探讨东正教的精神本源。他认为，陀思妥耶夫斯基创作中的对话从本质上展现了一种宗教体验的转移，它以外化的形式重构了人的“再生性精神历程”。这种宗教体验的基础便是对教会斯拉夫语中对上帝的呼语“你在”（Ты еси）的体认。“你在”本来是人对上帝作为造物主本质或者“道”（Слово）的一种肯定，是人同时体认到自我个体的存在和终极本质的存在的一种状态。但是，在人的这种体验之中，同时大写的“你”也可以转化为小写的“你”，大写的“道”也可以转化为小写的“言”（слово）。[②]诸多小写的“你”构成对话的依赖性关系，“你在”不是说“你作为现存之物被我认知”，而是“你的存在作为我的存在而被我体验”，或者说“我由你的存在而自我认知为现存之物”。而从这一起点来观照陀思妥耶夫斯基的小说世界，便会看到一个“道”转化为“言”而诸多之“言”再整合于“道”的聚合性联合体。在这个联合体中，聚合起来的诸个性就其独一无二的特性、就其总体的创造自由而言达到完全开放与确定，每种个性都成为畅所欲言的、崭新的、对所有他人和整体都必不可少的一种言；而“道”在每一个性之中成为肉身，与所有个性同在，在所有个性之中发出不同的声音；同时，每一个性之言都在全体个性之中得到回应，而全体个性成为同一种自由的和谐，因为所有个性又均属于同一种“道”。这种理想的聚合性世界在现实中从未成为既成事实，它作为一种使命在俄

① *Иванов Вяч. И.* Достоевский и роман-трагедия. //Родное и вселенское. М.: Республика, 1994, с.290–291.

② 大写的“言”在和合本圣经中被译为“道”，而在思高本中即译为“圣言”。这个大写的“言”所蕴含的就是上帝的属性，就是逻各斯。圣经中所谓“太初有道”，是指上帝创世时的“要有……”之言。

罗斯的精神中存在着，并通过象征性的艺术在陀思妥耶夫斯基的世界中体现出来。[①]

伊万诺夫在这里表述的观念被巴赫金在他的"外位性"学说建构中借鉴了过去："我的相对于他人的超视，决定着我在某些方面的特殊的能动性，亦即这些内心和外在的总体行为只有我针对他人能够完成，而他人从在我之外的自己位置上出发是完全不能完成的，这些行为正是在他人自己做不到的地方充实了他人。由于我和他人在这个或那个时刻所处的生活状况是无限多样的，这些行为也是无限丰富的，但我的能动的超视在任何地方、任何时候、任何情况下都是存在的，而且超视的内容还力求成为某种稳定恒常的东西。这里我们关注的，不是那些以其外在涵义把我和他人包容到统一而唯一的存在事件中的行为，这些行为的目的是真正地要改变这一事件，以及作为事件因素的他人，这是纯粹的伦理行为。"[②] 在通过外位的方式来实现自我的观点上，二人是完全一致的。也许不同的是，巴赫金除了指出人在这种外位体验中进入整体伦理事件之外，还强调了"超视"或"视界盈余"（избыток видения）。因为在他看来，只有保持这种"超视"，才能使审美活动成为现实，这也是为什么他在论陀思妥耶夫斯基的过程中更多地论述其狂欢的特质。

而我们现在要强调的是，通过伊万诺夫的中介，让我们看到了巴赫金在其复调理论的论述中，还存在着一个对复调产生的前提因素的解说。也就是说，复调不是纯粹的诸个体各自站在自己的立场上所进行的价值交锋，而是有一个前提，即大家共同承认的涵义空间。

比如，巴赫金一面不厌其烦地谈论陀思妥耶夫斯基的复调架构，一方面也在暗示，没有一个整体性因素，所谓的复调是不可能发生的。他一面说："在陀思妥耶夫斯基关于构形见解的思想体系（формообразующая идеология）中，恰恰缺少任何思想体系无不视为基础的两个基本因素：个别的思想（отдельная мысль）和多数思想结合而成的指称事物的统一体系

---

① См.: *Иванов Вяч. И.* Легион и соборность. // Родное и вселенское. М.: Республика, 1994, с. 100.

② ［俄］巴赫金：《审美活动中的作者与主人公》，晓河译，《巴赫金全集》第一卷，河北教育出版社 2009 年版，第 120—121 页。

（предметно-единая система мыслей）。”[①] 但又说：“由于构形思想采取这样一种角度的结果，在陀思妥耶夫斯基面前展现出来的，不是一个由描写对象组成而经他的独白思想阐发和安排起来的世界，而是一个由相互阐发的不同意识组合起来的世界，是一个由相互联结的不同人的思想意向组合起来的世界。”[②] 也就是说，与基督教神学思想不同的是，巴赫金是在方法论意义上来看这个问题的，即整体涵义是诸对话方共同建构起来的“意向”，他认为，陀思妥耶夫斯基正是“在这些不同的意向之中，寻找一个最崇高最有权威的意向；他并不把这个意向看成是自己的一个真实的思想，而看作是另一个真实的人以及他的言论。他觉得，思想探索的结果应是出现一个理想人物的形象，或者是基督的形象，应该由这个形象或这个上天的声音来圆满地完成这个多种声音的世界，由它组织这个世界、支配这个世界。正是写出这样一个人的形象和他的声音（对作者来说是他人的声音），才是陀思妥耶夫斯基遵循的最高的思想准则：这不是要忠实于自己的信仰，也不是要求抽象信仰本身的正确，而恰恰是要忠实于一个权威的人的形象”[③]。如果像巴赫金所说的，陀思妥耶夫斯基要在复调化的众多声音中寻找一种权威的声音，那么“寻找”就说明主体的一种先在结构的存在，即它本身就是意向性的，它将以这种意向与所有作为他者的主人公进行边缘交合，从而使所有他者获得对同一意向的交流权。这里不是一种等级关系，而是一个价值空间和交流者的关系，也就是说是一种“聚合性”模式。价值空间的实现必然依赖于创造者以及创造者的信仰，巴赫金在《审美活动中的作者与主人公》中也说，“对一个具体而确定的他人生活，我则在很大程度上要通过时间来加以组织（当然是在我不把他的事业或他的思想同他的个人分离开来的情况下），但不是组织在纪年的顺序时间里，也不是在数学意义上的时间里，而是在有着情感价值内涵的生活时间里”[④]。尽管他同时也

---

① ［俄］巴赫金：《陀思妥耶夫斯基诗学问题》，白春仁、顾亚铃译，三联书店 1988 年版，第 139 页。原文参见 *Бахтин М. М.* Проблемы поэтики Достоевского. // Собрание сочинений в 7 томах. Т. 6. М.: Русские словари; Языки славянской культуры, 2002, с. 105.

② 同上。

③ ［俄］巴赫金：《陀思妥耶夫斯基诗学问题》，白春仁、顾亚铃译，三联书店 1988 年版，第 145—146 页。

④ ［俄］巴赫金：《审美活动中的作者与主人公》，晓河译，《巴赫金全集》第一卷，河北教育出版社 2009 年版，第 218 页。

说，“唯心主义在自我体验中有直觉的可信性；唯心主义是自我体验的现象学，而不是体验他人的现象学”[①]。但既然是“我”将“他人”组织在“有着情感价值内涵的生活时间里”，则“我”对“他人”的他者逻辑是否如巴赫金认为的那样无能为力呢？显然不是。所谓充分尊重每一个他性主体的地位，在我看来，仍不过是作者本人对某种意向的肯定，这也就是将其纳入作者所规定的有情感价值内涵的生活时间里。在这一点上，伊万诺夫提出的“渗透”（проникновение）概念是有道理的。他说：“陀思妥耶夫斯基所捍卫的现实主义的基础不是认知，而是‘渗透’：陀思妥耶夫斯基喜欢这个词是不无道理的，他由这个词引出另一个新词——‘被渗透的’（проникновенный）。渗透就是主体的某种 transcensus，就是主体的这样一种状态，在这种状态中不将异己之**我**感受为客体，而是另外一个主体。这不是个体意识范围内的边缘性散播，而是在其普通协调关系各个固定的中心点上的转移；这种移动的可能性的出现只有靠内在体验，也就是对人和对活的上帝的真爱体验，对个性自我疏离的体验，总之，是在爱的激情中所得到的体验。”[②] 作者尊重艺术形象的内在规律，其前提是作者对这一形象的“渗透”，是将这一形象作为一个“固定的中心点”而纳入其“普通协调关系”，亦即“聚合性”空间中的协调关系。

① ［俄］巴赫金：《审美活动中的作者与主人公》，晓河译，《巴赫金全集》第一卷，河北教育出版社 2009 年版，第 218 页。

② *Иванов Вяч. И.* Достоевский и роман-трагедия. //Родное и вселенское. М.: Республика, 1994, с.294–295.

第四章

巴赫金与东正教时间观

巴赫金在他的艺术理论中提出了“大时间”（большое время）的概念。这一概念最早是他在研究歌德的小说时提出来的[①]，后来在研究拉伯雷、陀思妥耶夫斯基等作家及文学现象时又多次提及。巴赫金虽然多次使用这一概念，但他并未对这一概念加以明确定义。从他现有的论述中，我们大致可以从这样几个方面来理解这个概念：大时间不是矢量的时间，或曰理性主义框架内的时间，由低级向高级发展的时间；大时间相当于一个流动的空间，其不同时间点的文本与另一时间点的文本具有相互纠缠的关系，都可以任意产生平等的回应关系，并可以从一个时间点瞬间转换到另一个时间点，因此，维系大时间的不是渐进的时间体系，而是“门槛”时间；大时间中不同时间点的文本之间的关系大都是以“间接引语”（косвенная речь）的方式建立起来的，因而是一个被激活的对话空间。

“Большое время”这个词在中文版《巴赫金全集》中只有在《拉伯雷与果戈理》一文中译为“大时间”[②]，其他均译为“长远时间”。而在波兰记者波德古热茨《对巴赫金的一次采访》的中文译文中则被译为“大时段”[③]。

---

① 据笔者所掌握的资料，巴赫金最早使用这一概念是在为准备写作研究歌德的教育小说的材料中提到的，实际上是借用了德国学者吉尔特（Гирт Э.）提出的说法。而这部分材料没有出现在现有的中文版《巴赫金全集》七卷本中。参见 *Бахтин М. М.* К «Роману воспитания». // Собрание сочинений в 7 томах. Т. 3. М.: Русские словари; Языки славянской культуры, 2012, с. 247.

② 参见［俄］巴赫金:《拉伯雷与果戈理》，白春仁译，《巴赫金全集》第四卷，河北教育出版社 2009 年版，第 16 页。

③ ［俄］兹比格涅夫·波德古热茨:《对巴赫金的一次采访》，周启超译，见《对话中的巴赫金：访谈与笔谈》，南京大学出版社 2014 年版，第 10 页。

当时巴赫金接受采访时谈到了他对陀思妥耶夫斯基小说的研究，称像陀思妥耶夫斯基这样的作家是不能局限在一个时代来加以研究的，而应当将其置于整个世界文学发展历程的“特殊线程”（особая линия）和世界文学的整体“现存容积”（существующий объем）[①]中加以审视。他说：“在现今这个时代，陀思妥耶夫斯基——这是一个巅峰，是对人的思想、人的探索予以对话式理解这一领域里的一个巅峰。诚然，这样说，丝毫也不抹杀所有先前环节的价值。苏格拉底依旧是苏格拉底。概而言之，我有一个术语——大时段。要知道，在大时段里什么东西什么时候也不会丧失自己的意义。在大时段里，荷马、埃斯库罗斯、索福克勒斯、苏格拉底，古希腊古罗马所有的作家——思想家，一个个都同样平等地各居其位，永垂史册，在这大时段里也有陀思妥耶夫斯基的一席。在这个意义上，我认为，什么也不会消亡，反倒是一切都在更新。每向前迈出新的一步，先前的脚步都会获得新的补充性的涵义。然而，我们总是在对我们之前的那些伟大的作家与思想家的建树加以更新与延续。”[②]也许这段话就是对大时间这个概念的一个较为完整的说明，也就是说，包含了我们前面归纳的三个要素：大时间不是由低向高发展的，大时间之内的存在是互相关联的，大时间之内的存在是彼此对话的。

第一节 “大时间”并非“长远时间”

在上述引文中，“Большое время”被译为“大时段”，且译者为此加了注释：“大时段”，又译“长远时间”“大时代”。而在笔者看来，无论“大时段”“大时代”，还是“长远时间”，这些译法都是可以商榷的。“时段”仍然是要把时间割裂开来，成为某个“大的”“段”，这显然不是巴赫金意义上的“大时间”。如果是有某个特定的“段”，那么就失去了这个概念本身提出的必要，因为这里的“大”并不是相对于“小”而言的，其实

① *Бахтин М. М.* О полифоничности романов Достоевского. // Собрание сочинений в 7 томах. Т. 6. М.: Русские словари; Языки славянской культуры, 2002, с. 460.

② ［俄］兹比格涅夫·波德古热茨：《对巴赫金的一次采访》，周启超译，见《对话中的巴赫金：访谈与笔谈》，南京大学出版社 2014 年版，第 10 页。

它是“整体”的意思，如果把时间分为“段”，那么实际上就回到了理性主义时间观的思路上去了。“大时代”同样如此，甚至是更明显地背离了巴赫金的原意：“时代”一定是局限于某个时间段的，甚至比“段”这个词的时间限定意味还要明确。我们一般在使用“时代”这个概念的时候，都是要在前面加一个限定词的，我们会说“新时代”“旧时代”等，这说明“时代”的概念一定是具有明确限定时间的。

从我们的论域中看，“Большое время”这个概念的中文译法，不仅仅是译者对中文表达习惯的考虑，而且是一种思维习惯的反映，或者说，是中国文化的时间观在语言传译上的一种体现。

虽然中国文化中的哲学内核是“天人合一”的，或者可以说是“一元论”的，但是在中国的文化，或曰传统哲学框架内，并未形成整合性时间观。这是因为中国文化的哲学内核不是二元论的，也不会形成如欧洲那样的理性时间观。从历史发展的角度看，中国的文化缺少一种渐进的成长过程，这是造成它的时间观缺失理性框架的重要原因。梁漱溟曾称中国的文化是一种早熟的文化。他说：“盖人类虽为理性的动物，而理性之在人，却必渐次以开发。在个体生命上，要随着年龄及身体发育成长而后显。在社会生命上，则须待社会经济文化之进步为其基础，乃得透达而开展。不料古代中国竟要提早一步，而实现此至难之事。我说中国文化是人类文化的早熟，正指此。”[①] 而在这种“早熟”文化中，形成了一种独特的“循环时间观”，其特点是：它既不是由始至终单一矢量发展的，也不是螺旋式上升的，更不是混沌的，而是周而复始，虽在“长远”的时间链条中前进，却并未产生新的空间内容。或者说，中国的时间观是行进式的，但却不是发展式的；在时间的纵轴上，它是不断变化的。也就是说，有过去、现在、未来的不同时段，但是在不同的时间段上，与时间相附丽的生活内容却没有变化，是谓往复循环。

这一点我们从中国先秦时期的思想可以有个大致了解。如老子说：“天下有始，以为天下母。既得其母，以知其子。既知其子，复守其母，没身

① 梁漱溟：《中国文化要义》，上海人民出版社 2005 年版，第 96 页。

不殆。”[①] 虽然这里老子是在讲“道”的道理，但里面却体现出了他的宇宙观框架内的时间观，即：时间是有“始”的，那是个起点，但这个起点不是随着时间的消逝而消逝，它是以“子”的方式得以复现。因此，可以这样理解，这个“始”（在老子的观念中即原始的“道”）在此后的时间段中不断地再现到与那一时间相符的空间之中，或曰事件之中。庄子的思想同样也受到老子的影响，虽然在不同的地方说法有差别，但总体上还是与老子一脉相承。如《齐物论》中说：“物无非彼，物无非是。自彼则不见，自知则知之。故曰彼出于是，是亦因彼。彼是方生之说也，虽然，方生方死，方死方生；方可方不可，方不可方可；因是因非，因非因是。”“有始也者，有未始有始也者，有未始有夫未始有始也者。”[②]

而一般现代学者在论及“大时间”这一概念时，仍然是在理性主义的时间框架内加以理解。自从巴赫金提出这一概念后，有许多人以此为切入角度来对不同时期的作品加以对照比较，自以为找到了一种比较文学或者世界文学的理论支撑。但这种做法本身就说明，这是违背了巴赫金意义上的“大时间”观的。比如著名的陀思妥耶夫斯基研究专家斯捷潘尼扬就专门写过一部著作《陀思妥耶夫斯基与塞万提斯：大时间观中的对话》，声称尝试在“大时间”之中倾听两位世界文学巨擘的对话，领教他们对存在的永恒问题给出的答案。[③] 但实际上，仍然是把两个文本理解为两个时间段中的代表性文本，并从历时的角度加以区分。也就是说，这种分析是落入了西方的理性主义时间观的窠臼。即把时间视为线性时间，一切都在单一性地向前发展，过去的被抛弃，未来的引导现在的；发展即意义。

显然，巴赫金的时间观与中国的循环时间观是不同的，因为在循环时间观中看重的是“重复”，而巴赫金看重的是对话行为中新质的产生。在他看来，“越是接近理论的统一性（稳定的内容或复现的同一性），就越贫乏越空泛；问题全归结到内容的统一性，而最终的统一性仅仅是某种空洞的一成不变的内容；个人的唯一性离开得越远，它就会变得越具体越充

① 王弼注：《老子道德经》，上海书店出版社 1986 年版，第 32 页。

② 郭庆藩辑：《庄子集释》第一册，中华书局 1961 年版，第 66、79 页。

③ *Степанян К. А.* Достоевский и Сервантес: диалог в большом времени. М.: Языки славянской культуры, 2013, с. 11.

分，成为存在即事件在实际进程中充分体现个人特点的唯一性；正是在这里，负责的行为接近了唯一性的存在即事件。以负责的精神进入存在即事件的已被承认的独有的唯一性之中——这就是事实的本质所在。在这里，绝对新的因素，前所未有且不可复现的新因素，占据了首位；它负责地继承着已被承认的整体的精神。”[①] 这里所说的“负责的行为”（поступок ответственности[②]）还是应译为“回应性行为”，因为在汉语语境里，“负责”是单向的，而巴赫金所说的“поступок ответственности”概念是双向的问话与应答性行为。而所谓回应性行为，即彼此对话的行为，对话双方进入对话的整体，并不意味着被统一性所吞没，相反，它是对唯一性的凸显，是“绝对的新质”（абсолютно новое），而不是旧的，也不是对最初的框架的重复。

此外，巴赫金的时间观当然是对西欧理性主义时间观的否定。西欧理性主义框架内的时间观是线性的时间观，即：过去的是消逝的，未来的是不存在的，现在的是不确定的，事物在时间中存在，随着时间的消逝而消失。这种时间观自亚里士多德那里已经奠定了基础。如亚里士多德所说：“至于时间，虽然它是可分的，但它的一些部分已不存在，另一些部分尚未存在，就是没有一个部分正存在着。‘现在’不是时间的一个部分，因为部分是计量整体的，整体必须由若干个部分合成，可是时间不被认为是由若干个‘现在’合成的。”[③] 也就是说，时间是由已经不存在的、尚未存在的部分组成的。亚里士多德甚至认为并不存在“现在”，因为当你说“现在”的时候，它已经不是“现在”。这种思想与赫拉克利特的“人不能两次踏入同一条河流”的观念也是相一致的[④]。实际上柏拉图也持类似的观点，他借苏格拉底之口说：“我们把从运动、变动和彼此结合中变成的一切东西都表述为‘是’，其实这种表述并不正确，因为任何时候都没有任何东西‘是’，

---

① ［俄］巴赫金：《论行为哲学》，贾泽林译，《巴赫金全集》第一卷，河北教育出版社 2009 年版，第 40 页。

② *Бахтин М. М.* К философии поступка. // Собрание сочинений в 7 томах. Т. 1. М.: Русские словари; Языки славянской культуры, 2003, с. 38.

③ ［古希腊］亚里士多德：《物理学》，张竹明译，商务印书馆 1982 年版，第 121 页。

④ 参见汪子嵩等：《希腊哲学史》第一卷，人民出版社 1988 年版，第 442 页。

它们永远‘变易’。……一切都是流动和变动的后裔。”[①] 黑格尔对时间做过多方面的阐述，但总体上仍然继承了亚里士多德的时间观，即时间是连续不断的自我扬弃，他在自己的《自然哲学》中说：“由于空间仅仅是对其自身的这种内在否定，所以，空间的真理就是其各个环节的自我扬弃。现在时间正是这种持续不断的自我扬弃的存在，所以在时间中点具有现实性。从空间中产生了差别，这就意味着空间不再是这种无差别性，空间在其整个非静止状态中是自为的，不再是无能为力、停滞不动的。这种纯量，作为自为地存在着的差别，就是潜在地否定的东西，即时间；时间是否定的否定，或自我相关的否定。”[②] 总之，时间是一种单一的矢量，其中明确地划分为过去与未来，从而构建了一种严整的时间秩序。

但是巴赫金既否定了康德的主观时空观[③]，也否定了黑格尔的客观时空观，他强调的是时空的整一性，即过去与现在并非以一种消逝与未现的状态存在，而是以一种交互回答的状态存在。简言之，其实并不存在过去与未来，而只存在大时间之中的“事件”，即由“我”参与的对话性或回应性行为。所以他说：“从我在存在中所占据的唯一位置出发，面向整个的现实，就产生了我的唯一的应分。唯一之我在任何时候都不能不参与到实际的、只可能是唯一性的生活之中，我应当有自己的应分之事；无论面对什么事，不管它是怎样的和在何种条件下，我都应从自己唯一的位置出发来完成行为，即使只是内心的行为。我的唯一性（即与非我之物绝不相同）总是能使我针对一切非我之物而采取唯一和不可替换的行为。我从我在存在中的唯一位置出发，哪怕只是看到了他人，知道了他人，在思考着他，没有忘记他，他对我来说也是一种存在——所有上述这一切，在整个存在

① ［古希腊］柏拉图：《泰阿泰德篇》，詹文杰译注，商务印书馆 2015 年版，第 27—28 页。

② ［德］黑格尔：《自然哲学》，梁志学等译，商务印书馆 2006 年版，第 48 页。

③ 参见［俄］巴赫金：《巴赫金的讲座》，凌建侯译，《巴赫金全集》第七卷，河北教育出版社 2009 年版，第 347—348 页。“应该排除空间的主观性，因为几何学完全不提空间的主观性问题。至于说一切出现于经验中的东西，在空间上都有定位，那是另一个问题。空间是现实的，因为一个事物要没有确定的空间，就无法承认它是现实的。存在于自然界的一切，都不可避免地需有确定的空间位置。观念上的空间并不是经验的空间，而是先验的空间（从经验的角度看，独角兽等是观念化的东西）。先验的观念性告诉我们，空间为经验和知识所必需（并且也仅为此所必需），所以超出空间范围的存在是毫无意义的。空间整个地受到经验世界的制约。”

中，在此时此刻，只有我能为他做到。这是能充实他人存在的一种行为，是绝对增益和新的行为，是唯有我能做到的行为。”[①] 也就是说，在大时间之中，任何一个个体站在自己唯一的存在之处，可以面对整个现实，而自我的唯一性体现在他对“应分”（долженствование）的自觉；而当这种意识产生的时候，新的话语形态便发生了。在我们看来，巴赫金对于时间以及时间中的存在的理解，实际上带有明显的“聚合性”色彩，即：当人进入一个整体性空间的时候，他的线性时间性便消失了，而在凭借个体的自由与对方发生回应的过程中进入永恒。实际上，对于这种线性时间性的否定，乃是东正教的时间观。

第二节　东正教的非线性时间观

东正教的时间观是与基督教早期流行的神秘主义观念联系在一起的。这种观念强调人对上帝的领悟，即身在尘世的人，自然受着时间的支配，有生有死，但人可以凭借对上帝启示的领受而进入超越时间的空间，从而达于永生。这个永生的标志就是上帝，而上帝是“亘古常在者”[②]，是“不改变的”[③]，即不受时间约束的，当然，他的空间也是非线性时间性的。如伪狄奥尼修斯所说：“祂是存在、实存、存有、实体和本质的实体性原因。祂是时光的根源与尺度。祂是时间下面的实在，是存在后面的永恒。祂是万物在其中运作的时间。祂是一切存在者的存在。祂是发生者的生成。从这位自有永有者产生了永恒、本质和存在、时间、发生以及生成。……祂被称作‘永世的君王’，因为在祂之中并环绕着祂，万物存在并持续存有。祂的存在不分过去的和将来的。祂过去不曾得到‘存在’，祂不属于那些生成者。祂不会在将来‘从无到有’。祂也不仅仅只在现在存在。祂乃是拥有存在的事物的存在本质。不仅事物之存在，而且存在（物）的本质都来自于在永

---

① ［俄］巴赫金：《论行为哲学》，贾泽林译，《巴赫金全集》第一卷，河北教育出版社 2009 年版，第 42 页。

② 和合本圣经《旧约·但以理书》7：9。

③ 和合本圣经《旧约·玛拉基书》3：6。

世之先的上帝。因为祂是时代的时代，是‘比永世更先的。’”[①] 这种由肉身时间向精神永恒的转化便成为东正教时间观中的主导内容。

东正教的这种时间观我们可以从早期的圣徒传中窥见一斑。我们从七世纪的一篇圣徒传中来看这种时间观的反映。这篇圣徒传一般被认为是耶路撒冷的索福罗尼乌斯撰写的，主人公是女圣者埃及的马利亚（Мария Египетская），大致内容如下：

在巴勒斯坦地区恺撒利亚的一所修道院中，有一位修士叫佐西马，因多年苦修而自认为功德圆满，一次一位天使向他现身，告诫他世上有许多人的苦行远胜于他，指引他到约旦河那边的修道院去受教。于是他迁到那里的一处隐修院，与其他苦修长老住在一起，每日祈祷，只以面包和水为生。一天中午他在旷野中祈祷的时候，忽然看到远处跑来一个人影，他怕是魔鬼的幻影，努力低头祈祷，祈祷完毕转头一看，原来是一个赤裸身体的人，被烈日晒得黝黑，只有雪白的头发披散着。那人称他的名，并向他要了袍子蔽体，佐西马才发现这是个女人，并意识到，此人就是他的引导者。他祈求女子向他讲述其身世，于是女子告诉他，她是个罪孽深重的女人，十二岁的时候即抛弃父母跑到亚历山大里亚，后来成为娼妓，靠卖身随一只船到了耶路撒冷。那里人们都前往教堂过举荣圣架节（Воздвижение Креста），她也随人群去了，但其他人都顺利进入教堂，唯有她却被一只无形的手挡在外面，她尝试了三四次都无法进入，于是只好站在前厅的角落里反省，终于上帝的拯救力量开启了她的灵魂之眼，使她意识到过去生活的罪孽，于是开始痛苦地哭泣，面向圣母像祈祷，祈求宽恕她的罪孽，向她开启圣堂的大门；然后她战战兢兢地再次走向教堂大门，这次却没有遇到阻拦，她终于进入了教堂，并拜谒到那使人重生的十字架。等她走出教堂，仿佛从远处听到一个声音：“到约旦河对岸去，你将在那里找到完满的安宁。”这时有人递给她三个钱币，她用钱买了三个面包便去了约旦河对岸，开始了苦修。此后，她靠着这三个面包和野菜，在荒野中苦修，战胜了酷暑严寒，度过了十七个年头，衣服早已烂掉，在最艰难的时

① ［古罗马］（伪）狄奥尼修斯：《神秘神学》，包利民译，商务印书馆 2012 年版，第 57 页。

刻，她始终想着主的话："人活着，不是单靠食物。"最后她嘱托佐西马明年的濯足节给她带来圣体和圣血。次年二人再次在约旦河边相见。而到第三年佐西马再去的时候，只看到了女人的遗体，地上写着字，请他安葬她，并告知她的名字是马利亚。[①]

我们之所以要在这里复述这个故事的主要情节，是要看这里面所体现的早期基督教神秘主义思想中对于时间的理解。

需要说明的是，东正教的基本思想所代表的就是早期基督教的神秘主义思想，我们现在所说的天主教，或者在俄罗斯思想家们视野中的天主教，指的是色路拉里乌斯分裂之后的天主教。当然，关键还不是时期的分野，而是大致上从分裂之后，西欧便开始了文艺复兴的过程，这个过程对罗马教会的主要影响是：其主要神学家的思想和教会政策都随着古希腊罗马典籍的普及而受到本质上的影响，即教会思想理性化。而在东正教的观念中，却一直坚守着基督教早期对于因果化世俗时间的贬抑。

我们现在来看这篇圣徒传中的时间观念，这里面主要体现了两个方面：一个是时间因果的模糊化。在这个传记里面有多处淡化或模糊了前后的因果关系，或者根本不做前因的交待，或者通过回溯的方式说明前因，从而消解了前因的时间性的绝对化。如马利亚在沙漠中度过了十七年，用她的话说是在见到佐西马之前，这些年未见过任何人，但她见到佐西马后却直呼其名；此外，她在对佐西马的讲述中两次提到圣经中的话，除了前面所述的"人活着，不是单靠食物"（《马太福音》4：4）之外，还有"脱掉罪孽的衣服，没有蔽身之所便靠近磐石"（《约伯记》24：8）[②]，而她自十二岁便堕入风尘，从不曾接触过圣经，平生也只有那一次在耶路撒冷的举荣圣架节上进过教堂，荒野之中更不可能有接触的机会；还有，当佐西马最后一次见她的时候，她已经死去，而身旁却挖好了墓穴，此后只交待一句，说这是在佐西马到来之前一个狮子挖的。需要明确的是，这种记述的"混乱"绝不是作者的写作能力的问题，在某种意义上说，这是一种观念的体

① *Святейший Софроний, Патриарх Иерусалимский.* Житие преподобной Марии Египетской. Сергиев Посад: Свято-Троицкая Сергиева Лавра, 2008, с. 6-15.

② Там же, с. 13.

现。即在圣徒传的叙事空间中，因果关系被消解了，并非事物的变化不存在因果关系，而是它在这里面只能作为一种价值观。也就是说，苦修可以得道，但不能作为叙事伦理，即不能在叙事中表达出一个行为的出现是因为另一个行为的消失这样的因果关系，因为这个空间之中不存在线性的时间观。

第二个方面就是，因为不存在因果关系的叙事，所以时间不是由事物发展的进程表现的，而是由一个一个时间点表现的。巴赫金在谈到拉伯雷与陀思妥耶夫斯基的"门槛"时间时也谈到了事件的易位："这种易位是由舞台和文学空间的地形结构决定的（甚至在日常生活中，起身、向前或退后、进出门和门旁门槛上的讲话、在门槛的告别等等也是如此）。这一点决定了任何运动和任何位置都具有双重的逻辑（任何运动都是地形上两极间的易位）。在陀思妥耶夫斯基的作品中，在门槛上（在门口，在楼梯上，在前厅）演出了什么样的情节呢。他的作品中任何的出现、到来（出乎意料的、奇特的到来，即并非由情节和生活实际所要求的，而只是纯地形上有据的易位）都具有特殊意义。"[①] 即在"门槛"时空体中，不存在易位的必然逻辑，在马利亚的圣徒传中也是如此。马利亚一生中所有的变化都不是在时间链中完成的，没有事件的衔接叙述，她的一生就是由若干片段，或者说"时间"的横截面组成的——旷野现身、堕落、进教堂、去往苦修地、死亡。每一个横截面对马利亚而言都是一个显示唯一自我的对话性事件，而在每一次对话中，她都以自己的"应分"而为对话创造新的特质。唯一不同的是这些事件的积累都不成为她走向下一个事件的条件。如她堕落的结果不必是进教堂，进教堂也不必是开始苦修，因为引领她进教堂的信众还保持在原来的状态；而进入苦修，也不必成为死亡的条件。在我们看来，在这个故事中还存在一个讲述者，而他的功能便是强化这个故事的非时间性与偶然性，或者说，在这里发生的每一件事都出乎他的预料：当他自认为功德圆满的时候，却有天使告诫他还应受更高的磨炼；当他在荒野祈祷看到飘来的人影以为是魔鬼时，却出现了一个野人；当他以为这是个野人时，却又发现这是个女人；当他在第三年按照约定去与她见面时，她

① ［俄］巴赫金：《弗朗索瓦·拉伯雷的创作与中世纪和文艺复兴时期的民间文化》附录·《拉伯雷》的补充与修改，夏忠宪译，《巴赫金全集》第六卷，河北教育出版社 2009 年版，第 579 页。

却死了。这一切事件的偶然性在叙事伦理的意义上，便是对线性时间性的否定。

第三节　东正教对炼狱的否定与“门槛”型时间

当然，如果说在上述圣徒传中存在一种时间的话，那便是“门槛”型时间，是这些“门槛”型时间把一个一个的时间点联结在一起。巴赫金在论述陀思妥耶夫斯基的小说时反复提到“门槛”型时间，他把以这种时间观念构成的艺术世界称为危机和生活转折的“时空体”（хронотоп）。在这种时空体中，“‘门槛’一词本身在实际语言中，就获得了隐喻意义（与实际意义同时），并同下列因素结合在一起：生活的骤变、危机、改变生活的决定（或犹豫不决、害怕越过门槛）。在文学中，门槛时空体总是表现一种隐喻义和象征义，偶尔以公开的形式出之，但常见的是采用隐蔽的形式。如在陀思妥耶夫斯基作品中，门槛和与其相邻的阶梯、穿堂、走廊等时空体，还有相继而来的大街和广场时空体，是情节出现的主要场所，是危机、堕落、复活、更新、彻悟、左右人整个一生的决定等事件发生的场所。时间在门槛这一时空体里，实际上只不过是瞬间，这一瞬间似乎没有长度，似乎从正常的传记时间里脱落出来。这样的决定性的瞬间，在陀思妥耶夫斯基的作品中，被纳进了宗教神秘剧和狂欢节时间的无所不包的巨大时空体中”[①]。实际上，在圣徒传中同样存在着与巴赫金所说的宗教神秘剧中的瞬间转换的情节，从上面有关女修士马利亚的记述中便可看出这一点。

但我们要提出的问题是，东正教的这种时间观念区别于天主教的文化根源是什么，或者说，在俄罗斯与西欧的文化差异中，是什么样的因素对于其不同的时间观起了制约性作用。于是，这便涉及东正教与天主教之间的教义差别。一般认为，教义差别主要是由习俗和权力争夺所决定的；但在我看来，两个教派之间的教义差别有着极为深刻的文化精神和叙事伦理上的差异。前面我们已经阐述了有关“和子句”的教义差别问题，除此之

① ［俄］巴赫金：《长篇小说中的时间形式和时空体形式》，白春仁译，《巴赫金全集》第三卷，河北教育出版社2009年版，第442—443页。

外，在东正教和天主教之间的教义差别上还有一个重要的问题，便是“炼狱”之争。

我们谈到过，教会的教义文本除了圣经之外，还有全球主教公会议制订的信经。而圣经文本中，无论正典还是次经，都没有出现过“炼狱”的概念。然而天主教派坚持认为，炼狱作为地狱与天堂之间的涤罪场所是一种实在之物。一般认为，较早论证炼狱存在的教会思想家是圣奥古斯丁。在《新约·哥林多前书》中有这样的话：“因为那已经立好的根基就是耶稣基督，此外没有人能立别的根基。若有人用金、银、宝石、草木、禾秸在这根基上建造，各人的工程若存得住，他就要得赏赐；人的工程若被烧了，他就要受亏损，自己却要得救。虽然得救，乃像从火里经过的一样。”[①]据此，奥古斯丁认为保罗的话里指的就是炼狱，既有耶稣的根基立好，则不是地狱，但此根基却是要考验各人的工程，并且即使得救也像从火里走出一样。他在《忏悔录》中对这种境界做了描述：“爱把我们送到这安宅之中，你的‘圣神’顾念我们的卑贱，把我们从死亡的门户中挽救出来。我们在良好的意愿中享受和平。物体靠本身的重量移向合适的地方。重量不一定向下，而是向合适的地方。火上炎，石下堕。……你的恩宠燃烧我们，提掖我们上升，我们便发出热忱冉冉向上。”[②]从死亡的门户中被挽救，但并不是到天堂，自然也不是地狱，并且在主的恩宠燃烧之中上升，那么这个所在就应是炼狱了。到了6世纪，著名的拉丁教父大格列高利肯定了炼狱的存在，并且认为炼狱对有罪生命的救赎是必不可少的，他认为，受洗之后的罪孽可靠教会的多种方式补赎，而未能利用这些机会完成善功者，则有炼狱之火来炼净其罪过。[③]而在托马斯·阿奎那的理论中，恶人死后即入地狱，并永不会从地狱中被放出来，那些充分利用教会感受上帝恩宠的人死后即进天堂，而更多的人则由于生前没有充分利用恩宠以消除罪孽，死后须在炼狱中涤罪。但丁的《神曲》中的神学观点几乎全部来自阿奎那。“炼狱”概念正式进入教义是在15世纪召开的第17次主教公会议上，这是

① 和合本圣经《新约·哥林多前书》3：11—15。

② ［古罗马］奥古斯丁：《忏悔录》，周士良译，商务印书馆1996年版，第294页。

③ 参见［美］威利斯顿·沃尔克：《基督教会史》，孙善玲等译，中国社会科学出版社1991年版，第222页。

自第七次主教公会议之后再次邀请东部教会部分代表参加，包括俄罗斯莫斯科的都主教。在罗马教会的主导下，东西两派教会在此次会议上达成重新合一的决议，而这个决议也议定了“炼狱”的信条，认为有罪的灵魂须在火焰中炼净罪过，方能进入天堂；在滞留炼狱的时间内可因教会的祝祷而减缩（为此，死者亲属则应给以谢仪）。[①] 但会后东方各派即对此决议纷纷表示不满，俄罗斯大公瓦西里三世则把当时擅自与会的莫斯科都主教伊西道尔囚禁起来，并从此将君士坦丁堡教会对俄罗斯教区的主教任命权收回。[②] 当然，这次主教公会议的决议也不被东正教各教会所认可，因此，有关“炼狱”的教义条款仍然不被东方教会所承认。

霍米亚科夫在他的著名论文《教会唯一论》中说：“我们为生者祈祷，以使主赐福给他们，同样为死者祈祷，以使他们蒙恩亲睹上帝之容。除了被接纳进上帝的国和被判受难，我们不知有灵魂的中间状态，因为我们从使徒或基督那里未获得关于这一状态的教义；我们不承认炼狱，即以可通过自己或他人的善事而赎免的痛苦来净化灵魂，因为教会既不知以任何外部手段或痛苦获得救赎，也不知通过善行以免除痛苦这种与上帝的交易。”[③] 从我们的角度看来，东方正教不承认炼狱存在，从宗教伦理上来说是否定理性救赎观，即通过善行积累的多寡来决定进入什么样的死后空间；而从叙事形态上来说，这种精神决定着艺术叙事的时空体形态。

巴赫金在论述陀思妥耶夫斯基的时空体时多次提到中世纪的神秘剧和但丁的《神曲》，并将陀思妥耶夫斯基的描写比喻为神秘剧中的狂欢化广场。这种宗教神秘剧就是天主教关于“地狱、炼狱、天堂”三界说的具象化展现。它本身大多都是在广场式舞台上演出的，舞台相当宽阔，舞台上方代表天堂，会有天使或圣者沿着绳索起降，舞台的最低层级代表地狱，舞台广场上的人会落下去表示进地狱，而这个舞台广场也就代表了现世，具有炼狱的性质。从这种戏剧形式来看，它是在同一时空中展现不同

① 参见［俄］谢·亚·托卡列夫：《世界各民族历史上的宗教》，魏庆征译，中国社科出版社 1988 年版，第 575 页。

② *Голубинский Е.* История русской церкви. Т. II, первая половина тома. М.: Университетская типография, 1900, с. 458–459.

③ *Хомяков А. С.* Церковь одна. // Сочинения богословские. СПб: Наука, 1995, с. 52.

空间的共时性特征，巴赫金正是从这一角度来解释陀思妥耶夫斯基小说中的“门槛”时间的。俄国学者叶萨乌洛夫则明确指出，陀思妥耶夫斯基的时空体叙事正是东正教非炼狱观的体现，因为“在陀思妥耶夫斯基的世界中存在着由地狱获得拯救的可能性”[①]。他举出《卡拉马佐夫兄弟》中宗教大法官故事中提到的《圣母游地狱》(«Хождения Богородицы по мукам»)这一在古代俄罗斯伪经中出现的故事，在这个故事中圣母直接为地狱中的灵魂向上帝请求赦免，这象征性地说明了地狱中的灵魂可以被“不打折扣地从地狱引入天堂，而无须经过正教所不知的炼狱”[②]。正是由于炼狱的缺失，使得地狱和天堂这两个对立的宗教界域迅速接近，“陀思妥耶夫斯基笔下每一个人物由罪孽域到神圣域（或相反）瞬间转变的可能性，这种著名的‘突变’，并未被理解为恰恰是东正教传统的艺术反映”[③]。巴赫金在他的论述中虽然提到了炼狱，但我们不能由此说明他接受的是天主教的时间观念，相反，他把天堂、炼狱和地狱都视为某个“奇特的时空点”(эксцентрическая точка)[④]，在这些奇特的“点”上存在的不是理性逻辑，而是奇迹逻辑。因此，在陀思妥耶夫斯基的小说中不存在由地狱向天堂的累积性发展，即使就作家本人的宗教伦理观而言，他相信人是通过一个渐进的程序进入天堂的，但在叙事伦理上，他却坚守了由东正教时间观所决定的“突变逻辑”(логика взрыва)[⑤]。所以，巴赫金说：“他只善于从同时共处这一角度来观察和描绘世界。不过这一特点自然应反映到他的抽象的世界观上。我们在他的世界观中，同样也发现了类似的现象：在陀思妥耶夫斯基的思维中，看不到渊源因果方面的范畴。……从抽象的世界观方面看，这一特点表现为陀思妥耶夫斯基的世界末日论——政治上的和宗教上的世界末日论，表现在他要加速‘结局’到来的倾向上，要在此时此

① См.: *Есаулов И.А.* Категория соборности в русской литературе. Петрозаводск: Издательство Петрозаводского университета, 1995, с. 123.

② 关于《圣母游地狱》这部伪经的狂欢化特色，我们将在后面做详细阐述。

③ См.: *Есаулов И. А.* Категория соборности в русской литературе. Петрозаводск, 1995, с.125.

④ *Бахтин М. М.* Риторика, в меру своей лживости... // Собрание сочинений в 7 томах. Т. 5. М.: Русские словари; Языки славянской культуры, 1997, с. 64.

⑤ См.: *Лотман Ю. М.* Культура и взрыв. М.: Издательская группа «Прогресс», 1992, с. 128-129.

刻便预感到结局，认为在同时共存的不同力量的搏斗中就已经有未来存在。”[①] 所谓“抽象的世界观”，已经不是指他的现实立场，而是指他的思维逻辑。按照巴赫金的理解，在这样的思维逻辑支配下，陀思妥耶夫斯基不可能写出传记型的小说，甚至把他所有的小说加起来，也无法构成一部传记小说或世家小说，因为他在作品中使用的是“那些奇特的、危机的、地狱的时空点”，无法形成一个连续的成长线程。“通常情况下场景都是普通生活过程的浓缩体，是生活时间进程的凝聚点；而在陀思妥耶夫斯基的作品中，这些散点从时间中脱落出来，配置在时间的中断或停顿处。一个人死去，同时从自身中产生出另一个完全不同的新人，和自己没有继承关系。如果把小说继续写下去，那将是关于另一个名字的另一个主人公的另一篇小说。”[②] 这也就是当我们看到拉斯柯尔尼科夫拿出索尼娅送给他的福音书的时候，小说便戛然而止的原因。另外，大家知道，陀思妥耶夫斯基当年也曾想写一部成长小说，题目都设计好了，叫作《大罪人传》(«Житие великого грешника»)，全书计划写成五部中篇小说：第一部主要写主人公在寄宿学校的反叛行为和种种顽劣意识、“完全的堕落”以及成为最不平凡的人的梦想。第二部的情节应当发生在修道院里，以发疯的哲学家恰达耶夫为原型，主人公作为一个“罪人”应当被送到修道院。这个“虚无主义孩童”在此遇到了主教吉洪，后者以自己对生命、快乐、罪孽、和解、宽恕与自由意志等问题的思考影响了这个迷途的孩子。第三部到第五部的内容是：主人公从修道院重返社会，以实现他成为伟人的梦想，他处处以伟人自居，他记得吉洪给他的教导——要战胜整个世界，必须战胜自己。高利贷者的怂恿，聚敛钱财；各种思想的影响；恶行；自我否弃，由高傲走向苦行，漫游俄罗斯；一段恋情；终于成为非凡的人，从极度高傲转变为极为温顺、仁慈，正是在此意义上成为至高无上者。最后开办教养院，成为慈善家，“一切明朗。在悔罪之中死去”[③]。按照这个设想，小说便会成

---

① ［俄］巴赫金：《陀思妥耶夫斯基诗学问题》，白春仁、顾亚铃译，三联书店1988年版，第61—62页。

② ［俄］巴赫金：《演讲体以其某种虚假性》，黄玫译，《巴赫金全集》第四卷，河北教育出版社2009年版，第76—77页。

③ *Достоевский Ф. М.* Наброски и планы. 1867-1870. // Полное собрание сочинений в 30 томах. Т. 9. Л.: Наука, 1974, с.125-139.

为对一个当代人的完整精神历程的记录，对一个生命如何走向完成的注解。当然，计划最后没有完成。因为陀思妥耶夫斯基要描写的是人处于危机中的状态，也就是人在自由之路上所进行的选择，这类人既有下地狱的可能，也有上天堂的可能，也有可能如巴赫金说的，处在“炼狱”的时间点上。总之是处在“门槛”型的时间中，但却不可能把“炼狱”作为一个从地狱到天堂的中转站。

第四节 圣愚文化与线性时间的消解

俄罗斯正教的时间观的形成，除了早期基督教思想的影响之外，还有着俄罗斯本土圣愚文化的影响，因而也带有一种“疯癫”机制，即对理性主义时间架构的消解，以及对三维空间的超越性。巴赫金也认为，圣愚的疯癫性使他们具有了一双“另类的眼睛”（другие глаза），用“另类的方式”（по-другому）来重新发现世界。[①] 另外，针对与圣愚相关的“愚蠢”（глупость），巴赫金也指出：“它既有贬低和毁灭这种否定性因素（这是在现代詈语‘傻瓜’（дурак）里保留的唯一因素），又有更新和真理这种肯定性因素。愚蠢，这是反面的智慧，反面的真理。这是官方的统治性真理的反面和下部：愚蠢首先表现为对官方世界诸种法则与程式的不理解和背离。愚蠢，这就是自由自在的节日明智，它摆脱了官方世界的一切规范和约束，同样也摆脱了这个世界的关怀和严肃性。”[②] 这些话都在说明，疯癫者是超越于世俗的时间的存在，并以否定性的眼光来看待对普通人构成束缚的时间进程。

从理性主义的角度看世界，这个世界是在时间链条中存在的，并且这个时间是由一个单向的矢量构成的。而历史主义观点正是在理性主义哲学

① *Бахтин М. М.* Творчество Франсуа Рабле и народная культура средневековья и Ренессанса. // Собрание сочинений в 7 томах. Т. 4 (II). М.: Русские словари; Языки славянской культуры, 2010, с. 293.

② ［俄］巴赫金：《弗朗索瓦·拉伯雷的创作与中世纪和文艺复兴时期的民间文化》第三章，刘虎译，《巴赫金全集》第六卷，河北教育出版社 2009 年版，第 297 页。原文参见 *Бахтин М. М.* Творчество Франсуа Рабле и народная культура средневековья и Ренессанса.//Собрание сочинений в 7 томах. Т. 4 (II). М.: Русские словари; Языки славянской культуры, 2010, с. 279.

的基础上建立起来的。在历史主义的论域中，历史是按照既定的方向前进的，因此，过去、现在与未来是由一系列因果关系联结在一起的。所以，在理性主义框架中，历史是可以理解的，并且只有达到了这一层面的理解才是终极性的理解，即："一个真正科学的认识论不仅回答关于事物本质的问题。它试图揭示事物发生的源头，以及把源头同其随后的发展结合起来。只有当知识包括了起源、发展和最终命运时，知识才真正转变为大写的理解。"[①] 而巴赫金对时间的理解与此恰好相反，在他看来，历史没有固定的"大写"的理解，不存在因果的链条，历史的特点便是它的变动与未完成性。他说："过去的东西（прошлое）作为事实的物的方面，是无法改变的，但过去的东西的涵义方面、表现的述说的方面却是可以改变的，因为这个方面是未完成的，是不等同于自身的（它是自由的）。在过去的东西这种永恒的变化之中，记忆在发挥作用。认识便是对过去的东西连同它的未完成性（不等同于自身的特性）的理解。"[②] 我们说，巴赫金的历史观，或曰时间观，是与俄罗斯在东正教及其圣愚文化的框架内形成的神学历史观相契合的。

在俄罗斯文化结构中，历史主义始终与神学目的论联系在一起，因此，它对历史进化性的理解是超验的，而非知识的、体验的。也就是说，在俄罗斯文化理念中，历史的目的是预设的，而非基于认识论的自然发展的必然结果。这种神学历史主义在对世界的理解上与世俗历史主义恰恰形成对立，即世俗历史主义所认识的历史发展因果链，在神学历史主义看来，恰恰是与神学目的形成断裂。也就是说，在世俗历史主义眼中有助于历史进步的元素，在神学历史主义框架中却恰恰是历史进步的否定性元素。基于此，俄罗斯式的历史主义观不同于西方的新历史主义，尽管它从本质上是对历史主义的否弃，而这种否定性在很大程度上来自俄罗斯的圣愚文化。

理性主义视野中的历史是时间化的，而圣愚的疯癫性思维则是对理性

① 参见［美］弗雷德里克·詹姆森：《马克思主义与历史主义》，张京媛译，见《新历史主义与文学批评》，北京大学出版社 1993 年版，第 24 页。

② ［俄］巴赫金：《论人文科学的哲学基础》，白春仁译，《巴赫金全集》第四卷，河北教育出版社 2009 年版，第 3 页。译文做了调整，原文参见 *Бахтин М. М.* К философским основам гуманитарных наук.//Собрание сочинений в 7 томах. Т. 5. М.: Русские словари; Языки славянской культуры, 1997, с. 9.

主义的对抗与背反。从这个意义上看，疯癫思维是此在性和空间性的。

所谓此在性，即疯癫思维仅仅关注非逻辑化的某一个时间点，而非时间的连续性所产生的意义。这样，它消解了物质历史的连续性和单一矢量，拆解了物质历史的进化逻辑。而这种消解的真正意义则在于使作为主体的人摆脱了客观时间的桎梏，从而在精神上获得真正的自由。文化史学家科列索夫认为：圣愚“超越了思想与事物之间必须遵守的逻辑关系，对于他来说，现实性是绝对的，思想也是物。他处于俗务与存在、天堂与尘世、思想与事物的断裂点上，他处于时间与空间之外。空间不存在，因为一个点怎么成其为空间呢？时间同样不存在，因为被参透的真理的永恒性已使其摆脱了人们臆想的时间限度。在此在与过去和未来交汇的点上，一切都存在于此——时间是此在的、现实的、真切的；圣愚之所以能发出预言，是因为他正处在这个其他人都看不到、只有他的目力能及的点上”[①]。从这个意义上说，圣愚的生活既超越了俗务，也超越了存在，从而达到真正的自由。正如托尔斯泰所说的：“人们觉得，他们的生活是在时间中度过的——在过去，在未来。但这只是一种感觉。人真正的生活并不是在时间中度过的，而是始终**存在**于一个非时间的点上，过去与未来在这个点上相交汇，我们错误地把它称为现在时。在这个现在时的非时间的点上，也只有在这个点上，人才是自由的。因此，人真正的生活是存在于现在之中，也只存在于现在之中。”[②] 在他看来，人们总是在抱怨人生苦短，总是在抱怨他们来不及做许多更有价值的事，但“这种论调的谬误就在于，人放弃现在的、唯一有实际意义的生活，而把它寄托于未来，而那未来并不是属于他的。为了不堕入这种邪念之中，人应当明白和记住，他没有时间去筹备，他必须在他存在的此刻以最佳的方式生活，他所需要的完善只是爱心的完善，而这种完善只在现在之中得以实现。因此，人不得放弃，而必须在每时每刻尽全力生活，以完成他降临世上所肩负的、唯一能赋予他真正幸福的使命。人在生活中必须要懂得，每时每刻他都可能会被剥夺完成这

---

① *Колесов В. В.* Русская ментальность в языке и тексте. СПб.: Петербургское Востоковедение, 2006, с.199.

② *Толстой Л. Н.* Путь жизни. // Полное собрание сочинений в 90 томах. Т. 45. М.: Государственное издательство художественной литературы, 1956, с. 330.

个使命的机会”[①]。这里涉及“自由”这一永恒命题。人类有史以来各种文化行为，在某种意义上说，都是对自由的追求。人，当它成为“人”的时候，即面对无数的生存障碍，作为人的天性的自由追求便受到无尽的阻遏。因此，他们始终致力于创造各种条件，以实现自由的目标。在自然结构中，他们追求最大限度地拥有财富，以克服基本的生存困境；在社会结构中，他们最大限度地追求权力，以克服人性恶在社会制度的缝隙中对个体的攻击性；在精神结构中，他们最大限度地追求荣誉，以获得生存的优越感。但人类时间性中的自由，在神学时间观看来，便是有限的，是虚假的自由。这就是托尔斯泰所要表达的时间观念：如果你把生命的价值都放置在时间的链条上，你永远不会得到真正的自由，只有当你抛弃此在的肉体性，把此在作为永恒时，自由才会来临。别尔嘉耶夫曾把自由分成两种：一种是第一亚当的自由，一种是第二亚当的自由。所谓第一亚当的自由，是人的理性自由，你从上帝那里获得了能力和智慧，于是去追求你认为可以带给你自由的东西，结果适得其反。人类历史的发展证明了这一点，对物质自由的追求只能使人类陷入更大的不自由。因此，我们应当追求的是第二亚当的自由，即基督降临的自由，也就是精神的自由，超越了物理定律的自由，非时间的自由。[②]“在宇宙时间和历史时间中的一切，在自然和历史中的一切，都正在逝去。所以，这种时间应该终止。人受时间、必然性、死亡和意识幻象的奴役，可以休矣。”[③]而巴赫金在这一问题上赞同德国文学研究家凯泽尔的理解：疯癫是一种母题，其目的是为了摆脱虚假的“现世的真理”，为了用摆脱了这一“真理”的自由的眼光看世界。[④]

疯癫思维的所谓空间性，是指这种思维的非逻辑化和超越性的自由度。在理性主义统治的世界中，一切都变成了固定的知识，包括暴力与桎梏；在这种背景下，疯癫式的思维与行为便具有了颠覆与解放的意义。福柯曾

① *Толстой Л. Н.* Путь жизни. // Полное собрание сочинений в 90 томах. Т. 45. М.: Государственное издательство художественной литературы, 1956, с. 337–338.

② *Бердяев Н. А.* Миросозерцание Достоевского. Прага: YMCA-Press, 1923, с. 65–66.

③ ［俄］别尔嘉耶夫：《人的奴役与自由——人格主义哲学的体认》，徐黎明译，贵州人民出版社1994年版，第241页。

④ ［俄］巴赫金：《弗朗索瓦·拉伯雷的创作与中世纪和文艺复兴时期的民间文化》导言，夏忠宪译，《巴赫金全集》第六卷，河北教育出版社2009年版，第57页。

说："如果说知识在疯癫中占有重要位置，那么其原因不在于疯癫能够控制知识的奥秘；相反，疯癫是对某种杂乱无用的科学的惩罚。如果说疯癫是知识的真理，那么其原因在于知识是荒谬的，知识不去致力于经验这本大书，而是陷于旧纸堆和无益争论的迷津之中。……从长期流行的讽刺主题可以看出，疯癫在这里是对知识及其盲目自大的一种喜剧式惩罚。"① 更重要的是，疯癫通过对看似逻辑严密、实则荒谬绝伦的世俗知识的嘲讽，达到了为自己正名的目的，从而确立了一种超越知识的跳跃性的、非理性的空间。在这个空间中，物理定律失去了它的法则意义，代之而起的是一种先验定律——非理性的、无规则的定律。我们说，圣愚文化所浸润的就是这种疯癫思维，在这种思维的对话空间中理性的物理时间定律成为被颠覆的对象。别尔嘉耶夫在分析陀思妥耶夫斯基的小说《卡拉马佐夫兄弟》时认为，伊凡·卡拉马佐夫的立场便是基于物理定律的理性立场，他所要建设的便是一个由铁的规则所设定的空间，然而在这样的空间中，规则固然可以使事物秩序化，但是却失去了最重要的东西——自由。"伊凡·卡拉马佐夫以其反叛的'欧几里得智慧'所欲创造的世界，不同于充斥着恶与痛苦的上帝的世界，而是一个至善至福的世界。但是其中却不会有自由，其中的一切都将是强制化和理性化的。这一点亘古不变，他的这个世界从第一天开始就会是那种幸福的社会蚁穴，保持一种强制的和谐，而这些正是那个'带着挑衅和嘲讽神情的绅士'② 所要推翻的。世界进程中的悲剧事件假如不再存在，则与自由相关的意义也将不复存在。'欧几里得智慧'所创造的只能是建基于必然性的绝对世界，这个世界只能是一个绝对理性的世界。一切非理性的东西都将被逐出这个世界。而上帝的世界拥有的却是并非与'欧几里得智慧'相提并论的意义。这种意义对于'欧几里得智慧'而言是一种不可参透的奥秘。'欧几里得智慧'限于三维空间。而上帝世界的意义或许只有跨进四维空间方可以领悟。自由乃是四维空间中的真理，它在三维空间的限度中是无法被领悟的。就解决自由命题而言，'欧几里得智慧'无能为力。"③

---

① ［法］福柯：《疯癫与文明》，刘北成、杨远婴译，三联书店 1999 年版，第 21—22 页。

② 指陀思妥耶夫斯基《地下室手记》中的"地下室人"。

③ *Бердяев Н. А.* Миросозерцание Достоевского. Прага: YMCA, 1923, с.85.

巴赫金在研究陀思妥耶夫斯基的小说《白痴》时，分析了上卷的一系列狂欢式场景。从梅什金公爵的出场，到伊沃尔金家的客厅里的狂欢，以及之后的娜斯塔西娅晚会上的闹剧等，所有情节都是在一种突变的时间关系中存在的。巴赫金归纳道："这当然不是悲剧一日（'从日出到日落'）。这里的时间根本不是悲剧的时间（尽管接近于悲剧型），不是叙事史诗的时间，也不是传记体的时间。这是一种特殊的狂欢节时间里的一天。狂欢节时间仿佛是从历史时间中剔除的时间，它的进程遵循着狂欢体特殊的规律，包含着无数彻底的更替和根本的变化。这一时间当然不能算是严格意义上的狂欢节时间，而是狂欢化了的时间。陀思妥耶夫斯基为了完成自己特殊的艺术任务，需要的恰恰就是这种时间。陀思妥耶夫斯基所描写的边沿上或广场上的事件，以及这些事件内在的深刻涵义；他的一些主人公，如拉斯柯尔尼科夫、梅什金、斯塔夫罗金、伊凡·卡拉马佐夫——所有这一切在普通的传记体时间里和历史时间里，是不可能揭示出来的。再者，复调本身，即享有同等权利的各种内在的未完成意识之间相互作用这一事实，也要求另一种时空艺术观，用陀思妥耶夫斯基自己的话说，是'非欧几里得'的观念。"[①] 伊凡·卡拉马佐夫的"欧几里得智慧"是理性时间观的社会体现，它相信的只是物质世界的自然逻辑，相信发展的逻辑、进步的逻辑；而"非欧几里得"规则是对这一物理逻辑的否定，它相信的是时间的散点件，相信时间与空间的交叉性，从而亵渎了历史进化逻辑的可靠性，为个体的此在和有限空间争取了绝对的意义。科列索夫认为，圣愚之所以能发出预言，是因为他处在一个只有他自己能看到的点上。而这个点的意义也就是巴赫金所说的"个体的唯一性"的意义："我从自己唯一位置上实际参与时空，就仿佛给时空的无尽而必须的现实性，给时空的负载价值的唯一性，充实了丰满的血肉。从我的参与性出发，联系到我的参与性，数学上可能的时与空（可能的无限过去和无限未来）会富有价值地浓缩起来；似乎从我的唯一性辐射出众多光束，它们穿透时间，确认历史上的人类，用价值之光照亮一切可能的时间，照亮时间性本身，因为我实际上参与到时

① ［俄］巴赫金：《陀思妥耶夫斯基诗学问题》，白春仁、顾亚铃译，三联书店 1988 年版，第 245—246 页。译文做了修改，原文参见：*Бахтин М. М.* Проблемы поэтики Достоевского. // Собрание сочинений в 7 томах. Т. 6. М.: Русские словари; Языки славянской культуры, 2002, с. 198-199.

间性之中。那些时空概念如无限、永恒、无尽、非时间和非空间的理想性和诸如此类的东西，是生活、哲学、宗教、艺术中我们情感意志的参与性思维所司空见惯的。而它们在实际的应用中绝非是纯粹的理论（数学）概念，它们是以其固有的价值涵义活跃在思维中的成分，因与我的参与唯一性相结合而闪耀价值的光芒。”①

① ［俄］巴赫金:《论行为哲学》，贾泽林译，《巴赫金全集》第一卷，河北教育出版社2009年版，第60页。

下　编

巴赫金对话理论与俄罗斯对话文本

第五章
俄罗斯历史语境下的对话文化

俄罗斯地域辽阔，横跨欧亚两大洲。这里是东西方的接合之处，混融着来自希腊和拜占庭的多种文化因子。特殊的地理位置注定带给俄罗斯独一无二的历史命运，正如双头鹰同时面向东方和西方所形成的张力，围绕着俄罗斯历史走向的东西古今之争也从来没有停止过。其独特的人文地理特性和历史境况孕育了俄罗斯文化独特的对话传统，培育了俄罗斯人独特的自由精神。到了20世纪20年代，延续了数百年历史的对话传统在俄罗斯思想家米哈伊尔·巴赫金这里上升到了哲学的高度。他从俄罗斯历史的对话传统中升华出一种对话哲学，这种哲学尊重每一个个体存在的特殊性、唯一性和意义生成的主动性，提倡诸个体之间的“主—主”关系对话。随着时间的推移，巴赫金的对话哲学成为俄罗斯思想的新的组成部分，继而加入到俄罗斯哲学文化的整个对话传统中去，成为俄罗斯对话传统中的一种强有力的声音。

第一节　“东”与“西”的两难选择

19世纪俄国思想家恰达耶夫曾在他著名的《疯人的辩护》中论及地理位置对俄罗斯历史的主导作用。在他看来，所谓东方和西方，“不仅是地理上的划分，而且是受理性存在物的自身本性所制约的事物秩序：这是对应着自然界的两种动态力量的两个原则，是涵盖着人类整个生活结构的两种思想”[①]。而俄罗斯地处东西之间这一地理事实，“统治着我们的历史运动，它像一条红线贯穿着我们的全部历史，它包含着我们历史的全部哲学，它表现在我们社会生活的全部时代并决定了这些时代的性质，它同时既是我们政治强大的根本因素，也是我们理智弱小的真正原因”[②]。的确，地理环境是塑成一个国家民族文化的决定性因素之一。俄罗斯位于东西方文化交汇之处，不可避免地受到来自希腊和拜占庭两大文化系统以及一系列复杂条件的影响，这不仅决定着俄罗斯的政治、经济、生活状况，更重要的是塑成着俄罗斯的民族文化形态，即如克柳切夫斯基所说，促使俄罗斯人“产生了自己的灵性，以及自己的性格、能量、思维方式、感情和意向，部分地还产生了自己对他人的态度”[③]。当然，这也带给了俄罗斯文化基因中的矛盾对立项。尤其是当东西两种文化以其鲜明的形态矗立在觉醒的俄罗斯民族面前的时候，也同时提出了一个两难的选择：俄罗斯究竟是一个东方国家，还是一个西方国家？俄罗斯文化应该按照东方的道路发展，还是应该按照西方的道路改进？——从彼得一世时代开始，俄罗斯思想界就开始围绕这些问题展开了一种开放的大型对话。

一

早在俄罗斯国家形式形成之初，东西方文化的交汇、对立就已经开始了。罗斯受洗之后，东正教成为俄罗斯国教，这推动了罗斯内部的政治统一和文化联结，打通了基辅罗斯与西方经济、政治和文化的往来之路。自此，基辅罗斯成为基督教世界的一员，加入到西方基督教文明的发展进程之中。然而，这并不意味着它成为了“西方”的一员。毕竟基督教是从拜占庭传到罗斯的，代表了西方核心价值理念的罗马天主教与罗斯并没有建立直接的联系。1054 年的教会分裂更促使罗斯与罗马天主教渐行渐远，并在意识形态和文化上与西欧构成了对立。俄裔美国史学家梁赞诺夫斯基写道：“罗斯人对拜占庭的忠诚决定了或者说有助于决定这个国家随后的很大

① ［俄］恰达耶夫：《疯人的辩护》，刘超译，见徐凤林编《俄国哲学》，商务印书馆 2013 年版，第 79 页。

② 同上书，第 89 页。

③ *Ключевский В. О.* Курс русской истории. // Сочинения в 9 томах. Т. 1. М.: Мысль, 1987, с. 79.

一部分历史。它意味着俄罗斯置身于罗马天主教之外，这不仅使俄罗斯丧失了罗马天主教本来可以提供的一些文明成果，而且以一种重要的方式导致了俄罗斯相对孤立于欧洲其他地区及其拉丁文明的地位。它显然也刺激了俄罗斯对西方的怀疑以及俄罗斯人与波兰人之间悲剧性的敌意。”[①] 俄罗斯选择了东方基督教会，就意味着她注定要走上一条与罗马教会代表的西方基督教世界既密切相关而又截然不同的历史之路。

需要明确的是，俄罗斯历史上的“东方”与亚洲无关，它指的是基督教的东方世界，即俄罗斯民族精神的文化源头之一——拜占庭帝国。虽然蒙古人的铁蹄曾踏入俄罗斯长达两个半世纪之久，但蒙古文化对俄罗斯文化的发展并没有产生实质上的影响。不仅如此，它更是加剧了罗斯在世界历史上的孤立境况，处于停滞与倒退之中的俄罗斯与西方其他国家的许多联系都中断了。普希金在谈到这段历史时认为，是俄罗斯以自己的牺牲为代价阻挡了蒙古人对欧洲“正在发起的启蒙运动”（Образующееся просвещение）的毁灭，而蒙古人“征服了俄罗斯，却既没给它带来代数，也没有给它带来亚里士多德”，却让它经历了两个黑暗的世纪。[②] 不只是蒙古文化，包括后来俄罗斯东进之路上与其他国家文化的相遇，也没有为俄罗斯文化增添更多的色彩。在这种背景下，以拜占庭东正教为主导的官方文化和以俄罗斯本土多神教为主导的民间文化合流成俄罗斯的民族文化。如宗教哲学家弗洛罗夫斯基所指出的，俄罗斯民族在经历了一段时间的双重意义的双重信仰的体验之后，“白昼的”拜占庭文化与“黑夜的”多神教文化在岁月的锤炼中逐渐交织、同化，最终发展成为“一种新的、独特的‘混合主义’（синкретизм），其中融合了本土多神教的‘遗迹’以及流行于民间的古代神话故事和基督教传统”[③]。所以，俄罗斯历史上的“东方”指的是融合了民间多神教的东正教文化体系，所谓“东西之争”是指以拜占庭东正教为基础的本国文化与以西方基督教（包括天主教和文艺复兴之后

---

① ［美］尼古拉·梁赞诺夫斯基、马克·斯坦伯格：《俄罗斯史》，杨烨等译，上海人民出版社2013年版，第35页。

② *Пушкин А. С.* О ничтожестве литературы русской. // Полное собрание сочинений в 10 томах. Т. 7. М.-Л.: Издательство Академии наук СССР, 1951, с. 306-307.

③ ［俄］弗洛罗夫斯基：《俄罗斯宗教哲学之路》，吴安迪等译，上海人民出版社2006年版，第9页。

的新教）为基础的外来文化之争。

为俄罗斯带来西方文化的第一人当属莫斯科大公伊凡三世（Иван III Васильевич, 1440—1505）。我们知道，在蒙古人离开俄罗斯之后，莫斯科公国逐渐发展壮大，取代基辅成为俄罗斯新的人文中心。民族国家的观念在人民中间酝酿成熟，政治统一的诉求越发强烈。莫斯科君主成为全罗斯国土的统治者，伊凡三世称自己是“全罗斯的沙皇”。伊凡三世是一个睿智的君主，他知道巩固政权还需创建新的政治神话，即赋予俄罗斯以政治神圣性。在他的第一任妻子去世之后，他迎娶拜占庭最后一个皇帝君士坦丁十一世的侄女索菲亚·巴列奥洛格公主（царевна София Палеолог）为他的妻子。索菲亚公主不仅把拜占庭宫廷的习俗和礼仪带到了莫斯科，更把拜占庭帝国的统治权转移到了莫斯科，按历史学家克柳切夫斯基的说法，“使莫斯科的君主们成为拜占庭皇帝的继承者，同时也继承了拜占庭皇帝所持有的东方正教的全部利益”①。伊凡三世将代表着拜占庭帝国的双头鹰标志与其家族族徽屠龙的圣乔治形象结合起来，表明莫斯科是拜占庭王权的唯一合法继承者。伊凡三世与索菲亚·巴列奥洛格的联姻似乎预示着罗斯与拜占庭关系的加深，然而，事实却恰恰相反，莫斯科在继承了拜占庭的遗产之后，已经准备好与之决裂。所以，对拜占庭而言，莫斯科不是继承，而是接管和替代。究其原因，这与君士坦丁堡教会威望下降、莫斯科教会逐渐壮大有密不可分的关系。在佛罗伦萨公会议（1438—1445）上，君士坦丁堡教会在“联合通谕”上就“和子”句、圣餐中的无酵饼、炼狱等问题上所做的让步，引起了其他东方教会的普遍不满，这也成为莫斯科教会独立的契机。在君士坦丁堡陷落之后，莫斯科理所当然地成为继拜占庭帝国之后世界上唯一现存的东正教神圣政权。普斯科夫修道院的菲洛费伊修士在写给伊凡三世与索菲亚之子瓦西里三世（Василий III Иванович, 1479—1533）的信中说：

你是最圣明的、至高无上的大公国王，东正教的君主和万民的主

① *Ключевский В. О.* Курс русской истории. // Сочинения в 9 томах. Т. 2. М.: Мысль, 1987, с. 114.

宰，神的神圣宝座和贞洁圣母的教会的掌管者，你取代了君士坦丁堡的罗马统治者而发出光芒。因为旧的罗马教会因阿波利纳里异端的不信仰而毁灭了，第二罗马，君士坦丁的城堡，它的教会之门也被阿加尔人的子孙用斧钺打破了。现在，第三个新的罗马，你所统治的王国，它的神圣的、普世的、使徒的教会在世界各地都具有东正教信仰，在普天下比太阳还要发光。……两个罗马已经灭亡，第三罗马正巍然屹立，而第四罗马不可能有。[①]

"莫斯科——第三罗马"的思想是罗斯政治神话缔造的继续，它指出前两个罗马因为信仰的不纯正而相继灭亡，强调只有莫斯科才是东正教的真正卫道者，是正统的基督宗教。莫斯科是第三罗马，也是最后一个罗马，因为启示录所预言的末日不会让第四个罗马到来。"莫斯科——第三罗马"的思想对俄罗斯影响巨大：一方面，莫斯科罗斯作为一个新生的国家政权为自身树立了政治神圣性，莫斯科王权得到了确认和巩固；另一方面，莫斯科在获得了独立的神圣地位之后，也准备好了按照自己的意愿去接受其他的新鲜事物。索菲亚公主除了为俄罗斯带来了拜占庭的遗产之外，也为之带来了西方的影响。伊凡三世与索菲亚公主的联姻可以视为西方文化进入俄罗斯的开始。索菲亚公主虽然是拜占庭末代皇室的后裔，但她骨子里却是一个西方人。弗洛罗夫斯基在论述伊凡三世的这段婚姻时，也强调了拜占庭传统在俄罗斯的中断。他写道：

使人常常感到，伊凡三世同索菲亚·帕列奥洛加斯的婚姻，意味着拜占庭又重新对莫斯科施加影响了。而事实上，恰恰相反，这是俄罗斯西方派的开始。要知道，这是"沙皇在梵蒂冈的婚姻"。当然，佐埃或者索菲亚，才是拜占庭的公主。但她可是按照佛罗伦萨公会议规定的方式，在威尼斯接受的教育，她的监护人是红衣主教贝萨留（Виссарион）。婚礼的确是在梵蒂冈举行的，教皇派遣使节陪伴索

① ［俄］菲洛费伊：《致瓦西里大公》，徐凤林译，见徐凤林编《俄国哲学》，商务印书馆 2013 年版，第 22 页。

菲亚到莫斯科。使节不得不较早地离开了，但同罗马和威尼斯缔结的关系却没有中断。这次联姻使莫斯科同意大利的现代生活非常接近了，而没有引起对拜占庭的传统和记忆的恢复。卡拉姆津在提到伊凡三世时说道："他打破了欧洲和我们之间的阻隔。奄奄一息的希腊给我们留下的只是自己古代雄风的残迹，意大利给我们的是生长在那里的艺术的第一批果实。人民还处于愚昧无知和粗野的状态；但政府已经按照一个文明人的理性决定行事了。"①

伊凡三世无疑是一个意大利爱好者。他不仅从意大利聘请能工巧匠重建克里姆林宫，建造新的圣母升天大教堂，还模仿意大利将皇宫重新装潢成石结构的宫殿，规定了复杂的宫廷礼仪。这一切都是为了符合伊凡三世所处的新的地位——正统的东正教君主、统一的全俄罗斯的沙皇。所以，伊凡三世堪称俄罗斯历史上第一个"西方派"，而瓦西里三世与伊凡四世的统治是俄罗斯西化之路的继续。在俄罗斯历史传统和不断加强的西方影响的交锋中，西方文化不断取得胜利。特别是在伊凡四世的统治时代，俄罗斯在政治上和文化上都"面向西方，而不是拜占庭"，"莫斯科——第三罗马"理论"完全从启示录的推测变成了政府的意识形态。莫斯科的牧首制确立了，它与其说是证明了俄罗斯教会的独立和胜利，还不如说是证明了俄罗斯帝国的独立和胜利。这首先是一个政治行为，因为它在人民精神的最深处得到了回应。这是同拜占庭的断然决裂"②。

二

先后经历了伊凡雷帝和鲍里斯·戈都诺夫暴政的人民极力地想改变自己的严酷处境，摆脱沉重的赋税制度。大动乱③给莫斯科带来了沉重的打击，整个社会处于一种混乱的无政府状态。原先靠着君主个人意志维系的政治关系断裂。留里克王朝终结，数百年的传统、惯例、秩序、关系也乱

① [俄]弗洛罗夫斯基:《俄罗斯宗教哲学之路》，吴安迪等译，上海人民出版社2006年版，第23页。

② 同上书，第46、47页。

③ 即"混乱时期"(смутное время)，又称"莫斯科国家的浩劫"。一般历史学家把其定位在1598年至1613年，即留里克王朝与罗曼诺夫王朝的更替时期。

成一团。弗洛罗夫斯基说:“一切都中断了,都移动了位置。就连心灵本身也不在其位了。正是在混乱时代,俄罗斯的心灵变成了到处漂泊和漫游的心灵。”[①] 大动乱使俄国几近崩溃,以至难于修复。过去的历史已然证明,从前的政治手段无法处理国内的矛盾冲突。然而,在罗曼诺夫王朝建立之初,几任沙皇并不想从根本上改变国家的基础制度。他们只是把从西方寻求来的一些方法嫁接到俄罗斯民族的古风古制之上,期望力挽狂澜于既倒。然而,这些方法“治标不治本”,无法解决国内激烈的矛盾冲突。克柳切夫斯基指出:“中央行政机构更加严格地推行紧缩政策,但这既不能节流,又不能开源,也没有解除纳税人对国家的沉重赋税;更森严的等级制度加剧了社会的利益冲突和情绪对立,而经济的新举措耗尽了人民的力量,破产和欠税逐年增多。”[②] 可以想见,改革的过程是失败的,政府的各项措施无法解决国家的财政困难,人民的支付能力和忍耐力逐渐被耗尽,不满情绪在社会各个阶层蔓延。根据克柳切夫斯基的记述,从 1648 年至 1676 年,整个俄罗斯大大小小的造反、叛乱不下数十起。其中,以拉辛领导的农民起义规模最大、影响最深。

大动乱的发生促使人们重新思考国家的基础制度,拥有发言权的知识阶层也被动乱所唤醒,他们开始探求“新王朝究竟该走什么样的路”的问题。莫斯科的官员伊万·季莫菲耶夫(Иван Тимофеев,1555—1631)尖锐地指出了俄罗斯人的这种矛盾:有的人看着西方,有的人看着东方。一些人表露出了对新鲜事物的兴趣,猛烈抨击已然崩溃的现实,对西方文明心向往之;另一些人则敏感脆弱,惊惶不安,对新事物充满畏惧和怀疑,从而产生了一种自我防卫心理。俄罗斯民众的这种自我防卫心理正是生活秩序开始崩溃、西方真正对俄罗斯施以实质性影响的标志。如果说 16 世纪的俄国与西方在各方面实力对比尚没有明显的差距,那么在 17 世纪以后,西欧国家的整体经济政治水平已经远在俄罗斯之上。例如,英国的圈地运动带动了整个国家工场手工业的发展,大量自由劳动力涌入资本市场,

---

① [俄]弗洛罗夫斯基:《俄罗斯宗教哲学之路》,吴安迪等译,上海人民出版社 2006 年版,第 86 页。

② *Ключевский В. О.* Курс русской истории. // Сочинения в 9 томах. Т. 3. М.: Мысль, 1987, с. 223.

资本主义经济发展迅速。同时，海外殖民的扩张积累了大量资本，进一步刺激了国内经济的发展，为工业革命的到来做好了准备。而在此时，俄罗斯经济发展缓慢，农民被越来越严格地束缚在自己的土地上，国家则把大量资源耗费在对外防御、宫廷侍奉和特权阶级身上。与西欧相比，俄罗斯的物质财富和精神财富已经大大落后。俄罗斯在与西欧的交往中越来越深刻地体会到西欧文化的优越性，以及自身物质和精神财富的匮乏。这无疑激发了俄罗斯人向西方学习的热情，他们希望能从西方汲取新的创造力源泉。正如普列汉诺夫所言，17 世纪同西方的接触动摇了俄罗斯人的"傲慢的心理"①。在落后的事实面前，西方的影响到来了。俄国社会，至少一部分有学识的人，"接受了这种影响力，开始意识到西方环境和文化的优越性以及向西方学习的必要性，想从精神上从属于它，不仅从它那里借鉴生活上的舒适，而且从它那里借鉴生活秩序的基础、观念、思维方式、习俗和社会关系"②。与这种影响相联系的还有对本民族文化传统的批判和反思，甚至是轻蔑。

伊万·安德烈耶维奇·赫沃罗斯季宁公爵（Князь Иван Андреевич Хворостинин，？—1625）最早公开表达了对西方文明的向往。他蔑视俄国的一切，只与波兰人亲近，跟从他们学习拉丁文。他在思想上受到了波兰天主教的影响，厌恶东正教的传统规范，曾多次以出格的方式抗拒东正教的教会仪式。他还用诗体写了许多批判俄罗斯的小册子。他诉说道："莫斯科仿佛没有人了，所有人都是愚蠢的，不能与人相处，人们在田地里种黑麦，生活中靠谎言。"他甚至不承认沙皇专制制度，称沙皇是"俄罗斯的暴君"。③ 赫沃罗斯季宁公爵的这种对东正教会和沙皇政府的挑衅行为使他在俄国社会思想史中占据了一个独特的地位。他是俄国社会中最早向往"异国他乡"的西方派之一。无论是他对西方天主教的好感，还是对俄国一切秩序的蔑视，都与两百年后的恰达耶夫遥相呼应，无怪乎克柳切夫斯基称他为"恰达耶夫遥远的精神祖先"。

① ［俄］普列汉诺夫：《俄国社会思想史》第一卷，孙静工译，商务印书馆 1996 年版，第 261 页。

② *Ключевский В. О.* Курс русской истории. // Сочинения в 9 томах. Т. 3. М.: Мысль, 1987, с. 241.

③ Там же, с. 227.

与赫沃罗斯季宁公爵经历相似，格里高利·卡尔波维奇·科托希欣（Григорий Карпович Котошихин）也是俄国最早出现的“西方派”之一。他本是阿列克谢沙皇治下的一个外交部书吏，在第二次波兰战争时因与执行总司令意见相左而放弃服军役，于1664年逃往波兰，后又辗转到德国和斯德哥尔摩。到了国外之后，科托希欣看到西方文化与俄罗斯文化的巨大差异，遂着手写作描述祖国状况的历史著作。他的论述充满了强烈的主观色彩，在他的笔下，俄罗斯人并没有敬畏上帝的天性，并且普遍无知，甚至是那些大贵族群体。他写道：“俄罗斯人因自己的种族而对所有的事情都表现出一种目空一切、异乎寻常的（不习惯的）态度，因为他们在俄罗斯没有受到任何好的教育，除了傲慢、无耻、仇恨和欺骗之外，他们没接受别的东西；他们不把孩子送去其他国家学习科学和风度（待人的态度），因为害怕一旦了解到其他国家的信仰、习俗和美好的自由，就会改变（抛弃）自己的信仰，并且追随他们，再也不想回家和接受亲人的照顾。”①

早期的西方派知识分子对俄罗斯现状的批判是西方文明在遥远的俄罗斯的回响，这其中不免有偏激极端之处，它反映了当时一部分人对俄罗斯落后现实的一种反思态度。当然，社会上的声音不止一种，思想的转折也不止一个方向。有人批判，也有人肯定；有人否弃，也有人主张改良。以尤里·克里扎尼奇（Юрий Крижанич, 约1618—1683）为代表的思想家是“斯拉夫派”的先声。克里扎尼奇并不是俄罗斯人，他来自克罗地亚，是天主教的神甫。不过，他没有把俄罗斯人民当作是异己，在他的眼中，俄罗斯人民与他一样都是斯拉夫人，而如何让分裂的斯拉夫民族统一起来正是他毕生所求。所以准确地说，克里扎尼奇的思想是“泛斯拉夫主义”，他的民族观比斯拉夫主义者要宽泛得多。他虽然对莫斯科寄予厚望，将后者看作是未来的斯拉夫中心，但在他的期望中，小俄罗斯人和白俄罗斯人在某种意义上是更为值得效仿的榜样。

在《论政治》中，克里扎尼奇对俄国所处的境况做了详细而不失客观的论述。他看到了外来文化（特别是德意志文化）对俄罗斯文化的奴役和

---

① *Ключевский В. О.* Курс русской истории. // Сочинения в 9 томах. Т. 3. М.: Мысль, 1987, с. 230.

桎梏，认为外来文化榨取了俄国人的自尊，使整个民族在西方人面前感到自卑。一些人贬低自我，奉西方文化为圭臬，结果遭到外国人的奴役和愚弄；另一些人则看不到自身的恶习，自命不凡，无知落后，同样遭到外国人的鄙视和欺骗。克里扎尼奇对俄罗斯的教育、贸易、民族性格、政治等多个方面进行了严厉而痛心的批判。他建议俄罗斯人戒酒，学习土耳其人的公正和廉耻之心。他说："我们应当学习，为的是在莫斯科沙皇的统治下，擦掉自身根深蒂固的蛮性的霉层；我们应当学习科学，为的是让我们的共同生活更加体面以及生存状况更令人满意。但是有两种缺陷或顽疾妨碍了这一想法的实现，使整个斯拉夫民族遭受着折磨，那就是'媚外'，即对所有外来事物的狂热的迷恋，……以及自身的混乱和恶习。"[①] 为此，克里扎尼奇提出了四个方面的改革措施：(一)发展教育，学习科学；(二)利用专制制度"一切好事都能办成"的特色有效地改革；(三)实施仁政，减轻人民负担，政治自由；(四)推广技术教育，发展俄国工商业。

不过，克里扎尼奇的改革纲领依然是保留自身核心的一些东西，剩下的按照西方的方式来修正。他维护专制政体，将沙皇奉为上帝的全权代理人和"活的法律"。他虽然鼓励发展工商业，但在他的改革纲领中商人所获得的自由比其他公职人员要少得多，农民的自由就更少了。普列汉诺夫对克里扎尼奇改革的评价是公允的，他说："克里扎尼奇所拟定的改革计划就是为了将莫斯科国从一个东方的君主专制国家转变为一个西欧（法国）式的无限制的君主专制国家。"[②] 虽然他的改革纲领仍存在很多问题，但依然为后来彼得一世的改革奠定了基础。克柳切夫斯基在阅读克里扎尼奇的改革纲领时，也禁不住大声喊出："这是彼得大帝的纲领，甚至连同它的缺点和矛盾，连同对其谕旨创造力的田园诗般的信心。"[③] 彼得一世的改革绝不是他一个人的突发奇想，而是酝酿了整整一个世纪的结果。这也就是为什么弗洛罗夫斯基说"17 世纪已经是改革的世纪了"[④]。作为一个泛斯拉夫主义

① *Крижанич Юрий* Политика. М.: Наука, 1965, с. 455.

② ［俄］普列汉诺夫：《俄国社会思想史》第一卷，孙静工译，商务印书馆 2011 年版，第 347 页。

③ *Ключевский В. О.* Курс русской истории. // Сочинения в 9 томах. Т. 3. М.: Мысль, 1987, с. 237.

④ ［俄］弗洛罗夫斯基：《俄罗斯宗教哲学之路》，吴安迪等译，上海人民出版社 2006 年版，第 84 页。

者，克里扎尼奇对俄国的观察为描绘17世纪的俄国生活提供了一个新颖的视角，他以自己独特的声音为俄罗斯民族的对话传统增添了不一样的音调。他虽然是克罗地亚人，但从民族感情和他所走过的西伯利亚流放之路来说，他与其他俄罗斯知识分子没有什么不同。他发出了自己的声音，也经历了自己的苦难。

诚如弗洛罗夫斯基所说，俄罗斯的17世纪是“一个充满矛盾冲突的世纪，一个有着许多截然不同的性格和许多给人留下深刻印象的人物的世纪”①。此时西方派与斯拉夫派的基本倾向虽然已经形成，但还没有在全社会范围内掀起争论的巨浪。赫沃罗斯季宁公爵的反叛也好，科托希欣的著作也好，克里扎尼奇的改革也好，这些重要人物的重要意见，充其量只是当时散播在俄国社会的某些情绪的反映，尚未产生足够的反响。而真正在俄国社会引起轩然大波的当属牧首尼康领导的宗教改革（1653—1665）。

三

尼康的宗教改革是有着深刻的社会历史背景的。西方的科学与文化在进入俄罗斯之后，并没有立刻被以教会为代表的俄罗斯文化界所接受，而是引起了后者的忧虑：西方文明是否会影响俄罗斯人民信仰的纯洁性？是否会对俄罗斯的精神文化传统造成危害？诸如此类的问题使东正教教会感到不安，毕竟科学和文化不是为教会服务的，在对人们幸福生活的引导上两者仿佛又形成了一种竞争关系。特别是当东正教徒与天主教徒及新教徒相遇时，这一问题就更加尖锐了。一部分东正教徒出于宗教感情的自负和惰性，产生了一种“逃避到旧礼仪中去”（бегство в обряд）的情绪。当牧首尼康响应阿列克谢沙皇的号召在国内大刀阔斧地进行宗教革新时，这部分“冥顽不灵者”便从教会中分裂出去，成为俄罗斯的“分裂教派”（раскольник），或称“旧礼仪派”（старообрядец）。

尼康的宗教改革对整个俄罗斯历史产生了深远的影响，其中最直接的一个后果就是加速了俄国的世俗化进程。津科夫斯基说：“‘世俗’文化无

① ［俄］弗洛罗夫斯基：《俄罗斯宗教哲学之路》，吴安迪等译，上海人民出版社2006年版，第85页。

论在西欧还是在俄国，都是在此之前的教会文化衰败后产生的现象。”[①] 毫无疑问，分裂派运动削弱了东正教教会在俄罗斯社会中的影响力，动摇了它在俄罗斯社会文化传播中的中心地位。人们之前对东正教抱有的那种神圣而不可侵犯的态度在宗教改革之后也发生了变化，教会成为文学的讽刺对象是这一变化的显著标志。人们曾经以为与他们的世界观、道德和宗教情绪密切相连的仪式和文本是不能更改的，但事实证明，撇开过去尊奉的一切规矩、秩序并不是什么难事，他们能重新学习一切，适应新的观念。于是，东正教不再神秘了，而旧教徒的骚乱也使人们对旧事物感到失望，加快了人们对新事物的接受。这一历史时期的主要特征是：“传统的、实质上为宗教的中世纪世界观的开始破灭。出现了一个文化的‘世俗化’过程，也就是说，使文化具有了世俗特征，将文化从教会的精神专制下解放了出来。……逐渐形成了一些新的理想和概念，新的道德、美学规范和趣味，所有这些与教会所肯定的禁欲主义条规都是相矛盾的。”[②] 可以想见，世俗文化的传播和发展势必要遭遇宗教保守主义的顽强抵抗。随着时间的推移，二者的矛盾也从最初的教会内部的矛盾扩大到整个俄罗斯文化层面，有关教育问题的“希腊派”和“拉丁派”的争论就是这种矛盾的进一步演化。

随着世俗文化的发展扩大，普及科学和艺术的世俗教育体制逐渐发展起来。这势必会引起教会保守势力的警觉，继而抵制世俗文化以及它的传播中介——拉丁语。克柳切夫斯基将二者分别称为“希腊文化爱好者”和“拉丁文化爱好者”。在前者看来，只有希腊语才是来自于神的正统的文字，拉丁语的传播无疑威胁着东正教信仰的纯正性，有将俄罗斯人民拖入异端的危险；后者则认为世俗知识不仅与信仰并不矛盾，反而有利于人们掌握、理解教义。究竟是应该用拉丁语教学还是用希腊语教学，哪一种语言才是正规学校教育的基础，人们在这一点上无法达成共识，于是爆发了一场激烈的争论。

事实上，拉丁语在17世纪的俄罗斯社会上层已经非常流行了，包括沙皇阿列克谢·米哈伊洛维奇和大贵族奥尔金-纳肖金的子女在内的很多贵族

① ［俄］津科夫斯基：《俄国哲学史》上卷，张冰译，人民出版社2013年版，第61页。

② ［俄］泽齐娜、科什曼、舒利金：《俄罗斯文化史》，刘文飞、苏玲译，上海译文出版社1999年版，第82页。

子弟都学习过拉丁语。他们是按照波兰的方式培养的新一代年轻人。西梅翁·波洛茨基（Симеон Полоцкий，1629—1680）是俄国世俗教育的大力倡导者之一。他于1665年在扎伊科诺救世主修道院中开办了一所专门为沙皇政府培养文学阶层的学校，这所学校主要教授的科目中就有拉丁语。波洛茨基和他的学生西尔韦斯特尔·梅德韦杰夫（Сильвестр Медведев，1641—1691）希望通过传播拉丁语来接近西欧文化，学习西欧的科学和艺术。1686年，他们创立了斯拉夫语-希腊语-拉丁语书院，其目的是培养国家行政人员和高级神职干部。这个书院培养了一批俄罗斯科学的先行者，为后来的俄罗斯教育做出了巨大的贡献。

"拉丁文化爱好者"在传播西欧文化方面虽然不甘示弱，但社会的主流依旧是"希腊文化爱好者"的天下。根据克柳切夫斯基对存留下来的1650年审判案卷的考证可以看出，这种拉丁语威胁论牵动了当时一批青年学生。他们因共同捍卫希腊的正教文化而结合成一个小组，组员包括后来成为杜马贵族的卢奇卡·戈洛索夫（Лучка Голосов）、斯捷潘·阿利亚比耶夫（Степан Алябьев）、伊万·扎谢茨基（Иван Засецкий）和布拉戈维申斯克教堂的职员康斯坦丁·伊万诺夫（Константин Иванов）。他们认为拉丁语是引人向恶的异端，极力排斥其影响。戈洛索夫对伊万诺夫说："我不想跟基辅的长老们学习，他们是邪恶的，我在他们中间找不到良善，他们也没有良善的学说；现在，我出于恐惧暂时迎合勒季舍夫，但以后无论如何也不想跟他们学习了。……谁学习了拉丁语，谁就要偏离正道了。"[①] 在他们看来，只要他们一旦聆听了狡猾的耶稣会教士的传道，紧接着就会被所谓的三段论那些"腐蚀灵魂的论点"所迷惑，步基辅的罗斯人的后尘，成为与天主教合并的"合并派教徒"。索菲亚公主（царевна Софья Алексеевна，1657—1704，阿列克谢沙皇之女）则主张在全罗斯范围内禁止聘请外籍家庭教师，禁止家中收藏拉丁语、德语、波兰语的书籍，对那些诽谤东正教会的顽固分子加以审判，对一些人甚至施以火刑。[②] 围绕着拉丁语和希腊语的争论最终以俄罗斯警察主义登场而告终，自由和学术被严加看管起来，

① *Ключевский В. О.* Курс русской истории. // Сочинения в 9 томах. Т. 3. М.: Мысль, 1987, с. 266.

② Там же, с. 296-297.

教会学校最后还是变成了教会-警察学校。

俄罗斯的宗教保守势力虽然极力抵抗外来新生事物的影响力，但西方文化和世俗文化已经在俄罗斯社会占据了一己之地，并且得到了民众的支持，它广泛地渗透到俄罗斯文化的各个方面。例如，老百姓对世俗文学的兴趣明显增强，文学开始服务于下层社会，文学语言与民间语言相互接近，曾经流行于俄罗斯社会的古代口头文学形式也被赋予了书面表达；随着俄罗斯与西欧商业贸易活动的增多，人们对科学技术的需求增强，俄罗斯的医学、数学、地理学都发生了质的飞跃。凡此种种都反映了俄罗斯对西方文化更加迫切的需求，它们预示着酝酿了一个世纪之久的改革进程即将加速。津科夫斯基对 17 世纪的总结是正确的，他认为，俄罗斯的西化进程，“在混乱时期以后，即在 17 世纪上半期以后，可以说开始采取了鲜明而又尖锐的形式，但该进程的全部力量及其几乎全部的自发势力，却是在彼得一世及其继任者们时期，才迸发出来的。起初是沙皇们自己及其近臣们的日常生活，随后逐渐也包括了围绕他们的那些人的日常生活，开始发生了激烈而又迅疾的变化。不光西方人日常生活中五花八门的舒适技术，而更多的是西方人日常生活中的关系，以其无以言喻的力量俘虏了俄国人的心灵”①。但是，俄罗斯的历史灵魂已经决定了这块土壤上的一切存在的命运——未完成性。

第二节 斯拉夫派与西欧派的对话

俄罗斯历史文化传统的对话性最集中地体现为 19 世纪的斯拉夫派与西欧派之争。

19 世纪初，整个俄罗斯国家进入到民族意识迅速觉醒的阶段。先后经历了 1812 年卫国战争和 1825 年十二月党人起义的俄国知识阶层成长起来，各类文化团体和协会纷纷成立，其基本诉求指向国家改革出路的探索。其中一部分知识分子主张坚守俄罗斯民族文化的原则和信仰，依靠蕴含在人民精神深处的俄罗斯人独特的智慧来推进改革。在他们看来，西方已经是

① ［俄］津科夫斯基:《俄国哲学史》上卷，张冰译，人民出版社 2013 年版，第 62 页。

强弩之末，俄罗斯不应该再去重复西欧的生活，而是应该对民族传统充满自信，以俄罗斯民族强大的精神力量加入到世界发展进程之中。这部分人和此前的“希腊派”一脉相承，都是俄罗斯古风古制的捍卫者，他们在19世纪获得了一个崭新的称谓——“斯拉夫派”。而另一部分知识分子对俄罗斯的文化传统持反思态度，他们是“拉丁派”和彼得一世改革的支持者，更向往西方的文明形态，他们喜欢西方的理性思维，崇尚其对科学的严谨态度，渴望用西方的精神和理念来改造俄罗斯的生活，用西方文明照亮俄罗斯未来的道路。——他们就是后来的“西方派”。有关俄罗斯发展道路的斯拉夫派与西方派之争持续发酵，牵动了整个俄罗斯思想界的神经，几乎所有知识分子都参与到这场历史的大对话中来。

二

如果说在18世纪西欧启蒙思想对俄国的影响只是停留在理论上，那么，反法战争的胜利使得俄国的各个阶层有机会了解到西方文明的真实境况，推动了俄罗斯现代性的发生，如何解决俄国的现实问题成了俄国知识界的关注焦点。亚历山大一世的士兵们在1812年之后开始远征欧洲，他们看到了另一种社会制度，进而反思俄罗斯专制体制和农奴制度给国家带来的危害。俄罗斯整个知识群体，无论是斯拉夫主义还是西方倾向的知识分子，要求改革的诉求是同样的。克柳切夫斯基说，当时社会上上下下都表现出一股研究本国实际的激情。与他们的父辈只从审美的视角勾勒现实图景不同，受到启蒙思想激发的年轻一代更多的是把书籍中读到的一切与祖国的实际利益结合起来。“父辈快乐的世界主义的感伤主义如今变成了子辈悲恸的爱国主义。父辈本来是俄罗斯人，却热切地想成为法国人；子辈按照教育来讲是法国人，却热切地想成为俄罗斯人。”[①] 十二月党人起义可以看作是俄国思想启蒙的直接后果。起义虽然失败了，俄罗斯并没有像十二月党人所设想的那样发生实质性变革，但它的意义是巨大的：这一次广泛的社会思想运动增强了整个民族的公民责任感，激发了俄国知识阶层的政治热情，带动整个社会都参与到俄国发展道路的探讨之中。

---

① *Ключевский В. О.* Курс русской истории. // Сочинения в 9 томах. Т. 5. М.: Мысль, 1987, с. 228.

19 世纪俄罗斯民族精神觉醒的一个重要标志是普希金的出现。自普希金开始，俄罗斯诞生了自己民族成熟的文学语言，具有鲜明特色的民族文学进入繁荣时期，并进一步哺育了自己的民族思想。梅列日科夫斯基在研究托尔斯泰和陀思妥耶夫斯基时发现，他们二人像一棵大树的两大枝干，从一个相同的主干——普希金——身上汲取营养。普希金作为俄罗斯“俄罗斯人新意识”的代表，在他身上集中体现着东西方两种精神的对立与融合。梅列日科夫斯基写道：

> 虽然我们对普希金的颂扬和赞美不胜枚举，对普希金的研究和诠释也不计其数，他对我们而言依然是一个谜。我甚至认为，他越是靠近我们，就越是难以捉摸，不可理解。普希金是我们呼吸的空气，是白色的光，在此之上我们看到了其他的颜色；他是俄罗斯人衡量一切的尺度，是我们看待一切的独特的目光；他是我们在自身深处仍未发现的自己，正如我们很难理解自己一样，我们也很难理解普希金，也许，解答普希金之谜恰恰意味着在他身上发现我们自己。
>
> ……
>
> 研究托尔斯泰和陀思妥耶夫斯基意味着在新的俄罗斯诗学中解答普希金之谜。这个伟大的谜，陀思妥耶夫斯基在他最后的有关普希金的预言中提到：“普希金在他自身力量充分发展之时死去了，毫无疑问，某个伟大的秘密也被他带入了坟墓。他走了，而我们今天正在揭示这一秘密。”
>
> 对于看到了深渊两岸的我们这一代人而言，普希金的秘密，未来俄罗斯文化的全部秘密，是可以解决世界矛盾的奥秘之所在，即“仅在这尘世间存在的两种最为对立的理念的碰撞”——东方精神和西方精神、“战争精神和恩赐精神”、神人与人神的新的，或许也是最伟大的和最后的一场斗争。①

梅列日科夫斯基看到了俄罗斯和西欧这两个“祖国”在普希金身上所

① *Мережковский Д. С.* Л. Толстой и Достоевский. М.: Наука, 2000, с.12.

显现的全部复杂性，这使之成为那个时代对话性的一个内在小世界。然而，也许只有当普希金遭遇另一个同样复杂的矛盾体的时候，他的存在的唯一性才会显露出来。这个同样矛盾的对话者便是恰达耶夫。

我们读了巴赫金关于恰达耶夫的描述，就会更清楚将与普希金发生对话的恰达耶夫的个性特征："恰达耶夫年轻时最初的军旅仕途一片光明，但后因环境之故离开了军队。几年过后，他又出现在社会舞台，不过此时他已是作为一名世俗传教士。他出色地扮演神职人员的角色，而且对自己的宗教使命深信不疑，但他的传道完全是世俗的。在变故发生之前，恰达耶夫是一位自由主义者和厌世主义者。这是一个幻想家（他的自由主义是乌托邦式的），他深陷于自己各种各样的理想之中，同时又是个怀疑论者。按普希金的说法，恰达耶夫的特点恰恰在于将'冰与火'融为一体。"①

恰达耶夫（Пётр Яковлевич Чаадаев，1794—1856）是俄国19世纪第一位典型的西方派思想家、政论家。或许幼年失去双亲，造就了他桀骜不驯的个性。他参加了1812年的卫国战争，之后到了西方，属于最早领略到西方文明的那一辈人，爱国主义的热潮催化了这一辈人的革命情绪。1836年恰达耶夫在《望远镜》杂志上发表了《哲学书简》的第一封信，开始以言辞激烈的口吻对俄罗斯的历史、宗教、政治等进行全面反思。文章发表后，在国内引起轩然大波。《望远镜》杂志被尼古拉一世查封，恰达耶夫本人也被宣布为"疯子"，并被终身禁止发表作品。1837年，恰达耶夫写下了《疯人的辩护》，为他的《哲学书简》做解释。虽然在这篇文章中恰达耶夫的语气有所缓和，称《哲学书简》表现出来的尖锐、急躁是因祖国软弱而产生的痛苦和忧愁之情的宣泄，但他对俄罗斯的历史遗产的批判态度、崇尚西方基督文明、主张走西方强国之路的政治主张并未改变。

恰达耶夫反思俄罗斯的历史命运，并将俄罗斯落后的原因归咎于俄罗斯与西方基督教文明的脱轨。俄罗斯与西方在宗教选择上的不同决定了俄罗斯在世界历史中的尴尬地位，即俄罗斯在世界历史中是既不属于西方也不属于东方的孤独的存在。恰达耶夫写道："我们从没有与其他民族一起行

① ［俄］巴赫金：《俄国文学史讲座笔记》，杨可译，《巴赫金全集》第七卷，河北教育出版社2009年版，第316页。

进，我们不属于人类著名家族中的任何一个，既不属于西方，也不属于东方，我们既没有西方的传统，也没有东方的传统。我们好像站在时代之外，人类全球性的教育没有波及我们。”[①] 俄罗斯人虽然在彼得一世的带领下走上了西化之路，但只是从西方那里借鉴了“虚假的外表和无益的奢侈”，并没有触及西方文化的根本。俄罗斯按照不祥的命运的指引，转向了濒于腐朽的拜占庭，而错过了人类精神发展的历史进程，错过了启蒙，错过了为心灵寻找栖息之地，错过了合理社会制度的建设，甚至在科学世界里取得的成就也对世界历史贡献甚微。俄罗斯就像是没有遗产的私生子，没有家园，没有根基，只能在十字路口上徘徊不定，依靠专制和暴行奴役俄罗斯人的心灵。所以，俄罗斯人一事无成，没有给世界贡献任何一点儿东西。

因此，恰达耶夫主张的变革主要是指从宗教上转向西方。按照他的观点，俄罗斯人虽然也是基督教徒，但却没有走上基督教预设的广阔道路。而在西方，基督教既是一种道德体系，也是世俗社会完善制度建设的基础。因此，俄国应当效仿之，重复西方走过的文明之路，建立真正的真理王国。俄罗斯的传统根本无力创造自己的未来，斯拉夫主义者为俄罗斯设定的发展道路对于恰达耶夫而言，不过是让俄罗斯在“腐烂遗物”和“陈旧思想”中残喘，没有什么是值得期待的。如津科夫斯基所理解的，“恰达耶夫无条件地承认作为一种历史存在的西方基督教，认为它能最大限度地实现天意”[②]。

《哲学书简》的发表震动了整个俄国思想界。赫尔岑说，“连昏睡的和麻木的人都吓了一跳”[③]；别尔嘉耶夫称：“我们全部的历史哲学都将回答恰达耶夫在他的书信中提出的问题。”[④] 人们围绕着恰达耶夫抛出的问题展开了激烈的论争。支持恰达耶夫观点、主张俄国走西方道路的，被称为西方派；反对恰达耶夫观点、主张俄国走自己的民族之路的，则被称为斯拉夫派。似乎当时的每一个关心国家命运的人都应该做出某种选择。作为恰达耶夫

---

① ［俄］恰达耶夫:《哲学书简（第一封信）》，刘超译，见徐凤林编《俄国哲学》，商务印书馆 2013 年版，第 51—52 页。

② ［俄］津科夫斯基:《俄国哲学史》上卷，张冰译，人民出版社 2013 年版，第 170 页。

③ ［俄］赫尔岑:《往事与随想》（中），项星耀译，人民文学出版社 2006 年版，第 153 页。

④ *Бердяев Н. А.* Русская идея. // О России и русской философской культуре. М.: Наука, 1990, с. 72.

的朋友，作为那个时代社会激情的代表人物，普希金也不例外，只不过他并不赞同恰达耶夫的立场。

1831 年，即在《哲学书简》发表之前，恰达耶夫曾将手稿的一部分（第六封信和第七封信）交给普希金，希望普希金读过之后可以带去彼得堡发表。但普希金迟迟没有答复他，恰达耶夫再次写信催促普希金（1831 年 6 月 17 日），向对方诉说自己的理想，他说发表《哲学书简》并不是为了虚荣、金钱，而是为了向世界传播一种有益的思想。7 月 6 日，普希金给恰达耶夫回了信，并在信中含蓄地表达了对《哲学书简》观点的质疑："您对历史的理解，对我来说是全新的，也不能总同意您的见解……您看到了基督教统一于天主教，即统一于教皇。这种统一不也包含在基督思想之中么？这一思想我们在新教中不也发现了吗？最初，这一思想是君主制的，后来才演变成共和制的。"[①] 在这之后，恰达耶夫写信给普希金请求他归还手稿，准备尽快将作品整理出版。虽然恰达耶夫很想与普希金"携手并进，并从中获得某些对我们、对他人都有益的东西"[②]，但他不能不面对的是，他的好朋友选择的是另一条思路。

五年之后，恰达耶夫将《哲学书简》第一封信的单行本寄给普希金，后者随即给恰达耶夫写下一封长信，阐述自己的社会历史观点。普希金认为，俄罗斯有自己特殊的使命，应该走一条不同于西方基督教世界的自己的道路，恰达耶夫的结论对俄罗斯并无益处。他写道：

> 至于思想观点，您也知道，我和您是远非一致。毋庸置疑，分裂出来的教派（宗教分裂）把我们与欧洲其余部分分割开来，可是我们有自己特殊的使命。这就是俄罗斯，这就是她那广袤无垠的领土化解了蒙古人的侵犯。鞑靼人也没敢越过我国西部边界进而把我国变成他们的后方。他们都退回自己的荒漠去了，于是东正教文明才得以拯救。为达此目的，我们有过完全独特的生存方式，这种方式把我们变为基督徒，与

① ［俄］普希金：《致 П. Я. 恰阿达耶夫（1831 年 7 月 6 日）》，《普希金全集 9・书信》，吕宗兴、王三隆译，浙江文艺出版社 2012 年版，第 68 页。

② ［俄］恰达耶夫：《恰达耶夫致普希金（1831 年 6 月 17 日）》，见《哲学书简・附 1》，刘文飞译，作家出版社 1998 年版，第 218 页。

基督教世界又完全不同的教徒。由于我们受苦受难，天主教的欧洲才能排除种种干扰从而得到大力发展。您说我们吸收基督教的来源不纯洁，应该鄙视拜占庭，等等。哎，我的朋友，难道耶稣基督不是生就的欧洲人吗？难道耶路撒冷不是众口谈论的话题吗？由此产生的福音书难道就不令人惊叹了吗？我们从希腊人那里得到的福音书和传说，不是孩童吹毛求疵与吵架斗嘴的那种精神。拜占庭法典从来不曾被当作基辅的法典。我们的宗教界，直到费奥凡之时，都值得尊敬，从未沾染上天主教的恶习，在人类最需统一之时当然也从未引起变革。①

普希金反对恰达耶夫关于俄罗斯历史贫乏、对世界毫无贡献的观点。在他看来，从古罗斯公国之间的战争到与蒙古人的战争，从彼得一世、叶卡捷琳娜二世到亚历山大一世，都是俄罗斯宝贵的历史。恰达耶夫对俄罗斯历史的指责令普希金感到屈辱，普希金甚至发誓："地老天荒我不会换一个祖国，除了我们祖先的历史，上帝赐予我们的历史，之外，我不会再有另一部历史。"② 虽然普希金在很大程度上同意恰达耶夫对社会问题的忧虑，但他更希望俄罗斯利用自身的智慧和经验，营造健康的社会舆论氛围，唤起人们对义务、正义和人类尊严的重视，而恰达耶夫的宗教史观恐怕会危害俄罗斯的正常发展。所以，虽然《哲学书简》在社会上反响热烈，普希金却说在自己的圈子里大家对这本小册子都避而不谈。两个人虽然都有一颗爱国的心，却从不同的角度解读俄罗斯的历史和未来，得出了不同的结论。二人的争论因普希金的突然离世而停止，而这也许是俄罗斯历史对话的未完成性的又一个象征。

二

虽然有关俄国发展的东西方之争早在 17 世纪便开始了，但是，个别人政治立场的分歧还只是一些分散的声音。而到了 19 世纪，当西欧启蒙思想冲刷俄罗斯大地，特别是在"恰达耶夫事件"席卷整个社会思想界之后，

① ［俄］普希金：《致 П. Я. 恰阿达耶夫（1836 年 10 月 19 日）》，《普希金全集 9 · 书信》，吕宗兴、王三隆译，浙江文艺出版社 2012 年版，第 503—504 页。

② 同上书，第 504 页。

开始在全国范围内形成斯拉夫派与西方派的广泛论争。

关于斯拉夫派和西方派的主要分歧，弗洛罗夫斯基的概述是准确的，他说："西方主义者表达的是文化—历史自我意识的'批判'因素，而斯拉夫主义者表达的是文化—历史自我意识的'有机'因素。"[①] 西方主义者主张建立地上的王国，如恰达耶夫提出的基督教推动世界历史进步的观点，说明了他本人想在地上建立人间天国的理想；斯拉夫主义者更看重的是人民心灵的团聚，特别是在教会生活的指引下向完整性复归，表现出一种无政府主义精神。斯拉夫派批评家康斯坦丁·阿克萨科夫于1855年给沙皇亚历山大二世的著名呈文《论俄罗斯的内心状态》中的几句话是极具代表性的："我们的人民不期望'统治'，而期望生活，当然，不是仅在动物意义上的生活，而是人的意义上的生活。他们不寻求政治的自由，他们寻求的是精神的自由，灵魂的自由，社会生活的，即人民内心的生活的自由。作为或许是大地上唯一的基督教民族（就这个词的真正意义而言），他们记得基督的话：恺撒的物当归给恺撒，上帝的物当归给上帝；还有基督的另一句话：我的国不来自此世。因此，既然认明白了国家是来自此世之国，他们作为基督教民族，就为自己选择了另一条道路——通往内心自由和灵魂的道路，通向基督的国的道路：上帝的国在你们心中。"[②] 总之，西方派看重地上的政权，即国家；斯拉夫派看重天上的政权，即上帝。

斯拉夫主义者的聚集在某种程度上可归因于他们否定恰达耶夫立场的共同性。对斯拉夫主义者来说，恰达耶夫的言辞"亵渎"了他们所珍视的一切。《哲学书简》的发表刺激了这部分知识分子的民族自尊心，势必要对其做出回应。一方面，他们与西欧派激进的革新观点做斗争；另一方面，他们不得不直面西欧派指出的俄罗斯社会所面临的问题。弗拉基米尔·索洛维约夫在他的《斯拉夫主义及其蜕化》中指出了斯拉夫派的这种"二重性"，即在同"西欧因素做斗争"的同时，还要与"他们时代的俄国中的现实之恶做

---

① ［俄］弗洛罗夫斯基：《俄罗斯宗教哲学之路》，吴安迪等译，上海人民出版社2006年版，第312页。

② *Аксаков К. С.* Записка «О внутреннем состоянии России», предоставленная Государю Императору Александру II в 1855 г. // Русская социально-политическая мысль. 1850–1860-е годы: Хрестоматия. М.: Издательство Московского университета, 2012, с. 57.

斗争”，而这些恶作为“前彼得时代的残余”[①]，也就是俄罗斯传统的一部分。

创造了“聚合性”概念的霍米亚科夫是斯拉夫主义最早、最系统的阐释者。1839年，他在沙龙上朗读他的《论旧与新》(«О старом и новом»)，对恰达耶夫的《哲学书简》做出回应。这篇长文也被认为是斯拉夫派的奠基性文献，它阐明了斯拉夫派与西方派产生的根源、俄罗斯东正教之于整个民族的伟大功绩以及彼得一世改革的历史意义等诸多问题。

霍米亚科夫首先指出了当时思想界流行的对俄罗斯的历史和现状两种截然不同的认识。一种人认为过去俄国的一切都比现在更好："农村文化普及，城市秩序井然，法庭公正严明，生活满意富足。俄国曾经一往无前，道德、精神、物质等各方面的自身力量都曾得到发展。”另一种人则认为俄国的一切都不好："在俄国从未有过善良和高尚行为、值得尊重和模仿的东西。随时随处都是无知愚昧、司法不公、抢劫盗窃、谋反叛乱、压制个性、贫穷饥饿、混乱无序、没有教养和道德败坏。”[②]霍米亚科夫认为，对俄国历史这两种截然相反的评价导致了俄国思想界在俄国未来发展道路上的分野。前者从俄国过去历史的“宝库”中抽取他们所需要的一切：东正教、宗法制、村社等等；后者则把现代人的文明果实移栽到俄国的土地上，学习西方人走过的道路。对上述两种截然对立的观点，霍米亚科夫做了辩证的结合，他主张既要承认西方文明的优势与进步以及俄国向西方文明学习的必要性，又要看到西方已然处于一种危机时刻、无法自我拯救的一面。虽然俄罗斯民族较之西方民族有其愚昧落后的方面，但她具有很多西方所不具备的优点。特别是在自然发展状态下的俄国有很多优良的本性：平等、自由、纯洁。可惜这些美好的真理一直为人们所践踏、扭曲，“不但没有得以发展，而且在得到法律制度的认可之前，便在人民的生活中被完全模糊和坏掉了。伴随着俄罗斯帝国的形成和巩固，早期纯粹的旧宗法制社会构成也逐渐地被遗忘了”[③]。霍米亚科夫扼腕叹息，很多美好的事物都因我们而丧

① [俄]索洛维约夫：《斯拉夫主义及其蜕化》，见《俄罗斯与欧洲》，徐凤林译，河北教育出版社2002年版，第195—196页。

② [俄]霍米亚科夫：《论旧与新》，见《俄国思想的华章》，肖德强、孙芳译，人民出版社2013年版，第3、4页。

③ 同上书，第7页。

失了，它们首先是被人民消灭，而后又被统治者彻底埋葬。在批判地分析了俄国与西方的历史和关系之后，霍米亚科夫得出结论：俄罗斯要走自己的路。处于转型时期的俄罗斯民族要公正地对待自己的过去，特别是支撑了俄罗斯近十个世纪的共同信仰基础——东正教和它的教会，这是使俄罗斯大地复兴的唯一真理。

霍米亚科夫的学说看上去分散、不成体系，但这正说明，他感兴趣的是论争对话，而不是体系化的独白。他一生都活在生动的对谈里，这件事几乎占据了他全部的精力。[①] 他的很多观点都是在与他人的对话中而逐渐明确的。他不喜欢发出独白的声音，在他身上所彰显的不是“陈述”真理的平静，而是“捍卫”真理的热情。津科夫斯基说：“霍米亚科夫的理性思维中有一个特点，那就是它具有一种辩证法的倾向，喜欢在某种程度上在自己和他人的观点的给人以灵感的辩证对立中思考。从这个意义上说，则霍米亚科夫所有的哲学（与神学）论文和专著，几乎全都是‘就’别人文章或著作‘为题’而写，就不是偶然为之了。”[②] 弗洛罗夫斯基也称他是“一个天才的辩证法家”，“他的思想发展，甚至思想的最初形成，正是在交谈中、在争论中，或在训导中，总之是在某种意见的交流中进行的”[③]。霍米亚科夫的这种“苏格拉底式的”精神气质可谓是巴赫金对话哲学的一个典型例证，他的一生都是在与他人就有关教会、俄国以及哲学的对话中度过的。而巴赫金对他的评价是：“霍米亚科夫在俄罗斯文化中发展了东正教思想。与曾经说过俄罗斯落后于全体基督教会，因此应该回到它怀抱中的恰达耶夫相反，霍米亚科夫认为，只有东正教成就了教会统一的思想。人的行为只有在全体基督教会的交往中，即在教会中才能成为有意义的行为。如果一个人觉得自己孤独，或者只是十分狭窄的小圈子中的一员，那么他就失去了根基，会成为无意义的人。在东正教中教会的思想是居首位的。西方的天

① 赫尔岑曾回忆说：“霍米亚科夫确实是危险的对手，一个老练的、喜欢争斗的辩证法家，对方的一点疏忽，一点退让，都会被他利用。这个才能非凡、学识渊博的人，像中世纪的骑士守卫圣母一样，连睡觉也不卸下武装。不论白天黑夜，他随时准备迎接错综复杂的辩论……”参见［俄］赫尔岑：《往事与随想》（中），项星耀译，人民文学出版社 2006 年版，第 151 页。

② ［俄］津科夫斯基：《俄国哲学史》上卷，张冰译，人民出版社 2013 年版，第 195 页。

③ ［俄］弗洛罗夫斯基：《俄罗斯宗教哲学之路》，吴安迪等译，上海人民出版社 2006 年版，第 334 页。

主教将全体基督教会的思想、天国的思想更换成国家，更换成永远无意义的政治。唯有俄罗斯民族主要是一个宗教的民族，只有它能生活在活着的、死去的以及还未出现的统一的人类中。"[①]

另一位斯拉夫派主将伊·基列耶夫斯基为响应霍米亚科夫的《论旧与新》，写成《答霍米亚科夫》（«В ответ А. С. Хомякову»）一文，阐明自己的斯拉夫主义立场。关于俄国的过去与现在，他打了一个比方。他把俄国的现状比作是"小橡树"，把已经充分发展了的西方比作是"柳树"。这是一个深有意味的比喻。柳树生长迅速，很快便能成材。但是它的寿命短，大概在 150 年左右。老龄的柳树树干很容易坏掉，多数老龄柳树的中心都是空的。而橡树生长速度慢，是世界上最大的开花植物。它的寿命也比较长，大概在 400 年左右。基列耶夫斯基说："小橡树当然要比同年栽下的柳树长得矮一些，柳树从远处能看见，很快有树荫，很早能成材。但您当然不会用给橡树嫁接柳树的方法来侍弄橡树。"[②] 基列耶夫斯基的讽刺意味是很明显的，在他看来，西方文明虽然发展迅速，却从根基上就存在问题，难以延续；俄国文明起步虽晚，却根基牢固，日后大有可为。

在基列耶夫斯基看来，西方的灿烂文明不过是徒有其表的"腐朽之美"，西方文明的三个历史特征很好地证明了这一点：第一，作为西方文明诞生基石之一的基督教脱离了普世教会，这使罗马教会带有一种不合法性；第二，古罗马文明的这种独特性渗透到西方文明的方方面面，影响到西方的智力结构，后者的最大特色就是"外在知性获得了相对于事物的内在实质的优势地位"[③]；第三，西方文明的社会组织性（即国家）是以暴力手段达成的，其后果是产生了征服和压迫。具体而言，他认为：西方的法律破坏了人与人之间的自然关系和道德关系；语言则压制了内心活动的天然自由和真正天性；教会只追求表面的统一，却缺乏内在的真正意义上完满、神秘；哲学将全部力量都用在了三段论上，以至于不能为自己开辟新

① ［俄］巴赫金：《俄国文学史讲座笔记》，杨可译，《巴赫金全集》第七卷，河北教育出版社 2009 年版，第 329 页。

② ［俄］基列耶夫斯基：《答霍米亚科夫》，贾泽林译，见徐凤林编《俄国哲学》，商务印书馆 2013 年版，第 115 页。

③ ［俄］基列耶夫斯基：《论欧洲文明的特征以及与俄罗斯文明的关系》，张百春译，见徐凤林编《俄国哲学》，商务印书馆 2013 年版，第 135 页。

的道路；等等。所以，包括早年的自己在内的西方派虽然短暂地沉迷于西方文明的泡沫，但时间一长就会发现它的缺陷与局限，于是彻底改变自己的思想立场，把注意力回转到自己国家的内部，寻求真正的民族土壤上的给养。

基列耶夫斯基对俄罗斯文化抱有一种鲜明的乐观态度。他认为，西方不论是在精神、思想，还是社会、家庭，都处于一种分裂的状态。如今，西方文明也已经意识到自己的问题，开始寻找新的普遍生活的原则。按照基列耶夫斯基的观点，俄国不仅不应向西方学习，相反，西方应该好好研究一下俄国的基督教学说，这其中或许蕴含着“西方文明现在孜孜以求的那些东西”。起码来说，俄罗斯自接受基督教之日起就不曾脱离普世教会的大环境，所以基督学说在进入俄罗斯之后不仅没有遇到什么不可克服的障碍，而且很好地实现了自己的原则。基列耶夫斯基不无自信地说：“救主靠着这个正教世界的完全一致拯救了自己的各个教会。……如果每个教会始终忠实于共同的圣传和爱的普遍和谐，那么它的精神活动的独特性只能增加整个基督教的共同财富，丰富其完满的宗教生活。”[①]

为了践行自己的理想，基列耶夫斯基的晚年是在修道院度过的。相比霍米亚科夫，他距离教会更近，因为他“不光以宗教思维，而且也以宗教情感为生”。津科夫斯基对这两个人的评价是正确的，他认为，真理对于他们而言，“只有通过‘教会方式’——亦即在教会中，和教会在一起，通过教会才可以获得。这两位思想家体系的全部激情即在于此，但是对‘认识论乌托邦’的迷恋以及对‘理性主义’略有几分草率的谴责也源出于此”[②]。实际上，耶稣最初的理想是把天下变为只有上帝权力的“教会”，而不是作为某种机构的教会，但这种理想也许只有处于激情之中的斯拉夫派教会相信。而西欧派相信的是，只有通过现实改造的方式才能实现人类的理想，然而如何改造，他们并不十分清楚。如巴赫金所说的，“西方派的思想中没有斯拉夫派思想中的那种深度和完整性，因此现在它

① ［俄］基列耶夫斯基：《论欧洲文明的特征以及与俄罗斯文明的关系》，张百春译，见徐凤林编《俄国哲学》，商务印书馆 2013 年版，第 132 页。

② ［俄］津科夫斯基：《俄国哲学史》上卷，张冰译，人民出版社 2013 年版，第 242 页。

们完全衰落了……西方主义则是一个肥皂泡，除了空话，没有建立任何东西就破灭了”[①]。

第三节 新精神文化运动的“众声喧哗”

基列耶夫斯基与霍米亚科夫相继于1856年和1860年去世，斯拉夫派失去了他们的核心力量。但在农奴制废除之后，俄国又出现了新的斯拉夫主义者，并由此引发了新的有关俄国命运的论争，于是在思想界出现了所谓新精神文化运动，以弗·索洛维约夫为代表的一系列宗教哲学家纷纷著书立说，形成了世纪之交的“众声喧哗”。

一

1868年，丹尼列夫斯基在其著名的《俄罗斯与欧洲》中阐释了自己的民族主义思想，倡导一种封闭的“文化历史类型论”。在他看来，不同的文明类型并不具备可比性，它们之间也不存在什么共同标准或共同起源，每一种文化类型都是在各自独立的轨道上生死循环。丹尼列夫斯基按照时间顺序将世界文明分成八种类型（不包括美洲文明）：从最早的埃及文明、中国文明到最近的日耳曼-拉丁文明或欧洲文明，丹尼列夫斯基将俄罗斯文明奉为所有文明中最优秀、最完善的。到了19世纪80年代，这种极端的民族主义思潮成为俄国社会的一种“流行病”，导致了狭隘的民族利己主义、排他主义和大国沙文主义。这股社会思潮为暴力革命、流血牺牲找到了合理依据，并以“拯救世界”为借口侵犯其他民族的应有权利。在亚历山大三世（Александр III Александрович，1846—1894）统治时期，“俄罗斯化”成为统治者的官方政策，政府对非东正教信仰的波兰人、格鲁吉亚人、亚美尼亚人、芬兰人，特别是居住在俄罗斯西部的犹太人群体，采取了一系列强制手段，对他们的行动自由进行严格的限制。这些犹太人要么被迫改信东正教，要么被驱除出俄罗斯，要么连同财富和肉体一起被俄罗斯政府消灭了。因此，亚历山大三世也被看作是俄罗斯的“第一位民族主义者”。到了尼古拉二世统治时期，俄罗斯的这种排他主义比起他的父辈有

① ［俄］巴赫金:《俄国文学史讲座笔记》，杨可译，《巴赫金全集》第七卷，河北教育出版社2009年版，第330页。

过之而无不及。俄罗斯国内受到迫害的芬兰人加入了革命队伍，起而反抗沙皇政权。俄罗斯的民族主义使国内的社会环境越发动荡不安。

索洛维约夫严厉地批判了这种极端民族主义，他先后在《纪念陀思妥耶夫斯基的三篇讲话》（1881年、1882年、1883年）、《俄罗斯的民族问题》（1884—1888年）、《俄罗斯理念》（1888年）中与新斯拉夫主义展开了激烈的论战。索洛维约夫首先区分了民族性与民族主义这两个不同意义的概念。民族性是人类文化精神中的积极成分，是人类有机整体的组成部分，它信仰全人类的共同利益。民族主义过分强调民族的特殊性、优越性，是使人类有机整体四分五裂的消极因素。它企图以暴力和杀人的方式使其他民族臣服于己，它信仰的是民族崇拜。索洛维约夫说："拥有真理并不能构成一个民族的特权，就像不能构成个别人的特权一样。真理只能是全人类的，民族也应该为服务于这个全人类的真理做出贡献，哪怕是，甚至是必须地，牺牲自己的民族利己主义。民族应该在全人类真理面前证明自己，民族应该把自己的灵魂放在这个事业上，如果它想拯救这个灵魂的话。"[①]索洛维约夫没有把俄罗斯民族理想化，他认同陀思妥耶夫斯基对俄罗斯民族主义片面性的看法。他说："陀思妥耶夫斯基没有因我们的整个生活和活动的非基督教性而感到惊恐不安，没有因我们基督教的无生机和无为而感到惊恐不安，他相信并宣称的是活生生的和积极的基督教，是全人类的教会，是普世的东正教事业。……所有这些部落进而民族在不丧失自己民族独特性的前提下，只要摆脱自己的民族利己主义，都能够也应该连联合在全人类的复兴这个共同的事业中。所以，陀思妥耶夫斯基在谈到俄罗斯时，不可能指民族的孤立性。相反，他认为，俄罗斯的全部意义就在于服务于真正的基督教，在这个真正的基督教里既没有希腊人之分，也没有犹太人之别。是的，他认为俄罗斯民族是上帝的选民，但不是为了与其他民族竞争的选民，不是为了统治和超越它们，而是为了自由地服务于所有的民族，为了同它们结成兄弟联盟，共同实现真正的基督教或普世教会。"[②]索洛维约夫要

① ［俄］索洛维约夫·弗拉基米尔：《纪念陀思妥耶夫斯基的三篇讲话》（第一篇讲话），张百春译，见《神人类讲座》，华夏出版社1999年版，第224页。

② ［俄］索洛维约夫·弗拉基米尔：《纪念陀思妥耶夫斯基的三篇讲话》（第二篇讲话），张百春译，见《神人类讲座》，华夏出版社1999年版，第227页。

警示世人的是：为自己的民族杜撰最高真理，认为在民族利益之上什么都没有的民族主义不过是“虚假的爱国主义”。这种“虚假的爱国主义”具有极大的危险性，它是历史上一切恶行和黑暗势力的辩护士，是战争、压迫和暴力的始作俑者。

作为俄罗斯哲学的集大成者，面对俄罗斯充满纷争的历史和现实，他试图用他的“万物统一”哲学为俄国寻找一条精神救赎之路。在他看来，哲学是以人为中心的学说，哲学的成就依靠的是个人的智慧和内省，而人是情感与理智完整结合、经验与理论相互渗透的统一体。在《西方哲学的危机》一开篇，索洛维约夫就点明了西方哲学的历史命运，即“纯理论性抽象认识意义上的哲学，已经终止其发展，并且永不复返地转入过去的世界”①。索洛维约夫批判西方哲学将现实世界拆散为感性因素和逻辑因素，让它们各自独立存在，殊不知它们本来就是一个不可分割的整体。西方哲学已经是强弩之末，而东方哲学作为异于西方哲学、体现了人类精神完整性的知识体系，则欣欣向荣，能够在不久的将来指引西方哲学的发展。索洛维约夫虽然批判西方哲学的理性主义，但他并不否认知性思维和理性本身的价值。西方哲学的谬误之处在于将知性思维当作是现实的全部存在物，而实际上知性思维环节及其反思的结果在真正的认识行为中只是其中的一个过渡环节。西方哲学从认识过程中截取了这一环节，并误以为是存在的全部。这种片面性贯穿了整个西方哲学，决定了西方哲学的基本面貌：“知性思维即抽象分析在西方哲学中占优势，其他一切思想流派只是对占统治地位的流派的反动或抗议，因此它们本身都有这种片面局限性的特点，都带有与之分离的土壤的明显痕迹。”②

索洛维约夫没有否定西方哲学在整个人类发展史上所做的历史贡献，他承认它取得了一些积极的发展成果，这也是哲学发展合乎规律的必然产物。至于西方哲学所面临的问题，索洛维约夫的态度也是乐观的，他说这些问题“在不久的将来能得到充分的和全面的回答”——他指的是东方哲学将接手西方哲学中的积极内容，最终综合成全面、完美的哲学体系。索

① ［俄］索洛维约夫·弗拉基米尔：《西方哲学的危机》，李树柏译，浙江人民出版社 2000 年版，第 3 页。

② 同上书，第 82 页。

洛维约夫继承了基列耶夫斯基等老一辈斯拉夫主义者关于“完整知识”的观点。完整知识将西方哲学发展史上为我们提供的经验主义和理性主义两种不同类型的认识体系结合起来，达到一种综合，同时引入神秘主义作为其有机统一的基础。“神秘知识是哲学所必需的，因为如果没有神秘知识，哲学在彻底的经验主义和彻底的理性主义中都同样导致荒诞。”[①] 神秘知识作为哲学的基础，还必须经过理性的反思和经验的确证。也就是说，自由神智学需要将经验主义（对应实证科学）、理性主义（对应抽象的哲学性）和神秘主义（对应神学）三者结合起来，这才是哲学的完整形态。

索洛维约夫虽然对西方哲学的思辨方式持批判态度，但他对西方文化并没有全盘否定，对东西方文化的差异依然采取了一种温和的综合态度。在他看来，东西方文化有各自的优点和缺点。具体到西方而言，首先，继承了罗马文化传统的天主教会将自己塑造为唯一的上帝真理的持有者，所有人必须通过教会才能到达真理，其后果是人在服从教会的过程中越来越看不清上帝的真理。天主教“给神的真理加上尘世的外衣”，“她没有忘记天堂，但地上的东西也被她尝个遍，于是，大地的灰尘玷污了她”[②]。外部力量对内在精神的干预和镇压势必引起人们的公然反抗，倡导个体精神和个人自由的新教开始在西方文化中占据一席之地。新教激活了人的理性活动，将人的个性、人的自我从天主教传统中解放出来。理性逐渐成为检验真理的标准，18 世纪的启蒙运动就是诞生于理性主义原则的历史现实。然而，理性的膨胀必然导致人过分看重自身利益，对物质的无倦追逐一时间成为统治西方文化精神的核心内容。在利益和欲望统摄之下的西方文明很快就陷入精神危机，复而追求内在的真理。索洛维约夫认为，西方在经历了教会、理性和物质的三重欺骗之后，迟早会回归到“神人”（богочеловечество）学说，后者就蕴含在东方民族精神之中。因为东方的基督教信仰没有走西方的弯路，保留了纯正的基督的真理。

但是，在宗教问题上，索洛维约夫与斯拉夫派的立场全然不同。在他看来，官方的东正教会是官僚化的国家机器，而不是上帝真理在地上的神

---

① ［俄］索洛维约夫·弗拉基米尔：《完整知识的哲学原理》，徐凤林译，见徐凤林编《俄国哲学》，商务印书馆 2013 年版，第 345 页。

② ［俄］索洛维约夫：《神人类讲座》，张百春译，华夏出版社 1999 年版，第 14—15 页。

秘显现。教会所谓的“正统的信仰”体现的是国家意志，它依靠宗教会议和俄罗斯法律而存在。东正教信仰之于俄罗斯并没有成为其社会生活的绝对基础，没有形成内在的统一和完善，而只是作为个人情感和爱好的“宗教性”。因此，他不认为东正教是主导俄国历史的最强力量，而主张东西方教会联合，强调各个民族应该在普世机体的荫蔽之下“永远地存在下去”[①]。

索洛维约夫建构的万物统一学说，实质上在结构上继承了霍米亚科夫的“聚合性”理念，即核心内容仍然是“多样性中的统一体”（единство во множестве）。正是在这样的精神影响之下，在俄罗斯思想界出现了白银时代的“众声喧哗”。

二

经过整个19世纪酝酿的革命思潮从俄罗斯贵族的沙龙、客厅蔓延到了工厂、街道，以至乡村，其人员构成也从一部分受启蒙思潮影响的贵族知识分子扩大到俄罗斯社会的各个阶层。俄罗斯思想界在马克思主义的洗礼之后分裂为价值立场截然不同的两派：一派是着眼于俄罗斯现实、主张通过革命夺取政权的社会主义者；一派是克服了革命的影响、主张通过复兴宗教来拯救俄罗斯民族的宗教哲学家。在世纪之交，革命带来的混乱使得俄罗斯的思想界空前活跃，整个社会为新兴的公共生活提供了有利的成长空间。梁赞诺夫斯基将俄罗斯这一时期公民意识的增长归因于革命，他说：“1905年革命把公众舆论和组织空前地释放出来。因此，1905年革命导致的民权增长带来了新的动力，促进了合法政党以及其他新的公民团体的形成。当大多数组织只关心自己的日常事务时，宗教团体尽管常常在官方渠道建立的教会之外运作，但也在这一日益扩大的公共领域中茁壮成长。”[②]洛斯基在他的《俄国哲学史》中一边痛斥革命对俄罗斯精神生活的毁灭性影响，一边又肯定它为俄罗斯民族精神的复苏与繁荣所起到的作用。他写道：“一部分人病态地把注意力集中在与推翻专制制度、建立人民政府相关的各种政治问题上，另一些人则同样片面地为各种社会的和经济的问题以

① ［俄］索洛维约夫：《神人类讲座》，张百春译，华夏出版社1999年版，第205页。

② ［美］尼古拉·梁赞诺夫斯基、马克·斯坦伯格：《俄罗斯史》，杨烨等译，上海人民出版社2013年版，第417页。

及实现社会主义这一任务所吸引。相当多的俄国知识分子在19世纪末和20世纪初摆脱了这种不正常的简单化的思想状态，在广泛的社会范围中出现了对宗教、形而上学和伦理学的唯心主义、美学及民族思想的兴趣，总而言之，出现了对各种精神价值的兴趣。”[①]相较洛斯基激烈的言辞，津科夫斯基的态度相对乐观温和一些。他认为，革命与宗教相比不过是舶来之品，不会真的改变俄罗斯民族的精神基础：“在历史中也和在自然中一样，即便真有所谓的飞跃和断裂的话，那么飞跃和断裂也绝不会取消过去，而且飞跃越激烈越强大，则生活后来向过去的回归便会更加鲜明地表现出来，从而恢复历史洪流的完整性。……在俄国演变为‘积极的不敬神论’，演变为官方组织的反宗教宣传活动的俄国特有的世俗化运动的猛烈爆发，和整个新马克思主义[②]战斗的无神论一起，毫无疑问，是一种意识形态统治的产物，是一种外来现象。这一现象在往昔的俄国过去和现在都不曾有过任何根基，因此，在俄国本土，虽然人们曾经强制性地灌输无神论思想，但宗教活动目前仍然在民间以不可遏止地力量发展起来，……”[③]诚如津科夫斯基所言，随着国内社会革命思潮的高涨，对暴力的反思和批判也越来越多，以别尔嘉耶夫、布尔加科夫、梅列日科夫斯基、弗兰克为代表的“寻神派”（богоискатели）知识分子延续和发展了东正教传统的价值理念，与革命社会主义者不同，他们主张的是俄罗斯宗教哲学复兴之路。

白银时代俄罗斯的宗教文化复兴主要是由两股势力推动的：以梅列日科夫斯基夫妇、罗扎诺夫为代表的，兼有文学家身份的思想家，他们不是主张回归俄罗斯过去的宗教传统，而是致力于在新的社会形势中寻找新的宗教意识，他们强调肉体的神圣性，渴望在地上建立灵与肉和谐统一的自由天国；以彼得·司徒卢威、别尔嘉耶夫、布尔加科夫、弗兰克为代表的哲学家曾在青年时期接受过马克思主义的影响，但终因社会改造理念不同而相继转向宗教探索，在俄罗斯传统文化中寻找出路，在与弗拉基米尔·索洛维约夫学说相遇相离之后，最终发展起各自独特的思想体系。这

---

① ［俄］洛斯基：《俄国哲学史》，贾泽林等译，浙江人民出版社1999年版，第218—219页。

② 津科夫斯基所说的“新马克思主义”指的是俄罗斯化的、布尔什维克主义者所阐释的那种马克思主义。

③ ［俄］津科夫斯基：《俄国哲学史》下卷，张冰译，人民出版社2013年版，第304—305页。

两股势力有交叉，也有分歧，有共同的宗教理想，也有不同的哲学认识；他们延续了俄罗斯知识分子的对话传统，往返互动，众声喧哗，推动了整个俄罗斯宗教哲学的复兴。

在俄罗斯宗教哲学复兴之初，有一个事件特别值得注意，那就是由梅列日科夫斯基、罗扎诺夫、菲洛索福夫[①]等人一起积极推动的彼得堡宗教哲学会议（Религиозно-философские собрания，会议共举行了22次，于1903年被禁止）。会议目的在于拉近知识分子与教会人士之间的距离，营造国内良好的自由讨论宗教及社会问题的氛围，使经历思想危机的俄罗斯知识分子回归教会，通过建立真正的基督教实现俄罗斯的伟大复兴。梅列日科夫斯基、罗扎诺夫等人数次在会议上发言，阐明了自己对真正的基督教的理解，倡导一种“新宗教意识”（новое религиозное сознание）。

德米特里·梅列日科夫斯基（Дмитрий Сергеевич Мережковский，1865—1941）在年轻时倾心于诗歌创作，是俄罗斯杰出的象征主义诗人。到了晚年，他把更多的精力放在了宗教探索上，成为俄罗斯“新宗教意识”的最早发起者。在他看来，历史的基督教过分贬抑肉体，造成了灵与肉的冲突，背离了基督教的真谛。梅列日科夫斯基写道：“历史上的基督教强化了神圣性的两个神秘之极的一个，而损害了另一个，即强化否定的一极而损害了肯定的一极，强化精神的神圣性而损害了肉体的神圣性。精神并非是作为肉体的某种一般的对立面而被理解的，在这种情况下毕竟还有肉体，而是某种完全否定肉体的东西，即无肉体。对于历史的基督教而言，无肉体的东西就是精神的，与之相连的是‘洁净的’‘善的’‘神圣的’‘上帝的’，而与肉体相连的则是‘不洁净的’‘恶的’‘有罪的’‘魔鬼的’。这就形成了肉体与精神之间的无限分裂、不可调和的矛盾，这就是前基督教世界灭亡的原因。唯一的不同在于，在那里，在多神教中，宗教试图通过肯定肉体而损害精神的方式从这一矛盾中挣脱出来；而在这里，在基督教中则恰恰相反，人们通过肯定精神而损害肉体的方式以挣脱这一矛盾。”[②]

梅列日科夫斯基认为，这种“闪米特式的”对肉体的压抑（即“旷野

① 德米特里·菲洛索福夫（Дмитрий Владимирович Философов，1872—1940）是俄罗斯政论家，文艺批评家，宗教与社会政治活动家。

② *Мережковский Д. С.* Л. Толстой и Достоевский. М.: Наука, 2000, с.198.

精神”）自蛮夷时代起就开始毒害人类的精神，在中世纪更被强化到无以复加的地步；而到了今天，这种对纯粹精神和禁欲苦修的追求依然没有泯灭，它不自觉地进入到人们的血肉思想之中，成为禁锢人们宗教思想的不利因素。梅列日科夫斯基一反基督教的禁欲主义传统，将肉体提升至与精神并列的地位，这显然是受到了陀思妥耶夫斯基和索洛维约夫“神人”学说的影响。他在对果戈理创作的评述中指出，果戈理与普希金出自同样的两个源头：“源头之一是，‘脱离大地和现实’，向往‘无形的灵魂’，即精神性，准确地说，无肉体性。这是基督教的，或者似乎与多神教对立的‘基督教’源头。另一源头是，‘根植于大地和肉体’，向往‘可感知的现实’。这是肉体的、多神教的，或者同样，似乎迄今都与基督教对立的‘多神教’源头。”[①] 两个人唯一的不同是普希金在精神与肉体的两极中达到了很好的平衡，果戈理却没有找到这种平衡，造成了他内在的“无序”与“不和谐”。可见，相较于历史的基督教，梅列日科夫斯基更加赞同多神教对肉体的理解。他对古希腊罗马多神教崇拜肉体、奉肉体为神圣的做法给予了高度评价。他认为，多神教可以感知“生命的快乐”和“肌体的强健”，是蕴含在每一个民族原始天性中贴近“自己的大地和自己的肉体”的无意识倾向。在他看来，肉体是“神秘而真实的”，它是被赋予了“灵性的肉体”，是“精神性的伟大的反面”；它“轻盈却永恒坚固的肉体，就像苍穹一样”[②]。然而，历史的基督教却把肉体与精神的这种和谐撕裂了，一个诞生，另一个只能死去。他写道：“要么是上帝，要么是野兽，反正不是神人。代替神圣肉体的是无肉体的神圣。精神是肉体的否定，上帝是世界的否定。不是为了肯定而否定，而是纯粹的否定。‘永恒的生命面对短暂的生命，一如全部面对无，100面对0。’”[③] 如果戈理所说，“活在上帝之中就意味着活在肉体之外，而这在尘世上是不可能的，因为肉体与我们同在”[④]。历史的基督教把手段当成了目的，仿佛只要禁欲，就可以复活。

---

① ［俄］梅列日科夫斯基：《果戈理与鬼》，耿海英译，华夏出版社2013年版，第59页。

② 同上书，第61—64页。

③ 同上书，第103页。

④ *Гоголь Н. В*. Письмо к А. О. Смирновой (Июнь 4 <н. ст. 1845>). // Полное собрание сочинений и писем в 17 томах. Том 13. Москва–Киев: Издательство Московской Патриархии, 2009, с. 123.

梅列日科夫斯基提出“新宗教意识”的主要目的就在于恢复肉体与精神的和谐一致。在他看来，真正的真理不是排除了肉体的精神的圣洁，而是包含了神圣肉体的灵与肉的和谐统一。这也是基督降世为人的目的。基督教最初的和最终的实质对于梅列日科夫斯基而言，不是历史的基督教，“不是黑暗，而是光明，不是对世界的否定，而是肯定，不是十字架，而是肉体的复活，不是无肉体的神圣，而是神圣的肉体”[①]。因此，他的“新宗教意识”就是要把人们从历史基督教这个“昏暗的修道院”中拯救出来，把“天上的真理”带回到地上，在这里建立愉悦、自由的人间天堂。

梅列日科夫斯基提出“新宗教意识”的另一个主要目的，是为了与世俗的小市民习气对抗。随着资本主义在俄罗斯的发展，梅列日科夫斯基深感以金钱为主导的社会风气使得市民阶层的道德水平下降，基督距离人们的生活越来越远。在这一点上，他继承了索洛维约夫的思想，提倡充分发挥宗教的社会功能，用宗教拯救正在滑落的人民的道德观。梅列日科夫斯基认为，俄罗斯的东正教会脱离社会，封闭隔绝，对社会上流行的思潮和运动漠不关心，陷入了宗教的个人主义。他说：“如果宗教个人主义正确；如果宗教是‘个人的事情’；如果在基督教中可能的只有宗教个性，而宗教的社会性是不可能的；如果‘我的国不属这世界’意味着没有尘世的王国和反对尘世的王国；如果神的国只存在于我们内心，而不是在我们中间，只存在于每个单独的个人中，而不是存在于整个人类中；如果普世教会必定是不可见的，不可能显现在全世界历史进程中：如果一切是这样的话，那么基督的复活也就毫无必要了。至多，只是肉体上复活。”[②]按照梅列日科夫斯基的说法，“个性只是基督教教义的一半；另一半是社会生活”[③]。但社会生活不是国家生活，他主张通过上帝的爱而将平等自由的个性聚合在一起，而不是国家通过暴力手段切割人的个性，后者在梅列日科夫斯基的眼中在某种意义上是一种渎神行为。在《为什么复活？——宗教个性与社会性》这篇文章的末尾，梅列日科夫斯基写道：“为了从人类个

① ［俄］梅列日科夫斯基：《果戈理与鬼》，耿海英译，华夏出版社2013年版，第101页。

② ［俄］梅列日科夫斯基：《为什么复活？——宗教个性与社会性》，王帅译，见徐凤林编《俄国哲学》，商务印书馆2013年版，第577页。

③ 同上书，第581页。

体，自然个体中创造出神人的、绝对的个性；为了确立绝对个性在绝对社会——教会中的结合，不是在仇恨与暴力的国家秩序（‘永恒的战争’）中结合，而是在爱与自由的教会秩序（‘永恒的和平’）中结合；为了确立教会——神的国不只在天上，而且在尘世，就如在天上一般。基督就是为此而复活的。”①

与梅列日科夫斯基不同，瓦西里·罗扎诺夫（Василий Васильевич Розанов，1856—1919）的“新宗教意识”更加具体、琐细，他更多地关注性、家庭和婚姻。对性的论述构成了他的一大特色。性之于罗扎诺夫是具有神秘的宗教意义的生命基础。在他看来，《旧约》中彰显着浓厚的肉身性，这说明上帝和性的关系是和谐统一的。罗扎诺夫虽然也与梅列日科夫斯基一样汲取了索洛维约夫的神人学说，注重基督的肉身性，但他并不赞同索洛维约夫的一些消极的观点。在罗扎诺夫看来，索洛维约夫眼中的俄罗斯是“一幅被冰封的、本质上是基督教的文明的景观。这里一切都在美德中，可一切都有名无实”②，人们把性排除在对生活的理解之外，造成了俄罗斯文化的冷漠和消极。究其根源，在于俄罗斯宗教传统“对基督教的无神经的理解”，索洛维约夫就是这种消极基督精神的代表哲学家之一。不止索洛维约夫，俄罗斯 19 世纪作家列斯科夫也遭到了罗扎诺夫的批判。在后者看来，列斯科夫的小说《在世界的边缘》同样显示出俄罗斯文化传统中对基督“人性因素”的忽略。小说中，经验丰富的主教对比了一系列基督的画像，描绘了他心目中理想的基督面容。罗扎诺夫得出的结论是，理想的基督在俄罗斯人的心目中仅仅具有表情，却没有激情，他诘问道：

> 在救主身上“人性的因素”在哪里，又是如何表现的呢？关于这种人性，大公会议已经驳斥了这样一种假设，即认为基督的人性“被神性所吞没”，这种观点实际上可以在列斯科夫这里找到，而倾向于这种观点的人在古代被认定为“异端分子”。“线条轻描淡写”——这是

---

① ［俄］梅列日科夫斯基：《为什么复活？——宗教个性与社会性》，王帅译，见徐凤林编《俄国哲学》，商务印书馆 2013 年版，第 587 页。

② ［俄］罗赞诺夫：《基督教是消极的还是积极的？》，石衡潭译，见徐凤林编《俄国哲学》，商务印书馆 2013 年版，第 506 页。

> 一句意味深长的用语，也就是说，所画出的仿佛是人的框架，是这样一个容器，在它的外壳里面马上就装满了神性。那么来自人性因素在哪里呢？面颊和皮肤的颜色，它本身只是薄薄的一层吗？人性因素不仅被吞没了，而且，在这种观点下，被根除了——然而我们无权决定这样的思想。
>
> ……
>
> 我们在四位福音书作者那里看到的他们所描绘的救主形象，都是包含人的全部激情的完整轮廓，但这些激情与神性的融合是在激情世界中表现出来的；激情与神性到处都处于和谐之中，这不会给任何一颗人的心灵造成这样一种反感，也就是人们企图在艺术中表现他的面容时所造成的反感，大主教和列斯科夫也公正地拒绝这样的表现。[①]

罗扎诺夫认为，俄罗斯神学传统的这种消极思想埋葬了人们的情欲和愿望，它使活人活成了死人，无欲无求地躺在“柠檬园圃的‘安息者’身旁”——这在罗扎诺夫看来是不可容忍的。神性来自于天上，同样存在于世界中，因为人生存于尘世间，接受着日光的照耀，而这日光是从神那里来的。罗扎诺夫同样尖锐地批判了历史的基督教，他写道：“‘天’对我们来说在那边，在坟墓里，而在这里——只有‘俗世’，这是丝毫没有被‘天’所照亮的俗世，没有贯彻于我们的每次呼吸之中，伴随着我们劳动和情欲的每一时刻的祈祷。这里只有魔鬼，而一切‘神圣’都完全被我们归属于天上，也就是‘无情无欲’地躺在‘安息者’身旁。这样，在对基督教的理解上的极端唯灵论，用‘神性’吞没基督中的‘人性’——这表现为把基督教完全物质化，把无时无刻不在喧嚣的基督教海洋物质化。”[②]

罗扎诺夫认为，现实生活中的人是充满激情的，每个人都有着自己最深切的爱意和憎恶，伟大的诗人普希金就是这种尘世精神的典型表现。他一边在《我记得那美妙的一瞬》中抒发了对安娜·彼得罗夫娜·凯恩的无限柔情，一边又在私人通信中称后者为“巴比伦荡妇”。可见，尘世间没

---

① ［俄］罗赞诺夫：《基督教是消极的还是积极的？》，石衡潭译，见徐凤林编《俄国哲学》，商务印书馆2013年版，第512、513页。

② 同上书，第515页。

有什么是绝对的低俗，也没有什么是绝对的崇高，上帝向泥土中吹的那口气注定了精神与肉体是不可分割的。他说："肉体的美是可怕的和强大的东西，它不仅是物理存在，而且是精神之物；无论这个'皮囊'里装的是什么东西，它本身都是有意义的，其自身就是精神性的，而且能够激发精神的诗篇。"[①] 在对普希金的理解上，罗扎诺夫与梅列日科夫斯基可谓如出一辙。他们都从这位伟大的诗人身上看到了肉体与精神的和谐统一，看到了肉体是伟大的精神性的反面。罗扎诺夫不再执着于历史基督教的对灵魂永生的追求，而是希望通过性实现生命的生生不息。历史的基督教强调死亡，罗扎诺夫则看到诞生。在他看来，基督教是死亡的宗教，它给世人带来悲伤，应该对其加以摒弃。虽然罗扎诺夫是坚定的有神论者，他也从未放弃对神性的追求，但他关于基督的见解必然为基督教会所不容，罗扎诺夫也成为俄罗斯思想史上著名的"反基督者"。

在与"新宗教意识"的倡导者们相遇之后，别尔嘉耶夫（Николай Александрович Бердяев，1874—1948）就对他们的天赋与才气表示赞赏，在某种程度上接受了他们的宗教观点，继续阐发"新宗教意识"，使这场发源于文学界的宗教运动更富有哲学意味。梅列日科夫斯基曾在致别尔嘉耶夫的公开信中说，后者用哲学意识照亮了他模糊的"缺乏哲学批判"的宗教概念。

相较罗扎诺夫，别尔嘉耶夫更加赞赏梅列日科夫斯基对肉体的解释："尽管表面上梅列日科夫斯基同罗扎诺夫相接近，但实际上，梅列日科夫斯基同罗扎诺夫站在一个直径的两端：罗扎诺夫揭开了似乎是世界初始之前的性（'肉体'）的神圣性，他想将我们复归到堕落前的天堂状态；梅列日科夫斯基则揭示了世界终结之后的性的神圣性，召唤我们在变革的世界中走向肉体的神圣盛宴。梅列日科夫斯基是正确的，因为他是在向前看，而不是向后。"[②] 不过，随着思想的完善和发展，别尔嘉耶夫渐渐意识到"新宗教意识"与自身哲学使命的差距，遂与其分道扬镳。在他看来，罗扎诺夫过度地沉浸在琐屑的日常世界里，忽略了人的精神性，是一个"伟大的

① ［俄］罗赞诺夫：《基督教是消极的还是积极的？》，石衡潭译，见徐凤林编《俄国哲学》，商务印书馆 2013 年版，第 518 页。

② ［俄］梅列日科夫斯基：《论新宗教行动——致别尔嘉耶夫的公开信》，王帅译，见徐凤林编《俄国哲学》，商务印书馆 2013 年版，第 557 页。

庸人”。梅列日科夫斯基对于启示和第三约的解释也引起了别尔嘉耶夫的反感，梅列日科夫斯基寄希望于圣灵，而他更加看重人的积极性与内在生存力。别尔嘉耶夫感觉到彼得堡的文人圈子里弥漫着一股“毒气”，遂离开了这里，开始了自己孤独的哲学斗士生涯。在别尔嘉耶夫之后，俄罗斯的宗教复兴逐渐地上升到哲学的维度，更多的人被吸引到这场宗教哲学的运动之中，推动了俄罗斯白银时代的精神文化振兴。

三

当革命的火花在俄罗斯大地上愈燃愈烈之时，俄罗斯思想界的冲突也在加剧。贯穿俄罗斯历史的对话传统从以前的东西文明之争、俄国发展道路之争，演变成更为激烈的革命与反革命之争。事实上，俄罗斯的宗教哲学在起步之初，包括别尔嘉耶夫、布尔加科夫、弗兰克在内的大部分思想家都经历过马克思主义学说的洗礼。他们大都出生在 19 世纪 70 年代，在青年时期接受了马克思学说的影响，甚至一度与以普列汉诺夫、列宁为代表的社会主义者结成过联盟，批判民粹派在世纪末对俄罗斯经济发展的错误预判；后者试图以村社这种落后的经济形式对抗国内资本主义经济的发展，终究被历史淘汰，退出了对话的舞台。不过，在与社会主义者合作的过程中，他们也始终与之保持距离，维护其独立性。他们称自己的学说为“合法的马克思主义”（легальный марксизм），仅吸收了马克思主义中的经济学说，希望通过渐进的、温和的方式来改造社会，清除顽疾。然而，激进的知识阶层将马克思主义中的社会学说和政治学说与俄国的解放运动结合起来，希望通过暴力革命的方式改变俄国的社会制度，建立全新的社会主义国家。随着革命思潮的不断高涨，“合法的马克思主义者”看到了“革命的马克思主义者”在精神上的匮乏，对个性的蔑视，以及给民众道德所带来的恶劣影响，于是，他们切断了与马克思主义的联系，与之公开决裂。别尔嘉耶夫在《人的奴役与自由》的代序中写道：“当我在自己生命的起点上奋起反抗贵族社会而投入革命知识分子的阵营里时，我的最主要的力量都用于抗击社会环境。但在这个阵营里，我悲哀地看到个体人格价值同样受到蔑视，人的解放到头来更多的仍是对人和人的良心的奴役。其实，我早已预料到了这种进程的结果，早已知道这个阵营里的革命者并不喜欢精神的自由，他们否弃人的创造权利。”“我不相信他们有治愈创伤的任何可能，也不指望他们去治愈创伤。”[①] 于是，别尔嘉耶夫从最初的“合法的马克思主义者”转向否定革命的立场。其他人的情况也大致如是。他们转向弗拉基米尔·索洛维约夫的万物统一哲学，以基督教学说为思想源泉，关注人的内在精神和道德完善，最终建立起各具特色的宗教哲学体系。所以，这部分知识分子也被称为“寻神派”（богоискатели）。

激进派奉革命为圭臬，寻神派以宗教为旨归。二者在短暂的“合作”之后，不可避免地走向了决裂。随着革命的态势不断扩大，两派的争论也愈演愈烈。寻神派思想家结集出版了反对唯物主义的三部曲:《唯心主义问题》（1902 年）、《路标》（1909 年）和《来自深处》（1918）。激进的革命派也先后撰写《论所谓俄国的宗教探索》（1909）、《论〈路标〉》（1909 年）等文来回应寻神派的攻击。寻神派欲以宗教抚慰人民心灵的创伤，激进派则希望通过革命建立全新的民主政权。两派知识分子出发点不同，手段不同，旨归不同，于是，有关俄罗斯历史出路对话的声音嘹亮地响彻在 20 世纪初期的俄罗斯大地上。

被寻神派否定的激进派知识分子，在列宁看来，“实际上是指整个俄国民主派和整个俄国解放运动的精神领袖、鼓舞者和代表者”[②]。这部分知识分子拒绝基督，但他们的暴力主张却迎合了底层民众急切改变俄国现状的心理，并动摇了作为俄罗斯民族精神基础的东正教信仰。而寻神派的责任就在于使包括整个知识阶层在内的俄罗斯人恢复对基督的正确信仰，帮助俄罗斯渡过这一次社会的和精神的危机。

首先，在寻神派看来，俄罗斯的知识阶层对自身文化和外来文化就有一种不正确的区分态度，其推翻专制制度的急功近利之心使得他们丧失了对真理的追求。一方面，他们对霍米亚科夫、索洛维约夫、陀思妥耶夫斯基、托尔斯泰这些俄罗斯伟大先哲的思想视若无睹，粗陋、教条、选择性地吸收了西方思想中庸俗的社会哲学。俄罗斯接受了西方的无神论思想，却看不到西方的自由民主、资本主义精神和公民意识都是在宗教改革运动

---

① ［俄］别尔嘉耶夫:《人的奴役与自由》（代序），徐黎明译，贵州人民出版社 1994 年版，第 9、11 页。

② ［俄］列宁:《论〈路标〉》,《列宁全集》第 19 卷，人民出版社 1989 年版，第 168 页。

的背景下诞生的。欧洲人的宗教特性被俄罗斯人选择性地忽略了。布尔加科夫写道:“在这颗深深根植于历史的、西方文明枝叶繁茂的大树上,我们仅仅选中了一根树枝。我们并不理解,也不愿去理解所有的树枝。我们充分相信,我们已经为自己嫁接了最为正宗的欧洲文明。然而,欧洲文明不仅拥有纷繁的果实和浓密树枝,而且还拥有滋养大树的根须,在一定程度上它们以自己健康的浆汁保证诸多含毒的果实无害于人。由此,甚至那些具有否定意义的学说,它们在自己的祖国,在其他许多与之对立的思想潮流中,具有完全不同的心理意义和历史意义。”① 然而,主张革命的俄罗斯知识群体却看不到这种不同,他们将西方思想简而化之,“阉割”了它的根须,只保留了与其自身利益密切相关的实用的社会政治学说;他们不追求真理,只追求实效。别尔嘉耶夫写道:“对平均主义的公正、社会之善和民众利益的崇尚消解了对真理的崇尚,甚至近乎扼杀了对于真理的兴趣。……他们之所以需要真理,其目的是为了将后者变成社会革命、民众利益和人类幸福的工具。他们为伟大的宗教裁判官所诱惑,后者为了人们的幸福而拒绝真理。知识阶层的基本道德判断被列入以下公式:如果真理的毁灭能够给民众带来更加美好的生活,人们的生活将更加幸福美满,那么就让它做出牺牲;如果真理妨碍了‘打倒专制制度’的神圣号召,那么就去打倒它。由此,对人类带有错误倾向的爱扼杀了对上帝的爱。”② 无疑,在寻神派看来,真正的哲学是永恒的,它追求的是人类的绝对意义,与社会历史没有直接的关系。激进派不仅割裂了真理的完整性——将哲学分为“左派”和“右派”、“无产者”和“资产者”,更将真理庸俗化了,从永恒的上帝之爱降低至尘世的乌托邦谎言。凡此种种,都是俄罗斯知识阶层道德水平下降、“社会总体意识瓦解”和“整体文化颓废”的一种表征。

更致命的是,对自我意志的崇拜意味着对上帝权力的僭越,意味着知识阶层的人神化。如陀思妥耶夫斯基所预言的,知识阶层在摒弃了神人基督之后,创立了他们的“人神宗教”,实现了对上帝的“精神的篡位”。在论及这种“人神宗教”的特点时,布尔加科夫说:“对人的自然完善的信

① [俄]布尔加科夫:《英雄主义与自我牺牲》,见《路标集》,彭甄、曾予平译,云南人民出版社1999年版,第30页。

② [俄]别尔嘉耶夫:《哲学的真理和知识阶层的现实》,见《路标集》,彭甄、曾予平译,云南人民出版社1999年版,第7—8页。

奉、对人的力量所实现的无限进步的信奉，这一切都是它所有变种固有的基本教义。因为，所有的罪恶都可以解释为人的社会生活的纷乱，由此不存在任何个人的过失，任何个人的责任。这样一来，社会结构的全部任务则在于消除这些外部的纷乱，当然需要采取的也是外部变革的方式。否定上帝以及历史上实现的任何最初的规划，与此同时，人在此将自身置于上帝的地位，且在自己身上发现了救赎者。”[①] 人神宗教的本质是自我崇拜，当人的主观性膨胀到一定程度之后，“一个装腔作势的英雄典型便自然而然地诞生了”。按照布尔加科夫的说法，俄罗斯残酷的专制政体是培育这种英雄气质的温床，为了与现实抗争，知识阶层便幻想自己成为人类的拯救者。然而，每一个人的拯救方式却不尽相同，即便是知识阶层内部也要争权夺利，避免权力旁落。这也符合马克思主义者的基本观点，即世界的前进就是在与敌人的斗争中达成的。可见，社会主义者的革命真理具有一种天然的排他性，其自身便隐含着一种“英雄自我确认的离散因素”[②]。这也就是为什么寻神派批判激进派“虚伪”：社会主义的建设者也是社会主义的拆毁者，集体主义的宣扬者也是集体主义的离散者。

英雄主义精神膨胀的结果是生命的毁灭。事实上，英雄的使命远远超出了人的日常承受能力，为了拯救全人类或者拯救俄罗斯的使命，它常常要求人贡献出自己的生命。在革命发生之时，人们拿起武器互相瞄准，准备为了“光明的未来”而随时赴死。在寻神派看来，这无疑是一种自杀行为，是对生命的蔑视。布尔加科夫说：“在每个极端主义者身上都存在着这样一位源自于社会主义或无政府主义的小拿破仑。非道德主义或虚无主义，是自我崇拜的必然结果，在此潜伏着它自我瓦解的危险，以及不可避免的失败命运。许多人在革命中所体验到的那种失望，那些无法从记忆中抹去的专横、剥夺、大规模恐怖活动等的一幅幅画面——所有这一切的出现都不是偶然的，它们是那些精神潜力的揭示，这些潜力必然潜存于自我崇拜的心理之中。”[③]1905 年革命的失败无疑印证了上述观点的正确性，俄罗斯

① ［俄］布尔加科夫：《英雄主义与自我牺牲》，见《路标集》，彭甄、曾予平译，云南人民出版社 1999 年版，第 33 页。

② 同上书，第 35—37 页。

③ 同上书，第 41—42 页。

民族自此陷入了更深的精神危机，大学生自杀数目迅速增长。整个社会都弥漫着一股恐怖氛围，人民借此机会来宣泄他们的阶级仇恨，掠夺贵族土地，焚烧地主庄园。革命使人远离上帝，于是，一切行为都被认为是允许的，其结果是人们失去了对生命的敬畏。在寻神派看来，种种暴行都是人神宗教放纵的恶果，陀思妥耶夫斯基在他的《罪与罚》《群魔》等作品中所做的预言成为了现实。

寻神派和激进派倡导的是两种不一样的极端性：前者从神人基督身上看到了自我牺牲的、顺从的、恪守神圣契约的极端主义；后者则从人神宗教中发展成一种自我崇拜的、主观的、拯救民众的极端主义。在寻神派看来，激进派看似对民众有着深深的“崇拜”，但实际上，他们却是最蔑视个性、最脱离群众的极端主义。相较而言，早期的斯拉夫派以及索洛维约夫、陀思妥耶夫斯基这些伟大的思想家才是深怀赤诚理想、真正懂得民众的俄罗斯灵魂。民众之于激进派是应当被教化的对象；而在寻神派眼中，民众却比所谓的“教化者”更明白基督的真理，更懂得自我牺牲。知识阶层认为民众是蒙昧的，需要击碎他们心中固守的宗教基础。这为俄罗斯民族带来了毁灭性的后果，潜藏在俄罗斯人民体内的游牧民族的蛮性基因被激发了出来，整个俄罗斯陷入了无尽的混乱。对此，布尔加科夫痛心地批判道：

> 在大剂量接种上述所谓的教育疫苗之后，民众的灵魂震颤不已；民族的灵魂面对这种精神空虚现实（它表现为犯罪率的上升，起初尚有思想上的借口，继而连这种借口也没有了），它的反应则悲痛已极。知识阶层错误地认为，俄国教育和俄罗斯文化的建构可以基于无神论这一所谓的精神基石；可以极端地轻视个性的宗教文化；可以以知识的简单传播代替所有这一切。人的个性不仅是智力，它还首先表现为意志和性格，且它并不借此为自己实行残酷的复仇。在民众心目中，摧毁几个世纪的宗教道德基础——这促使他们身上蒙昧的本能得以释放出来，这类本能在俄国历史上非常之常见。因为俄国历史深受鞑靼的风气和游牧民族征服者的本能所侵害。……这种可怖的、无组织的自发力量在自身破坏性的虚无主义方面，显然仅与革命的知识阶层接近，

尽管在知识阶层的精神世界中，它们被视作革命精神。[①]

格尔申宗则认为，俄罗斯民族精神基础的崩塌导致了俄罗斯人在精神上的非健全性，他形象地称俄罗斯民族的这种分裂状态为“精神残疾”：

我们并非健全的人，而是身带残疾的人，我们所有的知识分子都是这样。我们的残疾甚至不是通常情形下天生的残疾，而是偶发的、暴力所致的残疾。我们之所以是残疾人，是因为我们的个性一分为二；是因为我们失去了自然发展的能力——这一发展中意识与意志一起成长；是因为我们的意识如同与车厢脱节的火车头，徒自朝远方疾驶，枉然丢弃了我们情感、意志的生活。[②]

这种精神残疾的最根本原因就是意识本质的缺席、意识与个性的分离。寻神派认为，俄罗斯自别林斯基时代起就堕入了西方逻辑思维的噩梦：知识阶层天真地认为历史是可以基于分析而达成的一种逻辑的建构，认为人们可以摒弃所有的真理和情感，仅从理性便可以认识世界的规律。激进派为了逻辑的完整性，将非理性排除在认识过程之外，并为自己设定了目标，即把个性整合为完全的一致性。格尔申宗说，“一个中了魔的群体”就这样形成了，“个性业已荡然无存——只剩下所谓的群体，因为早在学生时代，每一个个体的精神已遭受阉割”[③]。

寻神派认为，知识阶层的这种偏执行为在某种意义上也是对俄罗斯民族精神的一种考验，它使人看清放任智性的后果，使人明白对民族真正有益的遗产是什么。寻神派对知识阶层的批判旨在使其恢复过去的信念，恢复过去“崇高的、朴素的和明确的生活目标”，即“绝对的标准和恒定的原则”——基督。生活的真理并不在西方，也不在未来；生活的内在之光

① ［俄］布尔加科夫：《英雄主义与自我牺牲》，见《路标集》，彭甄、曾予平译，云南人民出版社1999年版，第59—60页。

② ［俄］格尔申宗：《创造性的自我意识》，见《路标集》，彭甄、曾予平译，云南人民出版社1999年版，第65—66页。

③ 同上书，第79页。

源自于俄罗斯民族优秀的精神文化传统。布尔加科夫说，俄罗斯日夜思念的爱人就近在咫尺，“他站在那里，正在叩响这扇心灵之门，知识分子骄傲的、倔强的心灵之门”[①]。

寻神派的声音是响亮的，它在俄罗斯思想界激起了巨大的波澜，也引发了革命派的强势反击。列宁和普列汉诺夫分别撰文《论〈路标〉》（发表于1909年12月13日的《新的一日报》）和《论俄国所谓的宗教探索》（发表于1909年《现代世界》杂志的第9、10和12期），回击寻神派对革命社会主义的批判。

列宁从社会政治的角度来看待俄罗斯的宗教哲学思潮，他称这部分思想家是“立宪民主党”，说他们代表了“现代立宪民主主义的真正本质”，是自由资产阶级。在列宁看来，哲学给予了自由资产阶级一把良好的保护伞：他们一方面通过对民主派哲学观的批判阐发了自己的神秘主义观点，另一方面还狡黠地避免了与民主派在政治上的直接冲突。寻神派反对革命的观点，实际上是反对人民解放、践踏人民权力的保皇之举。寻神派攻击民主派是因为前者失去了对后者巨大力量的控制。列宁写道：

> 自由派曾经同情过他们，有时还暗中帮助过他们；这就是说，当民主派还没有使真正的群众行动起来的时候，自由派是同情民主派的，因为不发动群众，民主派就只能为自由派的自私目的效劳，只能帮助自由资产阶级的上层人物去逐步掌握政权。当民主派把业已开始实现自己的任务，捍卫自己的利益的群众吸引过来时，自由派就同民主派分道扬镳了。在反对民主派“知识分子”的叫嚣的掩护下，立宪民主党所攻击的实际上是群众的民主运动。[②]

列宁指出，寻神派的一个根本错误就是混淆了民粹主义与马克思主义的区别。虽然这二者有一个共同的特点，即“通过诉诸群众来保卫民主”[③]，

---

① ［俄］布尔加科夫：《英雄主义与自我牺牲》，见《路标集》，彭甄、曾予平译，云南人民出版社1999年版，第64页。

② ［俄］列宁：《论〈路标〉》，《列宁全集》第19卷，人民出版社1989年版，第170—171页。

③ 同上书，第172页。

但在列宁看来，马克思主义显然要比民粹主义更高级、更民主、更有前景。然而，俄国的自由主义为了维护自身的物质利益而“诋毁和诬蔑群众争取自由的斗争”。列宁说：“俄国自由主义的‘有教养的社会’转向反对革命、反对民主。这不是偶然的现象，而是1905年以后必然的趋势。工人的独立精神和农民的觉醒使得资产阶级大吃一惊。资产阶级，特别是最富有的资产阶级，为了维护自己剥削者的地位，拿定主意：宁要反动，也不要革命。”[①] 按照列宁的说法，寻神派与反动的波别多诺斯采夫并无二致，他们用中世纪的宗教制度压抑人民，而《路标》则是“一整套对民主派的反动诬蔑”罢了。

普列汉诺夫主要从宗教的角度对寻神派和造神派进行了批判。他在某种程度上认可布尔加科夫的论断，即知识阶层在宗教问题上是无知的。然而，在普列汉诺夫看来，俄罗斯的宗教哲学界也不过是五十步笑百步罢了，他们同样表现出对宗教教条主义以及一般宗教问题上的无知。普列汉诺夫在《论俄国所谓的宗教探索》一文中通过对万物有灵论、图腾崇拜和罗马父权制的追溯表达了他自己对于宗教的理解。在他看来，宗教与社会生产力水平具有相当强的依赖关系。在生产力极不发达、对自然的认识极为有限的原始社会，产生了最原始的宗教观念——万物有灵论。随后，与社会的发展进程相适应，产生了各种各样的宗教仪式，在某种意义上，它是“万物有灵论的思想同一定宗教活动的结合”[②]。而宗教观念最后会变成被统治阶级利用的工具，它的功能在于腐化人的思想，迫使民众听命于统治阶级。

普列汉诺夫的世界观是唯物主义的。在他看来，人是实在的，不可能如卢那察尔斯基或高尔基所设想的那样被造成神；自然也是实在的，它具有永恒性，不可能与人同死。俄罗斯的一些反动派之所以追求宗教，不过是出于他们对死亡的一种胆怯心理罢了：“现代宗教探寻者之所以求助于彼岸的幻影，正是因为在他们的空虚的灵魂中，这种感情或者根本没有，或者就是极少见的稀客。他们在宗教中寻求安慰，正如另外一些人——有时

① ［俄］列宁：《路标派和民族主义》，《列宁全集》第23卷，人民出版社1983年版，第133页。

② ［俄］普列汉诺夫：《论俄国所谓的宗教探索》，《普列汉诺夫哲学著作选集》第三卷，中国人民大学编译室译，三联书店1962年版，第366页。

候也就是他们这些人——在酒中寻求安慰一样。有一种观点非常流行：一个人当他不得不以这样或那样的方式对死亡做不可避免的让步的时候，特别需要宗教安慰。"[①] 而宗教的安慰不过是幻觉罢了。俄罗斯的现代宗教探索并不像人们所认为的那样单纯，这种所谓探索的背后有其隐秘的政治目的。他在文章的结尾写道："我认为无需隐讳，我的未来工作的主要关键之一，是研究我国宗教探寻的某一变种如何和为什么成为我国资产阶级欧化的精神工具问题。马克思说得对：'宗教问题如今具有社会意义'。的确，如果认为，例如司徒卢威先生在力求用宗教来反驳社会主义的某些'哲理'的时候，是以一个神学家的身份出现，而不是以一个站在一定阶级观点上的政论家的身份出现，那就太幼稚了。"[②] 在这里，普列汉诺夫回到了与列宁相同的出发点上，即认为宗教问题是反动的资产阶级奴化俄罗斯人民的精神工具。他们势必要与之斗争，并且要正确地、科学地指出宗教的本质和意义。

四

俄罗斯传统的东正教文化孕育了俄罗斯人的自由精神。这种自由精神是俄罗斯思想家的骄傲，是俄罗斯精神完整性与西方唯理主义相区别的重要标志。在 19 世纪 30—40 年代，很多年轻人都渴望到西方去呼吸新鲜的"自由的空气"，因为尼古拉一世的专制统治实在太令人窒息了。按照赫尔岑的说法，尼古拉一世是被 12 月 14 日的事件吓坏了，所以他把"爱国主义变成了某种皮鞭和警棍"[③]。可就是在这样的俄国，霍米亚科夫依然骄傲地说，我们应当"向西方讲述自由的奥秘"[④]。原因如别尔嘉耶夫所说，在霍米亚科夫的心目中，"相较更为自由、受教育程度更高的西方人民而言，在俄罗斯人民内心深处有着更大的精神自由。东正教的内涵之中有着比天主教

① ［俄］普列汉诺夫：《论俄国所谓的宗教探索》，《普列汉诺夫哲学著作选集》第三卷，中国人民大学编译室译，三联书店 1962 年版，第 489 页。

② 同上书，第 496 页。

③ ［俄］赫尔岑：《往事与随想》（中），项星耀译，人民文学出版社 2006 年版，第 129—130 页。

④ *Хомяков А. С.* России. // Полное собрание сочинений в 8 томах. Т. 4. М.: Университетская типография, 1900, с. 230.

更大的自由”[①]。究其原因在于俄罗斯民族摆脱了唯理主义的桎梏。

巴赫金的对话理论在某种意义上正是这种文化自由的结果。巴赫金身处白银时代末期，在极为紧张的社会氛围内，俄罗斯传统的自由精神遭到了重创。而巴赫金从古老的俄罗斯的对话传统中阐发他个人对自由的理解，即建立一种消解一切独白、一切霸权的对话哲学。巴赫金同样从俄罗斯的文化土壤中汲取了其中的自由精神，其对话理论最根本的精神也是向往精神的自由、话语的自由，因此，巴赫金在某种意义上也被称为“自由哲学家”。

关于自由的探讨，早在俄罗斯知识分子觉醒之际就已经开始了。老一辈的斯拉夫派是东正教自由精神的最早的诠释者。霍米亚科夫的教会学说本身就渗透着自由精神。在他看来，西方的理性思维是恶的根源，它追求形式上的统一而分裂了人的精神完整性。在西方唯理主义的约束之下，自由的直觉退场了。幸运的是，这种自由仍完好地保留在俄罗斯的文化精神中，这个自由的领地就是教会。他认为，教会生活提供了理想生活的范本，因为其中的“法则不是奴役的法则或者为酬金而劳动的雇佣法则，而是为人子的和自由之爱的法则”[②]，“即在爱的基础上在自由中统一”[③]。可见，霍米亚科夫的目的也是建立自己的自由哲学。基列耶夫斯基继承了霍米亚科夫的观点，他认为，相较西方抽象的理性文化而言，东正教文化更加包容，它重视每一个个体的个性，保留了完整生活的基础。他说：“我们的教会从不曾将任何人类体系、任何神学学说称为自己真理的基础，因此也不曾禁止其他体系中思想的自由发展，不曾将其作为可能动摇我们教会真理之基础的危险敌人加以迫害。”[④]津科夫斯基也对这一点感同身受，他在《俄国哲学史》的导论中写道：“俄罗斯人的大脑又永远珍重自由的灵感，在俄国，几乎永远不是教会，而是国家在扮演禁锢的审查机关的领路人角色——而如果在教会内部产生了自己的限制性倾向，而且，由于来自国家的压力，

---

① *Бердяев Н. А.* Русская идея. // О России и русской философской культуре. М.: Наука, 1990, с. 82.

② *Хомяков А. С.* Церковь одна. // Сочинения богословские. СПб: Наука, 1995, с. 51-52.

③ ［俄］津科夫斯基：《俄国哲学史》上卷，张冰译，人民出版社 2013 年版，第 216 页。

④ *Киреевский И. В.* «Лука да Мария», народная повесть, соч. Ф. Глинки. // Полное собрание сочинений в 2 томах. Т. 2. М.: Типография Императорского Московского Университета, 1911, с. 141.

而使这一倾向达到很大力度的话，那么，自由的精神在教会意识的核心永远都是不会熄灭的。”[①]

我们看到，俄罗斯人心中的自由与一般意义上的自由是不一样的。它的基础是教会，是古老的东正教信仰，是一种比西方理性意义上的自由更本质、更内在的来自于上帝的意志的自由。这种来自于神的自由的思想可谓是巴赫金对话理论的一个生成基础。那么，如何理解东正教文化中的这种自由精神呢？白银时代著名的存在主义哲学家列夫·舍斯托夫（Лев Исаакович Шестов，1866—1938）在他著名的《雅典和耶路撒冷》（«Афины и Иерусалим»）中给出了自己的答案。

雅典和耶路撒冷分别是希腊文明和基督文明的发源地。舍斯托夫认为，从这两种不同的文明出发，诞生了人类两种不同的哲学思维模式，即理性思维和圣经思维。从笛卡尔的身心二元论开始，西方哲学就把理性看作是永恒真理的基石。从理性主义原则出发，自然万物是被认识的对象，而人的精神从对必然性的认识过程中获得了最大的满足。斯宾诺莎即宣称：“自我满足可以起于理性，且唯有起于理性的自我满足，才是最高的满足。”[②]然而，基督教对人与自然的看法却全然相反。按照基督教的观点，上帝是按照自己的“形象和样式”创造了人类，并将自己的神性分给了人类；同时，上帝还创造了天地万物，将其赠与人类管理和命名。可见，在上帝造人之初，人依靠上帝的启示而享有完全的神性的自由。只有在人类的始祖亚当堕落之后，世界才有了善恶之分，才有所谓的善恶选择问题。“原罪”的观念在西方思想中根深蒂固，在他们看来，恶是不可避免的现实，所以人需要借助知识而进行正确的善恶选择。但在东正教文化中，人的神性基因并没有因为亚当的堕落而消失，人始终都有得救的可能性。基督降世为人的目的就在于使人获得解放：人依然可以通过忏悔回归上帝，可以如约伯那般，依靠“哭、笑和诅咒”找回上帝最初赋予人类的完全的自由。

舍斯托夫认为，西方哲学家最大的悲剧就在于为了追求知识而远离了上帝。舍斯托夫并不是为蒙昧主义辩护，他反对的不是一般意义上的知识，

---

① ［俄］津科夫斯基：《俄国哲学史》上卷，张冰译，人民出版社 2013 年版，第 2 页。

② ［荷］斯宾诺莎：《伦理学》，贺麟译，商务印书馆 1997 年版，第 210 页。

而是知识崇拜之下的来自于理性的傲慢。西方的理性主义哲学自信地以为“他们的真理不仅有令他们信服的能力，而且有能力使无一例外的所有人信服。理性只承认、只寻求这样的真理，理性只把这样的真理叫做知识”[①]。然而，在舍斯托夫看来，理性主义所谓的真理正遭受着必然性“可怜的和可耻的奴役”。“那些强迫性的真理，甚至那些寻求自律伦理学的称赞和惧怕它的谴责的真理，那些莱布尼茨所说的未经上帝意志核准就进入上帝意识的永恒真理，都不仅不能令耶路撒冷信服，而且对耶路撒冷来说，这些真理只是一片荒凉。所以，在‘理性的界限’之内可以创造出科学，高尚的道德，甚至宗教，但为了拥有上帝，就必须摆脱理性之魔法及其肉体的和道德的强制力量，走向另一个源泉。这个源泉在圣经中叫作‘信仰’，就是一种思维维度，在这一维度下，真理快乐地、毫无痛苦地服从于造物主的自由支配。”[②]他们从理性这同一个源泉里呼吸，失去了最宝贵的恩赐——自由。舍斯托夫写道：“希腊哲学中所知晓的自由、中世纪哲学以及后来的近代哲学从希腊人那里所接受的自由，是选择善恶的可能性，——这种自由是堕落的人的自由，是受罪孽奴役的自由，它把恶释放到世界中，并且没有能力把恶从生命中驱逐出去。因此，人愈是顽固地确信他的得救同‘知识’相联系，同区分善恶的本领相联系，罪孽就在他身上扎根得愈牢固。他脱离了圣经的‘至善’，正如他与生命树断绝了关系一样，他把自己的希望完全同他从知识树上摘下的果实联系起来。”[③]中世纪的基督教世界观把信仰也置于理性的思考范围之中，使生命之树遭到了知识之树的摧残。信仰不是知识，不可以被认识。对知识的崇拜使人堕入恶的深渊，而真正的天堂里是没有恶的，伊甸园在一开始也没有恶。真正的自由，不是在善恶之间进行选择，而是根本就没有恶。

---

① ［俄］舍斯托夫：《雅典和耶路撒冷》，徐凤林译，浙江人民出版社2000年版，第13页。

② 同上书，第20页。

③ 同上书，第248页。

第六章

俄罗斯式的世俗对话文本

我们一直说俄罗斯历史是一部专制帝王史，但如我们在前面所阐述的，俄罗斯的历史从形式结构上看，乃是一部“对话史”。我们阅读俄国的历史会发现，几乎在任何时代都可以找到巴赫金意义上的开放性对话文本。无论是君王与臣子之间的对话，还是各种社会话语中的对话。

第一节 伊凡四世与库尔勃斯基：专制话语与贵族话语的博弈

在俄国的历史上，也许最有名的对话文本就是伊凡四世与库尔勃斯基的通信对话。可以说，这个事件奠定了俄罗斯政治文化中的专制话语与封建贵族话语之间的博弈性对话形态。

瓦西里三世1533年去世，伊凡四世继位，而他当时只有三岁，所以各方贵族势力组成摄政会议，但这些贵族各有利益，当专制统治在这种境况下发生松弛的时候，就形成了一种“内讧”状态。而这种内讧却促成了那个时代的对话风气，甚至影响了伊凡四世的个性的成长。后来与伊凡四世发生论争的库尔勃斯基本来身居显贵，但1564年因为在立窝尼亚战争中作战失败而惧怕伊凡的惩罚，叛逃至立陶宛[1]，并且作为对方将领反过来与俄

[1] 据卡拉姆津记载，本来库尔勃斯基很受沙皇赏识，但此役失利后，他意识到难逃一死，于是征得夫人同意，告别十岁的儿子，夤夜跳出城墙，乘其忠仆备下的马逃至立陶宛。参见 *Карамзин Н. М.* История государства Российского в XII томах. Т. 9. СПб.: Иждивением братьев Слениных, 1821, с. 59–60.

军作战。库尔勃斯基此前虽然颇受伊凡赏识，但他还是因为对方暴烈且固执的个性而心怀怨恨。所以，他在国外给伊凡写了一封信，来表达他在国内的时候敢怒不敢言的想法。用克柳切夫斯基的话说，这是一封故意“激怒”沙皇的信（досадительное послание）[①]。库尔勃斯基达到了他的目的，这封信引发了伊凡四世的强烈反应，他回复了一封长达62页的信[②]，于是库尔勃斯基再次写信，如此往复，至今流传下来的共有六封书信：库尔勃斯基四封，伊凡四世两封。除此之外，库尔勃斯基在国外期间还写下了一本小册子《莫斯科大公史》，从这本书中我们可以更清楚地看到他的立场和诉求。但他给沙皇的书信却充满了情绪化的表达，当然，在这方面伊凡四世的回信较之库尔勃斯基的有过之而无不及。

从这些书信洋洋洒洒的表述中，我们大致可以发现他们对话的基本主旨，一言以蔽之，就是君权与贵族权力的平衡问题。我们来看库尔勃斯基的第一封信：

> 上帝赐予荣耀的，在正教徒中最为开明的沙皇啊，如今你因为我们的罪孽，而站到了（请知者明鉴）我们的敌对面，你的良心染上了麻风，这在不信神的人们之中也不曾有过。我禁止我的舌头从头至尾讲出更多的话，但由于你的强权极度的压制和束缚，由于巨大的痛苦，使得我要斗胆对你说，哪怕只是几句话。
>
> 为什么，沙皇啊，摧毁了以色列的强者，以及上帝赐予你来与敌人作战的将领，对他们施加各种酷刑，使这些战胜者的神圣的鲜血在上帝的教堂中流淌，你用殉难者的鲜血染红了一座座教堂的门槛，你抛弃了仁慈，你的灵魂，制造了有史以来前所未有的苦难、死亡与压迫，诋毁正教徒叛教、异端、图谋不轨，你极力要将光明变成黑暗，将甜蜜称为苦涩，把苦涩称为甜蜜？为什么人们在你面前都要称罪，因为什么基督教的捍卫者却把你激怒？难道不是他们摧毁了那些桀骜

---

① *Ключевский В. О.* Курс русской истории. // Сочинения в 9 томах, Т. 2. М.: Мысль, 1988, с. 154.

② 伊凡四世与库尔勃斯基通信的原手稿并没有流传下来，流传下来的只有不同的抄本。因此，原信的页数只能根据后人的记述。

不驯的国家，让他们在一切事上都听命于你，而我们的祖先往昔却受他们的奴役？难道上帝没有把最强大的德国堡垒赐给你吗，而这些都有赖于他们的智慧？但是为此，我们这些不幸的人得到的奖赏就是，把我们与所有亲人一起消灭，不是吗？或者你，沙皇啊，你自认为你是不朽的，你陷入了前所未有的异端，难道你不会被带到基督，即上帝启示的耶稣基督的不朽的审判者面前吗？他将前来对宇宙进行公正的审判，当然也不会放过高傲的压迫者，以及所有人的哪怕最不起眼的罪孽，就像那些上帝的话所训诫的。正是他，我的基督，坐在基路伯天使宝座的右边，作为最高的审判者——对你我的恩怨做出审判。

人们对你所行使的什么样的邪恶和迫害没有经受过！什么灾祸和伤害你没有向我的头上倾倒！什么罪名和叛变的指责没有强加给我！我甚至无法计算你所造成的各种各样的灾祸，因为大量灾祸所造成的悲伤仍在笼罩着我的灵魂。但最后我会说出一切：我被剥夺了一切，被你驱逐出了上帝的土地而没有内疚。而你对我的付出却用邪恶来偿还，对我的爱却还我以不可调和的仇恨。我的血，就像流水一般洒在你的身上，这血就是当着我的上帝的面在向你呐喊。上帝在看着每个人的心头所想：我一直在脑海里思索，凭我的良心作证，我在寻找，在我的思绪中自我审视，我不明白，也没有找到我在你面前的过失和罪孽。我引导着你的军团，并与他们一同作战，没有给你带来任何羞辱，只有在主的天使的帮助下取得胜利，并为你带来荣耀，而且从未让你的军团背向他人的军团，没有给你带来羞辱，相反，却为你赢得了美誉。所有这一切都并非一年或两年，而是许多年来，我不知疲倦，忍辱负重，不惜汗水，常常无法得见我的父母，无法与妻子相依相守，常年驻守在远离故国的地方，与你的敌人作战并遭受我主耶稣基督所见证的肉体折磨；特别是在屡次的战斗中被蛮族带来的创伤，以至我整个身体都被这些创伤所覆盖。但是，你，沙皇，对此却漠不关心。

我本想列出我为你的荣耀所完成的所有汗马功劳，但我之所以没有这样，是因为上帝对此更有明见。毕竟，他将对这些给予恩赏，不仅仅是为了这一点，还为我所遭受的泼头冷水。然而，沙皇，我在此告诉你：直到最后审判的那一天，你才会看到我的脸。并且不要希望我对所有事情保持沉默：直到生命的最后一天，我会在我虔信的无尽的三位一体之前不断地谴责你，并呼唤基路伯和我主之母的帮助，即我的希望和护佑者，我的主的圣母，以及所有的圣徒，上帝的选民，以及我的主君费奥多尔·罗斯季斯拉维奇大公。

沙皇，你不要执迷不悟，不要以为我们已经覆亡，已经被你无辜地杀害，已经被你削蚀，并被你不公平地驱逐。不要为此感到高兴，仿佛还要夸下海口：那些被你在主的宝座前处死的人还站立着，这些被你削除和不公正地驱逐出国的人，正在呼吁向你复仇，正在日夜向上帝吁求，揭穿你。就让你一直夸耀你对这种短暂的、稍纵即逝的生活的骄傲吧，处心积虑给基督徒加以最残酷的刑罚，还要玷污天使的形象并践踏他，连同你那些奉承者和魔鬼盛宴上的伙伴，你那些沆瀣一气、窒息了你的灵魂和肉体的大贵族们，他们用自己的孩子作祭礼，比起克罗诺斯的祭司有过之而无不及。关于这一切，我在此就说这些。

这封被泪水沾湿的信，在你和我的上帝耶稣一同审判之前，我会命令把它放进棺椁之中。阿门。

写于我的国王西吉斯蒙德·奥古斯都的沃尔默市，我希望通过他君主的恩典，尤其是在上帝的帮助下，让我所有的悲伤得到安慰。

我从圣经中得知，那被孕育的反基督斗士将被魔鬼放逐到基督所厌弃的部落，放逐到荒淫之都，现在我看到你那众所周知的谋士，那生于奸情的人，他今天在沙皇的耳边窃窃私语，将基督徒的鲜血像水一样挥洒，杀死了以色列那么多的强者，都是为了他自己的敌基督的事业：沙皇，不要以这种方式执迷不悟！在上帝的律法中一开头便写着："摩押人和亚扪人，以及第十代的非婚生者，不得进入上帝的教会。"等等。①

库尔勃斯基主要想表明的是，沙皇家族对待贵族采取了残酷而血腥的治理手段，从而导致朝野上下充满怨怒。在他看来，身为国家之尊，应成为典范的基督徒，然而不幸的是，沙皇的家族有史以来就是一个"嗜血的

① *Курбский А.* Первое послание Курбского Ивану Грозному. // Переписка Ивана Грозного с Андреем Курбским. (Текст подготовили *Я. С. Лурье* и *Ю. Д. Рыков*) Л.: Наука, 1979, с. 119–121.

家族”（кровопийственный род）[①]。在他同时期写下的《莫斯科大公史》里，他的政治诉求体现得较为理性和明确。他开篇即写道：

许多有头脑的人多次执着地问我，从前那么善良、出众的沙皇，曾为了祖国于自己的健康而不顾惜，在与基督十字架的敌人所进行的军事战斗中承受着苦难，承受着无以计数的痛苦和繁重的劳作，并赢得了如此美誉，却为何发生了这样的事？而每一次我都默默地叹息，眼含热泪，不想回答。但最后这些坚持要刨根问底的人逼迫我要说出一二，这到底是怎样发生的。于是我回答他们说：“如果要我从头详加述说，那就得用许多篇幅来说明，魔鬼在这些俄罗斯王公善良的家族中播种下恶劣的习性，首先是假手于他们恶毒的巫婆妻子。就像以色列的那些沙皇一样，特别是当他们的妻子是从异族那里娶来的时候。”[②]

库尔勃斯基这里提出的是沙皇家族女人干政，尤其是异族女人进入沙皇家族后产生的问题。自欧洲中世纪起，不同等级的贵族通婚的一个基本原则是同等级通婚，因此，王族的通婚对象往往只能在异族的王族中选择，这个原则在俄国并不具有强制性，但也大致上形成了一种通例。伊凡四世的祖父伊凡三世娶的就是拜占庭皇帝君士坦丁十一世的侄女索菲亚·巴列奥洛格公主。伊凡四世的父亲瓦西里三世娶第一任妻子时没有遵从这个原则，而是从1500名贵族少女中选出的，但结婚二十多年没有生育，所以瓦西里只得与她离婚，又从立陶宛王公格林斯基的公主中选择了叶莲娜再婚，此后这位皇后生下了伊凡和尤里。当年幼的伊凡继位的时候，个性强悍的叶莲娜[③]废止了摄政会议，独自摄政，并用残酷手段剪除了有可能觊

① *Курбский А.* Третье послание Курбского Ивану Грозному. // Переписка Ивана Грозного с Андреем Курбским. (Текст подготовили *Я. С. Лурье* и *Ю. Д. Рыков*) Л.: Наука, 1979, с. 171.

② *Курбский А.* История о великом князе московском. // Сказания князя Курбского. (издание третье, исправленное и дополненное, *Н. Устрялова.*) СПб.: Типография Императорской Академии наук, 1868, с.3.

③ 另一种说法是，叶莲娜是1380年在库利科沃战役中战败的金帐汗国马麦汗的后代。参见*Перхавко В. Б., Пчелов Е. В., Сухарев Ю. В.* Князья и княгини Русской земли IX–XVI вв. М.: Русское слово, 2002, с. 382.

觎王位的两位皇叔，从而开启了沙皇家族血腥镇压贵族异见者的历史。库尔勃斯基提出的避免这种不正常政治格局的方法是重新赋予大贵族会议（синклит）的参政权利。他认为，国家的秩序不是由专断的权力来维持的，而应建基于大贵族会议和缙绅会议的参与之上，要完善地处理各项国家事务，沙皇需征得大贵族的意见。沙皇作为首脑，应当善待其智慧的建议者，要把这些建议者视为自己的手足。而大贵族会议也应当成为具有公正善良之心的建议者，这样沙皇才能保证他的决策是公正的。除此之外，沙皇不仅要同高尚而公正的建议者共商国是，还应当让正直的人民参加，由公正的人民组成缙绅会议。他提出："如果上帝并没有赐予沙皇以特殊的才能，而他又受到了全国的敬重，那么他就既要听取贵族会议的建议，也要听取庶民的建言，因为财富和权力并不能决定一个人的精神力量，而只有公正与良知能决定这一切。"①

天性刚愎自用的伊凡四世当然不会赞同库尔勃斯基的观点，否则也就无法构成没有结局的对话了。据分析，沙皇的回信可能并非沙皇一人所为，因为其中的行文风格和语气呈现出不同的形态，但如果是由沙皇的近侍执笔，也应是沙皇口授，所以，总体上这些书信还是体现了伊凡四世本人的真实心境。② 从风格上看，沙皇的信更富有激情，更多地使用感性的表述。如：

> 你的信函收到，并已着意审读。但因为你的舌下暗藏着蛇的毒液，所以尽管你的信就你的想法来看充满了蜜汁和蜂巢，但是它的味道却苦过艾蒿；正如先知所说："他们的话语比油更柔和，其实它们就像利箭一样。"你本是一个基督徒，难道已惯于这样来为基督徒的君主效劳吗？你的所作所为就像恶魔喷出毒液，你难道就这样报答主，报答上帝的恩赐吗？你在信的开头写道："致正教徒中最为开明的沙皇。"——

---

① *Курбский А.* История о великом князе московском. // Сказания князя Курбского. (издание третье, исправленное и дополненное, *Н. Устрялова*.) СПб.: Типография Императорской Академии наук, 1868, с.37.

② *Лихачев Д. С.* Стиль произведений Грозного и стиль произведений Курбского. // Переписка Ивана Грозного с Андреем Курбским. (Текст подготовили *Я. С. Лурье* и *Ю. Д. Рыков*) Л.: Наука, 1979, с. 184.

那么这就是说，无论过去还是现在，我们都保持着对真正的活的上帝的真正的信仰。可为什么你又说“站到了我们的敌对面，良心染上了麻风”，你这是只按异教徒的想法来推论，而不去想福音书中教导的话：“这世界有祸了，因为有诱惑。很难不屈从诱惑，那人有祸了，因为诱惑穿过了他的身体。倒不如把大磨石拴在这人的颈项上，让他沉在深海里。”你在你的恶念中完全成了瞎子，无法看到真理：当这一切都被你和你那些凶恶的谋士们所践踏，并用你们邪恶的诡计给我们带来许多的痛苦之时，你竟奢望有权站在至尊宝座之前，永久充任天使，并用你的双手屠杀牺牲的羔羊来拯救世界？从我年轻的时候起，你就像恶魔一样，毁坏了信仰，毁坏了上帝和我的祖先赐予我的强国，要把它置于你们的权力之下。把王国掌控在自己的手中，不让那些奴隶来统治，难道这就是“染了麻风的良心”吗？不想让自己被奴隶掌控在其权力之下，这难道是“与理性作对”吗？屈服于权力并在奴隶面前称罪，难道这就是“开明的正教”吗？[①]

尽管沙皇的回信中充满了感性的表述，但仍然可以清楚地看到伊凡对库尔勃斯基的针锋相对的对话意图。库尔勃斯基主张的是要贵族会议和缙绅会议参政，避免沙皇家族内部女人干政，权力过于集中，最后导致沙皇肆意剪除异己。但伊凡四世强调的是，他的权力并不是他自封的，而是来自于上帝，来自于祖先，因此，天赋皇权。而这个权力的执政基本原则就是不让奴隶来统治，即牢牢地把权力握在自己的手中。在他看来，俄罗斯自古以来就是这样的执政传统，是要王族自行统治，而不是由贵族们来统治。克柳切夫斯基认为，伊凡的这个观点是一个创新，他说：“伊凡沙皇是第一个在罗斯提出关于专制的这种看法的人，因为古代罗斯没有这种观点，不曾把内部政治关系同专制思想联系起来，认为专制君主只是不受外力左右的统治者。伊凡沙皇首次注意到最高权力的内部方面，深刻地提出自己的新观点。”[②] 我们说，如果伊凡四世只是一味地指责库尔勃斯基的背叛，则

① *Иван Грозный* Первое послание Ивана Грозного Курбскому. // Переписка Ивана Грозного с Андреем Курбским. (Текст подготовили *Я. С. Лурье* и *Ю. Д. Рыков*) Л.: Наука, 1979, с. 125.

② ［俄］克柳切夫斯基：《俄国史教程》第二卷，贾宗谊、张开译，商务印书馆1997年版，第167页。

无法形成自身与对方对话的资格，而只有既针对对方的理由提出反驳的观点，还要说明这种观点的合理性，方可与之形成对话。所以，他不仅强调沙皇专权，而且认为专权的目的正是为了俄罗斯的稳定，因为在当时各路贵族均跃跃欲试要来干政的情势下，没有了专制的君主，就会导致内讧不断。此外，针对库尔勃斯基提出的贵族参政的说法，伊凡还提出了这种参政的动机问题，即这些贵族参政的目的并非国家的富足安定，而是各怀心机。他说："正如我上面所说的那样，罪犯因为他们的行为而受到惩罚，并不是一切都像你说的谎言那样，你用不恰当的词语称那些叛徒和淫棍为殉道者，而把他们的血称为战胜者的和神圣的，把我们的敌人称为强者，把我们的叛教者称为将领；我刚刚告诉你了，他们的仁慈是什么样的，他们带给我们的是什么魂灵。而且你不能说我们是在诽谤，因为他们的背叛行为已为全世界所周知：如果你愿意，你甚至可以找到这些暴行的见证人，即使是在贸易和使馆事务中来到我们这里的野蛮人。事情就是这样的。现在，即使是那些赞同你的人，享受所有福祉和自由的人，那些拥有财富的人，他们也已记不起以前的行为，记不起他们也曾享有同样的荣誉和财富。……我并没有把光明变成黑暗，并没有把甜蜜说成苦涩。如果奴隶们占据了统治地位，那么，在您看来，这还是光明与甜蜜吗？而如果由上帝赋予权力的君王占据了统治地位，那还是黑暗和苦涩吗？"[①] 可以说，伊凡针对库尔勃斯基书信的反驳虽然充满情绪化的语言，但却绝不回避对方的质问，甚至可以说"睚眦必报"，有问必有答。

第二节 上帝的标准与对话的开放性

从上面的分析我们可以看出，库尔勃斯基和伊凡的对话在当时的语境之下都具有充分的合理性。克柳切夫斯基在谈到这一点时有一句深有意味的话："他们已不是彼此论争（полемизируют друг с другом），而是一个

① *Иван Грозный* Первое послание Ивана Грозного Курбскому. // Переписка Ивана Грозного с Андреем Курбским. (Текст подготовили *Я. С. Лурье* и *Ю. Д. Рыков*) Л.: Наука, 1979, с. 143–144.

人向另一个人倾诉（исповедуются один другому）。”[①] 在我们看来，这个表述充分说明了俄罗斯传统文本中的对话特征，也是影响到后来巴赫金创建其对话理论时的一种传统暗示，即对话的目的不是杀死对方，而是在对话中确证自我，在对话双方的“回应性”（ответственность）之中来显示各自的存在。这种对话的实质在19世纪西方理性主义思想进入俄国之后便逐渐被遮蔽了，大多数人理解的对话就是通过对话达到“独白”，即使这个对话的动机是显示个人的自由。当年赫尔岑在谈到俄罗斯文化中的个性问题时曾以库尔勃斯基为例，来说明俄国是无法容忍一种自由个性的存在的，他指出：“在我们这里，个人总是被压制、被吞噬：他甚至都不会力求发出声音，一旦发出声音，那么他就会成为库尔勃斯基公爵那样的人，背井离乡。自由的话语在我们这里总是被视为放肆、特立独出——就是谋反；人被村社所吞噬，消融在里面。”[②] 但赫尔岑这个说法本身就是一种悖谬性对话形态，也就是说，当他说出这个话的时候已经表明，所谓“村社”话语并没有把所有自由的声音“吞噬”（поглощать）和“消融”（распускаться）。相反，自由的声音在俄罗斯大地上从来都是绝不弱于专制强权声音的一种对话性存在。但从赫尔岑这个观点也可以看出，在俄国的革命语境中，对话的实质一定会被淹没，因为革命的目的就是“独白”，就是把对话的对手杀死。所以，在苏联时期，对于伊凡四世与库尔勃斯基的论争的理解就显得更具独白色彩。如在中国影响颇大的布罗茨基主编的《俄国文学史》中的评价：“通信集反映了两个作者的针锋相对的政治立场。库尔布斯基不了解伊凡四世同大贵族阶级斗争的进步意义，倒责备伊凡残暴。他指摘沙皇屠杀大贵族。‘沙皇，你为什么要消灭以色列的强者？为什么把上帝赐给你的将领用种种方法处死？’——他质问伊凡。然后库尔布斯基又向沙皇提到自己过去的胜利与创伤，极力为他的逃奔国外申辩。可怕的伊凡用一通洋洋洒洒的长书回答了这封信，他坚持沙皇应享有无限权

① *Ключевский В. О.* Курс русской истории. // Сочинения в 9 томах, Т. 2. М.: Мысль, 1988, с. 159. 中文译本将这句话译为：“他们彼此不是论战，而是说服对方。”应属误译。参见［俄］克柳切夫斯基：《俄国史教程》第二卷，贾宗谊、张开译，商务印书馆1997年版，第169页。

② *Герцен А. И.* С того берега. // Собрание сочинений в 30 томах. Т. 6. М.: Издательство Академии наук СССР, 1955, с. 319.

力这一思想，公正地斥责了库尔布斯基的叛变。在整个通信期间，两个作者都始终站在如此相反的立场上。通信的内容非常清晰地说明了两人的世界观——一个是以增强国家威力为目标的专制政权的维护者，另一个却是意图要削弱这政权的、有爵位的大贵族阶级的代表，终于变成祖国叛徒的人。"[①] 这里虽然说明了两种立场是相对立的，但从价值观上却给予了明确的高下之分，对库尔勃斯基的发言用了"不了解伊凡四世……的进步意义"来定位，而对伊凡的反驳则用了"公正地斥责"来形容。从这一点上来看，还是克柳切夫斯基的话更能说明这种对话的性质："双方好像在向对方表白自己，还可以认为，他们充分地、开诚布公地陈述其政治观点，也就是揭示双方不和的原因。但是在双方花了很大劲头，费尽心机进行的这场论战中，他们对不和的原因并没有做出直接的、明确的回答，并没有消除读者的疑问。"[②] 克柳切夫斯基对形成这种对话形态的原因是从社会学的角度来解释的，即，这种现象是由于双方都对那个时代的国家和社会的现状表示不满，而不仅仅是跑到国外去的库尔勃斯基，实际上伊凡四世也是如此。他们一方面对当时的政治体制不满，一方面为找不到明确的出路而不满：这是由当时的君主与贵族之间的关系所决定的。在伊凡四世继位的时期，尽管他试图确立自己为具有绝对权力的君主，但是已沿袭数个世纪的封建制使得大贵族仍然拥有强大的政治参与能力，从而使他们在选择王位继承人、国家政治大策的时候，往往无法达成一致意见，结果是导致双方互不信任，又找不到有效的解决方案，或者说，他们还无法意识到，这些问题只有通过有效的法律机制才能获得解决。[③] 但克柳切夫斯基没有提到一点，即，对话的双方在对话中进入的并不是一个完全无序的话语空间，而如前所述，是一个俄罗斯式的"聚合性"空间。正因为在他们的心目中都存在一个上帝的标准，所以才会产生对对方以及现状的不满，而当这种不满无法寻找到达到上帝标准的出路时，就变成了无休无止的开放性论争。

---

① ［俄］布罗茨基主编、波斯彼洛夫、沙布略夫斯基著：《俄国文学史》上卷，蒋路、孙玮译，作家出版社 1957 年版，第 65 页。

② ［俄］克柳切夫斯基：《俄国史教程》第二卷，贾宗谊、张开译，商务印书馆 1997 年版，第 164 页。

③ 同上书，第 170—171 页。

第三节 伊万·别尔森与马克西姆·格列克长老的“交谈”

实际上，在伊凡四世与库尔勃斯基发生论争之前，在瓦西里三世时期，由君主与大贵族之间的这种冲突导致的对话文本就已经存在了。如大贵族杜马成员伊万·别尔森在与来自阿索斯山的长老马克西姆·格列克的对话中表达的对瓦西里三世的不满。伊万·别尔森是当时大贵族中的反对派成员之一，正因为其常常在大公面前表达异议，最后被剥夺了在杜马中的席位。而当时，应瓦西里大公邀请从希腊的修道圣山阿索斯来的马克西姆·格列克长老正居住在莫斯科近郊的西蒙诺夫修道院翻译希腊文的教会文献，这位大德修士由于博学、善辩而吸引了许多人前来探讨各种神学与社会问题。[①]这些谈话有的被人记载了下来，其中一个片断就是记录别尔森与他的交谈。

> 伊万·别尔森到我这里来，同我谈论各种书籍和皇城的事：“如今在这里的沙皇们[②]都是不可信的蛮族，都是压迫者；在这个残酷的时代我们该对他们做些什么，我们又怎么样与他们相处呢？”我对他说：“你们的沙皇是不敬神的，但是他却不会出现在主教和都主教的法庭上[③]。”而别尔森又说：“虽说我们的沙皇是不敬神的，虽然是这样，但我们总还是有上帝的。”
>
> ……
>
> 别尔森到我这里来，试探性地问：“你到都主教那里去过吧？”别尔森对我说：“你见过像莫斯科都主教这样的人吗？”他说的是莫斯科

① *Синицына Н. В*. Максим Грек в России. М.: Наука, 1977, с. 3 .

② “沙皇”（царь）这个词最早是十世纪的保加利亚大公西美昂给自己的一个称号，源出自罗马独裁者“恺撒”之名；此后俄国统治者有时也自称或被称为沙皇，伊凡四世1547年登基时“沙皇”正式成为全俄皇帝的头衔。马克西姆·格列克（1470—1556）在这里使用这个词（用的复数，记载于1525年）是当时的非正式称呼。

③ 意思是“不会干涉教会内部的事务”。

都主教丹尼尔。“简直没有见过像都主教这样的修士。他从不讲任何有教诲意义的话，从来也不去为什么人说情；而先前的圣者们都是履行自己的职责去向君主为所有人说情的。而如今，马克西姆先生，把你从圣山请来，到底可以带来什么益处呢？”于是我对他说：“先生啊，我只是孤身一人；从我身上能得到什么益处呢？”别尔森又对我说：“你是一个智者，你能够给我们带来益处，我们可以向你讨教：君主应当怎样治理其大地，而对普通人应当如何奖赏，都主教应当如何处世？”而马克西姆又对别尔森说：“先生啊，你们自己有书籍，有规章，是可以治理好的。”

……别尔森还曾对我说：“瓦西里大公的父亲伊凡大公是个善良的人，对普通人很温良，能够听人们的抱怨，上帝与他同在；而如今的君主却不是这样，他很少关心普通人的事；而为什么要把格列克请来呢，就是要来管一管我们的大地；要让我们俄罗斯的大地上的人生活在安宁与和平之中。”

……别尔森还曾对我说：“马克西姆先生，你是知道的，我们也曾从许多智者那里听到过：哪里的大地如果改变了风习，则那里的大地就无法长治久安。而如今我们这里的古老风习被大公给改变了，如此一来我们还能期望美好的事吗？”于是马克西姆对别尔森说：“先生啊，如果一处大地破坏了上帝的训诫，那么就会受到上帝的惩罚，而君主是可以根据其国家的利益来改变沙皇治下的本土风习。”而别尔森说：“虽说如此，但古老的风习还是应当保持，关心普通人，尊敬长者；而如今我们的君主却一手把大门关上，为所欲为。”①

我们看到，在这个对话中，别尔森代表的就是16世纪俄罗斯被逐渐削夺权利的贵族一方的立场，而马克西姆·格列克代表的是开始专权的沙皇家族的立场，尽管在这个片断中他的话并不多。但很重要的一点是，他的

① Отрывок следственного деда о Иване Берсени и Федоре Жареном, с допросами старцу Максиму Греку и келейнику его Афанасию. // Акты, собранные в библиотеках и архивах Российской империи археографической экспедицией императорской академии наук. СПб.: В типографии II отделения собственной Е. И. В. канцелярии, 1836, с. 141–142.

地位决定了他的寥寥数语却足以形成与滔滔不绝的别尔森的话语的对话权利。由此可见，双方在对话中还是构成了一种平衡，一种并未造成对话倾斜的未完成结构。克柳切夫斯基在谈到这位从希腊来的修士时发现了一个有趣的现象，那就是，“马克西姆的常客全是那些持反对立场的显贵”[①]。其实这个问题并不难理解，因为马克西姆是一个巴赫金意义上的平等对话者，而且是一个在场的平等对话者，他不会利用手中的权力来压制对方的话语，而是采取温和的态度来面对咄咄逼人的质疑；但他这种不动声色的辩解，也使得他在较少的表达中呈现出足够的力量来维持二者之间的平衡。这个道理在后来的库尔勃斯基与伊凡四世之间的论争中也能体现出来，那就是，实际上，他们之间的对话严格说来并不是在一个单一时段的完整话语结构中呈现出来的，毋宁说他们的每一封书信都是一次与缺席对话者的交谈。我们很难想象库尔勃斯基与伊凡四世面对面进行交谈的情景，众所周知，后者因为儿子向他做了几句辩解就被他用标枪杀死了。而库尔勃斯基也只有在离开了俄国，才可能在书信中淋漓尽致地表达他的话语立场，才有可能构成一个摆脱了现实独白境况的、巴赫金意义上的对话。

第四节 果戈理与别林斯基的对话文本

对话性在俄国历史上是一种常态，在很多情况下对话成为其文化结构的内核，这与西欧的情况不同。当然，任何一种历史都是在对话中存在的，但西欧的历史对话特性是阶段性的，即在一个历史阶段单位之内，对话最终会形成终结，从而使它的历史呈现一种线性的发展态势。俄国的则不然，它的对话永远是开放的，也许只有20世纪初的革命是一个封闭性现象，尽管潜在的对话始终在进行着，而巴赫金所不满的正是这种人为的终结导致了某种历史独白的出现。而从价值观上来说，革命与上帝的对话实质上就是一个没有终极答案的话语空间。关于这一问题的典型对话文本就是发生在19世纪的别林斯基与果戈理的论争。更重要的是，我们看到的不仅是两个人之间的一种对话形态，深究这种对话的社会性意义，也会使我们发现

① ［俄］克柳切夫斯基:《俄国史教程》第二卷，贾宗谊、张开译，商务印书馆1997年版，第160页。

在果戈理的艺术散文创作世界中，实际上还存在着一种巴赫金意义上的内在对话，它表明了"专断话语"（авторитарное слово）在小说文体中的对话失效的效应。

在俄国的文学史上存在一个深有意味的现象，即作家与批评家的对立。我们所说的批评家，主要是指那些被命名为革命民主主义者的，以别林斯基、车尔尼雪夫斯基、杜勃罗留波夫为代表的人。这些人对果戈理、陀思妥耶夫斯基、屠格涅夫等人的成名起到了重要的作用，而这些作家也曾对他们的知遇之恩不同程度地表达了感谢。但当这些作家的创作达到某种自觉阶段的时候，便与上述批评家发生冲突，甚至到势不两立的程度。果戈理与别林斯基正是如此。

事件的起因是果戈理1847年出版的《与友人书信选》。《书信选》因为"歌颂教会""宣扬道德完善"而引发别林斯基的极大愤慨，因此他相继写了两封公开信，抨击果戈理的立场。而后者也随即表达了"痛心"与"震惊"，甚至在别林斯基翌年去世后，果戈理还写了《作者自白》做进一步的声明与辩护。当然，直到最后，像库尔勃斯基与伊凡四世一样，双方没有任何一方做出妥协，对话以未完成的状态结束。在文学界，类似的对话始终存在，原因就是：他们对话的语境与涵义都涉及上帝与革命的问题。而这个问题，也许是整个人类文化史上的一个没有绝对答案的对话。

人类文化的创造都是针对人类所遭遇的各种困境而发生的，暴力文化就是人类就解决自身困境问题而创造的第一文化，它从原始状态就开始了，在人类社会发生之后便成为人类面对困境时的首要选择。然而，我们也必须记住，巫术也是人类原始文化的关键基因，同样是人类在暴力行为无效的时候的选择。因此，这两种选择就成为了人类的永恒性悖谬，或者永恒性对话。从这个意义上说，果戈理与别林斯基的论争是这种永恒对话的一种具象显现，只不过它被当时俄国的具体现实所遮蔽了。

果戈理的《书信选》出版后在俄国引起轩然大波，原因当然是那时的果戈理是俄国文学的象征，如恰达耶夫所说，整个社会都对果戈理有一种特殊的"偏爱"（пристрастны）[①]。对于果戈理的《书信选》，有人给

① *Чаадаев П.* Письмо к П. А. Вяземскому 29 апреля 1847. // Полное собрание сочинений и избранные письма Т. 2. М.: Наука, 1991, с. 199.

予高度肯定[①]，有人表达失望和激愤，甚至是斯拉夫派的人也不乏持否定观点者[②]。但总的来看，人们看到的只是果戈理的宗教转向或者妥协立场，而没有看到他的《书信选》中所蕴含的与当时强劲的革命话语的对抗性内涵。在俄国与西欧巨大的落差面前，所有俄国人都必须做出选择。颠覆现实的革命立场当然是可见的有效选择，而果戈理选择的则是上帝立场，他提出的方案是在当下无法得见的，但却是一种永恒的乌托邦式的方案。

舍斯托夫提出过“两种视力”的说法：第一视力就是普通人的现实视力，这种视力看到的是现实困境，并会提出解决这种困境的现实方案；而真正的艺术家则应当拥有“第二视力”（второе зрение）。“他以新的眼睛看到新的东西，仿佛不是人，而是‘彼岸世界’的生物所看到的，这样，这个东西就不是‘必然’的，而是‘自由’的，即同时既存在也不存在，当它消失的时候它便显现，而当它显现的时候它便消失。‘与众人无二’的与生俱来的从前那双眼睛所看到的，与天使留给他的眼睛所看到的恰好相对立，证明着这是一种‘新东西’。由此可见，其他的知觉器官，甚至是我们的理性，都与寻常视觉相一致，而人的个人和集体的全部‘经验’同样与寻常视觉相一致，就是说这种新视力看起来是不合常规的、荒唐的、幻想的，总之就是一种混乱想象力的幻影或错觉。似乎是某种迷狂状态即将到来的样子，不是那种诗意灵感的迷狂，后者是美学和哲学的教科书中讨论的那种，是有人出于特定的需要而将其与情欲、躁狂或沉醉相提并论的那种。而前者则是那种为此会被关进疯人院的迷狂。”[③] 显然，舍斯托夫同样是站在上帝的立场上来看待这一问题的。我们来看果戈理的这种上帝立场，

---

① 如恰达耶夫就认为：“尽管有些篇章写得稍弱，但时而却显示出强大的力量，有些篇章蕴含着令人惊奇的美和无尽的真理。” 参见 *Чаадаев П*. Письмо к П. А. Вяземскому 29 апреля 1847. // Полное собрание сочинений и избранные письма Т. 2. М.: Наука, 1991, с. 202-203. 而阿波罗·格里戈里耶夫则认为，其中做出了一个“艺术家兼思想家”的思考，对每个人所面临的问题给出了答案，并向世人展示出他“得出这个答案的途径”。见 *Григорьев Ап*. Гоголь и его последняя книга. (Московский городской листок, 1847, № 56) // Гоголь в русской критике: Антология. М.: Фортуна ЭЛ, 2008, с. 76.

② 如斯拉夫派的代表人物谢·阿克萨科夫也认为，这本书“可能对许多人来说都是有害的”，“整部书在和谐的面具下充斥着献媚与骇人的骄傲”。*Аксаков С*. Письмо к И. Аксакову 16 января 1847. // История моего знакомства с Гоголем. М.: Издательство академии наук СССР, 1960, с. 167.

③ *Шестов Л*. На весах Иова (Странствования по душам). // Сочинения в 2 томах, Т. 2. М.: Наука, 1993, с. 27.

或曰特殊视力是如何形成的。

在舍斯托夫看来，“从其早期作品开始，果戈理就已接近那个将人们习以为常的现实与凡人不可见的永恒奥秘隔开来的界限。他这种接近有时郑重，有时游戏。他喜欢的是把头探向深渊的那一瞬间并体验那种眩晕的恐惧”[①]。这也就是说，被别林斯基所看重的哪怕是果戈理的早期作品，实质上也并不像别林斯基所理解的那样，是针对现实困境的否定性文本。果戈理本人也一直因批评界对自己的误解而感到苦闷，所以他一直试图在艺术创作中能更明确地表达出自己的现实意图，但却总是无法让自己满意。实际上，这个问题不难理解。在巴赫金看来，小说文体本身具有杂语性质，如果作家硬要把他的信仰话语塞进去的话，那一定会使其变为僵死的语言，从而使艺术文本的艺术力量减弱。果戈理当然无法明白这个道理，所以他于1845年5月在德国的汉堡焚毁了《死魂灵》第二部前几章的手稿[②]，而此后到他去世时也有过若干次的焚稿举动。也就是在这个过程中，当果戈理觉得自己无法在艺术作品中准确表达自己的“上帝”立场的时候，他便试图以政论的方式来直接表达自己的立场，这也就是他的《与友人书信选》。他相信这本书的出版将会使自己隐藏于艺术作品中的思想更加明晰地呈现出来，所以他给经办此书出版的好友普列特尼约夫写信说：“所有的事情你都放到一边，先着手刊印这本名为《与友人书信选》的书。它是必要的，对所有人而言都十分必要——我暂时只能对你这样说；这本书本身将会向你解释其余的一切；书一旦刊印出来，一切都会变得清楚，一直让你不安的那些误解自然也会烟消云散。”[③] 然而事情完全不像果戈理所想象的那样，相反，1847 年 1 月这本书的出版反而引起了更多争议，尤其是作为当时革命民主主义精神领袖的别林斯基表现出极大的愤慨，他立即在当月出版的

---

① *Шестов Л.* На весах Иова (Странствования по душам). // Сочинения в 2 томах, Т. 2. М.: Наука, 1993, с. 106.

② *Степанов Н.* Гоголь. М.: Молодая гвардия, 1961, с. 349–350. 关于果戈理于何时何地焚毁该手稿尚有异议。

③ *Гоголь Н. В.* Плетневу П. А., 18(30) июля 1846. // Сост. и коммен.: *Карпов А. А.* и *Виролайнен М. Н.* Переписка Н. В. Гоголя в 2 томах. Т. 2. М.: Государственное издательство художественной литературы, 1988, с. 264.

《现代人》杂志上发表了《尼古拉·果戈理的〈与友人书信选〉》长文，以求遏制该书以独白话语对俄国社会施加影响的意图，其中写道：

> 果戈理的遗嘱是在书里发表的，其中并没有包括家庭方面的细节——这些细节当然不会公开发表，而是全部由作者同俄罗斯的亲密谈话构成……也就是说，作者说话，发号施令，俄罗斯就得侧耳倾听，并且答应去贯彻……但是，在这里，谈的却是作为果戈理创作的一个顶峰的，目的在于教诲、训谕以及对崇高心灵的抚慰而写的临别小说……然后宣布，作者已经将他的所有在他的手里还是原稿的作品都视为无益之物，付之一炬……除此之外，他请求他的朋友们出版他从一八四四年以来的书信，这也是为了有利于崇高的心灵……①

别林斯基首先对书信选的宗教内容表达忧虑，他怕的是整个俄罗斯都会对这种话语“侧耳倾听”。虽然别林斯基认为俄罗斯民族只是一个热衷于迷信，而非真正具有宗教虔敬情愫的民族，但是他不可能不明白，这个民族对于宗教话语，对于上帝立场，具有一种天然的亲近感。所以，他必须站出来，对果戈理的上帝立场加以否定。当然，在当时由保守派把持的书报审查机构的存在，使得别林斯基无法旗帜鲜明地表达他的革命立场，但在私下里，他表示了更为强烈的愤怒。他曾在给鲍特金的信中称《与友人书信选》是一本“可憎的书”（гнусная книга），而他要做的就是揭露“无耻之徒的可憎”（гнусность подлуца）。②而在这篇长文里，他只是几乎逐篇把对方的观点摘录出来，说明其现实逻辑上的荒谬。他最后的结论是：

> 一个被大自然创造而为艺术家的人将会是不幸的，如果他不满意自己原来的道路，而冲上一条他所陌生的道路，他就会是不幸的！在这

① ［俄］别林斯基：《尼古拉·果戈理的〈与友人书简选粹〉》，《别林斯基选集》第六卷，辛未艾译，上海译文出版社 2006 年版，第 432 页。

② *Белинский В. Г.* К В. П. Боткину. 28 февраля, 1847. // Избранные сочинения. М.-Л.: Государственное издательство художественной литературы, 1949, с. 1017.

条新路上等待他的是无可躲闪的摔跌，在这以后，要再回到原来的道路上就不大有可能了……[①]

那么，别林斯基所说的“原来的道路”是什么呢？就是他所命名的“自然派”之路，是揭露黑暗的批判之路，是导向俄罗斯人民的革命之路。他本来已经在果戈理的创作中清晰地看到这条道路已开拓了出来，给俄罗斯人民指明了斗争的方向；然而，在《与友人书信选》中，这条道路却被作家本人彻底堵死了。

果戈理对于别林斯基的话外之音当然十分清楚，当时他还在意大利，几个月之后他给别林斯基写了论争的第一封信，以委婉而坚执的语气为他的立场辩白：

我很难过，并不是因为您想让我在大庭广众之中受到屈辱而难过，而是因为在您的文章中听到了一个对我表示愤怒的人的声音。……俄罗斯人人都对我怒气冲冲，我现在自己也弄不明白。东方派、西方派和中间派——全都不高兴了。……我想，我的书蕴含着普遍和解的萌芽，而不是惹是生非。您以被激怒者的目光看待我的书，所以几乎一切都看成另一种模样。有些地方即使不是所有人，那么也是许多人都感到是个谜。请您放下这些地方而去注意那些每个健全理智的人都能接受的地方，您会看到，您在许多方面都错了。

我曾央求所有人读我的书要多读几遍，这不是没有缘故的，我预见到会发生这种种误解。请相信我，像这样一本包含着一个与众不同的人的心灵历程的书，评判它不是一件容易的事，更何况这个人很有城府，长期封闭在自我之中而且苦于不善言辞。自己内心想法的真正含义不是能很快被人感到的，把一部分内心想法公之于众，决心采取把自己摆出来接受公众的羞辱和嘲笑的举动，同样也不是件容易的事。单纯这样一个举动就应当使善于思考的人深入思考，而不必急于发表

① ［俄］别林斯基：《尼古拉·果戈理的〈与友人书简选粹〉》，《别林斯基选集》第六卷，辛未艾译，上海译文出版社 2006 年版，第 462 页。

对该书的意见，应当在各种心情状态中，在更平静的，更适于个人自白的心境中，读一读这本书，因为只有在这样的时刻，心灵才能够理解心灵，而我的书里正是心灵的问题。您本不该做出贯穿在您的文章中的这些疏忽的结论。比如，我说过，讲我的缺点的批评文章，有许多公正之处，怎么能从这话中得出讲我的优点的批评家都是不公正的结论呢？只有盛怒的人的头脑中才会有这样的逻辑，他所寻求的只是激怒人的方法，而不是全面地、心平气和地审视客体。[①]

请注意，果戈理信中强调了他的立场是“普遍和解”，他的书写的是“心灵的问题”。也就是说，他要解决的不是如别林斯基所期望的，是要否定和改造现实。

果戈理在写这封信时，别林斯基已身染重病在德国疗养。当此信辗转到了他的手上，他立刻拖着重病之身，花了整整三天的时间写下了著名的《致果戈理的信》，以更鲜明的态度表达了他的否定性立场：

您在我的文章中看到了一个“怒不可遏”的人，您只说对了一部分：要形容我在读了您的书之后的情形，这个词还是太无力、太柔和了。但您把这归因于您对尊敬您天才的人做了并非完全讨好的回应，那您就大错特错了。不，这里有一个更重要的原因。自尊心受辱尚可容忍，如果全部问题仅限于此，我的理智可以做到对这件事不置一辞。但事关真理和人类尊严受辱，则我不能容忍。当谎言与不义在宗教的遮掩和皮鞭的护卫下却作为真理与美德来传扬，则我不能沉默。[②]

别林斯基的长文一定是经过了审查机构的删节，因此有些话不能明说；而在这封私信中，他的愤怒便表露无遗。

---

① ［俄］果戈理：《1847 年 6 月 20 日致别林斯基》，《果戈理书信集》，李毓榛译，安徽文艺出版社 1999 年版，第 388—390 页。

② *Белинский В. Г.* Письмо к Гоголю. // Избранные сочинения. М.-Л.: Государственное издательство художественной литературы, 1949, с. 889.

第五节 革命与上帝的两难命题

如前所述，别林斯基与果戈理的对话是开放的，是无法完成的，根本原因是他们的对话涉及一个两难选择的命题：别林斯基看到的是革命，果戈理看到的是上帝。而且这种对话远不是从果戈理的《与友人书信选》开始的，而是从别林斯基刚一发现他就开始了。因为别林斯基始终在把果戈理的创作向批判现实、揭露黑暗的道路上导引，而果戈理自从意识到了这一点，便开始了他的创作的痛苦之路。

果戈理从其最早的作品发表之初便引起了别林斯基的关注，他先是写了《果戈理的〈小品集〉和〈密尔格拉得〉》的评论文章，后来又写下雄文《论俄国中篇小说和果戈理君的中篇小说》。他一方面肯定作者在艺术形式方面的新奇性，一方面尽力把果戈理创作的现实性彰显出来："一般说来，新作品的显著特点在于毫无假借的直率，生活表现得赤裸裸到令人害羞的程度，把全部可怕的丑恶和全部庄严的美一起揭发出来，好像用解剖刀切开一样，难道还有什么可奇怪的吗？我们要求的不是生活的理想，而是生活本身，像它原来的那样。不管好还是坏，我们不想装饰它，因为我们认为，在诗情的描写中，不管怎样都是同样美丽的，因此也就是真实的，而在有真实的地方，也就有诗。"①

在苏联时期有批评者指出："是什么样的理念导致别林斯基与果戈理走到一起（сближали）呢？首先是否定的理念，严酷的批判，对专制农奴制及其反人民的剥削性质的揭露。正因为如此，别林斯基以及追随他的民主革命代表人物车尔尼雪夫斯基、杜勃罗留波夫、涅克拉索夫才对果戈理的创作给予高度评价。"② 这句话说明了别林斯基之所以推崇果戈理的基本原因，但却用了一个也许并不合乎实际的概念"сближали"，因为并不是果戈理"走近"别林斯基，而是别林斯基努力地"走近"果戈理，他要让果

① ［俄］别林斯基：《论俄国中篇小说和果戈理君的中篇小说》，《别林斯基选集》第一卷，满涛译，上海文艺出版社1963年版，第154页。

② *Степанов Н. Л.* Гоголь: Творческий путь. М.: Государственное издательство художественной литературы, 1959, с. 4.

戈理按照他所指引的批判之路走下去。

虽然果戈理的创作客观上揭露了现实的丑恶与黑暗，但是他的意图却不是以此来激发民众的反抗情绪，而是让人通过艺术的镜子看到自己的丑陋，从而想办法实现个人的救赎。果戈理曾在给茹科夫斯基的信中写道："我的笑起初本是善意的，我全然没有怀着某种目的去嘲笑什么东西。所以，当我听说，社会的某些阶层和阶级全都不高兴，甚至生气的时候，我感到十分震惊，这引起我深思。""艺术不是破坏。艺术蕴含的是创造的种子，而不是破坏的种子。这是任何时候都能感觉到的，甚至远在蛮荒时代也能感觉到。"[①] 那么，如果艺术不是破坏，又是什么呢？在这封致茹科夫斯基的信中，果戈理提出了他著名的命题："艺术是同生活的和解（примирение）。"[②] 甚至建议茹科夫斯基可把这封信冠以上述标题，待《与友人书信选》再版时替代原《遗嘱》一篇置于书首。这表明果戈理对这一问题的理解代表着他的最终立场。但我们应当注意，果戈理的这一命题并不意味着他对俄罗斯的现实生活表示屈服，如果是这样，那么他便失去了一个艺术家的真正价值。他所说的"和解"，是指艺术应当与生活的美好目标相适应，要通过艺术表现让世人能够意识到自身的"神性"品质，从而在内心燃起美好的愿望。同时，"艺术应该向我们展示我们人民的全部丑恶品质和特征，其方式是要让我们每个人首先在自己身上寻找它们的痕迹，考虑首先从自己身上抛弃一切使我们高尚品质暗淡无光的东西，只有到那时候，而且以这样的方式从事艺术创作的情况下，艺术才能履行自己的使命，给社会带来秩序与和谐！"[③] 正因为如此，果戈理所关心的不是现实的变革，而是人的灵魂的问题，是精神救赎的问题。这也就是他写作《与友

① ［俄］果戈理：《1848 年 1 月 10 日致茹科夫斯基》，《果戈理书信集》，李毓榛译，安徽文艺出版社 1999 年版，第 407、409 页。

② 中译文见［俄］果戈理：《1848 年 1 月 10 日致茹科夫斯基》，《果戈理书信集》，李毓榛译，安徽文艺出版社 1999 年版，第 410 页。但其将"примирение"译为"谐和"，窃以为还是应遵从原词义，译为"和解"。原文见 *Гоголь Н. В.* Жуковскому В. А. 29 декабря 1847 г. (10 января 1848 г.) // Сост. и коммен. : *Карпов А. А.* и *Виролайнен М. Н.* Переписка Н. В. Гоголя в 2 томах. Т. 2. М.: Государственное издательство художественной литературы, 1988, с. 218.

③ ［俄］果戈理：《1848 年 1 月 10 日致茹科夫斯基》，《果戈理书信集》，李毓榛译，安徽文艺出版社 1999 年版，第 410 页。

人书信选》的目的，即只求“对灵魂有益”(доставить пользу душе)[1]。

但恰恰是在果戈理如此热衷的基督救国理念上，别林斯基表现了极大的愤慨。在他看来，当俄国面临着社会的巨大困境之时，果戈理的上帝立场不仅显得虚无缥缈，而且是一种巨大的危害。他在给果戈理的信中直斥果戈理患了宗教迷狂症，并且这种迷狂症恰恰不是为了天上的目的，而是为了达到“纯粹世俗”的目的：“一个欧洲人，特别是一个天主教徒，当他被宗教精神所占有的时候，他就变成了邪恶权力的检举人，正像揭发地上强者的横霸不法的希伯来先知一样。我们的情形恰巧相反：一个人（甚至一个正派人）只要一染上精神病医师叫作 religiosa mania 的那种疾病，他立刻会对地上的上帝比对天上的神祇烧更多的香。”“如果大家（除了那少数人，我们必须认清他们，不要因为他们的赞许而高兴）把这当作是一种用宗教方法来实现纯粹世俗目的的巧妙但却太无礼貌的诡计，这只能怪您一个人。”[2] 所谓“纯粹世俗”的目的，显然是指对人民革命性的束缚、对俄国现实改革的妨碍。魏列萨耶夫曾认为：“别林斯基在这一点上的指责是绝对不公正的。我们没有根据怀疑果戈理主观上的诚意。”[3] 这个说法当然是有道理的，它肯定了果戈理主观上的救赎之思。不过，魏列萨耶夫显然还没有考虑到别林斯基的基本立场与当时俄国变革的历史需求。

别林斯基是一个无神论者，1845 年他在给赫尔岑的信中称，他读到了一本巴黎出版的《年鉴》，“一连两天，它让我振奋和快乐——全都在这里了。我为自己找到了真理——在上帝和宗教这两个词里，我看到的是黑暗、愚昧、锁链和皮鞭”[4]。因此，他对俄罗斯文化的理解也是从这个立场出发的。在他看来，俄国人哪有什么宗教情感。他在最后这一封给果戈理的信中否定了俄罗斯人的宗教性，目的就是要把人民引向他所主张的革命道路。他在信中写道：“俄国所需要的不是教诲（她听得够多了！），不是祈祷（她背诵得够多了！），而是在人民中间唤醒几世纪来埋没在污泥和

---

① *Гоголь Н.В.* Завещание // Духовная проза, М.: Русская книга. 1992, с.43.

② ［俄］别林斯基：《给果戈理的一封信》，见《别林斯基选集》第二卷，满涛译，时代出版社 1953 年版，第 323—324、318 页。

③ ［俄］魏列萨耶夫：《果戈理是怎样写作的》，蓝英年译，辽宁教育出版社 1998 年版，第 92 页。

④ *Белинский В. Г.* К А. И. Герцену 26 января 1845. // Полное собрание сочинений в 13 томах. Т. 12. М.: Издательство Академии Наук СССР, 1956, с. 250.

尘芥里面的人类尊严，争取不依从教会学说，但却依从常识及正义的权利与法则，并尽可能严格地促其实现。……今天俄国最重要最迫切的民族问题是：废除农奴制度，取消体刑，尽可能严格地至少把那些已有的法则付诸实施。"[①] 但别林斯基十分清楚，通过实施法则的方式仍然不能解决俄国的问题，他的终极方案就是"流血"。他在 1841 年致鲍特金的信中谈到他的社会主义理想时说："如果以为这会随着时间的推移自然而然实现，无须暴力改革（насильственные перевороты），无须流血，那就未免可笑。人们是如此愚昧，必须强行将他们引向幸福。几千人的血与千百万人的屈辱与苦难相比又算得什么？更何况：fiat justitia—pereat mundus！"[②] 这最后一句拉丁文乃是神圣罗马帝国皇帝斐迪南一世的名言：为了实现法的正义，哪怕这世界毁灭！

我们认为，在当时的俄国现实语境中，别林斯基的话语拥有明确的合理性与强大的征服力，当一个国家面临迫切需要解决的巨大困境的时候，期望通过人的灵魂救赎的方式来达到目的，乃是一个遥不可及的乌托邦。所以别林斯基说："斯拉夫派在许多方面是对的；然而至少他们的作用完全是消极的，即使暂时有好处。他们的奇怪的结论的主要原因就在于：他们随心所欲超越在时间之前，将发展过程当作它的结果，企图在开花之前看到果实。"[③] 也就是说，当下的历史困境尚未解除（"开花"），那么"果实"——永恒的救赎——是看不到的。

然而我们也应当看到，人类所选择的革命手段却往往在具体的历史境况中发展为无法制衡的恶，比如战争，在这一意义上，永恒的灵魂救赎便具有了终极价值。而果戈理在《与友人书信选》中宣扬的是要靠获得上帝的"智慧"（мудрость）来克制自我："日夜向上帝祈求智慧，使自己的心灵升华，如鸽子一般温顺，清洁自己的全部内心以臻于尽可能的完

① ［俄］别林斯基：《给果戈理的一封信》，《别林斯基选集》第二卷，满涛译，时代出版社 1953 年版，第 319 页。

② *Белинский В. Г.* В. П. Боткину 8 Сентября 1841. // Полное собрание сочинений в 13 томах. Т. 12, М.: Издательство Академии Наук СССР, 1956, с. 66–71.

③ ［俄］别林斯基：《一八四六年俄国文学一瞥》，《别林斯基选集》第六卷，辛未艾译，上海译文出版社 2006 年版，第 386 页。

善。”[①] 尽管现实充满了罪孽，但是，“在我国古风中任何蕴藏着真正俄罗斯的东西和基督亲自祝圣的东西的种子是不会消亡的。它将随着诗人们悠扬的琴弦而散播，随着圣徒们的芳唇而传扬，那已黯然失色者必将光芒四射——首先在我国，此后在其他民族那里，光明的复活节必将普天同庆！”[②]

第六节　果戈理自身的隐含的对话

如果我们仔细审视别林斯基与果戈理的对话，总会觉得它与此前的库尔勃斯基和伊凡四世的对话、与别尔森和马克西姆·格列克的对话存在着某种差异。这种差异就在于：果戈理作为对话的一方，却在自身内部同时也构成了一个隐含的对话。

或者可以说，如同陀思妥耶夫斯基一样，在果戈理身上存在着两个人，或两种倾向。当他处在现实世界的时候，他的上帝立场是确切无疑的；而当他进入到自己的艺术世界中的时候，他的现实立场就变得游移起来，或者说，被他的艺术理念与艺术形式所遮蔽了。这也是为什么其作品无论如何还是给读者造成了“批判性”的效果。巴赫金也正是在这个问题上发现了果戈理小说中的一个潜在的对话文本。在作家最初的创作意图上，他是要把艺术作品作为其上帝观念的传声筒，按巴赫金的说法是他要创造一种“史诗”型的叙事，也就是一种宏大的叙事，一种以上帝立场统辖一切的叙事。当然，这也是果戈理本人的现实的信仰立场，作为一个受到圣愚文化深刻影响的人，其对苦修精神的渴求使他一直体验着宗教救世的崇高感。然而问题就在于，他从事的艺术创作是小说体裁。而在巴赫金看来，如果你是一个伟大的艺术家，是一个真诚的艺术家，只要你在进行小说体裁的创作，那小说这种体裁本身所蕴含的多语本质就会脱离作者的控制而自行敞开，从而形成一个艺术的对话世界。

我们前面在分析库尔勃斯基与伊凡四世的对话时谈到，他们之间的对话构成了一种具有共同“涵义”的聚合性空间，“上帝”成为二人对话的一

① *Гоголь Н. В.* Христианин идет вперед. // Духовная проза. М.: Русская книга, 1992, с.95.

② *Гоголь Н. В.* Светлое Воскресенье. // Духовная проза. М.: Русская книга, 1992, с.277.

种共同价值标准，问题在于他们所设想的趋向这一标准的途径是迥然相异的。那么，在果戈理与别林斯基的对话中，同样存在一个上帝的“涵义”，为什么它却没有那个构成“语境”的整体性因素，而却成为了对话的一极呢？实际上，这里面涉及这个整体性“涵义”是否是被对话双方所共同承认的问题。在库尔勃斯基与伊凡四世的对话中，上帝是二者发生对话的一个基础性语境，即如何使国家的治理进入到以上帝为标准的空间之中去。这一点是二者都不否认的，而且都极力将自己的提出的方案视为趋向这一目标的最佳途径，由此构成了一种具有背景涵义的平等对话。而在果戈理与别林斯基这里，构成他们之间对话的整体性涵义不是“上帝”，而是“俄国”。因为他们论争的双方的一个共同承认的前提，即涵义整体，是俄国的拯救；“上帝”在这里只是果戈理提出的“途径”，而恰恰这个途径是被别林斯基所否定的。

我们说在果戈理自身已经构成了内在的对话，即作家的现实信仰立场与其艺术本身所制约的否定性立场之间的对话。如果是这样，那么我们可以说，实质上别林斯基已经化身为果戈理内在对话中的一个对话者——艺术叙事立场，这也许是别林斯基本人并未觉察的一个重要现象。因此，在果戈理的这个内在对话中，作家的显性立场——上帝，构成了一种宰制性权力话语，用巴赫金的话说就是“专制话语”（авторитарное слово）。这种话语在进入对话之前已经具有了先在的权威性，因为它是一种“父辈的话语”（слово отцов）[①]，所以，它不并考虑自身是否能够对对方产生多大影响，而直接进入对话。在由事件所决定的对话之中，这类“专制话语”是一种历史存在，它的种类繁多，巴赫金所列举的有“宗教律条”（религиозная догма）、“公认的科学权威”（признанный научный авторитет）、“时髦书籍的权威”（авторитет модной книги）等。在巴赫

① *Бахтин М. М.* Слово в романе. // Вопросы литературы и эстетики. Исследования разных лет. М.: Художественная литература, 1975, с. 155.“父辈的话语”这一概念只出现在这一版本之中，而在2012年出版的巴赫金七卷集第三卷中，校订者根据巴赫金的不同打字机底稿进行了修订，这句话被删掉了。见 *Бахтин М. М.* Собрание сочинений в 7 томах. Т. 3. М.: Русские словари; Языки славянской культуры, 2012, с. 96. 但需要说明的是，这个概念对于我们理解巴赫金的“专断话语”这一概念形成的内在机制具有启发意义。“авторитарное слово”也应译为“专断话语”，因为“专制”在汉语语境中是指对权力的垄断，而 авторитарное 一词是指某种先在的权威性。

金看来，这种专断话语的权威性与一种话语的涵义背景是不同性质的元素，后者虽然也具有价值色彩，但它不是“专断”的，而是被对话双方所自觉体认的；而这类专断话语则是作为一种无论对方是否承认的对话方进入对话的，所以，它与对话另一方的关系不是融合的，而是隔离的，是带有“距离”（дистанция）的。也就是说，虽然它是“专断”的，当然也就是试图强迫对方接受其立场的，但在结构性质上它却是对话的参与性质的。[①]

由此可见，果戈理的“上帝”话语就是这类“专断话语”，它是作为艺术创作的一个外部因素出现的，试图强制进入到艺术创作的话语之中，成为这个话语单位的专断性话语。然而问题就在于，巴赫金意义上的“对话”性质决定了它的悲剧命运，即：一方面，“它不能允许镶嵌它的上下文同它搞什么把戏，不允许侵扰它的边界，不允许任何渐进的摇摆的交错，不允许任意创造地模拟。它进入我们的话语意识，是紧密而不可分割的整体，对它只能完全肯定或完全否定。它同权威（政权、机关、某个人物）长到了一起而无法分开，一起存在，也一起倒台。它是不可分的，不能同意一部分，有保留地接受一部分，完全否定一部分”。与此同时，在这种“专断话语”存在的整个过程中，“同它保持距离这一点是不能变的，这里不允许在这个距离上做文章，例如合流或分道，走近或退远”[②]。也就是说，它作为参与对话的“专断话语”，也只能保持在自己的位置上，尽管这个位置也是在不断的变化之中，但不管怎样，对话的另一方却总是不能与它相融，更重要的是，也不能与它相离，反过来说也是同样。“专断话语”的语言有如某种“祭司的语言”（иератический язык），从性质上也与原始的禁忌类似，然而它同时也有可能成为“亵渎的对象”（объект профанации）[③]。而这就是由对话的性质所决定的。

在果戈理的内在对话中，他的上帝立场就是这种“专断话语”，但不幸的是它进入了小说的叙事之中，而小说的叙事文体天然地属于杂语形

---

① 参见［俄］巴赫金：《长篇小说的话语》，白春仁译，《巴赫金全集》第三卷，河北教育出版社2009年版，第127页。

② 同上书，第127—128页。

③ 这个概念在巴赫金七卷集第三卷中同样被删掉了，而它同样是对“专断话语”一个漂亮的注脚。*Бахтин М. М.* Слово в романе. // Вопросы литературы и эстетики. Исследования разных лет. М.: Художественная литература, 1975, с. 155.

态，它在这种专断话语进入之前，已经将其设定为异己的存在，因而当它显现出它的“专断”（权威）性时，也就是它成为亵渎对象之时，或者严格说来不是亵渎的对象，而是被排斥的对象、陌生的对象。因为它作为一种“父辈的话语”是无法被久远的后代所接受的，所以，当它进入小说文本之后，便遭遇了否定性屏障。用巴赫金的话说，它无法得到“描绘”（изображаться），而只能得到“转达”（передаваться）。[①]因为它自身体现出来的不是对话的活跃性，而是一种在对话的话语中表现出来的封闭性，僵死的，无法在自身接受哪怕丝毫改变因素的。也就是说，它在一种话语形态中并不能为对话提供新的价值因素，因此它的作用便被削弱了，其权威也就无法得到施行，而成为对话中的异类。它在艺术散文创作（художественно-прозаическое творчество）的世界里，面对充满激情、紧张、杂乱的生活情景，它失去了可以参与性的活力，因而其表达自己立场的词语也变得枯燥无力。而在巴赫金看来，陀思妥耶夫斯基和果戈理都曾试图把这样的专断话语塞进他们的艺术世界中，但每当这种元素出现时，其小说的艺术表达力就会降低，其宣传自己信仰立场的努力就会变得徒劳无益。因此，这个时候，这种“专断话语”就成为与该小说中的艺术语境格格不入的“死亡引文”（мертвая цитата）。[②]

显然，果戈理的《死魂灵》的创作就是如此。小说最为精彩的部分，恰恰是当他忘记了要把自己的信仰立场塞进小说的时候，也就是进入到他对自己最熟悉的地主生活和地主形象的描写之中的时候。此时作家在某种意义上进入了“忘我”的状态，他的现实立场消隐了，他所面对的只是活生生的事件，而在这个事件之中，甚至恰好构成了制止作家的显性立场进入的一道屏障。因为在这个事件中，人物的活动、对话是频繁的、活跃的、亲昵的、肉体性的，里面的价值交锋也带有了对话达到高潮时刻的狂欢性质。我们来看其中的一段描写：

“一切都是神的意志安排定的，大娘！”乞乞科夫叹了口气说，

① *Бахтин М. М.* Собрание сочинений в 7 томах. Т. 3. М.: Русские словари; Языки славянской культуры, 2012, с. 97.

② Там же, с. 100.

“违抗神的智慧的话，可一句也说不得哟……您不如把他们让给了我吧，纳丝塔西娅·彼得罗夫娜？”

“把什么人让给你，老爷子？”

“就是所有这些死掉了的家伙呀。”

“怎么把他们让给你呢？”

“这是挺便当的。要不然，请您卖给我吧。我付给您钱把他们买下来。”

“这怎么能行呢？老实说，我不明白你的意思。难道你想把他们从地里刨出来吗？”

乞乞科夫看到这老婆子不知想到哪儿去了，他必须向她把事情解释清楚。他用简单的几句话讲给她听，转让或者购买只是在纸上写写的，登记时还得把农奴填成是活着的。

“你要他们有什么用呢？”老婆子眼珠凸出望着他问道。

“那就是我的事啦。”

“可是，他们是死了的呀。”

“谁说他们是活的呢？正因为他们已经死了，所以您才吃亏受损失呀：您得为他们交税款，可是我现在就要让您免得为交这笔税款操心。懂了吧？而且，不但免得您交税款，除此之外，我还想给您十五个卢布。怎么样，现在明白了吧？”

“说真格的，我不明白，”女主人拖长调门一个字一个字地说，“以前我可从来还没有出卖过死魂灵呀。”

“那还用说！如果您以前向谁出卖过死魂灵，那倒真是怪事哩。难道您以为他们真有什么用处吗？”

“不，不，我可没有这么认为。他们有什么用处呢？一点儿用处都没有。不过，使我觉得为难的是，他们已经是死了的呀。”

“看来，这娘儿们真是个死脑筋！”乞乞科夫自个儿在心里想。“听我说，大娘。您得好好儿考虑考虑：您为死魂灵交税款，好像他们是活的一样。这样，您会搞得倾家荡产的……”

“哎哟，我的爷，这件事你就别提啦！”地主婆接茬儿说下去，“就在前个星期我还交掉了一百五十多卢布。再塞了些钱给税务官。”

“好啦，您瞧瞧，大娘。可是，现在您只要想一下，您从今以后再不用向税务官塞钱啦，因为现在我为他们交付人头税；付税款的是我，不是您；全部义务由我一个人来承担。甚至签订不动产买卖契据也由我来花钱，这件事您明白了吗？”

老婆子沉思起来。她看到，这件事的确似乎对她有好处，只不过太新鲜了，是空前未有的；因此，她开始非常害怕起来，只怕这位买主不要是想个什么花招来让她上当；他是天知道打哪儿来的，并且来的时候是深更半夜。

“那么，怎么样，大娘，咱们算是成交了？”乞乞科夫说道。[①]

我们看到，在这个微型对话中，乞乞科夫的话中出现了“神的意志”（воля божья）[②]一词，但必须注意，这个词并不意味着作家信仰立场的进入。在这个对话中，乞乞科夫是在借助上帝的概念来为他的骗局进行粉饰，因此这就是巴赫金所说的：这种“专断话语”有时会成为亵渎的对象。当我们作为读者、作为一个外位的参与者进入到这种微型对话的时候，我们十分清楚乞乞科夫形象的反讽性质，或者说，当“神的意志”在这里成为被亵渎的对象时，它不仅没有使对话变得僵死，相反，由于它的反讽性质而使对话变得更为亲昵。果然，这种“专断”词语在这个骗局的对话中起了作用，柯罗博奇卡被这种经过谐谑化处理的专断词语所触动，同意在有条件的前提下出售她的死魂灵。

但是，当果戈理回到现实世界中来的时候，他最不满意的就是自己的这种写法。小说文体的结构性功能阻碍了他的现实立场的进入。这时他意识到，本来他是要把自己的信仰观念明确地昭示给读者的，但是在具体的艺术情景建构过程中，这种观念居然变成了调侃的对象或手段。因此，在这部史诗性作品第一部结束的时候，他跳出了乡下地主的生活，进入到他自己的政论性空间，来直接表达他要启迪读者灵魂觉醒的观念了：“除了作者，还有谁身负直言不讳说出神圣的实话责任呢？你们害怕深邃的目光，你

---

① ［俄］果戈理：《死魂灵》，满涛、许庆道译，人民文学出版社 1983 年版，第 58—59 页。

② 原文参见 *Гоголь Н. В.* Мертвые души. // Собрание сочинений в 6 томах. Т. 5. М.: Государственное издательство художественной литературы, 1959, с. 53.

们不敢自己去深刻地观察任何现象，你们只喜欢对一切事物无所用心地瞟上一眼。你们甚至还会把乞乞科夫真心地嘲笑一番，说不定你们甚至还会称赞作者说：'不过，他倒是挺机灵地抓住了一点东西的，他一定是个性情快活的人！'说完这些话之后，你们会加倍骄傲地联想到自己，你们的脸上会浮现出一丝自得的微笑，你们会再添补一句说：'应该承认，在一些外省城市里，的确有着非常奇怪的、非常可笑的人物，并且他们还是一些着实卑鄙无耻的家伙哩！'可是，你们中间有谁会怀着基督教徒的谦恭，不是在大庭广众，而是在静悄悄反躬自问的时刻里，向自己心灵深处发出这样一个学生的问题：'在我的身上是不是也有一点乞乞科夫的影子呢？'"[①] 而到了小说的第二部中，他更是违背了艺术创造的基本规则，拒绝了自己对乌克兰乡下地主生活的活的记忆，而以让自己信仰观念直接进入人物形象的方式来表达他的独白性立场。在柯斯坦若格洛、摩拉佐夫等人物身上，已经完全失去了小说第一部中的普柳什金、诺兹德廖夫等人的生动性，而成为一种观念的描摹。果戈理在给谢·阿克萨科夫的信中谈到读者对《死魂灵》的误解时写道："您的想法是：没有人第一次读就能理解《死魂灵》。——完全正确，对所有人来说无疑都是如此，因为许多地方只有我一个人明白。您觉得很多地方的亢奋化表现到了过分搞笑的地步，您不必为您的最初印象而惊讶。这没有错，因为那些抒情性暗示的全部意义也许只有最后一部问世之后方能解释清楚。"[②] 然而，小说的第二部问世不但没有达到果戈理的期望，甚至他自己对这种写法也感觉到了另一种失望。说到底，在他的身上，作为艺术家的果戈理从整体上强大过作为信仰者的果戈理，然而不幸的是，现实的信仰立场作为一种"父辈的话语"对他的观念影响至深，而在灵魂深处，他却是一个只能生活在巴赫金意义上的"杂语"（разноречие）中的艺术家。甚至在他的《与友人书信选》中，他也表达了自己的这种内在矛盾心理。他在《就〈死魂灵〉致不同人物的四封信》中谈到了他为什么要焚毁小说第二部的手稿，原因就是："描绘几个能表现出

---

① ［俄］果戈理：《死魂灵》，满涛、许庆道译，人民文学出版社 1983 年版，第 309—310 页。

② *Гоголь Н. В.* Аксакову С. Т., 6 (18) августа 1842. // Сост. и коммен. : *Карпов А. А.* и *Виролайнен М. Н.* Переписка Н. В. Гоголя в 2 томах. Т. 2. М.: Государственное издательство художественной литературы, 1988, с. 36.

我们民族的崇高的高尚气度的性格，什么结果也不会有。它只能激起无聊的自高自大和夸口吹牛。……当你不能描写出社会或整个一代人的真正卑鄙龌龊的整个深度时，你就不能以另一种方式使社会或者甚至整个一代人去追求美好的事物；往往有这样的时候，在不能立即为每个人像白天一样清楚地指出通向崇高和美好事物的道路和途径时，你甚至根本不应去谈论它们。后一种情况在《死魂灵》第二部展开得很少很薄弱，而它本该是主要的；因此，第二部被烧掉了。"[①] 所以说，果戈理本质上仍然是一个艺术家，但他在与别林斯基的论争中所体现的"上帝"立场，以及让这种立场进入艺术文本的努力，却成就了一种被巴赫金用来丰富他的对话文本理论的素材。

所以巴赫金在谈到果戈理的《死魂灵》时便指出："果戈理本来设想以《神曲》作为自己史诗的形式，觉得这一形式能体现他的作品的伟大，可结果他写出的是梅尼普讽刺。他一旦进去就无法走出亲昵交往的范围，也无法把保持距离的正面形象引入这一范围之中。长篇史诗里那种保持一定距离的形象，无论如何也无法与亲昵交往中的形象在同一个描绘领域中相遇。高昂的激情闯入了梅尼普讽刺的世界，却形同异体物；正面的激情变得很抽象，而且最终脱离了作品而去。他原想同那些人物一起，也就在那部作品中，设法从地狱转到炼狱和天堂里去，结果却没有可能，因为这里不可能有连续不断的转换。果戈理的悲剧，在一定程度上是体裁的悲剧（体裁这里不是指形式主义的涵义，而是指评价理解和描绘世界的一种领域、一种范围）。果戈理丢失了俄国，也就是说丢失了理解和描绘俄国所需要的角度，在记忆和亲昵交往两者之间迷了路（说得白一点，他没能在望远镜上拉开相应的距离）。"[②] 即小说文体本身是一种由杂语形态建构起来的某种空间叙事，它不允许果戈理想象中的人物可以由地狱趋向天堂的渐进过程介入，这也就是为什么巴赫金说果戈理的这种现象是一种"体裁的悲剧"（трагедия жанра）[③]。

---

① ［俄］果戈理：《就〈死魂灵〉致不同人物的四封信》，《果戈理全集》第七卷，吴国璋译，河北教育出版社2002年版，第103—104页。

② ［俄］巴赫金：《史诗与长篇小说》，白春仁译，《巴赫金全集》第三卷，河北教育出版社2009年版，第523页。

③ 原文参见 *Бахтин М. М.* Эпос и роман (О методологии исследования романа). // Вопросы литературы и эстетики. Исследования разных лет. М.: Художественная литература, 1975, с. 471.

第七章
东正教对话文本与“自我交谈”

巴赫金在谈到“对话”文体的时候是从古希腊罗马的对话体文学谈起的，他说：“在希腊罗马古典文化末期和古希腊文化时代，形成并发展着为数众多的体裁。表面上看，它们相当纷杂，但又存在着内在的联系，因此构成文学的一个特殊领域，古代人非常生动地称之为‘σπουδογελοιον’，即庄谐体（серьёзно-смеховое）。古人归到这一体中的有索夫龙的歌舞剧，‘苏格拉底对话’（作为一种特殊的体裁），筵席交谈的大量文学作品（也是一种特殊的体裁），早期的回忆文学（希俄斯的伊翁，克里提阿斯），抨击文学，整个田园诗，‘梅尼普的讽刺文学’（作为一种特殊体裁），以及其他一些体裁。庄谐体这一领域清晰而稳定的界限，我们恐怕很难划出来。但古人自己却明确地意识到了它的根本特点，把它同史诗、悲剧、历史、古典演说等严肃体裁区别开来。确实，这一领域同希腊罗马古典时期文学的其余部分相比较，差别是很显著的。”[①] 巴赫金由此开始演绎出他的一整套对话理论，包括围绕陀思妥耶夫斯基的创作所展开的复调理论。但是，在《陀思妥耶夫斯基诗学问题》这部著作中，巴赫金始终没有提到，在俄罗斯本土以及东正教传统文化框架中的文献文本中是否存在类似的对话文本，尽管他在其他著作中也提到过俄罗斯的民间故事以及圣徒传之类

① ［俄］巴赫金：《陀思妥耶夫斯基诗学问题》，白春仁、顾亚铃译，三联书店1988年版，第156页。其中译名据中文通行译法做了改动。原文参见 *Бахтин М. М.* Проблемы поэтики Достоевского. // Собрание сочинений в 7 томах. Т. 6. М.: Русские словари; Языки славянской культуры, 2002, с. 121.

的文本[①]，但并没有对其对话性做过理论辨析。

而我们的任务便是在俄罗斯的历史文化（包括东正教文化）的框架内来寻找巴赫金意义上的对话性文本，由此来说明巴赫金与本土文化之间潜在的同源关系。

第一节 方法论层面上的对话文本《约伯记》

前面我们已经谈到，巴赫金对于基督教及东正教神学、宗教哲学相当熟悉，如果我们仔细辨析可以发现，他的整个思想都存在着宗教潜文本。但巴赫金本人却很少在他的理论建构中提及这些文本的影响，其原因我们前面也已做过分析。实际上，较之西欧文化，俄罗斯文化本身便充满着多种对话性因素，我们在本书上编也对此做了较为详尽的考察。那么，在具体的文献文本中，我们来看存在着哪些对巴赫金起到了传统制约作用的对话文本。

在谈到基督教文学的时候，巴赫金仍然认为是“梅尼普讽刺”起到了巨大的影响，而且这种文体甚至通过对早期基督教文学以及拜占庭时期文学的影响而间接地影响到了俄罗斯文学。他认为，梅尼普讽刺文体自产生之后，便以不同的变体形式在希腊化之后的时期、中世纪以及文艺复兴时期，连续不断地产生着影响，甚至直到当代，它的影响也还在延续着，尽管人们在使用这种表达形式的时候可能并没有自觉意识。[②]但是，尽管巴赫金对这种文体的功能做了详细的解说，也只是在形式的相似上做了一些对比分析。如果按照巴赫金的论证方法，我们可以找到更多俄罗斯本土及基督教文化文本来说明对话体裁的渊源。实际上，梅尼普讽刺的文本根本就没有流传下来，而只有据说是受到这种体裁影响的一些类似文本保留了下来。而巴赫金强调它通过古代基督教文学和拜占庭时期的文学间接地影响到了俄罗斯的书面文化，这同样属于推测，目的不是为了寻找坚实的历史

① 如巴赫金在《审美活动中的作者与主人公》提到了圣徒传并做了简单描述，但没有进行例证分析。参见［俄］巴赫金:《审美活动中的作者与主人公》，晓河译，《巴赫金全集》第一卷，河北教育出版社 2009 年版，第 291—293 页。

② 参见［俄］巴赫金:《陀思妥耶夫斯基诗学问题》，白春仁、顾亚铃译，三联书店 1988 年版，第 164—165 页。

依据，而是借此印证他的对话理论。更值得注意的是，巴赫金的研究自始至终没有涉及俄罗斯文字传统中是否有类似的文体。或者说，即使当巴赫金意识到在俄罗斯本土存在着类似的文本，他仍然没有去进行本来对他而言更为轻易的研究。比如，他在未完成的文章《自我意识与自我评价问题》中谈到陀思妥耶夫斯基长篇小说类型的渊源时提到了多种文本，其中就包括“教会文学及圣徒传文学（《约伯记》）”①。而在俄国古代文献中，教会文学有相当丰富的文本积累，甚至可以说，在俄罗斯古代留存下来的文献典籍中，绝大部分都属于广义上的教会文学，这其中也包括了丰富的圣徒传类文学。但遗憾的是，巴赫金对此并没有做出具体的分析。

在这个问题上，其他学者也曾经提出过看法。比如，早期形式主义理论家什克洛夫斯基后来在研究陀思妥耶夫斯基时就提出：“陀思妥耶夫斯基在古书堆中寻找过，并找到了一些论争文本。”② 什克洛夫斯基提到的这些“古书”（старые книги）还是以陀思妥耶夫斯基本人的自述为依据，主要是圣经文本中的“论争”（споры）型文本。

巴赫金的对话理论最早就是以陀思妥耶夫斯基作为依据而展开阐述的。那么我们先从陀思妥耶夫斯基这里来看他的创作的对话类型是从哪些方面受到基督教或东正教文本影响的。

陀思妥耶夫斯基在《卡拉马佐夫兄弟》的草稿中曾经设计过“撒旦与米迦勒”（Сатана и Михаил）、“撒旦与上帝”的对话：

> “你马上就会宽恕我的。但有个顺理成章的想法……我这种不祥的个性，不，这个我不是臆想出来的，是那些善良的人把这么多诅咒强加到我身上的。”
>
> “有两种真理，我的和你的。”③

---

① *Бахтин М. М.* К вопросам самосознания и самооценки. // Собрание сочинений в 7 томах. Т. 5. М.: Русские словари; Языки славянской культуры, 1997, с. 75. 在中文译本中，这里的《约伯记》被错译为“约夫的书”，见［俄］巴赫金：《自我意识与自我评价问题》，黄玫译，《巴赫金全集》第四卷，河北教育出版社 2009 年版，第 89 页。

② *Шкловский В. Б.* За и против. Заметки о Достоевском. М.: Советский писатель, 1957, с. 172.

③ *Достоевский Ф. М.* Рукописные редакции «Братьев Карамазовых» // Полное собрание сочинений в 30 томах, Т. 15. Л.: Наука, 1976, с. 336.

但苏联时期学者鲍尔谢夫斯基把陀思妥耶夫斯基这里写的“Сатана и Михаил”中的“Михаил”理解成了《卡拉马佐夫兄弟》中的神学校学生米哈伊尔·拉基金:“从这条简短的《卡拉马佐夫兄弟》的手稿笔记可以看出，陀思妥耶夫斯基在某种意义上是把伊凡的特点向神学校学生米哈伊尔·拉基金靠近。”[①] 这显然是因为鲍尔谢夫斯基或许根本就不知道，或者就算知道也根本不会想到陀思妥耶夫斯基的圣经隐喻。大家注意，鲍尔谢夫斯基的书出版于 1956 年，可以推想，他的著作正是在苏联无神论占据绝对统治地位的时期写成的，甚至作者本人也就是在这个时期成长起来的。在很长的一个历史时段，苏联人难以接触到宗教文献，或者即使有可能接触，他们也已经失去了研究的兴趣；或者即使有兴趣，当时的政治环境也不允许他们从事这方面的研究。这一点我们从巴赫金著作中对俄国宗教文化的研究严重缺失可见一斑。作为无名之辈的鲍尔谢夫斯基当然就更不用说了。然而，什克洛夫斯基就不同了，他是沙俄时代接受教育的、学识渊博的学者与作家，对圣经文献自然要熟悉得多。所以，他立刻发现，陀思妥耶夫斯基这里说的“Михаил”并不是《卡拉马佐夫兄弟》中的那个神学校学生，而是圣经中的天使长米迦勒[②]。他举了圣经《新约》中的证据来说明他的判断:“天使长米迦勒为摩西的尸首与魔鬼争辩的时候，尚且不敢用毁谤的话罪责他，只说，主责备你吧。”[③] 所以他说:“陀思妥耶夫斯基是在寻找赞成与反对的依据时在福音书中发现了论争的话。”[④]

当然，无论旧约还是新约，提到米迦勒与魔鬼论争的其实只有这一句话，我们从中无法找到他与撒旦论争的更多引文。所以说，什克洛夫斯基尽管嘲笑鲍尔谢夫斯基居然连圣经也不看，但他找到的这句论据也不能说明陀思妥耶夫斯基真的是受到了它的启发而写出了《卡拉马佐夫兄弟》中的复调式对话。在我看来，陀思妥耶夫斯基更多的是受到《约伯记》中约伯与上帝对话的影响。因为陀思妥耶夫斯基自己承认，圣经中最让他感动

---

① *Борщевский С.* Щедрин и Достоевский. М.: ГИХЛ, 1956, с. 327.

② Михаил（拉丁文: Michael）这个名字本是从希伯来语来的，原意为“像上帝的人”，在汉语圣经和合本中译为“米迦勒”，思高本中译为“弥额尔”，俄语中一般译为“米哈伊尔”。

③ 和合本圣经《新约·犹大书》1 : 9。

④ *Шкловский В. Б.* За и против. Заметки о Достоевском. М.: Советский писатель, 1957, с. 173.

的篇章就是《约伯记》。[1] 什克洛夫斯基也提到在《约伯记》中存在约伯与上帝的“交谈”（разговор），在圣经其他篇章中也存在着撒旦与天堂力量的“交谈”，如与反撒旦的天使米迦勒的交谈。但他并没有做具体的阐述。[2]

尽管如此，我认为，这些都是根据陀思妥耶夫斯基自己的表述推测出来的，实际上，陀思妥耶夫斯基并没有承认他的“争论”模式是从《约伯记》中来的。如果我们从整体的叙事上来看，《约伯记》不是对话文本，或者说不是巴赫金意义上的“复调”文本，而是一种特殊的独白体，甚至是更高级的独白文本。但从方法论意义来说，也可以把它作为一种对话文本来看。

陀思妥耶夫斯基对于对话，或曰复调文体的运用，正像巴赫金本人的对话理论的产生一样，并不一定是受到哪一种古代文本的直接影响或启示，而是一种文化机制的结构性作用的结果。如果说圣经文本对陀思妥耶夫斯基的艺术叙事有影响，那么应当说是在两个层面上：

一是对于艺术家现实立场的影响，这一点是毫无疑义的。前面我们说陀思妥耶夫斯基受到过《约伯记》的影响，而这种影响首先体现在对作家信仰立场的形成方面。陀思妥耶夫斯基晚年的时候曾在给他夫人的信中写道：“我正在读《约伯记》，它把我带到了一种病态的兴奋之中；我往往抛开书，在房间里一小时一小时地走来走去，几乎要哭起来，倘若不是译者那些拙劣透顶的注解，或许我该是多么幸福啊。安尼娅，说来也怪，这是我一生中最早让我感到震撼的书之一，而那时我几乎还是个孩子！”[3] 陀思妥耶夫斯基之所以受到震撼，并不是因为其中的所谓对话精神，而是约伯身上体现出来的在质询中的皈依。国内有论者正是因为陀思妥耶夫斯基小说中表现出来的无神论话语，而认为在他的身上存在着对上帝的质疑立场。

---

① *Достоевский Ф. М.* Письмо к А. Достоевской (22 июня 1876). // Полное собрание сочинений в 30 томах. Т. 29, кн.ii, Л. Наука, 1986, с. 43.

② *Шкловский В.Б.* За и против. Заметки о Достоевском. М.: Советский писатель, 1957, с. 172. 什克洛夫斯基所说的这种“交谈”我们可以在新约中找到记述，如：“天使长米迦勒为摩西的尸首与魔鬼争辩的时候，尚且不敢用毁谤的话罪责他，只说：主责备你吧。”（和合本圣经《新约·犹大书》1：9。）

③ *Достоевский Ф. М.* Письмо к А. Достоевской (22 июня 1876). // Полное собрание сочинений в 30 томах. Т. 29, кн.ii, Л.: Наука, 1986, с. 43.

这是一个明显的误读。[①] 实际上，陀思妥耶夫斯基的正教信仰立场从来也没有动摇过。只是这种对圣经立场的接受，在他的身上形成了一种巴赫金所说的“专断话语”（авторитарное слово）[②]，它将作为一种外来的、异质的对话因素进入对话之中，但最终会遭遇阻碍而被削弱权力。

陀思妥耶夫斯基所受到的类似宗教对话文本的影响的第二个方面，就是在艺术叙事的层面上所接受的方法论意义上的“论争”性。过去学者们之所以在陀思妥耶夫斯基的信仰立场问题上存在诸多争议，很大的一个原因就是人们往往把陀思妥耶夫斯基本人的信仰立场和他的叙事立场相混淆。在苏联时期，以及我们国内学界，在社会学批评方法长期占据文学批评的统治地位的过程中，人们形成了一种阅读的固定模式，即把目光仅仅关注艺术作品的价值观内容，而忽视了作品叙事伦理层面的内容，即叙事形态本身所蕴含的价值涵义。巴赫金对此做过清楚的说明：“陀思妥耶夫斯基的个人观点（当然，它们是存在的，他把它们注入自己的政论作品、刊物上的文章、书信与讲演）受到自己时代、自己集团利益、自己趋向的局限，它们进入了他的小说。但是，当然，我们可以在小说里找到相应的地方，那些小说好像是在重复，但以主人公的面目在重复着陀思妥耶夫斯基的某些思想与表述。但是，在这些小说里，这些观点完全不具有直接性的作者表述，它们是在与所有其他直接对立观点的平等基础上引入对话的。由此，陀思妥耶夫斯基在自己的小说里，是凌驾于这些有局限性的、狭隘人类的、狭隘教会的、东正教的观点之上的。特别是这点，我认为是陀思妥耶夫斯基的基本方面。不能说，我们可以突出某一特殊的主导思想。一切事物都

① 参见王志耕：《陀思妥耶夫斯基是否“怀疑”上帝存在？》，《俄罗斯文艺》2008年第3期。文中提出，国内学者多以陀思妥耶夫斯基的一句被误译的话为依据来证明他具有无神论思想：“我是时代的孩童，直到现在，甚至（我知道这一点）直到进入坟墓都是一个没有信仰和充满怀疑的孩童。”（[俄]陀思妥耶夫斯基：《给娜·德·冯维辛娜》，《陀思妥耶夫斯基选集·书信选》，冯增义、徐振亚译，人民文学出版社1986年版，第64页。）而实际上正确的译文应为：“直到现在，即使（我清楚这一点）直到盖棺论定，我都是一个时代的产儿，一个无信仰论和怀疑论的产儿。”*Достоевский Ф. М.* Письмо Н. Д. Фонвизиной от конца января–20-е числа февраля 1854 // Полное собрание сочинений в 30 томах. Т. 28, кн.i, Л.: Наука, 1985, с.176.

② *Бахтин М. М.* Собрание сочинений в 7 томах. Т. 3. М.: Русские словари; Языки славянской культуры, 2012, с. 96.

处于它们的多样之中，体现在不同的个人身上。确切地说，一切事物处于对话之中，何况是处于明显未完成的对话之中。陀思妥耶夫斯基在自己的小说里不止一次地指出，从本质上说，对话的完成，争吵的完成，只可能通过导入某种外在的粗暴的物质力量来达到。而本质上，正是这样的对话思想和整个的思想是不可完成的。”[①] 巴赫金这里说明了陀思妥耶夫斯基本人的思想与小说人物的思想之间的叙事伦理意义上的差别，可以说对于准确理解陀思妥耶夫斯基的复调形态具有重要的意义。但是，巴赫金的话也等于否认了陀思妥耶夫斯基对于基督教（东正教）文本的影响，因为在他看来，这类宗教文本是通过“外在的粗暴的物质力量”（внешняя грубая материальная сила[②]）强迫对话达于完成的。但他又说过，约伯的对话在其内部结构上是未完结的。[③] 可见，在他的心目中，陀思妥耶夫斯基的复调叙事还是受到了这些宗教文本的影响。但巴赫金在谈及这个问题时一直存在矛盾心理，他一方面隐隐约约地提出宗教文本的影响问题，一方面又不对这些文本进行分析，而他热衷于分析的都是古希腊罗马以及西欧古典文本。这在我们看来，除了苏联时期对宗教话题的禁忌之外，还说明巴赫金对东正教经典文献还没有做过细致的研究。而美国学者亚历山大·米哈伊洛维奇在谈到巴赫金与宗教神学之间的关系时所说的话是有道理的：“神学隐喻在他的作品中后来被更多地作为一种结构范式，而非哲学思考或道德训诫。”[④] 实际上，巴赫金也正是用这样的思维方式来看待陀思妥耶夫斯基的艺术叙事的。也就是说，在艺术叙事的层面上，陀思妥耶夫斯基对于圣经文本的接受有别于他对其信仰立场的接受，他接受的是其叙事形态给他提供的启示。

---

① ［俄］巴赫金：《关于陀思妥耶夫斯基长篇小说的复调性》，钱中文译，《巴赫金全集》第四卷，河北教育出版社 2009 年版，第 417 页。

② 原文参见 *Бахтин М. М.* О полифоничности романов Достоевского. // Собрание сочинений в 7 томах. Т. 7. М.: Русские словари; Языки славянской культуры, 2002, с. 459.

③ *Бахтин М. М.* Проблемы творчества Достоевского. // Собрание сочинений в 7 томах. Т. 2. М.: Русские словари; Языки славянской культуры, 2000, с. 173.

④ Mihailovic, Alexandar *Corporeal Words: Mikhail Bakhtin's Theology of Discourse*. Evanston, Ill.: Northwestern University Press, 1997, p. 5.

从《约伯记》来说，当陀思妥耶夫斯基排除了自己的艺术家身份，只是站在一个信徒的角度来阅读它的时候，他被其感动的就是约伯在经历巨大的无辜磨难之后的皈依，也就是这个基督教文本想要传达给信众的信仰内容。但是，如果陀思妥耶夫斯基排除了他作为信徒的身份而进入到艺术创作空间，那么他在这个基督教文本中看到的便不仅是信仰内容，而是其中的悖谬性叙事形态，即他会站在一个无辜受难者的角度来看待约伯与上帝、约伯与天使之间的对话。有人把这种影响理解为艺术风格的影响，这也许是一个方面，但并不是陀思妥耶夫斯基的叙事艺术最本质的内容。[①] 陀思妥耶夫斯基在约伯的对话中看到的远不是一种风格的问题，而是一种巴赫金意义上的对话文本。

第二节　《约伯记》对话的未完成性

既然巴赫金没有对任何一部基督教文本进行具体分析，那我们来看一下《约伯记》中的对话到底是如何展开的。

第一轮对话是在提幔人以利法和约伯之间展开的。约伯无辜受到了上帝的考验，他的牲畜被掠夺而去，仆人被杀，而更让他无法释怀的是，他的儿女在没有任何防备的情况下被狂风吹倒的房屋砸死。而这一切，都是以上帝的名义完成的。然而以利法这时却来说服约伯要接受这种神的“惩治”：

> 至于我，我必仰望神，把我的事情托付他。他行大事不可测度，行奇事不可胜数。降雨在地上，赐水于田里。将卑微的安置在高处，将哀痛的举到稳妥之地。破坏狡猾人的计谋，使他们所谋的不得成就。他叫有智慧的中了自己的诡计，使狡诈人的计谋速速灭亡。他们白昼遇见黑暗，午间摸索如在夜间。神拯救穷乏人，脱离他们口中的刀，

① 如列·格罗斯曼在谈到《约伯记》对陀思妥耶夫斯基的影响时就认为，陀思妥耶夫斯基是把不同的艺术风格，甚至是看上去形态完全不同的风格，都融入到他的整体叙事之中，而在这些艺术风格之中，就包括了《约伯记》《圣约翰启示录》、福音书文本、新神学家西蒙话语录等等。这些宗教文本与作家所接受的其他文本风格，如报纸、笑话、仿讽、街头剧、怪诞手法和讽刺文之类的熔于一炉，都纳入到自己的风格之中。参见 *Гроссман Л.* Поэтика Достоевского. М.: Государственная академия художественных наук, 1925, с. 175.

和强暴人的手。这样，贫寒的人有指望，罪孽之辈必塞口无言。神所惩治的人是有福的。所以你不可轻看全能者的管教。因为他打破，又缠裹。他击伤，用手医治。你六次遭难，他必救你。就是七次，灾祸也无法害你。在饥荒中，他必救你脱离死亡。在争战中，他必救你脱离刀剑的权力。你必被隐藏，不受口舌之害。灾殃临到，你也不惧怕。你遇见灾害饥馑，就必嬉笑。地上的野兽，你也不惧怕。因为你必与田间的石头立约，田里的野兽也必与你和好。你必知道你帐篷平安，要查看你的羊圈，一无所失。也必知道你的后裔将来发达，你的子孙像地上的青草。你必寿高年迈才归坟墓，好像禾捆到时收藏。这理，我们已经考察，本是如此。你须要听，要知道是与自己有益。[①]

我们认为，以利法的劝告理由是建立在对上帝无条件的信任之上的，因为所谓将来上帝必会报答这种话，在约伯没有经历之前并无意义。而在《约伯记》中，当然没有涉及约伯此前的生活经历，因此，以利法的话代表的就是一种超验的信仰立场。而约伯站在的是经验信仰的立场，他一直信奉着上帝，但却没有获得过由这种信仰所带来的恩惠，而亲身经历的却是苦难。因此，他的对话显然更为有力：

惟愿我的烦恼称一称，我一切的灾害放在天平里。现今都比海沙更重，所以我的言语急躁。因全能者的箭射入我身，其毒，我的灵喝尽了。神的惊吓摆阵攻击我。野驴有草岂能叫唤，牛有料，岂能吼叫。……正直的言语力量何其大。但你们责备是责备什么呢。绝望人的讲论，既然如风，你们还想要驳正言语吗。你们想为孤儿拈阄，以朋友当货物。现在请你们看看我，我决不当面说谎。请你们转意，不要不公。请再转意，我的事有理。我的舌上岂有不义吗。我的口里岂不辨奸恶吗。……我不禁止我口。我灵愁苦，要发出言语。我心苦恼，要吐露哀情。我对神说，我岂是洋海，岂是大鱼，你竟防守我呢。若说，我的床必安慰我，我的榻必解释我的苦情。你就用梦惊骇我，用异象恐吓我。甚

① 和合本圣经《旧约·约伯记》5：8—27。

至我宁肯噎死，宁肯死亡，胜似留我这一身的骨头。[①]

在接下来的书亚人比勒达和约伯的对话同样如此，比勒达要讲的是“神岂能偏离公平”的道理，与以利法的说辞是同样的道理，因此，他们二人的对话立场是超验的信仰立场。而从上述约伯的回答中可以看出，约伯的回答是站在他的切身经验而非超验信仰之上的，也就是说，他对上述二人的信仰立场提出了他的经验性质疑。因此，这种对话就构成了一种在整体涵义背景上的开放性对话。整体涵义即“信仰”，他们双方都不否认应当信仰上帝，但是如何信仰，是无条件地、以相信“报应”的方式来信仰，还是有条件地、站在集体经验的基础上来信仰，便构成了一个没有终极答案的对话。

当然，《约伯记》中最重要的对话还是约伯与缺席的对话者——上帝——的对话。柯日诺夫在他的著名的《巴赫金与其读者们》一文中着重强调了尼尔·索尔斯基与上帝的“交谈”（беседа）[②]，但他忽略了，如果从基督教文化的角度看，《约伯记》才是人与上帝交谈的最原始的、最基础的文本。在《约伯记》中，在约伯与以利法和比勒达的对话中，上帝本来是作为“涵义”整体出现的，也就是对话所形成的话语的语境及意义因素；但在约伯答话的潜文本中，我们却会发现，上帝以“肉身”的形式降到了对话者的位置上。他在约伯的口中虽然是万能的，是有大智慧、大能力的，“他吩咐日头不出来，就不出来，又封闭众星。他独自铺张苍天，步行在海浪之上。他造北斗，参星，昴星，并南方的密宫。他行大事，不可测度，行奇事，不可胜数。他从我旁边经过，我却不看见。他在我面前行走，我倒不知觉。他夺取，谁能阻挡。谁敢问他，你做什么”[③]。但是，在接下来的对话中，我们看到，上帝的力量并不意味着他对于约伯而言是正义的。所以他在回答比勒达的劝告时，便把上帝置于平等对话者的地位上：

你手所造的，你又欺压，又藐视，却光照恶人的计谋。这事你以

① 和合本圣经《旧约·约伯记》6：2—7：15。

② *Кожинов В. В.* Бахтин и его читатели. // Москва. 1993. № 7, с. 146.

③ 和合本圣经《旧约·约伯记》9：7—12。

为美吗？你的眼岂是肉眼？你查看，岂像人查看吗？……你的手创造我，造就我的四肢百体；你还要毁灭我。……你将生命和慈爱赐给我，你也眷顾保全我的心灵。然而你待我的这些事，早已藏在你心里；我知道你久有此意。我若犯罪，你就察看我，并不赦免我的罪孽。……你为何使我出母胎呢？不如我当时气绝，无人得见我。这样，就如没有我一般，一出母胎就被送入坟墓。①

恶人的灯何尝熄灭？患难何尝临到他们呢？神何尝发怒，向他们分散灾祸呢？他们何尝像风前的碎秸，如暴风刮去的糠秕呢？……有人至死身体强壮，尽得平静安逸。他的奶桶充满，他的骨髓滋润。有人至死心中痛苦，终身未尝福乐的滋味。他们一样躺卧在尘土中，都被虫子遮盖。②

上帝的对话者资格因为此前以利法和比勒达的话语而获得了充分的正当性，而约伯则只有靠他一人之口来为自己辩护，但是这个辩护却与上帝的话语一样具备了充分的合理性。他不仅从正面角度来指责上帝对他的不公，而且从外位的角度把对话引向第三者——恶人，使得他的话语不仅获得了同样有力的对话资格，而且把这个对话空间打开了另一扇门，使它成为一个开放的、未完结的对话。

因此我们说，巴赫金当然意识到了这一点，即陀思妥耶夫斯基除了接受了《约伯记》的信仰立场之外，在其艺术创作中同样接受了这个基督教文本的“复调”形态。他在《陀思妥耶夫斯基诗学问题》一书的前身《陀思妥耶夫斯基创作问题》中提到了两种对话形态：一种是柏拉图式的对话，一种就是《约伯记》式的对话。而在巴赫金看来，把陀思妥耶夫斯基的对话“与圣经和福音书的对话加以比较更具实质意义。约伯的对话和若干福音书中的对话对陀思妥耶夫斯基的影响是无可争议的，就此而言，柏拉图的对话录干脆就在他的兴趣范围之外。约伯的对话就其内部结构来说是未完结的，因为与上帝相对立的灵魂状态——无论斗争还是和解——在其中

① 和合本圣经《旧约·约伯记》10：3—19。

② 和合本圣经《旧约·约伯记》21：17—26。

是被理解为必然的和永恒的"[①]。但我们应当说明，仅仅是一种开放式对话，还不能说明陀思妥耶夫斯基艺术叙事的对话性质的全部内容，因为严格说来，陀思妥耶夫斯基的对话可以成为巴赫金意义上的"复调"结构，但如果从这种叙事形态与俄罗斯宗教文化的关联上来看，其实它应当是一种"聚合性"结构。这一点我们在后面还会详述。显然，巴赫金在写作《陀思妥耶夫斯基创作问题》的时候，可能意识到了这一细微的差别，但他只是说，"即使是圣经中的对话也不能帮助我们理解陀思妥耶夫斯基对话的最具实质性的艺术特征"[②]。也可以说，从巴赫金本人的论述来看，他对这样的差别并没有理论上的自觉，这也是为什么他本来谈到了陀思妥耶夫斯基的叙事与《约伯记》叙事并不完全是同一类叙事形态，甚至从后者的叙事形态分析并不能说明陀思妥耶夫斯基最本质的叙事特征，但他却没有做出更为具体的阐释。

第三节 东正教"交谈"文体的"自我交谈"

在圣经文本中，类似《约伯记》这样的对话体并不多，但其中对话的形态却是多种多样的，如异族之间的对话、主与仆的对话、耶稣与门徒的对话、使徒与信众的对话等。我们说过，从信仰文本来看，任何一种教义类文本都是独白式的，其对话也都是封闭的，但这是从教义文本的价值立场上而言。如果我们从叙事形态上来看，那么，如上述《约伯记》这类的对话则充满着开放性与未完成性：其中既有大型对话，也有微型对话；有明辩，也有暗辩。这种对话形式的多样性应当说为陀思妥耶夫斯基的创作

---

① *Бахтин М. М.* Проблемы творчества Достоевского. // Собрание сочинений в 7 томах. Т. 2. М.: Русские словари; Языки славянской культуры, 2000, с. 173. 在中文《巴赫金全集》中，这部分文字作为《〈陀思妥耶夫斯基创作问题〉一书的片段》收入第五卷，但却把"约伯"误译为"约夫"，甚至还加上一个"译者注"："约夫（？—1607），1589 年起为全俄第一任大主教，1605 年失去主教宝座，被流放。有书信及有关十六世纪末俄国历史著作传世。"（[俄] 巴赫金：《〈陀思妥耶夫斯基创作问题〉一书的片段》，晓河译，《巴赫金全集》第五卷，河北教育出版社 2009 年版，第 364 页。）同样的错译如 [俄] 巴赫金：《自我意识与自我评价问题》，黄玫译，《巴赫金全集》第四卷，河北教育出版社 2009 年版，第 89 页。

② *Бахтин М. М.* Проблемы творчества Достоевского. // Собрание сочинений в 7 томах. Т. 2. М.: Русские словари; Языки славянской культуры, 2000, с. 173.

提供了丰富的参照文本。但是，除了上述对话形态之外，我们还应当注意一种特殊的对话形式——“自我交谈”。

巴赫金在论述陀思妥耶夫斯基的对话模式时提出了“自我交谈”（беседа с самим собою）的概念，它指一个人物在看似独白的话语中却展现了其内心世界的两种声音，说话者对自我的独一性通过这样的方式加以破除，从而使自我敞开，呈现出一种趋向于完满的未完成形态。[①]但是，巴赫金把这种“自我交谈”的叙事模式归因于古代希腊罗马的类似体裁，尽管其中包括了奥古斯丁这样的基督教作家，但巴赫金从来没有对基督教文献进行过评析，而只是就希腊式对话体做泛泛的描述。看上去逻辑严谨，但实际上，正如他自己所说，他就是一个哲学家，而哲学家的论辩是不需要证据的，只需要表达自己的“世界观”就可以了，只需要在论述自身达成完满就可以了。所以，巴赫金并没有对“自我交谈”文体的历史渊源进行细致的考察，或者只是做了些表面梳理，而并没有做较为具体些的文本对比分析。

但只要我们对古代世界的这些对话（包括内在对话或自我对话）文本稍加分析，就可以发现，这一类的体裁其实与陀思妥耶夫斯基的对话形态并无必然联系，尽管其中可能存在某些相同的表述形式，因为文学表达本身就具有更为主观化的阐释可能性。而真正具有“自我交谈”性质的古代文本，或许就是东正教（包括俄罗斯正教作家）的大量“交谈”类文本。

巴赫金在说明陀思妥耶夫斯基此类叙事模式的来源时提到了古希腊哲学家安提西尼[②]、古罗马哲学家爱比克泰德、马可·奥勒留以及西方教父奥古斯丁。安提西尼据说一生写过60多部著作，但所余无几。从巴赫金本人

---

① 参见［俄］巴赫金：《陀思妥耶夫斯基诗学问题》，白春仁、顾亚铃译，三联书店1988年版，第173页。原文参见 *Бахтин М. М.* Проблемы поэтики Достоевского. // Собрание сочинений в 7 томах. Т. 6. М.: Русские словари; Языки славянской культуры, 2002, с. 135.

② 中文译本把这个名字只按俄文音译为“埃斯芬”或“安基斯芬”。顺便说一下，最早的《陀思妥耶夫斯基诗学问题》（白春仁、顾亚铃译，三联书店1988年版）译本存在着多处译名只按俄文音译硬译的问题，在同一译本收入《巴赫金全集》之后，做了一些订正，如把“埃皮克掟特”修正为“爱比克泰德”、把“马克·阿夫列利”修正为“马可·奥勒留”等，但“埃斯芬”和“安基斯芬”的译名统一和遵从既定译名的问题还是没有解决。实际上，全集中的其他卷也存在同样的问题，如把“阿西西的方济各”译为“弗朗西斯科·阿西斯基”。

的表述来看，他也没有读过安提西尼的任何著作[①]，更不必说陀思妥耶夫斯基了，因为安提西尼的著作根本没有俄文译本。而从今天看来，能够接近“自我交谈”叙事模式的，大概是爱比克泰德的对话体著作。比如：

1. 你们会发现，[除了我在下面即将提到的那种能力以外，]在我们身上具有的各种能力中，没有一样是能够进行自我认知、自我观察的，所以也就没有一样是能够针对自己的行动表示赞同或者否决的。2.[比如说，]我们的语法能力，它有多大的认知能力呢？恐怕它只能分辨语言的书写表达。

那么我们的音乐能力呢？

它只能分辨音律。

3. 那么它们哪一个具备自我认知的能力呢？

它们无论哪一个都不具备。

如果你要给你的朋友写封信，你的语法能力就会告诉你应该怎么写；但是，该不该给朋友写信，你的语法能力是无法告诉你的。同样道理，你的音乐能力只能让你懂得如何把握音律，但是至于此时此刻你是否应该歌唱、弹琴，它也是无法告诉你的。

4. 那么，哪一种能力能够告诉[我们这一点]呢？

只有既能够自我认知又可以认知其他一切能力的能力[才可以做到这一点]。

可是这又是一种什么能力呢？

这就是理性的能力。因为只有我们这种[从别处那里]得来的能力，只有它才既能够审查自己，审查自己到底是什么、自己有什么能力和自己有多大价值，同时又能审查所有其他各种能力。5. 因为除了理性的能力以外，又有什么其他能力能够告诉我们黄金是美好的呢？黄金自己是不会告诉我们的！显然，只有能够运用表象的能力[才能做得到这一点]。6. 又有什么别的能力能够对音乐、语法以及其他能力进

---

① 巴赫金只是提到存世的安提西尼的“对话片段”（фрагменты диалоги Антисфена）。*Бахтин М. М.* Проблемы поэтики Достоевского. // Собрание сочинений в 7 томах. Т. 6. М.: Русские словари; Языки славянской культуры, 2002, с. 124.

行判断，证明它们的作用，并指出何时何地才应当运用它们呢？

除理性而外再没有别的了。

7. 因此看来，神只把所有能力中最优秀的能力赐给了我们，这个能够主导所有其他能力的能力，也就是说，能够正确运用表象的能力。除此之外，神什么能力都没有赐给我们。神这样做简直是再适合不过了。8. 难道这是因为神不愿意［把其他能力赐给我们］吗？我个人以为，如果神能够做得到的话，他们是一定会把所有其他能力也交给我们的；可是实际上，他们是根本无法做到这一点的。9. 因为，我们既然生活在尘世间，受到我们在尘世间的肉体和同伴的限制，我们怎么可能不受到外在事物的束缚呢？

10. 宙斯是怎么说的呢？他说，“爱比克泰德，如果可能的话，我当然会让你的这具小小的肉体躯壳以及你的这点财产自由自在，不受任何限制和束缚的。11. 但是，你不要忘记，你的这个躯壳并不是你自己的，它只不过是一块做得精致的泥巴而已。12. 既然我无法把这些也都赐给你，所以，我就把我们身体的一部分赐给了你。它是一种能力，一种能够产生采取行动的驱动和不采取行动的驱动、产生想要得到东西的意愿和想要回避东西的意愿的能力，一句话，它是一种能够正确运用表象的能力。如果你能关心这个能力，并且让它来管理你所有的一切，那么，你将再也不会遇到任何阻碍，你将再也不会受到束缚，你将再也不会悲伤哭泣，再也不会怨天尤人，再也不会媚颜奉承他人。”

13. “你难道觉得这是小事吗？”

当然不是。

“你难道还不满足吗？”

以神的名义，我当然满足啦。

14. 可是现在的情况是，本来我们可以只关注、执着于一件事，可是我们却偏偏要去追求许多事，把自己束缚在许多事情上，——我们的身体、财产、兄弟、朋友、子女还有奴隶。15. 因为我们把自己束缚在这么多东西上，所以，我们自然就会受到它们的牵累和困扰。16. 结果，看到天气［恶劣］无法航海时，我们就会坐卧不宁，不停地东张西望:“刮什么风?”“北风。”可是,这跟我们有什么关系呢?“什么时候刮西风呀?”等到该刮西风的时候,等到风神埃俄罗斯想刮西风的时候,天自然就会刮西风的。因为神没有让你而是让埃俄罗斯当了掌管风的风神。

17. 那么,这该怎么办呢?

既然如此,我们就要充分利用属于我们权能之内的东西,而至于其他不属于我们的东西,我们就只能让它顺其自然本性了。

可是,它的自然本性又是什么呢?

当然是神的意志了。[①]

我们已无法推测爱比克泰德的著作形成的具体过程,只知道这些著作都是爱比克泰德的弟子记录下来的,就像柏拉图记录苏格拉底的对话一样。不管怎样,它却形成了某种形式上的“自我对话”,也就是说,自己提出问题,自己来回答,尽管他的弟子在记录爱比克泰德的话时可能会把当初自己提出的问题也记录进去。但是,如果我们仔细分析上面的“对话”,会发现它属于一种“求真”的对话类型,而非“打碎自我形象的表面躯壳”(разбивать внешние оболочки образа себя самого)[②]的“自我交谈”类型。所谓“求真”问题,即并非由说话者本人的内心冲突而产生的提问,而是出于求知的心态所提出的问题。当然,有的时候求知欲望也是源于内心冲突而产生。但是,综观上面爱比克泰德的对话会看到,提出的问题基本上都是属于求知型的,如“我们的语法能力,它有多大的认知能力呢?”“哪一种能力能够告诉我们这一点呢?”“宙斯是怎么说的呢?”等等。所以,我们把这一类“交谈”称为“求真”型的交谈。恕我们不再列举马可·奥勒留及奥古斯丁的文本,因为较之爱比克泰德,他们的交谈型文本更像是箴言录。

这里我们要说的是,其实在东正教的历史文献中,存在着大量的“交谈”(беседы)文本,在这些东方教会神学家(包括俄罗斯本土的教会作

① [古罗马]爱比克泰德:《论说集》,王文华译,商务印书馆 2009 年版,第 7—11 页。

② *Бахтин М. М.* Проблемы поэтики Достоевского. // Собрание сочинений в 7 томах. Т. 6. М.: Русские словари; Языки славянской культуры, 2002, с. 135–136.

家）用来阐释宗教思想的文本中，其最重要的文体之一就是“交谈”，即使没有标注“交谈”的，也有大量文字属于此类，如四世纪的东方教父圣金口约翰传下来的大量著述大多都属于此种类型，而俄罗斯本土的静修主义神学家尼尔·索尔斯基拟订的修道院规章，也是以对话式的“交谈”文体写成的。这类文本之多，简直可用汗牛充栋来形容。[①] 这种文体的流行也对教会内部的交往方式产生了影响，如圣谢尔基对他的追随者并不称作“学生”（ученик），而是称作“交谈者”（собеседник）[②]。因此，我们很难想象巴赫金为什么没有对这些文本给予更多的关注。这类文本影响之深远，甚至在 19 世纪的俄罗斯还出版过一本影响极大的杂志，名为《俄罗斯交谈》（«Русская беседа»），是由著名的斯拉夫派思想家亚·伊·科舍廖夫创办的，但其宗旨却是主张在各个领域与西方进行对话，而不是对抗。在他们的纲领中提到：“此杂志主要是为俄罗斯人民服务的，同时此杂志丝毫不仇视西方文明。一切有学识的俄罗斯人都知道，在理智发展方面俄罗斯人是非常感谢西方文明的，但同时对所有俄罗斯人来说，显而易见的是，丧失了真正文明的一切必要基础——宗教的西方文明，对俄罗斯的有益之处只可能在于通过对俄罗斯精神及其根本原则的批判而越过它。”[③] 由此可见，在俄罗斯的文化语境中，“交谈”这个概念蕴含着本质上的对话精神。就此而言，较之上述爱比克泰德等人的交谈文本，东方教会中的这些交谈文本却带有更为明显的“自我交谈”色彩，尽管它们还很难称得上是巴赫金意义上的对话文本。

比如上文提到的圣金口约翰的“交谈”文本，我们来看他在《关于〈创世记〉的交谈》一书的最后一章中的一段话：

> 今天我迟迟不情愿地来说出这些话。当我想，我们每一天都要教

① 2003 年，佩琴加的特里丰修道院出版了一套交谈文体的基督教文献集，其中俄罗斯本土卷就收入了 35 名俄罗斯教会作家的“交谈”类著述，计 1500 余页。参见 Беседы великих русских старцев. О Православной вере, спасении души и различных вопросах духовной жизни. М.: Трифонов Печенгский монастырь «Ковчег», 2003.

② *Петрушко В. И.* История Русской Церкви с древнейших времен до установления патриаршества. М.: Православный Свято-Тихоновский гуманитарный университет, 2007, с. 195.

③ 参见［俄］津科夫斯基：《俄国思想家与欧洲》，徐文静译，三联书店 2016 年版，第 111 页。

诲、叮咛，为你们提供信仰的盛宴，然而来到这里参加这种信仰训诫，参加这个尊贵的、巨大的盛宴的许多人，都是在疾驰的马背上度过他们的日子，因此便无法从我们的监护中得到任何好处，但他们出于习惯，只要魔鬼行诱惑，他们就急于去行那些违背律法的表演，心甘情愿地落入狡猾的魔鬼之网，因此无论我们如何引导，危险如何明显，无论费去多少时间，也无法唤起他们的理性。——既然这样，那我们还会奢望去为那些并不想从我们的言语中获得益处的人去行教诲吗？不必奇怪！就像农夫对待土地，当他付出了许多心血和繁重的劳动，却仍然没有结果，没有获得对他的创造的足够的奖励，他看到这些，就不会再和从前一样，去心甘情愿地播种，为了耕种土地而付出热情。此外，医生，当他看到患者不遵从他的处方，因此病情一天天加重的时候，便让病人与疾病相伴好了，经验教训本身将教会他了解什么是对他有益的。同样，教师教给孩子们学问，但当他们看到学生忽视他所教授的课程，不想记住他所教授的内容，那他就会时时丢开他们，用这种方式来纠正他们的散漫、唤醒他们的勤奋。但是当农夫看到他的损失越来越多，他自然会变得不那么努力，尽管他已经付出了劳动和成本，却没有收到任何成果。而医生有时也会适当地抛开病人：他离开病人一段时间，因此疼痛的增加会使病人感觉到疾病的危害，然后便会来请医生帮他治疗。同样，孩子们的老师会根据他们年龄还小，从有利的角度来对他们施加一些惩罚。但是，我们会超过所有这些人，今天已准备好为堕落的人提供父爱，并教导他们，如果他们仍然处于同样的散漫之中，那么他们将受到更多的谴责。农夫按原来的意愿把种子撒下去，有时会想，这些成本可能就白白浪费掉了，我们远没有这种绝望。的确，在播撒灵性种子时，由于听者的散漫，我们有时得不到果实；然而，在将来我们会得到奖赏，因为我们把托付给我们的银子还了回去，并履行了主赐给我们的诫命；而这些听者会向那向他们索要更多回报的主去交账的。但是，这并不意味着，只要我们做了自己的事，就不会出现问题。不，我们希望你们用我们传给你们的去做事，而不是让那些人受到惩罚，是他们让你们重新意识到你们的才能被隐藏，你们不仅没有增加主的银子，反而把这银子埋没在土地里。

那些接受过教诲（圣经里把这些教诲称为才能和银子）但却不去努力结出果实、好好利用这些教诲的人就是这样的。但也许有人会说这个关于才能的比喻是不是讲的就是老师自己？我也是这样理解。但是，如果我们仔细了解这个比喻，你们就会发现，老师只有分发银子的责任，而你们的职责不仅仅是保存你所得到的东西，而且还要使用它。[①]

要确定一个文本是否是巴赫金意义上的“自我交谈”，要看这个“交谈”是否源于自我的内心矛盾以及和潜在的对话者的价值交锋，而不仅仅是像爱比克泰德那样，出于一种向听者讲述知识的动因。就此而言，我们可以发现，在上述文本中存在着两种“自我交谈”类型：一种是与想象的对话者的交谈，一种是与自我的“他者”形式对话。或者说，是作者自身矛盾的两个化身的对话。上述文本的前半段属于与想象的对话者交谈，对话者就是文本中所说的“听者”（слушатели）。这个听者在文本中用的是复数，也就是说，它不是一个人，而是一类人，即那些作为听者却与讲者（говорящий）形成观念对立的人群；也正因为它是复数，因而潜在地获得了某种合理的对话者资格，即听者的观念代表了一种带有普遍意义的立场——阳奉阴违地对待基督教义传道者教诲的立场。而“我”作为一个传道者，付出了巨大的辛劳，却无法得到回报，从而形成了一种巨大的心理反差，即我们所说的心理矛盾。我们看到，作者不断在向那些听者抱怨，即讲者费了太多的唇舌却没有获得相应的效果。注意，上述文本是圣金口约翰讲圣经的一部长篇释经著作的最后一节。在前面的讲述和阐释中，尽管作者也一直是在面对隐身的听者说话，但听者的态度和立场还没有明确地反映出来；而在最后一节，作者把他在现实之中遇到的情景通过看似独白实则对话的形式讲了出来。也就是说，作者在这里独自的讲述，其实是他在现实传道过程中遭遇的真实情境，只不过此刻那些怀着否定情绪的听者在这里隐身了。但这并不妨碍作者把他们作为明确的对话者，因此，这些话就有了具体的反驳对象——“你们”“听者”。作者用了一连串比喻，

① *Иоанн Златоуст, Свт.* Беседы на книгу Бытия. В 2-х томах. Т. 2. Владимир.: Посад, 1993, с. 902.

其作用是：一方面揭示并指斥了对方的立场观念——尽管每天都来参加这场“信仰的盛宴”（духовный пир），但却因为忙于世俗的事务，而极易受到魔鬼的诱惑，忘掉了传道者传给他们的主的教诲，“去行那些违背律法的表演，心甘情愿地落入狡猾的魔鬼之网”。另一方面，作者也借此表达了自己内心的失望，就像农夫付出巨大的劳动和成本却没有从土地上获得相应的收成，就像医生试图帮助病人解除痛苦却遭到拒绝，就像老师教给孩子们知识却被孩子们把这些知识丢掉；既然如此，那么农夫最后就会在失望中放弃耕种，医生就会丢开病人不去治疗他们的病痛，而老师就会任凭孩子们散漫下去。然而，作者在这一连串的抱怨之后，却开始了与自我的“他者”形式的对话，或者说，开始了自己内心的矛盾性对话。即作者开始对前面的抱怨加以否定，看上去像一种自我宽慰，但从“自我交谈”的角度看，实际上就是把一种对发出抱怨的“讲者”立场加以否定的立场引进了新的对话情境。简单地说，就是“新我”和“旧我”发生了对话。“新我”的立场是：无论听者如何对待讲者所传达的主的教诲，讲者绝不能放弃继续传道；因此，“新我”的明确态度是：我们远不像农夫那样绝望。实际这就是对“旧我”说：你不能由失望转入绝望（отчаяние），应当“超过”比喻中说的那些人，继续准备好为这些堕落的人提供父的爱和主的教诲。但在这个看似封闭的结局中，因为前面的抱怨理由和那些比喻的鲜活性，使得这个勉强出现的“新我”显得那么缺少充分的说服力。因此，当作者以这样的话语来结束他的“自我交谈”的时候，在实质上仍然保持着某种未完成性。

巴赫金在他的著作中曾多次提到圣金口约翰[①]，可见他对其著述并不陌生。而且他提到圣金口约翰的时候都是以其文本形态来佐证他的小说理论：

① 如巴赫金在《教育小说及其在现实主义历史中的意义》中就提到圣金口约翰的言行录，但中文译本在这里把其名字音译为“约翰·赫里佐斯特”，见［俄］巴赫金：《教育小说及其在现实主义历史中的意义》，晓河译，《巴赫金全集》第三卷，河北教育出版社 2009 年版，第 215 页。巴赫金在论拉伯雷的长篇巨著中也几次提到圣金口约翰，而中文译本在这里又把其名字据另一俄文译名音译为“约翰·兹拉托乌斯特”，见［俄］巴赫金：《弗朗索瓦·拉伯雷的创作与中世纪和文艺复兴时期的民间文化》第一章，夏忠宪译，《巴赫金全集》第六卷，河北教育出版社 2009 年版，第 84 页。圣金口约翰因善于讲道而得绰号“金口”，希腊语为“*Χρυσόστομος*”，而他的俄文名字被拼译为“Хризостом”，或意译为“Златоуст”（后者为俄文通用称呼），因此，在中文语境中不宜从俄文译名音译。

一处是用圣金口约翰的“言行录”（житие）来佐证考验小说的演变[①]，但却没有对这种体裁的特点做任何说明，只是一带而过；另一处是在解释诙谐的文化源头时提到圣金口约翰“玩笑和诙谐不是来自上帝”的观点，同样没有说明这个说法的出处，以及这观点出现的语境是什么。[②]当然，这些“疏忽”都以那个时代把基督教视为“禁忌”的理由而一语带过了。但我们却有理由提出，巴赫金提出的“自我交谈”叙事起码应当从圣金口约翰的这类文本中找到源头之一。

在早期东方教父中，另一位类似“交谈”文本的作者是埃及的马卡里乌斯。马卡里乌斯被认为是东正教隐修思想的奠基性人物之一，而他的著述也成为对后世影响深远的精神文本。但关于马卡里乌斯作品的真实性问题一直多有存疑，而他的著述的俄文译本也被认为是经过译者改动或者删节的。[③]但正因为如此，我们有理由认为，马卡里乌斯的“交谈”文本是经过了“俄罗斯化”的改编，也因此而在俄罗斯的对话文化史上具有更明显的影响力。我们同样来看一些他的类似“交谈”文字，并看一看其“自我交谈”的表现形式是怎样的：

> 问题：撒旦是否会罢手，人是否会从斗争中解放出来，还是只要人活着就必须要投入斗争？
>
> 回答：撒旦从不会停止他的攻击，只要一个人生活在这个时代并且自己是一个肉身，撒旦就会不停地攻击他。但当燃烧的火苗被止熄时，他们还会伤害到人吗？如果撒旦加入争斗，那么对手就是君王的朋友，并与敌人发起争战。因此，当君王站在这人的一边并对他示好时，他就会帮助他，人便不会受到任何伤害。因为一个人取得了所有

---

① *Бахтин М. М.* Роман воспитания и его значение в истории реализма. // Собрание сочинений в 7 томах. Т. 3. М.: Русские словари; Языки славянской культуры, 2012, с. 187.

② *Бахтин М. М.* Творчество Франсуа Рабле 86 и народная культура средневековья и Ренессанса. // Собрание сочинений в 7 томах. Т. 4 (2). М.: Русские словари; Языки славянской культуры, 2010, с. 85.

③ *Сидоров А. И.* Преподобный Макарий Египетский и проблема «Макарьевского корпуса». // Альфа и Омега, 1999, № 3 (21), с. 108.

的荣衔，并成为君王的朋友，他还会受什么伤害吗？在可见的世界中，别的城邦也会从君王那里获得礼物和生活用品；因此，如果他们承担小的职责，他们即使受到君王的抱怨，也不会遭受任何损失。同样地，如果敌人攻击他们，基督徒也会在神那里得到避难之所；他们便会拥有力量并得到上天的安抚，而不必担心招来责骂。

而主呢，会撇开所有的权柄，化为肉身：所以基督徒便可以化身于圣灵而得安息。如果有人挑起争斗，那就是撒旦的攻击；而基督徒便可在内心受主的力量守护，免被撒旦的攻击所侵扰。当主在旷野被他诱惑四十天，他岂会因其肉身被攻击而受到什么伤害？因为上帝驻在这肉身里。同样，如果基督徒，即使他们受到外来的诱惑，那么神的力量也会在其内心发挥作用，让他们不会受任何冒犯。如果人做到了这些，则他就会进入对基督的完全的爱和神的护佑。而人若不如此，则其内心仍然会有争斗。有时人会在祷告中获得安宁，而有时他会在争斗中陷于伤悲。因为是要使主心悦；因为人还是婴孩，主要在他争斗中试炼他。人心中似有两个面孔，光明和黑暗，平和与伤悲；他们在安宁时祈祷，而有时他们也会陷于困惑。

你没听到保罗说吗？我若有先知讲道之能，也明白各样的奥秘、各样的知识。而且有全备的信，叫我能够移山，却没有爱，我就算不得什么。(《哥林多前书》13：1—3）因为这些恩惠只会导向完满；那些达于完满的人，虽然在光明中，但仍然是婴儿。许多弟兄升到这高度，便得到医治，得到启示和预言的恩赐；在这一切之外要存着爱心。爱心就是联络全德的。(《歌罗西书》3：14）如果他们起了争斗，他们就会先起来，后跌倒。但那获得完满爱的人，便成为恩典的俘囚。谁逐渐达于完满的爱，却尚未成为爱的俘囚，便仍处于恐惧之中，会受到诅咒和堕落的威胁；如果他不保护自己，撒旦便会将他推翻。许多人被他们的优雅行为所误导：他们认为他们达到了完满，并说：“我们已满足，我们不再需要什么。”但主是无限的，不可尽知的。基督徒不应说他们已尽知，而应日夜使自己谦卑。在可见的世界中，语言的学问取之不尽、用之不竭，除了那些应分的学者，没人可以尽知。所以在这里，上帝对任何人来说都是难以理解和无法估量的，除了得尝上帝恩惠并被他接纳、意识到自身软弱的人。如果一个学识鄙薄的人来到乡下，那里住着不识字的人，那么他就会被他们夸赞，因为乡下人根本不知道如何评判他。如果这个同样缺乏学识的人来到一个住有贤达和学者的城市，他就不敢在他们面前夸口；因为这些有学识的人会像看待乡下人一样对他作出同样的判断。

问题：如果一个人处在争斗中，当罪孽和恩典在他的灵魂中同时发生，而此时他将离开这个世界，那么这个人将何去何从呢？

回答：去你的思想有明确目标和它所爱的地方。如果你遇到了悲伤或争斗，你一定会去抵抗和憎恨。要进入斗争，因为这不是你的事；而憎恨是你的事。这时主会看到你的思想，因为如果你全神贯注地关注并爱着主，那么立时你就会被从灵魂中免除死亡（对主来说这并不难），并接纳你进主的怀抱，进入光明；在一瞬间，他从黑暗的颌骨中将你救出，立刻让你进入他的国。上帝会轻易地在一瞬间完成这些，只是你要爱他。上帝要人去做他吩咐的事，因为灵魂只在与神性的交往中得到满足。

我们不止一次讲有关土地主人的寓言，他努力劳作，把种子放进土地，还须等雨。如果没有云来，没有风吹，这主人的劳作不会给他带来任何益处，种子就会搁在那里没有任何收获。这寓言也可用到信上帝的事上。如果一个人只把自己限制在自己的事上，而不听从自己的本性去做不寻常的事，它便不能给主带来有价值的果实。那什么是人应做的事呢？就是，远离和抛弃尘世，常常祷告，守夜，爱上帝和弟兄们；这些是他自己应做的事。但如果他把自己限制在自己的事中，而不愿接纳别的事，这时如果圣灵的风没有吹进你的灵魂，天上的云也没有出现，雨也不会从天而降，灵魂也就得不到浇灌，那人也就不能为主带来有价值的果实。

经上写着，凡属我不结果子的枝子，他就剪去。凡结果子的，他就修理干净，使枝子结果子更多。(《约翰福音》15：2）一个人，无论他是否禁食，都必须守夜，祈祷，行善事，将一切归于主。有人说：“如果上帝不扶持我，那么我既不能禁食，也不能祈祷，也不能舍弃俗世。”而上帝会看到你的善行，因为你将自己的力量归于上帝，并且他自己会赐给你属于你自己的、属灵的、神圣的、属天的事物。到底是什么？这就是圣灵的果实，欢乐和欣悦。[①]

马卡里乌斯的这段话采用了更为明确的对答形式，这是否由俄罗斯译者或编纂者所为，如今已不得而知。问题是，它是否带有“自我交谈”的特点。如果单从形式看，它与上述爱比克泰德的答问没有什么不同，但如果我们来看作者提出的问题，就可以知道，它提出的实际是人生的一个两难命题：等待还是选择。而这恰恰是每个人在遭遇任何重大转折的时候所面临的困境。这段对话文本里的两个问题均属于此类命题范畴，前一个问题提出的是：在面对撒旦诱惑的时候，我们是否可以静观待变。这里面有一个潜台词，即撒旦的能力是有限的，而上帝的能力是无限的。以有限与无限相争，所以说撒旦是不会最后获得胜利的，既然如此，人当然可以期待上帝无限的能力最终战胜撒旦的力量。——这也是人在现实生活中最易于接受的方式，即把救赎寄托于时间或外在的因素（注意，当人这样想的时候，他已经把上帝视为一种外化的力量，同时这也是人的正常想法）。而这种心境也是马卡里乌斯本人曾经经历过的内心挣扎的反映。马卡里乌斯出生于一个虔诚的基督徒家庭，他从小受熏陶而热衷于上帝的事业，但他成年后，他的父母却希望自己的儿子能过普通人的婚姻生活，并为他举行了婚礼。如果他听从了父母的安排，那么就放弃了上帝的事业，而选择上帝的事业，又如何拒绝父母的意愿呢？在后人为他撰写的圣徒传记中，写到他为此踌躇再三，拒绝与新娘同房，而等待主为他指明道路。若干天后，他得到主的启示，让他到旷野去接受苦修，以便下决心献身上帝。[②]由此可见，这里提出的问题，实际上就是马卡里乌斯自己曾经面临的艰难抉择，而这里，他借着撰写“交谈”文本的机会，自己回答了自己的问题。上述文本中的第二个问题同样是如何选择的问题。人生之事莫大于生死，生不由自己，但死却成为每个人生命中挥之不去的执念。面对死亡，人最方便

① *Преподобный Макарий Египетский* Духовные беседы, послание и слова. Перед. с греч. При Московской Духовной Академии. Свято-Троицкая Сергиевая Лавра, 1904, с. 199–202.

② *Свт. Димитрий Ростовский* Житие преподобного Макария Египетского. // Жития святых в 12 томах. Т. 5. М.: Синодальная типография, 1906, с. 594–595.

的选择还是尽快享受肉体生命的逸乐，所谓“对酒当歌，人生几何”是也，心同此理；而这也正是魔鬼的诱惑，即罪孽的一面。当然，另一种选择，便是体认肉体的消亡乃是灵魂生命的开始，也即恩典的一面。可以说，人的一生无论遭遇任何事件，都会面临这两种选择。因此，这里的问答远非一个认知的问题，而是人生价值的问题。就此而言，这样的“自我交谈”文本也便具有了对话的力量。

第四节　俄罗斯“交谈”文体的“内在对话性”

早期东方教父的“交谈”文本对俄罗斯教会文学产生了直接的影响。如前所述，俄罗斯的神学阐述及传道文本大多采用类似形式，从而产生了如巴赫金所说的“内在对话性”。

我们来看 19 世纪享有盛誉的神父博尼法斯的一段类似的“交谈”文本。

流浪者：父啊，我一贫如洗，这逼着我满世界去求施舍；我该怎么办：去还是不去？

博尼法斯长老：我告诉你，这个世界不是要施舍，而是靠你手中的劳动来工作和生活。听听圣经所说的话。它说：孩子，别过乞丐的生活；死也比乞讨强。你若依赖别人施舍过活，那你过的不是你自己的日子。接受嗟来之食会玷污你自身。乞讨对于任何一个明智的人来说都是一种灵魂的折磨。(《便西拉智训》40：29—30）人生活的基础就是水和面包，一件外衣和一处御寒之所。一处陋室中的贫寒的生活，胜过去求别人的善心。

访客：所有人都会遭遇祖先的原罪吗？

博尼法斯长老：因为所有人都是在无罪状态下寄身于亚当的；但他很快就有了罪孽，于是所有他身上的人也都有了罪孽，变成了有罪的状态。因此，不仅要遭遇罪孽，还要惩罚罪孽。这就如罪是从一人入了世界，死又是从罪来的，于是死就临到众人，因为众人都犯了罪。(《罗马书》5：12）因此，我们就是带着这个罪孽在母亲的子宫里孕育出生，正如圣先知所说的：我是在罪孽里生的。在我母亲怀胎的时候、

就有了罪。(《诗篇》50：7[①])

同一个访客：那么如何行施舍呢?

博尼法斯长老：耶稣基督说，你们要小心，不可将善事行在人的面前，故意叫他们看见。若是这样，就不能得你们天父的赏赐了。所以你施舍的时候，不可在你前面吹号，像那假冒为善的人，在会堂里和街道上所行的，故意要得人的荣耀。我实在告诉你们，他们已经得了他们的赏赐。你施舍的时候，不要叫左手知道右手所作的。要叫你施舍的事行在暗中，你父在暗中察看，必然报答你。(《马太福音》6：1—4)

流浪者：没有爱和善行，对一个信仰的基督徒来说，可以吗?

博尼法斯长老：不可以。因为没有爱和善行，信仰就不能存活，变成死的，因此也就不能导致永生。没有爱心的，就住在死里(《约翰一书》3：14)。我的弟兄们，若有人说，自己有信心，却没有行为，有什么益处呢。这信心能救他么。身体没有灵魂是死的，信心没有，行为也是死的。(《雅各书》2：14、26)

…………

流浪者：为什么在我们这个时代，神圣使徒没有创造奇迹?我想亲眼目睹那些奇迹。

博尼法斯长老：我用圣金口的话回答你："你想要奇迹吗?去制服罪孽，你的愿望将得到实现：将罪孽从你的心中驱逐出去，你就将创造奇迹，比起那些施法术者搞出的东西更重要的，是把不洁之灵驱逐出去。要尽力去过对你和他人有益的善的生活，你就将成为奇迹的创造者。从贫寒中成就慷慨：你就将治愈一只无法伸出去求施舍的枯萎的手；要把目光从那些会将你引向邪恶的东西上移开：你就会变得对此视而不见；对那些世俗的淫乱曲调要闭上你的耳朵，只为圣歌打开你的嘴巴：你就会使哑巴开口说话。这是所有奇迹中最重要的。……"

访客：我该如何与他人打交道?

博尼法斯长老：我不来给你这个问题的答案，而是向你们转述使

① 在和合本圣经中，此句为《诗篇》51：5。东正教圣经与新教的圣经存在若干差异。

西拉的智训，他说：你的话语会造成所有的东西，所以给你的嘴巴做一道门和帘子（《便西拉智训》28：29）知之则言之，不知则不语。言语要么给你带来光彩，要么给你带来耻辱；你说的话可能毁了你。不要给自己带来一个爱传闲话的恶名，不要传播那些会伤害他人的谣言。正如强盗会遭受耻辱一样，说谎者也会受到严厉的谴责。（《便西拉智训》5：13、14—15）别人说话时，不要插嘴，要先听清楚别人说些什么，再作回答。有些人沉默寡言是因为他们无话可说，而有些人保持沉默是因为他们懂得说话要适时。聪明的人只有在适当的时候才说话，而自以为是的人却不懂得选择说话的时机。谁也不能容忍一个夸夸其谈而又不给他人说话机会的人。（《便西拉智训》11：8；20：6—8）不要把大人物当同等人对待，也不要向人家提出许多问题自寻没趣。谦虚的人，人未到先闻其名，就像雷未到，闪电先现一样。（《便西拉智训》32：9—10）

流浪者：所有人都是与我们亲近的吗？

博尼法斯长老：所有人。因为所有的人都是独一神所造并同出于一人。但那些虔信的人尤其与我们亲近，因为从信仰上我们同是驻在耶稣基督身上的独一天父的孩子。

访客：为什么骄傲和虚荣属于拜偶像？

博尼法斯长老：因为骄傲首先重视他的能力和优势，因此这就是他的偶像；而恋慕虚荣的人希望其他人也敬拜这个偶像。这种骄傲和虚荣在巴比伦国王尼布甲尼撒身上体现得更为形象，他亲自设立了偶像并命令人们去敬拜。（见《但以理书》3）

…………

流浪者：那些不守上帝诫命的人将会怎样？

博尼法斯长老：对于那些不守上帝诫命的人，主上帝这样威慑他们：你若不听从耶和华你神的话，不谨守遵行他的一切诫命律例，就是我今日所吩咐你的，这以下的诅咒都必追随你，临到你身上。（《申命记》28：15、45）

诅咒！诅咒！……可怕的贫穷，可怕的饥饿，寒冷，难以忍受的酷热，各种疾病……他将没有房子，没有妻子，没有孩子，没有牲畜……即使死去，也将没有一寸土地来覆盖他没有灵魂的尸体！还有什么，主啊？你还有没有对触犯你神圣律法的罪人施行的惩罚？……地狱和永久的痛苦，地狱中永久的火焰和永久的黑暗，永久的烧灼和永久的咬噬。——这就是上帝的话语做出的回答。①

博尼法斯的这段“交谈”，应当是一种接近对话实录的文体。博尼法斯是基辅-兹拉托维尔纳-米哈依洛夫斯克修道院的长老，1868年曾任院长②。作为享有广泛声誉的修道者，他经常接待来访的各种信众，所以在上述“交谈”中我们可以看到“提问者”中既有“流浪者”（странник）③，也有各种访客。这种“交谈”文本在形式上仍然不存在巴赫金意义上的“争辩”（спор），所以从性质上看，还更多地属于“自我交谈”文本。也就是说，当人在自己的头脑中产生困惑的时候导致信仰疑虑，通过“自我交谈”来获得抚慰，也就是如巴赫金所说的，这时整个对话塑造出了一种形象——“对话化了的形象”（диалогизованный образ）④。但我们看到，由于这些问题实际上是人在现实生活中所遭遇的具体困境，所以所谓“交谈”便具有了相应的难度。这种难度体现在，尽管每一个回答都带有“专断话语”（авторитарное слово）的色彩，但是因为所提出的问题更加具有冲击力，所以这种“专断话语”的回答就被削弱了对话的力量，从而使之保持某种开放性张力。这种形式就是巴赫金所说的“有意为之的意义上的混合”，也就是使得“交谈”自然具有了“内在的对话性”，即“两种观点在这里不是掺和一起，而是对话式地相反相成。小说中混合体的这一内在对话性，因是各种社会性语言间不同观点的对话，当然不可能发展成为圆满而清晰的个人间意义上的对话；这一对话性本质上便具有一定程度的天然自发性和

① Беседы преподобного Вонифатия с монахами и странниками. // Беседы великих русских старцев. О Православной вере, спасении души и различных вопросах духовной жизни. М.: Трифонов Печенгский монастырь «Ковчег», 2003, с. 150-154.

② Там же, с. 86.

③ “странник”在俄语语境中不仅指一般流浪者，在宗教文本中往往指自动选择流浪的生活方式（漫游苦修）的信徒。如托尔斯泰的小说《童年》中描写的云游修士格里沙就属此类。当然，也有相当多的人因为贫困而选择这种生活方式，以修道为名方便求得施舍。

④ *Бахтин М. М.* Слово в романе. // Собрание сочинений в 7 томах. Т. 3. М.: Русские словари; Языки славянской культуры, 2012, с. 31.

无法得出结果的特点”[①]。而这种故意设置的两个声音以及内在对话的混合，形成了一种特殊的句法结构，即“在它那一个表述的范畴内结合着两个潜在的表述，仿佛是一个对话中的两句对语。不错，这种潜在的对语永远也不可能完全变为现实，变成完整的表述，但它那未臻成熟的形式却在双声混合体的句法结构中明显地透露出来”[②]。

巴赫金在分析所谓“内在对话性”时，举了托尔斯泰为例，而如所周知，他曾把托尔斯泰的小说视为与陀思妥耶夫斯基相对的“独白”话语。但巴赫金在《长篇小说的话语》中却又称：“托尔斯泰话语的特点，便是有强烈的内在对话性，而且话语对话性不仅表现在对象身上，也表现在读者的视野中；读者视野里会出现的意义和情感的特点，托尔斯泰都锐敏地感觉出来了。对话化（大多带有辩论色彩）的这两条线索，在他的风格里十分紧密地交织在一起。托尔斯泰作品中的话语，甚至在最‘抒情’的表现中和最‘叙事’的描写中，总同笼罩在对象身上的社会性杂语的各个因素，形成合声或不相协调（更多是不相协调）；与此同时，他的话语又以辩论的态度深入到读者观察事物和评价事物的视野中，以图破坏读者积极理解所依赖的统觉背景。在这一点上，托尔斯泰是十八世纪的后继者，特别是卢梭的后继者。由于这个缘故，托尔斯泰与之辩论的社会性杂语的意识，有时缩小而成了一位当代人的意识、此时此刻具体人的意识，而不再是某一时代的意识。其结果是：对话性（几乎总是辩论性对话）得到了极度的具体化。正因此，我们在他那富于表现力的风格中听得清清楚楚的对话性，有时需要通过专门的文学史的诠释才能弄明白。因为我们不知道他这语调同什么形成和声，又同什么不相协调，可是不协或合声都是风格所承担的任务。”[③]既然托尔斯泰的小说既是“独白”，怎么又是“内在对话”呢？我们说，对巴赫金的理解，必须区分两个层面：一个是对话的价值意义层面，一个是对话的叙事形态层面。从这个意义上说，托尔斯泰的小说如果从前者的意义上说就是“独白”，而从后者的意义上说就是“内在对话”。

① ［俄］巴赫金：《长篇小说的话语》，白春仁译，《巴赫金全集》第三卷，河北教育出版社 2009 年版，第 145 页。

② 同上。

③ 同上书，第 61 页。

但是，我们必须注意，巴赫金在这里又是把托尔斯泰的这种风格归于西欧的传统上去了，称其是“卢梭的后继者”。然而，从我们上面对若干东正教“交谈”文本的分析可以看出，这种叙事形式的最集中、最明显的源头恰恰不是什么卢梭，甚至也不是爱比克泰德，而是东正教的“交谈”文本。

第五节　陀思妥耶夫斯基的“内在对话”与“人身上的人”

当然，“自我交谈”这一概念还是巴赫金在谈到陀思妥耶夫斯基的艺术叙事时提出来的。实际上，这也就是他反复提到的“内在对话”。如上所说，所谓“内在对话”是通过强制性的手段把不同意义的内容混合在一起构成的，也就是说，是把无法相容的两种价值立场强行拉到一起进行对话的。当现实叙事把这种对立与冲突掩盖起来的时候，艺术叙事便把它通过强行混合的方式揭示出来。

陀思妥耶夫斯基的内在对话是一种如巴赫金所说的不同意识形态的内在对话，这种意识形态对话也就是把具有强烈对立色彩的意识形态话语并置在一起，从而彰显其现实的悖谬性与开放性。不过陀思妥耶夫斯基之所以在所有对话体中显得特立独出，原因是他选择的对话立场具有强烈的普遍性，这种普遍性最集中地体现在两种人类文化的代表性立场上，即世俗立场与信仰立场。或者说，在陀思妥耶夫斯基的小说中存在的是“恺撒与上帝”的对话。我们说，这种对话结构也需要从基督教文化的文本中去寻找。除了《约伯记》中体现的“有条件信仰和无条件信仰”的意识形态对立之外，在圣经文本中存在的一个主要对话便是世俗力量与上帝力量的对立。耶稣所说的“恺撒的归恺撒，上帝的归上帝”，便恰如其分地说明了这种对立。法利赛人试图构陷耶稣，于是问他是否应该向恺撒纳税：如果他回答不该纳税，那么他便是违背了法律，应该治罪；如果他回答该纳税，则他的布道便失去了意义，因为承认了恺撒政权的合法。

“请告诉我们，你的意见如何。纳税给恺撒，可以不可以。”

耶稣看出他们的恶意，就说：假冒为善的人哪，为什么试探我？拿一个上税的钱给我看。

他们就拿一个银钱来给他。

耶稣说：这像和这号是谁的？

他们说：是恺撒的。耶稣说：这样，恺撒的物当归给恺撒，神的物当归给神。

他们听见就稀奇，离开他走了。[①]

巴赫金在分析陀思妥耶夫斯基的内在对话时，从来没有提及我们所阐释过的东正教文本；但从形态上来看，如同巴赫金上述托尔斯泰的叙事形态一样，陀思妥耶夫斯基以他对人类存在悖谬性的更深刻的体悟创造了更为深刻的人的自身对话。

众所周知，陀思妥耶夫斯基曾对自己的创作有过一个概括：“在充分的现实主义条件下发现人身上的人（найти в человеке человека）。这主要是俄国的特点，在这个意义上，我当然是人民性的（因为我的倾向源自人民的内在的基督教精神）——尽管现在的俄罗斯人民对我不了解，但将来会了解的。人们称我为心理学家：不对，我只是最高意义上的现实主义者（реалист в высшем смысле），即我描绘的是人灵魂深处的一切。”[②] 陀思妥耶夫斯基这里说的“人灵魂深处的一切”，如果不从基督教精神的角度来理解，怕是难以领悟其实质。正因为如此，德国人赖因哈德·劳特就把陀思妥耶夫斯基所说的“人身上的人”看作是与人的正常意识相对立的无意识状态中的另一个人。在他看来，陀思妥耶夫斯基是一种深刻的现实主义，这种现实主义不仅研究人的现实行为，而且研究人的行为产生的心理乃至无意识动因。因此，他认为：“在这种心灵研究中只有一条路可走，那就是怎样用整体的现实主义的方法‘发现人身上的人’。”而这个“人身上的人”就是“在描绘性格的发展过程中，在描绘表现心灵的本质和能力的现象中

---

① 和合本圣经《新约·马太福音》22：17—22。

② *Достоевский Ф. М.* Записи литературно-критического и публицистического характера из записной тетради 1880-1881 гг. // Полное собрание сочинений в 30 томах. Т. 27, Л.: Наука, 1984, с. 65.

洞察到的无意识之物”[①]。而苏联时期对这一问题的理解当然也就大多是在文学社会学批评的框架内进行。如文学史家瓦·别洛波尔斯基便提出，陀思妥耶夫斯基要寻找的“人身上的人”就是“内在的兄弟亲情的始基”。他写道：“对陀思妥耶夫斯基来说，人乃是历史长期发展的产物，在这一过程中真正人性的、兄弟亲情的、集体主义的实质被仇恨意识的影响所掩盖了。艺术的任务就是揭示出这一实质，为‘使人获得新生’的思想服务。”[②]这里谈到了“思想”（мысль），这个概念应当是从此前的恩格尔哈特对陀思妥耶夫斯基的相关论述中来的。巴赫金也曾对恩格尔哈特提出的这个概念做过评价，他认为，后者提出的“人身上的人”就是“思想的人”是一个发现，是一个贡献。但是，“他的主人公是人，他描绘的归根结底不是人身上的思想，而是如他亲自说的‘人身上的人’”[③]。因此可以说，在巴赫金之前还没有人真正揭示陀思妥耶夫斯基这个说法的实质。产生这些观点偏差的很重要的一个原因，就是因为批评者对东正教文化及其精神缺少理解，如果缺失了从东正教人学的角度来看陀思妥耶夫斯基的这个说法，当然就无法得其真谛。

然而巴赫金却成功地发现了陀思妥耶夫斯基“人身上的人”之谜的真相。他在其最早的论述陀思妥耶夫斯基的著作中就提出，“人的心灵内蕴”指的实际上是区别于“心灵”（душа）的“灵”（дух），它在其作品中成为了某种客观存在，它要么作为作者本人的“灵”而呈现，因为它已经在他所创造的艺术作品整体中被客体化了，要么作为作者的抒情形式呈现，成为他本人的意识范畴中的直接自白。[④]巴赫金成功地找到了这个“人身上

---

① *Райнхард Лаут* Философия Достоевского в систематическом изложении. Перев. *И. С. Андреевой*, М: Республика, 1996, с. 27.

② *Белопольский В. Н.* Достоевский и философская мысль его эпохи, Ростов-на-Дону: Издательство Ростовского университета, 1987, с. 42.

③ ［俄］巴赫金：《陀思妥耶夫斯基诗学问题》，白春仁、顾亚铃译，三联书店1988年版，第64页。

④ *Бахтин М. М.* Проблемы творчества Достоевского. // Собрание сочинений в 7 томах. Т. 2. М.: Русские словари; Языки славянской культуры, 2000, с. 77. 中文译文参见［俄］巴赫金：《〈陀思妥耶夫斯基创作问题〉一书的片段》，晓河译，《巴赫金全集》第五卷，河北教育出版社2009年版，第360—361页。其中将“дух”一词译为“精神”，但在中文语境中，“精神”一词仍无法体现“дух”这一概念的基督教意蕴。

的人”的“灵”的本质，指出，作家“没有把‘灵’的问题变成心理的问题”。但是，他接下来却只提到陀思妥耶夫斯基与浪漫主义的血缘关系，却没有继续探讨这种在同一个人身上建构起一种“心灵”与“灵”的对话关系的叙事渊源，只是对其做了进一步的形态描述：“陀思妥耶夫斯基把思想、观念、感受加以客观化的时候，从来不从背后下手，从来不出其不意地袭击。他从自己艺术作品的第一页到最后一页为止，一贯所遵循的原则是：在把他人意识加以客观化并最终完成时，绝不利用这一意识本身所无法知晓的东西，绝不利用处于他的视野之外的东西。即使在抨击性文章中，他从来也没利用过主人公看不见也不知晓的东西来揭露主人公（或许只有极罕见的例外）；他不用人的后背来揭露他的脸面。在陀思妥耶夫斯基的作品中，简直没有哪一段议论主人公的重要话语，是主人公本人所不能说出来的关于自己的话（是从内容方面而不是语调方面看）。陀思妥耶夫斯基不是心理学家，但同时陀思妥耶夫斯基是很客观的，完全有理由称自己是现实主义者。”[①] 所谓把他人意识客观化，即我们在上面对若干东正教“交谈”文本进行分析时所说的，看上去是作者与人物的对话，实质上却是揭示了人自身的内在冲突；而在博尼法斯的“交谈”中，之所以没有问答之间的反复交锋，实质上也是作者拒绝引入对话者背后的话语来影响对话的公正性。在后来对这部著作的修订本中，巴赫金对此做了更为精彩的表述：“陀思妥耶夫斯基的艺术思想告诉我们，个性的真谛，似乎出现在人与其自身这种不相重合的地方，出现在他作为物质存在之外的地方。而作为物质存在的人，是可以不受其意志的制约而‘缺席’地窥见他、说明他、预言他的。要理解个性的真谛，只有以对话渗入个性内部，个性本身也会自由地揭示自己作为回报。他人口中论人的灼见，却不按对话原则诉诸那个本人，也就是背靠背说出的真情，如果涉及此人的‘神圣的东西’，亦即‘人身上的人’，那这真情就会变成侮辱他和窒息他的谬见。”[②] 所谓“物质存在之外的地方”是指“灵”或曰精神存在的地方，而他在这里干脆直接表

① ［俄］巴赫金：《〈陀思妥耶夫斯基创作问题〉一书的片段》，晓河译，《巴赫金全集》第五卷，河北教育出版社 2009 年版，第 361 页。

② ［俄］巴赫金：《陀思妥耶夫斯基诗学问题》，白春仁、顾亚铃译，三联书店 1988 年版，第 98 页。

明，所谓“人身上的人”就是人的“神圣的东西”（святая святых）[①]。

由此可见，巴赫金能在陀思妥耶夫斯基的叙事形态中发现其他批评者所无法发现的内容，并且能够做出准确的描述。但是，如果他所做出的这种描述反过来只能在陀思妥耶夫斯基这里才能建立起对应关系，那么只能说明巴赫金在其对陀思妥耶夫斯基诗学的建构过程中形成的对话思想不会是由陀思妥耶夫斯基文本之外的因素所决定的。另一方面，如果陀思妥耶夫斯基的这种“内在对话”形态是受到了东正教“交谈”文本的影响，那么，我们也应当有理由说，以巴赫金对东正教及俄罗斯古代典籍的熟悉程度，他也不能不受到这些东正教文本在叙事形态层面上的影响。

① *Бахтин М. М.* Проблемы поэтика Достоевского. // Собрание сочинений в 7 томах. Т. 6. М.: Русские словари; Языки славянской культуры, 2002, с. 70.

第八章

巴赫金与尼尔·索尔斯基的静修主义对话文本

当柯日诺夫在反驳将巴赫金定位于西方思想者的做法时，他提出了巴赫金与俄罗斯传统宗教思想的关联问题。从他的角度来看，一个俄国的思想家，从日常知识出发也不会得出上述的结论，即：一个从未到过西方的人仅仅因为受到了西方哲学观念的影响而成为一个没有俄罗斯性的思想家。柯日诺夫并没有就这个问题做出系统的研究，但提供了一些重要线索，其中一条就是巴赫金与15—16世纪的宗教思想家尼尔·索尔斯基的承继关系。[①]

第一节　陀思妥耶夫斯基作为巴赫金与尼尔·索尔斯基的中介

在柯日诺夫看来，首先是陀思妥耶夫斯基与俄国传统精神文化之间存在密切的关联，甚至他“整体上都是建立在俄罗斯多个世纪以来的宗教精神的发展史之上的”[②]。而如果巴赫金的思想与陀思妥耶夫斯基的创作密切相关，那么，他就不可能不从陀思妥耶夫斯基的作品中间接地受到尼尔·索

① *Кожинов В. В.* Бахтин и его читатели. // Москва. 1993. № 7, с. 143-151; Диалог Карнавал Хронотоп, 1993, № 2-3.

② *Кожинов В. В.* Бахтин и его читатели. // Москва. 1993. № 7, с. 145.

尔斯基的影响。[①] 陀思妥耶夫斯基在他的《少年》手稿中曾有过这样的话："老话说：'不劳动者不得食。'（尼尔·索尔斯基）"[②] 而在他同一时期的《作家日记》[③] 中提到了论尼尔·索尔斯基关于财产问题的一篇文章。这篇文章发表于《新时代》杂志 1876 年第 9 期，是著名出版家苏沃林的一篇针对罗斯季斯拉沃夫的匿名出版物《试述我国修道院的财产与收入》[④] 的评论文章。这篇文章详细引用了有关俄国修道院及教堂（包括尼尔·索尔斯基所在的隐修院）的巨额收入的数据材料，并提到了尼尔·索尔斯基关于"弃财"（нестяжательство）和苦修的观点。

对于尼尔·索尔斯基在俄罗斯思想史上的地位，历史学家克柳切夫斯基有过精彩的描述：

> 尼尔是一位严格的修士，但是他对荒郊生活的理解比古代修士更深一些，他精心研究了古代东方的修士的著作，又亲身观察了同时代的希腊隐遁修道院，从而形成了自己的隐遁生活守则。他在隐遁寺院章程中叙述了这种守则。根据他的章程，所谓苦行苦修，并不是要修士按照行为准则一丝不苟地克制自己，不是在肉体上进行磨炼，不是用各种苦难折磨肉体，不是斋戒到忍饥挨饿，不是从事非凡的体力劳动，不是无数次地磕头祈祷。"谁要只是口头上祈祷，而内心却满不在乎，那么他的祈祷就是徒劳，因为上帝是注意内心活动的。"隐遁寺院的功夫是内心的，即思想上的功夫，集中力量在内心自我修养，也就是"通过内省"把外界加给的或人的不良天性产生的各种杂念邪欲从内心清除出去。同这些杂念邪欲做斗争的最好办法是潜心祈祷、默诵

① *Кожинов В. В.* Бахтин и его читатели. // Москва. 1993. № 7, с. 145.

② *Достоевский Ф. М.* Подросток (подготовительные материалы). // Полное собрание сочинений в 30 томах. Т. 16. Л.: Наука, 1976, с. 143. 这句话原出自《新约·帖撒罗尼迦后书》3：10："若有人不肯做工，就不可吃饭。"后被尼尔·索尔斯基所引用，来证明他的苦修原则。См.: Предание Нила Сорского. // *Преподобный Нил Сорский* Устав и послания. М.: Институт русской цивилизации, 2011, с. 79.

③ *Достоевский Ф. М.* Записпая тетрадь 1875–1876 гг. // Полное собрание сочинений в 30 томах. Т. 24. Л.: Наука, 1982, с. 157.

④ *Суворин А. С.* Опыт исследования об имуществах и доходах наших монастырей. //Новое время, 1876, 8-е марта, № 9.

不语、始终意守丹田。通过这种磨炼，把心志培养得十分坚强，使信仰者内心偶尔出现的、一闪念的情绪慢慢变得稳定牢固，不为世间的忧患和引诱所动。按照尼尔的章程，真正恪守戒律，不单单是不在行动上违反它们，而且在内心根本没有想去违反它们。这样就达到了最高的精神境界，用章程的话来说，就是“无法言传的喜悦”，这时，言语不起作用了，甚至祈祷之词也从嘴里和心里飞逝，情感的主宰者失去控制自己的力量，像俘虏一样被“另一种力量”所支配。于是，“不是用心灵去祷告，而是出现一种超乎祈祷之上的力量”。这是永恒幸福的前兆。当心灵感受到这一点时，他就忘掉了自己和众人以及世上的一切。按照尼尔的章程，这就是隐遁修士的“内心功夫”。尼尔在1508年逝世以前，遗言嘱咐他的门徒们把他的尸体弃之沟壑，“连同一切耻辱”埋葬掉。他还说，他竭力既不在生前获得任何荣誉和名位，也不在死后获得这些东西。古罗斯对待言行录履行了他的遗言，没有编写他的言行录，也没有为他举行安灵祈祷，不过寺院还是把他列为圣徒。[①]

显然，作为学界一直被认为持论公允的历史学家，克柳切夫斯基的评述是可信的。但在苏联时期，尼尔·索尔斯基的东方神秘主义色彩使得他一直被视为“反动”的神学家，这在广为流传的尼科利斯基的《俄国教会史》中可见一斑：“尼尔·索尔斯基号召俄罗斯修道士们走的这条新途径没有任何独创之处，它完全是东方禁欲主义体系的翻版，其基本出发点就是——现世是个邪恶的王国。世界处于邪恶之中；每天的经验都表明，‘当今这个世界充满了不幸和堕落，历经磨难可使其变得仁爱。世界表面上看来似乎是美好的，实质上却充满着众多邪恶’。因此，在这个世界上，在其日常生活条件下生活的修道士也是些假修道士，他们的‘行传’是‘令人厌恶的’。用他们指定的那些方法是不能拯救灵魂的：积聚地产对修道士和波雅尔贵族的灵魂都没有好处，‘靠用强力剥夺别人劳动而聚积起来

① ［俄］克柳切夫斯基:《俄国史教程》第二卷，贾宗谊、张开译，商务印书馆1997年版，第277—278页。

的’一切财产对修道士来说都是‘致命的毒药’。修道士的生活应该建立在完全不同的基础之上。想要拯救自己灵魂的修道士应该独居在自己的隐修室里，并以自己双手的劳动为生：他也可以接受施主以国家或波雅尔贵族的津贴形式进行的施舍。但只限于现钱或实物。隐修室的独居生活最有利于内心的完善：修道士在这里闲暇时可以‘从圣书里学会’他应当过什么样的生活方式，以便达到在尘世上就能静观上帝的那种完善程度。直接研读圣经可以为每个修道士的个人爱好提供足够的空间，因此尼尔从不对人讲述任何必须遵守的规则，而只是提出一些忠告和做些指导。他说，远离尘世，接受施舍和进行清心寡欲的修炼，诸如斋戒和祈祷，其本身并不是目的；这只是克服人的八种主要欲望的手段。在这些欲望被战胜之后，人便会达到宗教沉醉的状态，感到自己‘处于不可思议的事物之中，不知自己有没有肉体’，——此时，那些提前所做的禁欲练习便成为多余：能够‘内心’或‘头脑中’祈祷的人不必唱赞美诗或在教堂中长久站立，达到了宗教沉醉之后，人便不需要进行表面上的斋戒而‘仅仰赖见到上帝的意念’。”[①] 尼科利斯基否定了尼尔·索尔斯基苦修思想的意义，尽管他认为，就尼尔·索尔斯基本人来说，他的“弃财”思想仅仅是因为该问题涉及当时的政治生活而受到瞩目，他更应该被关注的是其修道思想。但这个修道思想也不过是拜占庭“神秘主义内省制度”的一个翻版。但无论如何，他还是承认，尼尔·索尔斯基如果说有历史意义的话，那就是他的苦修思想。

尼科利斯基在对尼尔与约瑟夫论争的评价上，似乎更倾向于后者。而流亡思想家别尔嘉耶夫则对尼尔·索尔斯基有着极高的评价：“在俄罗斯基督教的历史上，约瑟夫·沃洛茨基和尼尔·索尔斯基是具有象征意义的形象。他们之间的冲突起于修道院的财产问题。约瑟夫·沃洛茨基赞同修道院拥有财产，而尼尔·索尔斯基则赞同弃财立场。然而，他们作为两种类型的差别要深刻得多。约瑟夫·沃洛茨基是确立了莫斯科王国并使之神圣化的正教的代表，是国家正教且由皇家正教所支撑的正教的代表。他是冷酷的、近乎暴虐的、贪权的基督教的拥戴者，是主张对异教徒实行刑讯和

① ［俄］尼科利斯基：《俄国教会史》，丁士超等译，商务印书馆 2000 年版，第 109—110 页。译文据原文做了修改。参见 *Никольский Н. М.* История русской церкви. М.: Издательство полической литературы, 1983, с. 98-99.

死刑的卫道士，是每一种自由的敌人。尼尔·索尔斯基是倾向于从精神和神秘的角度来诠释基督教学说的拥戴者，是那个时代概念中的自由的卫道士，他不把基督教与权力捆绑在一起，他反对对异教徒进行追缉和虐待。尼尔·索尔斯基是俄罗斯知识分子热爱自由的思潮的先驱。"[①] 也就是说，尼尔是主张把人拉到上帝的空间中来摆脱世俗权力的控制，而他的静修主义和弃财主张都是为这一目的而确立的。正如俄国当代批评家普罗霍罗夫所言，尼尔·索尔斯基作为最早的静修主义者（исихаст）和"弃财者"运动的发起者，在俄罗斯宗教思想史上占有无可替代的位置。[②]

如果说陀思妥耶夫斯基受到了尼尔·索尔斯基的影响，当然也就是指这种苦修思想，而不是所谓的"不劳动不得食"的观念，或者尼尔的"弃财"主张。

在写作《卡拉马佐夫兄弟》的过程中，陀思妥耶夫斯基曾专程到过著名的奥普塔隐修院，为了塑造佐西马长老的形象，他研究了该隐修院的历史，对以约瑟夫·沃洛茨基的"持财派"（стяжатель）和以尼尔·索尔斯基为代表的"弃财派"（нестяжатель）的斗争情况进行了了解，并考察了18世纪重提尼尔·索尔斯基主张的三位神父——帕伊西·维利契科夫斯基、季洪·扎顿斯基和谢拉菲姆·萨罗夫斯基——的经历。在俄国的教会史上，奥普塔隐修院具有特殊的意义，它一直是非官方的俄罗斯正教文化中心，并且始终坚守尼尔·索尔斯基所确立的苦修和弃财传统。当时该隐修院中的阿姆夫罗西便是尼尔·索尔斯基和帕伊西·维利契科夫斯基的坚定的追随者，而他也成为了《卡拉马佐夫兄弟》中佐西马长老的原型。[③]

如果说陀思妥耶夫斯基是巴赫金与尼尔·索尔斯基之间的中介，那么这个传统的内核是什么？这需要从俄罗斯的静修主义说起。

一般研究者认为，陀思妥耶夫斯基的教会立场使得他塑造了佐西马长

---

① *Бердяев Н. А.* Русская Идея. // О России и русской философской культуре. М.: Наука, 1990, с. 48-49.

② *Прохоров Г. М.* Преподобный Нил Сорский и его место в истории русской духовности. // *Преподобный Нил Сорский* Устав и послания. М.: Институт русской цивилизации, 2011, с. 71.

③ *Буданова Н. Ф.* Ф. М. Достоевский и святые Древней Руси (Феодосий Печерский, Сергий Радонежский и Нил Сорский). // Троице-Сергиева лавра в истории, культуре и духовной жизни России. Сергиев Посад, 2002, с. 248-264.

老、佩西神父、阿辽沙·卡拉马佐夫这样的圣徒类形象以及斯塔夫罗金的忏悔等情节。当然，这一关联的合理性是存在的，但陀思妥耶夫斯基对俄罗斯神学传统的接受对其创作造成的影响绝不止这一点。如果仅仅看到这一侧面，那就一方面遮蔽了陀思妥耶夫斯基本身创作的复杂性，另一方面则遮蔽了俄罗斯东正教思想的复杂性和对话性。可以这样说，在俄罗斯宗教史上，对于塑成俄罗斯文化精神最重要的内容是其苦修传统；但以往人们更多地关注其所塑造的相对于西欧的神圣文化的一面，而忽视了，甚至是完全无视在这种特殊的苦修文化中所蕴含的对话精神。如果说在巴赫金和陀思妥耶夫斯基之间有一个中介的话，在我们看来，俄罗斯的苦修文化是一个关键性的内容。

第二节 东正教苦修传统隐含的对话精神

俄罗斯的苦修传统大致上包括三个方面：一是源于埃及和拉丁地区的规范苦修传统，即修道院的正常修道形式；二是包含了埃及、拜占庭的某些极端苦修形式传统并在俄罗斯本土原始文化交互作用下形成的苦修形式；三是由尼尔·索尔斯基开创的静修形式。

基督教最早的苦修行为出现在埃及，这也是基督教史上一个十分有意思的现象。作为基督教文化中极为重要的部分，苦修运动最早没有出现在耶路撒冷，没有出现在罗马，而是出现在埃及，原因可能是多方面的：一是罗马帝国衰落期造成的人们对自然环境的向往，而早期埃及修道场所多建于尼罗河两岸，这个地区宁静的环境吸引了大批的城市修道者；二是埃及本土的文化氛围，较之罗马帝国的奢靡风气，这里重精神生活、轻物质生活的传统也促使更多的欧洲人来到这里寻求精神修道；三是埃及沙漠地区相对僻静、干燥的环境，也给修道者一种远离尘嚣、保持平静的可能。据西方学者考证，在三、四世纪之交的时候，在当时的文化之城亚历山大里亚，以及周边地区有修道士七千余名，而在奥克西林库斯则有上万名。[1]埃及苦修模式形成之后，逐渐向西亚和欧洲大陆传播，如曾任亚历山大里

① John Richard Harris. *The legacy of Egypt*. Oxford: Clarendon Press, 1971, p. 410.

亚主教的亚他那修（约297—373）多次到欧洲活动，与当时罗马、希腊的早期基督教重要人物有过密切接触，对修道运动在欧洲的产生起到了重要的作用。[①] 从4世纪后期开始，拉丁教区开始出现体制化的修道场所，一些著名的隐修士成为西方隐修传统的奠基者。如高卢地区的圣马丁，他于360年建起第一所修道院，10年间吸引了众多的信徒。371年，他被祝圣为图尔主教，之后又为自己建了一个小型修道院，为越来越多的隐修者建起一所大型修道院。著名的拉丁教父哲罗姆也是一位苦修主义的倡导者和实践者。他于340年生于意大利，从小受到良好教育，成年后专心研读《圣经》，禁欲苦修，献身于上帝。他对东方教会非常熟悉，曾在安提阿学习，也曾赴埃及朝觐那里的沙漠教父，后来与人一起修建过若干修道院，晚年定居于耶稣的出生地伯利恒的一所修道院，直到去世。圣奥古斯丁年轻时代为世俗欲望所困，但当他听说了沙漠教父安东尼的事迹后，便开始奉行苦修原则，并在北非的希坡创建修道院。他有关贫穷、谦卑的苦修生活的主张对后来西方教区中的苦修生活影响深远。而到了圣本笃（Saint Benedict，480—547，一译本尼狄克）那里，更为完善的修道制度得到了确立。本笃生在努西亚的一个贵族家庭，从小学习罗马的人文学术。但是，当他看到这一领域中的一些不正之风时，毅然选择了离开。那一年他15岁。随后，他在罗马城东郊的一个山洞中苦修3年。传说他一度受到魔鬼诱惑，几乎要放弃苦修，去追求以前熟悉的女性，最后裸身滚荆棘，才得以克服情欲。渐渐地，他获得了所谓的超自然能力，并在山区里建了12个隐修会。后来由于受牧师迫害，逃到那不勒斯省的一个山区中。他于529年在一所阿波罗神庙的废墟上建立了著名的蒙特卡西诺修道院。本笃在此隐修14年，直到去世。《本笃清规》是本笃留给后人的重要遗产，是基督教历史上最具影响的伟大文献之一。此书讨论了修道院管理人员的责任、义务与素质，以及修道院院长、副院长的任命程序，修道院会议的召集，牧师、门房、工匠等人员设置，等等。而大部分内容讨论的是修士的戒律与培养，如服从、谦卑、缄默、热情、祷告以及相关的违规惩处等。《本笃

① *Благоразумов В.* Святитель Афанасий Великий. // Святоотеческая хрестоматия. М.: Круг чтения, 2001, с.195.

清规》一书仍然具有鲜明的埃及因素。首先，它取材于《圣经》，这一传统是安东尼以来的沙漠教父开创的传统。其次，它参考了东方的许多修道规章，如《导师规章》、帕科米乌的规章、大巴西勒的规章、卡西安的《会谈》和《修道生活》。最后，本笃个人也承认，自己的《本笃清规》只是供入门者使用的初级规章，追求完美修道生活的人还应该复归东方的隐修传统："我们制定这个规章，以便在修道院里贯彻遵循，以此证明我们至少具备了一定的美德，迈出了修道生活的第一步。然而，对于其他人而言，对于那些急于抵达修道生活完美境界的人来说，还有圣教父们的教诲，遵循它们可以引领他抵达至善的高尚境界。"①

俄罗斯的修道院修道传统应当说是从希腊的阿索斯山来的，当然阿索斯山脉的修道传统也是从埃及和拜占庭来的。拜占庭的修道传统最早是由圣巴西勒（大巴西勒，329/330—379）开创的。巴西勒出生在小亚细亚中部城市恺撒利亚的一个富裕家庭，父母都是基督徒。351年，他到了雅典，在这里，他学习了修辞学、文法、哲学、天文学等。可惜，当时古典学术已经处于黄昏时期。于是，巴西勒开始转向宗教信仰与神学研究，并在回到恺撒利亚后成为一名修道士。但巴西勒反对当时流行的一些炫耀式的、极端的苦修主义，于是，他制定了爱和侍奉、劳动、祈祷等各方面的修道制度，创立了一种新的群体修道制度。与埃及的群修形制相比，巴西勒的修道会要小得多，常称作"兄弟会"。他主张修士在城镇的边缘做善事，这就好比退隐的耶稣服务于人一样。巴西勒著有《道德规范》《苦修规章短篇》《苦修规章长篇》等，这些书中规定了一些修士的基本原则，如慈善、时刻铭记上帝、退隐、弃绝世界和自我、过群修生活、服从、禁欲等。这些理念在东方教会中有广泛的影响。②拜占庭修道传统的形成也有赖于东方教会的一个重要人物——圣金口约翰。他在398—403年期间任君士坦丁堡牧首，他认为苦修主义对引领人们重归福音具有积极作用，于是把巴西勒的修道制度引入君士坦丁堡。451年，在卡尔西顿公会议上，教会按照巴西勒的修道理念，以法规的形式对修道生活和修道团体进行了规范。

① 许列民：《沙漠教父的苦修主义：基督教隐修制度起源研究》，上海人民出版社2009年版，第287—288页。

② 同上书，第236—242页。

渐渐地，修道院越来越成为东方教会的主体和中坚力量。有学者统计，到6世纪时，在君士坦丁堡、博斯普鲁斯海峡及普罗庞提斯沿岸地区的修道院已多达80余所，并且绝大多数达到中等规模。[①] 8世纪末，圣狄奥多尔（St. Theodore，759—826）执掌君士坦丁堡著名的斯特底姆修道院，将埃及传统的苦修原则补充进来，从而在东方的修道制度中强化了“苦行”的色彩[②]。此后，这种苦修主义传统再传播到希腊的阿索斯山。阿索斯山位于爱琴海北岸的阿索斯半岛，交通不便，环境如世外桃源，因此自4世纪君士坦丁大帝鼓励修道院制度开始，便吸引了大量修道者前来隐修，其中也包括来自斯拉夫地区的修道者。大约12世纪，这里出现了专门的斯拉夫人修道院，如希兰达尔修道院，据说是由当时的塞尔维亚国王西蒙所建。他在这里受剃发仪式，其子则任该修道院院长。实际上阿索斯山与俄罗斯本土修道院的出现有直接的关系。俄罗斯第一所修道院——基辅洞窟修道院的创建者安东尼（约983—1073），早在11世纪就来到阿索斯山最早的修道院之一埃斯菲格蒙修道院（Монастырь Есфигмен）隐修，并住在一个仅容一身的洞穴（此洞穴至今保留）中苦修，后来受到修道院长启发，回到俄罗斯传播福音。除了安东尼，当时以及此后不断有俄罗斯修士来这里取经，因此，俄罗斯后来的修道制度的建立与阿索斯山的苦修主义有着密切关系。[③]

俄罗斯的修道院建制在基辅时期并没有发展起来，这与蒙古人的占领有着直接的关系。但到了14世纪，修道院建设进入到一个繁荣时期。据统计，从14世纪末到15世纪中期，在俄国新出现的修道院超过了180处，这相当于此前全境所有的修道院数量的两倍。[④] 在当时这种修道院场所迅速发展的时期，就出现了如何对待修道院所占有的土地和财产的问题。在蒙

① 许列民：《沙漠教父的苦修主义：基督教隐修制度起源研究》，上海人民出版社2009年版，第254页。

② 参见 *New Catholic Encyclopedia* 2nd.Vol.13, Edited by Berard L. Marthaler, Washington: The Catholic University of America Press, 2003, pp.877-878.

③ Энциклопедический словарь Ф. А. Брокгауза и И. А. Ефрона в 43 томах. Т. 2а. СПб.: Брокгауз-Ефрон, 1891, с. 576-578.

④ *Петрушко В. И.* История Русской Церкви с древнейших времен до установления патриаршества. М.: Православный Свято-Тихоновский гуманитарный университет, 2007 с. 194.

古人统治终结的俄罗斯，教会机构起到了辅助政治的作用，因此，它也借助于世俗政权治理松弛的机会，展开了对土地的大量占有和财富的迅速积累。我们在由教会所编撰的种种文献中可以看到，其中把教会的这种“原始积累”神圣化了。比如在那些圣徒传记类的文献中，修道场所往往是选择在偏远荒凉的地带，生存条件是极为简陋的，修道者都是在极限的禁欲环境中去践履神圣的诺言，完成上帝的伟大事业。但实际的情形是，大量的修道场所都是修建在市内及市区的周边地区，直到 14 世纪起，建在郊野之中的修道场所才多了起来，如尼尔·索尔斯基建造的白湖隐修院[①]。但这些本来以远离尘嚣为目的的“隐修”场所（пустынь），因为建在了大面积的荒地之中，所以这些土地最后都成为了这些隐修院的财产，由此也吸引了大量的农民前来，一面修道，一面生活。用克柳切夫斯基的话说，这些本来是隐士们修行的僻远的茅舍（хижины отшельники）逐渐就发展成了“人口众多、富有而喧闹的修道院（монастырь）”[②]。当一种宗教严重依赖于一种世俗性机构的时候，它对于财产的占有就是不可避免的事。所以，在俄罗斯的修道院建设过程中，因为土地的争夺，教会与村民发生的冲突屡见不鲜。早期的一些教会领袖，如德米特里·普里卢茨基、斯特凡·莫赫里希斯基、丹尼尔·佩列亚斯拉夫斯基、亚历山大·库什茨基、阿尔谢尼·科梅利斯基、安东尼·西斯基等，都曾被迫放弃最初打算建修道院的地方，另择他处，原因就是当地农民的反对。阿夫涅格的格里戈里和卡西安在建好修道院之后，却被暴动的农民打死，最后还是由当地的政府军队出面，惩治了占领修道院的农民。也就是说，政府在某种程度上是鼓励修道场所拥有一定量的土地，如伊凡四世在位时期，就频繁下令允许各修道院对其周边地区拥有处置权。在这种情形下，大量修道院拥有了巨额财富。如当时的沃洛科拉姆斯克修道院，本是主张严格苦修的约瑟夫·沃洛茨基创建的，但其财富最多的时候却拥有 11 个大村庄和 24 个小

---

① 此隐修院故意远离当时规模颇大的基里尔修道院，以实践尼尔·索尔斯基本人的静修和弃财理念。*Платонов О. А.* (сост.) Русские монастыри и храмы. Историческая энциклопедия. М.: Институт русской цивилизации, 2010, с. 358–359.

② *Ключевский В. О.* Курс русской истории. // Сочинения в 9 томах, Т. 2. М.: Мысль, 1988, с. 234.

村落。[①] 所以，他便成了“持财派”的首领，但到晚年的时候，约瑟夫还是无法忍受这种他自己最初所主张的一方面谨守教规、一方面拥有巨额财富的现状，而离开了自己的修道院。尽管如此，他还是被称为那个时代在物质财富和精神财富方面最有创造力的圣者。[②]

正是在这种把修道行为引向歧路的背景之下，在教会内部产生了持财派与弃财派的斗争。持财派以修道场所需要大量资金维持为由，坚持修道院的财富拥有。甚至当有的修道院实行弃财主张的时候，却遭到大量修道士的反对。如维亚特卡地方的修道院创立者特里丰在其修道院中实行严格的苦修制度，却遭到了全体修士的集体抗议，原因是他们受不了禁酒令。他们联合起来，把特里丰关押起来，对他进行殴打，最后把他赶出了修道院。[③] 由此可见，当时的持财派占据了斗争的上风。也正因为如此，弃财派的思想也就显得越发可贵。实际上，约瑟夫·沃洛茨基也并不主张修士占有财富和地产，而且他本人也奉行简朴生活、勤奋劳动的修道原则；但他主张修道院可以拥有财产，以保证修道院的正常运作，同时可以通过严格的教规来规范修士的行为，避免使其走向以敛财为导向的世俗化。而尼尔·索尔斯基则坚决主张教会放弃所有领地和财产，严格实行真正的苦修制度，远离城市，僻居乡野，实践所谓“静修”。尼尔·索尔斯基及其弟子们因为多居于伏尔加河以东，所以被称为“河东长老派”（заволжские старцы）[④]。从今天的立场来看，尼尔·索尔斯基的立场符合基督教原初的修道精神，与埃及传统一脉相承。但是从现实的角度看，约瑟夫的立场更易被接受。因为在现实中，教会当然是无法取缔的，而要维持教会及一系列修道场所的存在，以及保证信仰的传布等，必须要有一定的财富基础。因此，这也形成了一种平等的对话，是一种没有最终结局的对话：在现实

① *Никольский Н. М.* История русской церкви. М.: Издательство политической литературы, 1983, с. 65–66.

② *Платонов О. А.* (сост.) Русские святые и подвижники православия. Историческая энциклопедия. М.: Институт русской цивилизации, 2010, с. 411.

③ *Ключевский В. О.* Курс русской истории. // Сочинения в 9 томах, Т. 2. М.: Мысль, 1988, с. 243.

④ *Никольский Н. М.* История русской церкви. М.: Издательство политической литературы, 1983, с. 97.

中，是约瑟夫的观点最终得到了确认，包括当时的伊凡三世政权及其教会机构；而在精神上，是尼尔·索尔斯基获得了胜利。他的弃财思想在本质上与他的苦修思想是密切相关的，因为注重于精神空间的生活，则必然要抛开物质空间的牵绊，而人在这个过程中通过自身的内部对话以及与上帝之间的对话，来实现人存在的意义。他的这种思想通过俄罗斯的精神文献传递到了俄罗斯的文学传统之中。

第三节 静修主义传统的人学内核

尼尔·索尔斯基（Нил Сорский，1433—1508），俗名尼古拉·迈科夫（Николай Майков），其进入修道院之前的生平人们所知甚少，因为他从不对人谈起。最早记录到他的文献是1674年托焦姆斯克的书记员伊万·普列什科夫（Иван Иванович Плешков）所写的《有关我们虔敬的尼尔长老纪事》(«Повесть о преподобием отце нашем старце Ниле и о того честней обители, иже есть во области Бела езера в Сорской пустыни»)，但其中也只是根据传说谈到了尼尔·索尔斯基的身世。[①]尼尔是在莫斯科长大的，据说出家前曾做过书记员（дьяк），后来到了由圣基里尔于1397年创建的基里尔-白湖修道院成为教士，并且在1460—1470年期间成为“长老”（старец）。但这白湖修道院与当时众多的修道场所一样，进入到财富迅速积累时期，也成为了一个拥有巨额财富的经营场所，周围聚焦了慕名而来的大量农民，使得这个依傍于白湖的宁静场所成为一个热闹的集市，而这显然与尼尔的修道理念全然相悖。据记载，尼尔那时应当已进入修道院的“教堂长老”行列，因为他还参与过基里尔修道院以及周围的一所修道院的土地分配活动。尼尔后来厌倦了这里的生活，于是他前往希腊的阿索斯山，这个时间大约是在1475年之后。[②]阿索斯山自十世纪起便成为欧洲的修道圣地，号称“圣山”，此后陆续建起的修道院有近

① *Романенко Е. В.* Нил Сорский и традиции русского монашества. М.: Памятники исторической мысли, 2003, с. 6.

② *Прохоров Г. М.* Нил Сорский. // *Лихачев Д. С.* (Отв. ред.) Словарь книжников и книжности Древней Руси. Вып. 2. Часть 2. Л.: Наука, 1989, с. 134.

百所，在此修道的各方修士有三万余人，而尼尔·索尔斯基去的时候正是圣山的名望达到顶峰的时期。阿索斯山气候温和、环境幽僻，尼尔在这里获得了与当初在白湖地区完全不同的感受；因此他在这里居住下来，在此接触了由君士坦丁堡神父格里戈里·帕拉马（Григорий Палама，1296—1359）于上一个世纪开创的静修主义思想，并形成了自己独特的俄罗斯式的静修主义。

14世纪正是意大利文艺复兴运动如火如荼的时期，在这个大的背景下，许多教会思想家都在不同程度上受到人文主义理性精神的影响，卡拉布里亚的瓦尔拉姆就是那一时期宗教唯理主义的代表。瓦尔拉姆出生于意大利，曾经教授过当时意大利人文主义的先驱彼特拉克的希腊语，因此在他的思想中出现与希腊哲学相通的理性至上的色彩就不足为奇了。他在40岁时从意大利来到君士坦丁堡，参与到东方教会的事务之中。但他一贯反对埃及时代形成的苦修传统，并对当时在东部教会中出现的静修思想持激烈的否定态度。在他看来，上帝的理性交给了现世的教会，因此人的救赎必须经由教会的神学体系；此外，人同样具有上帝赋予的理性，因此借助于这种理性人就可以认识世界，而不需要再通过上帝的启示。[①] 而实际上，帕拉马的静修思想也正是针对当时这种教会内部的理性主义倾向而产生的向埃及传统回归的一种表征。

帕拉马关于静修的思想是从圣经之中来的，这也是早期东方教父思想的一个特点，即务求其思想的阐释之本在于圣经中的言辞，而帕拉马继承了这一传统。根据圣经《新约》中的表述，与静修思想相关的大致有以下言说：

> 神的国就在你们心里。(《路加福音》17：21）
> 所以你们要完全，像你们的天父完全一样。(《马太福音》5：48）
> 但与主联合的，便是与主成为一灵。(《哥林多前书》6：17）
> 你祷告的时候，要进你的内屋，关上门，祷告你在暗中的父，你

① *Воронин А. А., Ячный С. А.* Паламитские споры XIV века. // Инновационные подходы в. Решении проблем современного общества. Пенза: МЦНС «Наука и Просвещение». 2017. с. 172–177.

父在暗中察看，必然报答你。（《马太福音》6：6）

在教会中，宁可用悟性说五句教导人的话，强如说万句方言。（《哥林多前书》14：19）

一切能显明的，就是光。（《以弗所书》1：13）

从来没有人看见神。只有在父怀里的独生子将他表明出来。（《约翰福音》1：18）[①]

从这些表述我们大致可以归纳出静修思想的几个方面：

一、在自己的内心建立神的国，即在自身完成与神的融合。在这一点上，帕拉马的思想就把瓦尔拉姆主张的教会权利搁置起来了，实际上强调了基督教的原初教旨，即救赎就在人的自身发生，而不是通过外在于身体的事物而完成。

二、既然是在自身建立神的国，则其方式也是在内心完成，即默祷，或曰“心中的祷告”（умная молитва）。《哥林多前书》中所说的“悟性”，在俄文中也便是“ум”。“В церкви хочу лучше пять слов сказать умом моим, чтобы и других наставить, нежели тьму слов на незнакомом языке.”[②] 这句话最后的“на незнакомом языке”一语在中文和合本圣经中译为“方言”，对于中国读者来说较难理解。实际上这里的意思是说，每个人所使用的语言彼此都是不同的，彼此无法通晓的（незнакомый）；当然，它也就造成了人与上帝之间的隔膜，而在默想之中，人与上帝之间只凭“悟性”交流，无须借助于任何语言。而这才是人与上帝融合的最佳途径。

三、神不可见，因此神通过两种方式显现于人。道成肉身是一种，也就是“在父怀里的独生子”显示着上帝的降临，但这种方式仍然是将人与神分立，而能够将人与上帝结合起来的一种介质便是“光”。在新约中有一种思想，就是让人“分有”神的本性（естество），耶稣的使徒彼得说：“他已将又宝贵又极大的应许赐给我们，叫我们既脱离世上从情欲来的败坏，就得与神的性情有分。”（和合本《彼得后书》1：4）这

① 以上引文均为和合本译文。

② «1 Коринфянам» 14:19. // «Библия. Книги Священного Писания Ветхого и Нового Завета». Синодальный перевод. М.: Российское библейское общество, 2012, с. 1257.

句话在中文语境里仍然不够明确。俄文表述是这样的：“дарованы нам великие и драгоценные обетования, дабы вы через них соделались причастниками Божеского естества, удалившись от господствующего в мире растления похотью.”[①] 意思就是我们得了神的“应许”，因而可以通过它使我们“成为上帝本性的参与者”。当然，上帝的本质（сущность）是不可接触的，那么如何参与到上帝的“本性”之中呢？帕拉马认为，上帝除了本质之外，还有“能”（энергия），通过能的交换，人得以完成对上帝本性的参与，而这种能的表现形式，就是光。[②] 新约中有多处记载耶稣以光的形式显容的情节，如：

> 耶稣带着彼得、雅各和雅各的兄弟约翰暗暗地上了高山，就在他们面前变了形象，脸面明亮如日头，衣裳洁白如光。忽然，有摩西、以利亚向他们显现，同耶稣说话。彼得对耶稣说：“主阿，我们在这里真好！你若愿意，我就在这里搭三座棚：一座为你，一座为摩西，一座为以利亚。”说话之间，忽然有一朵光明的云彩遮盖他们，且有声音从云彩里出来说：“这是我的爱子，我所喜悦的，你们要听他！”（《马太福音》17：1—5）

> 耶稣带着彼得、约翰、雅各上山去祷告。正祷告的时候，他的面貌就改变了，衣服洁白放光。忽然有摩西、以利亚两个人，同耶稣说话。他们在荣光里显现，谈论耶稣去世的事，就是他在耶路撒冷将要成的事。彼得和他的同伴都打盹，既清醒了，就看见耶稣的荣光，并同他站着的那两个人。（《路加福音》9：28—32）

> 耶稣又对众人说，我是世界的光。跟从我的，就不在黑暗里走，必要得着生命的光。（《约翰福音》8：12）[③]

---

① «2 Послание Петра» 1:4. // «Библия. Книги Священного Писания Ветхого и Нового Завета». Синодальный перевод. М.: Российское библейское общество, 2012, с. 1215.

② *Святитель Григорий Палама* Трактаты. Краснодар : Текст, 2007, с. 40-42.

③ 以上引文均为和合本译文。

教会信经中最早对基督的表述就借鉴了上述语句，除了将其表述为神之外，再就是将其表述为“光”。如《尼西亚-君士坦丁堡信经》：“我信独一主耶稣基督，上帝的子，为父所生，出于神而为神，出于光而为光，出于真神而为真神，受生而非被造，与父一体，万物都是借着祂造的。”[①] 实际上最早的尼西亚信经已经把基督表述为“从父生出来的光”。也就是说，通过这种“他泊之光”[②]，人最终完成了通过默祷而达到的目的。

帕拉马除了是一位热诚的修道士之外，还是一位勤奋的作家，他通过一系列著作完成了自己的静修主义神学。其中首先是对上帝的理解：上帝体现为本质与能的两种形式，前者是无法接触的，只能凭借参悟，即通过悟性与之沟通；而上帝的能则显现为将人照亮并融合的光。其次是他对人的理解。我们一直把基督教的神学体系看得过重，而忽视了它丰富的人学思想，实际上，对神的理解乃是基于对人的存在进行探求的动因而形成的。而帕拉马在基督教人学的建构史上占有重要的地位。以往基督教思想家们对人的理解和表述多种多样，比如，强调人被赋予了主宰世界的理性，同时也被赐予了相对的自由意志和参与神的本性的能力，即走向完善的能力，以及复活的应许，等等。在他看来，人的名不是只被赐给其灵魂或肉体，而是同时赐给灵魂与肉体，因为它们都是照着上帝的形象创造的。他在谈到人与上帝的结合及本性分有时说：“较之天使而言，人更接近上帝，因为他那种与肉体融合一体的精神具有活的力量，借助于此，他支配着自己的肉体，并使之精神化。而在天使那里，在缺失了肉体的灵魂那里，这种能力是没有的，尽管后者以其精神本性的单纯而更近于上帝。”[③] 所以，我们可以看到，在帕拉马这里，人的地位得到了提升，他借助于作为上帝之能的他泊之光可以达到“神化”（обожение），或者说，照人的本性而言他当然不能成为神，但是由于上帝之能的存在，人可以达到此种“神化”。[④]

---

① 《尼西亚-君士坦丁堡信经》，见［美］尼科斯编选《历代基督教信条》，汤清译，宗教文化出版社 2010 年版，第 8 页。

② 耶稣所登的山即他泊山。

③ *Святитель Григорий Палама* О божественном соединении и разделении. // Трактаты. Краснодар: Текст, 2007, с. 18–19.

④ *Святитель Григорий Палама* О божественном и боготворящем причастии. // Трактаты. Краснодар: Текст, 2007, с. 101.

第四节　默祷：尼尔·索尔斯基的“意念战斗”

当年，帕拉马就是在阿索斯山修道，曾任著名的埃斯菲格蒙修道院院长，他的静修主义观念在这里产生了深远影响。因此，阿索斯山就成为东正教静修主义的重镇，当尼尔·索尔斯基来到这里的时候，帕拉马的静修精神方兴未艾，大量的修道士都是慕名而来，学习静修之道。在14—15世纪这个时期，正是基督教个体主义运动兴起的时期，而静修主义在个体意志与上帝本性对话的思想上，正契合了当时大量修道者的精神诉求。尼尔·索尔斯基与他的弟子英诺肯季·奥赫里亚宾在这里以及周边地区居住和游历了十年左右的时间，了解了这里的修道院规，接受了帕拉马的静修主义。回到俄罗斯之后，他就离开了基里尔-白湖修道院，在索拉（Copa）河畔自建了隐修院，这也是他被称为“索尔斯基”的由来。

尼尔·索尔斯基反对约瑟夫·沃洛茨基的大建制修道院主张，尽管后者也制定了严格的修道规章，但要维持一个大规模的修道院的运作，不仅涉及修道院本身的经营，而且要顾及大量信众前来所造成的庞大经济支出。当然，当这种情况发生的时候，所谓修道已经变成了真正的“经营”。因此，尼尔·索尔斯基远离喧嚣，建立了他的小规模隐修院（пустынь），与追随他的少数弟子在此自食其力，而更多的时间则用来实践尼尔的静修理念。为此尼尔撰写了自己的修道规章。这个规章洋洋数万言，但其基本理念一言以蔽之，就是“默祷”。与埃及的沙漠苦修以及俄罗斯早期的洞穴苦修不同的是，他并不要求修士要经受肉体的折磨，比如忍受饥饿、自我惩罚，或者像圣愚那样身佩铁链等，而只是通过默祷把内心的邪念驱除，将精神集中于对上帝的祷告。只有这样，才会如福音书中所说的，“你父在暗中察看，必然报答你”。

当然，默祷的目的是这样，但从尼尔·索尔斯基所写的规章中看，这种默祷却是一个多重对话的过程。

首先是“意念战斗”（мысленная брань）中的对话。在尼尔规章的第一部分中，尼尔阐述了这种意念战斗的过程。这个过程分为如下几个阶段：

在第一个阶段，一种意念的表征在头脑中出现，尼尔把它叫作“прилог”

（附着），即一个外在的东西与你建立了一种附着关系，这个东西用尼尔的说法是从“敌手”（враг）那里来。我们看到，这里说的实际上就是对话产生的基本条件：对话的双方。在没有意念表征到来之前，我处于无意义的单体状态；而只有当一个对话者，或曰敌手出现的时候，这种对话便发生了。这里值得注意的是，尼尔指出，虽然这个意念表征是从敌手那里来的，但它本身是无“罪孽”的（безгрешно），因而无须夸赞和指责。[①] 那么这是什么意思呢？就是说，在对话发生前，对话双方处于意义缺失状态，他们需要等待对话开始之后，意义才会在具体的语境之中产生。尽管尼尔是把这作为人失去了原初的完善状态而言的，这也是他把这种意念表征称为“敌手”派来的原因；但是我们要说的是，这里面的思维模式却与后来的巴赫金提出的对话及其意义发生的机制是相同的。

第二个阶段尼尔称为“сочетание”（对接），即形成一种完整的对话关系，并发生交流。如果只是发生了“附着”而没有彼此的交流，这实际上还没有形成对话；而这个附着体的到来激发了人内心的另一个声音，从而产生了充满激情或者激情缺失的“对话”（диалог）。[②] 在这种情况下，双方的价值立场就显现了出来，或者说，形成了彼此间的价值交锋。这时，你要调动自身的“善念”去与“敌手”的意念体进行抗争。这里尼尔已经把对方视为某种“魔鬼”的试炼，因此，他主张的是要避免对其产生迷恋。但从对话结构上说，彼此的平等的价值交锋，也正是巴赫金的对话理想状态。

第三个阶段是“сложение”（合成），即通过“相配合”的过程，你与它进行思想上的“交谈”（беседовать），最后产生一种“合成”的状态。要么是你接受了敌手的意念，这种情况往往发生在你的思想产生懒惰情绪的时候，也就是说，你放弃了主动对话的权利，因而无法得到上帝的助力，这种状态便是一种“罪孽”状态，或者说，你的价值立场被压倒；另外一种情况则是，你意识到你自身的力量有限而求助于上帝，“求告他的名”，则上帝会体谅你的软弱。在我们看来，这个阶段也就是对话的交锋过程中

---

① *Преподобный Нил Сорский* Устав и послания. (Составление, перевод, комментарии, вступ. статья *Г. М. Прохорова*.) М.: Институт русской цивилизации, 2011, с. 93.

② Там же, с. 94.

所出现的情况，这也是一个开放的对话阶段。因为当对话的一方意识到，他们所涉及的对话内容实际上已经超出了对话双方能力所及的范围，因此需要引入第三方的对话者，目的是使对话保持开放状态，并产生向外的能量，从而形成一种类似“延异”的现象。这也就是巴赫金所追求的对话的未完成性。

第四个阶段是“пленение”（沉迷），这种情况是指在交谈的过程中，自我忘记了本来的价值立场，而沉迷于繁琐无益的交谈过程——要么被对方的理念所抓住，要么胶着于这种激烈的斗争。这也就是说在默祷的过程中，你的思想会陷于种种念头的纠缠之中，而无法稳定地处于有罪的或者无罪的状态。在我们看来，这个状态也正是指对话过程的复杂性和多义性。巴赫金在谈到复调小说的结构时说：“对话关系这一现象，比起结构上反映出来的对话中人物对语之间的关系，含义要广得多；这几乎是无所不在的现象，浸透了整个人类的语言，浸透了人类生活的一切关系和一切表现形式，总之是浸透了一切蕴含着意义的事物。”[①] 所以说，尼尔·索尔斯基这里描述的在默祷中发生的一个人头脑中的意念交锋，总体上反映了哲学对话的广泛性和丰富性。

第五个阶段是“страсть”（激情），这里指的是对某物的强烈欲念，描述的是意念对话的高峰状态的情景，是上一阶段“沉迷”的更高一层，即对话的各方都极力展现其充满魅力的一面来吸引对方产生对自己一方的“激情”。但关键是，当人被种种欲念所压倒的时候，他并没有达到平衡和欣悦的状态，而是都注定要产生另外一种情感反应，这就是“忏悔”（покаяние）和“痛苦”（мука）。在尼尔·索尔斯基看来，这整个“意念战斗”的过程就是一个人与罪孽抗争的过程，实际上，“未来的痛苦不是因为这种战斗，而是因为不忏悔”[②]。所以，忏悔就是消除痛苦的途径，也就是通过默祷所最终要达到的目的。

---

① ［俄］巴赫金：《陀思妥耶夫斯基诗学问题》，白春仁、顾亚铃译，三联书店1988年版，第76—77页。

② *Преподобный Нил Сорский* Устав и послания. (Составление, перевод, комментарии, вступ. статья *Г. М. Прохорова*.) М.: Институт русской цивилизации, 2011, с. 97.

第五节 陀思妥耶夫斯基作品中的尼尔·索尔斯基模式

从宗教伦理的角度来看，尼尔·索尔斯基的默祷思想显然还没有脱开基督教的目的论框架，这种思想对陀思妥耶夫斯基产生的影响主要是在作家的现实信仰立场方面；但在艺术的叙事伦理层面上，尼尔·索尔斯基提供的却是一种“对话”模式，这也是陀思妥耶夫斯基从他这里得到的另一层面的启示。

在现实信仰中，陀思妥耶夫斯基始终是一个坚定的东正教徒，这一点从未发生过变化。[①] 所以，在现实立场上，他同样是一个宗教目的论者，这也是他为什么在《作家日记》中多次强调“苦难”（страдание）对于人的生活具有关键性意义的原因。他认为，俄罗斯的人民自古以来就一直受到一种“渴望”（жажда）的传染，这种渴望的对象就是无所不在的、亘古不变而无法消解的苦难。“苦难之流（страдальческая струя）滚过他们的整个历史，它不仅是源于外部的不幸与贫困，而且是由人民的内心深处喷薄而出。”[②] “我们伟大的人民就像野兽一样成长，有史以来的千年期间一直经受着巨大的痛苦，世界上其他任何一个民族都未必能够忍受这些痛苦，甚至会解体，会消亡，但我们的人民在这些痛苦中却只会更加坚强，更加紧密团结。……人民懂得自己的上帝基督，因为他们在许多世纪里经历了许多痛苦，有史以来直到今天，在这种痛苦里他们从自己的圣徒们那里始终能够听到自己的上帝基督。”[③] 苦难在陀思妥耶夫斯基这里成为了人走向上帝

① 有人根据作家本人的话以及流放前后的情形判断，陀思妥耶夫斯基的信仰是从怀疑到虔诚，或者是始终存在矛盾的。实际上，作家的这句话：“Я—дитя века, дитя неверия и сомнения до сих пор и даже (я знаю это) до гробовой крышки.”（见 *Достоевский Ф. М.* Письмо Н. Д. Фонвизиной от конца января–20-е числа февраля 1854 // Полное собрание сочинений в 30 томах. Т. 28, кн.i, Л.: Наука, 1985, с. 176.）在通行的中文译本中都存在误译的情况。具体可参见王志耕：《陀思妥耶夫斯基是否“怀疑”上帝存在？》，《俄罗斯文艺》2008 年第 3 期。

② *Достоевский Ф. М.* Дневник писателя, 1873, IV. // Полное собрание сочинений в 30 томах. Т. 21, Л.: Наука, 1980, с. 36.

③ *Достоевский Ф. М.* Записная тетрадь 1876–1877 гг. // Полное собрание сочинений в 30 томах. Т. 24, Л.: Наука, 1981, с. 192.

的必然途径，这与尼尔·索尔斯基对于苦修的目的的理解是一致的。在尼尔·索尔斯基看来，人在现实生活中，通过对财富的追求消解了对苦难的感受，因而也远离了上帝的国；如果你要走近上帝，那么就要通过在自己的内心深处重新体味苦难，即他所说的，通过种种意念的“附着”来重现与魔鬼的斗争，最终在这个过程中接受上帝的启示。

此外，尼尔·索尔斯基有关“忏悔”的观念也是陀思妥耶夫斯基“罪与罚”思想的来源之一。在尼尔·索尔斯基这里，人需要接受两种日常状态：一种是无罪的原初状态，一种是被罪孽的意念所控制的状态。但这两种状态并不是生命意义所在，或者说，如果人处在这两种状态，则他的生命除了罪孽之外是没有价值的，其价值出现在第三种状态，即在发生罪孽的时候产生“忏悔”（покаяние）。显然，在陀思妥耶夫斯基的思想中，“忏悔”是人得救的前提。所谓“忏悔”，既是人对自身罪孽的认识，同时也是人对自身神性的认识；所以，陀思妥耶夫斯基一方面主张人的自我贬抑，即效法耶稣基督的“虚己”（кенозис），一方面启发人对自身神性的醒悟。我们在《卡拉马佐夫兄弟》中可以看到，佐西马长老的哥哥在临终时说道：“我们大家在众人面前都有过错，尤其是我比别人更有错。”[①] 这是陀思妥耶夫斯基的现实信仰立场在其作品中的一种表达形式，当然，作为艺术的表达形式更多的是通过类似杰武什金、索尼娅这样的形象来完成的。但现实中的人却难以进入忏悔的阶段，原因是他们内心的神性被遮蔽了；因此，对自身神性的体悟，也就是说，自觉走向上帝的意识觉醒，是人获得救赎的另一前提。陀思妥耶夫斯基在《作家日记》中记述过他在一次舞会上产生的感慨，面对着那些浑浑噩噩、过着猥琐生活的人群，他痛感人们对自身潜能的麻木：“如果所有这些可爱而可敬的客人哪怕只有一瞬间想到要成为一个真诚而质朴的人，那么这个令人憋闷的大厅将会一下子变成什么样啊？如果他们每个人突然间洞悉了这一秘密，那将会怎样？如果他们每个人突然间懂得，在他们身上蕴含着多少真情、尊严、最为真诚而发自内心的快乐、纯洁、高贵的情感、善良的愿望、智慧（何等

① ［俄］陀思妥耶夫斯基：《卡拉马佐夫兄弟》上，耿济之译，人民文学出版社 1981 年版，第 433 页。

的智慧啊！）、最为巧妙而最富感染力的机敏，这些就存在于他们每个人身上，毫无疑问，是在每个人身上！……可敬的人们，在你们每个人身上，这些都存在和蕴含着，而你们不管哪个人，不管哪个人，都对此毫无觉察！啊，可爱的客人，我发誓，你们每一位先生和女士都比伏尔泰更聪明，比卢梭更富有激情，比亚西比得、唐璜、卢蕾齐娅、朱丽叶和贝雅特丽齐更富有无与伦比的魅力！你们不相信你们会如此之美吗？可我实话对你们说，无论莎士比亚、席勒，还是荷马，假如把他们放在一起，也不会找到任何像此刻在你们中间，就是在这个舞厅中可以找到的那种美好的东西。说什么莎士比亚！在这里本来有着我们的哲人们做梦也想不到的东西。但不幸的是，你们对你们自己是何等之美却一无所知！知道吗，甚至你们其中的每个人，只要他愿意，他立刻就会给这个大厅里所有的人带来幸福，使所有的人都自我陶醉。你们每个人都具有这样强大的力量，但它隐藏得是如此之深，以至它早已变得令人难以置信。”[①] 陀思妥耶夫斯基就是通过这种表述来向世人传达一种信息：救赎——即尼尔·索尔斯基说的“摆脱痛苦（мука）”——需要一个启示过程。这种观念早在小说《群魔》中已有表露，作家借基里洛夫之口说：“人之所以不幸，是因为他不知道他是幸福的；仅仅是这个原因。这就是一切，一切！谁要是明白了这一点，他此时此刻马上就会变得幸福起来。”[②] 佐西马长老的哥哥马尔克尔也做了同样的表述：“生活就是天堂，我们大家都生活在天堂里，可是我们却不愿意知道这个，如果愿意知道，那么明天全世界就都会成为天堂了。”[③]

我们认为，上面是陀思妥耶夫斯基在现实的信仰立场层面上对俄罗斯传统的正教苦修与救赎精神的接受。这种接受在巴赫金看来，其作用是塑成了陀思妥耶夫斯基作为作者的对话资格。也就是说，在俄罗斯的民族文化结构中，尽管正教的传统占据了主导的地位，但从本书对俄罗斯历史文化的对话性考察可以看出，正教文化仍然只是在大俄罗斯文化话语单位中

---

① *Достоевский Ф. М.* Дневник писателя 1876, январь, 1:4. // Полное собрание сочинений в 30 томах. Т. 22, Л.: Наука, 1981, с. 12-13.

② ［俄］陀思妥耶夫斯基：《群魔》，南江译，人民文学出版社 1983 年版，第 315—316 页。

③ ［俄］陀思妥耶夫斯基：《卡拉马佐夫兄弟》上，耿济之译，人民文学出版社 1981 年版，第 432 页。

的一个相对自足的对话者，而不是作为统一体的价值立场。也就是在这个意义上，陀思妥耶夫斯基通过对尼尔·索尔斯基为代表的俄罗斯静修传统的认同，使自己借助于文化话语结构中的一种声音，而在他所创作的作品话语中以作者的身份成为对话的一方。因此，这种在叙事伦理上的理念，就与尼尔·索尔斯基所描述的默祷过程中的对话伦理达成一致。无论是考察陀思妥耶夫斯基与尼尔·索尔斯基的关联，还是巴赫金与尼尔·索尔斯基的关联，都不能只从现实观念的角度来看，而应当看到它们之间的结构性关系，或者说在解析和面对世界的方法论层面上的关联。

但实际上，在相关领域的研究中，尤其是俄国本土的学者，他们看到的多是陀思妥耶夫斯基及巴赫金的思想中与俄罗斯传统文化之间的价值观念的相同之处，而对其叙事伦理上的相通却缺少深入的探讨。如著名陀思妥耶夫斯基研究专家尼·布达诺娃就认为："在《少年》中的云游修士马卡尔·多尔戈鲁基和《卡拉马佐夫兄弟》中佐西马长老的形象中，就反映了圣尼尔的一些特点。而在《群魔》中，尽管并没有提到圣尼尔的名字，但圣尼尔的规章，正如我们所试图表明的，却对斯塔夫罗金的形象，以及这部小说中的宗教哲学观念产生了相当的影响。"① 布达诺娃还就这些形象所代表的观念与陀思妥耶夫斯基本人的价值立场进行了对比，她的结论就是，俄罗斯古代圣徒对陀思妥耶夫斯基的影响就体现在作家本人坚定不移的正教立场上。显然，这样的理解也还没有上升到叙事伦理的层面。而陀思妥耶夫斯基的传记作者格罗斯曼甚至只看到了二者之间的语句相通，他在为作家所做的传记中写道："为了把关于小学生那一章写得准确真实，陀思妥耶夫斯基研究了一些典范的教育文献（裴斯泰洛齐、福禄培尔、列夫·托尔斯泰关于学校的论文）。为了准确地传达出俄罗斯教士训诫的语调，他钻研了神学和教会史（尼尔·索尔斯基，大马士革的约翰，叙利亚的以撒，谢尔盖·拉多涅日斯基，扎顿斯克修道院的主教吉洪）。"②

---

① *Буданова Н. Ф.* Ф. М. Достоевский и святые Древней Руси (Феодосий Печерский, Сергий Радонежский и Нил Сорский). // Троице-Сергиева лавра в истории, культуре и духовной жизни России. Сергиев Посад, 2002, с. 259.

② ［俄］格罗斯曼：《陀思妥耶夫斯基传》，王健夫译，外国文学出版社 1987 年版，第 746—747 页。译文中的译名做了改动。

就以布达诺娃提到的云游修士马卡尔为例，其实在这个人物身上体现的不仅仅是一种宗教观念，而是一种对话精神。虽然陀思妥耶夫斯基有在这个人物身上表达作家本人立场的意图，但当他把这个人物塑造出来的时候，我们却发现了尼尔·索尔斯基式的对话模式。我们来看下面这段话：

> “无神论者，”老人聚精会神地继续往下说，“也许现在还使我感到害怕；只不过，我的朋友亚历山大·谢苗诺维奇，我还从来没有遇见过无神论者呢，我只遇见过追名逐利的世俗之徒，——最好这样称呼他们。有各色各样的人；搞不清楚他们是哪一种人；有大人物，也有小人物，有愚蠢的，也有有学问的，甚至有出身极普通的，然而这一切都是浮华虚荣。因为他们一辈子读读书，发发议论，尝到了读书的甜头；但是他们自己却什么也不懂，什么事情也解决不了。有些人忘乎所以，不再注意自己的言行。有些人铁石心肠，心里充满幻想；另一些人冷酷无情，举止轻浮，只会嘲弄人。有些人在书本里只捡出花来，这也是凭自己的爱好；他忙忙碌碌，但没有判断力。还可以这样说：有很多苦闷。小人物穷困潦倒，没有面包，无力养活孩子，在刺人的干草上睡觉，可是他们心里却是轻松愉快的；他们也作恶，并且粗暴无礼，然而心里却是轻松愉快的。大人物酗酒，饱食终日，坐在金子堆上，但是心里却尽是烦恼。有的人满肚子学问——还是有烦恼。我认为知识越多，烦恼也越多。再举个例子：自有世界以来，有些人就教诲人，但是他们教人学会了什么好东西，能使世界成为最美好的、快乐的、充满各种乐趣的居住之所？我还要告诉你：他们没有端庄仪表，甚至不愿有端庄仪表，一切都被毁灭了，只是人人都为自己的毁灭而唱赞歌，并不打算去追求唯一的真理；不信上帝而活着只有痛苦。因此我们诅咒我们靠它而得到启发的东西，我们自己也不知道那是什么。这有什么意思啊？人是不可能不崇拜什么的；这样的人就会无法活下去，而且也不可能有这样的人。假如他不信上帝，那就会崇拜偶像——木头的，或黄金的，或思想上的偶像。他们都是偶像崇拜者，而不是无神论者，应该这样称呼他们。嗯，怎么没有无神论者呢？有这样一些人，他们是真正的无神论者，只是他们比这些人要可怕得多，

因为他们口头上常带着上帝的名字。我听到过不止一次，可我压根儿没有见过他们。朋友，这样一些人是有的，我认为他们一定有的。”

“有的，马卡尔·伊凡诺维奇，”维尔西洛夫忽然证实说，“这样一些人是有的，‘一定有的’！”

“当然有的，‘一定有的’！”不知为什么，我竟情不自禁地、热情地贸然说；可是维尔西洛夫的语调把我吸引住了，他“一定有的”那句话里仿佛含有一个什么思想，那个思想可把我迷住了。[①]

《少年》中的这段话，在形态上与尼尔·索尔斯基在规章中所描述的“意念战斗”一样，是一个微型的对话体。我们看到，在马卡尔的描述中出现了几种人物：读书人，自以为掌握了超于常人的知识而沾沾自喜；冷酷无情、只在自己的意念中存在的人，只按自己的逻辑行事，拒他人于千里之外；庸庸碌碌、没有判断力的人；穷困潦倒，但粗暴无礼，对世事漠不关心，因而活得轻松愉快的人；饱食终日，但内心充满烦恼的人；好为人师的人，却并没有带给世界以美好；等等。除此之外，还有没出场的“无神论者”。我们认为，在叙事模式上，作为叙事者的马卡尔就是尼尔·索尔斯基“意念战斗”中的自我，而其他具有种种特点的人物，也就是在意念中接踵而来的“附着物”。自我置身于这些对话者之中，陷于“对接”“沉迷”和“激情”状态，也就是价值观的博弈状态。如果从议论内容看，马卡尔对相继而来的“邪念”均做出否定；但从叙事形式上看，他并没有终结这些对话者（如判定他们的消亡），而是承认它们的存在，因而在形态上构成“对话”。而那个没有出场的“无神论者”，便是造成这种对话开放性的关键因素，这意味着这种价值观的交锋空间是无限的。而作为听者的我和维尔西洛夫实际上也是对话的参与者，后者最后“忽然证实”（вдруг подтвердил[②]）无神论者一定存在，说明他在“忽然”说话之前，一直保持着听者的紧张状态，因此这种状态就解除了他的“听者”地位，而在实质上成为“对话者”。作为另一个听者的“我”，实际上也是一个对话参与

① ［俄］陀思妥耶夫斯基：《少年》，岳麟译，上海译文出版社 1985 年版，第 482—484 页。

② 原文参见 *Достоевский Ф. М.* Подросток. // Полное собрание сочинений в 30 томах. Т. 13, Л.: Наука, 1975, с. 302.

者，可以说，从一开始他听到“无神论者”这个词的时候，他已经进入到这个对话的语境中来了，因为他在不久前已经听到维尔西洛夫谈论“无神论者”了[①]，这也就是他为什么会“情不自禁地、热情地”（неудержимо и с жаром[②]）贸然说“一定有”的原因。

第六节 尼尔·索尔斯基思想中人与上帝的对话

在尼尔·索尔斯基的思想中，除了我们分析的这种“意念战斗”式的对话模型之外，还存在着更为重要的对话类型：人与上帝的对话。

尼尔·索尔斯基所论及的人与上帝之间的对话，当然不是巴赫金意义上的对话，但是我们必须明确，俄罗斯的静修主义神学传统带给巴赫金的不是价值立场上的认同，而是叙事模式上的启示。柯日诺夫在谈到巴赫金的对话是从尼尔·索尔斯基来的时候，他并没有意识到这一点，所以这也是他并没有把自己的这种想法继续阐述下去的原因。

关于人与上帝的对话涉及基督教神学思想中关于上帝认知的问题。从整体上来看，尼尔·索尔斯基的思想属于东方教父所创立的否定神学系统，即上帝是不可言说的，上帝的本质是不可探求的。而西部教会的早期思想家都倾向于“肯定”上帝，即上帝是可以言说，其本质是可以探求的。被认为是否定神学先驱的伪狄奥尼修斯对此做过最早的论述：“神学传统有双重方面，一方面是不可言说的和神秘的，另一方面是公开的与明显的。前者诉诸象征法，并以入教为前提；后者是哲学式的，并援用证明方法。不过，不可表述者与能被说出者是结合在一起的。一方使用说服并使人接受所断言者的真实性；另一方行动，并且借助无法教授的神秘而使灵魂稳定地面对上帝的临在。”[③]

---

① 维尔西洛夫的话是：“我们俄国的无神论者，只要他确实是无神论者，并且稍微有些智慧，就是全世界最优秀的人物，因为他总是善良的，所以也有爱上帝的意向，而他之所以是善良的，是因为他无限地满足于他是个无神论者。我们的无神论者们都是可尊敬的人，十分可信赖的人，可以说，是祖国的栋梁……”参见［俄］陀思妥耶夫斯基：《少年》，岳麟译，上海译文出版社 1985 年版，第 273 页。

② 原文参见 *Достоевский Ф. М.* Подросток. // Полное собрание сочинений в 30 томах. Т. 13, Л.: Наука, 1975, с. 303.

③ ［古罗马］（伪）狄奥尼修斯：《书信·致提多祭司》，见《神秘神学》，包利民译，商务印书馆 2012 年版，第 242—243 页。

显然，哲学式的证明方法源于希腊哲学传统，试图通过理性的方式来接近上帝，虽然狄奥尼修斯[①]并没有明确否定这种所谓“援用证明方法”，但从他的论述中可以看出，他主张的是前者，即神秘的、体验的方式。他写道：“不要用阙失而用超越的角度来看这事，则你将能说出某种比一切真理还真实的东西，即对上帝之无（不）知不为任何拥有物质光亮和存在物知识的人所了解：祂的超越黑暗隐于一切光线之外，不为所有知识了解。看见上帝并理解自己所见者的人并没真正看到上帝本身，而是上帝的某种存在和可以认识的东西。因为祂自己彻底超出心智与存在。祂是完全不被认识和非存在的。祂在存在之上存在，在心智之上被认知。这一非常积极地全然不（无）知正是对那高出一切被知者的祂的知识。”[②]这里的意思是说，上帝并非不可知的，但你所认知的并不是上帝本身，或者其本质，而是其可供人认识的部分；但是，上帝可在“心智”（即理性）之上被认知，

---

① 狄奥尼修斯之名在《新约》中记载：“于是保罗从他们当中出去了。但有几个人贴近他，信了主，其中有亚略巴古的官丢尼修，并一个妇人，名叫大马哩，还有别人一同信从。”（和合本《新约·使徒行传》17：33—34）据传此人后来成为雅典教会的第一任主教。6世纪前后，有人传出以狄奥尼修斯之名撰写的若干著述，包括《论圣名》《神秘神学》《天阶体系》《教阶体系》等，此后受到教父思想家认信者马克西姆、奥利金等人肯定，甚至托马斯·阿奎那还为其撰写过注释本。但到了文艺复兴时期，荷兰人文主义学者伊拉斯谟首先发难，认为此乃伪托之作，此后为此引起大量争议。但无论如何，这些著述仍是6世纪前后基督教神学的一个代表性立场。

巴赫金在《弗朗索瓦·拉伯雷的创作与中世纪和文艺复兴时期的民间文化》中曾提到过伪狄奥尼修斯的影响。他写道：“文艺复兴时期中世纪的世界图景发生彻底改观。在这一背景下，向下运动及其完成这一运动的阴曹地府形象所具有的宇宙观意义显示得最清楚。前一章我们评价了中世纪物质宇宙的等级性质（四种元素及其运动的分等配置）。玄学和道德的世界排序也具有这种阶梯式的等级性质。对中世纪思想以至形象思维都产生过决定性影响的是季奥尼亚·阿列奥巴吉特（笔者按：即伪狄奥尼修斯）。在他一些著作里，对等级思想做出过完整而系统的界定。季奥尼亚·阿列奥巴吉特的学说是新柏拉图主义和基督教的结合体。它吸取了新柏拉图主义把世界分成高级和低级的阶梯式宇宙思想；基督教则赋予它作为高低世界中介的赎罪思想。季奥尼亚对这个从天上到地下的阶梯进行过系统描述。在人和上帝之间存在一个纯粹知识分子和天上势力的世界。他们分成三个集团，这些集团又分为三个分支。教会等级精确反映了这天上的等级。季奥尼亚·阿列奥巴吉特的学说深深影响了埃里金纳、大阿尔伯特和托马斯·阿奎那等人。”参见［俄］巴赫金：《弗朗索瓦·拉伯雷的创作与中世纪和文艺复兴时期的民间文化》第六章，徐玉琴译，《巴赫金全集》第六卷，河北教育出版社2009年版，第458—459页。俄文本参见 *Бахтин М. М.* Творчество Франсуа Рабле и народная культура средневековья и Ренессанса. // Собрание сочинений в 7 томах. Т. 4 (2). М.: Русские словари; Языки славянской культуры, 2010, с. 429.

② ［古罗马］（伪）狄奥尼修斯：《书信·致修士该犹》，见《神秘神学》，包利民译，商务印书馆2012年版，第219页。

即在神秘的体验之中被认知。于是，此后，当经院神学中理性主义的倾向越发明显的时候，便有神学家再度拾起伪狄奥尼修斯的主张，强调人与上帝的神秘关系。

在文艺复兴初期，德国的埃克哈特（1260—1327）便是这种神秘主义神学的发扬光大者。他认为，上帝就是理性本身，因此，只有上帝自己的理性可以理解上帝。但是，人可以在灵魂之中与上帝相遇，这是因为人的灵魂之中也存在着“理性之光”，是神所赐予的，是神的形象，在这个神与人共有的空间中，人便通过上帝的恩典与之达成契合。人的灵魂具有两种功能：一种是管理自我，通过理性和意志理解世界；另一种是走向上帝，最终与上帝相融合。但灵魂的主要功能还是使人具有面对上帝的倾向，为此，灵魂促使人不断地“舍弃”，舍弃在时空中被造的世界，因为在这个世界中充满着各种被造物，而人通过理性和意志与之接触过多，则妨碍了灵魂向上帝的飞升。[①] 为了保证人与上帝能达到最终契合，人就应当学会在冥想中，而不是在理性的思考中得到上帝。他在《教诲录》中写道：“真正地得到上帝，是在心灵之中，是在内心深处对上帝的仰望和企求，而不在于经久不息翻来扭去的思考；因为，这是不可能或者很难以追求的，同时也不是最好的方法。人不应该满足于得到一位由思考而得到的上帝；因为，思想过去了，上帝也就过去了。我们宁可要得到一位实在的上帝，他远远高出于人和一切被造物的思想。上帝不会过去，除非人有意背离他。谁如此地，也即在存在之中得到上帝的，那他就以属神的方式得到了上帝，上帝就在所有的事物中照亮他；因为，所有的事物都让他感到了上帝，从所有的事物中他都看到了上帝的形象。在他里面，上帝始终得以荣耀在他里面，完成了一种解脱，而让他所爱的无所不在的上帝铭刻在他的心中。”[②] 这段话从神学意义上是谈人如何认知上帝，但从叙事的方法论意义上看，它建构了一种人与上帝的对话关系。人与上帝的关系是一种对话需求，按埃克哈特的说法是，人“内心充满上帝”，这实际上说明了人与上帝之间的一种关联：人需要上帝，上帝也需要人。这在神学意义上一定是异端邪

① 参见林荣洪：《基督教神学发展史（二）中世纪教会》，译林出版社 2013 年版，第 392—394 页。

② ［德］埃克哈特：《教诲录》，《埃克哈特大师文集》，荣震华译，商务印书馆 2003 年版，第 11 页。

说，但在方法论意义上却揭示了这种关系的本质，即人需要上帝，这不必说，反过来说，上帝也需要人，因为如果没有人，上帝就失去了存在的意义，因此，上帝是住在人的灵魂之中的。但是，这种对话不是通过理性思考建立的，原因就在于，如果是通过理性认知，则其认知结构一定是倾斜的，要么是我认知你，要么是你认知我，即一定会存在一个“主体—客体”的结构，这也是埃克哈特为什么说上帝的理性是其自我理解的方式，而人的理性并不是文艺复兴之后概念上的“理性”，而是“他泊之光”意义上的理性，是上帝对人的一种恩典。所以说，人与上帝的理解关系是在恩典的层面上达成的，也就是在体验的层面上达成的，因为只有在这个层面上，人与上帝才是一种互相需求、互相依赖的关系，或者说，这才是一种结构上的（而非神学意义上的）平等对话关系。

我们在前面谈到的帕拉马，作为东方思想的代表，也是这种神秘神学传统中的集大成者。首先他承认上帝是一个实存的本体，而不是幻象，但他是自在自为的，同时，他是人的理性的意志的来源；人是被造物，但并不是单纯的被造物，而是分有了神的恩典的被造物，因此，人最终会与上帝相融合。这就是我们在前面提到的《彼得后书》中所说的：“与神的性情有分。”（《彼得后书》1：4）所谓“与神的性情有分”，就是“成为神的本性的参与者”（соделались причастниками Божеского естества[①]），从这个俄文译法中我们可以更清楚地看到这一点。在这种情况下，上帝就像太阳一样，通过其固有的本质之能（сущностная энергия）将所有人容纳进来，而人就是通过这种超自然的恩典之光与上帝达成融合。[②]但是，我们必须明确，在这个人与上帝融合的过程中，人并不是一个被动的客体。当然，这仍然需要从两个层面上来看，即如果从神学框架内的宗教体验来看，那么人的宗教体验是被动的，因为从理论上来说，是上帝的降临导致人的宗教体验的产生，它不同于人对于客观之物的理性认知，后者是主动的，是以主体的观照姿态来面对客体的行为。如俄罗斯当代宗教学

---

① «2 Послание Петра» 1:4. // «Библия. Книги Священного Писания Ветхого и Нового Завета». Синодальный перевод. М.: Российское библейское общество, 2012, с. 1215.

② *Святитель Григорий Палама* О божественном соединении и разделении. // Трактаты. Краснодар: Текст, 2007, с. 34.

家尤·吉梅列夫所说的："我们首先注意到的是宗教体验的受体性和消极性（рецептивный и пассивный характер）。宗教体验并不是被主体感知为这种体验就是由主体本身以某种方式育生或创造的。毋宁说是这种体验及其内容'捕捉住了'体验主体，并将其变为自身的容纳者。判定宗教体验的消极性和受体性就意味着，不能把这种体验与有意识的、有明确意志的或者增加知识的努力等同起来。对这种体验的主体而言，他们的体验就意味着，是上帝以至高权力的方式来向他们显现其存在、其在场和意志。"① 但从宗教哲学的方法论层面上来看，体验仍然是主动的，或者说，起码是与体验的对象——上帝的存在——具有同样的主动性。但这个体验不是理性认知，而是通过心灵或智慧（ум）来感悟。帕拉马在其《神性的融合与分有》中写道："上帝是我们的造主。如果上帝是人的造主，那么他就是仁慈的，是智慧的，是强大的。从这些表征我们可以去理解上帝，然而是从他的造物中去理解，而不是从其本质中去理解，就像保罗所教导的：'自从造天地以来，神的永能和神性是明明可知的，虽是眼不能见，但借着所造之物，就可以晓得，叫人无可推诿。'（《罗马书》1：20）如此说，上帝是造物可以通过思考得见的吗？当然不是。……因为在此之前，使徒还说了：'神的事情，人所能知道的，原显明在人心里。因为神已经给他们显明。'（《罗马书》1：19）并指明了，还有着另外的，比起'理性地思考上帝之可能'更高的方式，这就是所有人都有的智慧（ум）。"② 也就是说，人通过对智慧的运用，进入到与上帝对话的过程之中。中国学者徐凤林对这一问题的理解是正确的，他指出："从外部宗教学观点看，这种对神秘经验特点的认识是具有合理性的。然而，这种认识是以把人和神分别作为主体和客体、将主体自我和神的存在加以分离为前提的。在拜占庭神学家那里，首先，人的自我与神的存在不是可以彼此严格分开的；其次，虽然在神秘体验下人具有被动的感觉，但并没有完全丧失自我，消融于神秘状态中，成为神的消极工具，'神化、与神合一的过程依然保持着人的个性的自我认同，保持

① *Кимелев Ю. А.* Философия религии: Систематический очерк. М.: Издательский Дом «Nota Bene», 1998, с.51.

② *Святитель Григорий Палама* О божественном соединении и разделении. // Трактаты. Краснодар: Текст, 2007, с. 13. 这里所说的"ум"不能理解为理智，因为它指的是人的理性思考之外的能力，即可以通过它进行感悟的能力。

着人的自我意识。人不再是原来的样子，但仍然是他自己。……'；再次，神秘体验的状态，与神交流与合一的境界，是人通过自己的努力而得到的。新神学家西蒙写道：'我经常看见光。有时候这光在我内心，这时我的心灵感到安详而平静。有时候这光远离我，甚至完全隐藏起来。当它完全隐藏的时候，就使我遭受极大痛苦，因为这时候我就会想，它也许再也不想出现了。但是，当我开始流泪，表现出我要疏远尘世万物，表现出我的顺从和谦逊的时候，它就又出现了，像太阳一样，驱散了乌云，我慢慢变得快乐起来。'"[①] 从西蒙的话中我们也可以看出，光存在于我的心中，但"光"本身具有主动性，它会"远离我"；然而与此同时，"我"同样具有主动性，这体现在"我"的冥想、流泪、表现出顺从和谦逊等等——这些行为本身便是人在与上帝对话的过程中展现出来的主体性。由此可见，帕拉马的静修理论在方法论上已经隐含了巴赫金意义上的"对话"结构。

当然，这种人与上帝的对话结构也在尼尔·索尔斯基的论述中表现出来。从今天来看，尼尔·索尔斯基的修道院规章并不是我们所理解的行为准则，而是一种神学理论的阐述，并且，尼尔自觉地继承了由拜占庭教父所创立的早期人学精神。因此，在他的论述中，核心要旨便是人与上帝的关系，而其根本目的还是为了给人寻找更广阔的精神空间，这也是为什么别尔嘉耶夫称他是那个时代追求自由的先驱。

第七节　人与上帝对话的文本机制

如前所述，尼尔·索尔斯基的静修思想主要体现在"默祷"（умная молитва）上，默祷有两个功能：一是与邪念战斗，二是与上帝融合。前面我们解读了"意念战斗"的对话机制，那么，人与上帝对话的文本机制又是如何体现的呢？

柯日诺夫在他的《巴赫金与其读者们》一文中举了尼尔·索尔斯基著述的若干片断，来说明巴赫金的对话思想与其关联。

---

① 徐凤林：《帕拉马神学与东正教人论》，见赵敦华主编《哲学门》，总第十七辑，北京大学出版社2008年9月，第110页。

> “……当人感受到那种无法言说的喜悦之时，而这种喜悦又被祈祷阻挡在双唇之内，于是他的双唇、舌头、作为愿望守护者的心脏、头脑、情感的舵手，以及如疾飞而不知羞愧的鸟儿一般的念头，都沉寂下来……此时头脑所作祈祷不是借助于祈祷文，而是高于祈祷文的东西……心灵借助精神的力量移向属神的，它以类神性（подобна божество）的形态而完全进入不可思议的联合，并在其不断的移动中被高处的光所照亮……”
>
> “我坐在隐修室的床上，看见尘世所没有的光。在我的身体内，我看到世界的造主，我交谈（беседую），我喜爱……我与祂联合，超越天庭……祂也喜爱我，并将我接纳进祂自己之中……在天上，那个鲜活的，既在我的心中，也在此处和他处……这时天主对我明示，我便如同天使，并造我超过了天使：因为那更低的无法得见主的本质（существо），无法接近主的本性（естество）；而我却得见所有，而我的本性也与那本质相融合。”[①]（也就是说，我被以整合的方式融进了这种属天的“对话”中。）如我们所指出的，在人与上帝的真正的“交谈”中，按照尼尔·索尔斯基的观点，他有能力与祂充分“融合”，“胜过”（当然，按照上帝的创立的意志）甚至是天使们本身……

柯日诺夫称这些引文出自尼尔·索尔斯基重要作品《摘自圣经中教父关于思想行为、心灵与头脑的守护，以及为此而应当如何尽心竭力》，并注明：“尼尔·索尔斯基在其著述中随时都在使用由他翻译成俄文的拜占庭杰出神学家们的表述，但首先，整体的含义无疑仅仅属于他本人，其次应当说，正如巴赫金所论证过的，即使是引文，在不同的语境中也会成为原则上已属另一种意义的表述。”[②] 实际上，这些话都出自尼尔·索尔斯基的修道院规章。尼尔的著作有一个习惯，当然，这也是那个时代大多数教会作家的习惯写法，就是不断引用早期教父的言论来佐证自己的观点，由此说明自己的观点不是凭空产生的。如上面的话，尼尔就是借西奈的格列高

① Преподобного отца нашего Нила Сорского предание ученикам своим о жительстве скитском. М., 1849, с. 46–49.

② *Кожинов, В. В.* Бахтин и его читатели. // Москва. 1993. № 7, с. 145–146.

利[①]、圣以撒[②]、圣西梅翁[③]之名来说的，但他又不是严格引用，而是把这些教父的话和他自己的表述混杂一处。上面是柯日诺夫摘引的部分语句，我们来看一下尼尔·索尔斯基这段话的整体意思：

圣以撒把祈祷称为种子，把比祈祷更高的状态比喻成把麦子弄成一捆一捆的过程。在这个过程中，一种非语言所能表达的景象令收割者感到惊奇：他所种的光秃秃的微粒怎么会一下子长成他正在收割的成熟的麦穗。圣者把以上所说的状态称为祈祷，是因为这种状态起因于祈祷，这种用语言表达不出来的恩赐是天主在圣者祈祷时赐给的。高德之人可以随自己的意愿让自己处于这种状态之中。这样他们可以使自己内心的劳作，使内心的思考变得更坚定。没有人确切地给这种状态命名。精神上的特殊作用使人的心灵能有以上描写的绝妙感觉后，人的心灵与上帝以不可思议的方式结合在一起。通过这种结合，人的心灵变得像上帝那样。这时候人的心灵为闪烁耀目的高光所照亮。人在自己脑海中能够感受到未来的无上幸福时，会忘掉自己，会忘却万物，会什么也不去想。

在另一处，叙利亚人圣以撒告诉我们说，祈祷时人的脑海中自动地出现（上天）不许讲述出来的非肉体存在才有的念头与感情。人心里突然出现极大的快乐，使人的嘴唇不再出声，因为人的嘴唇无法表达这种心中的至上快乐。人心里不断沸腾着一种甜蜜的感觉，使人不知不觉中忘却一切，抛弃一切，且会久久地、久久地停留在这种状态。人的全身开始感到至上的快乐，无比幸福。人不能用自己的语言表达这种状态。只要回忆起这种快乐和幸福，尘世上的一切立刻变为灰烬与秽土。人开始感到这种至上的快乐时，这种快乐在人的整个身体中发生奇效时，人立刻确信天国不是什么别的东西，而就是这种状态。

① 西奈的格列高利（约 1268—1346），东方教会静修主义的倡导者，因参加西奈山的隐修团而被称为西奈的格列高利，是阿索斯山静修传统的奠基人。

② 圣以撒（约 640—约 700），即叙利亚的（尼尼微的）以撒，东方教会神学家，曾任尼尼微主教，后入赖班沙布尔旷野隐修，著书立说，后失明。他是神秘神学的代表人物之一。

③ 圣西梅翁（一译圣西面，约 949—1022），拜占庭修士，提出人人皆可通过默祷达到天启的学说，故被称为“新神学家”。

在另一处，叙利亚人圣以撒还告诉我们说："祈祷时感到至上快乐的高德之人不仅置所有的欲望于不顾，他们连自己的生活都不去回忆，不去留恋，因为上帝赐的爱比人的生活更甜，而能够领悟（уразумение）产生爱的上帝，比蜜酒与蜂房中的蜜更甜。"但这种状态我们无法用语言表达出来，无法形容。新神学家西梅翁告诉我们说："谁的舌头能够表达？谁的头脑能够表述？哪一个词足以形容？这种状态非常厉害啊，真的厉害，它比人的语言更高妙。我坐在隐修室的床上，能看到世人看不到的光。在自己的心里，我能看到造主，我交谈，我喜爱，我不用吃饭，能见到上帝足以很好地解我的饥饿。与上帝结合在一起之后，可以超越天国的幸福。这一点我是确切地、真正地知道的。至于那时候我的身体在何处，我却不知道啊。"

圣以撒在谈到主时，对我们说："上帝是爱我的，祂以自身接纳我，张开双臂拥抱护佑我。祂在天上时，同时也在我的心中。无论天上，还是自己的心中，我都能够看到祂。"这位圣者接着又面对主的面容说："这一点说明我与天使是相等的，并使我胜过天使，因为天使看不到你本质（существо）的一面，天使不能接近你的天性（природа）的一面，而我却可以得见所有，而我的本质与你的天性交融（смешиваться）在一起。"描写这种情况时，圣徒说出下面的话："眼睛是看不见的，耳朵是听不见的，心里没有半点肉欲。"（参较《哥林多前书》2∶9[①]）。曾经处于这种状态的人不仅不愿意走出隐修室，相反，他连地下的坑穴都肯住。"在坑穴里，"他说，"当与俗世完全隔绝时，我便能看到主宰我的造主。"[②]

通过引述，我们可以更清楚地看到尼尔·索尔斯基的表述风格，以及

① 和合本圣经《新约·哥林多前书》2∶9："如经上所记：神为爱他的人所预备的，是眼睛未曾看见，耳朵未曾听见，人心也未曾想到的。"

② *Преподобный Нил Сорский* Устав и послания. (Составление, перевод, комментарии, вступ. статья *Г. М. Прохорова*.) М.: Институт русской цивилизации, 2011, с. 107–109. 尼尔·索尔斯基的著作都是用教会斯拉夫语写成的，本译文使用的是普罗霍罗夫教授的当代俄语译本，与柯日诺夫用的 19 世纪的译本在表述上略有差异。

在这些表述中所隐含的对话模式。我们来分析一下这种模式（而不是其神学价值观）。

首先，祈祷的过程是一个意识不断丰富的过程，也正是在这种意识的丰富过程中，人与上帝相融合。而这个过程是开放的，因为最后的“无我”，并非“我”的消解，而是“我”忘掉自我、“我”忘掉万物，而不是上帝忘掉“我”、万物消解“我”，即“我”始终是存在的，它即使停止思考，开始“忘掉”，但并不意味着对话状态结束，或者说，这个对话过程仍然存在着。

其次，是这种意识的存在形态，它不是借助于语言表达，而是一种心灵的快乐，是一种甜蜜的感觉。在这种状态中，我消失了，存在只剩下这种“天国”的状态。

第三，这种状态实际上是一种对话的状态，虽然没有通过“舌头”的语言，但我却在“交谈”（беседовать），在爱。而巴赫金也曾谈到这种“沉默”的对话，他说：“在寂静中没有东西发出声音（或者某种东西不发出声音）；在沉默中则没有人说话（或某人不说话）。沉默只是在人类世界上（也只是对人来说）才可能有。诚然，寂静也好，沉默也好，全是相对的。……沉默——有涵义的声音（话语）——停顿，构成一个特殊的语境（логосфера），一个统一而连贯的结构，一个开放的（无完结的）整体。”[①] 在巴赫金看来，无论是“寂静”（тишина），还是“沉默”（молчание），并不是对话的终止状态，而是要么存在某种事件性状态而没有声音发出，要么存在对话中的人而不说出话来。但之所以说这是相对的，就是指与发出声音的对话相对而言，不发出声音只不过是对话的一种特殊形态而已，也就是巴赫金说的特殊的“логосфера”（逻辑环境、表述环境），在这种

① ［俄］巴赫金：《1970—1971年笔记》，晓河译，《巴赫金全集》第四卷，河北教育出版社2009年版，第446页。译文据原文做了调整。最后一句的上述中文版译文为：“沉默是一个有涵义的声音（话语）停顿构成一个特殊的语境，一个统一而连贯的结构，一个开放的（无完结的）整体。”但原文如下：“Молчание—осмысленный звук (слово)—пауза составляют особую логосферу, единую и непрерывную структуру, открытую (незавершенную) целостность.”其中“沉默”“有涵义的声音（话语）”“停顿”三个词是并列的，也就是说，巴赫金是把这些元素视为既有区分又有共性的一个整体。参见*Бахтин М. М.* Рабочие записи 60-х – начала 70-х годов. // Собрание сочинений в 7 томах. Т. 6. М.: Русские словари; Языки славянской культуры, 2002, с. 390–391.

环境中，交流仍在发生，不过是不发出声音而已。我们认为，这实际就是尼尔·索尔斯基所说的“意念斗争”。因此，不用“舌头”的语言仍然可以构成“交谈”。此外，我们注意到，原文故意省略了交谈和爱的宾语，因此，从结构上讲是避免了造成“主—客”关系的效果；而且即使是在价值观的层面上来看，这里的表述也极为令人震撼，因为“我与天使是相等的，并使我胜过天使”，因为天使无法看到上帝的本质和本性，而我却能把我的本质与上帝的本性交融在一起。因此，这就形成了一种平等的对话结构。

我们说，正是在这个方法论的层面上，在叙事结构的层面上，巴赫金与尼尔·索尔斯基达成了一致。我们来看巴赫金在《1961年笔记》中谈到陀思妥耶夫斯基作为艺术家的创造时所表述的原则。

巴赫金认为，陀思妥耶夫斯基在其创作的叙事形态上有三个发现：

第一个发现是，人物形象成为一种全新的“结构”，在这个结构中包含了人物的意识和“他人”意识。从现实的框架来看，叙事是完结的，但从意识发展的角度看，它并没有随着“现实生活”框架的完成而完成，也就是说，它没有被整合到作者的意识的独白性构架之中，“作者像普罗米修斯一样，创造着（确切说是‘再造’）独立于自身之外的有生命的东西，他与这些再造的东西处于平等的地位。作者无力完成它们，因为他揭示了是什么使个人区别于一切非个人的东西。对于这一个人，存在是无能为力的”[①]。柯日诺夫在他的上述文章中提到，“当然，‘直接地’、逐字逐句地比较尼尔·索尔斯基的精神遗产（духовное наследие）和巴赫金的思想是不可能的，因为他们首先差着几乎五百年，除此之外，圣者整体的行为有着另外的本质和另外的意义。但是，依旧有一条明确的线索从尼尔的同上帝的‘交谈’通往陀思妥耶夫斯基、通往巴赫金的对话思想。并且，在将要建立（而在这个问题上有迫切的必要性）一种**对话思想**的历史作为俄罗斯文化存在的**基础**的时候，变得更加清楚的是，完全没有任何的理由断言西方似乎比俄罗斯对这个思想准备得更多”[②]。“逐字逐句地比较”当然是无法

---

① ［俄］巴赫金：《1961年笔记》，晓河译，《巴赫金全集》第四卷，河北教育出版社2009年版，第335页。

② *Кожинов, В. В.* Бахтин и его читатели. // Москва. 1993. № 7, с. 146.

做到的，问题是，柯日诺夫始终没有阐明这种比较到底应当在什么样的层面上来进行，他一直强调“对话思想”（диалогическая идея）。如果我们把“思想”定位在价值观的层面上，那么这种说法就是错误的；因为，一种作为价值观的“思想”的传统一定是封闭的，而只有将这些诸多对立的思想放在一个平等交锋的平台上，让它们建立起一个对话的结构来的时候，才构成了巴赫金对话精神的传统。也就是说，只有在整体历史所形成的对话结构层面上，巴赫金才是这种传统的继承者。这也就是我们说的方法论意义上的关联。因此，尽管尼尔·索尔斯基在描述人与上帝的交流时，一定是相信人最终会进入上帝，也就是被他所“交谈”的对象加以同化；但是，在叙事的结构上，尼尔·索尔斯基并没有将其做成封闭形态，而是让人在主动“忘掉”的状态中结束，从而使其保持开放的姿态。实际上，这也就是巴赫金所说的，存在并没有将人终结，当人具备了充分的主动性的时候，存在是无能为力的。

巴赫金认为，陀思妥耶夫斯基的第二个发现是：“**描绘**（确切地说是‘再造’）**自我发展**的思想（与个人不可分割的思想）。思想成为艺术描绘的对象，不是从体系（哲学体系、科学体系）框架内，而是从人的**事件**方面呈现出来。”其俄文表述如下：“изображение (точнее, воссоздание) саморазвивающейся идеи (не отделимой от личности). Идея становится предметом художественного изображения, раскрывается не в плане системы (философской, научной), а в плане человеческого события.”[①]之所以标出俄文，是因为有些概念在中文里会产生歧义。如“идея”这个概念，在中文译本里译为“思想”，会引起误读，因为思想一定伴随一种理性生产过程，而这里的“思想”指的是摆脱了人的主观理性创造对象地位的事物，它之成为艺术描绘的对象，是指当思想脱离了某个价值主体的控制之后，便成为对话的主体而进入到人与人之间的交互回应的“事件”之中。在这种状态之下，作为产生思想和控制思想的人消解了，人与思想融

① *Бахтин М. М.* 1961 год. Заметки. // Собрание сочинений в 7 томах. Т. 5. М.: Русские словари; Языки славянской культуры, 1997, с. 340-341. 中文译文参见［俄］巴赫金：《1961年笔记》，晓河译，《巴赫金全集》第四卷，河北教育出版社2009年版，第335—336页。

合在整体的话语中，于是，一个巴赫金的理想存在便生成了。他在解释人的行为参与的时候说："我们能信心十足地实现行为，是在我们的行为不是发自自我的时候，而好像受制于这一或那一文化领域内涵所要求的内在必然性；这里由前提到结论，一路上都是圣洁无邪地顺利，因为这路上没有我本人。"[①] 我们说，这与尼尔·索尔斯基所描述的当人进入到那种无可言说的"甜蜜感觉"之中的状态是恰相对应的。在尼尔的描述中，当人进入祈祷的某种境界中时，人的脑海中会出现"非肉体存在"（существа бесплотных）才有的念头和感情。这个所谓的非肉体存在，是指这些念头或感觉是属于摆脱了作为控制者的人的某种存在物，它一旦摆脱了人的肉体，人便不能用语言来表述这种状态，或者说，这种独立于人的肉体的感觉状态，就成为"自我发展"的存在，而它在结构上也就相当于巴赫金的"思想"（идея）。巴赫金说这种东西不是从"体系框架"内产生的，就是指它不是在一个理性思辨的、由人以主体的姿态所创造的东西，而是处于活的事件中的对话者。

巴赫金所说的陀思妥耶夫斯基的第三个发现是："在地位平等、价值相当的不同意识之间，对话性（диалогичность）是它们相互作用的一种特殊形式。"[②] 这里巴赫金强调的是不同意识的平等，这也是巴赫金思想的核心要旨。巴赫金这个笔记本来是个提纲式的东西，所以很多内容并没有展开，但总的立场是否定独白，肯定平等对话。如前所述，巴赫金的对话理念主要是建立在对陀思妥耶夫斯基作品的分析之上的，他在《陀思妥耶夫斯基诗学问题》中对作为反证的托尔斯泰做了若干解读。比如他对托尔斯泰的《三死》做了较为细致的文本解读，他认为，虽然作家写了三种死亡，但彼此间却都是封闭的，因为它们都属于同一个价值立场，只是为了说明同一种立场的三个佐证材料，因此它们缺失了内在的联系，不是"不同意

---

① ［俄］巴赫金：《论行为哲学》，贾泽林译，《巴赫金全集》第一卷，河北教育出版社 2009 年版，第 23 页。

② ［俄］巴赫金：《1961 年笔记》，晓河译，《巴赫金全集》第四卷，河北教育出版社 2009 年版，第 336 页。原文参见 *Бахтин М. М.* 1961 год. Заметки. // Собрание сочинений в 7 томах. Т. 5. М.: Русские словари; Языки славянской культуры, 1997, с. 341.

识”之间的关系，当然也就无从谈起平等的不同意识的对话。[①] 此外，在他的其他作品，包括短篇作品中，如早期的《塞瓦斯托波尔故事》、后期的《伊万·伊利伊奇之死》，以及长篇小说《战争与和平》《复活》等，都存在同样的表述类型，即把作品中人物的思想都纳入作者的视野和表述之中。因此，巴赫金称：“托尔斯泰的世界是浑然一体的独白型世界，主人公的议论被嵌入作者描绘他的语言的牢固框架内。连主人公的最终见解，也是以他人（即作者）的议论作为外壳表现出来的；主人公的自我意识，仅仅是他那确定形象的一个因素，而且实质上是受这个确定形象预先决定了的。……在托尔斯泰的创作中，主人公的自我意识和议论，不会成为塑造主人公形象的主导因素，尽管从主题来看它们十分重要。在托尔斯泰的世界中，不出现第二个同等重要的声音；因此也就没有多声部性组合的问题，没有用特殊方法处理作者观点的问题。托尔斯泰独白式的直率观点和他的议论到处渗透，深入到世界和心灵的各个角落，将一切都统辖于他自己的统一体之中。”[②] 在同一部著作中，巴赫金也提到了屠格涅夫，但是在书中，他并没有对其做具体分析。他提到了小说《烟》中的人物波图金，认为这个人物虽然会代表作者发声，但是却与主人公的个性特点不相融合[③]；而短篇小说《安德烈·科洛索夫》中同样只有一个声音，代表作者直接表达其创作意图[④]；他还提到了《幻影》《够了》等。但却并没有对屠格涅夫的代表性作品与陀思妥耶夫斯基的进行对比解读。而在《1961年笔记》中，他特意提到了巴扎罗夫和基尔沙诺夫的争论，并指出，这种争论如果抛开“内容”（即对立的观点）来说，在“结构”上没有任何创新之处，“他们的对话采取的是旧有的单一层次的形式”，而陀思妥耶夫斯基则不同，他“打破了描绘世界的旧的单一艺术层面。描绘第一次具有了多维的性质”[⑤]。巴赫

① ［俄］巴赫金：《陀思妥耶夫斯基诗学问题》，白春仁、顾亚铃译，三联书店1988年版，第111页。

② 同上书，第94页。

③ 同上书，第127—128页。

④ 同上书，第263页。

⑤ ［俄］巴赫金：《1961年笔记》，晓河译，《巴赫金全集》第四卷，河北教育出版社2009年版，第336页。

金在这里提到了独白的形态结构，即“否认不同意识在真理（指对真理的抽象理解、理论体系上的理解）问题上的平等权利。上帝可以不靠人，但人离不了上帝。老师和学生（苏格拉底的对话）”[①]。在这种独白形结构中，“上帝”与“老师”成为两种代表性符号：如果从价值观的强弱角度来看，显然，上帝是绝对的存在、先验的存在，人则是被造物；老师是教诲者，学生是被教诲者。但是，巴赫金要说的不是对话的“内容”，不是对话中各方价值观的正确与否，而是对话的“姿态”，对话的结构。也就是说，作为被造者的人也好，作为被教诲的学生也好，在对话形态上，我们应当看到他们所采取的态度如何，即无论从内容（价值观）层面上他们的客体地位如何，从形式（结构）层面上他们应当与上帝或老师表现出同样的积极性，即使他们并不发出声音，但是这并不意味着他们没有表现出相应的“回应性”（ответственность）。同样的道理，在内容上作为创造者和施教者的上帝与老师无疑是占据主导地位的，但从形式上，他们也应当同样表现出相应的积极性，这种积极性不是面对死的东西、面对作为材料的客体的积极性，而是面对活生生的、具有充分发声权利的他者主体的积极性。这也就是巴赫金所说的：“这是提问、激发、应答、赞同、反对等等的主动性，即对话的主动性。这里的主动程度，并不逊于完成的、物化的、解释因果的、用非情理性的理由来取消、压倒他人声音的主动性。陀思妥耶夫斯基常常打断他人声音，但从不去扼杀它，从不以自己的意志，即从自己这个他人意识出发来结束他人的声音。不妨说这是上帝对待人的那种主动性，人仍然能够自己彻底展现自己（在内在的发展中），自己谴责自己，自己否定自己。这是一种更高水平上的主动性。它所克服的，不是死材料的抵抗，而是他人意识、他人道理的对抗。”[②] 在具体的作品中，就是指作者与主人公不论谁在说话，都表现出各自相应的积极性。巴赫金在这里又举出屠格涅夫与巴扎罗夫的关系作为反证，认为他们的所谓对话只是“戏剧性表演”，并没有对平等对话结构的形成发生

① ［俄］巴赫金：《1961 年笔记》，晓河译，《巴赫金全集》第四卷，河北教育出版社 2009 年版，第 337 页。

② 同上。

作用。[①]

因此，对话的平等是巴赫金追求的终极价值，这也是他的对话哲学在方法论意义上的最大创建。这种形式上的平等性，或者巴赫金自己所说的“对话性”（диалогичность），我们在尼尔·索尔斯基的表述中可以看到结构上的某种对应。从内容所含有的价值观上来说，上帝无疑高于人，所以是他“接纳”（принимать）我，是他“护佑”（сокрывать）我。但是，我们需要注意的是：在这个话语结构中，“上帝”一方面是对话的一方，因为在我的“默祷”中，我以我的积极性消解了对方的主动性，而我的“受体性”（рецептивный характер）和被动性便转化为平等对话中的“对话性”；另一方面，上帝在将我接纳进他的“自身”（в Себе）时，上帝便成为了一种“语境”或“涵义”因素（这一点可以参见本书第三章关于“聚合性”的论述），因为是他把“我”融入到一个整体之中去，所以这时他便退出了对话主体的位置，成为背景性“涵义”的元素，或者说，成为对话中“为什么”对话的“议题”。归根结底，对话作为人的生存本质，它的目的是什么？说到底还是为建构一个更为和谐的对话形态，也就是说，它在本体论意义上存在着一个终极目标，但这个目标又在方法论意义的层面上表现为平等对话。或者说，因为有了一个本体论意义上的“涵义”，所以才会有方法论意义上的对话。如前所述，人之所以能够充满信心地进入行为，是因为受制于某种“文化领域内涵所要求的内在必然性”，但在现代哲学（理性主义哲学）的框架内，这种东西是没有的，所以巴赫金说：“我这个思考过程，内在圣洁纯净的过程，应该摆到哪里去呢？归到意识的心理学？也许应归之于相应学科的发展史？归到我的已逐项支付的支出预算？

① 巴赫金在俄国文学史讲座中也谈到了这一点：“我们注意到了在巴扎罗夫形象里的某种新东西：想要塑造俄国的英萨罗夫。这是一个强有力的人物，他身上有俄国式的完好无缺的力量。然而，作者如果在主人公身上看到了力量并想把他英雄化，那么他对这种主人公是无力驾驭的。面对巴扎罗夫，所有人都甘拜下风；屠格涅夫本人也甘拜下风，迎合他，想讨好他，但与此同时，却又憎恨他。列夫·瓦西里耶维奇·篷皮扬斯基在其研究陀思妥耶夫斯基的小册子里谈到，有一些作品，其作者并不能控制自己的主人公，因为主人公是自我行动的。原因在于作者赋予主人公的思想开始合乎逻辑地发展，作者就变成思想的奴隶。巴扎罗夫身上也发生了同样的情况。他过着自己的生活而不知道作者的存在。屠格涅夫一旦把他放入尴尬的境地，那后者，即巴扎罗夫，就沿着自己的道路一如既往地走下去。那个时候，作者非常乏味地把他给整死了。那个著名的结尾听起来很荒谬。”［俄］巴赫金：《俄国文学史讲座笔记》，万海松译，《巴赫金全集》第七卷，河北教育出版社2009年版，第12—13页。

或许应归入我每日的时间表，就像从5点到6点的课程？要么归入我的学术职责？所有这些可能的理解和方面，本身就像在某种真空里游荡，没有任何落脚生根之处，既不在统一空间之中，也不在唯一空间之中。而现代哲学没有为这种沟通提供原则，这正是它的危机所在。行为被分裂成两半，一半是客观性的涵义内容，一半是主观性的进行过程。”[①] 实际上，在巴赫金的哲学之中，这个问题得到了解决，这便是把“涵义内容”与“主观性的进行过程”结合起来，而这种结合的源起，如果我们认真体味尼尔·索尔斯基的神学表述，就可以找到二者之间的内在联系。正如美国学者加德纳·克林顿所说的：“今天，回顾从前，我们就会看到，在俄罗斯19世纪的哲学家那里，那种对精神和话语的完全抽象和唯心主义的理解，在巴赫金这里却获得了充分的具体性。”[②]

---

① ［俄］巴赫金：《论行为哲学》，贾泽林译，《巴赫金全集》第一卷，河北教育出版社2009年版，第23页。

② *Клинтон, Гарднер* Между Востоком и Западом: возрождение даров русской души. [Пер. с англ. Предисл. *В. В. Малявина*] М.: Наука, Издательская фирма «Восточная литература», 1993, с. 20.

第九章
巴赫金与俄罗斯传统中的狂欢式文本

巴赫金的狂欢化理论，从他的整体论述来看，是从整个欧洲的狂欢节仪式上获得的启发。而另一个重要的启发就是拉伯雷的小说《巨人传》。他只是在完成了这部著作之后所写的一个补充修订计划中才提到了俄罗斯本土的一些内容，如彼得大帝时代的狂欢性质："彼得大帝广泛培植了愚人节形式，愚人节的脱冕和诙谐地加冕直接闯入了国家生活（滑稽的和严肃的知识与权势几乎完全融为一体），而且又产生了新的事物并渗透到生活之中，先是在滑稽的服饰方面，后来欧洲的军事组织和技术也以如此滑稽的形式引了进来（这不仅是儿童的打仗游戏，而且其中也有对旧的国家军队的对抗和脱冕因素，还有狂欢节的治外法权因素，类似禁卫军那样）。在其后的改革进程中，一系列上述的因素与笑谑滑稽及脱冕因素交织在一起（剃胡须、改穿欧式衣服、文雅风度等等）（家庭小丑和傻瓜等俄国日常生活的形式也被采用）。各种关系的亲昵化，年轻人压迫老人。旧世界和旧法制的代表把改革理解为神的毁灭，滑稽可笑的欧洲世界法制的毁灭。世界末日论的抬头（思想的每一变化都要伴随而来世界末日论，而当世界末日论'繁荣的'所有时代，民间诙谐形式作为一种反应会同时得到加强）。伊凡雷帝与土地等级色彩的斗争，使疆土非个人化和亲昵化（以便土地能成为国土）。"[①] 但是，最终巴赫金也没有把这些计划付诸实现，我们不知道他会怎样来谈彼得大帝那个时代的"愚人节"，也不知道他将怎样分析"家庭

① ［俄］巴赫金:《弗朗索瓦·拉伯雷的创作与中世纪和文艺复兴时期的民间文化》附录·《拉伯雷》的补充与修改，夏忠宪译，《巴赫金全集》第六卷，河北教育出版社 2009 年版，第 581—582 页。

小丑和傻瓜”这样的俄国元素。而在他的所有著述中，他虽然也会顺便提到有关俄罗斯本土的文化因素，却总是语焉不详。他在谈到陀思妥耶夫斯基作品中狂欢式人物原型的时候，提到了如下一些形象：“陀思妥耶夫斯基主人公的类型（文学的及整体美学的）。莫罗索夫（明智的狂者）。苏格拉底、第欧根尼、伊壁鸠鲁、马尔科里福、欧伊伦施皮尔、堂吉诃德、痴儿西木等。”[①] 我们看，这里面的莫罗索夫是拉伯雷的小说《巨人传》中的人物[②]，苏格拉底、第欧根尼、伊壁鸠鲁是古希腊哲学家，马尔科里福是西欧中世纪传说中的人物，欧伊伦施皮尔和痴儿西木是德国文学中的人物，堂吉诃德则是西班牙的文学人物，这其中竟没有一个是俄罗斯的人物。这也是令人费解的现象，因为巴赫金完全可以把俄罗斯民间文化中类似的民间人物，如傻子伊万以及大量的圣愚式人物列进去，但是却没有。他在论述果戈理小说的“笑谑”特征时，对其小说文本中的笑谑描写做了详细的分析，最后得出结论：“果戈理的笑谑问题，只有在研究民间笑文化的基础上才能正确地提出和解决。”[③] 但实际上，在这篇文章里只是谈到果戈理在作品里写到了乌克兰的民间节日，而巴赫金本人却没有对俄罗斯历史上的狂欢节传统做任何分析。因此，巴赫金在谈论狂欢化机制的时候精彩纷呈，但涉及这种机制的产生渊源的时候则存在重大缺陷。而西方学者也有大量涉及巴赫金狂欢化思想形成的研究著述，但没有人认真研究俄罗斯本土的狂欢化传统，尤其是其具体的文本化形态，即包括民间文化及本土宗教因素等。[④]

利哈乔夫后来从事过对古罗斯“笑文化”的研究，其中也提到巴赫金

---

① *Бахтин М. М.* Заметки 1962–1963. // Собрание сочинений в 7 томах. Т. 5. М.: Русские словари; Языки славянской культуры, 2009, с. 377. 中文译本参见［俄］巴赫金：《1962—1963 年笔记》，潘月琴译，《巴赫金全集》第四卷，河北教育出版社 2009 年版，第 383 页。但中文译名有误。

② 莫罗索夫（Морософ）为希腊语词，意为“愚蠢的智者”（глупомудрый），《巨人传》中文译本译为“明智的狂者特里布莱”。参见拉伯雷：《巨人传》下，成钰亭译，上海译文出版社 1984 年版，第 621 页。

③ ［俄］巴赫金：《拉伯雷与果戈理——论语言艺术与民间的笑文化》，白春仁译，《巴赫金全集》第四卷，河北教育出版社 2009 年版，第 15 页。

④ 如有学者把巴赫金的狂欢思想与马堡学派的卡西尔的救世思想相联系，见 Pooie, Brian *Bakhtin and Cassirer: The Philosophical Origins of Bakhtin's Carnival Messianism*. The South Atlantic Quarterly, Vol. 97, 1998, No. 3/4. 而查尔斯·洛克的文章则从“道成肉身”的机制来谈这个问题，仍然回避了俄罗斯本土的文本研究，见 Lock, Charles *Carnival and incarnation: Bakhtin and orthodox theology*. Literature and Theology, Vol. 5, No. 1 (March 1991), Published by: Oxford University Press, pp. 68–82.

的理论建树，但同时也指出他对古罗斯文化的忽略："古罗斯笑的世界还没有人研究过。没有人尝试去确定其特性——民族的特性和时代的特性。在时代特性方面，古罗斯的笑属于中世纪的笑的类型。的确，对这种中世纪的笑的精彩分析只针对西欧文本的表现，而没有任何审视古罗斯的尝试。——这就是在米·巴赫金的非凡的、令人振奋的书《弗朗索瓦·拉伯雷的创作与中世纪和文艺复兴时期的民间文化》中的情形。"[①]什克洛夫斯基在读了巴赫金的有关拉伯雷的书之后，写了一篇长篇文章《弗朗索瓦·拉伯雷与巴赫金的书》，其中也注意到了这个问题，他提到："米·巴赫金本人在有关拉伯雷的书中所谈到的内容有趣而重大。他将其与所有其他的文学区分开来，揭示了它与狂欢节、民间戏仿体的联系，但是，在我看来，他并没有准确地揭示这种戏仿到底是针对谁的。狂欢节是一个所有人都能获得小丑和傻瓜的讲真话权力的地方。狂欢节上讲的话仿佛并没有什么意义，仿佛并没有让人难堪的地方。但拉伯雷的狂欢却是有针对性的、让人难堪的戏仿化的：他戏仿的不是发生在法国那个时期的个别现象，他戏仿的是教会、法庭、战争和部分人压迫另一部分人的虚伪的权力。米·巴赫金把拉伯雷的描写手法、其笔下人物的言行及导向对话的手段都与狂欢节联系起来，并将其命名为狂欢化。但是，狂欢节就其自身而言，如巴赫金自己所提到的，并不是无伤大雅的；它意味着回归黄金时代，回归没有压迫的生活，它是一种闹剧。拉伯雷并没有重复民间狂欢节的场景，而是通过重建民间文化最早对统治型文化加以抨击的尖刻性，将其重新定位。这就是米·巴赫金这部就其结构而言充满灵感的书中存在的问题。"[②]什克洛夫斯基的这篇长文实际上并不是一部严肃的学术论著，而是他所习惯的散文式叙述；因此，他在提出上述问题之后，并没有就这一问题继续做出基于自己立场的研究。但他提出的问题也说明了巴赫金所理解的拉伯雷，或许起码并不是什克洛夫斯基所理解的拉伯雷。这也就是说，巴赫金是在根据自己所设定的狂欢化概念来解释拉伯雷的《巨人传》，或者是在利用《巨人传》来诠释自己的狂欢化理论。

---

① *Лихачев Д. С.* Смех в древней Руси. // Избранные работы в трех томах. Т. 2. Л: Художественная литература, 1987, с. 344.

② *Шкловский В. Б.* Франсуа Рабле и книга М. Бахтина. // Избранное. В 2-х томах. Т. 2. М.: Художественная литература, 1983, с. 216.

那么，从我们的研究角度来看，巴赫金的狂欢化理论在俄罗斯本民族文化的框架之内存在哪些可以追寻的根源性因素呢？我想同样是存在于两个方面：一是俄罗斯本土的文化文本，如民间节庆、圣愚现象等；二是俄罗斯本民族的民间文学及宗教文献文本。

第一节 狂欢化与俄罗斯民间节庆

一

巴赫金是根据民间狂欢节来推导文学的狂欢化叙事形态的，他先是在论述拉伯雷与中世纪民间文化的书中对狂欢节的机制做了完整的描述，后来在《陀思妥耶夫斯基诗学问题》中进一步阐述了狂欢节与文学中的狂欢化叙事形态之间的联系。

> 狂欢节（карнавал）（再重复一遍，是指所有狂欢节式的庆贺活动的总和）本身当然不是一个文学现象。这是仪式性的混合的游艺形式。这个形式非常复杂多样，虽说有共同的狂欢节的基础，却随着时代、民族和庆典的不同而呈现不同的变形和色彩。狂欢节上形成了整整一套表示象征意义的具体感性形式的语言，从大型复杂的群众性戏剧到个别的狂欢节表演。这一语言分别地，可以说是分解地（任何语言都如此）表现了统一的（但复杂的）狂欢节世界观，这一世界观渗透了狂欢节的所有形式。这个语言无法充分地、准确地译成文字的语言，更不用说译成抽象概念的语言。不过它可以在一定程度上转化为同它相近的（也具有具体感性的性质）艺术形象的语言，也就是说转为文学的语言。这种由狂欢节向文学语言的移位（транспонировка），就是我们所谓的狂欢化（карнавализация）。①

① ［俄］巴赫金：《陀思妥耶夫斯基诗学问题》，白春仁、顾亚铃译，三联书店 1988 年版，第 157—158 页。译文据原文做了修改。这里中文译者把“карнавал”译为“狂欢式”，这个译法容易让读者误以为巴赫金用这个词指的是一种模式，其实这里指的还是“狂欢节”，不过它不仅是一个节日的称呼，而是指所有具有类似性质的节庆。原文参见 *Бахтин М. М.* Проблемы поэтики Достоевского. // Собрание сочинений в 7 томах. Т. 6. М.: Русские словари; Языки славянской культуры, 2002, с. 137–138.

实际上，在狂欢节向狂欢化移位的过程中，需要对狂欢节进行模式归纳，然后再看这种狂欢节的模式如何移位到文学的表达形式。在巴赫金的论述中，这种狂欢节的模式由若干功能项组成，如作为人的“第二种生活”。

巴赫金最早是在《弗朗索瓦·拉伯雷的创作与中世纪和文艺复兴时期的民间文化》一书中提出“第二种生活”的概念的。他在谈到欧洲民间的笑文化（смеховая культура）的时候，提出其中有三种基本形式——仪式-演出等节庆活动、谐谑的语言作品、日常语言中的“广场言语”（площадная речь），“所有这些以诙谐因素组成的仪式-演出形式，与严肃的官方的（教会和封建国家的）祭祀形式和庆典有着非常明显的，可以说是原则上的区别。它们显示的完全是另一种，强调非官方、非教会、非国家地看待世界、人与人的关系的观点；它们似乎在整个官方世界的彼岸建立了第二个世界和第二种生活……”[①]。在这个第二种生活中，普通民众既是观众，又是演员，或者说，他们既是参与者，又是观察者，日常身份消解，而全部进入一种游戏状态。因此，这种状态不是日常生活，而是一种“脱离了常轨的生活”，是一种“翻转的生活”（жизнь наизнанку），是一个“背向的世界”（мир наоборот）[②]。这样的狂欢节生活形态与艺术作品中所展现的生活形态达成了同构效应。文学艺术就其自身而言同样是对现实生活的否定，是对日常生活的理想化塑造。如阿多诺所说的：“正由于艺术作品脱离了经验现实，从而能够成为高级的存在，并可依自身的需要来调整其总体与部分之间的关系。艺术作品是经验生活的余象（after-images）或复制品，因为它们向后者提供其在外部世界中得不到的东西。”[③] 因此，我们可以说，狂欢节和艺术作品在塑造理想生活形态、消解日常生活苦闷的功能上是同一的。按照巴赫金的逻辑说，是狂欢节的这种功能模式通过“移位”的方式进入了艺术作品。

---

① ［俄］巴赫金：《弗朗索瓦·拉伯雷的创作与中世纪和文艺复兴时期的民间文化》导言，夏忠宪译，《巴赫金全集》第六卷，河北教育出版社 2009 年版，第 6 页。原文参见 *Бахтин М. М.* Творчество Франсуа Рабле и народная культура средневековья и Ренессанса. // Собрание сочинений в 7 томах. Т. 4 (II). М.: Русские словари; Языки славянской культуры, 2010, с. 13.

② *Бахтин М. М.* Проблемы поэтики Достоевского. // Собрание сочинений в 7 томах. Т. 6. М.: Русские словари; Языки славянской культуры, 2002, с. 138.

③ ［德］阿多诺：《美学理论》，王柯平译，四川人民出版社 1998 年版，第 7 页。

二

狂欢节的另一个功能便是对权威的解构，因为在日常秩序中，人都是生活在严格的等级关系之中，人都是按照社会为其所规定的身份而存在，这种身份的固定化会导致人在长期的日常状态下变得失去感受力、失去意义感。因而，通过狂欢节的形式，在周期性的狂欢活动中，人们把代表日常秩序的权威解除掉，而让自己在这种秩序的压制下变得麻木的灵魂觉醒，从卑下的地位中上升，从而实现了这个“背向的世界”。这也就是权威被“脱冕”（развенчание），而底层的奴隶被“加冕”（увенчание）。其实在整个笑文化的文本中都存在这种解构的功能，如巴赫金说的：“滑稽的（笑谑的）描绘方面，无论在时间方面还是空间方面都是一种特殊的描写角度。记忆的作用在这里微乎其微。在滑稽的世界中，记忆和传说是无事可做的。人们嘲笑是为了忘记。这是尽可能亲昵和粗鲁地进行交往的领域：笑—骂—打。这基本上就是脱冕，亦即把事物从遥远的前景中移近，消除史诗的距离，总的说来就是攻击和破坏遥远的前景。从这个角度（笑谑的角度）看，对事物可以毫不客气地周身打量。不仅如此，它的后背、臀部（以及不供人看的内脏）在这个角度中有了特殊的意义。可以把这东西打破，使它裸露（扒去等级装束），这样一来光着身子的对象就显得好笑了，脱下人体的‘空心’衣裳也显得好笑了。这就是滑稽的分解手法。”[①] 在巴赫金这里，小说是一种天然的杂语文本，它与天然的独白文本史诗相对。在史诗中，一切都按照作者的宰制性话语来安排人物的命运，也就是说，在史诗中存在的是一个由道德权威操控的世界，在这个世界中，主人公都是经过作者根据自己的“认识伦理的裁断”（познавательно-этическое определение）而成为完成性的。[②] 所以，狂欢文本就是要把这种史诗性加以消解，以亲昵、粗鄙的手段将任何权威性话语给以“脱冕”，而狂欢者则在这个过程中“自我加冕”（самоувенчание）。在巴赫金看来，狂欢节上的种种变体都可以归入这个加冕脱冕的程式，如换装礼仪意味着地位甚至

① ［俄］巴赫金：《史诗与长篇小说》，白春仁译，《巴赫金全集》第三卷，河北教育出版社 2009 年版，第 518—519 页。

② *Бахтин М. М.* Автор и герой в эстетической деятельности. // Собрание сочинений в 7 томах. Т. 1. М.: Русские словари; Языки славянской культуры, 2003, с. 80-81.

命运的改变，玩笑式的愚弄、争吵等，同样是对对方权威性的消解。“所有这些礼仪形式，同样移植到了文学中，使相应的情节和情节中的场景，获得了深刻的象征意义和两重性，或是赋予它们令人发笑的相对性，使之具有狂欢节的轻松感，使之迅速地实现新旧交替。”①

三

狂欢节的另外一个重要功能是，它代表着新生、复活。在一个生命周期之中，生命的大多数时间处于规律性生长阶段，这种规律性意味着无可避免地死去，因此，当死寂状态趋于极点的时候，狂欢发生了：在死寂的过程中无法复活的归于死亡，在死亡之中孕育了新的生命来替代已经死去的，而在日常生活中已经死去的，在这个狂欢的节庆之中复活。这就是巴赫金所说的，“死亡与新生命的诞生相邻，同时又与笑相连接”②。所以，“笑”是死亡和新生的“面具”。③

巴赫金认为，在欧洲有着悠久的狂欢节传统，最早在希腊就存在酒神节，到了罗马帝国时期出现了狂欢节的古典形式，后来则在法国、德国出现，并形成了一种民间文化的传统。但是，俄国并没有像其他欧洲国家那样形成其狂欢节的传统，他认为，这个过程“完全没有发生”，无论是全国性的，还是地方性的，虽然有谢肉节、圣诞节、复活节以及各种集市活动等等，但作为一种狂欢活动却没有形成类似于西欧狂欢节的主导形式。当年彼得大帝曾试图将后期西欧传统形式的“愚人节”（选举“全民戏谑的教皇”等）、四月一日狂欢节丑角等等嫁接到俄国，但这些形式仍然未能扎下根，并借此形成一种文化传统。④但实际上，如果我们对俄罗斯本土的节庆做一个考察就可以发现，可能俄国的节庆活动不像拉伯雷在《巨人传》中

---

① ［俄］巴赫金：《陀思妥耶夫斯基诗学问题》，白春仁、顾亚铃译，三联书店 1988 年版，第 179 页。

② ［俄］巴赫金：《长篇小说的时间形式和时空体形式》，白春仁译，《巴赫金全集》第三卷，河北教育出版社 2009 年版，第 388 页。

③ 不过，巴赫金是通过对阿里斯托芬的喜剧来说明这一点的。参见［俄］巴赫金：《长篇小说的时间形式和时空体形式》，白春仁译，《巴赫金全集》第三卷，河北教育出版社 2009 年版，第 411 页。

④ ［俄］巴赫金：《弗朗索瓦·拉伯雷与欧洲中世纪及文艺复兴时期的民间文化》第三章，刘虎译，《巴赫金全集》第六卷，河北教育出版社 2009 年版，第 246—247 页。

描述的那样丰富、热烈，但同样能够体现出上述狂欢节功能的特征。

在俄国民间节日中“送冬节”或许是影响力最大的节日了。这个节日具有悠久的历史，是土著东斯拉夫人的古老节日，最早本来是为送走冬天、迎接春天而举行的节日，所以叫“送冬节”（Праздник проводы зимы），带有早期民间节日的狂欢色彩。到了10世纪，当基辅罗斯确立基督教为国教之后，本来要对原来的多神教节日加以禁止，但由于送冬节的影响太大，无法禁绝，所以教会便将其改造为基督教的谢肉节（Масленица），设在大斋（Великий пост）前的一周，所以也称小斋或“奶酪周”（Сырная седмица），因为在这个节日期间可以吃奶酪等乳制品。[①]

实际上，名为小斋，仅仅是不食肉而已，但是可以吃鱼、蛋等食品，而伴随着送冬节的是吃薄饼。在俄国有一个俗语：“Блины—солнцу родственники”（薄饼是太阳的亲戚），意思是吃薄饼是为了送走冬天、送走严寒、迎接春天的到来。过节七天内所煎的薄饼越多，人将越富有、越走运；相反，薄饼煎得少会导致没落甚至破产。因此有俗语称：“Хоть с себя все заложить, а Масленицу проводить”（哪怕典当家产，也要过好送冬节）。当然，人们也有另一种说法，把送冬节称为“разорительница”（败家子），因为过这个节需要花很多的钱。[②]而另一个俗语则是：“Масленица без блинов, как именины без пирогов”（送冬节不吃薄饼，就像命名日没有馅儿饼）。当然，这些俗语只能说明早期东斯拉夫人对送冬节的仪式性的理解，而“吃”的实质则与肉体的狂欢密切相关。如巴赫金所说：“饮食是离奇怪诞肉体生命的重要表现形式之一。这个肉体的特征，是指它的裸露性、未完成性以及它与客观世界的相互关系。这些特征在与食物的关系中十分明显地和十分具体地表现了出来：这个肉体来到世界上，它吞咽、吮吸、折磨着世界，把世界上的东西吸纳到自己身上，并且依靠它使自己充实起来，长大成人。人与客观世界的接触最早是发生在能啃吃、磨碎、咀嚼的嘴上。人在这里体验世界、品尝世界的滋味，并把它吸收到自己的身体内，使它变成自己身体的一部分。人这种觉醒了的意识，不可

① *Дубровский Н.* Масляница. М.: Типография С. Селиванова, 1870, с. 9-11.

② *Грачева И.* Широкая масленица. // Наука и жизнь, 1998, № 2.

能不集中在这一点上，不可能不从中吸取一系列最重要的，决定着人与世界相互关系的形象上。这种人与世界在食物中的相逢，是令人高兴和欢愉的。在这里是人战胜了世界，吞食着世界，而不是被世界所吞食。人与自然界界限的消除，对人来说具有非常积极的意义。”① 因此，狂欢节上的吃也是对旧生活的告别方式，是建构“第二种生活”的形式之一。

此外，送冬节上“第二种生活”的体现方式还包括各种游艺与交往活动。如较为普遍的“攻雪城”游戏。年轻人聚在一起用雪在冰面上堆成塔楼和城门，雪城前面凿出一处冰窟窿，参与游戏的年轻人们分为两组，一组骑着马围攻雪城，一组向对方身上扔雪球，用长棍和长柄扫帚吓唬对方的马匹，不让它们过来。第一个冲进雪城的年轻人则要跳下冰窟窿洗澡，并获赠贵重礼品。而节庆期间最受欢迎的娱乐活动之一是乘着雪橇赛跑，形形色色的马或狗拉着雪橇在农村与城市的街道上争先恐后地竞逐。此外，滑冰山也是送冬节的普遍游戏之一。人们双手抓住另一人的肩膀，连成一排，然后有人把他们推着滑下冰山。17 世纪的时候滑冰山用的还是草席，后来改成了冰橇。有些冰山是专门修筑起来的，先用木头搭成山，然后建起滑道。而在冰山旁边则会聚成一个集市，有人卖薄饼、馅儿饼、甜食、榛子、茶水等，也有人扮成丑角为大家助兴。对历史上一次著名的送冬节活动的记载是 1722 年，当时在莫斯科按照彼得一世的命令全城欢庆送冬节。此次庆祝的目的是要纪念尼斯塔德和平条约的签署。（按照该条约俄罗斯获得了通往波罗的海边的通道，并把芬兰还给了瑞典。）当天节日行列以熊、猪、狗拉的雪橇开路，雪橇上坐着丑角、海王尼普顿、酒神巴克斯等人物。节日的高潮是一艘载有 88 门火炮、由 16 匹马牵引的军舰的出现，而上面站的正是彼得一世，他被一群精干的年轻水兵簇拥着。军舰不停地鸣响礼炮。而当军舰转向顺风的时候，水手们解开帆索，张开所有的船帆，船帆鼓起，蔚为壮观。节庆的最后内容为各种大型宴会与节日焰火。②

在俄国另一个带有狂欢性质的节日是“伊万·库帕拉”（Иван

① ［俄］巴赫金:《弗朗索瓦·拉伯雷的创作与中世纪和文艺复兴时期的民间文化》第四章，李兆林译，《巴赫金全集》第六卷，河北教育出版社 2009 年版，第 320 页。

② *Снегирев И. М.* Русские простонародные праздники и суеверные обряды. Москва: Университетская типография. Вып. 2. 1838, с. 123-124.

Купала)，这也是东斯拉夫人的古代节日，在夏至点的6月24日（儒略历），是大自然最繁盛的时间。而在基督教进入俄国之后，因该节日与施洗约翰的出生日相吻合，后来便纳入了东正教会规定的节日。“库帕拉”这个词的意思便是洗礼，因此这个节日既有多神教成分，又有基督教成分。最初的时候东正教会把伊万·库帕拉节举行的狂欢游戏看成魔鬼的欢乐。有记载1505年叶利扎罗夫救主修道院院长潘菲拉曾向普斯科夫的地方长官谈起该节庆时诉苦说：“那是撒旦的欢乐。该节日简直无法无天。村民们给撒旦祭祀。他们打铃鼓、吹笛子、弹吉他。妇女、姑娘们双手拼命地鼓掌，脊背和脑袋左右摇摆，口里不停地叫喊，不停地唱下流歌曲，还手舞足蹈。”[①] 实际上，伊万·库帕拉节的欢庆活动还远不止这些，节庆的仪式主要与水相关，节日前的那天日落前人们一定要去洗澡，北方人因为天气寒冷可以去澡堂，而南方人则去海、河或湖里。俄罗斯人认为伊万·库帕拉节这一天的水有神奇的力量，能消灭一切妖魔和魔鬼，能使人变得圣洁、健康、长寿。因此，这也是一种典型的“第二种生活”。

四

从上述巴赫金关于狂欢节的功能来看，其中最主要的是它的颠覆功能，即对权威的解构，对秩序的逃离。早在卡拉姆津的《俄罗斯国家史》中就记述过，在古代斯拉夫地区存在着对权贵的制约传统。如地主、贵族、军事首领、大公，乃至君主，在许多方面都受制于民众的意愿，民众推举出他们的首领，但也常常根据某些草率的理由，或者当他们遭遇某些不幸时，便会“收回他们的授权（доверенность）”，因为“民众在无法规避国家带来的灾难时，总是倾向归罪于统治者”。甚至在卡林西亚的斯拉夫地区存在这样一种仪式，在选举部落首领时，“被选举者穿上极为寒酸的衣服出现在民众集会上，有一个农夫坐在宝座或者一块巨石上。新统治者要发誓成为信仰、孤儿、寡妇、正义的保护者，此后，那位农夫才把位子让给他，全

① *Виноградова Л. Н. Толстая С. М.* Иван Купала. // Славянские древности: Этнолингвистический словарь: в 5 томах. Т. 2. (под общ. ред. *Н. И. Толстого*; Институт славяноведения РАН.) М.: Международные отношения, 1999, с. 363-368.

体公民也才对他宣誓效忠”[1]。虽然随着专制时代的到来，这种仪式消失了，但民众对权力的颠覆功能却在民间节庆活动中保留下来。

在送冬节上，这种颠覆功能主要体现在送草人和烧草人的仪式上。有人记载了西伯利亚地区送冬节上进行的送草人的活动：节日的第一天，村子里的小伙子与姑娘们开始制作草人，他们把两个木棍钉成十字架，上面裹上枝条与麦秸，然后给草人穿上女装，左手塞上一瓶伏特加，右手塞上一个薄饼。村民们说着俏皮话，笑嘻嘻地拉着草人在他们住的村子里逛来逛去。有些地方的年轻人把草人放到雪橇上，让它坐稳，由马拉着到处跑。有的地方草人的角色由真人扮演，在这种情况下，雪橇上坐的不是草人，而是一个左手握酒瓶、右手拿锁形小面包的庄稼汉。这个男人往往酒醉醺醺，脸上用炭涂得黑乎乎的，身着女装，身上挂满铃铛叮当响个不停。此人可以坐在雪橇上，也可以骑马。村民们徒步跟随这个庄稼汉，或者坐在雪橇上跟着他跑。村民们无论高低贵贱，都加入游行队伍，纵情作乐、狂欢狂笑、边舞边唱。[2]在这种状态下，底层民众对世俗权力的畏惧消失了，他们打破了日常生活中的各种束缚，彼此都以亲昵的方式达于平等。甚至一个普通的庄稼汉也可以在这种活动中得到“加冕”。据载，17世纪末特维尔地主普希金（Н. Б. Пушкин）曾告发自己的农民在送冬节的星期六自行选出了一个“沙皇”，并且郑重其事地簇拥着这个“沙皇”到处行走，随行者手里拿着旗帜、大鼓和猎枪，极尽威风。[3]

此外，送冬节最后一天的宽恕日（Прощеный день）的活动也是一个带有“脱冕加冕”色彩的行为。民间有一个俗语：“В Прощеный день—как на Пасху, все целуются”（宽恕日犹如复活节，人人相吻）。这一天俄罗斯人纷纷彼此探望，互相行礼、接吻，请对方原谅过去的一年里自己在言词举止方面给对方带来的委屈。[4]据17世纪初在俄国供职的法国人雅·马

---

① *Карамзин Н. М.* История государства Российского в XII томах. Т. I. СПб.: Иждивением братьев Слениных, 1818, с. 88–89.

② *Макаренко А. А.* Сибирский народный календарь в этнографическом отношении. Восточная Сибирь. Енисейская губерния. СПб.: Государственная Типография, 1913, с. 146.

③ *Грачева И.* Широкая масленица. // «Наука и жизнь», 1998, № 2.

④ *Румянцев Н. В.* Православные праздники, их происхождение и классовая сущность. М.: ОГИЗ, Государственное антирелигиозное издательство, 1936, с. 126–127.

格莱特的回忆，宽恕日这天即使两个毫不相干的人在街道上相遇，也可以相吻，然后一个说："请您原谅我吧！"对方则回答："愿上帝饶恕你，我也请求您的原谅。"而在这一天，沙皇与他的随从也要去大牧首那儿请求原谅，大牧首则会举行一个必要的仪式，请自己的贵宾喝他的蜜酒与莱茵葡萄酒。① 当然，这个情形可能不会发生在两个社会地位十分悬殊的人身上；但是，这种在陌生人之间、在沙皇与牧首之间的和解性行为，在结构上同样带有脱冕与加冕的功能。

狂欢节中脱冕加冕的一个重要的实现途径就是"笑"。如前所述，在送冬节和伊万·库帕拉节上都有民众的广场之笑的环节。利哈乔夫在研究俄罗斯古代的笑文化时说："笑同时具有破坏性和建设性的始基。笑破坏了生活中现存的联系和意义。笑表明社会世界中的现存关系——因果关系、表意现存现象的关系、人类行为的惯例和社团生活的关系——的无意义和荒谬。笑可以'混淆'，'揭秘'，'曝光'，'剥开'。它仿佛将世界恢复到原初的混沌状态。它摈弃社会关系的不平等，摈弃各种社会导致这种不平等的法则，揭露其不公正和偶然性的一面。"② 巴赫金则对笑给以更高的肯定，在他看来，"笑谑具有把对象拉近的非凡力量，它把对象拉进粗鲁交往的领域中；在这里可以从各个方面亲昵地打量这个对象，让它转身，把它里外翻个，上下看遍，打碎它的外壳，窥探它的内心，怀疑它，拆散它，分解它，使它裸露，进行揭穿，自由地加以研究，拿它做实验。笑谑能消除对事物、对世界的恐惧和尊崇，变事物为亲昵交往的对象，这样就为绝对自由地研究它做好了准备。"③ 也就是如前面提到的，笑所具有的本质便是脱冕和加冕。

五

当然，在送冬节上能够最鲜明地体现这种解构功能的仪式当属烧草人的环节。著名民俗学家普罗普曾经对送冬节上送草人和烧草人的过程做过细致的考察与描述：草人在被送走之前，有的人把它放在高坡上，年轻人

---

① *Грачева И.* Широкая масленица. // «Наука и жизнь», 1998, № 2.

② *Лихачев Д. С.* Смех в древней Руси. // Избранные работы в трех томах. Т. 2. Л: Художественная литература, 1987, с. 343.

③ ［俄］巴赫金：《史诗与长篇小说》，白春仁译，《巴赫金全集》第三卷，河北教育出版社 2009 年版，第 518 页。

从上面乘着雪橇往下滑。有些地方的村民则把稻草人锁在板棚里面，让其在里面待到周日。周日是送走草人的那天，是为期七天的送冬节的高潮。村民们把马套上雪橇，让草人坐上去，并把其捆绑到座位上，避免摔倒。穿上节日盛装的快乐人群奔跑着或坐在雪橇上组成节日的行列。但这一次节日游行有送葬的性质。宽恕日那天（送冬节的周日，也就是四旬斋前的最后一个星期日）下午，埋葬草人的仪式开始。一部分人负责打扮草人，给它穿上女式衬衣与肥大的女式无袖长衫，围上头巾。然后选一个女人扮作“牧师”，村民们给“牧师”穿上麻布衣裳，让她手里提一只绳子绑住的破烂鞋子。麻布衣裳象征着牧师的法衣，破烂鞋子代替牧师用的长链手提香炉。两个妇女一左一右架着草人的双臂，以牧师为领头人，村民们跟随其后，从村子的这一头游行到另一头，路上一直唱着不同的歌曲。回来的路上，人们把草人放在用木棍做的担架上，给它身上罩上一块包布。走到村外的田地时，送葬行列停下来，一边歌唱，一边把草人身上的衣服脱下，把草人撕成碎片，或者把它用火烧掉。在整个路程中，“牧师”摇着她的所谓长链手提香炉，大喊“阿利路亚”，人群则随着她大呼小叫：有的嚎啕大哭，有的像动物似的嚎叫，有的则哈哈大笑。从这里描写的送葬游行来看，这个仪式还带有明显的基督教之前的性质。埋葬草人时，村民们尽情地欢笑，而女“牧师”的扮演增加了这种情形的滑稽性。我们可以把这个仪式看成基督教前的多神教与后来的东正教之间博弈的表现形式。埋葬草人的过程与东正教的葬礼显然有很大的区别。首先，村民们不是把草人埋入土中，而是把它撕成碎片或烧掉；其次，埋葬草人时允许大家哈哈大笑。值得注意的是村民们把草人最终送到准备耕种的土地上，然后点起篝火把草人烧掉。篝火快要燃尽时，村民们拿起还未烧尽的木头块和炭火块，把它们在田地上撒开。该仪式的目的在于促进冬作物的生产。这也是对草人可行的解释之一。有些地方的村民们不制作草人，草人的角色由真人来扮演。在这种情况下，村民们可以用一捆捆的禾秸来替代，最后把它们烧掉。除了属于整个村子的草人之外，村民们每家每户还会做自家的草人，把它们固定在自己的屋脊上。宽恕日那天村民们把自家的草人从屋脊上拿下来，搬到农舍里去，放进炉子里烧掉或者把它撕成碎片扔到畜圈里边，象征性地去喂家畜，其目的在于保佑牲畜的繁殖能力。不仅如此，按照旧的观点，送冬节像还可以促进人出生率的增长。在奶酪周的周二村民们一定要安排相亲活动，男青年们会主动邀请自己的女朋友一起度过这一天。他们可以一起乘马拉雪橇奔跑，或者一起乘雪橇上从高坡上往下滑。年轻的姑娘们这一天不仅要向自己的男朋友表现出殷勤与好感，而且要展示自己的烹调技术，请未来的丈夫尝尝自己亲手做的薄饼和其他菜肴。年轻男女在这一天一刻也不分离被视为将来定能白头偕老的吉兆。①

普罗普在描述了送冬节的细节之后，得出的结论是："这个节日具有农业-魔法性质，其目的是提高土地的肥力并促进所有生物的繁殖能力，也就是说，送冬节就其起源和自古以来的含义而言，是一种激活性的仪式（продуцирующий обряд）。"② 但如果我们从巴赫金所论述的狂欢节的功能来看，这个送冬节中的草人实际上在功能上代表了日常生活的权威，尽管一般认为它只是代表着冬季或者严寒。但在俄罗斯，尤其是在酷寒的西伯利亚地区，冬季及严寒则是限制人们活动的主要因素。人被限制在屋内，生命力无法得到尽情释放，因而严冬成了将人们囚禁起来的权威符号。而在送冬节上，这个权威的象征被加以丑化、变装、示众，经历一系列将其脱冕的环节后，以撕碎或焚烧的方式将其埋葬。巴赫金在谈到拉伯雷小说中对国王形象的贬抑时也提到了这一点："在这个形象体系里，国王是小丑。他是全民选出来的，然后在他的统治期过后，他又受到全民的嘲弄、辱骂和殴打，恰如今天人们对去冬的谢肉节草人或去年的草人（'欢愉的怪物'）进行辱骂、殴打、撕碎、焚烧或丢到水里一样。"③

如前所述，送冬节作为一种狂欢活动也象征着新生和复活。送冬节既是一个节日，也是一个节气，标志着旧的时间死去，新的时间开始；旧的生命结束，新的生命被激活。如巴赫金所说："节日的日历因素充满活力，正是在其官方之外的民间诙谐方面它能被敏锐地感觉到。在这里，与四季交替、日月相位、草木枯荣、农业节气的更替的联系充满活力。在这个更替中积极强调的是新的、即将来临的、更新的因素。这一因素具有更为广

① *Пропп В. Я.* Русские аграрные праздники. СПб.: Издательство Азбука, 1995, с. 83-85.

② Там же, с. 85.

③ ［俄］巴赫金：《弗朗索瓦·拉伯雷与欧洲中世纪及文艺复兴时期的民间文化》第三章，刘虎译，《巴赫金全集》第六卷，河北教育出版社 2009 年版，第 222—223 页。

泛、更为深刻的意义：其中倾注了人民对最美好的未来，对更为公正的社会经济制度、新的真理的渴望。节日的民间诙谐方面在一定程度上就像罗马农神节表演重返农神黄金时代一样，表演全体人民物质丰裕、平等、自由这个最美好的未来。因此，中世纪的节日似乎变成了双面的雅努斯：如果它的官方宗教的面孔转向过去，使现存制度神圣化和合法化，那么它的民间广场的笑颜则朝向未来，含笑为过去和现在送葬。它与规定的制度和世界观的顽固保守、因循守旧、'超时间性'、不变性相对立，它所强调的正是交替和更新的因素，并且是在社会历史的层面上。"[①]按照巴赫金的理解，节日的狂欢性质在表征上是通过"笑"来显现的，而送冬节上人们在送走草人的游行中的狂喊、大哭、大笑以及各种舞蹈、歌唱行为，都为这个节日增加了塑造"第二种生活"的活力。

而送冬节上对草人的焚烧，更是象征着旧世界的毁灭和新世界的诞生。对于送冬节上草人的象征性含义有不同的理解。民俗学家弗谢沃洛德·密勒认为，草人象征着由冬天积累的晦气，因此烧掉草人象征着冬天的离去、对冬天的埋葬，或者草人是旧岁的象征，新年到来之际，烧掉草人意味着烧死旧年。[②]文学史家叶·阿尼奇科夫把草人理解为死亡的象征，由此也可以理解为瘟疫等疾病的象征，村民们通过烧掉草人希望把身边的疾病驱逐出去。村民们用木棍与麦秸制作人偶，通过魔法仪式把冬天聚集的妖邪之气全部赶进草人里边，然后把草人拿到村外烧掉，意味着妖邪之气的驱除。[③]总之，在狂欢节上，焚烧是一个重要的意象，巴赫金在论及欧洲的狂欢节时提到，节庆中往往有一个地方，一般是在一辆装满杂物的大车上，被称作"地狱"，在狂欢节结束时，要把这个"地狱"以庄严的仪式焚毁。而在罗马狂欢节的过程中，人们一边手执蜡烛齐声呼喊："死你的吧！"一边设法吹灭别人的蜡烛。这同样是一种对旧世界加以焚毁的象征。因此，"狂欢节上火的形象，带有深刻的两重性质。这是同时既毁灭世界又更新世

① ［俄］巴赫金：《弗朗索瓦·拉伯雷与欧洲中世纪及文艺复兴时期的民间文化》第一章，夏忠宪译，《巴赫金全集》第六卷，河北教育出版社2009年版，第92—93页。

② *Миллер В. Ф.* Русская масленица и западноевропейский карнавал. М.: Императорский московский университет, 1884, с. 6.

③ См.: *Пропп В. Я.* Русские аграрные праздники. СПб.: Издательство Азбука, 1995, с. 85-86.

界的火焰”[①]。在俄罗斯另一个重要的民间节日伊万·库巴拉节上，焚烧也是其中一个重要的环节。点燃篝火是节日前一天晚上的活动，这时的篝火被称为“有生命的火”，这个火要靠摩擦两块木头产生，村里的所有女人都要出来参加这种活动，谁不参加，说明谁就是巫婆，与魔鬼有来往。人们围绕篝火载歌载舞，并进行跳越篝火的游戏。人们认为谁跳得高，谁将来就会走运，因为这种篝火有一种神奇的力量，能赶跑一切魔鬼，能消灭一切妖精，能使人变得健康长寿。而跳不过篝火的姑娘也被称为巫婆，人们往她身上泼冷水，用荨麻抽打她，因为她没有用篝火净化自己的身心。[②]而在伊万·库巴拉节的当天，人们在洗浴之外还会进行另一项游艺，叫作“горелки”，类似中国的老鹰捉小鸡，但这个词却是“燃烧”的意思。其中一个小伙子扮成树桩，口称“我被烧，我被烧”，姑娘则问：“为什么要被烧？”回答是：“为了要美丽的姑娘！”于是奔跑相捉。如果小伙子追到姑娘，则由另一个小伙子扮演树桩；而如果没有追到，则继续扮演被燃烧的树桩。[③]伊万·库帕拉节上还有一种烧树的仪式，小伙子们选择一棵不太高的树（一般是白桦或黄柳、枫树、云杉、苹果树等），把它砍下来，带到村外的草地上去。姑娘们给这棵树戴上花环、彩色绦带，插上水果作为装饰品，有时候也把蜡烛放在树上。之后姑娘们开始围绕这棵树跳圆圈舞、唱歌。然后小伙子们加入姑娘们的游戏，他们假装要偷走那棵树，试图把树推倒或烧掉，而姑娘们则不让他们走近那棵树。最后，大家一起把那棵树扔进河里或扔到篝火里烧毁。[④]我们看到，在这些焚烧的仪式中，都带有通过燃烧告别过去的生活、迎接新生活的性质。

巴赫金在他论述拉伯雷的著作中分析了拉伯雷经历的一次狂欢节上的焚烧仪式：广场上展现了一幕惊心动魄的搏斗场景，人们手持火把斗焰火，甚至对着用稻草人扮成的死人做出搏斗的姿势。此后，欢庆中还出现了一

---

① ［俄］巴赫金：《陀思妥耶夫斯基诗学问题》，白春仁、顾亚铃译，三联书店1988年版，第180页。

② *Толстая С. М.* Полесский народный календарь. М.: Индрик, 2005, с. 406.

③ *Некрылова А. Ф.* Круглый год. М.: Правда, 1991, с. 253.

④ *Виноградова Л. Н.* Деревце купальское. // Славянские древности: Этнолингвистический словарь: в 5 томах. Т. 2. (под общ. ред. *Н. И. Толстого*; Институт славяноведения РАН.) М.: Международные отношения, 1999, с. 82-83.

个圆球形、喷着火焰的狂欢节“地狱”，最后被焚毁。此后便是大排筵宴，庆贺地狱的毁灭，人类的新生。[①]可以看出，这种场景与俄罗斯本土的送冬节仪式完全类同，因此，我们就此可以得出结论：要么是俄国本土的狂欢文化已经浸透到巴赫金的无意识之中，因此，他带着这样的“期待视野”发现了西欧国家的狂欢节，而忽视了对本土文化的考察；要么是他对俄国本土有关民间节日研究的著述没有做过研究，甚至是没有阅读，而在他成长的时代，正是世纪之交充满动荡的时代，民间节日的庆祝已远不如19世纪之前的规模，其重要性在民众的生活中也大大降低了；要么是巴赫金有意地拒绝解读俄罗斯传统文化现象，因为这种解读无法与俄国的宗教历史相分离。但无论如何，从俄罗斯民间节庆的文化功能来推导巴赫金的狂欢化理论，同样具有坚实可靠的论据。

第二节　俄罗斯民间文学中傻瓜形象的狂欢化功能

一

巴赫金指出，在欧洲小说发展史上，有三种人物具有重要的意义——骗子、小丑、傻瓜，而巴赫金对这些形象的论述也是他建构自己的狂欢化理论的一个方面。但是，我们会看到，在他所列举的描绘了这三类形象的文学作品中，却基本没有俄罗斯文学的文本。下面是他集中提到的一些作品：《堂吉诃德》、凯维多、拉伯雷、德国人道主义的讽刺作品（鹿特丹、布兰特、穆尔涅尔、莫舍罗什、维克拉姆）、格里美豪森、索莱尔（《古怪牧人》、部分的还有《弗朗西昂》）、斯卡龙、勒萨日、马里沃；在其后的启蒙时期有：伏尔泰（特别鲜明的是《老实人》）、菲尔丁（《约瑟·安德鲁传》《大伟人江奈生·魏尔德传》，部分的还有《汤姆·琼斯》），部分的有斯摩莱特，独具特色的有斯威夫特。[②]巴赫金在他的论述中，除了对果戈理的狂欢化诗学与民间文学的形态做过较为细致的比较分析之外，几

① ［俄］巴赫金：《弗朗索瓦·拉伯雷与欧洲中世纪及文艺复兴时期的民间文化》第二章，邓理明、路雪莹译，《巴赫金全集》第六卷，河北教育出版社2009年版，第176页。

② ［俄］巴赫金：《长篇小说的时间形式和时空体形式》，白春仁译，《巴赫金全集》第三卷，河北教育出版社2009年版，第352页。

乎没有涉及俄罗斯民间文学中的诸多资源。比如傻瓜伊万，在俄罗斯民间故事中是家喻户晓的形象；但在巴赫金的著述中，除了他在俄国文学讲座中讲到列昂诺夫的《科维亚金的札记》时提到了“傻瓜伊万”（Иванушка-дурачок）[①]这个名字之外，在其他重要的涉及他的狂欢化理论的著作中，却一次也没有提到。而实际上，在这个形象以及其他类似的傻瓜形象中，同样包含了巴赫金意义上的狂欢化功能。

在谈这个问题时，我们应当意识到，在俄国，不仅具有悠久的狂欢节历史传统，而且就其书面文化中的笑传统来说，也同样具有丰富的文本资源。赫尔岑曾指出，人类自四世纪之后便停止了发笑[②]，但他这里实际上只是就欧洲（西欧）而言，指的是自基督教成为罗马帝国国教之后，无论是社会文化，还是书面文化，笑的形态便终止了（перестало смеяться）。但他在这里却遮蔽了一点，即尽管俄罗斯从10世纪开始接受基督教，并始终继承着由拜占庭传来的原初基督教教义与精神文化，但笑的文化却始终存在，并且在精神层面和书面层面上，俄罗斯的笑文化却成为它的整个文化结构中重要的组成部分。

巴赫金为了建构他的狂欢化语言理论，对话语的交互功能做了一个区分：一种是“直接言语”（“直接引语”，прямая речь），一种是“间接言语”（“间接引语”，косвенная речь）[③]。而在巴赫金看来，任何文学话语都是“引语”，都是对他者话语的“引用”。在这些引语之中，基本上分成两大类型：一种是对他者话语价值的继承与再现，一种是对他者话语价值的评判与颠覆。他对这种话语现象归纳道：

---

① *Бахтин М. М.* Записи лекций М. М. Бахтина по истории русской литературы. // Собрание сочинений в 7 томах. Т. 2. М.: Русские словари; Языки славянской культуры, 2000, с. 388.

② *Герцен А. И.* О письме, критикующем «Колокол». // Собрание сочинений в 30 томах. Т. 13. М.: Издательство Академии наук СССР, 1958, с. 190. 赫尔岑是在谈到文学的嘲讽功能时谈到这一点的：“笑绝不是一种逗乐的事，我们不能轻易放弃它。在古代世界，奥林匹斯山上在哈哈大笑，人世间在哈哈大笑，甚至卢西安本人欣赏着阿里斯托芬和他的喜剧，也在哈哈大笑。从四世纪起，人类停止了笑——他们一直在哭，受着良心的煎熬和咬啮，沉重的锁链禁锢了头脑。”

③ *Бахтин М. М.* (Под маской) Фрейдизм. Формальный метод в литературоведении. Марксизм и философия языка. Статьи. М.: Лабиринт, 2000, с. 444. 在这里，“речь”这个词也可以被理解为“引语”，即对他人言语的借用、仿用。

> 我们运用沃尔夫林的一个文艺学术语，把作者言语和他人言语相互定位动态中的这个第一方面称之为转述他人言语的线性风格（der lineare stil）（素描风格）吧。该风格的一个基本倾向是在他人言语内部个性化削弱的情况下建立起言语清晰的外部轮廓。在整个语境充满同类风格的情况下（作者和他的所有主人公操同一种语言），他人言语在句法和结构上逐渐达到最大程度的封闭状态和轮廓明显的平稳状态。
>
> 在作者言语和他人言语相互定位动态的第二个方面，我们注意到一些直接相反的特征过程。语言不断产生出一些更精辟透彻、更善于表达各种感情色彩的方法，使作者插语和评述注入在他人言语之中。作者语境力求达到分解他人言语的严密和封闭状态。这种转述他人言语的风格我们可以称之为描述风格，其倾向是消除他人话语的一些明显的外部轮廓。在这种情况下言语本身在相当大的程度上被个性化了；对他人表述不同方面的感知是可以被准确区分的。所接受的不仅是他人话语的具体意义及包含在其中的见解，而且还有其所有词语表现的语言特点。[①]

简单地说，所谓直接引语便是赞同性引语，这种语言形态也就是所谓的独白性话语；相反，间接引语则是否定性或评判性引语，也就是所谓的对话文本、狂欢化文本。巴赫金声称在17世纪之前的俄罗斯文献中没有“间接引语”的文献，但是在他的研究中，我们却又很少看到他对俄罗斯民间文化及文学的研究。现在我们无法推测这是为什么，如果用他曾经辩解当时不允许进行宗教研究的借口似乎也不能说明这个现象。但总的来讲，在巴赫金所涉及的文学狂欢化精神形成的欧洲历史根源要素中，其实我们同样可以在俄罗斯的历史文化及文学现象中找到同样的样本。

二

我们先来看在巴赫金这里，小丑傻瓜类人物的狂欢功能体现在哪些方面。巴赫金在论述古希腊文学的讽刺体裁时提到傻瓜形象的功能：“傻瓜在

---

① ［俄］巴赫金：《马克思主义与语言哲学》，征钧译，《巴赫金全集》第二卷，河北教育出版社2009年版，第464—465页。

这种形式的讽刺中大多担负着三个功能：(1) 别人嘲笑他；(2) 他嘲笑别人；(3) 他用作嘲笑周围现实的手段，是反映这一现实的愚蠢特征的一面镜子。傻瓜往往集骗子与幼稚的呆子的特点于一身。头脑简单的呆子不懂得社会现实中愚蠢虚伪的陈规戒律——习俗、法律、信仰（这一点对完成第三种功能，即揭露周围现实尤其重要）。”[①] 实际上，“别人嘲笑他”并不是这一功能的准确表述，因为这种行为主要是情节内部的行为，是一个主人公对另一个主人公的行为，因此，这种情节的功能要靠读者的介入来呈现其真正的性质，即傻瓜人物之所以被嘲笑，只是因为他们生活在与众不同的生活空间，过着与常人不同的生活而已。当然，在巴赫金看来，“作者为凸现和衬托（奇异化）高昂激越的世界而塑造的傻瓜，本身也可能以傻瓜身份成为作者讥讽的对象。作者不一定同他合作到底。对傻子本人的讥讽，这个因素甚至有可能上升为首要因素。不过作者是需要傻瓜的，因为傻瓜通过自己迟钝性的在场，使社会的程序化世界奇异化。小说通过描绘呆傻，可以学习朴实的聪敏、朴实的智慧。小说家望着傻瓜或者用傻瓜的眼睛望着世界，就能够学会对被高亢激奋的假象和谎言所包围的世界进行朴实的观察”[②]。也就是说，“别人嘲笑他”，从功能上说，还是反过来表明世界的荒诞性。第二个方面是“他嘲笑别人”，当然，同前一个方面一样，同样需要读者的判断。傻瓜在嘲笑别人的同时，显示的是一种不同的看世界的眼光与方式，在读者眼中看似正常的现象，借助于作品内部的傻瓜的目光，揭示出正常人生活的荒谬性。如巴赫金所说：“呆傻（不明事理）在小说中从来都是带有争论性的，因为它同聪明（虚假的聪慧过人）处于对话关系中，同聪明争辩，而且揭露这种聪明。同开心的哄骗一样，同小说一切其他的范畴一样，呆傻也是一个对话的范畴，是源自小说话语一种特殊对话性的范畴。因此呆傻（不明事理）在小说中总是归之于语言，归之于话语，因为它的基础是抱着争论态度而不理解他人话语，也不理解他人高亢激奋的谎言，这种高昂的谎话笼罩着世界，自以为能够领会这个世界；

---

① ［俄］巴赫金：《讽刺》，苗澍译，《巴赫金全集》第四卷，河北教育出版社 2009 年版，第 25 页。

② ［俄］巴赫金：《长篇小说的话语》，白春仁译，《巴赫金全集》第三卷，河北教育出版社 2009 年版，第 190—191 页。译文做了修改，原中文译文不准确。原文参见 *Бахтин М. М.* Слово в романе. // Собрание сочинений в 7 томах. Т. 3. М.: Русские словари; Языки славянской культуры, 2012, с. 159.

再有是不理解已经司空见惯、习以为常的讲假话的语言，连同它指物叙事的高雅词藻，这就是诗的语言、学究的语言、宗教的语言、政治的语言、法律的语言等等。”[①] 而傻瓜所使用的是人类原初的语言、未经污染的语言，只有借助于这种语言，他才具备了嘲笑别人的资格。小丑傻瓜类形象第三个方面的功能是其最主要的，即对整个世界和现实的否定。因为傻瓜形象的出场，导致整个“正常”世界翻转了过来，发生了价值观方面的颠覆性变化。

我们分别来看这些功能在俄罗斯文本中的表现形式。

首先，小丑傻瓜类人物被人嘲笑，是因为他们生活在与普通人所处的世界相异的另类空间，因此，它就成为对普通人生活的此在世界的一种差异性因素，而受到普通人的嘲笑。所以，我们在民间文学中看到的这类形象都过着与众不同的日子。在俄罗斯民间故事中，这一类人物的出场往往就呈现出被嘲笑者的姿态，一般都是处在家庭中的次要地位，而且天然地无法胜任家庭支柱成员的责任。如阿法纳西耶夫编纂的俄罗斯民间故事集中的第 179—181 号故事《灰色马栗色马》[②]，其中写到了傻瓜伊万：“很久以前有一个老头，他有三个儿子，老三名叫傻子伊万，什么事也不干，只是坐在炉灶的角落里吸溜鼻涕。”[③] 再如第 400—401 号故事《傻瓜伊万努什卡》：“很久以前有一个老头和一个老太婆。他们有三个儿子：两个很聪明，老三则是傻瓜伊万努什卡。两个聪明的儿子在田野里放羊，而傻瓜什

---

① ［俄］巴赫金：《长篇小说的话语》，白春仁译，《巴赫金全集》第三卷，河北教育出版社 2009 年版，第 189—190 页。译文做了修改。原文参见 *Бахтин М. М.* Слово в романе. // Собрание сочинений в 7 томах. Т. 3. М.: Русские словари; Языки славянской культуры, 2012, с. 158.

② 阿法纳西耶夫编纂的《俄罗斯民间故事集》初版 8 卷于 1855—1863 年出版时，只做了分卷编号，1897 年经阿·叶·格鲁津斯基整理出版了完整编号版，这就是所谓旧编号版。1936—1940 年由马·康·阿扎多夫斯基、尼·普·安德烈耶夫和尤·马·索科洛夫整理出版了新编号版。后来的普罗普整理版（1957）和本书引用的 1984—1985 年的科学院版都沿用了新编号。参见 *Афанасьев А. Н.* Народные русские сказки. Вып. 1–8. М.: Издательство К. Солдатенкова и Н. Щепкина, 1855–1863; *Афанасьев А. Н.* Народные русские сказки. Т. I–II. Под ред. *А. Е. Грузинского*, М.: Типография товарищества И. Д. Сытина, 1897; *Афанасьев А. Н.* Народные русские сказки. В 3 томах. Под ред. *М. К. Азадовского, Н. П. Андреева, Ю. М. Соколова*. Л.: Academia, 1936, Т. I; Гослитиздат, 1936–1940, Т. II, III; Народные русские сказки А. Н. Афанасьева. В трех томах. Подготовка текста, предисл. и примеч. *В. Я. Проппа*. М.: Гослитиздат, 1957.

③ *Афанасьев А. Н.* Сивко-бурко. // Народные русские сказки. Т. 2. М.: Наука, 1984, с. 5.

么也不干，总是坐在炉灶上抓苍蝇。"[①] 在这些故事里，看上去傻瓜从一开始就处于被嘲笑的位置上，但他们实际上是生活在自己的头脑里建构起来的生活世界，他们以沉默的方式参与到与正常人的对话之中。也就是说，尽管他们往往是沉默的，是被隔绝的，但这恰恰是他们发声的方式，他们通过拒绝参与正常人的物质生活而显示其存在的独特性。如果我们仔细分析就可以发现，其实他们并非"什么也不干"，而是要么"吸溜鼻涕"（сморкался），要么"抓苍蝇"（мух ловил）。作者故意用这种与人的正常生活存在距离的"无聊"行为来修饰傻瓜的表现，其效果则是凸显他们在生存逻辑上与普通人的差异，越是在正常人看来可笑的，越是表明傻瓜的世界是异于常人的空间；而强调了傻瓜世界的特异性，在功能上便显示出常人世界的庸俗性。所以，巴赫金也说，丑角的世界就是"逆向世界"（обратный мир）和"反常世界"（мир наизнанку）中的国王[②]。他在论及拉伯雷笔下的童年高康大的形象时，称其具有"把一切搞颠倒，违背一切准则、健康思想和通行真理的傻瓜气质。这是一个'反常世界'的变体"[③]。当巴赫金这样论述的时候，他已经站在了正常世界的准则、所谓健康的思想以及通行真理的对立面上，也就是傻瓜的立场上来了。

三

小丑傻瓜类人物的第二个功能是"嘲笑别人"，这个原因是，他们虽然以被嘲笑者出场，但是却天然地拥有独特的"智慧"。他们凭着这种所谓的智慧，往往能顺利避开对自己构成威胁的因素，在有些境况下，运气也是这种智慧的一种替代形式。如《灰色马栗色马》中的傻瓜伊万，他本来什么事也不做，但他却有一颗常人没有的朴素的心。父亲临终时要他们三兄弟在其去世后轮流守坟，但只有傻瓜伊万坚持每天都去，因而得到父

① *Афанасьев А. Н.* Иванушка-дурачок. // Народные русские сказки. Т. 3. М.: Наука, 1985, с. 126.

② *Бахтин М. М.* Творчество Франсуа Рабле и народная культура средневековья и Ренессанса. // Собрание сочинений в 7 томах. Т. 4 (II). М.: Русские словари; Языки славянской культуры, 2010, с. 448.

③ ［俄］巴赫金：《弗朗索瓦·拉伯雷与欧洲中世纪及文艺复兴时期的民间文化》第六章，徐玉琴译，《巴赫金全集》第六卷，河北教育出版社 2009 年版，第 486 页。

亲魂灵的祝福，唤来神马相助，使伊万最后娶到了公主为妻。[①] 在 165 号故事《傻瓜叶梅利亚》中，叶梅利亚因为他的“傻”而拥有较之伊万更为神奇的力量，他可以通过语言来改变现实，简直到了可以呼风唤雨的地步。但是需要注意的是，叶梅利亚从来不向他人炫耀这个常人眼里的超能力，他并未因为这种神奇的能力而感觉有任何诧异，因为这就是他的现实；相反，如果他不断地炫耀，说明他还是站在了常人的角度来看问题，这也就损害了傻瓜类人物的独特性。[②] 我们注意到，在这些故事里甚至出现了傻瓜变形的情节，傻瓜伊万本来形貌邋遢，故事里描写他总是吸溜鼻涕，但是他可以穿过马的耳朵，从而变形为英俊青年。叶梅利亚同样如此，他通过变形成为形貌非凡的青年，出现在曾经加害于他的国王面前，从而使国王的形象发生“奇异化”，使之由权威的代表形象变为被嘲笑的对象。这种情形就是巴赫金所说的“假面”母题所涵盖的内容，他说：“假面与更替和体现新形象的快感、与令人发笑的相对性、与对同一性和单义性的快乐的否定相联系；与否定自身的因循守旧和一成不变相联系；假面与过渡、变形、打破自然界限，与讥笑、绰号（别名）相联系；在假面中体现着生活的游戏原则，它的基础是对于最古老的仪式演出形式极为典型的、完全特殊的现实与形象的相互关系。”[③] 所谓游戏原则，即打破日常秩序的原则，小丑成为庄严的国王，而权威的国王则被脱冕。因此，这里面体现的是傻瓜的神奇性对普通人的现实的揭秘。也许傻瓜的这种逢凶化吉的本领固然是民间故事吸引人的手法，但在功能上，却是对陷于日常庸俗事务的聪明人的嘲讽。傻瓜伊万的两个哥哥很聪明，但他们的聪明都用在如何为自己争利、如何役使弟弟为他们出力上，因此，当傻瓜最后通过他的“运气”，也就是他的“智慧”的途径而获得幸福的时候，这就在功能上构成了对别人的嘲笑。所以巴赫金称这是一种“对于愚蠢的纯粹否定性体现”（чисто отрицательное воплощение глупости）[④]。

---

① *Афанасьев А. Н.* Сивко-бурко. // Народные русские сказки. Т. 2. М.: Наука, 1984, с. 5–7.

② *Афанасьев А. Н.* Емеля-дурак. // Народные русские сказки. Т. 1. М.: Наука, 1984, с. 320–322.

③ ［俄］巴赫金：《弗朗索瓦·拉伯雷的创作与中世纪和文艺复兴时期的民间文化》导言，夏忠宪译，《巴赫金全集》第六卷，河北教育出版社 2009 年版，第 46 页。

④ *Бахтин М. М.* Сатира. // Собрание сочинений в 7 томах. Т. 5. М.: Русские словари; Языки славянской культуры, 1997, с. 27.

最后，也是最重要的一个方面是，小丑傻瓜类人物拥有独特的权利，即否定性权利。因为他们处于异度空间，所以自然而然便拥有了这种权利，即通过自身世界所赋予的特殊能力，来面对一个在普通世界中生存的普通人的生活。当傻瓜没有介入这种普通人的普通生活的时候，这种普通人的生活实际上处于濒死的状态，正如当狂欢节到来之前的冬眠状态。因为在这种状态下，普通人的生活是封闭的，缺少对话，缺少“事件”，并在这种状态下获得了充分的肯定性自我评价。但当傻瓜出现之后，这个封闭的世界被一个来自外位的生命所击破，傻瓜以批判性姿态闯入，从而使原本“正常”的世界发生了翻转。如在《傻瓜伊万努什卡》中，本来这个世界一切“正常”，两个聪明的哥哥持家有方，每天正常参加劳作，伊万努什卡自己则在炉灶上抓苍蝇；而一旦傻瓜发出行动，这个世界则迅速进入混乱状态。我们看到，傻瓜的行动并不是他主动发起的，而是被迫闯入了两个哥哥的世界，并且一旦闯入，属于哥哥的世界便被毁掉了。先是伊万努什卡把哥哥的食物扔给了影子吃，然后把哥哥的羊挖掉眼睛，把家里的货物全部扔掉，最后两个哥哥贪财，相信了伊万努什卡的玩笑话而葬身冰河。[①]傻瓜叶梅里亚也是如此，傻瓜的行为是被动的，这标志着他的本性是与现实世界隔绝的，他本没有进入这个世界的任何愿望，这也就是为什么所有傻子都是懒惰的，不从事任何事务性劳作，因为这是他们在异度空间存在的标志。但叶梅里亚一旦进入常人的世界，便意味着这个世界的“翻转”，他驾着飞行的雪橇压倒了人群，搅乱了王宫。总之，傻瓜的出场，便使日常的世界发生了广场化变异。巴赫金对此阐述道：“他们有着独具的特点和权利，就是在这个世界上做陌生人（чужой），不同这个世界上任何一种相应的人生处境发生联系，任何人生处境都不能令他们满意，他们看出了每一处境的反面和虚伪。因此他们利用任何的人生处境只是作为一种面具。骗子同现实还有一点联系的纽带，小丑和傻瓜乃是‘非来自此在世界者’（не от мира сего），所以有一些特别的权利。这些人物不仅自己在笑，别人也笑他们。他们的笑声带着公共的民众广场的性质。他们恢复了人们形象的公共性，因为这些人物的全部生活可以说百分之百地外向，他们简直把一

① *Афанасьев А. Н.* Иванушка-дурачок. // Народные русские сказки. Т. 3. М.: Наука, 1985, с. 126–127.

切都亮在广场上，他们的全部功用就归结于外在化（овнешнять）（自然不是把自己的存在外在化，而是把映像中的他者存在外在化，——但他们也没有另外的存在）。这样便创造出了一种特殊方法——通过仿讽的笑声把人外在化。"[①] 所谓"外在化"，便是把普通人存在的世界中庸常的一面展示出来，其手段就是小丑和傻瓜的笑声，通过他们的眼光向读者揭示自动化世界的荒谬性。因此，在狂欢化的艺术世界里，作者是通过塑造小丑傻瓜类人物而为其作品的体裁戴上一种"面具"，这种面具赋予了此类人物种种"神圣化特权"（освященные привилегии[②]），这个特权便是拒绝参与，然而却可以颠覆对方的权利。

我们看，巴赫金的这些论述大多都是针对拉伯雷的小说创作的，但实际上，在俄罗斯的民间文学文本中却同样可以找到相应的形式，甚至从这些形式中可以更为方便地确定巴赫金狂欢化的各功能项。

四

当我们在分析俄罗斯民间文学中的这些故事文本的时候会发现，这其中的小丑傻瓜形象与巴赫金分析拉伯雷的《巨人传》时详尽论述的同类形象存在着某些差异，那就是：拉伯雷的小丑是讽刺性的（сатирический），而俄国文学文本中的小丑类人物多带有反讽（ироничный）性质，即既是针对他者的嘲讽，也是针对自我的嘲讽。巴赫金在谈论拉伯雷的时候也提到这一点："民间的吹嘘总是反讽性的，总是在多多少少地自我嘲笑（我国旧时的贩夫、货郎等的吹嘘也是如此）；在民间广场上甚至贪财和蒙骗的行为都带有反讽和半公开的性质。"[③] 但是，巴赫金并没有分析过俄罗斯狂欢性文本中的类似表现，并且他在其唯一一部专门论述拉伯雷与果戈理的狂欢

---

① ［俄］巴赫金：《长篇小说的时间形式和时空体形式》，白春仁译，《巴赫金全集》第三卷，河北教育出版社 2009 年版，第 348—349 页。译文做了改动，原文参见 *Бахтин М. М.* Формы времени и хронотопа в романе. // Собрание сочинений в 7 томах. Т. 3. М.: Русские словари; Языки славянской культуры, 2012, с. 412.

② *Бахтин М. М.* Формы времени и хронотопа в романе. // Собрание сочинений в 7 томах. Т. 3. М.: Русские словари; Языки славянской культуры, 2012, с. 413.

③ ［俄］巴赫金：《弗朗索瓦·拉伯雷的创作与中世纪和文艺复兴时期的民间文化》第二章，邓理明、路雪莹译，《巴赫金全集》第六卷，河北教育出版社 2009 年版，第 179 页。译文做了改动，原文参见 *Бахтин М. М.* Творчество Франсуа Рабле и народная культура средневековья и Ренессанса. // Собрание сочинений в 7 томах. Т. 4 (II). М.: Русские словари; Языки славянской культуры, 2010, с. 175.

化文本的文章中也没有对此做出划分。而实际上，俄罗斯文学，从其民间文学文本到后来的文人文学文本，都带有自身区别于西欧文学的特性，而主人公的自我嘲笑便是一个最为重要的方面。

巴赫金在《拉伯雷与果戈理》一文中概括性地论述了狂欢化文本的特点，如亲昵的调侃、平等的快乐，以及怪诞现实主义特征等。但是，作为一种明显带有比较性质的文章，巴赫金却几乎没有涉及二者之间的差别，而是用罗列的方式来证明两者之间的同一性，似乎俄罗斯文化与欧洲文化就是一体的，不存在民族文化间的差异问题。我们不能推测巴赫金这类文章的具体写作背景，同样不能用当时的宗教话题禁忌来说明这个现象。因为当他谈到果戈理的时候，已经在谈论俄罗斯民间的宗教文化了。但他却没有继续深入下去，向读者说明俄罗斯（包括小俄罗斯）的民间笑文化之区别于西欧——尤其是他热衷谈论的拉伯雷所在的法国民间笑文化——的地方是什么。

实际上，我们完全可以用巴赫金自己的理论来解释拉伯雷与果戈理的差异。坦率地说，拉伯雷的狂欢化特征是文艺复兴时期的一个现象，而不能算作整体文化史的现象。因为，《巨人传》的主题其实是“人”的主题，或者说，以世俗的“人”为中心的主题。这个“人”有一个潜在的对话对象，就是上帝，或者说，这里面的对话，一方是以人为代表的世俗文化，一方是基督教所张扬的以上帝为核心的文化。但《巨人传》并不完全像巴赫金所分析的那样属于彻头彻尾的狂欢化文本，在我看来，这部小说在某种意义上是以文艺复兴特有的颠覆上帝的狂欢来掩盖对“巨人”的尊崇。也就是说，它通过人对上帝的狂欢式颠覆，并没有达成像巴赫金所说的“广场式”平等，而是潜在地在颠覆了上帝的威权之后，重新树立了一个新的威权——巨人。

比如，巴赫金在解说巨人国王高康大时，对他的强大力量的颠覆性表现出极大的赞赏，从他常常引用大段的原文来说明这种力量的表述来看，巴赫金并没有意识到，这里面还隐含着对一种新的绝对力量的推崇。比如对高康大撒尿的描述，他反复提及他的尿如何厉害，要么说他“撒尿撒了三个月零七天，十三又四分之三小时零两分钟。撒出了一条罗讷河及河上的七百艘船只”①；要么“狠狠地撒了一泡尿，一下子冲死了二十六万零

① ［俄］巴赫金:《弗朗索瓦·拉伯雷的创作与中世纪和文艺复兴时期的民间文化》第二章，邓理明、路雪莹译，《巴赫金全集》第六卷，河北教育出版社 2009 年版，第 167 页。

四百一十八个人，女人和小孩子还不算”[1]。但是，如果我们站在被庞大固埃的尿所淹没的一个普通人（尤其是那些女人和小孩子）的角度来看这个场景的话，我们就会明白，从庞大固埃与上帝的关系上看，他成为了上帝消隐之后的人间的新主角，他们之间达成了所谓的“平等”，甚至是对强者的消解；然而，从他与那个普通士兵之间的关系上看，他们之间又形成了新的不平等。关键是，拉伯雷通篇对这种巨人的压倒性力量表现出极大的肯定，而巴赫金却对这一现象做了有意识的忽略。

固然，在上述俄罗斯民间故事中也存在对傻瓜神奇力量的描写，但是，这些傻瓜却不会去炫耀自己的神奇力量，甚至还有意识地淡化这种力量。如傻瓜叶梅利亚本来具有通过咒语获得任何可能的手段，但是当他和公主沦落到荒岛上时，公主求他“吩咐”来一个小屋（домик）躲雨，他却说：“我懒得做！”（«Я ленюсь!»）[2] 而在《灰色马栗色马》中，傻瓜伊万虽然凭借马的神勇赢得了公主的心，但他并没有向别人夸耀，而是仍然蓬头垢面地呆坐在烟囱后面[3]。这些人物虽然痴愚，却往往会自惭形秽，所以才会由作者出面让其发生变形。当然，主人公的自我嘲笑，还是由作者所创造的叙事形态所决定的，即作者在主人公身上寄寓了某种文化规定性——自省，而这正是俄罗斯文化的特色。

巴赫金把拉伯雷与果戈理放到一起谈狂欢化文学，但却没有意识到，果戈理的叙事形态怎能与拉伯雷的“巨人”叙事相提并论。因为，果戈理的创作意图从来都是自我反省，而不是单纯的讽刺。正如我们在谈到他与别林斯基的对话时论述过的，果戈理惧怕的正是读者没有领悟到他的艺术作品中的自省性内容。所以他在给茹科夫斯基的信中写道：“我的笑最初是善意的，我完全没有想过要带着某种目的去嘲笑什么。”[4] 而实际效果是，他把自己的主人公都置于“自我嘲笑”的位置上，成了一个个傻瓜伊万。比

---

① ［俄］巴赫金：《弗朗索瓦·拉伯雷的创作与中世纪和文艺复兴时期的民间文化》第二章，邓理明、路雪莹译，《巴赫金全集》第六卷，河北教育出版社2009年版，第214页。

② *Афанасьев А. Н.* Емеля-дурак. // Народные русские сказки. Т. 1. М.: Наука, 1984, с. 325.

③ *Афанасьев А. Н.* Сивко-бурко. // Народные русские сказки. Т. 2. М.: Наука, 1984, с. 7.

④ *Гоголь Н. В.* Письмо к В. А. Жуковскому (1848. Генварь 10). // Полное собрание сочинений и писем в 17 томах. Т. 15. Москва-Киев: Издательство Московской Патриархии, 2009, с. 10-11.

如《钦差大臣》中的赫列斯塔科夫，这个人物就是一个傻瓜伊万原型的再现。他本来无意与以官场为表征的世俗空间发生关系，但却被迫闯入，从而使这个官场世界发生了翻转。然而，最重要的是，他绝不会去炫耀自己的“好运气”，而是时时刻刻在自我解嘲、自我贬抑，从而在形象身上成功地表现出“自省”的特色。

利哈乔夫在论述古罗斯的笑文化时说：“中世纪的笑最具特色的特征之一是它对发笑者本人的关注。发笑者最常见的是自我嘲笑，嘲笑自己的厄运和失败。通过笑，他把自己描绘成一个失败者、一个傻瓜。发笑者假扮傻瓜，插科打诨，戏耍，换装（反穿衣服，反戴帽子），以表现他们的不幸和窘困。在这个‘假扮傻瓜’的隐藏和公开的形式中，存在着对现存世界的批评，现有的社会关系、社会的不公都被揭露出来。因此，在某些方面，傻瓜是聪明的：他比同时代人更了解这个世界。”[①] 也许利哈乔夫同样没有意识到，“自我嘲笑”乃是俄罗斯狂欢化文本最重要的区别于西欧文本的特色，而不是所有欧洲的中世纪文学都是如此。

巴赫金在《拉伯雷与果戈理》一文最后才说道：“果戈理的笑谑问题，只有在研究民间笑文化的基础上才能正确地提出和解决。”[②] 然而可惜的是，巴赫金并没有继续研究俄罗斯的民间文化，因此，也就无法发现果戈理与俄罗斯民间文学之间的同构关系，而本来这种关系可能为巴赫金的狂欢化理论提供更多的生产性素材。

第三节　俄罗斯伪经文本中的狂欢化因素

巴赫金在论述中世纪狂欢化文学的时候提到了教会文学中的伪经文本，他指出：“叙事的基督文学（与狂欢化了的梅尼普体的影响无关）同样直接地触及到了狂欢化。这只要指出经典福音书里‘古犹太王’的加冕脱冕场面，就可以明白了。不过，狂欢化表现得远为强烈的，是在伪经的基

---

① *Лихачев Д. С.* Смех в древней Руси. // Избранные работы в трех томах. Т. 2. Л: Художественная литература, 1987, с. 344.

② ［俄］巴赫金：《拉伯雷与果戈理》，白春仁译，《巴赫金全集》第四卷，河北教育出版社 2009 年版，第 14 页。

督文学里。”[①] 但是巴赫金虽然这样说，却在他的论述中从来没有涉及任何伪经文本，而只是说陀思妥耶夫斯基对伪经十分熟悉。他之所以这样说，是因为陀思妥耶夫斯基在《卡拉马佐夫兄弟》中，借着伊凡·卡拉马佐夫之口讲述过一部俄罗斯伪经《圣母游地狱》的情节：“圣母亲临地狱，由天使长米迦勒给她引路。她看到了罪人和他们所受的苦刑。其中在油煎湖上有一群极引人注目的罪人：他们中有些人已沉入湖底，再也浮不上来，‘那些人已经被上帝遗忘了’，这是一句非常深刻而有力的话。圣母惊愕而流泪了，跪在上帝的宝座前，为地狱里的大众请求赦免，不加歧视地为她所见到的一切人请求赦免。她同上帝的谈话是极有趣的。她哀求着，不肯离开，当时上帝把她的儿子被钉着的手足指给她看，问她：我怎么能赦免他的凶手呢？于是她吩咐全体圣徒、殉教者、天使和天使长们同她一齐跪下，祈求不加歧视地赦免一切人。结果是她向上帝求到每年从耶稣受难日到三一节停刑，地狱里的罪人们立刻感谢上帝，向他喊：‘主啊，你这样裁判是对的。’”[②] 与传统的基督教伪经比较起来，在俄罗斯还存在一些中世纪后期由俄国人翻译和改写的伪经。严格说来，这些文本已经谈不上严肃的基督教会文本，而是带有了鲜明的俄罗斯本土特色的教会文学。民俗学家维·萨哈罗夫也认为，在俄罗斯伪经中，既混合了希腊多神教的因素，更寄寓了早期斯拉夫人的道德观念和神奇的想象力。[③] 而我们说，在这些伪经中也包含了俄罗斯特有的对话性和狂欢性因素。

《卡拉马佐夫兄弟》中谈到的这部伪经是新约伪经的一种，据说是在12世纪由希腊文译为古俄语的，后来又经过了俄国人的改写[④]。在俄国，这

① ［俄］巴赫金：《陀思妥耶夫斯基诗学问题》，白春仁、顾亚铃译，三联书店1988年版，第191页。

② ［俄］陀思妥耶夫斯基：《卡拉马佐夫兄弟》上，耿济之译，人民文学出版社1981年版，第369—370页。

③ *Сахаров В. А.* Эсхатологические сочинения и сказания в древнерусской письменности и влияние их на народные духовные стихи. Тула: Типография Н. И. Соколова, 1879, с. 57-58.

④ 这部伪经在19世纪之前只以手抄本流行，直到1863年才由彼得堡科学院院士И. 斯列兹涅夫斯基在其编纂的《古代俄罗斯书面语文献》中正式出版。*Срезневский И. И.* Древние памятники русского письма и языка (X-XIV веков). Общее повременное обозрение с палеографическим указаниями и выписками из подлинников и из древних списков. СПб.: Типография Императорской Академии Науки, 1863, с. 204-217.

类伪经存量很多，约有数十种，而在这些伪经中，最具代表性的就是陀思妥耶夫斯基提到的这部《圣母游地狱》（直译应为《圣母巡视苦难记》，«Хождения Богородицы по мукам»；希腊语版本名为《圣母马利亚启示录》，«Откровение Пресвятой Богородицы»）。这部伪经文本并不算长，为了更好地说明其中的狂欢化特性，我们把它译载如下：

圣母马利亚启示录

（论刑罚）

1. 圣母想去橄榄山祈祷。当她向我们的上帝祈祷时，她说：以圣父、圣子和圣灵的名义，天使加百列降临，告诉我天上、地上和地下的刑罚。她刚说完此话，大天使米迦勒携着东方和西方的天使以及南方和北方的天使一同降临，他们向仁慈的人致敬并对她说：喜乐吧，父的光，喜乐吧，子的居所，喜乐吧，圣灵的吩咐，喜乐吧，七重天的坚堡，喜乐吧，十一个堡垒的坚堡，喜乐吧，天使的敬拜，喜乐吧，越过先知直到上帝的宝座。圣母对大天使说：喜乐吧，大天使米迦勒，无形之父的仆人，喜乐吧，大天使米迦勒，我子的谈伴，喜乐吧，大天使米迦勒，六翼的荣耀，喜乐吧，大天使米迦勒，统御万民并荣立于主的宝座之侧，喜乐吧，大天使米迦勒，吹响号角，将死者从长眠中唤醒，喜乐吧，大天使米迦勒，万人中最先达于上帝的宝座。

2. 她也向所有其他天使致以祝福，并向大天使询问那些正在受刑罚的人，并说：请告诉我地上的一切。大天使对她说：至福者啊，你问我，我会向你宣告一切。至福者问他：人类受到多少刑罚，什么样的刑罚？大天使对她说：无数的刑罚。至福者对他说：请告诉我，那些在天上和在地上的人的事。

3. 于是大天使米迦勒向西方的天使明示，将地狱敞开，那些忍受地狱惩罚的人便显露出来。那里有许多男男女女，发出一片哭声。至福者问大天使：这些人是谁，犯了什么罪孽？大天使说：至圣者啊，这是些不敬拜圣父、圣子和圣灵的人。所以他们受这样的刑罚。

4. 看到另一处一片黑暗，至圣者问道：为什么如此黑暗，谁在那里受这刑罚？大天使说：许多魂灵都在这黑暗中。至圣者说：愿掀开这黑暗，让我看见这刑罚。大天使对至福者说：至圣者啊，这刑罚无法看见。那些守护他们的天使也回答说：我们得到了无形的父的命令，他们不得看见光，直到你蒙福的儿子发出光来。至圣者看着天使们心生忧愁，她把目光投向纯洁圣父之言，然后说：以圣父和圣灵的名义，让黑暗掀开，让我看到这刑罚。于是黑暗立刻掀开，并遮住了七重天。那里有许多男男女女，发出一片巨大的哭号声。看到他们，至圣者开始哭泣，问他们：穷困的人们啊，你们在做什么？不幸的人们啊，你们怎么了？你们是怎么来到这里的？没有人回答，也没有听。守护他们的天使说：你们为什么不回答至福者的话？受刑的人便对她说：至福者啊，我们世世未曾见光，也无法抬头向上看。这时有滚沸的焦油洒向他们。看到此情此景，至圣者淌下泪水。受刑的人们又对她说：圣主的母亲啊，你为什么要来了解我们的事？你赐福的子来到地上，也未曾过问我们的事，无论先祖亚伯拉罕，无论施洗约翰，无论伟大的先知摩西，无论使徒保罗，都未曾向我们显现。为什么，至圣的圣母，基督徒的坚堡，常关心基督徒的人啊，为什么你来了解我们的事？于是至圣的圣母对大天使米迦勒说：他们犯了什么罪孽？守护者米迦勒说：这些人不信圣父、圣子和圣灵，就连你啊，圣母，他们也不认，不认主我们的基督耶稣是从你而生，并得肉身——就是为此他们在这里受这刑罚。至圣的圣母再次哭泣起来，对他们说：不幸的人们啊，你们为什么要这样说谎呢？你们没有听说，所有造物都颂我的名吗？至圣者这样说完，黑暗再次落在他们身上，一如当初。

5. 天将问：至福者啊，你想去哪里：西方还是南方？至福者说：我们去南方吧。于是，出现了基路伯和撒拉弗，还有四百个天使，带领至福者前往南方，那里是火河的源头，里面有许多男男女女，一些人火烧至腰部，一些人火烧到喉咙，有些人则被火吞没。至圣的圣母看见他们，发出大声尖叫，对天将说：这些人是谁，那直到腰部都被火笼罩的人犯了什么罪孽？天将说：至圣者啊，这些人是受父母诅咒的，为此他们在这里受这刑罚，就像被诅咒者那样。

6. 至圣者又问：那些直到胸部都被火笼罩的人是谁？天将说：这些是犯了淫行而蒙污的人，为此他们在这里受这刑罚。

7. 至圣者又问天将：那到喉咙都被火焰笼罩的是谁？天将说：至圣者啊，那是些食人肉的人。至圣者又问：一个人怎么会去食另一人的肉？天将说：至圣者啊，请听，我来告诉你吧。这是些把刚出母腹的自家的孩子扔给狗吃的人，这是些在君王和统治者面前放弃兄弟的人。——所以说他们吃了人的肉。为此他们在这里受这刑罚。

8. 至圣者又问：那些火焰没顶的人又是谁？天将说：至圣者啊，这是些拿着虔信的十字架却发假誓的人：借着主的十字架的力量发誓。天使们惊恐地战栗着鞠躬，而这些人却拿着十字架发假誓，而不知道他们为何作证。为此他们在这里受这刑罚。

9. 至圣者在另一个地方看到一个人倒悬着，虫子在吞噬他。她问天将：这是谁，他犯了什么罪孽？天将说：这是个从他的黄金中获利的人，为此他在这里受这刑罚。

10. 她又看见一个女人被悬在自己的双耳上，各种各样的野兽从她嘴里出来，吞噬着她。至福者又问天将道：她是谁，她犯的什么罪孽？天将说：这是一个进到别人家的人，又对人讲恶言恶语，以邻为敌。为此她在这里受这刑罚。

11. 看到这情景，至圣的圣母放声大哭，又对天将说：人还是不出生为好。而天将说：正是，至圣者啊，你还没有看到更大的惩罚。至圣者于是对天将说：哦，米迦勒啊，伟大的天将，那领我去看所有的刑罚。天将说：至福者啊，你希望咱们去哪里？至福者说：到西方。几个基路伯立即出现，将至福者带往西方。

12. 她看到了火云四处蔓延，里面有许多男男女女。至福者问：他们犯了什么罪孽？天将说：至圣者啊，这是些在礼拜日的黎明仍像死人一样酣睡的人。为此他们在这里受这刑罚。至圣者又问：如果有人无法起床，那他该怎么办？天将说：至圣者啊，我说来你听。如果有人家的房子四面起火，被围困住了，无法脱身，他便可被宽恕。

13. 她在另一处看到一条火凳，上面坐了许多男男女女，火在燃烧，他们就坐在上面。至圣者问：这些人是谁，他们的罪孽是什么？天将说：至圣者啊，这是些进了上帝的教堂，见了神甫而不起身的人，为此他们在这里受这刑罚。

14. 圣母在另一个处看见了铁树，树上长着铁枝，上面有许多男男女女被悬在自己的舌头上。至圣者看到他们，大声哭起来，并问天将说：这些人是谁，他们的罪孽是什么？天将说：这是些违誓者、毁谤者、亵渎者、挑唆兄弟反目者。至圣者又问：那如何让兄弟反目呢？天将说：至圣者啊，我把这些说来你听。如果有异教徒愿意来要受洗，却有人对他们说这样的话：你是不诚实的人，吃不洁净的东西。——那这就是毁谤，将被判受这永久之刑。

15. 至圣者在另一处看到一个人被手脚捆住悬挂着，他的指甲淌下许多血，他的舌头被火焰缠束着，所以他无法呻吟，无法说：主啊，宽恕我！至圣者看到他，哭泣起来，并三次说：主啊，请宽恕！当她做这些时，一个有权管理这种刑罚的天使出现，让这人的舌头得了自由。至圣者又问天将：这个不幸的人是谁，竟受这样的刑罚？天将说：至圣者啊，这人是不遵行上帝意志的奴仆，吞吃了教会的财产，却说：在教堂里做侍奉的，必由教堂供养。为此他在这里受这刑罚。于是至圣者又说：看他的信仰，他该当如此。于是他的舌头再次被缠束起来。

16. 天将米迦勒说：至圣者啊，来这里，我让你看，神甫们受什么样的刑罚。至圣者走近前，看到一些牧师，他们被捆住20个手指脚趾悬吊着，火从他们的头上冒出。看到他们，至圣者问天将：这些人是谁，他们的罪孽是什么？天将说：至圣者啊，这些是站在上帝宝座旁的人，当主我们的耶稣基督的身体被钉在十字架上时，有珍珠撒下来，天上可怕的宝座震动，主我们的耶稣基督的木架也发出抖动，但他们却没有觉醒。为此他们在这里受这刑罚。

17. 至圣者看到一个人和一个带翅的野兽，生着火焰一般的三个头。两个头在那人的眼前，第三个在他的嘴边。看到这个，至圣者问天将：这是谁，为什么他不能从龙口逃脱？天将对她说：至圣者啊，这个人读了圣福音，但却不去做归他做的事。为此他在这里受这刑罚。

18. 天将说：至圣者啊，到这里来，我将向你展示各级天使和天使长所受的刑罚。她走近前，看到悬挂在火堆上的一些人，无餍的蠕虫吞噬着它们。至圣者说：这些人是谁，他们的罪孽是什么？天将说：至圣者啊，这些是有着天使长和使徒头衔的人。至圣者啊，我来把他们的事说给你听。在地上，他们被称为牧首和主教，但他们却配不上他们的名。他们在地上听到了：圣者们，请祈福！——但在天上他们却不能被称为圣者，因为他们没有照天使长的职责行事。为此他们在这里受这刑罚。

19. 她看见一些女人，她们的指尖被捆住悬吊着，火焰从她们的嘴里冒出来，燃烧着她们。各种各样的动物从火中出来，吞噬着她们，她们大声地呻吟：宽恕我们吧，宽恕吧，因为我们所受的刑罚比所有的刑罚都难以忍受！看到她们后，至圣者大声哭泣，并问天将米迦勒：这些人是谁，她们的罪孽是什么？天将说：至圣者啊，这些人是牧师的妻子，她们不尊重他们的丈夫，并在丈夫死后再嫁。为此她们在这里受这刑罚。

20. 至圣者看到一个女祭司，悬在深渊之上，一只十头野兽吞噬着她的乳房。至圣者问：她的罪孽是什么？天将说：至圣者啊，这是一个大祭司，行淫乱亵渎了她的身体。为此她在这里受这刑罚。

21. 又看到了另一些（女人），她们被笼罩在火焰里，各种各样的野兽吞噬着他们。至圣者问天将：这些人是谁，他们的罪孽是什么？他说：这是些不行上帝意志的人，利欲熏心的贪婪者，不敬上帝者。

22. 听到这些，至圣者大声哭起来，并说：唉，罪人们哪！天将说：至圣者啊，你为什么哭泣？实际上你还没有看到更大的刑罚。至福者说：米迦勒，至高力量的伟大天将啊，领我去看那所有的刑罚吧。天将说：你希望我们去哪里：东方或天堂左侧？至圣者于是说：到天堂左侧吧。

23. 她刚说完这些话，便出现了基路伯和撒拉弗，将至福者带往天堂左侧。这里有一条大河在流淌，这条河看上去比焦油还黑，里面有许多男男女女。河水像铁匠的炉子一样燃烧，河水就像肆虐的大海那样翻腾，倾泻在罪人们头上。当海浪涌起时，罪人们就沉入万丈深渊，无法抬起头来说：宽恕我们吧，公正的审判者！因为有无数的无厌的蠕虫吞噬着它们。看到至圣的圣母，那些向这些人行刑罚的天使用尽力气大喊：神圣的上帝啊，借着圣母来行仁慈吧。我们对你感恩，上帝的子啊，因为世代以来我们没有见过光，而今天，借着圣母我们重又见到了光。他们又用尽力气大喊着说：喜乐吧，至福的圣母，喜乐吧，圣火的灯烛；你也喜乐吧，先于所有造物而生的天将米迦勒。我们忍着巨大的悲伤，因为看着这些受刑的罪人。至圣者看到了这些受着屈辱的天使，哭泣起来，并说：唉，罪人们和这些与你们同在的人哪！至圣者与天使长米迦勒，以及整个天使的队伍异口同声地说：主啊，宽恕吧！当他们做了这不断的祈祷后，河上的风暴便止息下来，火焰平静下来，现出像芥菜种子一般的罪人。至圣者看见了他们，哭泣起来，说：这是条什么河，它上面的波浪是什么？天将说：这是条河面上起火的河，里面受折磨的是将我们的耶稣基督、上帝之子钉在十字架上的犹太人，他们拒绝圣洁的洗礼，在尚未烧毁的世上行淫乱，并与他们的母女行淫乱，他们是投毒犯，用剑杀人者，以及扼杀婴儿的人。至圣者说：照他们的信仰看，他们该当如此。于是罪人们的头上立刻涌起波浪，黑暗吞没了他们。天将说：至福者啊，我说给你听。如果有人陷入这黑暗，在上帝面前他便不会再被记起。至圣的圣母说：唉，罪人们哪，火焰是无法熄灭的！

24. 天将说：至圣者啊，近前来，请看这火湖。看看基督徒的支裔在受着什么样的刑罚。至圣者近前来，看了一下，只听到一些声音，却没有发现人。她问天将：这是什么人，他们的罪孽是什么？天将说：至圣者啊，这是些受洗并听了基督的话，但却做了魔鬼的事的人；他们错过了忏悔的时间，为此他们在这里受这刑罚。

25. 她说：我祈求你，我只有一个请求：我也可能会同这些基督徒一起受到刑罚，因为那是我儿子的孩子。天将说：神圣主的圣母啊，你且在天堂歇息一下。至圣者说：我祈求你，请移动这十四层大地和七重天，为基督徒祷告，愿主上帝聆听我们并宽恕他们。天将说：主上帝是让人活的，只要我们白天七次和夜里七次称颂主的伟大之名

（如我们所称他的那样），便会唤起主对这些罪人的忆念，无论如何主都不会抛弃我们。

26. 至圣者说：我祈求你，天将，带领天使的队伍，将我升到天堂的高处，把我安置在无形的父面前。天将立即吩咐，基路伯和撒拉弗的战车出现了，他们把至福者升到了天堂的高处，把她安置在无形的父面前。她把双手伸向父的纯洁宝座，说：主啊，宽恕基督徒罪人，因为我看到了他们受的刑罚，无法忍受他们的哭号。我希望去到那里与基督徒罪人同受刑罚。这时她听到一个说话的声音：如果他们彼此不行宽恕，我如何宽恕他们？神圣的圣母面对父的圣洁的宝座说：主啊，我不是为那不信上帝的犹太人相求，而是为那些基督徒求你的仁慈。无形的父的声音又说：如果他们连自己的兄弟也不宽恕，我如何能宽恕他们？至圣者说：主啊，宽恕罪人吧，把你的目光转向他们的痛苦，因为地上所有的造物都在称我的名，当灵魂从身体里出来时便呼喊：神圣的主的圣母啊！于是主就对她说：至圣的圣母啊，听我说：人若说出并称你的名，我就不会离弃他，不管天上还是地上。

27. 至圣者说：摩西在哪里？所有从未犯过罪的先知和父亲在哪里？你在哪里啊，保罗，上帝的圣徒？神圣的教堂啊，基督徒的荣耀，你在哪里？那把亚当和夏娃从古老的诅咒中解救出来的，虔诚和赐予生命的十字架的力量在哪里？此时，米迦勒和所有天使异口同声说：主啊，宽恕罪人吧！此时摩西发话说：主啊，怜悯那些我传他们律法的人吧！于是约翰呼喊道：主啊，宽恕那些我传他们你的福音的人！此时保罗呼喊道：主啊，宽恕那些我在教堂里传他们你的书信的人！于是主上帝说：所有公义的人听着。照着摩西所传的律法，照着约翰所传的福音，照着保罗所传的书信，让他们受审判吧。于是他们无话可说，只是说：宽恕吧，正义的审判！

28. 至圣的圣母说：主啊，宽恕基督徒吧，因为他们守护你的律法，尊奉你的福音，但却无知。于是主对她说：听着，至圣者。如果有人对他们做了恶，但他们没有以恶相报，你一定会说，他们已是据我的律法和我的福音行事。而如果人没有对他们做恶，他们却以恶相报，我如何会说他们是圣洁的？如今他们因作恶而遭报应。所以那些听过主的声音的人都无言可答。至圣者看见诸圣徒都面露窘色，而主没有注意，他的仁慈仍然对他们隐藏着，于是她说：曾向我显现的加百列在哪里：喜乐吧，因为你是最先在永恒之父面前孕育的！——但现在却看不到那些罪人吗？伟大的大天使在哪里？过来吧，受上帝所赏赐的所有圣徒，让我们仆倒在无形的父面前，为的是让主上帝听到我们并宽恕罪人。于是大天使米迦勒和所有圣徒都以额触地，仆倒在无形的父面前，说：主啊，宽恕基督徒罪人！

29. 于是主看到圣徒的祈祷并显露仁慈，说：下来吧，我的亲爱的儿子，借着圣徒们的祈祷，为着那些罪人，在地上显示你的面孔。于是主从他圣洁的宝座上下来，那些受刑罚的人看到了他，异口同声地说：宽恕我们，永恒的君王！于是统治万物的主对所有人说：听着，罪人和义人。我创造了天堂，并以我的形象造人。但是那个人犯了罪，并因自己的罪孽而得死亡。但我无法忍受的是，我手所造的却归于蛇的力量；所以我让天低垂，我降下来，借着神圣的童贞圣母马利亚出生，以让你们得自由。在约旦我受了洗礼，以护住本性不会因罪孽变得衰老。我被钉上十字架，为的是把你们从古老的诅咒中拯救出来。我求水，你们却给我混了胆汁的醋。我被放进棺木，踏住了敌人，让我的选民复活，但你们却不想听我的话。如今借着马利亚我母的祈祷——因为她为你们哭了多次——并借着米迦勒我的天使长以及众多我圣徒的祈祷，我赐你们在五旬节那天休息，以让你们称颂圣父、圣子和圣灵。

30. 于是所有天使和天使长，宝座，君王，头领，权柄，力量，多眼的基路伯，六翼的撒拉弗，以及所有的使徒，先知，殉道者和所有的圣徒都发出同一个声音，说：荣耀归于你，主啊，荣耀归于你，爱人类者啊，荣耀归于你，永恒的君王啊，荣耀归于你的仁慈，荣耀归于你的耐心，荣耀归于不可言喻的正义，因为你宽恕了罪人和不敬虔的人，你宽恕并拯救。

荣耀归于他和他的国，归于圣父、圣子和圣灵，千秋万代。阿门。[①]

---

① Откровение Пресвятой Богородицы. // Новозаветные апокрифы (Сост., коммент. *С. Ершова*; Предисл. *В. Рохмистрова*.) СПб.: Амфора, 2001, с. 399–410.

这篇伪经的核心主旨是与新约中的《启示录》一脉相承的，即展示人的罪孽的不同形态以及由此对应的惩罚与新生的可能性。但从叙事结构的层面上来看，《圣母游地狱》所提供的是一种“地狱狂欢”模式。巴赫金在谈到拉伯雷的《巨人传》中的地狱描写时指出：“‘地狱’是狂欢节必须具备的特征。”[①] 原因是，这类文本最鲜明地体现了狂欢化文本的“怪诞”浪漫主义风格。

就此而言，《圣母游地狱》描绘的便是一个巴赫金意义上的“浪漫主义的怪诞世界”，在这个世界里，一切“本我”都被脱冕并变为“滑稽怪物”进入这个世界。巴赫金在阐释他对“怪诞”这一概念时用了凯泽尔的说法：“怪诞中所表现的不是对死的恐惧，而是对生的恐惧。”在怪诞中，“首先含有生与死的对立。这种对立与怪诞风格的形象体系格格不入。在这个形象体系中，死完全不是对怪诞风格中的生，即巨大的全民肉体生活的否定。在这里，死是作为生的一个必然因素，作为不断更新和年轻化的一个条件而进入生活整体的。在这里，死总是与生相关联，坟墓总是与生育万物的大地怀抱相关联。生—死，死—生，这是生活本身的决定性因素，正如歌德《浮士德》里地神的那段名言所说。死就在生之中，它与诞生一起决定着生活的永恒运动。怪诞的形象思维甚至把个体肉体上的生与死的斗争也理解为顽强的旧生命与诞生中的（应该诞生的）新生命的斗争，理解为更替的危机”[②]。但巴赫金在这里举的例子为歌德的《浮士德》中地灵的话。浮士德在感觉濒临死亡的时刻，看到了大宇宙的灵符，参悟了生命的死亡交替，感受到了生命的复活，于是召唤来地灵，地灵则向他昭示了生与死的奥秘：“生命的浪潮，事业的狂风，我上下翻腾，我来去飘飏！诞生和坟茔，永恒的海洋，交替的经营，灼热的生命，我就在轰轰的时间织机之旁，织造神的有生命的衣裳。”[③] 我们不能确定巴赫金是否读到过《圣母游地狱》这篇伪经文本，但从他对《浮士德》中这段话的引述可以看出，在歌德的

① ［俄］巴赫金：《弗朗索瓦·拉伯雷的创作与中世纪和文艺复兴时期的民间文化》第一章，夏忠宪译，《巴赫金全集》第六卷，河北教育出版社 2009 年版，第 92 页“作者注”。

② ［俄］巴赫金：《弗朗索瓦·拉伯雷的创作与中世纪和文艺复兴时期的民间文化》导言，夏忠宪译，《巴赫金全集》第六卷，河北教育出版社 2009 年版，第 58—59 页。

③ ［德］歌德：《浮士德》，钱春绮译，上海译文出版社 1989 年版，第 35 页。

作品中，也只不过是浮士德与地灵的这段对话能够说明巴赫金对“地狱”形象的解说。而我们从上面的《圣母游地狱》文本可以看到，其中表现的生与死的交替、天堂与地狱的对立主题，是以更为集中、生动，甚至是带有怪诞色彩的手法描绘出来的。

我们来看一下《圣母游地狱》这部伪经文本的狂欢化特征体现在哪些地方。

首先，如巴赫金在分析《浮士德》时说的，这是一个有关生与死的对立与博弈的叙事文本。当然，这个特点首先是通过地狱形象的塑造展现出来的：一方面是地狱的整体形象，一方面是地狱中受难的个体形象。巴赫金在分析拉伯雷的小说时提到，《庞大固埃》中描写地狱时列举了七十九个人物，并称这是“广场特有的庆典式洋洋洒洒的名称列举”[①]。而在《圣母游地狱》中，采用了相似的重复列举的方式来展现其“广场性”。在这部文本里，一共列举出来的地狱中的受难场景有 18 个，里面涉及的意象有黑暗、火焰、食人肉、虫噬、倒悬、怪兽、肢体创伤、血、焦油等等。在这篇短短的文字中，所描绘的地狱场景之丰富，竟堪比但丁《神曲》的“地狱篇”。而这些意象的整体效果是构成了一个地狱世界的整体“怪诞”形象。巴赫金说：“怪诞形象（гротескный образ）所表现的是在死亡和诞生、成长与形成阶段，处于变化、尚未完成的变形状态的现象特征。对时间、对形成的态度是怪诞形象必然的、确定的（起决定作用的）特征。它的另一个与此相关的必然特征是双重性：怪诞形象以这种或那种形式体现（或显示）变化的两极即旧与新、垂死与新生、变形的始与末。”[②] 简言之，怪诞的一个重要特征是其未完成性，是变化的存在，而且是不确定性的变化的存在。也就是说，在怪诞形象之中蕴含着多种可能性，而不是指向同一个稳定的价值基点；或者说，它体现的是从一极向另一极的跳跃与无序的运动。《圣母游地狱》整部作品的主旨是救赎，但是，在圣母的游历中却存在着多种可能

---

① ［俄］巴赫金：《弗朗索瓦·拉伯雷的创作与中世纪和文艺复兴时期的民间文化》第二章，邓理明、路雪莹译，《巴赫金全集》第六卷，河北教育出版社 2009 年版，第 198—199 页。

② ［俄］巴赫金：《弗朗索瓦·拉伯雷的创作与中世纪和文艺复兴时期的民间文化》导言，夏忠宪译，《巴赫金全集》第六卷，河北教育出版社 2009 年版，第 29 页。原文参见 *Бахтин М. М.* Творчество Франсуа Рабле и народная культура средневековья и Ренессанса. // Собрание сочинений в 7 томах. Т. 4 (II). М.: Русские словари; Языки славянской культуры, 2010, с. 34.

性：一种是预定救赎，即相信她可以向上帝求情，并最终使这些受难者得到宽恕，如对待那些经过受洗、信过基督的话但却做了魔鬼的事的人；第二种是不确定救赎，大部分情况属于此种类型，即圣母只用哭泣来表达她的反应，而并不明确表达她是否要为这些人向上帝求情，以及最终这些人是否会得到救赎；第三种是倾向于放弃救赎，即圣母同样为受难者感到悲伤，她听到了他们所犯下的罪孽，又表示“看他的信仰，他该当如此”，因此，这种表述中所包含的仍然不是清晰的救赎倾向。总之，通过圣母与这些罪人及天使的对话，文本的主体部分便展现了一个由怪诞意象组成，并且符合怪诞风格的不确定性主旨的狂欢化世界，而生与死则在这种不确定性之中成为一种随时可以发生颠倒的对立项。

其次，在这个文本中，圣母形象的功能是“闯入者”。在圣母出现之前，这里的世界是一个由稳定结构支撑的世界：威严的上帝在占有绝对统治地位的天上，受惩罚的罪人在地狱中受永恒之苦，而中间的天使只是上帝权威的一种符号，起到的作用是凸显上帝的权威与罪人的卑下。因此，如果没有一个狂欢性的激活因素出现，这个结构便是人间的庸常世界的一个符号，它也就不能成为真正的“怪诞”世界。“怪诞”世界的表征不是异于常人的形象，也不是神奇的幻想情节，而是无序的运动。只要稳定的秩序存在，这个世界便不可能变成“怪诞”的。但是，圣母形象的出现，打破了“上帝—罪人”的稳定结构，她以一种感性的姿态给这个死寂的理性世界带来了活力，搅动了天堂与地狱之间的恒定秩序。我们看，这一形象的主要行为有三种：哭泣、诅咒、祈求。前两种行为是针对罪人的，后一种行为是针对天使和上帝的。但在这里，哭泣首先是针对自我的，是一种闯入力量的表征，是一种缔造狂欢式审美世界的表征。圣母通过哭泣显示自己的存在，显示自己与天使群体不同的存在，从而使一个单向的存在转变为对话的一方，这也就是巴赫金意义上的审美活动的开始。在他看来，在审美活动中，“悲伤是感物伤情（伦理地），同时也是自我赞扬，而哭泣也是赞扬自己的哭泣（审美的自我慰藉）”[①]。也就是说，如果从伦理上来

① *Бахтин М. М.* Автор и герой в эстетической деятельности. // Собрание сочинений в 7 томах. Т. 1. М.: Русские словари; Языки славянской культуры, 2003, с. 81-82.

说，圣母的哭泣是对受难者的遭遇表示的同情与悲伤；但从审美的角度来说，这是一种介入对话的表征，所谓“自我赞扬”（воспевает себя），便是向这个原本死寂的世界宣告自己的出场。巴赫金在分析《伊戈尔远征记》时也谈到其中的“哀哭”与“嘲弄”的形象体系，称：“在两种体系的交汇点上有一个一度战胜光明的黑暗的形象，亦即有一个黑暗、死亡（衰退）和复生的演进过程。”① 当然，这里是把“哀哭”视为激活审美世界的因素来看的，即：当引发人的“哀哭”的黑暗到来时，便意味着一个死亡与新生的交互过程的开始。

在《圣母游地狱》中，圣母的表现行为还有诅咒，即当她听到天使介绍罪人令人难以忍耐的罪孽时，圣母两次发出诅咒：“照他们的信仰看，他们该当如此。”于是罪人又继续承受地狱的刑罚。按照巴赫金的理解，诅咒是指向“下部”的，躯体的下部与生命的下部，从叙事结构上来说主要是指后者，如他在谈到拉伯雷小说中的诅咒时举的例子：“（1）‘让闪电劈死你们’（闪电从天而降），（2）‘让硫磺、火焰、深渊吞噬你们’，换言之，让你们葬身地狱。”② 因此，当圣母发出诅咒时，意味着她参与到了与罪人的对话，以指向“下部”的诅咒让罪人进入到一个新的运动“事件”之中。而圣母的“祈求”则指向了上部，即占据着统治地位的上帝与天使，这同样是一个激活性动作。圣母通过这个动作，对上帝的权威发出了质疑。尽管在伦理层面上，她并未表示出谴责施刑罚的上帝和天使，但是祈求本身却表明了一种审美叙事层面上的对话姿态，即她的“祈求”迫使本来无意参与对话的对方做出“回应”（ответ），从而使整个对话具有了狂欢意义上的“亲昵”性。

《圣母游地狱》与巴赫金意义上的狂欢化文学的主要相契之处是“复活”的功能。前面我们谈到，狂欢节模式最重要的功能项便是告别死亡，走向复活。所谓“复活”，即在死亡中的新生，如巴赫金所说，“一切事物

① ［俄］巴赫金：《史诗历史上的〈伊戈尔远征记〉》，张建华译，《巴赫金全集》第四卷，河北教育出版社 2009 年版，第 47 页。

② ［俄］巴赫金：《弗朗索瓦·拉伯雷的创作与中世纪和文艺复兴时期的民间文化》第二章，邓理明、路雪莹译，《巴赫金全集》第六卷，河北教育出版社 2009 年版，第 186 页。

无不通过死亡而获得新生，得以更新”[①]。他称拉伯雷在“辱骂—赞美、殴打—装扮、杀死—生育”的模式中，表达了整个文艺复兴时期的历史变动，并引用了马克思的话来说明这一点：“历史不断前进，经过许多阶段才把陈旧的生活形式送进坟墓。世界历史形式的最后一个阶段就是喜剧……历史为什么是这样的呢？这是为了人类能够愉快地和自己的过去诀别……”[②]我们说，复活的过程也是一个“脱冕—加冕”的过程，即：让不死的死神脱冕，让将死的、被施了诅咒的人加冕。在这个伪经文本里，那个在伦理上处于绝对地位的、无形的上帝，却在狂欢的结构中被脱冕，至圣的“父”虽然没有以违背教义的方式现出自己的形象，但在功能上，他已属被迫现形，即以“主耶稣基督”的形象出现，来回应圣母提出的要求，并最终做出了让人复活的允诺。于是，整部作品便完成了由一个伦理意义上的“启示”文本转变成一个叙事意义上的狂欢化文本的过程。

---

① ［俄］巴赫金：《陀思妥耶夫斯基诗学问题》，白春仁、顾亚铃译，三联书店1988年版，第181页。

② ［俄］巴赫金：《弗朗索瓦·拉伯雷的创作与中世纪和文艺复兴时期的民间文化》第六章，徐玉琴译，《巴赫金全集》第六卷，河北教育出版社2009年版，第498—499页。马克思的话的原中译文参见［德］马克思：《黑格尔法哲学批判导言》，《马克思恩格斯全集》第1卷，人民出版社1956年版，第457页。

第十章
巴赫金的狂欢化理论与圣愚文化

巴赫金在论述他的狂欢化理论的时候，反复用到“圣愚”（юродство, юродивый）这一概念[①]，但他就拉伯雷的《巨人传》谈了那么多狂欢式人物，却从来没有涉及俄罗斯文化中独特的圣愚文化。如当代学者库尼尔斯基所说，巴赫金的“笑这一概念就其根源而言还应是一种本土文化，而非外国文化”[②]。实际上，在圣愚文化中存在着基督教框架内极为独特的一种反讽性模式，与巴赫金所论述的狂欢化模式在狂欢式的笑（карнавальный смех）、欢笑的相对性（веселая относительность）、颠覆性等方面有着密切的联系。因此，忽略了俄罗斯的圣愚文化，既不能充分解释俄罗斯文学中的狂欢化特色，也使得在探讨巴赫金狂欢化理论成因的问题上缺少了一个重要的方面。

第一节　俄罗斯的圣愚文化与闯入式话语

圣愚文化在基督教发展史上主要是东部教会的现象，是一种建制内的

① 圣愚这一概念的完整写法应为“юродство Христа ради”，即“为了基督的疯癫”。巴赫金从未用过这个标准写法，而只是用“юродство”或“юродивый”。这个词的本义即疯癫、痴呆，但在俄语的语境中，如果单独形容疯癫、痴呆等精神反常现象一般不用юродство，因为这个词实际上已经成为“юродство Христа ради”的省略语，即指作为一种基督教苦修形式的疯癫。这个词在中文译本里的译法不一，有“疯癫”“癫狂”“迷狂”“疯傻”等，严格说来都不确切，或起码应加注释说明这一概念的文化含义。

② *Кунильский А. Е.* Смех Достоевского: прав ли Бахтин. // Знание. Понимание. Умение., 2007, № 4, с. 148.

苦修形式，即修道者佯装疯癫，以引起别人的厌恶，由此来砥砺自己的信仰的意志，从而达到一种身在俗世而能保持纯洁灵魂的苦修效果。因此，圣愚苦修也被认为是一种高级苦修。[①] 最早的圣愚苦修可以追溯到 4 世纪的埃及沙漠苦修运动，在基督教会史上，大约去世于 365 年的埃及的伊西道拉被认为是最早的圣愚[②]。这种苦修形式自俄罗斯的修道现象出现之后即存在，如 10 世纪在基辅罗斯最早出现的修道院——基辅洞窟大修道院苦修的圣伊萨基[③]，就是那一时期的代表性人物。而到了伊凡四世时代，圣愚苦修甚至成为一种流行的修道方式，甚至连一直对圣愚欣赏有加的伊凡四世也在给宗教会议的信中发出抱怨：“假冒的先知们，男男女女，小姑娘，老太婆，从一个村子跑到另一个村子，光着身子，赤着脚，披头散发，哆里哆嗦，高喊着，圣阿娜斯塔西娅和圣皮亚特尼察吩咐他们这样做。”[④] 但这并不妨碍伊凡四世为当时去世的圣愚瓦西里亲自抬灵柩送葬，并下令在莫斯科红场上修建以圣瓦西里为名的纪念大教堂。[⑤]

实际上，早期的圣愚苦修并不一定是一种自觉的苦修形式，但教会学者在记载这些疯癫修士的时候将其美化了。这种苦修形式的起源应当与当时在修道人群中存在的疯癫者相关。如法国学者福柯所述，疯癫现象古已

---

① *Ковалевский И.* Юродство о Христе и Христа ради юродивые восточной и русской церкви. М., Печатня А. И. Снегиревой, 1895. Republished by Gregg International Publishers limited, Westmead, Farnborough, Hants, England, 1969, с. 2.

② 法国学者拉尔舍（Jean-Claude Larchet）认为与伊西道拉同时代的埃及的圣阿蒙也可归入圣愚，参见 *Ларше Жан-Клод* Исцеление психических болезней. Опыт христианского Востока первых веков. Перевод с французского иеромонаха Саввы (Тутунова) и Ольги Пильщиковой. М.: Изд. Сретенского монастыря, 2007, с.163. 但从圣阿蒙的行迹来看，并不典型。如他任塔本尼西修道院的长老时，曾有一群人前来请他评理，而他故作痴愚（прикинулся глупым），于是那群人中的一个说：“这个长老是个疯子（юродивый）。”他却说：“我在荒漠中做了许多事，为的就是求得这疯癫（юродство），难道今天为了你们我就失去这疯癫吗？”参见 *Сидоров А. И.* (Перевод, вст. ст., коммент.) Творения древних отцов-подвижников. М.: Сибирская Благозвонница, 2012, с. 36. 从圣阿蒙的话语中可以看出，承认自己追求疯癫者，其实是在把自己理性的一面公开展现出来，而这是与圣愚通过故作疯癫求得世人唾弃的实质相违背的。

③ *Ковалевский И.* Юродство о Христе и Христа ради юродивые восточной и русской церкви. М.: Печатня А. И. Снегиревой, 1895. Republished by Gregg International Publishers limited, Westmead, Farnborough, Hants, England, 1969, с. 157-158.

④ Там же, с. 150.

⑤ *Платонов О. А.* (Сост.) Русские святые и подвижники Православия. Историческая энциклопедия. М.: Институт русской цивилизации, 2010, с.168-169.

有之，但是，它在现代医学产生之前的很长一段历史时期内并不被完全视为病症，甚至它与获得快乐与知识的“奇异途径”相联系[①]。而在俄罗斯，疯癫现象则始终被视为一种通向神启的方式，即使当它被民众意识到是一种病态的时候仍然如此。如19世纪的疯癫者伊万·科列沙作为精神病人几乎在医院度过了近半个世纪的时间，但就在其住院期间，几乎天天都在接受信众的朝拜，尽管他并未在教会机构注册，也无从“封圣”[②]。而科列沙在医院里发出含混不清的话都被那些崇拜者视为“神谕”，但其实都是些逻辑混乱的无意义词语。[③]在俄国，因为缺失了类似西欧的文艺复兴或启蒙运动的历史环节，所以，初民时期的巫术文化元素获得了更长久的生命力，因而形成了其民族心理中对疯癫现象的普遍敬畏，并将其与基督教信仰混合起来。捷克学者马萨里克曾对此评述道：“和大多数原始民族一样，由于缺乏批判能力和文化教育，那时的俄罗斯人可能将神经和心理的病态都看作内心宗教生活的外在表现，并将其当作神启来接受。这种观点相当普遍，而并不只是那些遭教会谴责的孤立教派这样看。即使在今天，俄罗斯人——不仅是农民——也将圣愚（精神变态者——白痴和弱智）视为神灵附体的人。”[④]此外，痴愚在俄罗斯民间文化中也被视为一种有福的生命状态，所以在民间故事中“傻子伊万”就成为流行最广的、最受大众喜爱的人物形象，它甚至成为俄罗斯民间信仰的象征。[⑤]

圣愚作为一种文化存在于两个层面：一个是现实的圣愚文化，一个是书面的圣愚文化。语言文化学家科列索夫说：“行为中和话语中的圣愚

① 福柯：《疯癫与文明》，刘北城、杨远婴译，三联书店1999年版，第21—32页。

② “为了基督的疯癫”（юродство Христа ради）是一个教会正式封圣用语，也就是说，远不是所有以这种方式苦修的修道者都可以用这个完整称呼。实际上在俄罗斯教会史上被封圣的圣愚不到50名，因此，“юродивый”这个词便几乎成为那些以这种方式苦修的修道者的专有名词，而一般不再指普通人的疯癫。

③ *Прыжов И. Г.* Житие Ивана Яковлевича, известного пророка в Москве. СПб.: Типография Н. Л. Тиблена, 1860, с.19–20; *Копшицер И.* (к.м.н., психиатр). О психическом заболевании И. Я. Корейши. // Наука и религия, 1973, № 8.

④ Masaryk, T. G. *The spirit of Russia: studies in history, literature and philosophy*. Translated from the German original by Eden and Cedar Paul. London: Allen & Unwin, 1919. p. 42.

⑤ *Синявский А. Д.* Иван-дурак. Очерки русской народной веры. М.: Аграф, 2001, с. 2–3. 而费多托夫便认为，傻子伊万的形象无疑是受到圣愚的影响而产生的，参见 *Федотов Г. П.* Святые Древней Руси. // Собрание сочинений в 12 томах. Т. 8. М.: Мартис; Sam & Sam, 2000, с.163.

是不同的圣愚形态。”[①] 现实中的圣愚，是一种故作疯癫的行为，所以是一种“假冒的圣愚”（мнимый юродивый）。所谓“假冒的圣愚”有两种形式：一种是民间的游手好闲之徒，假冒疯癫，或自称圣愚，目的是获取个人利益和名望，因为在民众甚至上流社会的心目中，只要是疯癫式的修道者都值得敬畏。这些人甚至以精神导师或预言者（пророк）、奇迹创造者（чудотворец）等名义进入政权机构，以满足其各种世俗欲望。如被末代沙皇尼古拉二世邀请进入宫中干预国家事务逾十年之久的格·拉斯普京便属此类假冒圣愚。另一类假冒的圣愚是真正的苦修者，即这些人并非典型意义上的疯癫，并未失去自我控制的能力，有些人甚至具有高尚的智慧。他们自愿选择过圣愚的生活，穿最破旧的衣服，甚至赤身裸体，吃最简单的食物，甚至只吃面包和水，或流浪，或僻居，假装疯癫，甚至故作下流，招致民众责骂，以此作为责罚自己的一种苦修形式。如托尔斯泰在他的小说《童年》中记述的云游修士格里沙便属此类。格里沙是托尔斯泰家的常客，他的不雅举动令尼科尔卡的父亲厌恶，而女主人却将其待为上宾。这类圣愚按照文化史学家潘琴科的理解就是“演员”，“因为他在独处的时候并不疯癫。白天他总是出现在大街上、在人群中——在演出广场上。在观众面前他便戴上癫狂的面具‘嘲弄挖苦’，或者像一个丑角‘耍笑搞怪’。如果教会主张要仪容齐整，则圣愚偏要以挑衅的姿态与之作对。教会里有许多物质的、肉体的华美，而圣愚行为中却以故作丑劣为主导。”[②] 因此，现实中的圣愚文化可以视为人们日常生活中的一个小型狂欢节模式，在一个圣愚的身上体现着人们嘲讽和颠覆这个庸常世界的愿望。

我们之所以说圣愚是一个小型狂欢节模式，是因为它就像一个楔子钉入了平静的日常世界，它以反常规的方式，既颠覆了普通人的庸常生活，也对排斥笑文化的基督教常规提出了挑战。它的作用正像傻瓜伊万面对俗人的世界。利哈乔夫在谈到圣愚之笑时指出：“圣愚同样也是一个傻瓜。但

---

① *Колесов В. В.* Русская ментальность в языке и тексте. СПб.: Петербургское Востоковедение, 2006, с. 201.

② *Панченко А. М.* Юродивые на Руси. // Русская история и культура: Работы разных лет. СПб.: Юна, 1999, с. 394.

他对现实的批判是建立在揭示这个现实与圣愚本人所理解的基督教规范的龃龉上。文化世界与反文化世界的关系在圣愚这里被颠覆了。圣愚以其行为（各种行为姿态）表明，正是这个文化世界才是一个真正反文化的世界，是一个虚伪的、不公平的、与基督教规范不相符的世界。因此，他总是在这个世界中表现得像在反文化的世界里所应表现出来的那样。像任何一个傻瓜一样，他总是不合时宜地行动和言说，但作为一个不能容忍妥协的基督徒，他的说话和行为就像按照基督教的行为标准、与基督教的符号体系相契合的方式所应做的那样。他生活在自己的世界里，这不是一个普通的笑的世界。然而，这个笑的世界非常接近于圣愚的世界。圣愚的行为姿态和话语既是滑稽的，也是可怕的。他们以其藏而不露的神秘喻义，以及作为一个圣愚与众不同的表现来引起人们的畏惧，因为他能够看到和听到某种日常视觉与听觉范围以外的东西。圣愚能够看到并听到别人不知道的东西。圣愚的反文化世界（即‘真正’的文化世界）是对现实（超凡脱俗的现实）的回归。他的世界是双面的：因为对无知者而言是可笑的，而对于那些知者来说，则格外重要。”[①]

圣愚既然被教会接纳为一种建制内的苦修，当然便会在各种文献中得到美化式描写，从现存的各种圣徒传记类的作品中，我们可以很清楚地看到这一点。而俄罗斯的文学则借助于这些书面材料，转化为一种文学的叙事。在这种文学叙事中，从价值观的层面上说，圣愚文化影响到俄罗斯文学对精神苦修的尊崇；但从叙事结构上来说，它则表现为一种闯入式话语。如我们在分析俄罗斯民间狂欢化文本时说的，在闯入者出现之前的世界是一个在日常秩序的压抑之下失去了活力的、趋于死寂的状态，而当一个闯入者出现的时候，这个死寂的世界便被激活，它过去被掩盖的真相便敞露开来，而当旧的秩序被打破的时候，狂欢性的混乱便成为新秩序的标志。如普希金的悲剧《鲍里斯·戈都诺夫》中的尼科尔卡。这个圣愚面对孩子们的欺侮无可奈何，甚至因为被抢走戈比而哭泣，但是当他面对威严的沙皇时却一直使用反讽的“疯癫”语言，他让沙皇杀了那些抢他戈比的孩子：

① *Лихачев Д. С.* Смех в древней Руси. // Избранные работы в трех томах. Т. 2. Л.: Художественная литература, 1987, с. 343-344.

“像你杀死小皇子那样。”[①] 鲍里斯·戈都诺夫的僭位在整个剧本中是一个潜在的话语“涵义”，但是没有人说出来，而只有尼科尔卡的话以间接的方式，但却是以“闯入”的姿态，揭破了事件的真相，即鲍里斯·戈都诺夫杀死了前皇子而篡位，但沙皇出于对圣愚的敬畏，却不能加害于他。如巴赫金所说的：“与人抗争的元素、昔尼克式的疯癫怪僻，几乎从来都是圣愚所特有的性质；挑衅的、戏弄性的直白。”[②] 所以我们说，圣愚在艺术作品中的存在从来都是一种激活性因素，是狂欢化中脱冕程序的必要因素。

第二节 圣愚的狂欢之笑

巴赫金在研究拉伯雷的狂欢化文本时谈到过：“笑在中世纪处在一切官方意识形态领域之外，处在一切官方的、严格的生活和交际形式之外。笑被排斥在宗教仪式、封建国家官阶、社会礼仪和一切高级意识形态体裁之外。音调的片面严肃表现出中世纪官方文化的特性。中世纪的意识形态充斥禁欲主义、阴郁的天命论，以及诸如罪孽、赎罪、苦难这样一些范畴在其中起主导作用。中世纪的意识形态内容本身，还有被这个意识形态奉为准则的封建制度及其极端压制和恐怖的形式的性质本身，决定了这种音调特殊的片面性及其冰冷僵化的严肃性。严肃性被确定为表达真、善，以及一切实质性的、意义重大的、重要的事物的唯一形式。恐惧、景仰、顺从等等，就是这种严肃性的音调和特色。”[③] 但人类文化中不能缺少“笑”的内容，所以，在官方宗教意识形态之外的领域，笑文化便成为合理的存在，即：作为一种带有颠覆色彩的圣愚之笑与教会的正统性达成某种统一，在具体的现实生活乃至文化创造活动中，将严整的秩序配以适度的谐谑，既

---

① *Пушкин А. С.* Борис Годунов. // Полное собрание сочинений в 10 томах. Т. 5. М.-Л.: Издательство Академии наук СССР, 1950, с. 428.

② 巴赫金:《审美活动中的作者与主人公》，晓河译，《巴赫金全集》第一卷，河北教育出版社 2009 年版，第 253 页。*Бахтин М. М.* Автор и герой в эстетической деятельности. // Собрание сочинений в 7 томах. Т. 1. М.: Русские словари; Языки славянской культуры, 1997-2003, с. 212.

③ 巴赫金:《弗朗索瓦·拉伯雷的创作与中世纪和文艺复兴时期的民间文化》第一章，夏忠宪译，《巴赫金全集》第 6 卷，河北教育出版社 2009 年版，第 83—84 页。原文参见 *Бахтин М. М.* Творчество Франсуа Рабле и народная культура средневековья и Ренессанса. // Собрание сочинений в 7 томах. Т. 4 (II). М.: Русские словари; Языки славянской культуры, 2010, с. 85.

是维护权力的必要形式，也是民众日常生活的循环形态。从精神分析的角度来看，人既不能仅以私欲、攻击的本我状态存在，也不能仅以牺牲、利他的超我状态存在。由人的这种普遍心理动因，形成文化中的压抑性秩序与颠覆性狂欢的周期性交替。人类社会发展的基本规律是从无序走向有序，如弗洛伊德所说，“我们无法长时间地忍受事物的新状态，……借助日夜的周期性变化暂时地摆脱我们所遭受到的刺激”。但是，被稳定的秩序所放逐的压抑部分会通过“梦和神经症”来敲击秩序的门扉，“戏谑、幽默，以及某些一般的喜剧作用”，便成为消解秩序压力的手段，以获得心理的平衡。[①] 显然，巴赫金所强调的是被“高级意识形态体裁”所排斥的笑谑在文化层面上的这种修复作用。所以，他把《巨人传》中的约翰修士视为“下层大众化修士具有强大的仿讽和更新力量的体现”[②]，并不厌其烦地对这一形象的作用进行了描述与分析。但是，巴赫金虽然多次提到圣愚这一概念，却从来没有对俄罗斯圣愚做过任何考察。

柯日诺夫在他的《巴赫金与其读者们》一文中也曾提到过巴赫金关于“笑”的理论与俄罗斯的圣愚文化之间的联系：

> 那种被巴赫金定义为“净化的笑”的东西有着很多世纪以“圣愚”之名而著称的传统，具体说是东正教的传统。从伊萨基·佩切尔斯基（十一世纪；逝于1090年）开始（《基辅洞窟修道院修士传》中有专门的“记”讲述他：“他变得癫狂，开始嘲弄别人，时而嘲弄修道院院长，时而嘲弄某个修士，时而嘲弄信徒们，招致其他人打他……”），已有几十位俄罗斯圣愚被东正教教会列为圣者。在他们当中有斯摩棱斯克的阿夫拉米、圣瓦西里、大帽子约翰、克洛普的米哈伊尔、普斯科夫的尼古拉、乌斯秋格的普罗科比这样一些备受尊敬的人。并且，一些伟大的圣徒（其中包括费奥多西·佩切尔斯基和基里尔·别洛泽尔斯

① ［奥］弗洛伊德：《集体心理学和自我的分析》，林尘译，《弗洛伊德后期著作选》，上海译文出版社1987年版，第141页。

② *Бахтин М. М.* Творчество Франсуа Рабле и народная культура средневековья и Ренессанса. // Собрание сочинений в 7 томах. Т. 4 (II). М.: Русские словари; Языки славянской культуры, 2010, с. 98.

基[①])的行为中也带有圣愚的特征。圣愚在罗斯[②]有着非常显明的作用，以至于16—17世纪外国旅行者（格贝尔斯坦、戈尔谢、弗莱彻等等）的札记中都有写他们的专门章节。

总而言之，那些想在“净化的笑”这一概念中看出对东正教的背离的人，在此情况下，也应当把所有俄罗斯圣愚都逐出东正教……的确，要补充说明的是，“圣愚”现象不能仅仅归结为“笑”（“圣愚”中也体现着特有的“忧伤”），而从另一方面，“快活”这一自然力（顺便说一下，尼尔·索尔斯基也谈到过）是整个东正教不可或缺的品质和特征，而不只是圣愚们的行为（不言而喻，与西方的“笑”相比，这种“快活”是非常独特的）。[③]

柯日诺夫只是提出这个线索，说明圣愚文化与东正教的密切关联，并没有做研究性分析。而从我们的研究来看，恰恰是在东正教框架内的圣愚现象中，我们可以看到它的笑文化的特质。

人类的笑有许多种类，俄国戏剧理论家尤列尼奥夫曾做过十分细致的归纳：“笑可以是高兴的和忧伤的，和善的和愤怒的，聪明的和愚蠢的，高傲的和亲切的，宽恕的和谄媚的，轻蔑的和惊诧的，侮辱的和赞许的，放肆的和畏怯的，友好的和敌视的，讥讽的和仁厚的，尖刻的和天真的，温柔的和粗鲁的，意味深长的和无缘无故的，洋洋得意的和体谅对方的，厚颜无耻的和羞涩腼腆的。这个清单还可继续开列下去：欢乐的，悲伤的，神经质的，歇斯底里的，挖苦的，生理性的，兽性的。甚至还有苦闷的笑！”[④]然而著名的结构主义先驱普罗普却认为，这个清单仍然不十分完备，他认为：“这个命名表单上还缺少一种笑，在我们的论域中，对于理解文学艺术作品而言这是一种十分重要的笑，这就是嘲笑。”[⑤]文学可以有单独游戏

---

① 有关这些参见 *Федотов Георгий.* Святые Древней Руси. М., 1990, с. 201.

② 参见潘琴科在书中对他们的最新研究：*Лихачев Д. С., Панченко А. М. , Понырко Н. В.* Смех в Древней Руси. Л., 1984, с. 72-153.

③ *Кожинов, В. В.* Бахтин и его читатели. // Москва. 1993. № 7, с. 147-148.

④ *Юренев Р.* Советская кинокомедия. М.: Наука, 1964, с.8.

⑤ *Пропп В. Я.* Проблемы комизма и смеха. Ритуальный смех в фольклоре (по поводу сказки о Несмеяне). М.: Лабиринт, 1999, с. 18.

功能的类型，但真正的经典文学，却必然会负载整合人类行为的社会功能。文学中的笑也是如此，各种各样的笑都可以借助文学表现而展示，但真正富有意味的笑却是普罗普所说的“嘲笑”。因为，只有“嘲笑”才能把人与世界的不完善以最集中鲜明的方式展现出来，从而促使文学与人的“类本质”属性达成契合。所以德国启蒙思想家和文学家莱辛曾说过：“每一不合理的行为，每一缺陷与真实的每一对比，都是可笑的。但是笑与嘲笑却是相去甚远的。”[①] 正如利哈乔夫所说的：“笑同时具有破坏性和建设性的始基。笑破坏了生活中现存的联系和意义。”[②]

巴赫金在谈到笑的功能时说：“笑——是改正的手段，可笑的东西——是不应有的东西。真正喜剧性的（笑谑的）东西分析起来之所以困难，原因在于否定的因素与肯定的因素在喜剧中不可分地融为一体，它们之间难以划出明显的界线。基本的思想是对的：生命讥笑死亡（没有生命的机械）。但有机的生命物质，在笑中是肯定的因素。”[③] 总之，笑具有两种指向：一是对外的颠覆性嘲笑；一种是针对自我的嘲笑，如同傻瓜伊万通过自我嘲笑来显示其对话的姿态。

普罗普曾专门写过《民俗仪式中的笑》，通过对俄罗斯民间文学中一个鲜见的故事《不会笑的公主》来分析民俗中笑的发生与禁忌。[④] 但他同样没有涉及圣愚文化与笑文化的关系。而在圣愚文化中，圣愚以其夸张的生活态度和恣意妄为的行为举止展现了笑的两种倾向：一种是以独特的疯癫者的目光来嘲笑世俗世界；一种是以自身的低贱化、污秽化来通过自我嘲弄的方式达到与上帝的沟通，即获得对话的合法性。正如潘琴科所说的：“圣愚现象正处于笑与教会文化两个世界的中介位置。可以说，没有小丑艺人和弄臣就不会有圣愚。圣愚现象与笑的世界的联系并不仅限于‘背反’原则（如我们所看到的，圣愚创造了一个‘自我翻转的世界’），它还关注于

① ［德］莱辛：《汉堡剧评》，张黎译，上海译文出版社 1982 年版，第 150 页。

② *Лихачев Д. С.* Смех в древней Руси. // Избранные работы в трех томах. Т. 2. Л.: Художественная литература, 1987, с. 343.

③ ［俄］巴赫金：《长篇小说理论问题・笑的理论问题》，白春仁译，《巴赫金全集》第四卷，河北教育出版社 2009 年版，第 61 页。

④ *Пропп В. Я.* Проблемы комизма и смеха. Ритуальный смех в фольклоре (по поводу сказки о Несмеяне). М.: Лабиринт, 1999, с. 220-256.

事物的表演性一面。但圣愚现象没有教会是不可想象的：在福音书中它已经得到了精神上的确证，并从教会那里获得了有关自身属性的教义规定。圣愚在笑与严肃两个世界的交界处保持平衡，把自己装扮成笑的世界里的悲剧性角色。圣愚便仿佛是古罗斯文化中的‘第三世界’。”[①] 圣愚通过将自身滑稽化以进入笑的世界，而通过对世界的非正当现实进行表演性嘲讽以进入严肃的世界。如与伊凡雷帝同时代的圣愚阿尔谢尼（诺夫哥罗德的）一方面身戴镣铐、衣衫褴褛、举止寒碜，因而被人取笑，视为愚蠢的傻瓜，然而这并不能阻止他忍辱负重，常常眼含忏悔的泪水；而另一方面，他对权贵冷眼相看，拒绝伊凡雷帝的礼物，并当着沙皇的面指斥他杀死了诺夫哥罗德人："你喝饱鲜血了吗，嗜血的野兽？" 这个"恐怖的"沙皇希望他随军出征，但阿尔谢尼却嘲讽地说："我已准备好跟你上路，明天在普斯科夫我将跟你寸步不离。" 沙皇以为阿尔谢尼决定跟随自己去普斯科夫，非常高兴。然而，却不知这个圣愚是在预言自己的逝世。第二天早上，阿尔谢尼领了圣餐后便安详地死去。[②] 潘琴科院士认为，如果伊凡雷帝没有参透圣愚阿尔谢尼的话，而后者却能看透对方的心灵，则说明自以为聪明的沙皇并不聪明，他只是个"假冒的智者"，而那个到处游逛的傻瓜才是真正的智者。[③] 除了这种当面指斥的方式，圣愚讽世的流行方式是街头"行为艺术"。圣愚最典型的装束便是衣衫褴褛，甚至赤身裸体，身披锁链，或携带某种金属器物以发出各种响声。大多数圣愚居无定所，四处游逛，行为放荡，口无遮拦。但这种形式在教会制度的框架内却是被神圣化的，因此，这种自我否弃的怪诞装束与行为使他们获得了一种特殊的、与这个世界相对立的地位，并以此来对世俗世界的种种真正的恶行加以嘲弄与抨击。在街头表演的过程中，圣愚将路过的行人以表演或传道的方式引诱到自己的身边，通过异乎寻常的呼喊与富有激情的肢体语言将围观者的情绪调动起来，形成一个圣愚与平民互动的场景。在这一过程中，清醒的圣愚会有序地发泄

---

① *Панченко А. М.* Смех как зрелище. // *Лихачев Д. С., Панченко А. М., Понырко Н. В.* Смех в Древней Руси. Л.: Наука., 1984, с.72.

② Сост. *Платонов О. А.* Русские святые и подвижники Православия. Историческая энциклопедия. М.: Институт русской цивилизации, 2010, с. 130-131.

③ *Панченко А. М.* Смех как зрелище. // *Лихачев Д. С., Панченко А. М., Понырко Н. В.* Смех в Древней Руси. Л.: Наука., 1984, с.145.

自己对世俗世界的不满，以达到他的否定性目的，而真正的疯癫者则会发出含糊不清的字词，配合上激情动作来表达一种非常规的情感。而在观众看来，这些含糊不清的词句恰恰是带有神圣意味的预言，甚至有虔诚者把它们记录下来，请高人对之加以分析，以参透其中的奥妙。因此，从整个圣愚的表演来看，这种现象变成了一种强化秩序下的狂欢行为，它对在专制高压下生活的俄罗斯人来说，成为一种与教堂礼拜的古板形式完全不同的、带有某种娱乐性质的精神抚慰。

而圣愚的另外一种指向的笑，是内在的笑，指向自身的笑，一种发自灵魂中更新欲望以及显示个人精神存在的笑。

作家西尼亚夫斯基在论述宗教哲学家罗扎诺夫的时候，认为这个受俄罗斯圣愚传统影响极深的人，其本身的行状就像一个圣愚，而这种圣愚其实就是通过自我矮化、发出自我嘲讽的笑声来达到内心净化的目的。他说："圣愚——这就是将自己扮成傻瓜的圣徒。……'圣愚'——这几乎是一个无法翻译成别的语言的词——源于'畸人'这个词。圣愚所从事的就是千方百计贬损自己的形象。他们在泥泞中翻滚，用粪便涂抹全身，故意像疯子一样行事。但实际上他们却是享有至福的圣者，洞察幽微，是为上帝所拣选的人。……圣愚行事为的就是始终在人群中显得尽可能恶劣——最肮脏、最下贱，有时甚至是最淫猥。"[①] 而西尼亚夫斯基最推崇的作家之一便是果戈理，在他看来，果戈理也正是这样的圣愚式人物："他不是圣徒，不是人也不是鬼，一句话——他是果戈理（多亏想出这样一个名字——果戈理！）——一个艺术家，全力以赴投身于他的自戕式使命……"[②] 所谓"自戕式使命"（самоубийственное назначение）便是指在圣愚伦理的框架下的两种取向的综合：一是自我否弃，以自我贬低的方式将自我置于作品中被嘲讽的位置；一种是笑的表演性，或曰展示性。或者说，自我贬抑是通过笑的表演性来完成的，因此，便形成了一种特殊的张力，价值观上是悔罪，叙事艺术上是解构性的笑。

所谓展示性，是通过笑的形式将自身的罪孽对象化地展示出来。而这

---

① *Синявский А.* «Опавшие листья» В. В. Розанова. Париж: «Синтаксис», 1982, с. 175.

② *Абрам Терц* (*Синявский А.*) В тени Гоголя. М.: КоЛибри, 2009, с. 310.

一点，是其他基督教的苦修方式所不能比拟的。正如历史学家谢·伊万诺夫所说的：“圣愚指称的是这样一些人，他们出于虔敬上帝的想像假装疯癫，或以其他手段达到惊世骇俗（эпатирующий окружающих）的效果。正教教会所持的观点是：圣愚自愿给自己加上疯癫的面具，以便向世人隐藏自己的至善品格，并以这样的手段逃避尘世的荣华。此外，教会认为，圣愚行为的第二个动机则是用戏谑和怪诞的形式包裹起精神的教谕。但圣愚这种故作荒唐的举动，只有在他拒绝化名（отказ от инкогнито）的情况下才能够产生教化的意义（否则他怎么才能跟那些并非假装的‘下流胚’区分开来呢？），因为化名就与圣愚苦修的最初也是最主要的目的相违背。假如圣愚不打算教化任何人，那么隐居荒漠来躲避荣华则要容易得多。然而不幸的是（无论就这个词的转义还是本义而言），圣愚追求的就是要厕身于那些他本来避之唯恐不及的膜拜者之中。”① 在这个话中，我们可以体味出巴赫金意义上的狂欢性质，即自我嘲笑式的表演，目的却在于让自己获得更高的肯定，激发对方更强烈的回应，以更夸张的姿态进入狂欢式对话。果戈理便是这样做的。

果戈理在给茹科夫斯基的信中曾说过：“我从没想过我会成为讽刺作家并且逗我的读者发笑。……我的性格其实更近于忧郁和倾向沉思。这种情况后来又加上了疾病和忧郁症。然而也正是这疾病和忧郁症成了我最初作品中出现的那种愉悦的原因：为了排遣郁闷，我并无计划、不加多虑地虚构了一些人物，将他们置于可笑的境地——这就是我那些小说产生的缘由。我自幼便养成了观察人的癖好，在他们身上加上某种合乎自然的品性；于是人们便称这是对生活的诚实写照。还有一个情况：我的笑最初是和善的；我根本没有想过带着什么目的来嘲笑他们，所以当我听说，社会上的不同阶层都异口同声地表示抱怨甚至愤慨时，我感到无比惊诧，以至最终陷于沉思。‘既然笑的力量如此之大，能让人惧怕，那么就不该将它白白地浪费。’于是我决定将尽我所知的全部恶劣的东西集成一堆，来同时嘲笑这一切。”② 但同时我们应当看到，果戈理所说的“全部恶劣的东西”也包括

① *Иванов С. А.* Византийское юродство. М.: Международные отношения, 1994, с. 4.

② *Гоголь Н. В.* В. А. Жуковскому 29 декабря 1847. // Собрание сочинений в 6 томах. Т. 6. М.: ГИХЛ, 1959, с.426.

自我的内容。所以，他在《就〈死魂灵〉致不同人的四封信》中又说："我身上汇集了一切可能有的卑劣的东西，每一样都不太多，然而我却从来没有在任何人身上发现有如此之多。……随着这些东西渐渐地开始暴露，我内心要摆脱它们的愿望在那奇迹般的至高喻示下愈发强烈；一个不同寻常的灵魂转变让我把这些卑劣的东西转到我的主人公们身上。……从那时起，我便在我的主人公自身的卑劣之上，再把我自己的垃圾加上去。你看我是怎样做的：我把自己恶劣的品性拿出来，给它换一种称呼，换一个场合，再对它穷追猛打，我尽量把它想像成一个曾给我带来奇耻大辱的死敌，用凶狠的、嘲讽的以及一切能想到的手段对它穷追猛打。"① 然而，果戈理这样的"自白"，在叙事功能上的作用却是提高了作者的对话资格，这也正是他赖以与当时整个俄国批评界对抗的底气。

巴赫金看清了果戈理这种笑的实质，认为他以民间的低俗形式表达的却是神圣而高尚的精神。他说："正是这个'低下'、粗俗、民间的性质，据果戈理看来使这种笑谑具有了'高尚的面孔'。他还可以补充一句：这是神圣的面孔，因为在古代民间喜剧的民众笑谑中天神们就是这么笑的。"② 果戈理的创作一直保持着这种圣愚式的自我嘲笑，然而正是这种形态的笑，为他获得了为自身加冕的权利，使这种笑成为能与上天之神相对立的笑，从而实现文本叙事的狂欢化。

第三节　另类空间中的圣愚及其高级外位性

俄罗斯学者罗斯托娃指出："圣愚遵循的是另一种逻辑，其参照点存在于绝对之中。在尘世法律存在的地方，他建立起天上的法律，在'我'在的地方，树立起上帝，在理性存在的地方张扬信仰，在昏睡的地方保持着清醒，在词语存在的地方使用形象，在表面显示着内在，在文化的地方放置上偶像。就圣愚的特性而言，是将内心体验置于外部体验之上，使他者

① *Гоголь Н. В.* Четыре письма к разным лицам по поводу «Мертвых душ». // Духовная проза. М.: Русская книга, 1992, с.128.

② ［俄］巴赫金：《拉伯雷与果戈理——论语言艺术与民间的笑文化》，白春仁译，《巴赫金全集》第四卷，河北教育出版社 2009 年版，第 12 页。

还原，是对此在世界的本体论意义上的死亡，是对自我的牺牲而非我之物的牺牲，也就是说，是一种不断地将‘我’向四周的渗透，是外因的离场，是在象征空间之中、在圣像拜祭的神秘仪式中对不可能之事物的更新，是边缘意识，是形而上的裸体或直接性，是对沉默的追求，是立足于超越的彼岸对此在的嘲笑。”[①] 圣愚是身在此世，但精神上活在另类空间中的存在。他们天然地远离世俗伦理，站在庸常人生的反面来看这个世界。巴赫金在谈到艺术作品中所表现的疯癫时说：“主要主人公的疯癫或愚蠢这种主题（тема безумия или глупости главного героя），是对同一个问题的另一种处理方式。人们探索着从外部和内部摆脱垂死的，但还占据统治地位的世界观之所有的形式和教条，为的是用另一种眼光去观察世界，从另一个角度去看世界。主人公的疯癫或愚蠢（当然是这些字眼的双重涵义上），给人们提供了这样去看的权利。”[②] 也就是说，正因为他们的疯癫，使他们天然地具有了一种超级“外位性”来与此在世界发生更为明晰的对话关系。

语言史及文化史学家科列索夫在考订圣愚这一概念时指出：“教会斯拉夫语 юрод，等同于 урод 的俄语发音：意思是‘生来如此’。精神上的被逐者（изгой[③]），自愿的被逐者。正如 изгой 这个词与 жизнь、житие、живот（在词根 goi 上的古语发音交替：гой еси，добрый молодец！）具有共同词根，同样，圣愚这个词也可以归到词根 род（出身、氏族）上。圣愚乃是处于氏族之外的人，是一种仅具有氏族外表特征的特殊类型。”[④] 也就是说，从这个词的原初含义上也可以看出，圣愚是天然的被放逐者，而且也是精神上的自愿放逐者。在历史上，相当一部分圣愚其实是被家庭所抛

---

① *Ростова Н.* Юродивый—человек обратной перспективы. // «НГ. Ex libris», № 33, 18 сентября 2008, с. 9.

② ［俄］巴赫金:《弗朗索瓦·拉伯雷的创作与中世纪和文艺复兴时期的民间文化》第三章，刘虎译，《巴赫金全集》第六卷，河北教育出版社 2009 年版，第 312 页。原文参见 *Бахтин М. М.* Творчество Франсуа Рабле и народная культура средневековья и Ренессанса. // Собрание сочинений в 7 томах. Т. 4 (II). М.: Русские словари; Языки славянской культуры, 2010, с. 293.

③ “изгой”这个词指古代罗斯的赎身奴隶、破产商人、教士家里不识字的儿子、丧失世袭爵位的王公等；引申义指处于某种社会群体而背弃它的人，或被逐者。См.: Большой толковый словарь русского языка. Ред. *Кузнецова С. А.* СПб.: Норинт, 2000, с. 379.

④ *Колесов В. В.* Русская ментальность в языке и тексте. СПб.: Петербургское Востоковедение, 2006, с. 200.

弃的人，或者因为残疾，或者因为精神失常，或者因为失去了家庭的庇护，他们最终被修道机构所收养，从而成为被命名的圣愚苦修士。当然，这些在圣徒传中已被进行了美化，尤其是其中对圣愚的带有奇迹色彩的内容的渲染。如对 19 世纪著名圣愚费奥菲尔的记载：

> 孩子从一出生就拒绝吃母乳，连牛奶喂到嘴边他也会大哭起来，而只喜欢吃土豆、胡萝卜及芜菁的菜泥。母亲听信了人们的传言，认为孩子是不祥的妖孩，便起意要杀死小男孩。她三次让女仆将他溺死，但是主三次将孩子拖上岸来。于是母亲又亲手将孩子扔到石磨底下，但石滚却被一股强大的水流遏制住了。一个路人听到响声，过来把孩子拖出，石磨马上又转动起来。她的做教士的丈夫知道了妻子的残忍行为，但无能为力，只好将孩子送给了一个好心的妇人收养。但很快父亲就死去了，孩子开始从一个家庭转送到另一个家庭，流浪辗转。他很早就学会了祈祷，习惯了斋戒和克制，喜欢上了教堂，在教堂里他尽情向上帝祈祷，在上帝面前倾诉他那饱经创伤的心灵所遭受的苦难。上帝终于听到了纯洁的孩子的祈祷：他的母亲患了重病，意识到了自己的罪过，临死前在病榻上祈求被她赶走的儿子原谅，为儿子祝福后她死去了。①

由于这种童年经历，导致圣愚往往个性怪异，充满对此在世界的否定性意愿。他们本来是普通人生存的庸常世界的逃离者，尽管他们身在其中；但一旦他们闯入这个世界，这个世界便会被他们的闯入所激活，而成为一个狂欢的世界。如费奥菲尔，据载，当年尼古拉一世在开始克里米亚战争之前，曾专门到基辅的洞窟大修道院去向这位传说有预言能力的圣愚讨教，结果，费奥菲尔赶着牛车满街跑，拒绝见沙皇。而当沙皇的卫兵围堵他时，他钻进了荆棘丛，把身上脸上挂出许多血印，然后躺在地下，把一个蚁丘堆在自己身上，双手交叉在胸前，双眼紧闭。沙皇一行人上前呼唤，费奥

① *Зноско Владимир, Священник* Христа ради юродивый иеросхимонах Феофил, подвижник и прозорливец Киево-Печерской лавры. Тверь: Благовест, 1991, с. 3–18.

菲尔却始终不发一言。沙皇大失所望，只得离去。三年之后，克里米亚战争失败，尼古拉一世暴病而亡。当年陪同沙皇去见费奥菲尔的基辅大主教菲拉列特此时明白，费奥菲尔的怪异之举其实是在向沙皇警示，未来的战事结果便是当时他以自己的身体显示的情景——遍身的蚂蚁及伤痕预示着土耳其人将要蚕食俄罗斯的伟大身躯，而双手十字交叉及紧闭的双眼则预示了沙皇因战事导致的死亡。[①] 当然，像这样的记载已带有传奇色彩。但是，如果我们把这个事件作为一个文化文本来看，它在叙事的功能上已成为一个狂欢化文本，因为在现实的、由尼古拉一世所统治的俄国是一个完全秩序化的空间，而圣愚费奥菲尔是居于这一空间之外的另类空间中的因素。然而一旦这一另类因素闯入，这个空间就发生了剧烈的对话场景。虽然费奥菲尔一言未发，但他的肢体语言便借着其天然的“神圣性”而具有了超越皇权的对话资格，最终在这个狂欢式的对话过程中，皇权被“脱冕”。

在俄国历史上对圣愚文化起到了重要的推波助澜作用的伊凡四世，也曾经与圣愚有过多次对话。如他在平息地方动乱时，本来想求教于圣愚萨洛斯·尼古拉，结果反被对方严厉指斥。我们在卡拉姆津的《俄罗斯国家史》中可以看到这样的记载：

> 1570 年，恐惧的伊凡攻下了诺夫哥罗德，并打算进攻普斯科夫。主持该城事务的是善良的大公尤里·托克马科夫和以虔敬著称的隐修士、圣愚萨洛斯·尼古拉：一个靠着有福的建议，一个靠着有福的勇气，拯救了城市。大斋第二周的星期六，沙皇在柳巴托夫的圣尼古拉修道院过夜，望着普斯科夫城，那里的人们在万钧雷霆到来之前谁也没有眨一下眼睛；大家都在忙碌着；互相鼓励，或者与生活道别，父亲与儿子，妻子与丈夫。夜半时分，沙皇听到普斯科夫的教堂里都响起祝福声和钟声：他的心里，如当时有人记载的，奇迹般地涌上了仁慈之情。他真切地想象着，市民们去做最后一次晨祷时，将会以什么样的心情来祈祷至高之神将他们从沙皇的震怒之下拯救出来，以什么

① *Зноско Владимир, Священник* Христа ради юродивый иеросхимонах Феофил, подвижник и прозорливец Киево-Печерской лавры. Тверь: Благовест, 1991, с. 49–53.

样的热忱淌着眼泪在圣像前跪拜——一个念头触动了那颗冷酷的灵魂：主会倾听哀痛的心灵的声音！突发的一股莫名的怜悯之情涌上来，伊凡对自己的总督说："把剑在石头上磨钝！让屠杀停止！……"第二天，他进了城，惊讶地看到，所有街道上，家家门前都摆放着桌子，上面放着丰盛的美食（这是按照尤里·托克马科夫大公的建议做的）：市民们携妻带子，手捧面包和盐，跪在地下祈福，迎接沙皇，口称："伟大的王公！你的忠实的臣民，以真诚与爱向你奉上面包和盐；请你随意处置我们和我们的牲畜吧：因为我们所有的一切，连我们自己，都是属于你的，伟大的君主！"这种出乎意料的顺服让伊凡感到惬意。洞窟修道院院长科尔尼里率众教士在圣瓦尔拉姆和救主教堂前的广场上迎接他。沙皇听到了圣三一教堂传来的祈祷声，便在圣弗谢沃洛德-加百列的灵柩前行了跪拜礼，他诧异地审视了这位古代大公那把沉重的宝剑，顺势走进了长老萨洛斯·尼古拉的静修室。后者穿着自己圣愚的装束，并不惧怕指斥这位嗜血与渎神的暴君。有人记载道，他呈给伊凡一份礼物——一块生肉，沙皇说："我是基督徒，在大斋期不吃肉。"而这位隐修士回答道："可你做得很坏：你食人肉喝人血，你不仅忘了大斋，还忘了上帝！"痛斥之后，他警告对方必遭不幸，于是，沙皇害了怕，立刻动身出城，在郊外驻扎了几天，便对士兵下令，掠夺富豪的家产，但吩咐不要动修士和教士们。他只拿走了修道院里的公款和一些圣像、器皿、书籍，似乎不情愿地饶过了奥尔加的故乡似的，便赶往莫斯科去了，以便用新的鲜血来满足他制造苦难的不尽的渴望。①

卡拉姆津的记述显得更为客观，部分超越了圣徒传的模式，更凸显了圣愚介入的事件的对话性质。巴赫金也曾隐约地涉及有关圣愚的圣徒传式写法，他在论述审美事件的时候，实际上总是将其与宗教叙事加以对比："圣愚（юродство）是个性的行为，它内含一种愤世嫉俗的因素。圣徒传

① *Карамзин Н. М.* История государства Российского в XII томах. Т. IX, СПб.: Иждивением братьев Слениных, 1821, с.154–155.

形式传统上就是假定性的，为无可争议的权威所肯定，乐于接受现成的表现方法，哪怕它并不贴切，因而也乐于接受现在的感知者。于是，圣徒外位因素的统一性，不是积极利用自己外位性的作者所具有的个人统一性；圣徒的外位性是放弃首创精神的驯顺的外位性（因为并不存在本质上外在的因素以便完成人物），屈从的外在性是求助于传统上推崇形式的外位性。对圣徒传的传统形式的研究，当然不属我们的任务，这里只想概括地讲一点意见：圣徒传也像圣像画一样，避免导致局限对象而又将其过分具体化的外位性，因为这些因素总是会降低权威性。”[①] 但是，在这种情况下，我们也许应把圣徒传中所讲述的内容拉到整体的文化叙事的层面上来看圣愚的功能，这样便会消解圣徒传本身所带有的弱化人物“外位性”的色彩。

当代学者尤金在谈到圣愚的文化功能时说：“著书立说对于被排除在尘世之外的圣愚来说是不可能的。但他们以独特的方式来‘服务于尘世’则是可以实现的：不是通过言语的传道，也不是通过个人虔敬的表率，而是以内心的精神力量树立典范，正是这种力量给予他们以揭露批判的权利，并使得他们不会惧怕因揭露而遭报复。”[②] 尤金还是在价值立场的层面上来谈这个问题。而从狂欢化叙事的场面上看，在上述伊凡四世与地方官员的结构中，不存在任何对话性事件。然而，在卡拉姆津的叙述中，伊凡四世在出场的时候，已处于一种弱化的外位性状态，或用巴赫金的话说，是一种较为低级的外位性（меньшая степень трансгредиентности）[③]，原因是他在内心中已经感受到了对话者的存在，这个对话者当然不是大公尤里·托克马科夫，也不是修道院院长科尔尼里，而是潜在的圣愚萨洛斯·尼古拉。而他之所以能够在此之前具有了这种外位性，是因为他首先承认了他将进入的对话空间的整体涵义，即上帝话语。假如只有一种声音，显然，这个

---

① ［俄］巴赫金：《审美活动中的作者与主人公》，晓河译，《巴赫金全集》第一卷，河北教育出版社2009年版，第292页。译文做了调整，在这里“юродство”这个词中文译本译为“迷狂”，但应译为“圣愚”，即指作为圣徒的迷狂行为，否则就无法解释下面为什么巴赫金会马上谈圣徒传。原文参见 *Бахтин М. М.* Автор и герой в эстетической деятельности. // Собрание сочинений в 7 томах. Т. 1. М.: Русские словари; Языки славянской культуры, 2003, с. 244.

② *Юдин А. В.* Русская народная духовная культура. М.: Высшая школа, 1999, с. 255.

③ *Бахтин М. М.* Автор и герой в эстетической деятельности. // Собрание сочинений в 7 томах. Т. 1. М.: Русские словари; Языки славянской культуры, 1997–2003, с. 102.

事件无法构成对话性的话语。巴赫金在论及审美事件时也谈道："当只有一个统一而又独一无二的参与者时，不可能出现审美的事件。一个绝对的意识，没有任何外位于自身的东西，没有任何外在而从外部限制自己的东西，是不可能加以审美化的。这样的绝对意识只能去接近去掌握，但不能作为一个完成的整体去观照。审美事件只能在有两个参与者的情况下才能实现，它要求有两个各不相同的意识。"[①] 我们说，圣愚的生命方式是对世俗伦理的全面超越，而世俗伦理的代表性标志便是世俗权力，它在俄罗斯历史上集中体现为专制暴政；因此，圣愚的主要对话方就是以沙皇为代表的专制权力，在这个意义上，当他出场的时候，他便具有了超越于沙皇的高级外位性。而正是这种高级的外位性，使得圣愚成为一个文化文本是否具有狂欢化特性的决定性因素。

① ［俄］巴赫金：《审美活动中的作者与主人公》，晓河译，《巴赫金全集》第一卷，河北教育出版社 2009 年版，第 118 页。

余论：巴赫金的意义

马赫林在论及一个巴赫金研究者应具备什么样的素质时，除了涉及学术研究的规范之外，还提到一点，而这一点在我看来，也许是我们作为中国学者为什么要花费巨大的精力去研究一个俄罗斯思想家的原因。马赫林说："一个名副其实的巴赫金研究者应该试图从自身的历史位置上去（克尔凯郭尔意义上）'重复'，因而也就是发挥巴赫金道德哲学的基本'思想'（它也是一种'重复'）……巴赫金在俄罗斯科学中做了他之前的陀思妥耶夫斯基在文学中所做的工作，即在个别人身上划分了'聚合性因素'和'存在主义因素'……"[①] 马赫林不愧为当代俄国最具人文情怀的学者之一，他这句话所包含的深意恐怕很难为当代人所理解。

实际上，无论是巴赫金研究界，还是泛文学研究界，当巴赫金自称为哲学家的时候，给人们造成了一个深深的印象，即：巴赫金所建构的是一种"科学"，一种高深的科学，或者一种具有强大的方法论意义的科学。因此，大量的研究趋向于两个门类：一个是纯粹哲学的分析，国外学者如蒂姆·赫里克的《米哈伊尔·巴赫金与德里达的哲学关联：从康德到现象学》[②]、娜塔丽娅·鲍涅茨卡娅的《形而上学视域中的巴赫金》[③] 等，国内学者如晓河的《巴赫金哲学思想研究》[④]、张冰的《巴赫金学派马克思主义语

① ［俄］马赫林、夏忠宪：《关于巴赫金研究的采访》，《外国文学动态》2003 年第 2 期，第 27 页。

② Herrick, Tim *The philosophical affiliations of Mikhail Bakhtin and Jacques Derrida: from Kant to phenomenology.* Saarbrücken: Vdm Verlag Dr. Müller, 2010.

③ *Бонецкая Н. К.* Бахтин глазами метафизика. М.-СПб.: Центр гуманитарных инициатив, 2016.

④ 晓河：《巴赫金哲学思想研究》，河北人民出版社 2006 年版。

言哲学研究》[1]；另一个是从巴赫金的论述中抽绎出若干方法，以之作为工具去解析其他文学现象，此类研究在中国可谓汗牛充栋，专著类如胡沛萍的《“狂欢化”写作：莫言小说的艺术特征与叛逆精神》[2]、董丽娟的《狂欢化视域中的威廉·福克纳小说》[3]、蔡华主编的《巴赫金诗学视野中的陶渊明诗歌英译——复调的翻译现实》[4]，乃至国内出版的英文著作如刘乃银的《巴赫金的理论与〈坎特伯雷故事集〉》[5]。这些研究在各自的领域中都具有十分重要的意义，这是没有疑义的。但是，马赫林要说的是，对巴赫金的研究，或者说，他理解的巴赫金的研究，应当同时是一种“道德哲学”的研究，一种伦理学的研究，或者说，应当成为一种文化的研究。

那么，这种文化的研究其意义在哪里呢？这里马赫林提到了一句很关键的话：“巴赫金在俄罗斯科学中做了他之前的陀思妥耶夫斯基在文学中所做的工作”，他的提示是：“在个别人身上划分了‘聚合性因素’和‘存在主义因素’”。这需要回到陀思妥耶夫斯基的文化意义层面上去加以理解。

陀思妥耶夫斯基那里的“聚合性因素”是什么？如果从聚合性这个词的词义上说，就是回到斯拉夫主义的立场上来看待俄罗斯文化与社会。但聚合性这个概念难道是霍米亚科夫杜撰出来的吗？当然不是，它是从耶稣的思想中来的，因为耶稣的理想是建立普世教会，如我们书中所说的，这个教会不是我们眼中所见的机构化教会，而是一个由爱的价值统一起来的整体空间。所以，陀思妥耶夫斯基那里的“聚合性因素”指的就是回到那个由爱的价值统一起来的空间。他在《卡拉马佐夫兄弟》中借佩西神父之口表达了这样的理念：“并不是教会变成国家，您要明白！那是罗马和它的幻想。那是第三种魔鬼的诱惑！相反地，是国家变为教会，升到教会的地位上去，成为整个地球上的教会，——这和教皇全权论，罗马以及您的解释全都相反，这只不过是正教在地上的伟大使命。灿烂的星星会从东方升

① 张冰：《巴赫金学派马克思主义语言哲学研究》，北京师范大学出版社 2017 年版。

② 胡沛萍：《“狂欢化”写作：莫言小说的艺术特征与叛逆精神》，山东大学出版社 2014 年版。

③ 董丽娟：《狂欢化视域中的威廉·福克纳小说》，南开大学出版社 2014 年版。

④ 蔡华主编：《巴赫金诗学视野中的陶渊明诗歌英译——复调的翻译现实》，苏州大学出版社 2008 年版。

⑤ 刘乃银：《巴赫金的理论与〈坎特伯雷故事集〉》，华东师范大学出版社 1999 年版。

起来。”[①] 然而米乌索夫却把这称为“一种无限辽远的理想”。如果我们把佩西神父和米乌索夫的这个小型论争看作是一个对话，那么显然，佩西神父代表了陀思妥耶夫斯基本人的立场。陀思妥耶夫斯基面对的俄国的现实是，基督作为“神人”的降临遥遥无期，而颠倒过来的“人神”却已经在俄罗斯大地上生长起来。拉斯柯尔尼科夫、彼得·韦尔霍文斯基、基里洛夫们已经成为了俄罗斯的现实，他们的理想就是当年别林斯基的理想，即在俄罗斯实现由“理性之父”（Разум-Отец）统治的理想国。但不幸的是，他们实现这一理想的途径既壮烈又残酷，正像涅恰耶夫在他的《革命者教义问答》中说的：“他从自身的内心深处，不仅在言论上，而且在事务上，要与公民秩序、与整个文明世界以及这个世界上的一切法律、礼节、惯例和道德断绝任何关系。面对这个文明世界——他就是无情的敌人，如果他继续生活于其中，那只是为了更坚定地破坏它。……他对自己是冷酷的，对别人也必须冷酷。一切亲情、友谊、爱、感恩甚至诚实等温柔脆弱的情感，都应该被唯一的革命事业的冷静激情压抑下去。他只有一种柔情，一种慰藉，一种褒奖和满足——革命的成功。他日日夜夜只应有一种思想，一个目的——无情的破坏。他镇定地、不屈不挠地奔向这个目的，他必须时刻准备毁灭自己，并亲手毁灭妨碍达到这个目的的一切。”[②] 陀思妥耶夫斯基提出的问题是，谁有权利这样做呢？可怕的是美好的目的被悬搁，留给现实的只是毁灭。所以，他要靠着自己可怜的文字的力量把这个濒于毁灭的世界拉向他理想的“聚合性”空间，因为那里没有毁灭，只有复活。

但是，对于人类来说幸运的是，陀思妥耶夫斯基并没有成为一个像霍米亚科夫和基列耶夫斯基那样充满斯拉夫主义狂热激情的人，在他的审美世界里，他深怕自己也成为一个走向极端的反面的“人神”，惧怕用自己作为作者的权威压制主人公身上的“杂语”，因为当任何一个声音占据绝对统治地位的时候，都潜藏着某种悲剧意味，甚至是毁灭性灾难。所以，他放弃了在他的艺术空间中的本质规定性，这也就是马赫林所说的“存在主义

① ［俄］陀思妥耶夫斯基：《卡拉马佐夫兄弟》上，耿济之译，人民文学出版社 1981 年版，第 88—89 页。

② *Нечаев С*. Катехизис революционера. // Революционный радикализм в России: век девятнадцатый. Ред. *Евгения Рудницкая*. М.: Археографический центр, 1997, с. 244–245.

因素”。正是因为没有一个先在的本质规定性，陀思妥耶夫斯基建构了一个每个对话者都可以自由做出问话与回应的空间。在真正的对话的空间中，对话成为人唯一的存在方式，存在不指向某个固定的世俗目的，因为任何一个世俗目的都是可疑的，这也是为什么他说：“如果有谁向我证明，基督脱离了真理，并且的确是真理也脱离了基督，那我宁愿与基督而不是与真理在一起。”[①] 因为任何人都可以声称掌握了真理，使之成为压制其他声音的权力，从而将那个作为人类共同本质的基督放逐到边缘。敞开的对话，也许并非终极性理想，但是却肯定可以避免毁灭性灾难的发生。也许这才是最可靠的救赎途径。这也是为什么陀思妥耶夫斯基要借梅什金之口说“美拯救世界”[②] 的原因。

显然，陀思妥耶夫斯基创造的形象世界较之巴赫金创造的理论世界，其魅力要大得多。但是，这并不妨碍巴赫金把“聚合性因素”和“存在主义因素”贯彻到他的对话理论之中去。当解构主义者试图将巴赫金拉入自己的队伍之中去的时候，他们也许没有意识到，作为一个俄罗斯人的巴赫金乃是一个“异己分子”（не наш），因为他的旨趣与解构主义大相径庭，他追求的恰恰是“意义”（значение）。然而，要让人的生存具有意义，先要有“涵义”（смысл）。所以他在其《艺术与回应性》一文的开篇即称：“如整体的各元素只是以外在联系的方式统一于空间与时间之中，却没有一个内在的涵义统一体（внутреннее единство смысла）贯穿其中，则该整体称为机械的整体。这一整体的各个部分尽管彼此并置、衔接，但就自身而言却彼此各不相干。”[③] 因此，这个机械的整体是没有意义的，它不是人的生存空间，是死寂的世界。而只有存在涵义的空间才是有意义的、充满活力的空间。但不幸的是，正如当年黑格尔所说的，人总是为了日常生活中的琐屑利益而放弃更高的内心生活和更纯洁的精神活动[④]，巴赫金理论的起

① *Достоевский Ф. М.* Письмо Н. Д. Фонвизиной от конца января–20-е числа февраля 1854 // Полное собрание сочинений в 30 томах. Т. 28, кн.i. Л.: Наука, 1985, с. 176.

② *Достоевский Ф. М.* Идиот. // Полное собрание сочинений в 30 томах. Т. 8. Л.: Наука, 1973, с. 317.

③ *Бахтин М. М.* Искусство и ответственность. // Собрание сочинений в 7 томах. Т. 1. М.: Русские словари; Языки славянской культуры, 2003, с. 5.

④ ［德］黑格尔：《哲学史讲演录》第一卷，贺麟、王太庆译，商务印书馆 1983 年版，第 1 页。

点也出于同样的担忧，生存在俗世之中的人，远离艺术，过着庸庸碌碌的日子，丧失了对生活课题的严格的要求和认真的态度[①]。所以，人要进入那个存在“涵义”的空间，因为只有在这里，人才会进入到彼此发生“回应性”（ответственность）的状态，这就是对话（диалог）。我们之所以反复强调“ответственность”这个词不宜译为“责任”，是担心“责任”这个汉语词汇无法传达巴赫金苦心孤诣置于这个概念中的涵义。因为“责任”便是“对……负责”，是一种主体发向客体的行为，这与巴赫金的精神已经背道而驰了。巴赫金的担忧与陀思妥耶夫斯基如出一辙，深恐在所谓的对话之中有哪一个声音占据了绝对的权威地位而成为对其他所有声音的宰制性力量，于是，这个对话的世界便又会回到那个机械的、死寂的世界。因此，必须让每个声音在一个涵义整体中获得对自身唯一性的体认，并进而进入回应性行为。但是，这个所谓的“涵义整体”中的“涵义”却还不是“意义”，如果它是一个先在的意义，那它的角色就会发生改变，便会以其价值的优先权对参与对话的声音进行压制。因此，由“涵义”转为“意义”的权利不在“自在涵义”本身，而在于参与对话的个体，只有当个体以自由的姿态进入到彼此回应的关系之中时，意义便开始实现了。

当我们讲述到这里的时候发现，霍奎斯特把巴赫金的整体论述命名为“回应的建筑术”（architectonics of answerability）[②]是不无道理的，因为巴赫金确实用他枯燥的理论搭建了一座美妙的对话空间。这个空间不是后现代的失去意义的空间，同样不是前现代的独白性空间，它的意义是潜在的，是由每一个参与对话的个体当行为发起时而被激活的；这个意义不指向某个现实的终极性目标，而指向存在的敞开；个体在这里是唯一的，而这种唯一性却要靠对他者唯一性的回应才能确认。因此，在这个以“大时间”统辖的空间中，既是“聚合”的，也是“存在”的，它避免的是人类文化的死寂，通往的是救赎。

这也许就是巴赫金在“大时间”中传达给我们的意义吧。

---

① ［俄］巴赫金：《艺术与责任》，晓河译，《巴赫金全集》第一卷，河北教育出版社 2009 年版，第 1—2 页。

② Clark K., Holquist M. *Mikhail Bakhtin*. Cambridge, Massachusetts, London: Belknap Press of Harvard University Press, 1984, p. 63.

附录一 文艺社会学内核：巴赫金与马克思主义

任何一代杰出的思想家、哲学家，抑或杰出的文艺理论家，其思想来源往往是多方面的，是集成性的，是吸收、改造和创造的统一。马克思主义的一个重要来源是空想社会主义，但我们并不能说马克思就是一个空想社会主义者；黑格尔是马克思的一个重要思想资源，显然，我们也不能把马克思归为黑格尔派。在巴赫金生活的时代，在他的国度，马克思主义是富有生机活力的显学，已经跟俄罗斯社会文化较为紧密地融合在一起。虽然巴赫金曾自称“不是个马克思主义者”[①]，但显然，巴赫金的思想和对问题的思考不可能不受马克思主义观点的影响，他还专门撰写《马克思主义与语言哲学》一书，并在《文艺学中的形式方法》一书中也以马克思主义文艺学为其论述的起点[②]，但我们不能就此断定他是或不是一位马克思主义者，是或不是一位马克思主义文艺理论家[③]。一是因为巴赫金的思想中结合着的

① *Бочаров С. Г.* Об одном разговоре и вокруг него. //Новое литературное обозрение. № 2, 1993, с. 76-77. 据鲍恰罗夫记述，他与柯日诺夫和加切夫三人于 1961 年 6 月到萨兰斯克第一次面见巴赫金，巴赫金谈到自己按志向不是个文艺学家（литературовед），而是个哲学家，但却不是马克思主义者。后来鲍恰罗夫还曾就此问过巴赫金，回答是：“曾经发生过兴趣，就像对许多其他思想一样。——弗洛伊德主义，甚至唯灵论。”

② 《马克思主义与语言哲学》是以“沃洛希诺夫”署名出版的，《文艺学中的形式方法》是以“梅德维杰夫”署名出版的，但学界目前基本上认定这两部著作均为巴赫金所著。

③ 针对巴赫金与马克思主义的关系我国学界主要有以下几种观点：其一是认为巴赫金对现实的思考与马克思主义经典作家有相同之处，因而巴赫金是一位马克思主义者；其二是认为巴赫金的马克思主义在某种程度上具有西方马克思主义的特征：他既站在马克思主义的立场上批判了俄罗斯形式主义，又对马克思主义的总体战略做了适当的调整和发展；其三是认为巴赫金不是马克思主义者。参见周启超：《现代斯拉夫文论导引》，河南大学出版社 2011 年版，第 266—267 页。

主要理论资源不只是马克思主义，还有其他理论资源和自己独创的思想；二是因为作为一个马克思主义者，是要怀抱一种理想信念和哲学主张，并在现实生活中去践行的，马克思主义不只是一个理论体系、知识体系，也是一种实践价值和一种信仰。

实际上，判断巴赫金是不是一位马克思主义者并非问题的关键，有时也没有必要。所以我们的重点不如放到巴赫金与马克思主义的关联性研究上。巴赫金是不是一位马克思主义者，都不排除他实际地接受了马克思主义的部分观点和立场，并在对文艺问题的分析中显示出来；同理，这也不排除他以其创新性理论表现出异于马克思主义理论的特点。但不管怎样，他的《马克思主义与语言哲学》《文艺学中的形式方法》等著作，已经成为“20 世纪 20—30 年代俄国马克思主义文学思想话语体系里最具有生命力的一部分”[①]。总体来看，我们认为，巴赫金与马克思主义的关系应放到一系列的相关问题域——文学意识形态理论、文艺社会学理论、文艺人民性理论——来探讨，这些问题域是马克思主义文艺理论关注的重点，也是巴赫金文学理论关注的重点。在这些问题域中我们或可较为确切地把握或体悟到二者的关联与差异。

一 巴赫金的文学意识形态观念

文学的意识形态问题是马克思主义文论的基本问题之一，马克思、恩格斯以之阐明了文艺与经济基础的关系，以及文艺在社会总体结构中的位置和地位。可以说，马克思主义的文学意识形态观念是理论上的宏大叙事，而巴赫金的文学意识形态观念则把这个宏大叙事引向微观，在阐述中更具体地照顾到了文学的特性。这或许能给我们进一步在文艺领域把握马克思主义的意识形态观念带来一些有益启示。

巴赫金的文学意识形态观念主要体现于他的早期著作《文艺学中的形式方法》（以下简称《方法》）。在这部著作中，巴赫金理解文艺和意识形态的关系的出发点是“具体性”，在《方法》一书中更多的是这样一些概念：“意识形态科学”“意识形态创作”“意识形态现象”“意识形态意

① 邱运华等：《19—20 世纪之交俄国马克思主义文学思想史论》绪论，北京大学出版社 2004 年版，第 20—21 页。

义”“意识形态产品”“意识形态交流”“意识形态环境”“意识形态视野”等等。这些概念的使用就把对文学意识形态性质的讨论放到了很具体的语境中，意识形态概念在巴赫金那里不再是一个抽象物，而是一个可分析的具体对象。

在《方法》中谈到文学或艺术时，巴赫金很少单独使用抽象的意识形态概念，他总是把文艺具体地称为“意识形态创作的产品”“意识形态产品”“意识形态要素”“意识形态事物”“意识形态现象”等等，这样，即便在他偶尔单独使用意识形态概念来说明文学时，仿佛也应该做比较具体的理解和解释才更符合作者的本意。

为了深入说明文学与意识形态的复杂关系，巴赫金区分了存在于文学中的两种反映：一是“文学内容中的意识形态环境的反映”，二是“所有意识形态的一般的反映——作为独立的上层建筑之一的文学本身对基础的反映”。这两种反映的区分其实也就是意识形态构成物的区分：第一种反映对应的是以“新的形式、新的意识形态交流符号”体现出来的“异己的非艺术的（伦理的、认识的等）意识形态构成物”，第二种反映对应的则是“有自己的独立的意识形态作用和自己折射社会经济存在的类型”的艺术的意识形态构成物。[①]

这里的意识形态构成物的区分是在文学内部进行的，这样的区分使人们更易于把握意识形态要素在文学中的存在形态或方式，进而也能够更细致、更合理地把握文学所反映的内容。从而可以避免“研究意识形态环境在内容中的反映时”易导致的一些方法论错误：其一，认为文学只是对非艺术的意识形态构成物的反映，认为艺术只起其他意识形态构成物的简单的附庸和传播者的作用，从而忽略了“文学作品的有自身意义的效用及它们的意识形态的独立性和独特性”[②]；其二，与其一相反，认为文学只是艺术的意识形态构成物——它直接反映现实现在本身，忽视了艺术对非艺术的意识形态构成物的反映，没有考虑到，有时“内容所反映的也只是本身作为对现实存在的折射反映的意识形态视野”，“揭示艺术家所描写的世界，

① ［俄］巴赫金：《文艺学中的形式方法》，李辉凡、张捷译，《巴赫金全集》第二卷，河北教育出版社2009年版，第126页。

② 同上。

还不意味着深入到真正的生活现实中”①；其三，认为反映在文学内容中的非艺术的意识形态构成物只是现成的、教条式的原理和论断，“没有理解和考虑一个极其重要的因素：文学在其内容的基础上只反映正在形成的意识形态，只反映意识形态视野形成的生动过程”②。

巴赫金对文学内容中的艺术的和非艺术的意识形态构成物的区分使我们看到了文学作品内容构成的复杂性和独特性，文学作品不仅直接反映着现实存在，而且也反映着意识形态环境。它与其他意识形态相并立的独立性、独特性一方面体现为对现实生活的直接反映，另一方面，也体现为反映其他意识形态构成物的特殊的层面——形成过程的层面。这种区分，也使我们看到了文学意识形态性质或意识形态要素存在形态的复杂性。巴赫金不从纯概念或纯理论的角度谈论文学和意识形态的关系，因为文学本身就是意识形态的形式，单纯从概念上谈论文学和意识形态的关系可能只具有逻辑上的意义。这正如研究苹果的人通常很少去探讨苹果和水果的不同，而会对苹果本身的具体结构表现出更多的兴趣。

在巴赫金看来，文学是一种意识形态结构，这种结构像其他所有的意识形态结构一样，“折射着正在形成的社会经济生活，而且是按自己的方式加以折射的。但同时，文学在自己的‘内容’中也反映和折射着其他意识形态领域（伦理、认识、多种政治学说、宗教等等）的反映和折射，也就是说，文学在自己的‘内容’中反映着它自己也是其中一部分的整个意识形态的视野”③。

这种折射是赋予对象意义或内容的、文学作品描述的对象，既不是“纯粹客观”的，也不是苍白空洞的，它是有着具体的意识形态蕴涵的。“生活，作为一定的行为、事件或感受的总和，只有通过意识形态环境的棱镜的折射，只有赋予它具体的意识形态内容，才能成为情节、本事、主题、母题。还没有经过意识形态折射的所谓原生现实，是不可能进到文学的内容中去的”；“任何情节本身都是在意识形态上经过折射的生活的一种公式。

① ［俄］巴赫金：《文艺学中的形式方法》，李辉凡、张捷译，《巴赫金全集》第二卷，河北教育出版社2009年版，第126页。

② 同上书，第127页。

③ 同上书，第123—124页。

这种公式是由意识形态的冲突，经过意识形态折射了的物质力量确定的"；"已成了文学描写的客体的世界的意识形态折射性以及认识上的、伦理的、政治的、宗教的折射性，乃是情节进入文学作品结构、进入作品内容的必需的和必定的先决条件"[①]。在折射过程中，意识形态环境是"棱镜"，通过棱镜折射的社会生活就被赋予了具体的意识形态内容，成为文学作品中的情节和主题。巴赫金对意识形态折射的强调，表明意识形态作为一种制约性的影响力对于文学创作和文学作品的重要意义。

意识形态在这里是一种功能性要素。巴赫金没有空洞地谈论文学的意识形态性，而是着重于发现和讨论意识形态在文学创作过程中的作用和影响，及其在文学作品中发挥的结构性功能。这就把文学与意识形态的关系，全面、深入、动态地揭示出来。文学实际上是一种意识形态建构，在这个建构过程中，意识形态环境不是外在的、隔离的，而是内在的、参与的。文学是意识形态折射和反映的产物，意味着对作家观念的社会性质的肯定和强调，从某种意义上说，现代人是意识形态的动物，其观念、作品离开意识形态的分析就不能得到充分的和彻底的说明。

巴赫金在《方法》的第一章就明确提出，"确定特点的问题是意识形态科学当前的基本问题"，他说："详尽地研究意识形态创作的每一个领域，即科学、艺术、道德、宗教等的特点和质的独特性方面，则至今还处在初创的阶段。"[②]可以说，确定文学作为意识形态创作之一种的特殊性，不仅在当时的苏联文艺学研究中是一个缺环，而且至今也是人们从事文学意识形态性质研究中所面临的一个难点。

难能可贵的是，巴赫金不仅在方法论的意义上探讨了如何把握文艺作品的特殊性，而且在对特殊性的具体把握上也做出了有益的探索。巴赫金认为应该从两个方面来把握和确定"意识形态——科学、艺术等——之间的精确而具体的区别"：其一，从其具体物质现实的形式的观点出发。其二，从其在具体交流形式中实现了的社会意义的观点出发。他指出，"具体的物质

① ［俄］巴赫金：《文艺学中的形式方法》，李辉凡、张捷译，《巴赫金全集》第二卷，河北教育出版社2009年版，第124—125页。

② 同上书，第105—106页。

现实和社会意义应当永远是确定特点的主要标准"[①]。据此，他由四个方面概括了文艺作品区别于科学的特殊性。首先，在科学著作中，材料本身基本上具有一种假定的可替代的性质；而文艺作品中，"获得艺术意义的，是具有独一无二特点的事物的唯一的现实性本身"。其次，科学的意义容易从一种材料转移到另一材料上，容易复现和重复；而艺术的意义则相反。第三，科学著作的材料组织中单个的独特的特点在大多数情况下是非本质的；而在艺术中，意义完全不能脱离体现它的物体的一切细节，文艺作品的单个的特点与本质的联系更为深刻和有机。第四，在科学著作中，有大量补充的、只有技术意义的，因而也常常是完全可以代替的和无关紧要的成分；在文艺作品中，技术上辅助的、因而也是可替代的成分被缩小到最小程度。[②]

巴赫金还特别指出，除了上述区别外，对于不同的意识形态来说，在社会生活的总体中，其意义本身（即"作品的功能本身"）也是不同的，"因而实现意义的社会联系（即所有由意识形态意义引发并形成的那些影响和相互影响的总和）也是不同的"[③]。由此出发才能把握到意识形态对它们所反映的存在的不同关系和特殊的、每一种意识形态所固有的对这一存在的折射规律。

我们常常纠缠于文艺与意识形态的关系这个难以厘清的问题，而巴赫金的视点却在"非艺术的意识形态要素"与"艺术结构"的关系上。他认为，把作为作品基础的非艺术意识形态要素从缠绕着它的纯艺术结构中分离开来是非常困难的。他说："让我们使用一种粗略的自然科学的类比。氧气正是作为氧气，就是说以其全部化学特性才成为水的成分。不过，需要有一定的化学方法和掌握一定的实验方法，即掌握在一般化学方法论基础上进行具体分析以便把它从水中分解出来的技术。"[④] 在巴赫金看来，进入文学作品的意识形态要素同艺术意识形态的特点之间所发生的不是机械的结合，而是新的"化合"，"如果需要的话，当然可以从水中提取氧气。但是氧气并不等于作

① ［俄］巴赫金：《文艺学中的形式方法》，李辉凡、张捷译，《巴赫金全集》第二卷，河北教育出版社 2009 年版，第 121 页。

② 参见同上书，第 118 页。

③ 同上书，第 118 页。

④ 同上书，第 132 页。

为整体的水。水出现在生活中，生活中需要的正是作为整体的水”[①]。

这个譬喻是富有启示的，文艺作品（在《方法》中常常被巴赫金称为“艺术意识形态要素”）作为水，天然地包含氧气，即非艺术的意识形态要素成分，二者在其现实性上是不可分的。我们不能笼统地说艺术包含有意识形态的成分，因为艺术本身就是意识形态要素，所以我们只能说艺术包含有非艺术的意识形态要素的成分。并且二者的关系不是“相加”，也非“溶合”，“相加”和“溶合”表述都是物理关系，而在这里二者则是化学关系，是“化合”。

把“非艺术的意识形态要素”与“艺术结构”的关系视为“化合”，表明巴赫金看到了艺术作品（包括文学作品）作为一个整体的存在方式。这既避免了庸俗社会学把“非艺术的意识形态要素”独立出来与“艺术结构”相隔离的弊端，也避免了形式主义论者把“艺术结构”独立出来与“非艺术的意识形态要素”相隔离的弊端。

巴赫金的文学意识形态观念的最主要特色，就是在不排挤、不抹杀意识形态总体一致性的前提下，探索文学艺术的特点和质的独特性。他既不赞同为了强调文学的独特性而排挤意识形态总体一致性，也不赞同那些强调意识形态总体一致性而忽视文艺独特性的做法。分析作为意识形态创作的文学与意识形态的关联，首先要进入文学内部，从其构成和构成元素入手。文学与意识形态的关系是动态而确定的，是复杂而有秩序的，对这样的关系的把握只有像巴赫金这样，从文学具体出发，从文学实际出发，才能够得出一些切实、有益的结论，才不至于只限于从外部关系出发，进行抽象理论上的空洞辩驳。从这些方面看，应该说，巴赫金的文学意识形态观念，既是对马克思主义意识形态理论在文艺学领域的具体应用，也是对文学现象进行马克思主义意识形态理论层面的深度解读与阐释。

二　巴赫金的文学社会学思想

文学社会学的特点，“在于建立并描述社会与文学作品之间的关系”[②]。

---

① ［俄］巴赫金：《文艺学中的形式方法》，李辉凡、张捷译，《巴赫金全集》第二卷，河北教育出版社 2009 年版，第 133 页。

② ［法］伊夫·塔迪埃：《20 世纪的文学批评》，史忠义译，百花文艺出版社 1998 年版，第 174 页。

虽然正如有学者所指出的那样，把巴赫金博大的著述局限于文学社会学是不公平的，其著述的主体部分似乎更应属于诗学范畴[①]；但文学社会学思想依然是巴赫金著述论及的一个重要维度或重点方面，不理解巴赫金的文学社会学思想，就不能真正把握巴赫金文艺思想的全部精华。实际上，巴赫金本人和我国一些学者都有将其文学社会学思想称为“社会学诗学”的情形。[②]巴赫金的文学社会思想同马克思主义的文艺思想关系紧密。因为，我们知道，对社会与文学关系的分析并不是20世纪的首创，19世纪的批评家（包括史达尔夫人和泰纳）、哲学家（如黑格尔和马克思），已经提出了相关论述的基本原则，以后这种批评倾向的所有发展都有意无意地依赖于这些基本原则。[③]同时，巴赫金也以其独到而深刻的社会学诗学识见，丰富和发展了马克思主义文艺社会学理论，把马克思主义文艺社会学推进到一个更高的阶段或境界。

巴赫金本人直接参与了20世纪20年代苏联马克思主义文学思想的理论建设工作，他曾自觉地以马克思主义者自居，指责形式主义者的诗学是“一种彻底的非社会学的诗学”[④]。这个彻底性其实就体现在其社会学诗学的建构上，即体现在对艺术内在元素的社会学意义的揭示上。

在《文艺学中的形式方法》一文中，巴赫金指出：“马克思主义的方法在文学史中已经被采用，而马克思主义的社会学诗学却没有，至今也没有。更有甚者，人们甚至没有想到过它。”他批评了那种从非社会学诗学那里借用定义去说明文学现象特点的做法，对“把马克思主义方法归结为仅仅是不断地寻求彼此独立地决定文学现象的、完全是外在的因素”表示不满。[⑤]当时，人们不是力图从内部去揭示文学现象的社会学性质，而是企图从外部来突破这些现象，似乎只有把文学解释为“非艺术的艺术”，才能成为社

---

① 参见［法］伊夫·塔迪埃：《20世纪的文学批评》，史忠义译，百花文艺出版社1998年版，第189页。

② 邱运华等：《19—20世纪之交俄国马克思主义文学思想史论》，北京大学出版社2004年版，第285页。

③ 参见［法］伊夫·塔迪埃：《20世纪的文学批评》，史忠义译，百花文艺出版社1998年版，第174页。

④ ［俄］巴赫金：《文艺学中的形式方法》，李辉凡、张捷译，《巴赫金全集》第二卷，河北教育出版社2009年版，第153页。

⑤ 同上书，第145页。

会的元素，把艺术现象视为某些自然界的非社会的现象。[①]这样的情形促使巴赫金致力于构建一种彻底的文学社会学——文学社会学诗学。

巴赫金认为："艺术同样也是内在地具有社会性：艺术之外的社会环境在从外部作用于艺术的同时，在艺术内部也找到了间接的内在回声。这里不是异物作用于异物，而是一种社会构成作用于另一种社会构成。'审美的'领域，如同法律的和认识的领域，只是社会的一个变体。艺术理论，很自然地，只能是艺术社会学。在艺术社会学中，没有任何'内在的'任务。"[②]这段话一方面揭示了其艺术理论的坚定的社会学立场，另一方面也阐明了其区别于当时盛行的庸俗社会学的特质，即社会性是艺术内在构成的呈现。他批评萨库林的"二元论"文学社会学方法，即"他研究文学，采用两种方法：'内在性研究'采用的是形式主义的方法；只是'因果性的'、历史的研究才采用社会学的方法"[③]。因此，巴赫金的文学社会学致力于在文学的"内在性研究"方面采取社会学方法，可以说，他的文学社会学是把社会学方法贯彻得更为彻底的文学社会学。

苏联当时的文学科学中的社会学方法几乎仅仅运用在历史问题的分析中，而所谓的理论诗学问题，涉及艺术形式以及它的各种因素、风格等全部问题，这个方法几乎没有触动过。那时存在的一个有代表性的错误认识就是："社会学方法只能出现在为意识形态因素——内容的因素——所复杂化了的艺术诗学形式的领域，在社会外部的现实条件下开始历史的发展。而形式本身具有自己独特的、非社会学的，而是艺术特有的本质和规律性。"[④]把艺术特有的本质和规律性，把形式的因素、风格，把这些文学艺术的内在性纳入到文学社会学的范畴，从而形成一种社会学诗学，这是巴赫金对马克思主义文学社会学的独特贡献。

---

① ［俄］巴赫金：《文艺学中的形式方法》，李辉凡、张捷译，《巴赫金全集》第二卷，河北教育出版社 2009 年版，第 145 页。

② ［俄］巴赫金：《生活话语与艺术话语——论社会学诗学问题》，吴晓都译，《巴赫金全集》第二卷，李辉凡、张捷等译，河北教育出版社 2009 年版，第 78 页。

③ ［俄］巴赫金：《缺乏社会学的社会学观点——评萨库林方法论著作》，王加兴译，《巴赫金全集》第二卷，河北教育出版社 2009 年版，第 69 页。

④ ［俄］巴赫金：《生活话语与艺术话语——论社会学诗学问题》，吴晓都译，《巴赫金全集》第二卷，河北教育出版社 2009 年版，第 75 页。

巴赫金的内在性文学社会学人们通常强调的有两个向度：一是“借助民间文化，民间文化是某些伟大作品的广阔天地和内容”；二是“通过小说的不同语言表现各种不同的世界观”。①

巴赫金认为，包括文学在内的每一艺术类别都处在整个文化系统之中，文学理论应当在文学同整个文化系统的联系中去把握和探讨，研究文学同其他文化领域的联系与区别。他揭示了文学是文化的一个部分，强调把文学看作一种文化创造和文化现象，“不应该把文学同其余的文化割裂开来，也不应像通常所做的那样，越过文化把文学直接与社会经济因素联系起来”②。总之，文学应当首先作为文化现象来把握，这是巴赫金文学社会学的一个基本观点和主张。③ 巴赫金在这里实际上是把文化作为了文学和社会-经济事实发生联系的中介物。

巴赫金把人类文化领域，包括认识、伦理、艺术（审美）等领域，视为一个整体，并提出了价值观念是文化行为的属性的命题。他说：“实际情况确实如此，任何一个文化创造行为，都不是同全然与价值无关的、纯属偶然和紊乱无序的物质打交道。物质和混沌本来就是相对的概念。相反，文化创造行为却总是面对某种已获得价值评价又整顿有序的事物，而今它要对这个事物负责地确立自己的评价立场。例如，认识行为所接触的现实，是已用前科学思维的概念加工过的现实，而更主要的是经过了伦理行为（指实际生活的、社会的、政治的行为）的品评和调节的现实。认识行为接触的现实，又是受到宗教思想支撑的现实。”④ 被评价过的、被赋予价值、被秩序化的现实和事物，实际上也就意味着文化化，人们认识对象，往往不是直接对对象的把握，而是首先对附着于对象之上，甚至已经跟对象结合为一体的价值和秩序进行把握。由此文化就成为一种主观见之于客观的介质。

在巴赫金看来，谈论艺术与现实、艺术与社会生活的关系是正当的、无可置疑的，但需要在理论上或科学上把这问题提得更准确一些。他说：

---

① ［法］伊夫·塔迪埃：《20世纪的文学批评》，史忠义译，百花文艺出版社1998年版，第174页。

② ［俄］巴赫金：《答〈新世界〉编辑部问》，晓河译，《巴赫金全集》第四卷，河北教育出版社2009年版，第404页。

③ 彭克巽主编：《苏联文艺学学派》，北京大学出版社1999年版，第151页。

④ ［俄］巴赫金：《文学作品的内容、材料与形式问题》，晓河译，《巴赫金全集》第一卷，河北教育出版社2009年版，第333页。

“与艺术相对的现实，只可能是认识的和伦理行为的现实（包括其一切变体），即经济的、社会的、政治的以及道德本身的生活实践。”[①]因此，在巴赫金那里，艺术所面对的绝不是某种“中立的现实”，而是具有种种价值立场的认识行为和伦理行为的现实以及从前的和其他人的审美行为的现实。面对这样的现实，处在这样“紧张的价值气氛”中，艺术行为必然也要去占据自己特有的价值立场。[②]因此，文学社会学不研究作为人的实践和价值判断的文化，就不能准确深入地认识和把握现实和社会生活。这也就意味着，在文化等因素被纳入之后，才能构建起趋于完整的文学社会学。

巴赫金把文学内在性元素纳入社会学的另一个重要维度是小说语言或文学话语、艺术话语的维度。他在自己的论著中，详细阐明了文学话语与社会生活的关系，探讨了“形式的社会艺术任务是以怎样的语言学的手段实现的”[③]问题，“尝试理解作为以话语为材料的特殊审美交往的形式的那种艺术表述形式”[④]。

深入到平常的或日常的生活话语中去，对艺术之外的语言表述进行详尽研究，是研究文学话语的一个基本前提。“因为在那里已奠定了未来艺术形式的基本潜能（可能性）”，同时，“话语的社会本质在这里表现得更清楚、清晰，而且，话语与周围社会环境的联系也更容易分析”。[⑤]

在概括话语的特征时，巴赫金指出，话语总是指向某个对象的。他说：“话语生活在自身之外，生活在对事物的真实指向中。假如我们彻底地从这一指向里抽象出来，那么我们手中就只剩下话语的赤裸裸的尸体了”[⑥]，这样我们将对话语的社会内容和生活命运一无所知。其次，话语又是被许多时代、各个阶层、团体的种种不同的人运用过的，总是属于某个说话人的。因此严格地说起来，“语言中不再存在任何中立的、‘没主儿’的话语和形

---

① ［俄］巴赫金：《文学作品的内容、材料与形式问题》，晓河译，《巴赫金全集》第一卷，河北教育出版社 2009 年版，第 334 页。

② 彭克巽主编：《苏联文艺学学派》，北京大学出版社 1999 年版，第 153 页。

③ ［俄］巴赫金：《生活话语与艺术话语——论社会学诗学问题》，吴晓都译，《巴赫金全集》第二卷，河北教育出版社 2009 年版，第 104 页。

④ 同上书，第 81 页。

⑤ 同上。

⑥ ［俄］巴赫金：《长篇小说的话语》，白春仁译，《巴赫金全集》第三卷，河北教育出版社 2009 年版，第 71 页。

式了”[1]。这也就是说，话语自身是没有生命的，它生存在对对象的指向中，生存在被运用中。[2]

巴赫金认为，艺术作品与未言说的生活语境紧密交织。艺术话语，比如已完成的诗歌作品，“不像也不可能像在生活中那样直接取决于非语言语境的所有成分、所有可见的可知的东西。艺术作品不可能依靠事物和身边的事件，就像依靠某种不言而喻的东西，甚至不将其中的任何暗示引入表述的词语部分。当然，从这方面对文学中的言语提出了更多的要求：生活中许多东西留在话语之外，现在它们应该寻找词语的代表”。“艺术作品是未言说的社会评价的强大的电容器：艺术作品的每个话语都充满着这些评价。就是这些社会评价构成了有如其自身直接表现的艺术形式”。“评价首先决定于作者对词语的选择和听众对这个选择的感觉（共同选择）”。“诗人并非从辞典中选择词汇，而是从生活语境中选择，这些词汇在生活语境中形成和充溢评价。因此，诗人选择与这些词汇相关的评价，同时也从这些评价体现者的观点出发进行选择”。[3]

这里有三层意思：一是文学话语或艺术话语要传达未言说的社会生活语境；二是文学话语或艺术话语充满着未言说的社会评价；三是文学话语或艺术话语来自社会生活语境，在社会生活语境中形成和充溢评价。这就大体道出了文学话语或艺术话语与社会生活的相互依赖、相互阐明的关系以及社会生活对于文学话语或艺术话语的先在性。话语这一作为文学内部的元素于此得到了较为彻底的社会学的说明。

三 巴赫金的文学人民性思想

人民性是马克思主义文艺理论的重要关键词之一。从巴赫金对人民性意义的设置与理解，以及人民性在巴赫金文艺思想中的地位和意义，我们可以窥见巴赫金与马克思主义文论在这一议题上的联系与区别。由此，我们也可以更深入地把握巴赫金与马克思主义的关系的实质性状态。

---

① ［俄］巴赫金：《长篇小说的话语》，白春仁译，《巴赫金全集》第三卷，河北教育出版社 2009 年版，第 72 页。

② 彭克巽主编：《苏联文艺学学派》，北京大学出版社 1999 年版，第 162 页。

③ ［俄］巴赫金：《生活话语与艺术话语——论社会学诗学问题》，吴晓都译，《巴赫金全集》第二卷，河北教育出版社 2009 年版，第 91—92 页。

马克思在写于1847年的《“莱茵观察家”的共产主义》一文中曾提出：“人民，或者（如果用个更确切的概念来代替这个过于一般的含混的概念）无产阶级……”①列宁在写于1905年的《社会民主党在民主革命中的两种策略》一文的“补充说明”中认为：“马克思在使用‘人民’一语时，并没有用它来抹煞各个阶级之间的差别，而是用它来概括那些能够把革命进行到底的一定的成分。”②在布劳别尔格和潘京合编的《新编简明哲学辞典》中，对马克思主义的人民概念进行了比较完整的说明，他们认为：人民，“在一般的意义上，这是指这个或那个国家的所有居民；在历史唯物主义中这是指，在某个历史阶段上，十分关心社会发展的、在建立更为先进的新制度中起决定作用的那一部分居民。人民是由在社会中占不同地位的各个社会集团、各个阶级组成。在对抗性社会中，人民，首先是指劳动群众，即物质财富的创造者。在一定的时期，追求进步，主张社会改革的剥削阶级也包括在人民范围之中”。“在马克思主义中起重要作用的是‘革命人民’这一概念。革命人民，是指直接参加革命活动的社会力量，他区别于按其阶级状况对进步改造尚表同情，但不能进行积极的政治斗争的那些阶级和阶层。”“人民，首先是劳动群众，是历史的创造者。”③

巴赫金对人民内涵的理解表面看要宽泛得多，也似乎更为理想化。④“狂欢节的参加者是人民，是沐浴着大地光明的绝对欢乐的主人，因为他懂得死亡不过是孕育新生的肚子，因为他熟知存在与时间的欢乐形象，……这里问题并不在于狂欢节个别参加者对这一切的主观意识程度，问题在于他们客观上参与了这种人民的感受：自身的集体永恒性、自身的尘世历史的人民的

① ［德］马克思：《“莱茵观察家”的共产主义》，《马克思恩格斯全集》第4卷，人民出版社1958年版，第210页。

② ［俄］列宁：《社会民主党在民主革命中的两种策略》，《列宁全集》第11卷，人民出版社1987年版，第117页。

③ ［俄］布劳别尔格、潘京：《新编简明哲学辞典》，高光三等译，吉林人民出版社1983年版，第175—176页。

④ 我国就有研究者认为：“当巴赫金将广场的人民性提升出来的时候，他并没有将广场中的群体进行对立区分，甚至是统治阶级也被包括在人民之内，人民性是个包容对立的概念。这暗示巴赫金对现实中人民的阶级状态进行了理论净化，在辩证语境中赋予人民包容性。”参见滕翠钦：《人、人群、人民性——论巴赫金狂欢理论中有关“人”的理论意图》，《东南学术》2006年第4期。

不朽，以及不断的复活与生长。”[①]这里的人民表面看是指所有人，实际上并非如此。这里的人民至少有两个规定性：一是参与性，游离于人民集体之外的主体，不属于人民，也不是人民性的主体；二是平等性，狂欢节在本质上是人民性的，在这个活动中，人们没有高低贵贱之别，那些高高在上的人，或者幽居独处的人，或者清高的人，只要进入这项人民的活动，都必须在观念上和行动上改变过来。“在狂欢中，人与人之间形成了一种新型的相互关系，通过具体感性的形式、半现实半游戏的形式表现了出来。这种关系同非狂欢式生活中强大的社会等级关系恰恰相反。人的行为、姿态、语言，从在非狂欢式生活里完全左右着人们一切的种种等级地位（阶层、官衔、年龄、财产状况）中解放出来。”[②]“涌上广场或街头的民间广场狂欢节人群，绝不是简单的人群。这是人民整体，但这是自发的、以民间方式组织起来的整体，外在于并违背它所处于其中的整个现存的强制性社会经济制度，这个制度在狂欢节期间就仿佛被废除了似的。”[③]

由此来看，巴赫金的人民概念跟马克思主义的人民概念在内涵上是较为接近的。狂欢在这里隐喻了一种革命。自觉不自觉参与其中、融入其中的人们，才有着人民的质地。

巴赫金是研究果戈理和陀思妥耶夫斯基的高手，其思想深受这两位作家的影响也当在情理之中。巴赫金推崇果戈理“在民间的笑文化土壤上培育起来的‘积极的’、‘美好的’、‘崇高的’笑”，他认为，在果戈理的诗艺中，其语言“自由地吸纳了民间的非标准语的言语生活（民间非标准的语层）”。“果戈理采纳了未曾上书发表过的言语领域。他的笔记本里写满了奇怪的费解的、音与义双关的词语。他甚至打算出版一本自己编的《俄语释义辞典》，并在序言中写道：‘我特别觉得需要这么一部辞典，因为在我们社会里那种远离乡土和民众精神的异样生活中，固有的俄语词本来的意义都被歪曲了，有些被强加了别的意义，有些则全被忘记了。’果戈理尖

---

① ［俄］巴赫金：《弗朗索瓦·拉伯雷的创作与中世纪和文艺复兴时期的民间文化》第三章，刘虎译，《巴赫金全集》第六卷，河北教育出版社2009年版，第284页。

② ［俄］巴赫金：《陀思妥耶夫斯基诗学问题》，白春仁、顾亚铃译，三联书店1988年版，第176页。

③ ［俄］巴赫金：《弗朗索瓦·拉伯雷的创作与中世纪和文艺复兴时期的民间文化》第三章，刘虎译，《巴赫金全集》第六卷，河北教育出版社2009年版，第290页。

锐地感到，民间言语应同僵死的、外表化的语言层次做斗争。”[①]巴赫金对果戈理这个思想的阐明，意味着人民和人民性这个社会学范畴在文学言语上的突破。人民性不只体现在文学的内涵上，并且直接就体现于言语本身。

至于陀思妥耶夫斯基则更是源自斯拉夫派的俄国土壤派的代表性理论家和作家之一。陀思妥耶夫斯基主张：“俄国社会应当与人民的土壤相结合，接纳人民的因素。这是俄国社会存在的必不可少的条件。”[②]“就我们的文学而言，它有一桩功绩，它几乎全部是这样，即在其最优秀的代表身上，请注意，而且是先于我们的所有知识分子，开始对人民的真理顶礼膜拜，肯定人民的理想才是真正美好的。而且，它也不得不把这些理想当作自己的范本，尽管有时是不由自主的。的确，在这个问题上，艺术的敏感看来比善的意志起了更大的作用。”[③]如美学家奥夫相尼科夫所说：“在土壤派作家那里，对人民的真理的崇拜是与对人的个性的强烈兴趣，以及认为伟大艺术作品是具有普遍全人类性的永恒价值这样一种思想结合在一起的。”[④]人民在陀思妥耶夫斯基思想中占有崇高地位，这种理念也在巴赫金的人民性思想上打下了明显的烙印。当然，作家作为艺术家更多地是从精神领域去把握人民，陀思妥耶夫斯基就把正教作为理解人民的一把钥匙，他没有单纯把人民视为经济社会的物种，而是将他们灵魂化了。但我的感觉是，这并不能表明陀思妥耶夫斯基的人民或人民性，就是反对马克思主义的人民或人民性的。因为马克思主义的人民探讨的是人民作为一种推动社会前进的力量，其目的是通过经济现实的革命来开辟实现人的全面自由发展的社会道路。而陀思妥耶夫斯基的人民关注的只是精神的领域、信仰的领域，是人民精神内部结构的方面。陀思妥耶夫斯基的人民范畴只是为了解释人民、理解人民；而马克思主义的人民范畴更多的则是为了改造人民的处境，

---

① ［俄］巴赫金：《拉伯雷与果戈理——论语言艺术与民间的笑文化》，白春仁译，《巴赫金全集》第四卷，河北教育出版社 2009 年版，第 13 页。

② *Достоевский Ф. М.* Ряд статей о русской литературе. // Полное собрание сочинений в 30 томах. Т. 19. Л.: Наука, 1979, с. 7.

③ *Достоевский Ф. М.* Дневник писателя. 1876. // Полное собрание сочинений в 30 томах. Т. 22. Л.: Наука, 1981, с. 44.

④ ［俄］奥夫相尼科夫：《俄罗斯美学思想史》，张凡琪、陆齐华译，中国人民大学出版社 1990 年版，第 313 页。

为人民全面自由发展构建一个理想的社会。巴赫金的人民，在我看来则更类似一个隐喻，既有对于精神领域的理解和阐明，又有在现实社会层面实现人民真实的、平等的诉求和愿望。

实际上，把人民性视为文艺创作需要解决的一个重大问题，对人民及人民性意义与价值的高度评价和认识，在俄国文艺理论中既有着深厚传统，又有着广泛的现实基础。[①]土壤派理论的一个核心问题就是人民性问题。其另一位代表人物阿·亚·格里戈里耶夫指出："为艺术而艺术的思想产生于颓废时代，产生于某些温文尔雅的浅薄之徒的意识与人民的意识、大众的情感脱节的时代……真正的艺术过去是，以后也将永远是人民的和民主的（就这个词的哲学意义而言）艺术。艺术应在形象和理想中体现大众的意识。"[②]民粹派美学理论更是把文学称作"社会意识的呼声"[③]。苏联文学理论家谢皮洛娃认为"对一个作家的民族意义的估计永远依赖于他的创作的人民性这个问题的解决"[④]。季摩菲耶夫也指出，"'人民的'是'民族的'之中最优秀的东西"[⑤]。列宁也曾说过："艺术是属于人民的。它必须在广大劳动群众的底层有其最深厚的根基。它必须为这些群众所了解和爱好。它必须结合这些群众的感情、思想和意志，并提高他们。它必须在群众中间唤起艺术家，并使他们得到发展。"[⑥]无疑，巴赫金的思想成长在这个传统中，并延续了这个传统；巴赫金的思想生长于这个现实基础，并以其独特的方式和视角维护了这个现实基础。

在巴赫金的内心深处有着与人民大众持续的亲近感，他曾说："一切有

① "人民性"在俄国向来是一个核心思想概念，在理论意义上并不限于文艺学，而是极富社会文化价值。自19世纪初期浪漫主义文化精神在俄国兴盛之日起，"人民性"问题就成为理论界关注的焦点。这一关注在19世纪中叶达到高潮，以至于任何一个理论家如果不能对"人民性"概念做出立场的界定，就算不上是一个成功的理论家。参见季明举：《巴赫金及其理论的斯拉夫主义性质》，《俄罗斯文艺》2008年第1期。

② *Григорьев А. А.* Литературная критика. М.: Художественная литература, 1967, с. 378.

③ ［俄］奥夫相尼科夫：《俄罗斯美学思想史》，张凡琪、陆齐华译，中国人民大学出版社1990年版，第329页。

④ ［俄］谢皮洛娃：《文艺学概论》，罗叶等译，人民文学出版社1958年版，第564页。

⑤ ［俄］季摩菲耶夫：《文学原理》，查良铮译，上海平明出版社1955年版，第148页。

⑥ ［德］蔡特金：《回忆列宁（摘录）》，见《列宁论文学与艺术》（二），人民文学出版社1960年版，第912页。

文化的人莫不具有一种向往：接近人群，深入人群，与之结合，融化于其间；不单是同人民，是同民众人群，同广场上的人群，进入特别的亲昵交往之中，不要有任何的距离、等级和规矩；这是进入巨大的躯体。”[①]这种对于人民的向往也就内在地决定了其文艺思想的人民性内涵。实际上，也正由于巴赫金的这种对待人民性的情感态度，他的人民概念、人民性概念更多地带有一种体会性和感受性，并没有清晰的理论界定和分辨。“中世纪的诙谐不是主观的个体的感受，不是对生命的连续性的生理感受，这是一种社会性的、全民的感受。在节日的广场上，在狂欢节的人群中，在与所有不同年龄和地位的他人身体接触时，人感受到生命的这种连续性；他感到自己是永远在成长和更新的人民大众的一员。”[②]巴赫金本人对于人民大众的理解也是如此。因此，我们判断巴赫金在人民性范畴上与马克思主义的异同，也往往是感受性的，一进入理论层面仿佛那种理解就又不清晰了。

总体来看，作为巴赫金文学思想一个核心范畴的狂欢化，与巴赫金文学理论中的对话、复调、时空体等范畴紧密相关。实际上，在我看来，它在巴赫金的思想整体中更具有理论基石或哲学基础的地位。狂欢化，从对巴赫金理论接受的角度看，既可以将其看作是解析阐释文学作品的方法，也可以看作是特定作家进行文学创作的方法。把握和理解狂欢化有多种维度和视角，这里所探讨的只涉及其指涉人民性的方面。

正如孔金、孔金娜在《巴赫金传》中所指出的，巴赫金的狂欢化理论是对人民大众“第二生活”的节庆式生命图景的斯拉夫主义体验，是“当前阐释人民性问题最令人感兴趣的尝试之一”[③]。巴赫金在谈到“狂欢化”时指出：“狂欢节上形成了整整一套表示象征意义的具体感性形式的语言，从大型复杂的群众性戏剧到个别的狂欢节表演。这一语言分别地，可以说是分解地（任何语言都如此）表现了统一的（但复杂的）狂欢节世界观，这一世界观渗透了狂欢节的所有形式。这个语言无法充分地、准确地译成文

① ［俄］巴赫金：《论人文科学的哲学基础》，白春仁译，《巴赫金全集》第四卷，河北教育出版社2009年版，第5页。

② ［俄］巴赫金：《弗朗索瓦·拉伯雷的创作与中世纪和文艺复兴时期的民间文化》第一章，夏忠宪译，《巴赫金全集》第六卷，河北教育出版社2009年版，第104页。

③ ［俄］孔金、孔金娜：《巴赫金传》，张杰、万海松译，东方出版中心2000年版，第337页。

字的语言，更不用说译成抽象概念的语言。不过它可以在一定程度上转化为同它相近的（也具有具体感性的性质）艺术形象的语言，也就是说转为文学的语言。狂欢式转为文学的语言，这就是我们所谓的狂欢化。”[①] 因为狂欢节与人民大众的相关性，所以，从人民性的角度讲，与其将狂欢化表述为狂欢式的内容转化为文学言语的表达，不如将其表述为一种人民性力量渗透文学的方式。

狂欢化概念的引入，强调了民间社会文化对于文学作品的决定性意义，可以说这也是巴赫金对形式主义文学观的一种反拨，是其文学社会学构建的一个重要方面。巴赫金认为：“狂欢化有构筑体裁的作用，亦即不仅决定着作品的内容，还决定着作品的体裁基础。”[②] 他指出：“如果文学直接地或通过一些中介环节间接地受到这种或那种狂欢节民间文学（古希腊罗马时期或中世纪的民间文学）的影响，那么这种文学我们拟称为狂欢化的文学。”“文学狂欢化的问题，是历史学，主要是体裁诗学的非常重要的课题之一。”[③] 社会文化的层次和部分很多，巴赫金选择狂欢化这种民间文化形式，在效果上就突出了人民性的地位和意义。或许正是在这个意义上，我们可以更好地去理解巴赫金认为作为世俗化、人民性意识初步觉醒的文艺复兴“是对意识、世界观和文学的直接狂欢化”[④]。

俄国革命民主主义者、文艺批评家杜勃罗留波夫认为：“我们［不仅］把人民性了解为一种描写当地自然的美丽，运用从民众那里听到的鞭辟入里的语汇，忠实地表现其仪式、风习等等的本领……要真正成为人民的诗人，还需要更多的东西：必须渗透着人民的精神，体验他们的生活，跟他们站在同一的水平，丢弃等级的一切偏见，丢弃脱离实际的学识等等，去感受人民所拥有的一切质朴的感情。”[⑤] 可以说，这样的对于文艺表现人民性的表述，在实质上是跟巴赫金的狂欢化蕴涵大体一致的。

---

① ［俄］巴赫金：《陀思妥耶夫斯基诗学问题》，白春仁、顾亚铃译，三联书店1988年版，第175页。

② 同上书，第186页。

③ 同上书，第157页。

④ ［俄］巴赫金：《弗朗索瓦·拉伯雷的创作与中世纪和文艺复兴时期的民间文化》第三章，刘虎译，《巴赫金全集》第六卷，河北教育出版社2009年版，第312页。

⑤ ［俄］杜勃罗留波夫：《俄国文学发展中人民性渗透的程度》，《杜勃罗留波夫选集》第二卷，辛未艾译，上海译文出版社1983年版，第184页。

文化史学家梅列金斯基指出："狂欢节的逻辑就是内外翻转的逻辑，上下、前后等'轮转'的逻辑，是戏仿的逻辑，是谐谑式加冕和脱冕的逻辑；狂欢节的笑是全民性的，是节庆式的，是包罗万象和颉颃不定的，它既埋葬，也诞生，它使理想的东西下降，使之落于尘土，投向那吞噬万物同时又诞生本原的大地。"[①] 巴赫金推崇民间文化在小说发展中的地位和作用。他指出，民间文化是使现实呈现其本有面目的推动力。在他看来，民间文化作为一种底层文化，天然地具有把权威、崇高、庄严等事物加以颠覆的性质，在民间文化中，人们在日常生活中所体验的各种由等级秩序所塑造的感受，都会遭遇解构；而民间文化颠覆这一切权威话语的手段便是粗鄙、谐谑、亲昵、戏仿等，从而使在日常生活中以高雅性而存在的一切都被低俗化，使一切独白性话语变成众声喧哗。因此，在巴赫金的心目中，理想的小说就是杂语小说，因为它体现着鲜明的民间性和狂欢化逻辑（其典范形态就是拉伯雷的小说）。狂欢化的杂语小说，强烈反对"独白意识"在文学作品中的垄断地位，强调平等意识和对话思维。它"提供了可能性，使人们可以建立一种大型对话的开放性结构，使人们能把人与人在社会上的相互作用，转移到精神和理智的高级领域中去"[②]。

狂欢化带有天然的民间性和人民性，这或许是巴赫金选择狂欢化的根本原因所在。狂欢化是寓内容于形式的整体，狂欢化的民间性不仅表明文学的内容的人民性取向，而且也体现了文学言语、形式的人民性取向。季摩菲耶夫就认为人民性的特征是："作家所提出的全民性的问题，从人民的立场对问题的阐明，有助于人民的精神成长的人的描写，确保为人民大众所接受的形式的民主性。"[③] 形式的民主性正是狂欢化的重要特质之一。这也是人民性渗透文学的重要表征。

笑谑或讥笑——笑文化，是文学作品返顾民间活语言实现狂欢化的一个基本路径。笑谑是人民的重要精神资产，对待民间笑谑的态度在一定程度上象征着作家对待人民和表现人民性的态度。巴赫金称赞果戈理对待笑谑的严肃态度，认为在果戈理那里，民间笑谑具有"高尚的面孔""神圣的

---

① *Мелетинский Е. М.* Поэтика мифа. М.: Наука, 1976, с. 144.

② ［俄］巴赫金：《陀思妥耶夫斯基诗学问题》，白春仁、顾亚铃译，三联书店1988年版，第247页。

③ ［俄］季摩菲耶夫：《文学原理》，查良铮译，上海平明出版社1955年版，第154页。

面孔”。他引用果戈理在《剧院散场》中的话说，“笑比人们想象的要重要得多，深刻得多。这个笑，不是一时恼怒产生的，不是肝火旺盛造成的。这又不是人们嬉闹解闷的轻松之笑。这笑完全来自人的美好本性，因为人的内心深处有它用之不竭的源泉”①。巴赫金认为，狂欢化在文学作品中的实现，“重返民间的活语言是非常必要的”，而这首先需要有“像果戈理这样的民众意识的天才表现者”，“在语言方面，这种返顾意味着恢复记忆所储存的语言全部涵义。而恢复与更新的手段之一，便是民间的笑文化”。②笑谑或讥笑具有某种自发的辩证性，“讥笑中是嘲笑（针对旧的）和喜悦（针对新的）的结合。在被讥笑的旧事物形象中，人民讥笑统治制度和它的压迫方式；在新事物的形象中，人民寄托了自己最美好的夙愿与追求”③。可见，在狂欢化的重要手法——笑谑中，也寓寄着深厚的人民性力量。

应该说，巴赫金无论在文学意识形态理论上，在文学社会学理论上，还是在文学人民性理论上，都追求形式与内容的整一性，认为语言和形式本身不是脱离社会性、人民性而独立存在的。这些方面，特别是强调内容与形式的整一，与马克思主义的见解趋于一致。马克思在《第六届莱茵省议会的辩论》（第三篇论文）中指出：“如果形式不是内容的形式，那么它就没有任何价值了。”④恩格斯也认为：“整个有机界在不断地证明形式和内容的同一或不可分离。”⑤把意识形态性、社会性、人民性渗透到形式、扩展到形式，应该说是巴赫金与马克思主义文艺理论较为集中的相通之处。虽然我们不能就此断定巴赫金是一位马克思主义者，而且如我们在前面论述过的，巴赫金受到东正教思想的影响而形成的“事件”哲学显然与马克思主义的辩证唯物主义思想是不可相提并论的。

---

① ［俄］巴赫金：《拉伯雷与果戈理——论语言艺术与民间的笑文化》，白春仁译，《巴赫金全集》第四卷，河北教育出版社2009年版，第12页。

② 同上书，第14页。

③ ［俄］巴赫金：《讽刺》，苗澍译，《巴赫金全集》第四卷，河北教育出版社2009年版，第25页。

④ ［德］马克思：《第六届莱茵省议会的辩论（第三篇论文）》，《马克思恩格斯全集》第1卷，人民出版社1995年版，第288页。

⑤ ［德］恩格斯：《自然辩证法》，《马克思恩格斯全集》第20卷，人民出版社1972年版，第650页。

附录二　从否定到肯定：巴赫金与存在主义

在当代思想中，巴赫金往往被置于存在主义的框架内来看视，原因是他的整个对话理论否定了本质的先在性与预定论。但实际上，巴赫金的思想与以萨特为代表的西方存在主义哲学存在着若干重要的差异，我们将对此做出具体分析。

一　萨特的“行动”哲学

我们要厘清巴赫金思想的独特性，就必须将之与以萨特为代表的存在主义思想做一个比较。我们知道，传统上对“存在主义”范畴有广义和狭义的认知。“狭义的存在主义主要是指以法国哲学家萨特为代表的哲学思潮，广义的存在主义则指以‘存在’为哲学基本问题并集中思考这一问题的哲学思潮。德国哲学家海德格尔是广义的存在主义思潮的直接肇始者和确定者。”[①] 其实，按照我的理解，这种广狭之分不单单是你中有我的概念范畴问题，其实还有一个基本倾向的差异，即萨特代表的这种战后存在主义思潮，相较海德格尔哲学的独特性体现为，它是一种强调介入和行动的哲学。正如美国学者科普勒斯顿所说，海德格尔的哲学活动“似乎是旁观者的哲学活动而不是行动者的哲学活动。因为他所关心的是一种本体论的建

① 朱立元主编：《当代西方文艺理论》，华东师范大学出版社2014年版，第97页。

造，它要研究和解决‘存有’问题或存有的意义问题；……他对真正选择和非真正选择的分析不是想劝任何人以一种特殊方式来从事选择和行动的。因此，如果我们把海德格尔包括在存在主义者当中，那只是附和一种由于误会和误解而来的传统说法”[①]。我们之前正是从“思维”和“行为”这组关系的角度，界定了巴赫金同海德格尔和阐释学的区别的，并指出前者强调主体之间的“回应性”行为，而后者归根结底追求的是一种对于存在的理解。所以，将巴赫金和萨特这两种同样具有“行为”倾向的思想加以比较就很有必要。

怎样理解萨特的这种行为倾向呢？萨特之所以强调他的存在主义是一种关乎行动的学说，实际上是因为对于世界“荒诞”状况的体认，也就是说，这种行为是以荒诞为起点的。加缪很好地概括了荒诞的形成机制，即“我渴望绝对与统一，世界不可能归结为一种理性和合乎常理的原则”[②]，而这二者之间的矛盾，就是荒诞。尽管加缪和萨特的思想有着不小的差异，但那主要体现在对待荒诞的态度上，而关于荒诞的成因及其情感效果的认知则是一致的。我们看，无论是萨特寄望于未来的行为以消除荒诞，还是加缪与荒诞的对峙，其实涉及的都不再是对存在的理解，而已经是一种行动了，所以加缪在《西西弗神话》的开篇就指出：“迄今为止还被看作是结论的荒诞，在本书中是被作为起点而提出的。”[③]如果我们按照思维哲学的机制，那么荒诞可以作为体察世界的结论被提出来，尽管在萨特的早期著作中“荒诞”也被作为结论之一，但问题的重心并不在于这个结论，而在于之后的行为了。抓住了荒诞这个起点，实际上我们就部分理解了这种表现为行为的存在主义思想同巴赫金的根本不同。对“荒诞”的体认，实际上正是一种基于本质退场状态下的世界体认。在萨特和加缪的理解中，“荒诞”意味着人与世界的彻底离异，也就是说，存在主义所宣扬的行为，并非如巴赫金的行为哲学一般作为人在存在之中固有的价值实践，而是思维哲学走到危机的无可奈何。

① ［英］科普勒斯顿：《存在主义导论》，见［美］考夫曼：《存在主义》，陈鼓应等译，商务印书馆 1995 年版，第 333 页。

② ［法］加缪：《西西弗神话》，杜小真译，人民文学出版社 2012 年版，第 61 页。

③ 同上书，第 5 页。

我们来看看萨特是怎样描述这种本质退场的世界感受的。

萨特依然从笛卡尔“我思故我在”的认识论传统出发，据此，他区分了“自在”的存在与“自为”的存在。前者是本有的，不依赖于人的意识的存在；而后者作为意识的主体，表现为人对已有存在境况，即前者的否定。按照萨特的理解，自在是物的存在，但拥有完整性和稳固性，而自为是人的存在，它意味着自由。正如黑格尔的“否定”原则所要达到的目的一样，在萨特这里，理想的状态是：自为经由对自在的物性的否定，即“虚无化”，以完成自在和自为的统一，即人的自由的存在就是摒弃了自在的物性，又拥有了自在的完整性和稳固性。也就是说，作为统一整体的自在经由否定的虚无化转化为统一整体的自为，即“自在自为”，这样，生命也就获得了意义。“自为是对其自身来说就是他自己的存在的欠缺的存在。自为所欠缺的存在，就是自在。自为作为自在的虚无化而涌现并且这种虚无化被定义为对自在的谋划：自为是在被虚无化的自在和被谋划的自在之间的虚无。于是，我所是的虚无化的目标和目的，就是自在。于是，人的实在是对自在的存在的欲望。”① 萨特将“自在自为”的理想理解为上帝：“自为既是自为，他谋划成为一个是其所是的存在；正因为是作为是其所不是又不是其所是的存在，自为才谋划成为是其所是，他正是作为意识而希望拥有自在的不可渗透性和无限密度；他正是作为自在的虚无化和对偶然性及人为性的永恒逃避而希望成为他自己的基础。所以，可能一般地被谋划为自为为了成为‘自在自为’所欠缺的东西；并且支配着这谋划的基本价值恰恰就是自在自为，……人们能够称之为上帝的正是这个理想的东西。于是人们能说，表明了人的实在的最可理解的基本谋划的，就是人是谋划成为上帝的存在。”② 萨特认为，让自身存在获得“不可渗透性和无限密度”，正是人固有的终极追求。“是人，就是想成为上帝，或者可以说，人从根本上说就是要成为上帝的欲望。”③

但是，萨特认定这种统一是不可能的，因为上帝的理念本身就是一种“悖谬”，“如果人在他的涌现中被带向上帝，就像带向他的限制一样，如

① ［法］萨特：《存在与虚无》，陈宣良等译，三联书店 2007 年版，第 686 页。

② 同上。

③ 同上书，第 687 页。

果他只能选择成为上帝，那自由会变成什么呢？因为自由只不过是对自我创造的固有可能性的选择，而这里，‘决定’人的上帝的这种最初谋划似乎相当类似于人的‘本性’或一种‘本质’”[①]。萨特的逻辑是，自在是一种确定，而自为是一种自由，人需要去否定自在的物性以获得自在的确定性和稳固性，而这种确定性的获得又剥夺了人的自由。这样，本应是其所是的自为永远徘徊在不是其所是或是其所不是的否定循环之中，我们不断地寻求只是一种徒然无用的激情，是注定要失败的。“所有人的实在都是一种激情，因为他谋划自失以便建立存在并同时确立在成为自己固有基础时逃避偶然性的自在，宗教称为上帝的自因的存在。因此人的激情与基督教的激情是相反的，因为人作为人自失以便上帝诞生。但是上帝的观念是矛盾的而我们徒然地自失。人是一种无用的激情。”[②]

我们陷入了一种无法克服的二元论：“我们发现自己面对着两种根本不同的存在方式，应该是其所是的自为的存在方式，就是说，是其所不是和不是其所是的自为的存在方式，还有是其所是的自在的存在方式。”[③]自为作为虚无化的否定想要挣脱自身的偶然和局限，又不可能完全拥有自在的坚硬基石，也就是说，人既无法挣脱存在，也无法把握存在。这样，人的实在便成了拥有“不可渗透性和无限密度”的自在同“虚无”的自为的混合，成了一种绝对轻盈与绝对沉重的混合物，一种“黏滞”的让人恶心的东西。小说《恶心》表达的正是这种存在感受。洛根丁开始不再信任自己同外界的联系，他意识到自己的孤独。过去，他总爱捡起栗子、破布和废纸，他觉得最愉快的就是将它们握在手中，甚至放进嘴里。如今，他却无法忍受与物件的接触，他恶心，感觉自己不再自由。为了逃避物，他走进人之中，躲进拥挤的咖啡馆，但那里动荡的声音、气味和颜色让他晕眩，他同样恶心。洛根丁无法同坚实的物件接触，也无法忍受迷离的人群，这种若即若离的存在感受，就是恶心。

萨特用他自己的逻辑，试图说明人本质退场的生存现状。这种逻辑是：上帝的观念就是人“自在自为”的理想，但这种“自在自为”是一种悖谬，

① ［法］萨特：《存在与虚无》，陈宣良等译，三联书店2007年版，第687页。

② 同上书，第744页。

③ 同上书，第745页。

所以上帝本身就是一种悖谬；如果上帝本身是悖谬的，那么就不可能有上帝，因为肯定上帝的存在就是宣布一个自相矛盾的命题。其实，萨特要强调的并不在于上帝不存在，而侧重于人不可能达到上帝，人不可能获得在本质之中的存在。“存在主义的无神论并不意味着它要全力以赴地证明上帝不存在。毋宁说，它宣称就算上帝存在，他的观点也改变不到哪里去。并不是我们相信上帝的确存在，而是我们觉得真正的问题不在于上帝存在不存在；人类需要的是重新找到自己，并且理解到什么都不能使他挣脱自己，连一条证明上帝存在的正确证据也救不了他。”[①] 因此，重要的便是人如何面对这种荒芜的状态。

对萨特来说，荒诞就是上帝不存在的后果，它意味着人无法从外界获取任何慰藉和意义。可以说，这种行动起点与其说是荒诞，倒不如说是上帝的不存在。陀思妥耶夫斯基笔下的伊凡·卡拉马佐夫宣称：既然没有上帝，则“什么都可以做”[②]。萨特将之作为存在主义的起点：“的确，如果上帝不存在，一切都是容许的，因此人就变得孤苦伶仃了，因为他不论在自己的内心里或者在自身之外，都找不到可以依靠的东西。他会随即发现他是找不到借口的。因为如果存在确是先于本质，人就永远不能参照一个已知的或特定的人性来解释自己的行动，换言之，决定论是没有的——人是自由的，人就是自由。另一方面，如果上帝不存在，也就没有人能够提供价值或者命令，使我们的行为成为合法化。”[③]

萨特的“存在先于本质”和“自由选择”，正是在这个意义上提出的。一方面，上帝的悖谬意味着统一价值的缺位，人不能在外界找到支撑自己世界观和行动的理由，只能从主观出发，创造自己的价值和道德律。“存在先于本质”相较的是之前的“本质先于存在”，“上帝按照一定程序和一种概念造人，完全像工匠按照定义和公式制造裁纸刀一样。所以每一个人都是藏在神圣理性中某种概念的体现”[④]。在18世纪的无神论哲学里，上帝

① ［法］萨特：《存在主义是一种人道主义》，周煦良、汤永宽译，上海译文出版社1988年版，第31—32页。

② ［俄］陀思妥耶夫斯基：《卡拉马佐夫兄弟》下，耿济之译，人民文学出版社1981年版，第945页。

③ ［法］萨特：《存在主义是一种人道主义》，周煦良、汤永宽译，上海译文出版社1988年版，第12页。

④ 同上书，第7页。

的观念被禁止了，但是在狄德罗、伏尔泰，甚至康德那里，依然是一种本质在先的思想："人具有一种人性；这种'人性'，也即人的概念，是人身上都有的；它意味着每一个人都是这个普遍概念——人的概念——的特殊例子。在康德的哲学里，这种普遍性被推向极端，以至森林中的野人，处于原始状态的人和资产阶级全都包括在同一定义里，并且具有同样的基本特征。在这里，人的本质又一次先于我们在经验中看见的人在历史上的出现。"① 而"存在先于本质"，就是对这种"本质主义"的一切外在于生命的规定性的否定，无论它是宗教的，还是理性主义认识论的。"如果上帝不存在，那么至少总有一个东西先于其本质就已经存在了；先要有这个东西存在，然后才能用什么概念来说明它。这个东西就是人，或者按照海德格尔的说法，人的实在。我们说存在先于本质的意思指什么呢？意思就是说首先有人，人碰上自己，在世界上涌现出来——然后才给自己下定义。……人性是没有的，因为没有上帝提供一个人的概念。人就是人。……人除了自己认为的那样以外，什么也不是。这就是存在主义的第一原则。"②

另一方面，这种本质退场的荒芜状态是人必然遭遇的处境，由此，自由就不再是一种恩赐和权利，而成了必然性的义务，或者说，人是被迫自由的，人必须承担这种没有上帝的后果。"自由选择"就是人自己承担自己存在的责任。"如果存在真是先于本质的话，人就要对自己是怎样的人负责。所以存在主义的第一个后果是使人人明白自己的本来面目，并且把自己存在的责任完全由自己担负起来。"③ 在萨特那里，这种自由还伴随着绝对的责任，因为不得不为的自由带来的未必是欣悦，而很可能是痛苦和压力，所以人有时会逃避自由，萨特将这种逃避称作"自欺"。

这样，至少在表面上，我们能理出萨特所谓"行为"的一些基本倾向：首先，这种行为开始于对世界的否定性体验，这种观念将人的实存丑恶化；其次，这种行为具有个体性和主观性特征。据此，萨特一方面强调人经由

---

① ［法］萨特：《存在主义是一种人道主义》，周煦良、汤永宽译，上海译文出版社1988年版，第7页。

② 同上书，第7—8页。

③ 同上书，第8页。

“介入”和“超越”去对抗这种荒诞现实；另一方面，他将人与人的根本关系描绘为冲突，即“他人就是地狱”，因为每个人都是自由的，我无法完全支配他人，而他人也无法支配我。在后一个方面来说，“他人即地狱”是萨特基于荒诞现实的主观性逻辑的必然的结论。当然，萨特也尝试着涂抹掉这个结论的消极底色。他首先强调了这种结论的逻辑来源的合理性和必要性，认为“我思故我在”是唯一的绝对真理，也只有这个理论能配得上人的尊严，它是唯一不使人成为物的理论。其次，他否决了共同本质，却相信有一种人类处境的普遍性，这样，人与人的“冲突”之外又有了一个“共在”的问题。在共在中，人们表现出共同的目标和相似的激情，这是另一个意义上的普遍本质；但是，萨特也承认这种共同处境只是暂时的，短暂的共在之后依然是冲突。总之，萨特始终没有解决自由个体之间的冲突问题。

可以认为，萨特理解的存在主义的“行为”，实质上是一种本质退场的虚无氛围中人的个体性行为。萨特的“自由”主题，正是在此意义上成立的。

二 “否定性”自由

我们来分析一下萨特这种强调行为的存在主义思想同巴赫金的区别。

首先，在萨特的“个体性”和“主观性”问题上，差异是明显的。巴赫金之所以强调人的不可论定，以及人发展中的自由，并非如萨特的存在主义那样剔除一切规定性，在虚无中强调人自身的“立法”能力，而是基于正教语境对人神性的独特体认，不仅将人的行为视作平等意识的交互回应，也强调了人经由精神自新通往内在上帝的可能。在此意义上，人的自由则不可缺少爱的维度，自由和爱是统一的。正如弗兰克所说：“西方世界观把‘自我’作为出发点，……‘自我’——个体意识——或者是其他一切的唯一的终极基础（如在费希特那里，一定意义上在笛卡尔、贝克莱、康德那里），或者在一定程度上是我行我素的、自足的、自我内在封闭的和不依赖于其他一切的本质，这种本质在精神现象界成为具体实在的最后支点。但是，完全可以有另一种理解，其中不是‘自我’，而是‘我们’构成精神生活和精神存在的终极基础。‘我们’不是被看作外在的、后来才形成的综合体，只是若干‘自我’或‘我’与‘你’的联合，而是它们的最初就有的不可分割的统一体。‘自我’当初正是从这种统一体的母亲怀抱中成长起来，并且只有依靠这种统一的‘自我’才可能成其为‘自我’。……自我只有在相互联系的整体中才能获得这种特性和自由。”① 可以认为，在巴赫金立足的俄罗斯语境中，并不存在萨特自由个体之间的冲突问题。

我们关注的重点是萨特的否定性倾向同巴赫金的差异。索洛维约夫的表述有助于我们理解这种差异。他认为：“人的个性，不是一般意义上人的个性，不是抽象的概念，而是现实的、活生生的个人，每一个个别的人都有绝对的、神性的意义。”② 人的这种个性的绝对性，这个神性有两方面的意义，即否定的意义和肯定的意义。“否定的绝对性无疑属于人的个性，指的是超越任何有限内容的能力，不停留、不满足于有限内容而要求更多东西的能力，如诗人所说是‘寻找难以名状的、无限的幸福’的能力。人不满足于任何有限的、相对的内容，实际上这就声明了自己是自由的，不依赖于任何内在的限制，这就宣告了自己的否定的绝对性，它构成了无限发展的前提。但是，不满足于任何有限内容和部分的、有限的现实，这同时也是对完整现实的要求，对完整内容的要求。肯定性的绝对性就是指获得完整的现实和完整的生命。”③

我们说，萨特的自由观，正是在这种“否定的绝对性”的层面上来理解的。《存在主义》一书的作者美国人考夫曼也关注到了这种否定性特征：“拒绝归属于思想上任何一个派系，否认任何信仰团体（特别是各种体系）的充足性，将传统哲学视为表面的、经院的和远离生活的东西，而对它显示不满——这就是存在主义的核心。”④ 但是，在巴赫金及其所处的俄罗斯语境里，这种自由却是“否定”和“肯定”的统一。西方思想家习惯于以微观化视角挖掘俄罗斯文学和思想的现代性特征，却往往忽略俄罗斯文化本质上的宗教世界观精髓，这样，二重性的统一往往被理解为否定的单一

① ［俄］弗兰克：《俄罗斯世界观》，见《俄国知识人与精神偶像》，徐凤林译，学林出版社 1999 年版，第 23—24 页。

② ［俄］索洛维约夫：《神人类讲座》，张百春译，华夏出版社 2000 年版，第 17 页。

③ 同上书，第 17—18 页。

④ ［美］考夫曼：《存在主义》，陈鼓应等译，商务印书馆 1987 年版，第 1—2 页。

向度。正是在这种视角下，陀思妥耶夫斯基往往被认为是“开存在主义先声”。考夫曼表示：“我认为《地下室手记》的第一章是历来所写过的最好的存在主义序曲。这篇序曲以无比的活力和技巧，将各个主要题旨叙述出来——当我们阅读从克尔凯郭尔到加缪的全部其他所谓存在主义者的著作时，这些题旨将会一一显示出来。”①这个“题旨”，其实就是索洛维约夫“否定的绝对性”意义上人不停留、不满足于当下有限内容的意愿。“手记”的确表现出一种否定性意义上的内容，那只“有强烈意识的耗子”中的耗子否定规则，否定理性，甚至拥抱苦难，制造破坏和混乱。但是，我们往往关注到了地下室人对于理性的诘问，却忽略了这种质询的根本在于：人想要证明自己是人，而不是被理性操控的提线木偶或是钢琴上的琴键。地下室人的目光落在了理性之墙外面广阔的天空。在我们看来，地下室人否定的只是理性机制对人的框定，而在这种否定之外，却是对人之为人尊严的肯定，这种肯定正是基于陀思妥耶夫斯基对于“人身上的人”的理解。毫无疑问，《地下室手记》的题旨绝不局限于考夫曼的论断。

索洛维约夫很好地说明了这种单向度的否定性自由观的后果：“没有肯定的绝对性，或者没有肯定绝对性的可能性，那么否定的决定性是没有任何意义的，或者更准确地说，它只有无尽的内在矛盾的意义。当代意识就处于这种矛盾之中。西方文明把人的意识从一切外在的限制之下解放出来，承认了人的个性的否定的绝对性，宣告了人的绝对权力。但同时，西方文明否定了肯定意义上的，即实际的、本质上拥有完整的存在的任何绝对的原则，把人的生活和意识局限于相对的、暂时的范围之内，于是，这个文明同时确立了无限的渴望和满足这个渴望的不可能性。”②我们看到，这种“无限的渴望”和“满足这个渴望的不可能性”之间的矛盾，正是萨特和加缪所阐发的“荒诞”，它正是萨特式行动的起点。

三　复调小说的对话精神和自由观

的确，同考夫曼一样，巴赫金也关注到了包括《地下室手记》在内的

① ［美］考夫曼：《存在主义》，陈鼓应等译，商务印书馆 1987 年版，第 4—5 页。引文中的人名据通译做了改动。

② ［俄］索洛维约夫：《神人类讲座》，张百春译，华夏出版社 2000 年版，第 18 页。

陀思妥耶夫斯基小说的否定性题旨。他在谈到“地下室人”时说：“他和社会党人辩论时提出的一个基本思想就是：人不是据之进行精确计算的有限数、固定数；人是自由的，因之能够打破任何强加于他的规律。”[①]巴赫金发现了陀思妥耶夫斯基对话中的主人公普遍具有的否定精神，它表现为对自身未完成性和不可论定的自由的体认，无论地下室人、斯塔夫罗金、拉斯柯尔尼科夫、索尼娅、梅什金、伊凡和德米特里，总是试图打破外界为他们所设立的框架，他们拒绝被论定，“只要人活着，他生活的意义就在于他还没有完成，还没有说出自己最终的见解”[②]。巴赫金深刻揭示了这种否定精神的深刻意义：“不妨这样来表述这一造反所包含的深刻意义和重要性：不能把活生生的人变成一个沉默无语的认识客体，一个虽不在场却完全可以完成定性的认识客体。一个人的身上总有某种东西，只有他本人在自由的自我意识和议论中才能揭示出来，却无法对之背靠背地下一个外在的结论。”[③]我们发现，这种否定精神实际上针对的是将人“物化”的独白。这样，在巴赫金那里，重要的便不是这种否定的内容本身，而在于陀思妥耶夫斯基这种艺术形式中包含的否定精神所具有的解放人，使人避免被“物化”的意义。他认为，“陀思妥耶夫斯基全部创作的主要激情，无论从形式或内容方面看，都是同资本主义条件下人的物化、人与人关系及人的一切价值的物化进行斗争”[④]。如果我们结合之前对其对话思想的分析，就可以认为，这种否定姿态背后实际上隐含着一种肯定的内容，即对人的存在的对话本质的肯定。

按照巴赫金的理解，这种本质性的对话状态，表现在复调小说的诗学形态之中，它不仅仅意味着作品中的主人公在对话状态中未完成的回应性行为，也意味着作者和主人公之间也处于一种对话关系之中。如果只是小说艺术世界内部诸声音的彼此呼应，而对话精神只是作者高踞作品之上而灌注其中的抽象内容，那么这种体裁的本质就依然是一种独白，即作为对

---

① ［俄］巴赫金：《陀思妥耶夫斯基诗学问题》，白春仁、顾亚铃译，《巴赫金全集》第五卷，河北教育出版社 2009 年版，第 76 页。

② 同上书，第 75 页。

③ 同上。

④ 同上书，第 80—81 页。

话各方的主人公处于一种被论定的状态中，而对话关系也只徒然具有对话的表面形式，却失去了未完成性的核心内涵。复调小说最深刻的精神，就是巴赫金所说的“大型对话”精神，即：小说的所有因素之间，包括主人公之间、作者与主人公之间，都处于一种对话关系之中。甚至不同作品之间也有着深刻的对话关系，这一点可以在巴赫金对小说体裁的界说中表现出来。他认为，小说是一种唯一成长中的，不可论定的体裁，因此，创造一种关于小说的理论是困难的，因为小说没有其他体裁的程式，“历史上起作用的只是一些典范的小说作品，而不是一种固定的体裁程式”①。如果我们跳出这种诗学形态，可以发现，巴赫金将对话作为世界的基本机制，也就意味着所有的意识形态，所有与人的精神相关联的领域，其本质都处于对话之中。我们甚至可以说，巴赫金尽管没有直白地从俄罗斯的正教传统中对人进行考察，但他却隐晦地表达出一种思想，即：上帝与人也是一种对话的关系，上帝不是以抽象信条的独白去框定和训导人，而是化为耶稣基督的形象，在世间引领人走向救赎，这个形象也成了对话中的回应性行为的象征。

巴赫金认为，为了呈现这种本质性的对话状态，陀思妥耶夫斯基的复调小说便有了一个“全新的作者立场”，作者“不是说现在他高踞对话之上占据着至高无上的和决定一切的立场：因为这样一来，真正的未完成的对话就要变为习见于一切独白型小说中的客体和完成了的形象”②，而是“不把他人意识（即主人公们的意识）变为客体，并且不在他们背后给他们做出最后的定论。作者的意识，感到在自己的旁边或自己的面前，存在着平等的他人意识，这些他人意识同作者意识一样，是没有终结，也不可能完成的。作者意识所反映和再现的，不是客体的世界，而恰好是这些他人意识以及他们的世界，而且再现它们是要写出它们真正的不可完成的状态（因为它们的本质所在，正是这个不可完成的特点）”③。总之，全新的作者立

① ［俄］巴赫金：《史诗与长篇小说》，白春仁译，《巴赫金全集》第三卷，河北教育出版社 2009 年版，第 498 页。

② ［俄］巴赫金：《陀思妥耶夫斯基诗学问题》，白春仁、顾亚铃译，《巴赫金全集》第五卷，河北教育出版社 2009 年版，第 81—82 页。

③ 同上书，第 88 页。

场，就是指作者同其主人公也处于对话关系之中。

在巴赫金看来，这种立场不是为了发现人的某种新特点、新类型，也不是表现人的思想，而是发现陀思妥耶夫斯基自己所说的“人身上的人”。我们知道，如果从正教观念中加以解析，陀思妥耶夫斯基的“人身上的人”，实际上指的是人身上的神性，或曰具有内在神性的人。[①] 所以，这种解放人，使人摆脱“物化”的否定倾向实际上隐含的却是一种对肯定性内容的要求。巴赫金在复调小说中表达的对话精神和自由主题，正是基于这种本质在场状态下对人的独特神性的体认。

在正教人类学的语境中，人作为“上帝类似”不仅意味着人拥有“神性”这个共同的本质，还意味着人肩负着终极创造的使命。正如布尔加科夫所说，“人是按照上帝的形象和类似创造出来的。人被赋予了上帝的形象，这一形象放置于人，就成为人存在的不可消除的基础，所谓类似是指那些在这个形象基础上实现为人的、作为人的生命任务的东西。人在创造时不可能一下子就成为完善的生命体，在这个生命体中，形象与类似，理想与现实，都应是彼此相适应的，这样的话，他就可能在本质上，而不是在天赐和相似上成为上帝”[②]。按霍米亚科夫的观点，“聚合性”理念是爱与自由的统一，实际上，这种自由不仅仅意味着共时层面的多样性，还意味着人实践这种“类似”的精神自新的过程，也就是说，这种自由还有着历时性的意义。上帝的存在尽管是一个无需辩驳的前提，但只有在人与上帝有意识的自由的联系中，才能真正体现上帝存在的意义。上帝不是作为外在于人的偶像，而正是体现在每个人的作为个性的主动性行为中。这也就意味着，人不是被动地服从外在于他自身的神命，而是主动地实践自身的神性的可能。可以认为，体现在人身上的“神性”不是一种自在的属性，人并不拥有它的实在性，而只拥有实现它的可能性。人的自由正是体现为这种实践的过程。或者可以说，人间毕竟不是上帝的天国，上帝交付给人的并不是一个完成了的世界，而是一块蕴含着无限可能性的广阔场地。在这个并不完美的世界中，人的自由不仅仅表现为对有限内容的不满足，因

① 王志耕：《宗教文化语境下的陀思妥耶夫斯基诗学》，北京师范大学出版社2003年版，第61页。

② ［俄］布尔加科夫：《亘古不灭之光》，王志耕、李春青译，云南人民出版社1999年版，第126—127页。

为这种不满足本身就意味着人对于生命现实完整性的要求，所以自由更在于人获得这种完整性的行为历程。索洛维约夫的“否定的绝对性”和“肯定的绝对性”的统一，以及巴赫金的狂欢化思想所呈现的那个充满可能性的广阔场域，都是在此意义上理解的。

我们说，巴赫金的对话思想同这种俄罗斯正教世界观有着深刻的同构关系，在巴赫金那里，人与存在是整一的，我必然存在于世界之中。所以，重要的不是用思维去把握存在，而是参与进并承担起这种生命现实。我们正是从这个意义上来认识巴赫金的对话思想的。实际上，“存在即事件”不仅仅意味着我与他人的共在中的回应性行为，其本身就包含着一种“历时性”的内容，即人实践这种生命本质的发展、成长过程。从另一个角度来说，对话作为人的一种本质存在形态，其不仅仅在于“共时”层面对人的主体性的肯定以及主体之间相互关系的考察，对话本身的“未完成性”还意味着这种状态必然含有变化发展的可能。由此说，“独白”对人的论定也不仅仅是将人客体化，忽略了对话中的人，它同时也忽略了成长中的人。所以，巴赫金的建构模型就必然会有一个从“共时”平面的“三维”到“历时”意义上“四维”的过程，即不仅仅是共时层面的交际和对话，还必然有一个对话关系中的人的成长、发展问题。

巴赫金在关于陀思妥耶夫斯基的问题上充满矛盾。我们说，陀思妥耶夫斯基既然以发现“人身上的人”为旨归，其艺术视角就必然会关注这种历时性的内容；但是，巴赫金一再强调陀思妥耶夫斯基的“共时性”艺术，却对其历时内容矢口否认。他将歌德与陀思妥耶夫斯基做了对比，认为前者“本能地倾向于描绘处于形成过程的事物。他力图把所有共存于一时的矛盾，看成为某个统一发展过程中的不同阶段；在现实的每一个事物中看出过去的痕迹、当今的高峰或未来的趋向”[①]。而后者艺术观察的基本点不是形成过程，而是同时共存和相互作用，这也就使得陀思妥耶夫斯基的小说世界呈现为一种空间的存在，而不是时间的存在。“陀思妥耶夫斯基同歌德相反，他力图将不同的阶段看作是同时的进程，把不同阶段按戏剧方式加

① ［俄］巴赫金：《陀思妥耶夫斯基诗学问题》，白春仁、顾亚铃译，《巴赫金全集》第五卷，河北教育出版社 2009 年版，第 36 页。

以对比映照，却不把它们延伸为一个形成发展的过程。对他来说，研究世界就是意味着把世界的所有内容作为同时存在的事物加以思考，探索出它们在某一时刻的横剖面上的相互关系。”[①] 巴赫金依据其“时空体”概念，将陀思妥耶夫斯基的小说概括为“门槛时空体”，“时间在门槛这一时空体里，实际上只不过是瞬间，这一瞬间似乎没有长度，似乎从正常的传记时间里脱落出来”[②]。与之相应的是拉伯雷的时空体：“成长的范畴，而且是现实中的时空上的成长范畴，是拉伯雷世界最基本的范畴之一。”[③]

巴赫金否认了陀思妥耶夫斯基小说艺术的历时性，他认为陀思妥耶夫斯基即便涉及人精神成长的不同阶段，也是尽量在共时平面上呈现出来。“由于他有如此顽强的要求，要把一切都作为共时共存的事物来观察，要把一切都平列而同时地理解和表现，似乎只在空间中而不在时间里描绘，其结果，甚至一个人的内心矛盾和内心发展阶段，他也在空间里加以戏剧化了，让作品主人公同自己的替身人、同鬼魂、同自己的 alter ego（另一个自我），同自己的漫画相交谈。”[④] 实际上，人的成长历程未必只能在物理时间的纵向排列中展现，这些共时呈现的对话已经指向了历时的内容。同时，巴赫金通过梳理小说的狂欢传统，指出这种复调小说作为一种召唤结构，经由对现实的净化而打通了通往未来的道路。“在陀思妥耶夫斯基的小说中，一切都在向往着尚未说出的而且尚未获得的‘新意’，一切都在紧张地期待这个‘新意’，作者不以单一而又简单的严肃性，堵塞通向‘新意’的道路。”[⑤] 我们可以将巴赫金的意思理解为，陀思妥耶夫斯基固然含有历时的内容，但这种内容却是通过一种共时性的艺术机制在一个平面上被展现的。换句话说，陀思妥耶夫斯基固然揭示了对话的未完成性，却没有展现这种发展和成长的过程。

但是，我们必须提出一个问题：如果我们将之解释为艺术机制和小说

---

① ［俄］巴赫金：《陀思妥耶夫斯基诗学问题》，白春仁、顾亚铃译，《巴赫金全集》第五卷，河北教育出版社 2009 年版，第 36—37 页。

② ［俄］巴赫金：《长篇小说的时间形式和时空体形式》，白春仁译，《巴赫金全集》第三卷，河北教育出版社 2009 年版，第 443 页。

③ 同上书，第 357 页。

④ ［俄］巴赫金：《陀思妥耶夫斯基诗学问题》，白春仁、顾亚铃译，《巴赫金全集》第五卷，河北教育出版社 2009 年版，第 37 页。

⑤ 同上书，第 218 页。

的思想内容之间并不能完全同步，放到巴赫金自己的语境里又无法自圆其说，因为，巴赫金本人一再强调文学作品中艺术形式和思想内容的统一关系，比如对话思想及其诗学形态复调小说之间的统一。按照这种理论，陀思妥耶夫斯基的小说就不可能是单纯的共时性艺术，而实际上，他也的确不囿于共时的平面。那么，巴赫金为什么刻意强调其小说艺术的共时原则，而忽略历时性问题呢？巴赫金既然能理解到陀思妥耶夫斯基发现“人身上的人”的创作旨归，就不太可能意识不到这种“人身上的人”的历时性涵义，以及陀思妥耶夫斯基小说的历时性主题。总之，巴赫金在这个问题的论述上并不能自圆其说。我的理解是，问题的关键不在于巴赫金如何对陀思妥耶夫斯基做出公允的研究，而在于陀思妥耶夫斯基研究在巴赫金的建构中承担的“任务”。可以认为，巴赫金的根本目的在于从“共时”层面揭示人类生活的对话本质，而在“历时”层面强调人的精神成长历程。我们看到，陀思妥耶夫斯基诗学问题研究实际上属于前一个工作，也就是说，这种研究只是开启了“历时诗学”的可能性，但并没有承担历时性的任务。巴赫金没有忽略陀思妥耶夫斯基的创作现实，但同时又有他自己的逻辑，所以，也就不难理解这些矛盾了。

四　狂欢式诗学的自由观

如果说对话的精神侧重于“共时”的平面，那么“狂欢化”概念则具有“历时”的维度。在巴赫金那里，狂欢化的世界感受不仅仅包含了对独白秩序的否定和平等对话的精神，还包含了基于人的开放性和未完成性而发生的交替与变更、死亡与新生的历时性内容。在复调小说之后，巴赫金重点分析了歌德和拉伯雷的“现实主义的成长小说”，那么，我们从历时的维度，在拉伯雷和歌德那里，来看看巴赫金的这种表面的否定倾向，其本质到底是否定还是肯定。

狂欢化诗学，在拉伯雷那里表现为“怪诞现实主义”，其主要特点是“降格”，“即把一切高级的、精神性的、理想的和抽象的东西转移到整个不可分割的物质—肉体层面、大地和身体的层面”[①]。这种贬低化和世俗化倾

① ［俄］巴赫金：《弗朗索瓦·拉伯雷的创作与中世纪和文艺复兴时期的民间文化》导言，夏忠宪译，《巴赫金全集》第六卷，河北教育出版社2009年版，第23—24页。

向的否定意义是明显的，但是，我们必须要明白这种“降格”的意义。在巴赫金看来，拉伯雷艺术方法的实质，首先在于“破坏一切习惯的联系、事物间和思想间普通的毗邻关系，归结为建立意想不到的毗邻关系、意想不到的联系，其中包括最难预料的逻辑关系和语言关系”①。之所以要破坏，是因为“在这里的世界上，在各种美好事物之间，已形成虚假的歪曲事物真正本质的联系”②。所以巴赫金认为：“必须破坏和改建世界这一整个虚假的图景，必须切断事物和思想间一切虚假的等级关系，必须消除它们之间的起着割裂作用的臆想出来的层次。必须解放所有事物，让他们自由地、顺应本性地结合起来，而不必管这类组合从传统习惯联系来看是多么奇特。必须让事物能以活生生的肌体和多样的品格互相直接接触。必须在不同事物和不同思想之间建立新的毗邻关系，以期符合它们真正的本质；必须把错误地分割开来的、相距很远的事物摆到一起，组合起来；而错误地聚拢一起的东西，应该重新分开。以事物间这种新的毗邻关系为基础，应能揭示出一个新的世界图景，它要贯穿内在的现实的必然性。这样一来，在拉伯雷作品中，破坏世界旧图景和正面地建设新图景，便不可分割地交织到了一起。”③

我们认为，这种破坏，归根结底是要“正面地建设新图景”，拉伯雷的“死亡”是“新生”的前奏，而这种“否定”之后，含有着“肯定”的内容。“怪诞现实主义”的“怪诞”，是为了戏拟那个被歪曲的“现实”。“贬低化为新的诞生掘开肉体的坟墓。因此它不仅具有毁灭、否定的意义，而且也具有肯定的、再生的意义：它是双重性的，它同时既否定又肯定。这不单纯是抛下，使之不存在，绝对消灭，不，这是打入生产下部，就是那个孕育和诞生新生命的下部，万物都由此繁茂生长；怪诞现实主义别无其他下部，下部就是孕育生命的大地和人体的怀抱，下部永远是生命的起点。”④其实，这种理解正是从巴赫金的行为哲学出发的。朝向“物质—肉体”层面的降格，这是为了回归那个人的唯一的、现实的存在位置，并由

---

① ［俄］巴赫金：《长篇小说的时间形式和时空体形式》，白春仁译，《巴赫金全集》第三卷，河北教育出版社 2009 年版，第 358 页。

② 同上。

③ 同上书，第 358—359 页。

④ ［俄］巴赫金：《弗朗索瓦·拉伯雷的创作与中世纪和文艺复兴时期的民间文化》导言，夏忠宪译，《巴赫金全集》第六卷，河北教育出版社 2009 年版，第 25 页。

此揭示“存在即事件”的对话和成长本质。“新的毗邻关系”和“新的世界图景”，正是在这个意义上来说的。

我们再将歌德的现实主义成长小说同启蒙主义文学观念之间做一个比较。在巴赫金那里，启蒙主义的姿态代表一种纯粹的否定。启蒙主义者反对一切彼岸和权威，巴赫金认为，尽管这种抽象的否定性批判在净化与浓缩现实的过程中起了巨大作用，但是这种否定的结果却是让世界变得更加贫乏和干枯。在《教育小说及其在现实主义历史中的意义》一书的提纲中，巴赫金如是表述：“在歌德之前的教育小说中，主人公成长过程导致的结果，不是使世界和人变得丰富了，反而变得更加贫乏。……世界和人的贫乏化，在启蒙时代的批判现实主义和抽象现实主义中，是很典型的现象。”[①]我们说，启蒙主义的否定是一种纯粹的否定，它只有摧毁没有建构，其结果就是世界和人的贫乏。这种姿态实际上就是一种抽象化的“独白”原则，即启蒙主义的理性否定了虚假的彼岸理想，但同时也将世界与人框定在了结构化的理性认知中。在巴赫金那里，与这种独白的抽象相对的，是具体的、活生生的人的生命现实。歌德的现实主义成长小说尽管也有着与启蒙主义相似的否定姿态，但更重要的却是对这种具体的、活的生命现实的肯定，所以在歌德那里，“世界和历史非但没有贫乏和缩小，相反变得丰满、充实，为进一步获得无限的切合实际的发展而积蓄起创造的潜力。歌德的世界，是生根发芽的种子，是彻底现实的、确实可见的种子，同时又是充满了不断发展的真实的未来的种子”[②]。

巴赫金是按照自己的理解来评价歌德的。的确，歌德的创作倾向于具体化的、活的生命现实。正如其对爱克曼所记述的，歌德反感于德国爱好抽象思辨诗人的晦涩艰深，认为“哲学思辨对德国人是有害的，这使他们的风格流于晦涩，不易了解，艰深惹人厌倦。他们愈醉心于某一哲学派别，也就愈写得坏”。他还同时强调，“从事实际生活、只顾实践活动的德国人却写得最好”[③]。但需要明确的是，歌德的实际世界观同巴赫金的描述还

① ［俄］巴赫金：《教育小说及其在现实主义历史中的意义》，晓河译，《巴赫金全集》第三卷，河北教育出版社2009年版，第256页注释①。

② 同上书，第262页。

③ ［德］爱克曼辑录：《歌德谈话录》，朱光潜译，人民文学出版社1982年版，第39页。

是有差异的。正如对陀思妥耶夫斯基“共时性”诗学的强调一样，巴赫金对歌德的分析也是为了其历时性的建构任务。巴赫金在1962年和1970年写给卡纳耶夫的两封信中对歌德的美学做了概括性论述。为了与启蒙主义的“独白”相对立，巴赫金强调歌德的意义在于否定了两对认识论的基本概念关系，即“现象和本质”“认识主体和认识客体”。他认为，“现象与本质的对立，与歌德思维的方法格格不入。对他来说，本质并非隐蔽和躲藏在现象的背后，本质恰恰亲身存在于现象之中。……歌德不在‘背后’、‘后面’、‘另一边’寻找什么东西，他拒绝区分内在和外在，外壳和内核，如此等等。歌德不主张现象与本质的对立，而是对比部分与整体，或者‘单个’与‘全体’”[①]。同样，“认识论中最基本的主体和客体的对立，同样与歌德的思想格格不入。对歌德来说，认识者并非作为纯粹的主体而与被认识者的客体相对立，他处在被认识者之中，即属于被认识者共有的一部分。主体和客体是由一块东西做成的”[②]。的确，如巴赫金所说，“歌德的一个基本的哲学论断，即最高原则是事业、纯粹人生的积极性，而不是认识具有特殊的意义”[③]。我们可以承认歌德的确有这种“否定”的倾向性，但是，是否可以认为歌德对这两组概念确实持有否定的态度，却是见仁见智。巴赫金自己也承认，“歌德的审美论述是十分矛盾的，而且这种矛盾不仅存在于他创作道路上的不同时期里，也存在于同一时期的内部中。……不同时代和流派都在歌德的审美观点中留下了自己的印记……歌德在启蒙主义精神的影响下，没有截然区分科学与艺术，……与启蒙主义美学的联系，使他倾向典型化，特别喜爱类型学”[④]。而且，歌德对基本认识论范畴的否定，“并非以明确的理论见解表述出来，而是以一种思想倾向贯穿在他的话语中”[⑤]。我们说，对作品中思想倾向的理解，是有赖于接受主体的认知的，所以，这种否定并非是歌德本人明确表达的，而是巴赫金自己对其思想倾向的理解。如果我们

---

① 见［俄］巴赫金：《教育小说及其在现实主义历史中的意义》题注，晓河译，《巴赫金全集》第三卷，河北教育出版社2009年版，第540—541页。

② 同上书，第541页。

③ 同上书，第542页。

④ 同上书，第541页。

⑤ 同上。

再结合巴赫金本人对理性主义的彻底的否定姿态，就可以断定，对这两组基本概念关系的否定，就是巴赫金本人的看法。

五　作为自由世界镜像的小说

我们发现巴赫金两个层次的“隐喻”。在一个层次上，其对话和成长思想呼应了俄罗斯正教世界观对人的理解；在另一个层次上，这种对话和成长思想实际上是通过对文学，尤其是对小说的探究来表达的。巴赫金对小说情有独钟。在他的理解中，小说作为人和世界的完美镜像，深刻凝缩着人的生命现实；更为可贵的是，小说本身就是一个发展着的未完成的文学形式，它始终呼应着一个全新的世界图景。“小说是处于形成过程的唯一体裁，因此它能更深刻、更中肯、更敏锐、更迅速地反映现实本身的形成发展。只有自身处于形成之中，才能理解形成的过程。小说所以成为现代文学发展这出戏里的主角，正是因为它能更好地反映新世界成长的趋向；要知道小说是这个新世界产生的唯一体裁，在一切方面都同这个新世界亲密无间。”[①] 在此意义上，小说也是不可论定的，没有哪一种文学理论能将之程式化。我们在上文提到，对小说创作起作用的只能是一些典范的小说作品，而不是一种抽象的理论程式，“榜样原型”的机制，又以另一种形式得到了回应，这又进一步说明了小说在巴赫金那里作为生命现实之镜像的本质。

在巴赫金“隐喻”的后一个层次上，我们不仅仅能够确认对话思想与复调小说、狂欢化思想与现实主义成长小说的对应关系，还能够发现这种关系也存在于人的生活世界与小说的世界、现实中的人与小说中的主人公，以及上帝与作者之间。我们知道，囿于时代语境，巴赫金无法直白地谈论人的问题，但可以认为，他对小说艺术机制的考察，实际上表达的正是对于人的理解。在巴赫金看来，小说作为生命现实的镜像，其最为深刻和重要的表现，就在于小说中人的形象的成长变化：“人在现存的社会历史躯体中，是不可能得到彻底体现的。不存在什么形式能够完全实现人身上具有的一切可能性、一切要求；没有什么形式可以使人完完全全地表现自己，像悲剧或史诗的主人公那样；没有什么形式可以灌得很满却不会溢出来。任何时候总会

① ［俄］巴赫金：《史诗与长篇小说》，白春仁译，《巴赫金全集》第三卷，河北教育出版社 2009 年版，第 501 页。

有尚未发挥出来的人的精神；总会需要未来，总得给这个未来必需的一席之地。现有的一切服装，穿到人身上都显得瘦小（因而也显得可笑）。”[①]

正是依据这种历时性意义，巴赫金区分了小说和史诗的区别。巴赫金将作为一种特定体裁的长篇史诗归纳出三个基本特征：“（1）长篇史诗描写的对象，是一个民族庄严的过去，用歌德和席勒的术语说是‘绝对的过去’；（2）长篇史诗渊源于民间传说（而不是个人的经历和以个人经历为基础的自由的虚构）；（3）史诗的世界远离当代，即远离歌手（作者和听众）的时代，其间横亘着绝对的史诗距离。”[②]其实，这种特征可以概括为：史诗不反映世界的现实和现实中的人。史诗与当下世界的关系可以如实描述，即：它作为一种遥远而陈旧的理想，来规定着当下的现实。由此来说，史诗就是一种独白。巴赫金认为，史诗“排除了史诗世界任何可能的积极化和改变，这个世界才获得了特殊的完成性，不仅从内容角度看是这样，从涵义和价值角度看也是这样。史诗世界是作为绝对遥远的形象塑造的，它的疆域不可能与正处在形成中的没有结束完成的现时（这个现时因此可以重新理解和重新评价史诗世界）发生联系”[③]。

小说的特质恰恰在史诗的对立面上：它与现时保持着一种亲昵的关系；它本身和它的主人公都在成长的变化过程中；小说中的人作为一种独立的主体，有思想和语言上的主动权。我们看，依照巴赫金的表述，在表征上，小说具有类似“当下性”“私人化”的微观叙事特征，而巴赫金认定小说相较史诗有着更为积极的意义，又恰恰为这种微观化理解提供了佐证。因为在我们的传统认知中，史诗象征了人与世界的统一，象征着永恒和意义。卢卡奇就是站在这种立场上，维护着史诗的尊严，表达了对那个逝去了的完美形式的缅怀，并试图从小说中寻找到那个遥远的回响。他认为：“在史诗中，生活的内在意义是如此之强大，以致它取消了时间：生活作为生活进入永恒之中，有机关系从时间中仅仅携带了兴旺昌盛，却忘记了一切衰老和死亡，且远离了这一切。在小说中，意义和生活是分开的，因此本质

---

① ［俄］巴赫金：《史诗与长篇小说》，白春仁译，《巴赫金全集》第三卷，河北教育出版社 2009 年版，第 533—534 页。

② 同上书，第 507 页。

③ 同上书，第 512 页。

的东西和时间性的东西也是分开的；几乎可以说：小说的整个内部情节无非是反对时间强力的一场斗争。”① 卢卡奇继承了黑格尔的史诗观，他固然在追求一种“完整性”，但他是从西方的传统中来理解这个问题的。巴赫金和卢卡奇关于史诗和小说的论断在结论上南辕北辙，也正好说明了其各自所立足的语境的差异，这种差异尤其体现为对于“完整性”的理解上。在卢卡奇看来，史诗代表着一种完整性，这种完整性体现为意义和生活的统一，这种统一又贯穿于时间之中，有着永恒的意义。可以认为，这是一种静态的完整性。这种完整性在巴赫金看来，却是一种实质上的独白。巴赫金表面上扫荡着一切秩序和规范，却为另一个意义上的完整性提供了可能和空间：“史诗人物的完整性在小说中就这样解体了，与此同时又在人类发展的更高阶段上开始酝酿人的一种新的复杂的整体性。”② 这个更高阶段的“新的复杂的整体性”，实际上就是一种动态的完整性，它呼应了索洛维约夫所表述的那种肯定和否定的统一。这种完整性固然以上帝为旨归，但并不否认人的尊严和自由，也就是说，不是否定人的不停留、不满足与有限的能力，而是尊重这种个性，并将人的这种能力引导向对获得完整现实和完整生命的追求。可以认为，这是巴赫金对话和成长思想的核心。

巴赫金和卢卡奇各自表述的“完整性”是两个层面的问题。巴赫金的确没有在卢卡奇的层面上去肯定什么东西，但这并不能将之认作是一种相对主义。“恐怕不应得出结论，说相对主义是正确的。相对主义否定真理的独立性，试图将真理变成某种相对的和有条件的东西，变成与其真理格格不入的一种实际生活因素或其他某种因素。照我们的观点来看，真理完全应保有它的独立性、方法论上的纯洁性和自我确定性；正是在自己拥有纯洁性的条件下，真理才能负责地参与存在即事件；如果真理自身内部就是相对的，那么生活亦即事件是不需要它的。真理的价值是自足的、绝对的而又永恒的，因而负责的认识行为要考虑到它的这一特点和它的这一本质。”③ 可以看出，巴赫金其实是在一个更高的层面上表述自己对于完整性

① ［匈］卢卡奇：《小说理论》，燕宏远、李怀涛译，商务印书馆 2016 年版，第 118 页。

② ［俄］巴赫金：《史诗与长篇小说》，白春仁译，《巴赫金全集》第三卷，河北教育出版社 2009 年版，第 534 页。

③ ［俄］巴赫金：《论行为哲学》，贾泽林译，《巴赫金全集》第一卷，河北教育出版社 2009 年版，第 12 页。

的理解的。实际上，萨特的存在主义也包含有肯定的内容，即对自由个体的肯定，这种肯定放到个体被淹没的时代语境之中，固然有其积极的内容。但这种肯定并不是否定之后的超越，而只是与其否定姿态共生的硬币的反面，对个体自由的肯定，实际上就是对本质退场的肯定，这同巴赫金理解的自由是大不相同的。这是两个层面的自由。正如别尔嘉耶夫所认为的那样，存在着两种自由，即第一亚当的自由和第二亚当的自由。前者是低级、原始、最初的自由，是选择向善的，又同时与恶的可能性联系着的自由；后者是高级的自由，“是最后的、终结的自由，在上帝之中的自由，在善之中的自由”①。可以认为，巴赫金的自由是后一种自由。

我们可以得出结论：巴赫金强调的无法论定的、未完成的、变化发展中的人，同萨特的“存在先于本质”和“自由选择”在表征上具有相似性，但二者有着本质的区别。萨特有种绝对的否定倾向，这不仅体现为将人既有的存在视为让人“恶心”的悲剧，也在于其彻底否决了人收获完整存在的可能。而巴赫金肯定了人既有的生命现实，其思想始终蕴含着对人必然走向完整存在的信念。萨特的自由实际上是一种否定性的单向度自由，是个体的、主观的“我”的自由，而巴赫金的自由则是一种肯定意义上的自由，是多样而又统一的“我们”的自由。

六 巴赫金与加缪

为了考察巴赫金作为俄罗斯思想家的独特性，我们比较了其同西方思想的差异。首先，巴赫金的思想立场同理性主义在根本上是对立的，其行为哲学正是开始于对理性主义的批判。我们认为，胡塞尔的现象学究其本质依然是巴赫金所谓理性主义的一种新的形态，即：胡塞尔追求的毕竟是一种用理性获得确切知识的方法，而他所谓的“悬置”也无非是强调直接从生活中获取认识，也就是“现象即本质”。巴赫金思想表面上的确具有某些“现象学”特征，但其思想同胡塞尔还是有本质的差异。其次，我们需要厘清巴赫金思想同那些具有反理性主义表征的西方思想的区别。我们讨论了海德格尔的存在哲学和伽达默尔的阐释学理论。由于对现代哲学相

① ［俄］别尔嘉耶夫：《陀思妥耶夫斯基的世界观》，耿海英译，广西师范大学出版社2008年版，第40页。

似的建构意义，巴赫金常被引为他们的同盟，而二者基本立场的巨大差异却常被忽略。海德格尔和伽达默尔追求的是个人层面对存在的理解，而巴赫金的对话实质上是主体之间的“回应性”行为。最后，我们比较了巴赫金同萨特的存在主义思想的差异。因为我们从“思维”和“行为”这组关系的角度，界定了巴赫金同海德格尔和阐释学的区别，所以，将巴赫金和萨特这两种同样具有“行为”倾向的思想加以比较就很有必要。我们指出，萨特所强调的“自由选择”是一种基于本质退场境遇体认的个体性行为，其突出特征表现为对世界的否定性姿态，而巴赫金的自由观则蕴含着对人作为“上帝类似”的独特体认，它不仅表现为人在共时层面平等的对话，也表现为历时层面人必然肩负的终极创造的使命。相较于萨特，巴赫金的自由观具有否定和肯定的二重性特征，而根本旨归是对于人共同本质的肯定。可以认为，这些差异的根源在于巴赫金作为“俄罗斯思想家”而具有的独特性，其行为哲学和对话思想同俄罗斯宗教本体论世界观的核心内容有深刻的同构关系。

我们要强调这种独特性，正是为了避免过往对巴赫金思想的西方式理解的片面性；但是，我们还必须避免另一种片面性，即盲目强调巴赫金的独特性，并据此将之与西方思想对立起来。应该看到，不仅仅巴赫金本人的思想同西方有着多样的关系，即便其立足的俄罗斯文化传统，同西方文化之间在某种程度上也是一种共生的关系。正如弗兰克所说：“不管这两种精神现象之间有多大差别，它们的相似性与亲缘特点还是不难看到的。这好比两个有亲属关系的人，每人都有自己特有的精神类型，他们还常常互不理解，但他们还是都能感受到这种亲缘关系：他们有共同的起源。西欧文化与俄罗斯文化归根结底都起源于基督教与古希腊罗马文化精神的融合体，它们只是同一树干上的不同枝杈。……认为斯拉夫主义就是对全部欧洲文化的原则否定是完全错误的。斯拉夫主义所批驳的不是西方文化本身，而只是其现代状况，这种状况被认为是真正精神性的消亡。同时斯拉夫主义者（甚至陀思妥耶夫斯基）具有对欧洲的过去的强烈的爱。”[①] 俄罗斯思想同

① ［俄］弗兰克：《俄罗斯世界观》，见《俄国知识人与精神偶像》，徐凤林译，学林出版社 1999 年版，第 42 页。

西方思想实际上是“同源”的，它们具有同样的终极意识和本质诉求。由于缺少了文艺复兴的世俗化进程，俄罗斯依然保有着宗教式的整体性意识形态，而二者的“差异”就表现为这种整体性立场同认识论转向之后西方思想个体主义和理性主义倾向的冲突。俄罗斯思想家也正是从这一角度表达他们对于西方的理解的，而巴赫金的思想就是这种理解在新时代语境下的全新表达。

所以，在我们强调巴赫金作为俄罗斯思想家的“独特性”进而表述其同西方思想差异的同时，也应该意识到，我们绝不能将之理解为一种绝对的普遍性的“差异”。当然，如果我们只强调巴赫金的俄罗斯性，那么这种差异的确具有普遍性，因为所有基于俄罗斯立场的思想同西方思想之间都存在着这些差异。但这已经是另一个问题了，也就是说，这就成了俄罗斯同西方的比较问题，而不是巴赫金的问题。我们固然要立足于巴赫金的“俄罗斯性”，但同时也要跳出这种语境，即当我们剥离开这些思想者因不同文化语境所必然表现出的表述差异以后，看看他们的思想是否有本质上的趋同：他们是否关注着相似的问题，又是否表达了相似的理解，以及理解背后是否有一种相似的价值立场。比如，我们强调了巴赫金同萨特的区别，但是我们并不能将之理解为巴赫金同整个存在主义思想的区别。即便我们将存在主义思想家的概念范畴缩小至加缪和萨特。因为加缪的思想与巴赫金的思想之间实际上就存在着这种“相似性”。

我们常常习惯于依据加缪对陀思妥耶夫斯基的微观化解读，引申出加缪类似于萨特的否定性立场。的确，加缪发现了陀思妥耶夫斯基作品中的否定性题旨，他认为，陀思妥耶夫斯基“坚信人的存在是彻头彻尾的荒诞，这荒诞并不崇信永生”[①]，因此，陀思妥耶夫斯基的小说“建立了直至死亡的逻辑，建立了赞美、‘可怕’的自由以及已成为人的荣耀的沙皇的荣耀”[②]。当然，加缪并非只注意到基里洛夫和伊凡·卡拉马佐夫的声音，他没有忽略陀思妥耶夫斯基小说的“多声部”性，但是他却没有明确陀思妥耶夫斯基真实的价值立场。他认为陀氏在宣布了世界的丑恶之后，再引出灵魂不

① ［法］加缪：《西西弗神话》，杜小真译，人民文学出版社2012年版，第129页。

② 同上书，第133页。

死的话题是一种突兀的介入，他无法相信“一部小说就足以把全部生活的痛苦改变成为欢乐的信念”[①]，并据此认定陀思妥耶夫斯基站在基里洛夫和伊凡这边。他赞同这样的观点：“一位评论家说得好：陀思妥耶夫斯基与伊凡是同谋——陀思妥耶夫斯基花了三个月的努力完成《卡拉马佐夫兄弟》，而他所谓的‘亵渎神明之语’在赞扬声中三个星期就完成了。”[②]但是，我们可以承认加缪对陀思妥耶夫斯基的误读，却不能就此判断出加缪的否定性立场。因为回到加缪的论述语境中，就会发现，他实际上是在否决基里洛夫和伊凡的“人神”立场。加缪的“错误”在于将“人神”化的否定声音当作了陀思妥耶夫斯基本人的声音，而实际上，加缪和陀思妥耶夫斯基通过一种曲折的方式达成了共识。

怎样理解加缪对陀思妥耶夫斯基笔下“人神”的否弃呢？

我们首先来看看加缪和萨特的差异，其主要表现为对“世界”和“荒诞”的理解，以及人在面对“荒诞”时的态度。首先，在萨特那里，“荒诞”是“世界”的属性，也就说，世界是荒诞的，存在是令人“恶心”的。所以萨特寄望于未来，寄望于人“介入”现实并改造现实，与荒诞斗争以超越甚至消除荒诞。而在加缪看来，“荒诞既不存在于人之中，也不存在于世界之中，而是存在于二者共同的表现之中，荒诞是现在能联结二者的唯一纽带”[③]。也就是说，荒诞不是人或世界的一种属性，只是人与世界的一种关系，所以，并不能因为荒诞而否定人存在的世界本身，世界还有美好的一面。在加缪看来，理性主义将人与存在分离开，并尝试着在这种分离中扮演纽带的角色，但实际上理性的这种连接作用是极其有限的，真正能联系人和世界的只有“荒诞”，而且永远只有荒诞。所以，重要的不是消除它，而是怎样在荒诞中生活。加缪并没有将荒诞理解为一种消极的东西，相反却注入了意义和激情，他将其视作人唯一的存在的现实，并相信人真正的幸福就产生在与荒诞的对峙之中。

萨特强调人经由“介入”和“超越”等反抗性行为对“丑恶”现实的

① ［法］加缪：《西西弗神话》，杜小真译，人民文学出版社 2012 年版，第 135 页。

② 同上。

③ 同上书，第 41 页。

改造，据此，他宣称其存在主义是一种“积极乐观”的学说，但这并不能掩盖其根本的否定性立场。这种否定立场不仅包含有对既有价值规范的解构，也有对重建普世价值的无效性认知，因此，这种对现实个人化的“介入”和“超越”实际上就意味着人的价值立场的私人化，这样，人经由“自由选择”成了自己的立法者。加缪正是从这个意义上来理解陀思妥耶夫斯基笔下的“人神”的，并将这种倾向称作“绝对的否定”。他认为，其过于强调世界的丑恶以建立存在的悲剧，而丑恶的现实又要求激烈的寄望于明天的反抗，这种反抗就牺牲了当下生活的完整性和人的幸福。如果说陀思妥耶夫斯基借由“人神”化的思考表达了对人背离“上帝类似”而滥用自由的担忧，那么在加缪的时代，这种担忧则变为现实。在普遍性的世界大悲剧中，形形色色的暴力和革命打着美好未来的幌子粉墨登场，苦难和杀戮以明天的许诺绑架了当下的幸福。加缪否决了这种历史目的论。在他看来，即便上帝不存在，也不意味着一切都是被允许的。世界不应从根本上被否定，它还有美好的一面，世间还存有着值得我们共同珍视的统一价值。这种“肯定”就是忠实于真实的大地和天空，忠实于当下的生活。“世界在光明中成为我们最初的也是最后的爱。”[①] 他不拒绝“荒诞”的裂缝。因为荒诞是联系人与世界的唯一纽带，固然，荒诞来自于人的呼喊和世界的沉默之间，其本身含有对旧有的人与世界完整性的一种否定理解。但是，人只有“清醒”地认清了荒诞的现状，才能真正弃绝不切实际的幻想，也唯有在这种荒诞的处境中，人才可能收获生命的意义，才能获得一种“新的完整性”，所以加缪说荒诞和幸福是一片土地上的孪生子。可以说，加缪始终坚信在荒诞的现实中依然存在着一种普遍的价值，也始终怀有着对人在这种生命现实中收获生命意义的信念。由此，加缪的“反抗”不同于萨特和陀思妥耶夫斯基的“人神”的反抗，它不是一种绝对的否定，而是表现为对人的生命和尊严的维护与肯定。“这就是反抗的壮烈气概，即毫不迟疑地献出爱的力量，毫不拖延地拒绝非正义。其荣誉就在于对任何事情绝不算计得失，把一切都献给现在的生活与活着的弟兄们。反抗就是这样慷慨地对待将来的人们。对待未来所表现出的真正的慷慨大度就在于把一切

① ［法］加缪：《反抗者》，吕永真译，上海译文出版社 2010 年版，第 338 页。

献给现在。”[①] 我们看到，在加缪这里，生命成了最高价值，而实现这种价值的方式就是爱。

当然，我们不能依据加缪和陀思妥耶夫斯基的这种“共识”来判断其同巴赫金的一致性。我们想要表达的其实是，尽管三人都表露出或多或少的微观化叙事的否定姿态，但都是立足于一种基于对人共同本质体认的肯定性立场之中。索洛维约夫所谓的完整存在，实际上就是生命现实与价值的统一，它肯定普世价值的存在，将生命的意义理解为对这种价值的守护。在我们看来，尽管有着世界荒芜的存在体验，但加缪的话语实际上始终指向一个普世的价值，渗透着对人和世界的肯定，以及人必然收获意义，走向幸福的信心。尽管这种话语模式没有如陀思妥耶夫斯基那样存在一个指向“上帝”的转喻修辞，但是我认为，在陀思妥耶夫斯基那里，“上帝”尽管作为话语的中心，但脱离开修辞学的范畴，“上帝”在含义上却是指向“人”的。也就是说，这里面包含着对人必然通过苦难走向救赎的肯定性结论。我们说，人作为“上帝类似”，肩负着终极创造的自由，但这种自由观不是否定人“不停留、不满足于有限的能力”，而是尊重这种个性，并将之引导为对“获得完整现实和完整生命的追求”。反过来说，没有人的这种自由的个性，这种反抗有限的能力，也就无法体现上帝的存在。在正教神学语境中，“上帝”的根本旨归还是在于唤醒人的神性，让人通过精神自新走向救赎，而不是上帝本身。从这个意义上来说，神也只是人的神，离开了人，神也只是一个抽象的无意义的偶像。正如津科夫斯基所说：“如果一定要给俄罗斯哲学做出某些总体定性，……我首先会推举出俄罗斯哲学探索中的人类中心主义（антропоцентризм）。俄罗斯哲学不是上帝中心的（теоцентрична），也不是宇宙中心的（космоцентрична），俄罗斯哲学占主导地位的命题是关于人，关于人的命运与历程，关于历史的意义与目的。”[②] 可以认为，加缪同陀思妥耶夫斯基和巴赫金尽管有差异，但这只是不同文化语境中和时代背景下的表述差异，而其基本立场却是相似的。

我们以加缪的《鼠疫》为例，来看看他的立场。小说的确具有否定倾

① ［法］加缪：《反抗者》，吕永真译，上海译文出版社 2010 年版，第 336 页。

② *Зеньковский В. В.* История русской философии. М.: Академический Проект, Раритет, 2001, с. 21.

向和微观化特征，它否定了天主教的“上帝”观念和乐观主义的历史目的论，而鼠疫，则象征着当下的世界图景——荒诞，被鼠疫肆虐的奥兰城也就成了这个世界的缩影。鼠疫的高峰期，奥兰每天都有上百人死亡，郊外的焚尸炉昼夜不歇，烧得通红。在死亡的阴影中，奥兰城人人自危，正如小说中塔鲁所说，“每个人身上都有鼠疫，因为在世界上没有任何人，是的，没有任何人是不受鼠疫侵袭的”[①]。而且，正如荒诞不可消除一样，“鼠疫杆菌永远不死不灭，它能沉睡在家具和衣服中历时几十年，它能在房间、地窖、皮箱、手帕和废纸堆中耐心地潜伏守候，也许有朝一日，人们又遭厄运，或是再来上一次教训，瘟神会再度发动它的鼠群，驱使它们选中某一座幸福的城市作为它们的葬身之地”[②]。如果我们仅仅看到这种消极的底色，那么作品就显然是一种世界荒芜的体认。但是，我们要明白，这种“荒诞”状况只是加缪对于人的生存现实的体认，也就是说，同巴赫金认识到的文化与生活的分裂一样，加缪对于荒诞的描述并不是以一种否弃的姿态排除一切价值规定性，而是对当下生活价值缺位的存在现状的一种清醒认识。所以，重要的便是如何在这种荒诞现实中生存的问题。加缪借小说人物塔鲁之口，描述了三种人对待荒诞的态度。第一种人寄望于通过激烈的反抗消除荒诞，他们是合法、合理的杀人凶手，其逻辑是：“为了实现一个再也没有人杀人的世界，这些人的死是必要的”[③]；第二种人恰恰相反，他们面对荒诞灰心丧气，寄望于逃避现实以寻找失去的安宁，“或者，在得不到安宁的情况下，可以心安理得地死去”[④]。第一种态度就是我们前面说到的“人神”的“绝对的否定”的态度，而第二种态度实际上就是天主教的人生观。后一种观念的代表是帕纳卢神甫，他认为鼠疫是上帝对人罪孽的惩罚，因此，人不仅罪有应得，还应自觉赎罪，这样才能获天主拯救，死后去往天国。加缪否定了这两种态度所代表的历史目的论和天主教的“上帝”观念。我们看，这种否定模式实际上获得了同巴赫金的“二重性”相似的效果，即其意义在于消弭了巴赫金描述的那种“虚假的歪曲事物真正本质的

① ［法］加缪：《鼠疫》，顾方济、徐志仁译，《加缪文集》，译林出版社2001年版，第431页。
② 同上书，第477页。
③ 同上书，第429页。
④ 同上书，第431页。

联系”，而其根本目的还是在于肯定层面的意义建构。加缪的建构性表现在第三种人身上，他们是“真正的医生”，“在任何情况下都站在受害者的一边，以便对损害加以限制”[①]。小说的重心恰恰在于医生里厄代表的一群人对于鼠疫的反抗。里厄“清醒”地知道自己多半会是个失败者，但仍义无反顾地投入到与鼠疫的搏斗中，他积极组织救护队，每天工作20个小时，挨家挨户搜查尸体防止瘟疫蔓延，努力研究新的血清。他的行动不是寄望于一劳永逸地消灭鼠疫，而只是还不习惯总是看到有人死去。在里厄看来，既然活着是必需的，那么总要做点儿什么，“看到它给我们带来的苦难，只有疯子、瞎子或懦夫才会向鼠疫屈膝”[②]，而“人的身上，值得赞赏的东西总是多于应该鄙视的东西”[③]。这样，我们看到，小说的艺术力量并不仅仅在于揭示这种“荒诞”的人生处境，更在于揭示这种荒诞处境中人的尊严和价值。小说在否定了那种宗教人生观和历史目的论的同时，也建立了一种超越的价值观，即：虽然荒诞无法消除，但生命的意义恰恰在于与荒诞的博弈中维护人之为人的生命和尊严，始终渗透着对人必然走向幸福的坚定信念。如果说在《西西弗神话》和《局外人》中，加缪仅仅表达了个体的人在荒诞现实中的存在意义，那么在《鼠疫》中，这种与荒诞的对峙则被描绘为人类全体对共同本质的守护。可以认为，这种反抗的核心内涵就是“爱”。

① ［法］加缪：《鼠疫》，顾方济、徐志仁译，《加缪文集》，译林出版社2001年版，第432页。

② 同上书，第332页。

③ 同上书，第477页。

附录三 从思维到行为：巴赫金与阐释学

在语言论哲学的大的框架内，巴赫金的对话理论与西方阐释学具有许多相似之处，比如巴赫金的“视界盈余”说与伽达默尔的“视界融合”说，各自从其理论体系中推导出来，却有不谋而合之义。但归根结底，巴赫金仍然不是一个典型的西方思想家，所以有必要对两者之间的差异性问题做出进一步的考察。

一 巴赫金与西方思想的非理性倾向

我们要认清巴赫金思想的独特性，就必须进入一个环节——比较巴赫金同西方当代思想的差异，这样，我们才能更深入地确认巴赫金作为“俄罗斯思想家”的独特性及其建构意义。这样就有一个问题：我们比较的对象自然是西方的，尤其是与巴赫金同时代的西方思想，但其学派林立、思潮纵横，且学派、思潮之间以及其与过往传统之间又有着多元繁杂的联系，我们不可能将所有条目罗列出来与巴赫金一一对比。我们只能选取一些具有“可比性”的对象，这就必然有一个选择的标准问题，否则，这种比较就会有很大的随意性，就只能成泛泛之言且无伤要害。那么，这种标准是什么呢?

有研究者认为，当代西方哲学思潮大体可分为人本主义和科学主义两大主潮。[①] 为了方便理解，我们也可以称之为非理性倾向和理性主义倾向。

① 参见朱立元主编:《当代西方文艺理论》，华东师范大学出版社 2014 年版，第 1 页。

前者作为对理性传统的反驳，将人的具体实存作为问题核心和意义归宿。在20世纪的语境中，理性主义的固定视角被颠覆了，外位于人的、建构于理性基础的本质退场，这也就必然要求我们回到人这个主体，回到人的具体存在之中，去关注忽略已久的偶然的、个体的东西。后者则可理解为西方理性主义传统的一种新形态，即在理性主义遭受质疑之后的一次内部修正和更新。它依然具有本质主义的特征，因为其基本方法依然是科学实证的方法，而根本目的还是要把握一种确定不变的、结构化的本质性问题。索绪尔的结构语言学表现了后一种倾向，与之相近的俄国形式主义文论的"文学性"问题，也可以放在这个框架中理解。

巴赫金同理性主义倾向的根本差异是明显的，他不仅明确表达了针对理性主义的批判立场，而且，在其行为哲学、超语言学和对话思想中，都清晰地表述了这些思想同具有本质主义倾向的索绪尔结构语言学、雅各布森等人的形式主义理论、弗洛伊德的精神分析学说的差异。在巴赫金看来，人没有不在场的证明，我们必然面对着一个完整、具体的存在，而且，"存在即事件"，这种"事件性"不仅意味着具体的存在现实之中各因素的相互关系，也意味着这种关系始终处于动态之中。我们对于存在的考察应该是对这种"事件性"的考察，而理性主义试图从完整的存在中抽绎出结构化的本质，再用这种固化的抽象视角去框定世界和人，其结果是必然割裂了存在的完整性，也就导致了文化与生活的分裂。

在巴赫金看来，这些试图抽象出固化结构的本质主义倾向忽略的正是存在的"事件性"。他的"超语言学"认为，语言不是索绪尔所理解的那样一个固化体系，它不可能独立于人的具体生活世界而存在，因此，语言实际上应该表现为"话语"，而话语的意义只能在交往中体现出来。据此，巴赫金将形式主义诗学表述为"材料美学"，因为"文学性"问题本应置于文化整体的相互关系中加以说明，但形式主义沿用了语言学的路数，将文学文本作为一个封闭自足的结构化对象，这样，作为具有"事件性"的文学的艺术形式就被简化成了单纯的语言材料的组织形式。弗洛伊德的精神分析学说尽管揭示了非理性的内容，但其旨归仍是致力于将人还原为科学的对象，并从中挖掘出决定人思想行为的确定的本质性内容。巴赫金认为弗洛伊德对人思想行为动机的考察忽略了其同社会、历史和意识形态的复杂关系。可以说，尽管结构语言学和形式主义等思想范畴同巴赫金之间亦有着一定的联系，而且巴赫金也部分肯定了它们的意义，但其基本的立场差异却是毋庸置疑的。

我们认为，之所以将巴赫金引为西方现代思想的同盟和注脚，某种程度上正在于巴赫金的“反本质主义”表征契合了西方思想的非理性、人本的倾向。甚至可以说，我们对巴赫金的西方式理解，其实正是在这一倾向的框架内进行的。所以，我们“比较”的重点就自然落到了这类思想上，而巴赫金在表征上也的确体现出了一些相似性。我们简单归纳一下这些“相似性”，这样，我们“比较”的对象就相对具体了。

首先，巴赫金的行为哲学以具体的生活事件为基础，这种注重实存的倾向表面上具有“现象学”和“存在论”特征。

其次，在“共时”维度上，基于对世界对话本质的体认，将意义寓于交往和对话的关系之中，这种对话思想同阐释学理论表现出一定的相似性。

最后，在“历时”维度上，狂欢精神表面上否定了一切规范和秩序，强调人不可论定的自由，将人的存在视作成长和发展的过程。这种倾向呼应了存在主义思想的“存在先于本质”和“自由选择”。

二 “对话”与“阐释”

我们说，无论是巴赫金的对话思想，还是海德格尔、伽达默尔的阐释学，在西方现代和后现代文化框架内，至少在表面上，都显示出相似的建构意义：在认识论层面，意义的生成有赖于存在者在具体生活实践中的体认，真理在于阐释，而且，这种阐释不再是主观思维对客观世界的单向度把握，而是存在于一种对话关系之中，这样，无论是意义的客观性和自足性，还是二元对立的思维范式，都在一定程度上被消解了。在伦理层面，“他人”部分地从客观范畴内解放了出来，由单纯的认识对象变成意义生成过程的参与者，收获了主体性地位。而这些，也为社会学层面旨在经由对话沟通以达成共识，消解冲突的交往理论开辟了发展的空间。如果我们仅从这种“建构意义”上来看，就很容易将巴赫金的对话思想归为一种“类阐释学”，将其与海德格尔、伽达默尔互为呼应，若是我们再将这种相似性放到整个现象学运动的框架中去认识，又很容易从表面界定出巴赫金的“现象学”特征。这样，我们就忽略了巴赫金对话思想迥异于他们的文化背景、运行机制和最终旨归，而巴赫金作为一个“俄罗斯思想家”的独特性，也被遮蔽了。

我们知道，尽管以伽达默尔的《真理与方法》为标志，阐释学成为相对独立的哲学运动，但伽达默尔的思想直接继承了海德格尔的存在哲学，而二人在方法论范畴都立足于胡塞尔的现象学方法，可以认为，其学说在广义上都属胡塞尔开创的“现象学运动”范畴。要认识巴赫金对话思想相较于阐释学理论的独特性，我们有必要先来厘清巴赫金同胡塞尔的差异。

类似于巴赫金，胡塞尔也在理性主义诸形态中发现了一种物理主义的纯客观倾向，他认为实证主义专注于客观事物的抽象结构，却忽略了作为认识主体的人的意义建构。由此，胡塞尔着手重建那个被实证主义忽略的“人”与世界的联系，将哲学复归于人的问题的解决。而在解决的方式上，胡塞尔认为，无论是“共时”意义上的外部存在，还是“历时”意义上的历史言说，都是值得质疑的。因此，探寻真理的任务既不应纠结于外部事物是否依赖主体存在的争论，也不可能从既有认识论中引导出来。这种“悬置”无非是要说明，我们应当直接从生活中获取一种确定的认识，也就是要为其体系建构寻找到“第一手”的确定性基础。由此，胡塞尔重构了“主体与客体”“现象和本质”这两组关系：主观意识活动与客观事物不是二元分立的关系，而是统一在人把握世界的认识活动中；现象和本质也不是区分开的，“现象即本质”。

胡塞尔找到的那个唯一可以“确定”的东西，就是人的“意识”。我们唯一能够证明的就是这个“意识”，人与世界的联系是在“意识”范畴中实现的，而“意向性”作为意识最普遍、最基本的结构，自然就承担了将主客两极规整于一种确定性框架的任务。“我们把意向性理解作一个体验的特性，即‘作为对某物的意识’。”[①] 无论是认识对象的客观性，还是认识主体的主观性，都必须统一于“意向性”的普遍结构之中，这样，客体就不再是“自在”的，不依赖于人的物理存在，而人的主观活动也有赖于对意识中呈现物的观察而揭示真理。在西方的传统观念中，现象和本质始终是对立的：前者通常居于主观一级，被认作显现给人的表象的、变动的东西，

① ［德］胡塞尔：《纯粹现象学通论》，李幼蒸译，商务印书馆 1996 年版，第 210 页。

而后者则具有某种外在于人的、抽象自足的客观属性。胡塞尔将主客两级统一于意识性的框架之中，也就同时消弭了“现象”的主观性和本质的客观性，“现象即本质”，即本质蕴含在现象之中，人可以通过呈现在意识中的现象把握本质。胡塞尔的这种“统一”肯定了客体的意义由主体赋予，客观事物的存在依赖于主体的理性，在这个意义上，人与世界的联系在一种确定性的基础上被重新建立起来了。

需要说明的是，我们之所以能够发现对话思想同阐释学乃至现象学运动的相似性，很大程度上是因为其理论表征中都含有否定理性主义的共同倾向。但是，这种标准并不适用于胡塞尔，因为他从根本上就是一个理性主义者。尽管胡塞尔批评了实证哲学代表的偏狭理性主义，但他始终将现象学视作严格的科学，他追求的也始终是一种获得确定性知识的方法，这一点同实证主义是一致的。胡塞尔不是彻底反对实证主义，而只是在理性主义框架内对这种偏执的倾向做出了修正。可以说，胡塞尔是理性主义的忠实信徒，其哲学的目标也在于用理性原则建立一整套把握世界、观照人生的方法。在胡塞尔看来，理性不能认识存在的结论是不能接受的，因为理性和存在是同一的，是理性赋予存在以意义，这种自古希腊哲学诞生起欧洲人就具有的理想目标并不是一个历史事实的错觉：“从哲学的理性出发去做人的目标，它只有在无穷无尽的从隐到显的理性运动中，在通过理性为自己制定规范和寻求人的真理和真实性的无限努力中，才有可能实现。”① 因此，“哲学和科学本来应该是揭示普遍的，人‘生而固有的’理性的历史运动”②。

在此意义上，胡塞尔的“生活世界”也不同于巴赫金的“存在即事件”。在胡塞尔思想后期，“生活世界”作为第一性的，先于一切的存在，取代了“意识”成为最初的前提。因为如果按照直接认识世界的原则，那么“意识”也难逃笛卡尔和康德的认识论传统，而生活世界总是在意识之前的。“最为重要的值得重视的世界，是早在伽利略那里就以数学的方式构成的理念存有的世界开始偷偷摸摸地取代了作为唯一实在的，通过知觉实际被给与的、被经验到并能被经验到的世界，即我们的日常生活世界。”③

① ［德］胡塞尔：《欧洲科学危机和超验现象学》，张庆熊译，上海译文出版社1988年版，第17页。
② 同上。
③ 同上书，第58页。

胡塞尔针对的只是“伽利略那里”开始的，离开了人的抽象物理主义姿态，而他强调的正是我们应该用理性，从呈现给我们的最直接的生活现象中归纳出一种确定的、结构性的内容。“悬置”的范围扩大了，当外部世界对主观的依赖性以及历史知识的有效性，甚至是“自我意识”这个认识论传统所设定的前提都存有争议的时候，也只能将目光投向“生活世界”了。

胡塞尔批判了海德格尔否定理性的态度。他认为，尽管实证主义导致了现代危机，但海德格尔的“存在主义”更是加深了这种危机，原因就在于海德格尔背弃了理性主义。实证主义是一种偏狭的理性主义，但其毕竟还是理性主义。海德格尔的存在思想虽然关心人，但却用了一种非理性的态度和方法。理性主义的部分形态尽管偏执，但这只是在理性框架内需要纠正的问题，并不意味着对理性有效性的否定。在胡塞尔看来，“反理性主义”其实也是一种“理性”，一种更为低级的理性主义：“当我们去倾听它的时候，难道它不也试图以理性的思考和推理来说服我们吗？它的非理性难道归根到底不又是一种目光狭窄的、比以往的任何老的理性主义更糟糕的坏的理性主义吗？难道它不是一种‘懒惰的理性’的理性吗？”①

巴赫金同作为理性主义者的胡塞尔是有本质区别的。前者将理性主义机制视为现代思想的顽疾，后者则认为现代危机的产生正是因为背离了理性主义的真正理想；前者认为真正重要的是人在生活事件中的行为，而理性只是行为的一种因素，后者则肯定只有理性才能赋予存在以意义。那么，被胡塞尔批评的海德格尔，那个非理性反科学的存在思想家，是否就能算作巴赫金的同盟呢？在探讨这个问题之前，我们需要先搞清另一个问题，即巴赫金为什么要否定理性主义？或者说，我们怎样理解巴赫金对理性主义的否定？

巴赫金是站在一个既有的立场上去批判理性主义的，在这种立场中，存在不是作为思维去把握的客观对象，而是表现为人的行为。因为存在即事件是人具体、唯一的生命现实，我必然存在在世界之中，人与存在是整一的。所以，重要的不是用思维去把握存在，而是参与进并承担起这种生命现实。而理性主义的机制正好相反：人与存在是分离的，理性成了唯一

① ［德］胡塞尔：《欧洲科学危机和超验现象学》，张庆熊译，上海译文出版社1988年版，第18页。

的纽带，存在不再被视作唯一的生命现实，而是被当作需要用理性去规整的客观对象。“整个现代哲学都脱胎于理性主义，彻底浸透着理性主义的成见，即使在有意摆脱这种成见的地方情况也是如此。这成见就是：只有合逻辑的东西才是明晰和合理的。其实，合逻辑的东西脱离了负责的意识，都是自发而模糊不清的，就如同一切的自在存在一样。……理性主义的这一错误，还表现在视客观因素为理性因素，视主观、个体、单一因素为非理性、偶然因素，而把客观因素与主观、个体、单一因素对立起来。在这里，由行为中抽象分离出来的客观因素，被赋予了行为的全部理性，而此外的所有主要因素都被宣布为主观的过程。”① 巴赫金表述的两个层次之间有着内在的联系。理性主义的最高目标是把握抽象、结构化的世界本质，而其遵循的原则是“只有合逻辑的东西才是明晰和合理的”。正因为如此，那些不易被逻辑把握的内容便被剔除出去，成了偶然的、不必要的东西。因此，巴赫金认为，我们抽象出的这个理性世界，早已不再是那个我生活在其中并负责任地实践着自己行为的真实的世界。“现代哲学的世界，即理论性和理论化的文化世界，在一定意义上是真实的，具有价值。但同样清楚的是：这个世界并不是这一意识在其中生活并在其中负责地实现自己行为的那个唯一的世界，这两个世界彼此是不能沟通的，……现代人感到信心十足，见识渊博、头脑清楚，是在那个根本没有他在的地方，在文化领域和人们创作的内在规律的独立世界中。”② 在巴赫金看来，理性只是行为的一种方式或一个方面，如果将这个片面因素作为存在的最高原则，并由之演绎出试图统摄整个世界的结构化认知，那么就是用部分代替整体，是只见树木不见森林。这种片面的方式演绎出的静止、自足、封闭的世界图景，同作为整体的、“我”必然存在的那个具体的活的世界之间必然产生对立，这也就导致了文化与生活的分裂。“出现了彼此对立、相互绝对隔绝和不可逾越的两个世界：文化的世界和生活的世界，后者是我们在其中创造、认识、思考、生灭的唯一世界；一个是我们的活动行为得以客观化的世界，另一个则是这种行为独一无二地实际进行和完成的世界。……一面对着客

---

① ［俄］巴赫金：《论行为哲学》，贾泽林译，《巴赫金全集》第一卷，河北教育出版社 2009 年版，第 31 页。

② 同上书，第 22 页。

观的统一的文化领域，另一面对着不可重复的唯一的实际生活。……唯有现实存在的唯一性事件才能成为这种唯一的统一的东西”[①]。

真正重要的是“我”在完整现实中的行为，由此，巴赫金重新定义了思维和行为的关系。思维只是行为的一部分，或一方面。思想的目的是负责任的行动：“行为是最后的结果，是全面而最终的结论；行为在统一的、唯一的和已属最后的情境中归纳、对比、解决了涵义与事实、一般与个别、实在和观念的问题，因为所有这些都包括在行为要负责的这一动机中；正是在行为中能够一劳永逸地从可能性进入到唯一性中去。”[②]而“一切的内容涵义因素，如作为某种特定内容存在，如自有意义的价值，如真、善、美等——所有这些都只是一些可能性，它们只有在行动中，在承认我的唯一的参与的基础上，才能成为现实性。从涵义内容本身出发，是不可能把可能性变为唯一的现实性的”[③]。思维，只能是一种“参与性思维”：“参与性思维，也就是在具体的唯一性中、在存在之在场的基础上，对存在即事件所做的情感意志方面的理解，换言之，它是一种行动着的思维，即对待自己犹如对待唯一负责的行动者的思维。”[④]

可以认为，巴赫金对理性主义的批评，正在于理性主义根本上忽略了我的负责行动，颠倒了行为和思维这组关系，这是理性主义在现代进退维谷的根本原因。即便包括胡塞尔在内的理性主义者试图做出修正，但在巴赫金看来，“从理论的认识内部出发来克服认识与生活的二元论，思想与唯一具体现实的二元论，就此所做的一切尝试都是徒劳无功的”[⑤]。需要注意的是，这种批评并非理性主义所独享，它针对的是任何忽略了存在即事件，将人与存在的整一割裂为依赖思维去联系的哲学，换句话说，针对的是任何以思维对存在的理解为目的，而不是将人的负责任的行为作为目的的哲学。只要思维还高踞于行为之上，人与存在还保持离异的状态，那么无论

① ［俄］巴赫金：《论行为哲学》，贾泽林译，《巴赫金全集》第一卷，河北教育出版社2009年版，第4页。

② 同上书，第30页。

③ 同上书，第43页。

④ 同上书，第45页。

⑤ 同上书，第9页。

是理性主义内部的自我修正和更新，还是表面上处于理性“对立面”的，对存在的经验的、审美的把握方式，在巴赫金看来，其涵义和价值都只是“空洞的可能性”，“它们只有在行为中，在承认我的唯一的参与的基础上，才能成为现实性”①。

正是在此意义上，巴赫金认为，在表面上作为理性主义对立面的审美观照，其实同理性主义一样，依然不能把握真实的存在。有研究者指出：“审美观察实际上产生了一种关于其对象的另类的‘片面性’，这一次不是因为像理论主义思维那样，没有把‘内容/涵义’安放在一个现实而具体的主体的位置上，而是因为它完全过度决定了其对象的非理性的、情感的方面。它倾向于在自己的对象中消失，因而用一种对对象的想象性描述，用审美观察的‘产品’——艺术本身的形象和作品——来消解这个对象。这个‘产品’是理解那被表现出来的行为的事件性的一个不完善的根据，正如对这一事件性的意义的理论主义抽象一样。审美观察占据了发端于抽象的、理性的、科学的（理论主义的）思维的那个光谱的另一极端：在试图与抽象的普遍化，与‘理论主义’思维作斗争的过程中，它过度地投入到特殊事物的特殊性当中了。因此，审美观察也不能洞见存在的事件性……”②上文很好地说明了巴赫金所谓审美观照的机制，就是用区别于理性认知的方式，将世界呈现在主观的审美情绪之中，但并没有说明巴赫金否定审美观照有效性的根本原因。作者将审美观照和巴赫金“行为哲学”的共同目的理解为“试图与抽象的普遍化，与‘理性主义’思维作斗争”，认为区别只在于“过度地投入到特殊事物的特殊性当中”。其实，在巴赫金的视角下，审美观照同理性主义在机制上并无区别。“现代生命哲学（它试图把理论世界包括到现实生活的统一体中去）的特点是把生活在某种程度上加以审美化，稍许遮掩了纯理论主义的那种过分明显的漏洞（把宏大的理论世界纳入狭小的理论世界中去）。……然而，审美观照的产物，同样也脱离了有效的直观活动，而且不是这种直观行为的必有的结果，因此审美观照也难以把握

① ［俄］巴赫金：《论行为哲学》，贾泽林译，《巴赫金全集》第一卷，河北教育出版社 2009 年版，第 43 页。

② ［英］阿拉斯泰尔·伦弗鲁：《导读巴赫金》，田延译，重庆大学出版社 2017 年版，第 31 页。

唯一的存在即事件，它的独一无二的特点。”[①] 巴赫金意图说明的是，在审美观照视角下，存在与人的关系依然是割裂的，需要一种审美直觉去联系起来，存在依然只是一个被观照的对象。“无论从理论认识还是审美直觉出发，都没有办法与唯一的实际的事件存在相沟通，因为在涵义内容与行为之间没有相互渗透，不能统一起来；原因是确定涵义和观察所见时，根本上抛开了作为参与者的自我。”[②]

如果借助于这个视角就会发现，尽管海德格尔排斥了理性主义把握世界的方式，但依然同巴赫金有着本质的区别。虽然我们将海德格尔把握世界的方式归于巴赫金所谓“审美观照”的范畴是不太准确的，但是必须承认，海德格尔一定程度上体现出了这种倾向。海德格尔认为，传统形而上学过于追究“是什么”，而忽略了“是”，也就是说，过于追究存在中的物，却忽略了存在本身，这种形而上学非但没有真正揭示存在，反而遮蔽了存在。因此，为了领悟存在，我们需要一个“去蔽”的过程，走向澄明疏朗之境。在海德格尔那里，存在尽管是“第一性”的，但问题的核心却不在于人在存在中的行为，而在于我们如何去领悟作为“第一性”的存在。同理性主义者的深层机制，即将人与存在分离并用理性联结一样，海德格尔特意区分了存在和存在者，而把生命的意义寄望于存在者的提问。海德格尔的连接方式是“思”。思既不是理论的，也不是实践的，思先于这种区别。存在需要思去揭开面纱，而思归于语言，语言归于诗。海德格尔追求的敞开，是我们尽可能地在自身经验中了解存在，它需要顿悟和诗意的想象，他追求的是思维层面上我们对于存在的意识。

我们从“思维”和“行为”这组关系的角度，界定了巴赫金同胡塞尔的现象学和海德格尔的存在哲学的区别。在巴赫金那里，这种“行为”体现为“责任”。“生命只有联系具体的责任才能够理解。生命哲学只能是一种道德哲学。要理解生命，必须把它视为事件，而不可视为实有的存在。摆脱了责任的生命不可能有哲理，因为它从根本上就是偶然和没有根基

---

① ［俄］巴赫金：《论行为哲学》，贾泽林译，《巴赫金全集》第一卷，河北教育出版社 2009 年版，第 16 页。

② 同上书，第 21 页。

的。”[①] 那么，该怎样理解这种“责任”呢？

这里的“责任”，即俄文的“ответственность”，应当理解为“回应性”。“因为汉语中的‘责任’概念是单向的，一方对另一方负责，而巴赫金的本义却是指的双方共处于一种联系之中，这种联系是没有主客之分的，而‘事件’就是这种联系的存在形式。”[②] 我们说，在巴赫金的立场中，人与存在是整一的，存在表现为人在生活事件中的行为。“人没有不在场的证明”，意味着这种行为的必然性。其实，这种必然性也包含两个方面的含义，即这种作为“回应性”的责任，不仅意味着承担起我在场的这个事实的必然性，更意味着我与其他存在者共同在场的必然性。也就是说，这种具体、唯一的生命现实与其说体现为我在存在中存在，倒不如说体现为我与他人的共在。

巴赫金的对话思想正是建立在这种“回应性”的基础之上。在此意义上，并借助于上文对“思维”和“行为”关系的分析，我们可以较为清晰地归纳出对话思想区别于阐释学的两个基本表征。一方面，对话是人的本质存在方式。对话不是思维哲学理解的那样，作为一种认识或领悟存在的途径，而是人的根本的、必然的存在方式。另一方面，对话克服了唯我论。对话是各自独立的主体之间的对话，在这种对话关系中，他人作为独立的个体，是一种外在于我的主体性存在，而不是显现在自我视域中的客观的他者。

如果我们从海德格尔和伽达默尔那里来考察所谓阐释学的思想，就可以发现：海德格尔认定存在在意识之先，并将阐释理解为我们存在的本真意义；而伽达默尔将之发展为对话，又强调意义生成机制的超个体性和无限性。但阐释学的根本目的仍然是寻求存在者在“思维”层面对存在的理解。

在伽达默尔那里，一切理解都是理解自我。“审美经验也是一种自我理解的方式。但是所有自我理解都是在某个于此被理解的他物上实现的，并且包含这个他物的统一性和同一性。只要我们在世界中与艺术作品接

① ［俄］巴赫金：《论行为哲学》，贾泽林译，《巴赫金全集》第一卷，河北教育出版社 2009 年版，第 56 页。

② 王志耕：《巴赫金思想的跨文化启示》，《中国图书评论》2017 年第 5 期，第 39 页。

触，并在个别艺术作品中与世界接触，那么这个他物就不会始终是一个我们刹那间陶醉于其中的陌生的宇宙。我们其实是在他物中学会理解我们自己，这就是说，我们是在我们此在的连续性中扬弃体验的非连续性和瞬间性。”[①] 在此意义上，伽达默尔的“视界融合”和“效果历史”也不同于巴赫金的“大时间”。在巴赫金那里，“大时间”中的过去，实际上在历时意义上获得了共时层面的“他人”的地位。但伽达默尔认为，“历史视域的筹划活动只是理解过程中的一个阶段，而且不会使自己凝固成为某种过去意识的自我异化，而是被自己现在的理解视域所替代。在理解过程中产生一种真正的视域融合，这种视域融合随着历史视域的筹划而同时消除了这视域。我们把这种融合的被控制的过程称之为效果历史意识的任务”[②]。我们认为，在伽达默尔的思想中，实际上有一种主次分明的结构，即无论是“他物”还是“历史视域”，尽管其对于意义建构不可或缺，但最终还要着落在自我的主体上。“他物”的作用是我们从中学会理解我自己，而“历史视域”也终究会“被自己现在的理解视域所替代”。

所以，伽达默尔的对话只是手段，是获取真理的一种方法。“自我”依旧是认识的中心，目的是“在他物中学会理解我们自己”。他人尽管在理解的层面上能够与自我进行交流，是理解的必要手段，但也只是手段而已。他人只在认识论层面上，在帮助我把握存在的意义上有价值，而并不意味着伦理层面上作为与我完全平等的，本就存在的另一个主体。在此意义上，伽达默尔阐释学框架内的对话，并不是两个平等声音的交流，而依然是认识主体对存在的单方面把握。

巴赫金说：“一切都是手段，对话才是目的。单一的声音，什么也结束不了，什么也解决不了。两个声音才是生命的最低条件，生存的最低条件。”[③] 对于巴赫金来说，不是另一个意识在我询问并要求回应时才有价值，而是本就作为另一个同我一样的主体同我发生关系，这是一种存在现实；不是我在主观上将他人“拔高”到与我平等的地位，而是存在的现实要求

① ［德］伽达默尔：《真理与方法》上卷，洪汉鼎译，上海译文出版社 1999 年版，第 124 页。

② 同上书，第 394 页。

③ ［俄］巴赫金：《陀思妥耶夫斯基诗学问题》，白春仁、顾亚铃译，《巴赫金全集》第五卷，河北教育出版社 2009 年版，第 335 页。

了这种对等的交流。所以，在巴赫金对话思想的诗学形态“复调小说”中，“陀思妥耶夫斯基克服了唯我主义。……处于他作品的中心地位的，已不是一个能领会和判断事物的‘我’对世界所抱的态度，而是许多个能领会和判断事物的‘我’之间的相互关系问题”[①]。

三 对话思想的“聚合性”内涵

我们在巴赫金身上，能够明显感觉出一种不同于西欧认识论传统的立场，而这个立场又关联着一个同西欧哲学有着相似的终极意识，却又在核心问题的理解上迥然不同的传统。毫无疑问，这个传统就是俄罗斯正教神学。我们知道，囿于当时的政治语境，巴赫金无法直白地谈论宗教问题。但正如柯日诺夫所说，虽然巴赫金理解存在和意识的方法受到德国哲学的很大影响，并且他也致力于建构一种类似德国思想的“完善的”俄国思想，但无论如何不能认为他是西方类型的思想家，“实际上巴赫金所有思想都以俄罗斯正教为核心”[②]。我们能够感受到其对话思想同俄罗斯宗教精神的内在统一。我们要彻底厘清其同阐释学的区别，就必须进入一个环节，即进入巴赫金立足的那个传统，并认清这种传统是如何在巴赫金对话思想中体现的。

可以认为，巴赫金对行为的事件性、对话的本质性的分析，具有一种本体论倾向，即：人固有地在本质之中。所以，生命的意义不是“思维”层面对本质的认识，而是“行为”层面对本质的实践；不存在生命有无意义的问题，只存在如何实现这种意义的问题。这样，我们就需要思考一个问题：在巴赫金的“本体论”框架内，人的行为既然作为对本质的实践，那么这种行为就必然要体现一种终极价值的内在的规定性，而不是“本质退场”状态下盲目的生命冲动。那么，在巴赫金那里，这种价值立场的规定性是如何体现的？

如果我们站在另一个立场，即将人与存在离异开、需要思维去联结的立场中，本质被认定为客观的、由思维去把握的内容，那么，这种抽象的

① ［俄］巴赫金：《陀思妥耶夫斯基诗学问题》，白春仁、顾亚铃译，《巴赫金全集》第五卷，河北教育出版社 2009 年版，第 130 页。

② *Кожинов, В. В.* Бахтин и его читатели. // Москва. 1993. № 7, с. 146.

内容可以具体为道德原则和生活信条来约束或指导行动。但是，在人与存在整一的立场中，不需要认识内容来安慰我，让我相信我活在一种可以依靠的本质之中；也不需要这种内容来规定我怎么行动，因为这内容本身也只是在我参与存在即事件的唯一行为中生发出来的。巴赫金认为，这种规定性不可能体现在思维内容中，而只可能体现在具体行动中，但在具体行动中如何体现，巴赫金欲言又止。“现代哲学中可以发现一种倾向，即把意识的统一性和存在的统一性理解为某种价值的统一性，不过在这里价值同样被理论化了，要么被理解为某些可能价值的同一内容，要么被理解为稳定的、不变的评价原则，总之是某种评价和价值的稳定性内容，而行为的事实则明显退居到次要地位。但问题的实质恰在于行为的事实。不是义务的内容要求我去承担某种义务，而是我签署了这一纸责任书，才促使我去承担这项义务，也就是说，我曾在某个时候承诺了这项义务，并签署了该项承诺，这一事实要我去履行责任。在签约的时候，也不是该项行为的内容促使我签字，……真正起作用的则是确曾作出的那种承诺、认可，即负责的行为。我们到处所见的，是稳定的、统一的责任，而不是稳定的内容，也不是稳定的行为规律；整个内容不过只是因素之一；我们到处所见的，是现实中某个认可的事实；这是唯一而不可复现的、情感意志驱动的、具体个人的认可行为。”[①] 其实，巴赫金的表述为我们提供了线索：让我“去承担某种义务”的规定性，不是作为义务的“内容”，而是作为“我曾在某个时候承诺了这项义务”时“确曾作出的那种承诺、认可，即负责的行为”，而“我们到处所见的，是现实中某个认可的事实；这是唯一而不可复现的、情感意志驱动的、具体个人的认可行为”。可以认为，巴赫金在这里表达的正好回答了我们之前提出的那个问题：这种规定性不是体现为义务内容对行为的要求，而在于行为之间的相互影响和联系，即体现为既有的“认可了这种承诺的负责任的行为”的引领和示范。思维可以照亮思维，而只有行动才能够唤起行动。在这里，具体行为的引领示范原则代替了抽象的道德原则。

---

① ［俄］巴赫金：《论行为哲学》，贾泽林译，《巴赫金全集》第一卷，河北教育出版社2009年版，第39页。

但是，我们不禁要继续在巴赫金的框架内探寻一个问题：既然我们将这种规定性理解为“行为榜样”的引领和示范，那么，必须要有一个体现了这种在“稳定的统一的责任，而不是稳定的内容，也不是稳定的行为规律”意义上的价值规定性的“榜样原型”，也就是最初的行为榜样，它的来源是什么？

从巴赫金的字面表述来看，我们能发现两种直接来源：即促使我“签署承诺”的我自己曾经的“认可了这种承诺的负责任的行为”，以及我到处可见的“认可了这种承诺的负责任的行为”。这也就意味着，每个人自身都固有一个榜样原型，每个人都的确在某个时间对这种义务做了承诺。这样，我们就发现，在这种规定性和每个人具体的负责任的行为之间，实际上形成了一种辩证统一的关系：首先，这种规定性只能表现为人的具体行为，而不是表现为内容，没有人主动的回应性行为，这种规定性就只是一种空洞的可能性，而不具备现实性；同时，人负责的行为正是体现了这种规定性的行为，生命必须和具体责任相联系，没有我体现为负责行动的承诺，生命就是“偶然和没有根基的”。

我们当然可以继续追问人自身这种固有的榜样原型的终极来源，或者追问人签署承诺的对象。其实，这已经等于在问这种规定性是什么，而这已经是宗教的话题了。到这里，我们已经无法回避巴赫金同俄罗斯正教传统的本质关联。

我们发现，巴赫金的这种人固有在存在之中的本体论思维，其根源正在于俄罗斯传统的宗教本体论世界观。弗兰克将这种世界观的本质概括为，“不是对上帝的渴求，而是就在上帝之中的存在”[①]。我们从巴赫金的阐述中生发出的这种规定性与行为的“辩证统一”关系，实际上与正教的“聚合性”理念是同构的，即：如果我们在辩证统一关系中，将“规定性”置换为上帝，将“行为”置换为人，也就是“人表现为上帝”和“上帝表现为人”，那么，这完全就是一种“聚合性”理念的表达。索洛维约夫认为：“如果神的原则对人是纯外在的，没有根植于人的个性之中，那么，这种有

① ［俄］弗兰克：《俄罗斯世界观》，见《俄国知识人与精神偶像》，徐凤林译，学林出版社 1999 年版，第 16 页。

意识的和自由的联系就是不可能的；在这种情况下，人对神的原则只能是不自愿的被动的服从。绝对的神的原则与人的个性之间自由的、内在的联系之所以可能，只是因为人的这个个性自身有绝对的意义。人的个性自由地、内在地与神的原则相连，只是因为人的个性自身在一定的意义上是神性的，或准确地说，参与神。”① 实际上，索洛维约夫阐述的正是这种“神”与“人”的辩证统一关系。那么，该怎样理解这种关系呢？

一方面，“人表现为上帝”。作为上帝的造物，人自然地拥有上帝赋予的神性，这不仅意味着人的本质体现为上帝，也意味着人在本质上是同一的。人与人的区别只体现为物质层面的肉体区别，而在精神上，人则拥有共同的本质。正如托尔斯泰所说的那样，“这个无形的、赋予我们以生命的本源，存在于所有生命之中，特别是活在与我们一样的生命——他人——之中”②。所以，生命的意义既不在于物质性的占有，也不在于个体的满足，而是体现为“爱”的对共同本质的守护，这也就是“上帝即爱”。

另一方面，“上帝表现为人”。上帝的存在尽管是一个无需辩驳的前提，但只有在人与上帝有意识的自由的联系中，才能真正体现上帝的存在，也就是说，上帝的意义正是体现为每一个个体充分自由的发展。所以，我们说上帝作为绝对的一切的统一，那么这种“统一”就不是“个性”的统一，而是目标的统一；不是外在的统一，而是内在的统一；不是形式的统一，而是内容的统一。总之，这是一种“多样统一”。

索洛维约夫试图证明这种“多样性”正是上帝存在的必然要求：“神的有机体的元素穷尽了存在的整个完满；在这个意义上，这是普遍的有机体。但这不仅不影响这个普遍的有机体同时成为完全个性的有机体，相反，有逻辑的必然性要求这样的个性。……有机体的统一原则把越多的元素归向自己，那么这个统一原则自身就越肯定自己，……存在物越是普遍，它就越是个性化，因此，绝对普遍的存在物，就是绝对个性的存在物。”③ 为了概括索洛维约夫的逻辑，我们可以打个不太恰切的比方：如果说作为本质存在的上帝是需要人去体认的话，那么，作为“上帝类似”的人的“样本”越多，就

① ［俄］索洛维约夫：《神人类讲座》，张百春译，华夏出版社2000年版，第17页。

② ［俄］托尔斯泰：《生活之路》，王志耕译，商务印书馆2015年版，前言第6页。

③ ［俄］索洛维约夫：《神人类讲座》，张百春译，华夏出版社2000年版，第110页。

越能说明这种本质在场的绝对性，也就是说，“多样性”恰恰能够证明上帝的终极性和权威性。显然，索洛维约夫是试图用逻辑去论证这种“多样性”的必然性的，而在俄罗斯正教语境中，这种对人的个性的体认早已演化成一种文化自觉。巴赫金也正是站在这个立场上来阐述他的对话思想的，他认为独白的立场不可能产生对话，是因为其将存在的统一性理解为意识的统一性。在他看来，这种“统一”恰恰应该表现为“多样”：“从统一的真理这个概念本身出发，还绝不能引出结论说，也只需要一个统一的意识。……统一的真理倒要求有众多的意识，统一的真理在原则上不可能全容纳在一个意识的范围之中；它本质上就具有所谓情节性，是在不同意识的接触点上产生的。一切取决于怎样看待真理，怎样看待真理同意识的关系。获得认识和领会真理的独白形式，只是多种可能形式中的一种。这种形式出现的条件是：意识高踞于存在之上，存在的统一性变成意识的统一性”[①]。

我们认为，“聚合性”的内涵既体现为人对于自身作为“上帝类似”的共同本质的维护，也意味着上帝存在的意义正在于每个人充分自由的发展，可以说，它就是“爱”与“自由”的统一。托尔斯泰晚年的一段讲述较完整地呼应了这种宗教价值观：“人们的灵魂因肉体而彼此分离，并与上帝分离，但它们努力要与那所分离的相聚合，并通过‘爱’达到与他人灵魂的结合，通过参悟自身神性达到与上帝的结合。这种通过‘爱’与他人灵魂、通过对自身神性的觉悟达到与上帝越来越紧密的结合，就是人生的意义和幸福所在。”[②] 托尔斯泰所说的其实是一种类似“互文”的结构，即人生的意义和幸福正是“爱”与“自由”的统一。可以认为，“爱”的目的正是实现每个人的自由，而人的“自由”则是以“通过参悟自身神性达到与上帝的结合”为旨归，而这又必然经由“爱”来实现。

四 巴赫金对话精神中的基督

在正教神学中，这种“聚合性”机制的典型体现，就是“道成肉身”，即上帝肉身化，化为耶稣基督的形象存有在世间。可以认为，在巴赫金的

---

① ［俄］巴赫金：《陀思妥耶夫斯基诗学问题》，白春仁、顾亚铃译，《巴赫金全集》第五卷，河北教育出版社 2009 年版，第 103 页。

② ［俄］托尔斯泰：《生活之路》，王志耕译，商务印书馆 2015 年版，前言第 7 页。

模式中，那个统一价值的规定性正是上帝，而终极的“榜样原型”就是耶稣基督。

“道成肉身”不仅意味着耶稣通过自身的受难警醒世人，也暗示着人追随耶稣的引领走向救赎。相较天主教，这一观念在正教神学中尤为重要。索洛维约夫认为，作为正教形态的基督教，“拥有自己的独特的、不依赖于所有这些被他所包含的因素的内容，这个内容唯一地、完全地就是基督。在基督教自身，我们找到的是基督，而且仅仅是基督，这就是真理，被多次地重复过，但很少被理解的真理”①。在索洛维约夫看来，基督教的本质不是天主教和新教认为的那样在它的学说里，而正是体现在基督身上。“在这里唯一新的，特别地与其他宗教相区别的，就是基督关于自身的学说，就是指明自己为真正化身了的真理。”② 索洛维约夫想要表达的，正是巴赫金强调的那种被我们称为“榜样原型”的机制，即这种规定性不是体现为认识层面上的教义宣讲，而在于行为方式上的引领示范。俄国《巴赫金全集》的编者在谈到巴赫金对19世纪本国文化传统的继承时提到，“陀思妥耶夫斯基的作品不仅是他思考的对象，也是他思想的来源”③。其实，在巴赫金看来，陀思妥耶夫斯基那里承担“榜样原型”角色的，正是耶稣基督。“公式和范畴同他的思维是扞格不入的。他宁可同过失共存，也要和基督在一起；也就是说他不要理论意义上的真理，不要公式型的真理，不要论点式的真理。非常典型的是他向理想的形象询问（基督会怎么做？），就是说他对这个理想形象，采用一种内心对话的态度，他不是与其融合，而是追随其榜样。”④

我们往往容易忽略，在体现为“复调”的对话之上，巴赫金指向了一种特定的统一的价值观。这种价值规定不是体现为价值内容，而正是体现为“榜样原型”的行为示范。如果说在《论行为哲学》中，巴赫金对这个问题欲言又止，那么在探究作为其对话思想的诗学形态的“复调小说”时，

① ［俄］索洛维约夫：《神人类讲座》，张百春译，华夏出版社2000年版，第108页。

② 同上书，第109页。

③ 见［俄］巴赫金：《论行为哲学》，贾泽林译，《巴赫金全集》第一卷，河北教育出版社2009年版，第7页注释①。

④ ［俄］巴赫金：《陀思妥耶夫斯基诗学问题》，白春仁、顾亚铃译，《巴赫金全集》第五卷，河北教育出版社2009年版，第127页。

巴赫金借助对陀思妥耶夫斯基的分析，相对明确地以另一种方式提出了这个问题。巴赫金认为，陀思妥耶夫斯基“在这些不同的意向之中，寻找一个最崇高最有权威的意向；他并不把这个意向看成是自己的一个真实的思想，而看作是另一个真实的人以及他的言论。他觉得，思想探索的结果应是出现一个理想人物的形象，或者是基督的形象，应该由这个形象或这个上天的声音来圆满地完成这个多种声音的世界，由它组织这个世界、支配这个世界。正是写出这样一个人的形象和他的声音，才是陀思妥耶夫斯基遵循的最高的思想准则：这不是忠实于自己的信仰，也不是要求抽象信仰本身的正确，而恰恰是要忠实于一个权威的人的形象”[①]。在对这段话的题注中，巴赫金又进一步强调，这种形象“不是现实中完成了的内在封闭的形象，而是开放的表现为议论的形象。对这个理想的权威的形象，人们不是消极观察，而是要步他的后尘”[②]。巴赫金认为，陀思妥耶夫斯基的作品中对话形式的典型特征之一，“根本就不是在自己意识的独白型环境中寻找真理，而是到理想的权威的另一个形象中去探寻真理”[③]。而且，巴赫金不仅从陀思妥耶夫斯基作品的内部形式，也从作家与作品关系的角度，揭示了这种行为示范原则。“作者的观点、思想，在作品中不应该承担全面阐发所描绘世界的功能，他应该化为一个人的形象进入作品，作为众多其他意向中的一个意向，众多他人议论的一种议论。这个理想的意向（即一种真理性的议论）以及它存在的可能性，应该呈现在我们面前让人看得到，但不应该化为作者个人的思想情调而附于作品身上。”[④] 正如英国学者R. 科茨所说，巴赫金的“作者与主人公”这对关系范畴，实际上隐喻了“上帝”与“人”的关系。[⑤] 巴赫金想要说明的就是，作为作者的陀思妥耶夫斯基与他的主人公的关系，与“道成肉身”是同构的。

在此意义上，我们也理解了巴赫金在《论行为哲学》中那句语焉不详

---

① ［俄］巴赫金：《陀思妥耶夫斯基诗学问题》，白春仁、顾亚铃译，《巴赫金全集》第五卷，河北教育出版社2009年版，第126页。

② 同上书，第126页注释①。

③ 同上书，第127页。

④ 同上书，第127—128页。

⑤ Coates, Ruth *Christianity in Bakhtin: God and the Exiled Author,* Cambridge University Press, 1998, pp. 153-154.

的话："那个由我从自己唯一的位置上负责地摆脱自己的世界，不可能成为没有我的世界，不可能成为对我的存在漠然置之的世界。能动性的伟大象征，基督降临……基督离去的世界，已经不再是那个不曾有他的世界，这从根本上成了另一世界。"①

五　巴赫金理论视野中的独白

我们如果按照阐释学理论的微观化思维，将巴赫金的对话哲学作为"去蔽"的注脚，将其范畴凝缩在"当下"的平面中，片面理解为一种相对主义的意义生成机制，我们就很难理巴赫金为什么强调复调之上的更高意义的价值，也就理所当然地将之视为"矛盾"所在，视为一种略显蹩脚的、在多数平庸论著中常常出现的修补和注脚，即：如果有一种高于一切的统一价值，并以此统摄存在，那么这就是另一种"独白"。我们说，巴赫金终究是俄国的巴赫金，如果我们给视野加入"宏观"之维，就会发现，这种所谓的"矛盾"正是另一种更高意义上的"统一"。

我们来看看巴赫金所说的"独白"到底是什么。他认为，"最高意义上的独白"就是"否认不同意识在真理问题上的平等权利"②。"独白原则最大限度地否认在自身之外还存在着他人的平等的以及平等且有回应的意识，还存在着另一个平等的我（或你）。在独白方法中（极端的或纯粹的独白），他人只能完全地作为意识的客体，而不是另一个意识。不能期望他的应答会改变我的意识世界里的一切。独白是完篇之作，对他人的回答置若罔闻，它不期待他人的回答，也不承认有决定性的应答力量。独白可以在没有他人的情况下进行，所以它在某种程度上把整个现实都给物化了。独白觊觎成为最终的话语。它要把被描绘得世界和被描绘的人物盖棺论定。"③

我们看到，巴赫金理解的独白机制，并不能简单概括为每个人平等说话的权利。我们知道，近代的西欧哲学将自我视作个体的思维着的意识。而巴赫金对于"独白"的界说正是从这个角度介入的，这里面包含着两个

① ［俄］巴赫金：《论行为哲学》，贾泽林译，《巴赫金全集》第一卷，河北教育出版社 2009 年版，第 19 页。

② ［俄］巴赫金：《1961 年笔记》，晓河译，《巴赫金全集》第四卷，河北教育出版社 2009 年版，第 337 页。

③　同上书，第 348 页。

问题，即“个人”和“理性”。

我们概括出的第一个问题，就是独白否认了自身之外的、平等且有回应的意识。也就是说，独白的深层机制在于，依照主客两分的认识论原则，将“我”之外的他人划入客体的范畴，作为被认识的对象，也就是客观世界的一部分，却忽略了他者实际上是跟我一样的平等存在。当人与存在相分离，又尝试用思维去联系和把握存在的时候，包括“他人”在内的整个世界就成了意识的客观对象。而按照福柯的说法，文艺复兴之前，在词与物还没有分离，人与世界浑然一体的时代，是不存在主客体的对立和分裂的。我们知道，文艺复兴之后，认识论机制倾向于通过张扬个人的理性能力去解决存在的问题，“我思故我在”，我自身的存在是唯一的无可争议的存在，而我的存在又有赖于我的理性思维意识。在这种机制下，人倾向于自己去解决问题，而要解决的存在问题也只是“我”的存在问题，个体与外界成了认识与被认识、解决与被解决的关系。人与世界的同一关系破裂，我和世界逐渐泾渭分明，人放弃了对上帝的体认和寻求，只是从自身的平面来寻求自我确证。所以，也就不难理解在之后的几个世纪，当人们意识到了理性的局限，而人作为认识主体的可靠性又受到质疑的时候，存在也只能变成虚无了。

“独白”的第二个问题，是整个现实被“物化”，独白觊觎成为“最终的话语”。我们说，以自我为出发点的理性主义原则强化了个人主义，但它并没有带来“自我”的自由，更没有带来整体人类的自由。因为，一方面，人取代上帝的地位，成为世界的立法者和人生意义的规定者，是凭借其理性能力的。换句话说，取代上帝位置的并不是人，而是理性主义原则。这原则宣示一切都是合逻辑的，只有合乎逻辑才是合理的。由此，世界被凝缩在理性逻辑的自给自足之中，人的主体性被框定在体系上，成了理性大厦上的螺丝钉，一种超越人的因果必然性主宰了人和世界。人的发展和历史的演进被理解成二二得四的步步为营。在这种历史必然性规律之下，一切都是“自在”的，而人的“自为”却被忽略掉，生命成了外在规定的完结。从另一方面说，既然“自我”作为一切的中心，那么“自我”与“自我”之间就难免碰撞和冲突，于是就有了一种要求：要在整体中建立秩序。在陀思妥耶夫斯基的小说《卡拉马佐夫兄弟》中，伊凡的立场便是基于这种原则而建构的必然性立场，即它所要求的是一种由铁的规则设定的空间，但在这种空间里，人却成了规则下的部件，失去了自由。

弗兰克总结说，西方思想真正与俄罗斯相对立的是“个人主义对生命的分解和理性主义对生命的僵化”①。在我们看来，巴赫金理解的独白机制，实际上正是包含着这两个问题。可以认为，巴赫金否定的“独白”，正是西方理性主义及其衍生的各类意识形态的独白，换句话说，“独白”是巴赫金对理性主义意识形态局限性的一种描述。“独白型原则在现代得以巩固，能渗入意识形态的所有领域，得力于欧洲的理想主义及其对统一的和唯一的理智的崇拜；又特别得力于启蒙时代，欧洲小说的基本体裁形式就是在这个时代形成的。整个欧洲的乌托邦空想主义，也同样是建立在这个独白原则之上的。”② 在巴赫金的理解中，西方文化，尤其是启蒙运动之后的西方文化，其核心就是独白的。当然，反对“独白”的立场也与当时具体的政治语境有关，但在巴赫金这里，这种政治形态却正是作为理性主义意识形态的衍生物存在的，它呼应了伊凡的世界。

① ［俄］弗兰克:《俄罗斯世界观》，见《俄国知识人与精神偶像》，徐凤林译，学林出版社 1999 年版，第 43 页。

② ［俄］巴赫金:《陀思妥耶夫斯基诗学问题》，白春仁、顾亚铃译，《巴赫金全集》第五卷，河北教育出版社 2009 年版，第 104 页。

参 考 文 献

一、俄文文献

Абрам Терц (*Синявский А.*) В тени Гоголя. М.: КоЛибри, 2009.

Аверинцев С. С. Бахтин, смех, христианская культура. // Россия — Russia, Венеция, № 6, 1988.

Аверинцев С. С. Бахтин, смех, христианская культура. // М. М. Бахтин как философ. Отв. ред.: *Л. А. Гоготишвили* и *П. С. Гуревич*; Российская академия наук, Институт философии. М.: Наука, 1992.

Аверинцев С. С. Бахтин и русское отношение к смеху. // От мифа к литературе: Сборник в честь 75-летия Е. М. Мелетинского. М.: Российский государственный гуманитарный университет, 1993.

Аверинцев С. С. В стихии «большого времени». // Собрание сочинений в 4 томах, Т. 3 (Связь времен), Киев: Дух и литера, 2005.

Аверинцев С. С. Человек. История. Весть Антология. Киев: Дух и Литера, 2006.

Азарова, Ю. О. Трактат «Этика чистой воли» Г. Когена как новый тип философии морали в системе немецкого идеализма. // Философия и социальные науки, Минск, 2015, № 4.

Аксаков К. С. Записка «О внутреннем состоянии России», предоставленная Государю Императору Александру II в 1855 г. // Русская социально-политическая мысль. 1850–1860-е годы: Хрестоматия. М.: Издательство Московского университета, 2012.

Аксаков С. История моего знакомства с Гоголем. М.: Издательство академии наук СССР, 1960.

Акты, собранные в библиотеках и архивах Российской империи археографической экспедицией императорской академии наук. СПб.: В типографии II отделения собственной Е. И. В. канцелярии, 1836.

Алексеев А. И. Сочинения Иосифа Волоцкого в контексте полемики 1480–1510-х гг. СПб.: Российская национальная библиотека, 2010.

Алпатов В. М. Волошинов, Бахтин и лингвистика. М.: Языки славянских культур, 2005.

Архимандрит Георгий Православие и гуманизм. Православие и папизм. Пермь: Православное общество «Панагия», 2005.

Афанасьев А. Н. Народные русские сказки. Вып. 1–8. М.: Издательство К. Солдатенкова и Н. Щепкина, 1855–1863.

Афанасьев А. Н. Народные русские сказки. Т. I–II. Под ред. *А. Е. Грузинского*. М.: Типография товарищества И. Д. Сытина, 1897.

Афанасьев А. Н. Народные русские сказки. В 3 томах. Под ред. *М. К. Азадовского*, Н. П. Андреева, Ю. М. Соколова. Л.: Academia, 1936, Т. I; Гослитиздат, 1936–1940, Т. II, III.

Афанасьев А. Н. Народные русские сказки А. Н. Афанасьева. В трех томах. Подготовка текста, предисл. и примеч. В. Я. Проппа. М.: Гослитиздат, 1957.

Афанасьев А. Н. Народные русские сказки. В 3 томах. М.: Наука, 1984–1985.

Бахтин М. М. Беседы В. Д. Дувакина с М. М. Бахтиным. М.: Издательская группа «Прогресс», 1996.

Бахтин М. М. Беседы с В. Д. Дувакиным. М.: Согласие, 2002.

М. М. Бахтин в зеркале критики : Сборник. Отв. ред. и сост. *Т. Г. Юрченко.* М.: ИНИОН РАН, 1995.

Бахтин М. М. Вопросы литературы и эстетики. Исследования разных лет. М.: Художествнная литература, 1975.

М. М. Бахтин и гуманитарное мышление на пороге XXI века : Тез. III Саран. междунар. Бахтин. чтений : В 2-х ч. Ч. 1 / [Редкол.: *Н. И. Воронина* (отв. ред.) и др.]. Саранск : Издательство Мордовский университета, 1995.

М. М. Бахтин и литературная герменевтика: сборник научных статей (под ред. *Ю. В. Подковырина*). Кемерово: Кемеровский государственный университет, 2016.

М. М. Бахтин как философ. Отв. ред.: *Л. А. Гоготишвили* и *П. С. Гуревич*; Российская академия наук, Институт философии. М.: Наука, 1992.

Бахтин М. М. Лекции по истории зарубежной литературы. Античность. Средние века : (В записи В. А. Мирской) . Саранск : Издательство Мордовского университета, 1999.

Бахтин М. М. Собрание сочинений в 7 томах. М.: Русские словари; Языки славянской культуры, 1997–2012.

Бахтин М. М. (Под маской) Фрейдизм. Формальный метод в литературоведении. Марксизм и философия языка. Статьи. М.: Лабиринт, 2000.

Бахтин М. М. Эстетика словесного творчества. Сост. *С. Г. Бочаров*, М.: Искусство, 1986.

Бахтинология. Исследования, переводы, публикации. Сост. ред. *К. Г. Исупов*, СПб.: Алетейя, 1995.

Бахтинский сборник. Вып. IV. (Ред. *В. Л. Махлин*) Саранск: Мордовский Государственый Педагогический Университет, 2000.

Бахтинский сборник. Вып. V. (Отв. ред. *В. Л. Махлин*) М.:Языки славянской культуры, 2004.

Белинский В. Г. Избранные сочинения. М.-Л.: Государственное издательство художественной литературы, 1949.

Белинский В. Г. Полное собрание сочинений в 13 томах. Т. 12. М.: Издательство Академии Наук СССР, 1956.

Белопольский В. Н. Достоевский и философская мысль его эпохи. Ростов-на-Дону: Издательство Ростовского университета, 1987.

Белый А. Мудрость. // Собрание сочинений. Стихотворения и поэмы. М.: Республика, 1994.

Бердяев Н. А. Истоки и смысл русского коммунизма. М.: Наука, 1990.

Бердяев Н. А. Миросозерцание Достоевского. Прага: YMCA-Press, 1923.

Бердяев Н. А. О назначении человека. Опыт парадоксальной этики. Париж: Современные записки, 1931.

Бердяев Н. А. Русская Идея. // О России и русской философской культуре. М.: Наука, 1990.

Беседы великих русских старцев. О Православной вере, спасении души и различных вопросах духовной жизни. М.: Трифонов Печенгский монастырь «Ковчег», 2003.

Библер В. С. Идея культуры в работах Бахтина. // Одиссей. Человек в истории. Исследования по социальной истории и истории культуры. М.: Наука, 1989.

Библер В. С. Михаил Михайлович Бахтин, или поэтика культуры. М.: Гнозис, 1991.

Библия. Книги Священного Писания Ветхого и Нового Завета. Синодальный перевод. М.: Российское библейское общество, 2012.

Благоразумов В. Святитель Афанасий Великий. // Святоотеческая хрестоматия. М.: Круг чтения, 2001.

Блок А. А. Возмездие. М.: Детская литература, 2009.

Большой толковый словарь русского языка. Ред. *Кузнецова С. А.* СПб.: Норинт, 2000.

Бонецкая Н. К. Бахтин глазами метафизика. М.-СПб.: Центр гуманитарных инициатив, 2016.

Бонецкая Н. К. М. М. Бахтин и традиция русской философии. // Вопросы философии, 1993, № 3.

Борщевский С. Щедрин и Достоевский. М.: ГИХЛ, 1956.

Бочаров С. Г. Об одном разговоре и вокруг него. // Новое литературное обозрение. 1993. № 2.

Буданова Н. Ф. Ф. М. Достоевский и святые Древней Руси (Феодосий Печерский, Сергий Радонежский и Нил Сорский). // Троице-Сергиева лавра в истории, культуре и духовной жизни России. Сергиев Посад, 2002.

Булгаков С. Н. Тихие думы. М.: Республика, 1996.

Булгаков С. Н. Свет Невечерний. Созерцания и умозрения. М.: Республика, 1994.

Васильев Н. Л. Михаил Михайлович Бахтин и феномен «Круга Бахтина»: В поисках утраченного времени. Реконструкции и деконструкции. Квадратура круга. М.: Книжный дом «ЛИБРОКОМ», 2014.

Веселовский А. Н. Рабле и его роман. // Собрание сочинений в 7 томах. Т. 4, Вып. 1. СПб.: Типография императорской академии наук, 1909.

Виноградова Л. Н., Толстая С. М. Иван Купала. // Славянские древности: Этнолингвистический словарь: в 5 томах. Т. 2. (под общ. ред. *Н. И. Толстого*; Институт славяноведения РАН.) М. : Международные отношения, 1999.

Виноградова Л. Н. Деревце купальское. // Славянские древности: Этнолингвистический словарь: в 5 томах. Т. 2. (под общ. ред. *Н. И. Толстого*; Институт славяноведения РАН.) М. : Международные отношения, 1999.

Воронин А. А., Ячный С. А. Паламитские споры XIV века. // Инновационные подходы в Решении проблем современного общества. Пенза: МЦНС «Наука и Просвещение». 2017.

Гаспаров М. Л. М. М. Бахтин в русской культуре XX века. // Вторичные моделирующие системы. Тарту, 1979.

Геронимус А. Ю. Богословие священнобезмолвия. // Синергия. М., 1995.

Герцен А. И. О письме, критикующем «Колокол». // Собрание сочинений в 30 томах. Т. 13. М.: Издательство Академии наук СССР, 1958.

Герцен А. И. Письма к противнику. // Собрание сочинений в 30 томах. Т. 18. М.: Издательство Академии наук СССР, 1959.

Герцен А. И. С того берега // Собрание сочинений в 30 томах. Т. 6. М.: Издательство Академии наук СССР, 1955.

Гоголь Н. В. Духовная проза. М.: Русская книга. 1992.

Гоголь Н. В. Переписка Н. В. Гоголя в 2 томах. Т. 2. М.: Государственное издательство художественной литературы, 1988.

Гоголь Н. В. Полное собрание сочинений и писем в 17 томах. Москва–Киев.: Издательство Московской Патриархии, 2009.

Гоголь Н. В. Собрание сочинений в 6 томах. Т. 5–6. М.: Государственное издательство художественной литературы, 1959.

Голубинский Е. История русской церкви. Т. II, первая половина тома. М.: Университетская типография, 1900.

Грачева И. Широкая масленица. // Наука и жизнь, 1998, № 2.

Григорий Н. Об устроении человека. // Творения святого Григория Нисского. Ч. 1. М. : Тип. В. Готье, 1861.

Григорьев Ап. Гоголь и его последняя книга. (Московский городской листок, 1847, № 56) // Гоголь в русской критике: Антология. М.: Фортуна ЭЛ, 2008.

Григорьев А. А. Литературная критика. М.: Художественная литература, 1967.

Гроссман Л. П. Поэтика Достоевского. М.: Государственная академия художественных наук, 1925.

Гулыга А. Русская идея и ее творцы. М.: ЭКСМО, 2003.

Диалог. Карнавал. Хронотоп. Гл. ред. *Н. А. Паньков* и др. № 1–45, 1992–2018.

Долинин А.С. (ред.) Ф. М. Достоевский. Материалы и исследования. М.: Изд. Академии Наука СССР, 1935.

Достоевский Ф. М. Полное собрание сочинений в 30 томах. Л.: Наука, 1972–1990.

Дубровский Н. Масляница. М.: Типография С. Селиванова, 1870.

Есаулов И. А. Категория соборности в русской литературе. Петрозаводск: Издательство Петрозаводского университета, 1995.

Зеньковский В. В. История русской философии. М.: Академический Проект, Раритет, 2001.

Зернов Н. Русское религиозное возрождение XX века. (перед. с английского). Paris: YMCA-Press, 1974.

Зноско Владимир, Священник Христа ради юродивый иеросхимонах Феофил, подвижник и прозорливец Киево-Печерской лавры. Тверь: Благовест, 1991.

Иванов Вяч. И. Родное и вселенское. М.: Республика, 1994.

Иванов С. А. Византийское юродство. М.: Международные отношения, 1994.

Иоанн Златоуст, Свт. Беседы на книгу Бытия. В 2-х томах. Т. 2. Владимир.: Посад, 1993.

Кавацца А. «Церковь одна» А. С. Хомякова в самаринской рукописи. // *Тарасов Б. Н.* (отв. ред.) А. С. Хомяков—мыслитель, поэт, публицист. Т. 1. М.: Языки славянских культур, 2007.

Калыгин А. И. Ранний Бахтин. Эстетика как преодоление этики. Эго-персонализм, лирический герой и единство эстетических теорий. М.: Российское Гуманистическое общество, 2007.

Карамзин Н. М. История государства Российского в XII томах. СПб.: Иждивением братьев Слениных, 1818–1829.

Карпунов Г. В., Макаревич Ф. В. (сост.) Михаил Михайлович Бахтин: библиографический указатель. Саранск: Издательство Мордовского университета, 1995.

Карпунов Г. В. Михаил Михайлович Бахтин в Саранске: Очерк жизни и деятельности / *Г. В. Карпунов* и др. 2-е изд., переработ. и доп. Саранск : Издательство Мордовского университета, 1995.

Карсавин Л. П. Восток, Запад и русская идея. Петербург: Academia, 1922.

Карсавин Л. П. Сочинения. М.: Раритет, 1993.

Кимелев Ю. А. Философия религии: Систематический очерк. М.: Издательский Дом Nota Bene, 1998.

Киреевский И. В. Полное собрание сочинений в 2 томах. М.: Типография Императорского Московского Университета, 1911.

Клинтон, Гарднер Между Востоком и Западом: возрождение даров русской души. [Пер. с англ. Предисл. *В. В. Малявина*]. М.: Наука, Издательская фирма «Восточная литература», 1993.

Ключевский В. О. Курс русской истории. // Сочинения в 9 томах. М.: Мысль, 1987–1989.

Клюева И. В., Лисунова Л. М. М. М. Бахтин—мыслитель, педагог, человек. Саранск, 2010.

Ковалевский И. Юродство о Христе и Христа ради юродивые восточной и русской церкви. М., Печатня А. И. Снегиревой, 1895. Republished by Gregg International Publishers limited, Westmead, Farnborough, Hants, England, 1969.

Кожинов В. В. Бахтин и его читатели. // Москва, 1993, № 7.

Колесов В. В. Русская ментальность в языке и тексте. СПб.: Петербургское Востоковедение, 2006.

Конкин, С. С., Конкина Л. С. Михаил Бахтин : Страницы жизни и творчества. Саранск: Мордовское книжное издательство, 1993.

Копшицер И. (к.м.н., психиатр). О психическом заболевании И. Я. Корейши. // Наука и религия, 1973, № 8.

Коровашко А. В. Михаил Бахтин. М.: Молодая гвардия, 2017.

Коростелев О. А., Ермишин О. Т. Религиозно философское общество в Санкт Петербурге (Петрограде): Вехи истории, тематика заседаний, дискуссии. // Религиозно-философское общество в Санкт-Петербурге (Петрограде): История в материалах и документах: 1907–1917: в 3 томах. (Сост., подгот. текста, вступ. ст. и примеч. *О. Т. Ермишина, О. А. Коростелева, Л. В. Хачатурян* и др.) Т. 1. М.: Русский путь, 2009.

Крижанич Ю. Политика. М.: Наука, 1965.

Кунильский А. Е. Смех Достоевского: прав ли Бахтин. // Знание. Понимание. Умение., 2007, № 4.

Курбский А. Сказания князя Курбского. (издание третье, исправленное и дополненное, *Н. Устрялова.*) СПб.: Типография Императорской Академии наук, 1868.

Ларше Жан-Клод Исцеление психических болезней. Опыт христианского Востока первых веков. Перевод с французского *иеромонаха Саввы (Тутунова)* и *Ольги Пильщиковой*, М.: Изд. Сретенского монастыря, 2007.

Лихачев Д. С., Панченко А. М., Понырко Н. В. Смех в Древней Руси. Л.: Наука, 1984.

Лихачев Д. С. Стиль произведений Грозного и стиль произведений Курбского. // Переписка Ивана Грозного с Андреем Курбским. (Текст подготовили *Я. С. Лурье* и *Ю. Д. Рыков*) Л.: Наука, 1979.

Лихачев Д. С. (Отв. ред.) Словарь книжников и книжности Древней Руси. Вып. 2. Часть 2. Л.: Наука, 1989.

Лихачев Д. С. Смех в древней Руси. // Избранные работы в трех томах. Т. 2. Л.: Художественная литература, 1987.

Лихачев Д. С. Человек в литературе древней Руси. М.-Л.: Издательство Академии наук СССР, 1958.

Лосский В. Н. Очерк мистического богословия восточной церкви. Догматическое богословие, Свято-Троицкая Сергиева Лавра, 2010.

Лотман Ю. М. Культура и взрыв. М.: Издательская группа «Прогресс», 1992.

Лурье Я. С. К вопросу об идеологии Нила Сорского // Труды Отдела древнерусской литературы. Т. 13, М.-Л.: Издательство Академии наук СССР, 1957.

Макаренко А. А. Сибирский народный календарь в этнографическом отношении. Восточная Сибирь. Енисейская губерния. СПб.: Государственная Типография, 1913.

Манн Ю. Карнавал и его окрестноси. // Вопросы литературы, 1995, № 1.

Махлин В. Л. Бахтин и Запад (Опыт обзорной ориентации) // Вопросы философии. 1993, № 1, 3.

Махлин В. Л. (Отв. ред.) Михаил Михайлович Бахтин. М.: Российская политическая энциклопедия, 2010.

Мелетинский Е. М. От мифа к литературе. М.: Российский государственный гуманитарный университет, 2001.

Мелетинский Е. М. Поэтика мифа. М.: Наука, 1976.

Мережковский Д. С. Л. Толстой и Достоевский. М.: Наука, 2000.

Микешина Л. А. (ред.) Хрестоматия по истории философии (русская философия). М.: Гуманитарный издательский центр ВЛАДОС, 2001.

Михаил Бахтин: Pro et Contra. В 2 томах. СПб.: Издательство Христианского гуманитарного института, 2001–2002.

Некрылова А. Ф. Русские народные праздники, увеселения и зрелища (конец XVIII – начало XX века). Л.: Искусство, 1984.

Некрылова А. Ф. Круглый год. М.: Правда, 1991.

Нечаев С. Катехизис революционера. // Революционный радикализм в России: век девятнадцатый. Ред. *Евгения Рудницкая*. М.: Археографический центр, 1997.

Никольский Н. М. История русской церкви. М.: Издательство политической литературы, 1983.

Новозаветные апокрифы (Сост., коммент. *С. Ершова;* Предисл. *В. Рохмистрова.*) СПб.: Амфора, 2001.

Память Исторический сборник. Выпуск 4. Париж: YMCA, 1981.

Панченко А. М. Юродивые на Руси. // Русская история и культура: Работы разных лет. СПб.: Юна, 1999.

Переписка Ивана Грозного с Андреем Курбским. (Текст подготовили *Я. С. Лурье и Ю. Д. Рыков*) Л.: Наука, 1979.

Перхавко В. Б., Пчелов Е. В., *Сухарев Ю. В.* Князья и княгини Русской земли IX–XVI вв. М.: Русское слово, 2002.

Петрушко В. И. История Русской Церкви с древнейших времен до установления патриаршества. М.: Православный Свято-Тихоновский гуманитарный университет, 2007.

Пешков И. В. М. М. Бахтин. От философии поступка к риторике поступка. М.: Лабиринт, 1996.

Платонов О. А. (сост.) Русские монастыри и храмы. Историческая энциклопедия. М.:Институт русской цивилизации, 2010.

Платонов О. А. (сост.) Русские святые и подвижники православия. Историческая энциклопедия. М.:Институт русской цивилизации, 2010.

Повесть о Нило-Сорском ските. // Памятники культуры. Новые открытия. Ежегодник 1976. М., 1977.

Повесть о чюдеси Пречисрыя Богородицы, о граде Муроме и о епископе его, како прииде на Резань. // Летописи русской литературы и древностей, издаваемые *Н. Тихонравовым*. Т. 2, М.: типография грачева и комп., 1859, отд. III.

Попова И. Л. Книга М. М. Бахтина о Франсуа Рабле и ее значение для теории литературы. М.: Институт мировой литературы им. А. М. Горького РАН, 2009.

Поштић, Светозар Бахтин и православна хришћанска традиција. // Зборник Матице српске за друштвене науке 162, Нови сад, 2017.

Поштић, Светозар. Бахтин и хришћанство. Нови Сад : Академска књига, 2012.

Преподобный Макарий Египетский Духовные беседы, послание и слова. Перед. с греч. при Московской Духовной Академии. Свято-Троицкая Сергиевая Лавра, 1904.

Преподобного отца нашего Нила Сорского предание учеником своим о жительстве скитском. М.: В Университетской Типографии, 1849.

Преподобный Нил Сорский Устав и послания. (Составление, перевод, комментарии, вступ. статья *Г. М. Прохорова*.) М.: Институт русской цивилизации, 2011.

Преподобный Нил Сорский Устав о скитской жизни (новый русский перевод). Екатеринбург: Ново-Тихвинский женский монастырь, 2002.

Пропп В. Я. Проблемы комизма и смеха. Ритуальный смех в фольклоре (по поводу сказки о Несмеяне). М.: Лабиринт, 1999.

Пропп В. Я. Русские аграрные праздники. СПб.: Издательство Азбука, 1995.

Протоиерей магистр Петр Лебедев Руководство к пониманию православного богослужения. СПб.: Православная Гимназия во имя Преподобного Сергия Радонежского, 1898.

Прохоров Г. М. Житие и чудеса Нила Сорского в списке первой четверти XIX в. // Труды Отдела древнерусской литературы. Т. 50. СПб.: Дмитрий Бланин, 1996.

Прохоров Г. М. Нил Сорский. // Лихачев Д. С. (Отв. ред.) Словарь книжников и книжности Древней Руси. Вып. 2. Часть 2. Л.: Наука, 1989.

Прыжов И. Г. Житие Ивана Яковлевича, известного пророка в Москве. СПб.: Типография Н. Л. Тиблена, 1860.

Пушкин А. С. Борис Годунов. // Полное собрание сочинений в 10 томах. Т. 5. М.-Л.: Издательство Академии наук СССР, 1950.

Пушкин А. С. О ничтожестве литературы русской. // Полное собрание сочинений в 10 томах. Т. 7. М.-Л.: Издательство Академии наук СССР, 1951.

Романенко Е. В. Нил Сорский и традиции русского монашества. М.: Памятники исторической мысли, 2003.

Романенко Е. В. Преподобный Нил Сорский. М.: М-Сканрус, 2008.

Райнхард Лаут: Философия Достоевского в систематическом изложении. Перев. *И. С. Андреевой*, М.: Республика, 1996.

Румянцев Н. В. Православные праздники, их происхождение и классовая сущность. (Изд. 2-е) М.: ОГИЗ, Государственное антирелигиозное издательство, 1936.

Сауткин А. А., Копылов А. В. (науч. ред.) И. Кант и М. Бахтин: вечный мир и диалог: Сборник материалов международного научно-практического семинара (Мурманск, 12–13 марта 2014 г.). Мурманск: МГГУ, 2014.

Сахаров В. А. Эсхатологические сочинения и сказания в древнерусской письменности и влияние их на народные духовные стихи. Тула: Типография Н. И. Соколова, 1879.

Святейший Софроний, Патриарх Иерусалимский Житие преподобной Марии Египетской-Сергиев Посад: Свято-Троицкая Сергиева Лавра, 2008.

Святитель Григорий Палама Трактаты. Краснодар: Текст, 2007.

Святитель Димитрий Ростовский Жития святых в 12 томах. Т. 5. М.: Синодальная типография, 1906.

Сидоров А. И. Преподобный Макарий Египетский и проблема «Макарьевского корпуса». // Альфа и Омега, 1999, № 3 (21).

Сидоров А. И. (Перевод, вст. ст., коммент.) Творения древних отцов-подвижников. М.: Сибирская Благозвонница, 2012.

Синицына Н. В. Максим Грек в России. М.: Наука, 1977.

Синявский А. Д. Иван-дурак. Очерки русской народной веры. М.: Аграф, 2001.

Синявский А. «Опавшие листья» В. В. Розанова. Париж: «Синтаксис», 1982.

Скрынников Р. Г. Переписка Грозного и Курбского. Парадоксы Эдварда Кинана. М.: Наука, 1973.

Сломский, Войцех Михаил Михайлович Бахтин: жизнь, творчество, философия (очерки о философском и литературоведческом наследии мыслителя). Киев: Издательство НПУ имени М. П. Драгоманова, 2013.

Сломский, Войцех Михаил Михайлович Бахтин—философ известный и неизвестный. Брест : Брест. гос. ун-т им. А. С. Пушкина, 2012.

Снегирев И. М. Русские простонародные праздники и суеверные обряды. Москва: Университетская типография. Вып. 2. 1838.

Соловьев Вл. Кризис западной философии (Против позитивистов). // Сочинения в 2 томах. Т. 2. М.: Мысль, 1988.

Сорокин П. А. Основные черты русской нации в двадцатом столетии. // О России и русской философской культуре. М.: Наука, 1990.

Срезневский И. И. Древние памятники русского письма и языка (X–XIV веков). Общее повременное обозрение с палеографическим указаниями и выписками из подлинников и из древних списков. СПб.: Типография Императорской Академии Науки, 1863.

Степанов Н. Л. Гоголь. М.: Молодая гвардия, 1961.

Степанов Н. Л. Гоголь: Творческий путь. М.: Государственное издательство художественной литературы, 1959.

Степанян К. А. Достоевский и Сервантес: диалог в большом времени. М.: Языки славянской культуры, 2013.

Струве Н. О соборной природе церкви. // Православие и культура. М.: Христианское издательство, 1992.

Суворин А. С. Опыт исследования об имуществах и доходах наших монастырей. //Новое время, 1876, 8-е марта, № 9.

Тамарченко Н. Д. Автор и герой в контексте спора о Богочеловечестве (М. М. Бахтин, Е. Н. Трубецкой и Вл. С. Соловьев). // Дискурс, № 5/6. 1998.

Тамарченко Н. Д. (ред.) Бахтинский тезаурус. Материалы и исследования. М.: Российский государственный гуманитарный университет, 1997.

Тамарченко Н. Д. «Эстетика словесного творчества» М. М. Бахтина и русская религиозная философия. М.: Российский государственный гуманитарный университет, 2001.

Тамарченко Н. Д. «Эстетика словесного творчества» М. М. Бахтина и русская философско-филологическая традиция. М.: Издательство Кулагиной, 2011.

Толстая С. М. Полесский народный календарь. М.: Индрик, 2005.

Толстой Л. Н. Воскресение. // Полное собрание сочинений в 90 томах. Т. 32. М.: Государственное издательство художественной литературы, 1936.

Толстой Л. Н Путь жизни. // Полное собрание сочинений в 90 томах. Т. 45. М.: Государственное издательство художественной литературы, 1956.

Тульчинский Г. Л. Бахтин: Проверка большим временем. // Человек. RU. 2011. № 7.

Тургенев И. С. Письмо к Я. П. Полонскому 6-го мая (24-го апр.) 1871. // Полное собрание сочинений и писем в 30 томах, письма в 18 томах, Т. 11. М.: Наука, 1999.

Уильяме Р. Достоевский: язык, вера, повествование / пер. с англ. *Н. М. Пальцева* М.: Российская политическая энциклопедия (РОССПЭН), 2013.

Федотов Г. П. Святые Древней Руси. // Собрание сочинений в 12 томах. Т. 8. М.: Мартис; Sam & Sam, 2000.

Философия не кончается... Из истории отечественной философии. XX век: В 2-х кн. / Под редакцией *В. А. Лекторского*. Кн. I. 1920–50-е годы. М.: Российская политическая энциклопедия (РОССПЭН), 1998.

Флоренский П. А. Столп и утверждение истины (I). М.: Правда, 1990.

Франк С. Л. Русское мировоззрение. СПб.: Наука, 1996.

Хализев В. Е. Наследие М. М. Бахтина и классические видение мира. // Филологические науки, 1991, № 5.

Хомяков А. С. Полное собрание сочинений в 8 томах. М.: Университетская типография, 1886–1906.

Хомяков А. С. Сочинение в 2 томах. М.: Московский философский фонд. Издательство «Медиум», 1994.

Хомяков А. С. Сочинения богословские. СПб.: Наука, 1995.

Хоружий С. С. Русский исихазм: черты облика и проблемы изучения. // Исихазм. Аннотированная библиография. / под общ. и науч. ред. *С. С. Хоружего*. М., 2004.

Чаадаев П. Полное собрание сочинений и избранные письма Т. 2. М.: Наука, 1991.

Шестов Л. На весах Иова (Странствования по душам). // Сочинения в 2 томах. Т. 2. М.: Наука, 1993.

Шкловский В. Б. За и против. Заметки о Достоевском. М.: Советский писатель, 1957.

Шкловский В. Б. Тетива. О несходстве сходного. М.: Советский писатель, 1970.

Шкловский В. Б Франсуа Рабле и книга М. Бахтина. // Избранное. В 2 томах. Т. 2. М.: Художественная литература, 1983.

Энциклопедический словарь Ф. А. Брокгауза и И. А. Ефрона в 43 томах. Т. 2а. СПб.: Брокгауз-Ефрон, 1891.

Энциклопедический словарь Ф. А. Брокгауза и И. А. Ефрона. в 43 томах. Т. 38. СПб.: Брокгауз-Ефрон, 1903.

Юдин А. В. Русская народная духовная культура. М.: Высшая школа, 1999.

Юренев Р. Советская кинокомедия. М.: Наука, 1964.

二、英文文献

Bagshaw, Hilary B. P. *Religion in the Thought of Mikhail Bakhtin: Reason and Faith.* NY: Routledge, 2013.

Clark K., Holquist M. *Mikhail Bakhtin.* Cambridge, Mass. : Belknap Press of Harvard University Press, 1984.

Coates, Ruth *Christianity in Bakhtin: God and the Exiled Author*, Cambridge University Press, 1998.

Cohen, H. *Ethik des reinen Willen. System der Philosophie.* // Werke (H. Cohen; hrsg. H. Holzhay und H. Wiedebach). – Hildesheim: Georg Olms, 1981.

Emerson, Caryl *Russian orthodoxy and the early Bakhtin* Religion & Literature, Vol. 22, No. 2/3, Religious Thought and Contemporary Critical Theory. Summer-Autumn, 1990.

Felch, Suzan M. and Paul J. Contino, eds. *Bakhtin and Religion: A Feeling for Faith.* Evanston, Ill.: Northwestern University Press, 2001.

Gardiner, Michael E. *Mikhail Bakhtin.* London; Thousand Oaks, Calif.: SAGE, 2003.

Harris J. R. *The legacy of Egypt.* Oxford: Clarendon Press, 1971.

Herrick, Tim *The philosophical affiliations of Mikhail Bakhtin and Jacques Derrida : from Kant to phenomenology.* Saarbrücken : Vdm Verlag Dr. Müller, 2010.

Holguist M., Clark K.: The influence of kant in the early work of M. M. Bakhtin. *In Literary Theory and Criticism Festschrift Presented to René Wellek in Honor of His Eightieth* Birthday. Edited by Joseph P. Strelka, New York: Peter Lang, 1984.

Holquist, Michael. "The Politics of Representation." *Allegory and Representation: Selected Papers from the English Institute*, 1979–1980 (New Series, no. 5). Ed. Stephen J. Greenblatt. Baltimore: Johns Hopkins UP, 1981.

Lock. *Carnival and incarnation: Bakhtin and orthodox theology*. Literature and Theology, Vol. 5, No. 1, Published by: Oxford University Press, 1991.

Masaryk T. G. *The spirit of Russia : studies in history, literature and philosophy*. Translated from the German original by Eden and Cedar Paul. London: Allen & Unwin, 1919.

Mihailovic A. *Corporeal Words: Mikhail Bakhtin's Theology of Discourse*. Evanston, Ill.: Northwestern University Press, 1997.

Marthaler, ed. Berard L. *New Catholic Encyclopedia* 2nd. Vol.13, Washington: The Catholic University of America Press, 2003.

Pooie B. *Bakhtin and Cassirer: The Philosophical Origins of Bakhtin's Carnival Messianism*. The South Atlantic Quarterly, Vol. 97, 1998.

三、中文文献

[德] 阿多诺:《美学理论》，王柯平译，四川人民出版社 1998 年版。

[德] 埃克哈特:《埃克哈特大师文集》，荣震华译，商务印书馆 2003 年版。

[德] 爱克曼辑录:《歌德谈话录》，朱光潜译，人民文学出版社 1982 年版。

[美] 爱泼斯坦:《“原始以表末”——巴赫金与人文学科的未来》，见《批评理论在俄罗斯与西方》，汪洪章译，河南大学出版社 2016 年版。

[俄] 奥夫相尼科夫:《俄罗斯美学思想史》，张凡琪、陆齐华译，中国人民大学出版社 1990 年版。

[古罗马] 奥古斯丁:《忏悔录》，周士良译，商务印书馆 1996 年版。

[古罗马] 爱任纽:《反异端》，见《尼西亚前期教父选集》，章文新等译，中国基督教三自爱国运动委员会、中国基督教协会 2006 年版。

[俄] 巴赫金:《巴赫金全集》(7 卷本)，钱中文主编，河北教育出版社 2009 年版。

[俄] 巴赫金:《陀思妥耶夫斯基诗学问题》，白春仁、顾亚铃译，三联书店 1988 年版。

[法] 柏格森:《道德与宗教的两个来源》，王作虹、成穷译，贵州人民出版社 2000 年版。

[法] 柏格森:《笑》，徐继增译，北京十月文艺出版社 2004 年版。

[法] 柏格森:《笑与滑稽》，乐爱国译，广东人民出版社 2000 年版。

[古希腊] 柏拉图:《泰阿泰德篇》，见《柏拉图全集》第 2 卷，王晓朝译，人民出版社 2003 年版。

[古希腊] 柏拉图:《泰阿泰德篇》，詹文杰译注，商务印书馆 2015 年版。

[英] 伯林:《现实感：观念及其历史研究》，潘荣荣、林茂译，译林出版社 2011 年版。

[俄] 别加尔嘉耶夫:《精神与实在》，张百春译，中国城市出版社 2002 年版。

[俄] 别尔嘉耶夫等:《路标集》，彭甄、曾予平译，云南人民出版社 1999 年版。

[俄] 别尔嘉耶夫:《论人的使命》，张百春译，学林出版社 2000 年版。

[俄] 别尔嘉耶夫:《人的奴役与自由——人格主义哲学的体认》，徐黎明译，贵州人民出版社 1994 年版。

[俄]别尔嘉耶夫:《陀思妥耶夫斯基的世界观》,耿海英译,广西师范大学出版社 2008 年版。
[俄]别尔嘉耶夫:《自由的哲学》,董友译,学林出版社 1999 年版。
[俄]别林斯基:《别林斯基选集》第一卷,满涛译,上海文艺出版社 1963 年版。
[俄]别林斯基:《别林斯基选集》第二卷,满涛译,时代出版社 1953 年版。
[俄]别林斯基:《别林斯基选集》第四卷,满涛、辛未艾译,上海译文出版社 1990 年版。
[俄]别林斯基:《别林斯基选集》第六卷,辛未艾译,上海译文出版社 2006 年版。
[德]马丁·布伯:《我与你》,陈维纲译,三联书店 1996 年版。
[俄]布尔加科夫:《亘古不灭之光》,王志耕、李春青译,云南人民出版社 1999 年版。
[俄]布劳别尔格、潘京:《新编简明哲学辞典》,高光三等译,吉林人民出版社 1983 年版。
[俄]布罗茨基主编,波斯彼洛夫、沙布略夫斯基著:《俄国文学史》上卷,蒋路、孙玮译,作家出版社 1957 年版。
蔡华主编:《巴赫金诗学视野中的陶渊明诗歌英译——复调的翻译现实》,苏州大学出版社 2008 年版。
[德]蔡特金:《回忆列宁(摘录)》,见《列宁论文学与艺术》(二),人民文学出版社 1960 年版。
程正民:《巴赫金的文化诗学》,北京师范大学出版社 2001 年版。
[法]笛卡尔:《第一哲学沉思集》,庞景仁译,商务印书馆 1986 年版。
[俄]杜勃罗留波夫:《俄国文学发展中人民性渗透的程度》,见《杜勃罗留波夫选集》第二卷,辛未艾译,上海译文出版社 1983 年版。
[美]蒂利希:《基督教思想史——从其犹太和希腊发端到存在主义》,尹大贻译,东方出版社 2008 年版。
段建军、陈然兴:《人,生存在边缘上——巴赫金边缘思想研究》,人民出版社 2008 年版。
董丽娟:《狂欢化视域中的威廉·福克纳小说》,南开大学出版社 2014 年版。
董务刚:《巴赫金的美学思想与译学建构》,九州出版社 2011 年版。
董小英:《再登巴比伦塔:巴赫金与对话理论》,三联书店 1994 年版。
[法]弗朗索瓦·多斯:《从结构到解构:法国 20 世纪思想主潮》,季广茂译,中央编译出版社 2004 年版。
[德]恩格斯:《自然辩证法》,见《马克思恩格斯全集》第 20 卷,人民出版社 1972 年版。
[法]伏尔泰:《哲学辞典》,王燕生译,商务印书馆 1991 年版。
[法]福柯:《疯癫与文明》,刘北成、杨远婴译,三联书店 1999 年版。
[俄]弗兰克:《俄罗斯世界观》,徐凤林译,见《俄国知识人与精神偶像》,学林出版社 1999 年版。
[俄]弗里德连杰尔:《陀思妥耶夫斯基的现实主义》,陆人豪译,安徽文艺出版社 1994 年版。
[俄]弗洛罗夫斯基:《俄罗斯宗教哲学之路》,吴安迪、徐凤林、隋淑芬译,上海人民出版社 2006 年版。
[奥]弗洛伊德:《集体心理学和自我的分析》,林尘译,见《弗洛伊德后期著作选》,上海译

文出版社 1987 年版。
[俄] 格罗斯曼:《陀思妥耶夫斯基传》，王健夫译，外国文学出版社 1987 年版。
[俄] 果戈理:《果戈理书信集》，李毓榛译，安徽文艺出版社 1999 年版。
[俄] 果戈理:《死魂灵》，满涛、许庆道译，人民文学出版社 1983 年版。
郭庆藩辑:《庄子集释》第一册，中华书局 1961 年版。
[俄] 赫尔岑:《往事与随想》上、中、下，项星耀译，人民文学出版社 2006 年版。
[俄] 赫鲁济:《东正教传统对对话文明形成的贡献》，见杜维明主编《从轴心文明到对话文明》，光明日报出版社 2013 年版。
[德] 黑格尔:《哲学史讲演录》第一卷，贺麟、王太庆译，商务印书馆 1983 年版。
[德] 黑格尔:《自然哲学》，梁志学等译，商务印书馆 2006 年版。
胡沛萍:《“狂欢化”写作：莫言小说的艺术特征与叛逆精神》，山东大学出版社 2014 年版。
胡壮麟:《巴赫金与社会符号学》，《北京大学学报（哲学社会科学版）》1994 年第 2 期。
胡壮麟:《让巴赫金给巴赫金定位——谈巴赫金研究中的若干问题》，《北京大学学报（哲学社会科学版）》2008 年第 2 期。
胡壮麟:《走近巴赫金的符号王国》，《外语研究》2001 年第 2 期。
[德] 胡塞尔:《纯粹现象学通论》，李幼蒸译，商务印书馆 1996 年版。
[德] 胡塞尔:《欧洲科学危机和超验现象学》，张庆熊译，上海译文出版社 1988 年版。
黄光伟:《罗兰·巴特文本理论与巴赫金的“复调”理论之比较》，《文艺评论》2007 年第 6 期。
[俄] 霍鲁日:《拜占庭与俄国的静修主义》，张百春译，《世界哲学》2010 年第 2 期。
[俄] 霍米亚科夫、赫尔岑等:《俄国思想的华章》，肖德强、孙芳译，人民出版社 2013 年版。
季明举:《巴赫金超语言学的斯拉夫主义哲学实质》，《外语学刊》2011 年第 4 期。
季明举:《巴赫金及其理论的斯拉夫主义性质》，《俄罗斯文艺》2008 年第 1 期。
[俄] 季摩菲耶夫:《文学原理》，查良铮译，上海平明出版社 1955 年版。
[德] 伽达默尔:《真理与方法》，洪汉鼎译，上海译文出版社 1999 年版。
[法] 加缪:《反抗者》，吕永真译，上海译文出版社 2010 年版。
[法] 加缪:《鼠疫》，顾方济、徐志仁译，《加缪文集》，译林出版社 2001 年版。
[法] 加缪:《西西弗神话》，杜小真译，人民文学出版社 2012 年版。
简圣宇:《交互空间中的哲理与诗意沉思：巴赫金主体间性美学思想研究》，广西师范大学出版社 2014 年版。
[俄] 津科夫斯基:《俄国思想家与欧洲》，徐文静译，三联书店 2016 年版。
[俄] 津科夫斯基:《俄国哲学史》，张冰译，人民出版社 2013 年版。
金元浦:《与俄罗斯文论家谈巴赫金》，《中华读书报》2005 年 2 月 2 日。
康长青:《巴赫金文学交往思想研究》，四川大学博士论文，2006 年。
[德] 康德:《纯粹理性批判》，邓晓芒译，人民出版社 2004 年版。
[德] 康德:《道德形而上学原理》，苗力田译，上海人民出版社 1986 年版。
[德] 康德:《实践理性批判》，韩水法译，商务印书馆 2000 年版。

[美] 考夫曼:《存在主义》，陈鼓应等译，商务印书馆 1995 年版。

[德] 柯恩:《理性宗教》，孙增霖译，山东大学出版社 2013 年版。

[美] 克拉克、霍奎斯特:《米哈伊尔·巴赫金》，语冰译，中国人民大学出版社 2000 年版。

[俄] 克柳切夫斯基:《俄国史教程》第二卷，贾宗谊、张开译，商务印书馆 1997 年版。

[英] 科普勒斯顿:《存在主义导论》，见 [美] 考夫曼《存在主义》，陈鼓应等译，商务印书馆 1995 年版。

[俄] 孔金、孔金娜:《巴赫金传》，张杰、万海松译，东方出版社 2000 年版。

[德] 莱辛:《汉堡剧评》，张黎译，上海译文出版社 1982 年版。

乐峰主编:《俄国宗教史》上、下卷，社会科学文献出版社 2008 年版。

李曙光:《巴赫金的马克思主义语言观》,《江苏大学学报》2006 年第 2 期。

梁漱溟:《中国文化要义》，上海人民出版社 2005 年版。

[美] 尼古拉·梁赞诺夫斯基、马克·斯坦伯格:《俄罗斯史》(第八版)，杨烨等译，上海人民出版社 2013 年版。

[俄] 列宁:《路标派和民族主义》,《列宁全集》第 23 卷，人民出版社 1983 年版。

[俄] 列宁:《论〈路标〉》,《列宁全集》第 19 卷，人民出版社 1989 年版。

[俄] 列宁:《论文学与艺术》，钱中文等选编，人民文学出版社 1983 年版。

[俄] 列宁:《社会民主党在民主革命中的两种策略》,《列宁全集》第 11 卷，人民出版社 1987 年版。

[俄] 列宁:《唯物主义与经验批判主义》,《列宁全集》第 18 卷，人民出版社 1988 年版。

林荣洪:《基督教神学发展史》，译林出版社 2013 年版。

凌建侯:《巴赫金哲学思想与文本分析法》，北京大学出版社 2007 年版

刘乃银:《巴赫金的理论与〈坎特伯雷故事集〉》，华东师范大学出版社 1999 年版。

龙玉霞:《走向人类学诗学——巴赫金外位性思想研究》，浙江大学博士论文，2010 年。

[匈] 卢卡奇:《小说理论》，燕宏远、李怀涛译，商务印书馆 2016 年版。

卢小合:《艺术时间诗学与巴赫金的赫罗诺托普理论》，北京大学出版社 2016 年版。

[英] 阿拉斯泰尔·伦弗鲁:《导读巴赫金》，田延译，重庆大学出版社 2017 年版。

[俄] 洛斯基:《俄国哲学史》，贾泽林等译，浙江人民出版社 1999 年版。

[德] 马克思:《第六届莱茵省议会的辩论(第三篇论文)》,《马克思恩格斯全集》第 1 卷，人民出版社 1995 年版。

[德] 马克思:《黑格尔法哲学批判导言》,《马克思恩格斯全集》第 1 卷，人民出版社 1956 年版。

[德] 马克思:《"莱茵观察家"的共产主义》,《马克思恩格斯全集》第 4 卷，人民出版社 1958 年版。

梅兰:《巴赫金哲学美学和文学思想研究》，华中科技大学出版社 2005 年版。

梅兰:《国外巴赫金研究概况》,《外国文学研究》2001 年第 4 期。

[俄] 梅列金斯基:《神话的诗学》，魏庆征译，商务印书馆 1990 年版。

[俄]梅列金斯基:《英雄史诗的起源》，王亚民等译，商务印书馆 2007 年版。
[俄]梅列日科夫斯基:《果戈理与鬼》，耿海英译，华夏出版社 2013 年版。
[俄]米尔斯基:《俄国文学史》上、下卷，刘文飞译，人民出版社 2013 年版。
[英]莫里斯:《宗教人类学》，周国黎译，今日中国出版社 1992 年版。
[俄]尼科利斯基:《俄国教会史》，丁士超等译，商务印书馆 2000 年版。
[美]尼科斯编选:《历代基督教信条》，汤清译，宗教文化出版社 2010 年版。
[古罗马]尼撒的格列高利:《论灵魂和复活》，石敏敏译，中国社会科学出版社 2004 年版。
[俄]涅克拉索夫:《谁在俄罗斯能过好日子》，飞白译，上海译文出版社 1979 年版。
宁一中:《巴赫金：在现象学和马克思主义之间》，《国外文学》1997 年第 1 期。
彭克巽主编:《苏联文艺学学派》，北京大学出版社 1999 年版。
[俄]普列汉诺夫:《俄国社会思想史》第一卷，孙静工译，商务印书馆 2011 年版。
[俄]普列汉诺夫:《普列汉诺夫哲学著作选集》第三卷，三联书店 1962 年版。
[俄]普希金:《普希金全集 6·评论》，邓学禹、孙蕾译，浙江文艺出版社 2012 年版。
[俄]普希金:《普希金全集 9·书信》，吕宗兴、王三隆译，浙江文艺出版社 2012 年版。
[俄]普希金:《铜骑士》，《普希金长诗选》，余振译，外国文学出版社 1984 年版。
[俄]恰达耶夫:《哲学书简》，刘文飞译，作家出版社 1998 年版。
钱中文:《交往哲学与诗学——谈巴赫金与哈贝马斯》，《文艺报》2001 年 8 月 28 日。
钱中文:《论巴赫金的交往美学及其人文科学方法论》，《文艺研究》1998 年第 1 期。
秦勇:《巴赫金躯体理论研究》，中国社会科学出版社 2009 年版。
邱运华等:《19—20 世纪之交俄国马克思主义文学思想史论》，北京大学出版社 2004 年版。
[法]萨特:《存在主义是一种人道主义》，周煦良、汤永宽译，上海译文出版社 1988 年版。
[法]萨特:《存在与虚无》，陈宣良等译，三联书店 2007 年版。
[俄]舍斯托夫:《雅典和耶路撒冷》，徐凤林译，浙江人民出版社 2000 年版。
沈华柱:《对话的妙悟：巴赫金语言哲学思想研究》，上海三联书店 2005 年版。
《圣经》和合本、思高本。
[荷]斯宾诺莎:《伦理学》，贺麟译，商务印书馆 1997 年版。
宋春香:《巴赫金思想与中国当代文论》，知识产权出版社 2009 年版。
宋春香:《论狂欢理论的宗教性》，《齐齐哈尔大学学报》2007 年第 3 期。
宋春香:《他者文化语境中的狂欢理论》，中国社会科学出版社 2009 年版。
孙鹏程:《形式与历史视野中的诗学方案——比较视域下的时空体理论研究》，浙江大学出版社 2012 年版。
[俄]索洛维约夫:《俄罗斯与欧洲》，徐凤林译，河北教育出版社 2002 年版。
[俄]索洛维约夫:《神人类讲座》，张百春译，华夏出版社 2000 年版。
[俄]索洛维约夫:《西方哲学的危机》，李树柏译，浙江人民出版社 2000 年版。
滕翠钦:《人、人群、人民性——论巴赫金狂欢理论中有关“人”的理论意图》，《东南学术》2006 年第 4 期。

[法] 伊夫·塔迪埃:《20 世纪的文学批评》，史忠义译，百花文艺出版社 1998 年版。
[法] 涂尔干:《宗教生活的基本形式》，渠东、汲喆译，商务印书馆 2011 年版。
[俄] 托尔斯泰:《生活之路》，王志耕译，商务印书馆 2015 年版。
[俄] 谢·亚·托卡列夫:《世界各民族历史上的宗教》，魏庆征译，中国社科出版社1988年版。
[俄] 陀思妥耶夫斯基:《卡拉马佐夫兄弟》，耿济之译，人民文学出版社 1981 年版。
[俄] 陀思妥耶夫斯基:《群魔》，南江译，人民文学出版社 1983 年版。
[俄] 陀思妥耶夫斯基:《少年》，岳麟译，上海译文出版社 1985 年版。
[俄] 陀思妥耶夫斯基:《陀思妥耶夫斯基书信选》，冯增义、徐振亚译，人民文学出版社 1993 年版。
[俄] 陀思妥耶夫斯基:《罪与罚》，朱海观、王汶译，人民文学出版社 1986 年版。
王弼注:《老子道德经》，上海书店出版社 1986 年版。
王建刚:《后理论时代与文学批评转型：巴赫金对话批评理论研究》，北京大学出版社 2012 年版。
王志耕:《巴赫金思想的跨文化启示》，《中国图书评论》2017 年第 5 期。
王志耕:《陀思妥耶夫斯基是否“怀疑”上帝存在？》，《俄罗斯文艺》2008 年第 3 期。
王志耕:《圣愚之维：俄罗斯文学经典的一种文化阐释》，北京大学出版社 2013 年版。
王志耕:《宗教文化语境下的陀思妥耶夫斯基诗学》，北京师范大学出版社 2003 年版。
汪子嵩等:《希腊哲学史》第一卷，人民出版社 1988 年版。
[古罗马]（伪）狄奥尼修斯:《神秘神学》，包利民译，商务印书馆 2012 年版。
[俄] 魏列萨耶夫:《果戈理是怎样写作的》，蓝英年译，辽宁教育出版社 1998 年版。
[美] 威利斯顿·沃尔克:《基督教会史》，孙善玲等译，中国社会科学出版社 1991 年版。
吴承笃:《巴赫金诗学理论概观：从社会学诗学到文化诗学》，齐鲁书社 2009 年版。
吴泽霖:《巴赫金外位性思想的现实意义》，《探索与争鸣》2005 年第 4 期。
[俄] 西尼亚夫斯基:《笑话里的笑话》，薛君智等译，中国文联出版社 2001 年版。
夏忠宪:《巴赫金狂欢化诗学研究》，北京师范大学出版社 2000 年版。
夏忠宪:《俄罗斯的巴赫金研究一瞥》，《俄罗斯文艺》1995 年第 4 期。
徐岱、龙玉霞:《复调的生成——外位性思想与巴赫金的文化诗学》，《浙江大学学报（人文社会科学版）》2010 年第 4 期。
[古罗马] 亚他那修:《论道成肉身》，石敏敏译，三联书店 2009 年版。
[美] 伊格尔斯:《德国的历史观》，彭刚、顾杭译，译林出版社 2006 年版。
萧净宇:《超越语言学——巴赫金语言哲学研究》，上海人民出版社 2007 年版。
晓都:《巴赫金学说“寻根”》，《外国文学评论》1994 年第 4 期。
晓河:《巴赫金哲学思想研究》，河北人民出版社 2006 年版。
[俄] 谢皮洛娃:《文艺学概论》，罗叶等译，人民文学出版社 1958 年版。
徐凤林编:《俄国哲学》，徐凤林等译，商务印书馆 2013 年版。
徐凤林:《洛斯基〈俄国哲学史〉中译本前言》，见洛斯基《俄国哲学史》，贾泽林等译，浙江人民出版社 1999 年版。

徐凤林:《帕拉马神学与东正教人论》，见赵敦华主编《哲学门》，总第十七辑，北京大学出版社 2008 年 9 月。

许列民:《沙漠教父的苦修主义：基督教隐修制度起源研究》，上海人民出版社 2009 年版。

阎真:《历史和逻辑的双重缺失——巴赫金狂欢理论批判》,《湖南大学学报》2011 年第 2 期。

阎真:《文化史的虚构——巴赫金“狂欢”理论的七大缺失》,《文艺研究》2006 年第 12 期。

阎真:《想象催生的神话——巴赫金狂欢理论质疑》,《文学评论》2004 年第 3 期。

杨明明:《笑的对话：利哈乔夫与巴赫金》,《西北师大学报》2010 年第 5 期。

[古希腊] 亚里士多德:《物理学》，张竹明译，商务印书馆 1982 年版。

袁俭伟:《巴赫金言语体裁理论研究》，南京大学博士论文，2011 年。

[俄] 泽齐娜、科什曼、舒利金:《俄罗斯文化史》，刘文飞等译，上海译文出版社 1999 年版。

[美] 弗雷德里克·詹姆森:《马克思主义与历史主义》，张京媛译，见《新历史主义与文学批评》，北京大学出版社 1993 年版。

张百春:《东正教神学中的人学研究》,《基督宗教研究》第 5 辑，宗教文化出版社 2002 年 11 月。

张冰:《巴赫金学派马克思主义语言哲学研究》，北京师范大学出版社 2017 年版。

张海燕:《文化诗学的对话：洛特曼与巴赫金的文化理论之比较》,《文艺理论研究》2009 年第 1 期。

张杰:《复调小说理论研究》，漓江出版社 1992 年版。

张欣:《巴赫金与俄罗斯宗教哲学》,《文化与诗学》第七辑，北京大学出版社 2009 年 1 月。

周卫忠:《狂欢人格的双重性与基督位格的双重性——从狂欢论与位格论的内在一致看巴赫金思想的基督教背景》,《东北师大学报》2008 年第 3 期。

周卫忠:《双重性、对话、存在——巴赫金狂欢化诗学的存在论解读》，陕西人民出版社 2007 年版。

周启超:《现代斯拉夫文论导引》，河南大学出版社 2011 年版。

周启超、王加兴主编:《对话中的巴赫金：访谈与笔谈》，董晓等译，南京大学出版社 2014 年版。

朱立元主编:《当代西方文艺理论》，华东师范大学出版社 2014 年版。

人 名 索 引

（巴赫金不再列入）

A

B

K

L

T

W

X

Y

Z

后　记

本书是在我的国家社科基金重点项目《俄罗斯民族文化语境下的巴赫金文艺思想》结项成果的基础上修改而成的。

有关巴赫金与俄罗斯传统文化关系的思考，起始于我 20 多年前做博士学位论文的时候。我的论文选题是宗教文化与陀思妥耶夫斯基诗学的关系，在这个研究和写作的过程中显然需要大量涉及巴赫金的理论。与此同时，程正民先生也为我们这一届博士生开设了巴赫金研究系列讲座。这使我开始对巴赫金的理论产生兴趣，并延续我研究陀思妥耶夫斯基的思路，开始思考巴赫金与俄罗斯宗教文化之间的联系问题。但那时我还无法获取更多的相关资料，所以有些想法也只是作为札记存放在电脑里。此后我的研究转向俄罗斯圣愚文化与文学的关系研究，有关巴赫金的念头就搁置了。直到 2013 年我再次申请国家社科基金项目，便把十多年前的这个兴趣点重新激活。总的来说，这个项目的研究相对顺利，因为资料获取的渠道较以前方便了许多，加之我 2017 年有机会在莫斯科做了半年的“科研休假”，使得项目在资料方面准备得比较充分。我的想法是，如果思路成熟，做好资料就意味着课题成功了 80%。

遗憾的一点是，整个写作和出版进程还是仓促了些。虽然项目周期将近七年，但作为高校教师，而且是本科、硕士、博士三级教学的“全能”教师，我的大量时间要用在教学上，加上教研室师资紧张，有几年我一个人要上两个人，甚至三个人的课。大家都知道，高校教学就是个良心活，如果追求高标，你百分百地投入也未必能达到。我为自己设的分界线大致就是一半时间用于科研，一半时间用于教学。当然，前提是没有节假日。

相信很多同行都会有同感。其实，严格说来，做研究也是个良心活，如果你愿意接受“做项目”的研究程式，那也只能根据你被“要求”的时间来做相应的“产出”。就此而言，目前这本书还有很多欠缺，我本来计划是2020 年结项，然后再用两年的时间修改，符合“十年磨一剑”的规则（从我的陀思妥耶夫斯基研究著作 2003 年出版到圣愚研究著作 2013 年出版也恰好是十年）。但 2019 年被通知必须年内结项，否则撤项，所以也只有焚膏继晷，按时完成。我的《圣愚之维：俄罗斯文学经典的一种文化阐释》入选 2012 年度《国家哲学社会科学成果文库》时，还给了一年的修改时间，而这一次只有两个月的时间。这也给了我对本课题不完善之处的一个辩解的理由。如果将来有机会修订再弥补吧。

与我此前完成的课题一样，要做好一项研究工作，离不开许多人的帮助。在查找外文资料中为我提供帮助的有布罗夫教授（Владилен Буров），2017 年我在莫斯科的时候，已经 86 岁高龄的布教授还亲自到我的住所，送来他找到的有关巴赫金的资料。此外还有我的学生谷凝心（Анастасия Гусева），当我不在俄国的时候，她也几次为我跑到俄罗斯国家图书馆去查找、拷贝资料。靳芳、段禹竹利用她们在莫斯科大学学习的机会为我在莫大图书馆查找资料。胡笳、刘建梅也利用她们在国外的机会为我查找相关的英文资料。在处理资料的过程中，张静波、张虎、庞燕宁、陈丽丽、马聪敏为项目做了若干资料的英文翻译，阿尔森（Арсений Скворцов）、姜敏、许力做了若干俄文资料的翻译，可惜因为版权的原因，这些资料来不及收入本书，希望将来有机会能出一本相关的巴赫金研究译文集。

本书第五章的初稿是我的博士生樊倩蓉起草的，这部分内容也与她的博士学位论文相关。本书附录的三篇文章的初稿是由马建辉（附录一）和张冠男（附录二、三）撰写的，原来是项目结项成果的一部分，现根据《国家哲学社会科学成果文库》评审专家的意见，作为附录收入。

在本课题的研究、结项过程中，我的许多师长、朋友始终为我提供无私的帮助，他们是：张建华、陈建华、刘文飞、曾思艺、邱运华、凌建侯、胡学星、汪介之、夏忠宪、刘亚丁、刘锟，以及在背后默默付出的专家学者。

我在此向以上诸位表示深挚的谢意！

我的专业工作的起点是我随王智量先生和程正民先生念书时所奠定的，我愿意把这本书献给我的两位恩师。

我的工作能够做到没有节假日，有赖于所有家人的支持，因此，这个工作也是我们共同努力的结果。

本书能够被接受出版并入选《国家哲学社会科学成果文库》，要感谢刘早编辑的辛勤工作。

本书还存在许多这样那样的问题，希望专家和读者随时提出指正，以便将来有机会做进一步的修订。我的电子邮箱：wzhigeng@126.com。

王志耕

2020年12月于南开大学

图书在版编目(CIP)数据

俄罗斯民族文化语境下的巴赫金对话理论/王志耕著. —北京:商务印书馆,2021
(国家哲学社会科学成果文库)
ISBN 978-7-100-19686-4

Ⅰ.①俄… Ⅱ.①王… Ⅲ.①巴赫金(Bakhtin, Mikhail Mikhailovich 1895—1975)—文学研究 Ⅳ.①I512.065

中国版本图书馆 CIP 数据核字(2021)第 047654 号

俄罗斯民族文化语境下的巴赫金对话理论
王志耕 著

商 务 印 书 馆 出 版
(北京王府井大街36号 邮政编码100710)
商 务 印 书 馆 发 行
北京市十月印刷有限公司印刷
ISBN 978-7-100-19686-4

2021 年 3 月第 1 版　　开本 710×1000 1/16
2021 年 3 月北京第 1 次印刷　　印张 29¾ 插页 3
定价:148.00 元